Gisa Pauly
Schwarze Schafe

PIPER

Zu diesem Buch

Kriminalhauptkommissar Erik Wolf ist in einem außergewöhnlichen Fall unterwegs, der streng genommen nicht in seine Zuständigkeit fällt: Ein Tierquäler treibt nachts sein Unwesen auf den Schafweiden von Sylt. Die Bauern sind alarmiert, und die Streifen werden verstärkt, denn der Kurdirektor möchte keinesfalls, dass sich herumspricht, was da nachts auf der idyllischen Ferieninsel geschieht. Wie gut, dass die Aufregung um den gerade auf Sylt weilenden Sänger Pierre Thom die Öffentlichkeit ablenkt. Doch auf einmal häufen sich die Verbrechen – erst ein Einbruch, dann ein Brand und schließlich ein Mord – und Erik muss sich der Aufklärung der neuen Fälle zuwenden. Unglücklicherweise kommt ihm dabei unter anderem ein aufgebrachter Mob in die Quere, und auch Tochter Carolin sorgt auf einmal, ganz entgegen ihrer sonstigen Art, für ordentlich Ärger im Hause Wolf. Ganz abgesehen davon, dass Eriks Schwiegermutter Mamma Carlotta plötzlich gleich von zwei Verehrern umgarnt zu werden scheint ...

Gisa Pauly hängte nach zwanzig Jahren den Lehrerberuf an den Nagel und widmete sich ganz dem Schreiben. Seitdem lebt sie als Autorin, Journalistin und Drehbuchautorin in Münster, ihre Ferien verbringt sie am liebsten auf Sylt oder in Italien. Sie wurde mehrfach ausgezeichnet, darunter mit der Goldenen Kamera des SWR. Die Leser der Fernsehzeitschrift rtv wählten sie zur beliebtesten Autorin des Jahres 2018. Ihre Krimireihe um Mamma Carlotta stürmt Jahr um Jahr die Bestsellerliste.

Gisa Pauly

SCHWARZE SCHAFE

Ein Sylt-Krimi

Mehr über unsere Autorinnen, Autoren und Bücher:
www.piper.de

Wenn Ihnen dieser Kriminalroman gefallen hat, schreiben Sie uns unter Nennung des Titels »Schwarze Schafe« an *empfehlungen@piper.de*, und wir empfehlen Ihnen gerne vergleichbare Bücher.

Alle lieferbaren Titel von Gisa Pauly finden Sie auf Seite 432.

Originalausgabe
ISBN 978-3-492-31449-7
Mai 2022
© Piper Verlag GmbH, München 2022
Umschlaggestaltung: Eisele Grafik · Design, München
Umschlagabbildung: Martina Eisele unter Verwendung von Bigstock
(Olgagi; Seregam; Yes Photographers; Thanumporn; Koljambus;
Dr. Alex; noon202), Alamy Stock Foto (Hardyuno; Dawn Quadling)
und GettyImages (Fuse)
Satz: Eberl & Koesel Studio GmbH, Altusried-Krugzell
Gesetzt aus der Scala
Druck und Bindung: CPI books GmbH, Leck
Printed in the EU

1

Kriminalhauptkommissar Erik Wolf warf zornig den Hörer auf die Gabel zurück. »Schon wieder!«

Als hätte ihn seine eigene Gefühlsaufwallung erschreckt, blieb er nun sitzen wie ein gescholtener Schüler, der ermahnt worden war, sich ruhig und anständig zu benehmen. Sein Blick wanderte durch den Raum, und prompt merkte er, dass er wieder ruhiger wurde. Diese schäbigen Holzmöbel, die kahlen Wände, die Fenster, die dringend geputzt werden mussten, zu denen passte kein Temperamentsausbruch. Ein hässlicher Raum! Auch das Büro im Polizeirevier am Kirchenweg war nicht schön gewesen, allerhöchstens funktional, und auch das nicht in allen Bereichen. Immerhin hatte es ein paar Grünpflanzen gegeben und einen großen Wandkalender, auf den sein Blick gefallen war, wenn er aufsah. Jetzt hatte er nur eine schmucklose Wand vor sich. Angeblich lohnte es sich nicht, hier Hand anzulegen, die Unterbringung der Kriminalpolizei im Telekomgebäude war nur für eine Übergangszeit geplant. Aber man kannte das ja. Wenn ein altes Haus wie das Polizeirevier Westerland erst einmal einer Renovierungskolonne in die Hände gefallen war, konnte es lange dauern.

Er strich sich seinen Schnauzer glatt, sehr lange, immer und immer wieder, dann öffnete er seine Schreibtischschublade, tastete blind nach dem Inhalt, schob seine Pfeife zur Seite, obwohl er sie am liebsten angesteckt hätte, und seufzte erleichtert auf, als das Schokoladenpapier an seinen Fingerspitzen knisterte. Ein Stück Trauben-Nuss-Schokolade tat immer gut. Fast so gut wie das Anzünden der Pfeife, das Paffen der ersten Rauchwolken und ihr Gewicht im Mundwinkel, wenn sie zuverlässig glühte. Aber Rauchen im Büro kam natürlich nicht infrage. Mit geschlossenen Augen schob er sich ein Stück Schokolade in den Mund, legte den Rest zurück, während sie in seinem Mund schmolz, und genoss den Augenblick, in dem nur noch die Trauben und Nussstücke auf seiner Zunge lagen.

Die Tür öffnete sich, Oberkommissar Sören Kretschmer trat ein. »Gibt's was Neues, Chef?«

»Immer nur dasselbe«, brummte Erik.

Sören stutzte. »Wollen Sie damit etwa sagen ...?«

»Ja. Letzte Nacht schon wieder.«

»Das kann doch nicht wahr sein.« Sören hockte sich auf die Ecke von Eriks Schreibtisch. »Können wir die Ermittlungen nicht ablehnen?«

»Ich habe gerade mit dem Kurdirektor telefoniert. Der will unter keinen Umständen, dass etwas davon an die Öffentlichkeit dringt. Das Image unserer Insel würde schwer leiden. Er braucht also Spezialisten.«

Sörens rundes Gesicht, das immer einem reifen Apfel ähnelte, verzog sich ärgerlich. »Das kann nicht mehr lange dauern. Die Bauern suchen bereits nach Schafhirten. Die Tierheime organisieren private Wachen ... der Kerl hat keine Chance.«

Erik entschloss sich zu einem zweiten Stück Schokolade. Er bot Sören eins an, der aber lehnte wie immer ab. »Nur gut, dass die Presse zurzeit mit dem Superstar aus Amerika beschäftigt ist. Nicht auszudenken, wenn das *Inselblatt* gerade jetzt mitten in einem Sommerloch steckte ...«

Erik erhob sich schwerfällig. Nur ganz kurz schoss ihm der Gedanke durch den Kopf, dass er immer unbeweglicher wurde, obwohl er doch noch nicht einmal fünfzig war. Aber er schob diesen unangenehmen Gedanken schnell beiseite. Irgendwann würde er mit Sport beginnen. Irgendwann ganz bestimmt ...

Er glättete seinen Pullunder, kontrollierte, ob in den tiefen Taschen seiner weiten Cordhose alles steckte, was er brauchte, dann sagte er zu Sören: »Kommen Sie, wir fahren zum Mittagessen.«

Sören zögerte. »Ihre Schwiegermutter ist gerade erst auf Sylt angekommen.«

»Gestern schon.«

»Da kann man ihr schon einen Gast zumuten?«

Erik schob Sören zur Tür. »Sie wissen doch, wie sie ist. Wenn ich ihr erzähle, dass Sie bei Gosch ein Fischbrötchen essen statt bei ihr Antipasti, Primo, Secondo und Dolce, wäre sie tödlich beleidigt.«

2 Am Morgen hatte sie nur kurz den Kühlschrank und die Regale in der Vorratskammer inspiziert. Es war wie immer gewesen. Außer ein paar Konservendosen mit den Aufdrucken »Nasi Goreng«, »Pichelsteiner Eintopf« und »Königsberger Klopse« war nicht viel zu finden gewesen. Es wurde Zeit, dass sie hier mal wieder Hand anlegte. In zwei, drei Monaten verlotterte der Haushalt ihres Schwiegersohns vollkommen. Da musste sie erst einmal für Ordnung sorgen, für Vorräte, die nicht in einer Fabrik, sondern in der eigenen Küche hergestellt worden waren, und für den gewissen Überfluss, der zu einem gut geführten Haushalt gehörte. Also für Lebensmittel, die niemand brauchte, die aber gern gegessen wurden: italienisches Gebäck, einige Hartwürste und natürlich jede Menge Oliven. Die Antipasti, die sie für gewöhnlich am Tag ihres Eintreffens auf Sylt einlegte, würden noch warten müssen. Nun hatte sie erst einmal fürs Mittagessen eingekauft, am Nachmittag würde sie dann das frische Gemüse, das gute Olivenöl und eine große Flasche Balsamico besorgen. Am nächsten Tag schon würde es im Hause Wolf duften, dass

jedem Gast das Wasser im Mund zusammenlief. Nach der Siesta würde sie noch einmal losgehen, und dann mit viel Zeit. Sie würde alle Lebensmittel genau in Augenschein nehmen und ausgiebig betasten, um die frischeste Ware zu bekommen, sie würde die Kassiererinnen begrüßen und sich erkundigen, ob die eine immer noch die schrecklichen Gummistrümpfe tragen musste und eine andere endlich den Mut aufgebracht hatte, zum Zahnarzt zu gehen. Und natürlich würde sie auch den Filialleiter begrüßen, um ihn daran zu erinnern, dass er für die nächsten zwei Wochen die kritischste Kundin im Laden haben würde, die ihm je begegnet war. So jedenfalls hatte er einmal gesagt, und Mamma Carlotta hatte es als Kompliment verstanden, obwohl sie nicht sicher war, dass der Filialleiter es so gemeint hatte.

Natürlich war sie auch noch nicht dazu gekommen, die Nachbarin zu begrüßen. Ihr Flugzeug war ja erst am späten Nachmittag in Hamburg gelandet. So freute sie sich nun, dass Frau Kemmertöns ihr entgegenkam und ihr damit die Aufgabe abnahm, am Nachbarhaus zu klingeln oder darauf zu warten, dass man sich am Gartenzaun traf. Mamma Carlotta ließ die Einkaufstaschen fallen, damit sie beide Hände zur Begrüßung frei hatte. In Panidomino, ihrem Dorf, würde sie nach ihrer Rückkehr jede einzelne Nachbarin in ihre Arme ziehen, aber sie hatte mittlerweile gelernt, dass Gefühlsausbrüche dieser Art auf Sylt nicht gern gesehen und völlig unüblich waren. Jedenfalls unter denen, die auf der Insel geboren waren oder schon lange hier lebten. Also würde die rechte Hand völlig ausreichen.

»Moin.« Dass Frau Kemmertöns sich freute, die Schwiegermutter ihres Nachbarn zu sehen, konnte nur der erkennen, der mit ihrem Temperament vertraut war. In Italien wäre diese Art von Begrüßung einer Beleidigung gleichgekommen.

»Buon giorno!« Natürlich ließ Mamma Carlotta es sich nicht nehmen, Frau Kemmertöns so zu begrüßen, wie sie es gewohnt war: laut und herzlich, mit vielen überflüssigen Worten und Episoden, mit denen sie ins Haus fiel, um das Schweigen, das sie ernten würde, zu übertönen. Als sie ausgiebig das schlechte Wetter in Panidomino geschildert und erwähnt hatte, dass der Pfarrer ihres Dorfs an Gallensteinen litt, merkte sie allerdings, dass Frau Kemmertöns diesmal ihren Wortschwall nicht wie sonst über sich ergehen ließ wie einen Regenguss, dem man nicht ausweichen konnte. Nein, sie versuchte, Mamma Carlotta zu unterbrechen, weil sie augenscheinlich etwas auf dem Herzen hatte, was rauswollte. Das war ungewöhnlich. In Frau Kemmertöns' Leben geschah wenig, ihre Tage liefen eintönig dahin. Die wenigen aufregenden Erlebnisse hatte sie allesamt Carlotta Capella zu verdanken, von der sie gelegentlich zu Abenteuern verführt wurde, die sie immer erst abzuwehren versuchte, wenn es zu spät war. Diesmal schien sie jedoch etwas zu drängen.

»Ich bin froh, dass Sie auf Sylt sind«, brachte sie schließlich heraus. »Ich brauche dringend Ihre Hilfe.«

Mamma Carlotta begriff sofort, dass es nicht um ein Pastarezept oder einen biologischen Unkrautvernichter ging. Sie riss ihre Einkaufstaschen in die Höhe und winkte die Nachbarin mit einem Kopfnicken zur Tür der Wolfs. »Ich muss das Mittagessen vorbereiten. Währenddessen können Sie mir erzählen, was los ist.«

Wie immer war Frau Kemmertöns von Mamma Carlottas Tempo völlig überfordert. Sie stand noch mit ausgestreckten Armen da, um ihr eine Einkaufstasche abzunehmen, als Carlotta schon auf dem Weg zur Haustür war – mit beiden Taschen. Und die Tür war längst aufgeschlossen und aufgestoßen worden, als Frau Kemmertöns sich endlich in Bewegung gesetzt hatte. Obwohl die beiden Frauen im gleichen Alter, von gleicher Statur und sich auf den ersten Blick sogar ähnlich waren, unterschieden sie sich auf den zweiten doch gründlich voneinander. Beide mussten ein Gewicht in Bewegung bringen, das in Kleidergröße 44 passte, für Frau Kemmertöns mit Stöhnen und Prusten verbunden, für Mamma Carlotta kein Problem. Sie ließ die Haustür hinter sich offen stehen und hatte schon in der Küche die Espressomaschine in Gang gesetzt, als sie endlich Frau Kemmertöns' Schritte hörte. Diese drückte die Haustür umständlich ins Schloss, was Mamma Carlotta in der Regel mit einem kräftigen Stoß erledigte, der die Tür ins Schloss donnern ließ, dass die Fensterscheiben erzitterten.

Frau Kemmertöns setzte sich an den Tisch, betrachtete die Espressotasse, als könnte sie sich nicht erklären, wie diese so schnell dorthin gekommen war, und sah Mamma Carlotta beim Auspacken der Einkäufe zu. So wie Küekeltje, die kleine schwarze Katze der Familie Wolf, die mal wieder hoffte, dass in der großen Einkaufstasche von Mamma Carlotta auch etwas für sie sein könnte. Aufgeregt strich sie um Carlottas Beine herum, wurde aber zu ihrem großen Missfallen überhaupt nicht beachtet.

»Nun reden Sie schon! Wie kann ich Ihnen helfen?«

Frau Kemmertöns begann zu Mamma Carlottas Verdruss erst einmal mit einer längeren Vorrede, ließ sich über das Phlegma ihres Mannes aus, beklagte dessen Unaufmerksamkeit und die Tatsache, dass er mal wieder ihren Geburtstag vergessen hatte.

»Aber dabei brauchen Sie nicht meine Hilfe«, drängte Carlotta. »Ihr Jupp war doch schon immer so.«

Darüber musste Frau Kemmertöns erst einmal nachdenken, dann nickte sie. »Ja, eigentlich schon ...«

Carlotta war froh, dass sie ihre Ungeduld an der Fleischwurst auslassen konnte, sonst wäre Frau Kemmertöns Gefahr gelaufen, bei den Schultern gepackt und geschüttelt zu werden, damit sie endlich mit ihrer Neuigkeit herausrückte.

Aber die Zwiebeln schmorten schon in der Pfanne, als es endlich so weit war: »Ich habe im Lotto gewonnen.«

»Come?« Mamma Carlotta rutschte der Streuer mit dem Majoran aus der Hand. »Das ist ja ... grande. Congratulazioni!«

Warum Frau Kemmertöns alles andere als einen glücklichen Eindruck machte, konnte sie nicht verstehen. Sie selbst hätte in einem solchen Fall Freudenschreie ausgestoßen, die bis zum anderen Ende des Dorfs zu hören gewesen wären, und dafür gesorgt, dass sämtliche Nachbarinnen herbeigelaufen wären, um zu erfahren, was bei den Capellas los war. Und dann hätte sie einen Teil des gewonnenen Geldes in Spumante umgesetzt und so lange gefeiert, bis ihre Kinder sie ermahnt hätten. Die wären bald von der Sorge befallen worden, dass das ganze Geld durch zügellose Feierei durchgebracht worden war, ehe man sich überlegen konnte, wie es investiert werden sollte.

»Wie viel?«

Frau Kemmertöns flüsterte: »Hunderttausend.«

Mamma Carlotta merkte erst, dass die Zwiebeln angebrannt waren, als sie sich ausgiebig über diesen riesigen Geldbetrag erregt und sich vorgestellt hatte, welche Wünsche man sich mit so viel Geld erfüllen konnte. »Dio mio!« Sie riss die Pfanne vom Herd, leerte sie über dem Abfalleimer und machte sich daran, die nächste Zwiebel zu pellen und in Stücke zu schneiden. »Werden Sie verreisen? Oder sich endlich den rosa Blazer kaufen, den Sie schon so lange haben wollen?«

»Größe 42«, antwortete Frau Kemmertöns dumpf. »Für den hätte ich abnehmen müssen.«

Mamma Carlotta riskierte es erneut, die Zwiebeln dem heißen Fett zu überlassen, und setzte sich zu der Nachbarin. »Was dann?«

Frau Kemmertöns fiel ein, dass sie einen Espresso vor sich stehen hatte, und führte die Tasse langsam und sehr bedächtig zum Mund, trank einen winzigen Schluck, rieb Ober- und

Unterlippe aneinander, stellte die Tasse zurück und sagte dann: »Das Geld ist weg.«

»Come?« Mamma Carlotta hielt es nicht auf ihrem Stuhl. Zum Glück, denn am Herd gab es eindeutig Handlungsbedarf. Aufgeregt verteilte sie die Zwiebeln in der Pfanne und drehte die Hitze zurück. »Wie konnte das passieren?«

Die Wurst hatte sich bereits unter die Zwiebeln gemischt und ihre Farbe verändert, die Bohnen hatten sich dazugesellt, das Ganze war mit Salz, Pfeffer und Majoran gewürzt und mit Rotweinessig überträufelt worden – da wusste Mamma Carlotta endlich, was geschehen war.

Vor vier Wochen war es gewesen. Frau Kemmertöns hatte zwischen der Mitteilung, dass sie gewonnen hatte, und der Heimkehr ihres Mannes, der einmal in der Woche in Käptens Kajüte mit seinen ehemaligen Kollegen Schafkopf spielte, genug Zeit gehabt, sich zu überlegen, was aus den Hunderttausend Euro werden würde, wenn ihr Jupp davon erfuhr. Er würde ein neues Gartenhaus haben wollen, an dem ihr nichts lag, ein neues Auto anschaffen wollen, an dem Frau Kemmertöns ebenfalls nichts lag, oder es einfach auf die hohe Kante legen wollen. Sie dagegen träumte von einer Kreuzfahrt, an der ihrem Mann nichts lag, und vermutete, dass er allen Leuten erzählen würde, dass sie gewonnen hätten, wo es doch Frau Kemmertöns gewesen war, die seit Jahren den Lottoschein ausfüllte. Und das, obwohl ihr Mann es bisher für rausgeworfenes Geld gehalten hatte.

Mamma Carlotta musste länger darüber nachdenken, ob dieses Verhalten für eine Ehefrau, die nach der Heirat alles mit ihrem Mann teilen sollte, richtig war, rang sich dann aber dazu durch, für die Nachbarin Verständnis zu haben. Sie kannte ja Herrn Kemmertöns. »Was haben Sie mit dem Geld gemacht?«

»Ich habe es in einem Lexikon versteckt. Nach unserer Hochzeit haben wir uns die Lexikonreihe zugelegt. Sie macht sich so gut im Bücherschrank, wirkt ein bisschen vornehm, und man muss ja immer mal was nachschlagen ...« Frau Kemmertöns stockte und dachte offenbar darüber nach, wann sie zum letzten Mal etwas nachgeschlagen hatte. Es fiel ihr nicht ein.

»Das macht man doch heute im Internet«, sagte Mamma Carlotta und war stolz auf ihre moderne Auffassung.

»Eben!« Nun fiel Frau Kemmertöns wieder ein, warum sie so lange nichts nachgeschlagen hatte. Dass sie kein Smartphone besaß, verdrängte sie, und dass sie den Laptop, der seit ein paar Jahren das Wohnzimmer zierte, nicht einmal anstellen konnte, ebenfalls. »Also dachte ich, da ist das Geld gut aufgehoben. Da geht ja nie einer ran. Ich staube die Bücher regelmäßig ab, das war's.«

»Ist etwa doch einer rangegangen?«

Frau Kemmertöns schüttelte den Kopf. »Das Geld steckt im dritten Band. D – E. Von Daktylus bis Ethnografie habe ich die Seiten herausgeschnitten. Da passten die Hunderttausend Euro rein. Da waren sie gut aufgehoben.« Mit zitternder Stimme ergänzte sie: »Eigentlich.« Dann kamen ihr die Tränen.

3 Eriks Handy klingelte, als er gerade das Auto geöffnet hatte. Er gab Sören einen Wink, damit er sich hinters Steuer setzte und er selbst in Ruhe telefonieren konnte. Früher hätte er ihm den Schlüssel reichen müssen, das war bei seinem neuen Wagen nicht mehr nötig. Erik war nach wie vor verblüfft, wenn er auf sein Auto zuging und es sich von selbst öffnete, nur weil er den Schlüssel in der Tasche trug. Nein, ein Schlüssel im herkömmlichen Sinne war es gar nicht, sondern ein Rechteck, das sich leider an keinen Schlüsselbund hängen ließ. Das war der einzige Nachteil. Sören war begeistert gewesen, als Erik endlich den jahrealten Vorsatz, sich ein neues

Auto zuzulegen, in die Tat umsetzte. Besonders flott und schnittig war der Renault Scenic zwar nicht, aber immerhin besaß er die neueste Technik. Und Sören, der eigentlich der Meinung war, dass sich jeder Ort auf Sylt auch mit dem Fahrrad erreichen ließ, genoss sie.

»Die Staatsanwältin?«, fragte er, kurz bevor Erik das Gespräch annahm.

Der nickte und drückte den grünen Knopf seines Smartphones, noch bevor er einstieg. Nach wie vor gab es diesen Augenblick der Peinlichkeit, wenn er in Sörens Gegenwart mit Dr. Tilla Speck telefonierte. Es war noch gar nicht so lange her, da hatte er genervt aufgestöhnt, wenn sie am anderen Ende der Leitung war, hatte jedes Telefonat mit ihr vermieden und auf ihre schlechten Manieren geschimpft, wenn er es beendet hatte. Und nun sollte plötzlich alles anders sein? Noch immer kam es ihm so vor, als hätte er Sören all die Jahre betrogen und müsse sich nun bei jedem privaten Kontakt entschuldigen.

»Hallo, Tilla! Was gibt's?« In Gegenwart anderer brachte er es immer noch nicht fertig, seine Gefühle erkennen zu lassen.

»Es ist Freitag«, gab sie mit einer Stimme zurück, die sie früher nie gehabt hatte. »Wochenende! Ich könnte morgen nach Sylt kommen.«

»Schön. Ich freue mich.«

»Hast du Zeit? Oder gibt es irgendeinen Fall, der dich einspannt?«

»Mehrfacher Mord«, gab Erik zurück, »inklusive schwerer Misshandlung. Aber sonst ...«

»Was?« In diese eine Silbe konnte sie das legen, was er früher an ihr gehasst hatte: Gefühlskälte, Überheblichkeit, Anmaßung. Nun hatte er sich damit abgefunden, dass sie so reagierte, wenn ein Verbrechen geschehen war, dass sie dann nichts als Staatsanwältin war und alles Private wegschob. »Das sagst du mir so nebenbei?«

Erik betrachtete fasziniert Sörens Hände am Steuer, die dort blieben, auch wenn sein neues Auto in einen anderen Gang schaltete. So richtig hatte er sich an das Automatikgetriebe noch nicht gewöhnt.

»Es geht nicht um Menschenleben, sondern um das Leben von Schafen.«

»Wenn der Schlachter kommt, reden wir nicht von Mord.« Ihre Stimme war noch immer kühl.

»Ich rede nicht vom Schlachter, sondern von einem Menschen, der sich so ein Schaf schnappt, fesselt, es so lange wie möglich quält und es dann absticht.«

Auf der anderen Seite blieb es eine Weile still. »Davon habe ich noch nichts gehört.«

»Natürlich nicht. Es fällt erstens nicht in unseren Aufgabenbereich, und zweitens will der Kurdirektor auf keinen Fall, dass etwas an die Öffentlichkeit dringt. Deswegen soll die Polizei sich darum kümmern.«

»Die Mordkommission?«

»Es gibt zurzeit nicht viel zu tun.« Erik wurde nervös. »Ich sorge dafür, dass zusätzliche Streifen eingesetzt werden. Das ist alles.«

Er konnte hören, dass Tilla sich am anderen Ende der Leitung schüttelte. »Pfui Deibel. Mord ist immer schrecklich. Aber dass jemand Spaß daran hat, ein Lebewesen zu quälen ...«

»Als wären uns niemals Sadisten untergekommen.«

Tilla dachte nach. »Mir eigentlich nicht. Nein, tatsächlich bisher nicht.«

Auch Erik überlegte, aber nur kurz. »Mir auch nicht.«

»Gott sei Dank.«

4 Das private Tierheim lag am nördlichen Ortsrand von Wenningstedt, hinter der Norddörferhalle, in der Nähe des Golfclubs. Es gab noch ein zweites zwischen Tinnum und Keitum, das der Tierschutzverein unterhielt. Das private Heim war von einer Frau gegründet worden, die sich von den Menschen ab- und den Tieren zugewandt hatte. Früher hatte sie zur Schickimicki-Gesellschaft gehört, das wusste Frau Kemmertöns, aber dann war ihr der reiche Ehemann weggestorben, hatte ihr viel Geld hinterlassen, und sie hatte ein großes Wohnhaus am Gaadt gebaut, das praktisch den Eingang zum Tierheim darstellte, das mit den Jahren immer größer geworden war, weil immer mehr Tiere dort abgegeben wurden.

Einer der Pfleger war eines Tages von Haus zu Haus gegangen und hatte um Bücherspenden gebeten. Die Besitzerin des Tierheims war auf die Idee gekommen, einen Bücherflohmarkt zu veranstalten. Die Sylter sollten ins Tierheim gelockt werden, Sponsoren sollten sich einfinden, Spenden sollten fließen und der Verkauf der Bücher natürlich dabei helfen, Tierfutter zu kaufen und einen neuen Pferdestall anzubauen. Anscheinend ging der reichen Dame das Geld aus. So war sie auf die Idee mit dem Bücherflohmarkt gekommen.

»Ausgerechnet, als ich im Krankenhaus war«, schluchzte Frau Kemmertöns.

Zwei Tage in der Nordseeklinik hatte ihr Hausarzt für nötig befunden, nachdem Frau Kemmertöns auf der Treppe gestürzt und ohnmächtig liegen geblieben war. Eine Gehirnerschütterung wurde befürchtet, aber nach zwei Tagen Beobachtung wurde sie gesund nach Hause entlassen. Sie war davongekommen.

Nach dem Schock, den sie nach ihrer Heimkehr erlitt, hätte sie eigentlich erneut in die Nordseeklinik eingeliefert werden müssen. Denn ... ihr Bücherschrank war leer gewesen. Herr Kemmertöns hatte seiner Gattin stolz präsentiert, dass er endlich mal das gemacht hatte, worum er seit Jahren gebeten wurde. Er hatte sich ums Aufräumen gekümmert. Dass Frau Kemmertöns in Tränen ausbrach, konnte er begreiflicherweise nicht verstehen, schob es aber der Einfachheit halber auf die Folgen des Treppensturzes. Wenn sie auch keine Gehirnerschütterung davongetragen hatte, so war sie vielleicht psychisch noch angegriffen. Frauen waren ja so empfindlich. Damit begründete Herr Kemmertöns alles, was er an seiner Frau nicht verstand.

»Wann wird der Bücherflohmarkt veranstaltet?«, fragte Mamma Carlotta.

»Übernächsten Sonntag.« Frau Kemmertöns trank den Espresso aus. »Es ist noch Zeit genug, das Lexikon zurückzuholen. Aber ... allein traue ich mich nicht.«

5 Seine Schwiegermutter war wie erwartet auf das Höchste erfreut, als er ihr den Besuch der Staatsanwältin für das Wochenende ankündigte. »Tilla wird kommen? Ich muss überlegen, was ich kochen werde.«

»Es reicht, wenn du die Reste aufwärmst.« Erik zeigte auf die Schüsseln, die zum Teil noch gefüllt waren.

Mamma Carlotta war empört. »Gästen setzt man nichts Übriggebliebenes vor.«

Erik verdrehte die Augen und schwieg. Wenn es ums Essen ging, war jede Diskussion zwecklos. Seine Schwiegermutter hatte da ihre ganz eigenen Ansichten, von denen sie niemals abwich. »Wenn du meinst ...«

Zum Glück sorgte Carolins Erscheinen dafür, dass die Debatte nicht ausartete, wenn sie auch schuld daran war, dass die Stimmung sich trotzdem verschlechterte. »Fagioli con cotechino? Du weißt doch, dass ich das nicht mag.«

Mamma Carlotta lamentierte so lange, bis Felix erschien,

der zum Glück derart hungrig war, dass er nach eigenem Bekunden sogar den Goldhamster eines Nachbarn essen würde, was zur nächsten Debatte führte, die sich darum drehte, ob solche Bemerkungen erlaubt waren, selbst wenn sie spaßeshalber gemacht wurden. Mamma Carlotta fiel prompt eine Geschichte aus ihrem Dorf dazu ein. Da hatte ein Obdachloser sich ein Kaninchen geschnappt, das in eine Falle geraten war, die er aufgestellt hatte. Das war verboten, deswegen hatte er behauptet, er habe aus dem Stall einer kinderreichen Familie ein Kaninchen gestohlen, was natürlich noch weitaus schlimmer war. Man hatte ihn aus dem Dorf gejagt, ehe der Kaninchenbestand der Familie gezählt und festgestellt worden war, dass alle Tiere vorhanden waren. »Er ist nie wieder in Panidomino aufgetaucht.«

Felix wollte sich ausschütten vor Lachen, Carolin dagegen reagierte so, wie auch Erik reagiert hätte, wenn er zu Wort gekommen wäre. »Du immer mit deinen Geschichten, Nonna! Die glaubt dir kein Mensch.«

Natürlich erntete Carolin heftige Empörung, die sie jedoch gelassen über sich ergehen ließ. Sie war durch und durch friesisch, von ihren italienischen Vorfahren hatte sie nichts geerbt. Ihr Teint war blass, ihre Haarfarbe aschblond, sie wurde nicht schnell aus ihrer Ruhe gebracht. Erik dachte oft an seine früh verstorbene Mutter, wenn er Carolin betrachtete. Sie war ihr Ebenbild. Felix dagegen kam ganz nach seiner Oma mütterlicherseits. Und natürlich nach seiner Mutter. Auch Lucia hatte dunkle Locken gehabt, einen Teint, den Erik nicht einmal durch langes Sonnenbaden bekommen hätte, sie hatte gern und laut geredet und alles in einem Tempo erledigt, dass Erik oft die Luft wegblieb. Ihr Temperament war unverwüstlich gewesen. Genau wie seine Schwiegermutter.

Er lächelte Carolin an, ohne dass sie es bemerkte. Seine Große! Seit sie ihre Ausbildung im Hotel Horizont machte, war sie richtig erwachsen geworden. Früher hatte sie oft zu weinen begonnen, wenn sie nicht gegen Felix und die Nonna ankam, wenn man ihr nie das letzte Wort gönnte und ihr Bruder immer schneller im Argumentieren war als sie. Mittlerweile hatte sie sich damit abgefunden. Das friesische Erbteil ihres Vaters schaffte es einfach nicht, sich gegen das italienische durchzusetzen. Felix fiel immer noch etwas ein, genau wie früher Lucia.

Erik griff noch einmal bei der Vorspeise zu, damit niemand merkte, dass er heimlich seufzte. Ach, Lucia! Wie sehr er sie vermisste! Immer noch. Tilla würde niemals ihren Platz einnehmen können. Hoffentlich machte sie sich da keine Hoffnungen.

Zur Freude der Nonna griff Carolin bei der Brokkolisuppe kräftig zu. »Wisst ihr eigentlich, wer im Hotel Horizont abgestiegen ist?«

»Natürlich!«, rief Felix. »Von Jenna Brown redet doch ganz Sylt.«

»Wir mussten Sicherheitskräfte einstellen«, berichtete Carolin, »weil sich ständig irgendwelche Journalisten im Foyer rumdrücken, die Jenna Brown belästigen, wenn sie auftaucht. Sogar im Innenhof! Einer ist auf den Baum geklettert, aber zum Glück hat er von da aus nicht in ihr Zimmer fotografieren können. In den Frühstücksraum lassen wir nur noch Hotelgäste, da passen wir genau auf. Kein Fotograf kann sich da reinschmuggeln.« Sie betrachtete ihren Teller, überlegte, ob ihr die Suppe reichen würde, und nahm dann einen weiteren Löffel. »Obwohl ... die lässt sich ihr Frühstück sowieso im Zimmer servieren.«

»Weil sie mit Pierre Thom direkt nach dem Aufwachen Champagner schlürfen will?«, fragte Felix grinsend.

»Weil sie in ihrem Zimmer ihre Ruhe hat«, korrigierte Carolin. »Außerdem haben die beiden getrennte Zimmer.«

»Der Form halber«, vermutete Sören. »Pierre Thom hätte gar kein Hotelzimmer beziehen müssen. Seine Eltern wohnen noch auf Sylt, andere Verwandte auch, bei denen er übernachten könnte.«

Dazu sagte Carolin nichts. Sie verhielt sich immer sehr korrekt, wenn es um das Hotel und seine Gäste ging. Keine Information kam über ihre Lippen, die von einem Hauch Indiskretion gestreift wurde.

Sören erzählte, dass er Pierre Thom, als er noch Pieter Thomsen hieß, gekannt hatte. »Der war immer ein Einzelgänger und wahnsinnig schüchtern. Bei den Mädchen traute er sich nichts, obwohl er schon damals verdammt gut aussah. Wenn er sang, himmelten sie ihn an, aber sobald er von der Bühne runterkam, war er wieder der blasse Außenseiter.«

»Und in so einen verliebt sich Jenna Brown?« Felix konnte es nicht glauben.

»Wer weiß, was das ist zwischen den beiden«, überlegte Erik. »Kann auch sein, dass sich Pieter Thomsen als Pierre Thom sehr verändert hat.«

»Vielleicht will er nur von Jenna Browns Ruhm etwas abbekommen«, vermutete Carolin. »Die ist wirklich ganz oben angekommen. Sie ist sogar mit Lady Gaga und Jennifer Lopez befreundet. Pierre Thom wird demnächst in Kreisen verkehren ... mein lieber Schwan.«

»Und wenn er genauso berühmt ist wie sie«, ergänzte Mamma Carlotta, »lässt er sie fallen wie ein heiße Patata.«

»Mal sehen, wie sich seine Karriere entwickelt.« Erik wiegte den Kopf. »In einem Festzelt auf Sylt zu singen oder bei Gosch zusammen mit dem Akkordeonspieler, das ist etwas anderes als die Fernsehauftritte, die er neuerdings hat. Wenn er beim großen Publikum nicht ankommt, kann schnell Schluss sein mit Jenna Brown.«

Mamma Carlotta kümmerte sich um die Käseomeletts. »Morgen Abend wird er im Kursaal auftreten. Das würde ich gerne miterleben. Was die Karten wohl kosten?«

»Vergiss es«, sagte Carolin. »Die Vorstellung ist restlos ausverkauft. Wir hatten ein paar Karten zurückgehalten für besondere Gäste, aber die sind auch weg.«

»Wegen Pierre Thom oder wegen Jenna Brown?«, fragte Sören grinsend.

»Sie wird jedenfalls in der ersten Reihe sitzen«, antwortete Carolin lächelnd. »Das weiß jeder. Die Paparazzi werden auf dem Vorplatz campieren, damit sie die beiden vor die Linse bekommen.«

6

Käptens Kajüte am Hochkamp hätte dringend einen neuen Anstrich gebraucht. Eine neue Tür ebenfalls. Und die beiden Tische, die vor dem Eingang standen, lockten auch niemanden an, der Wert darauf legte, eine Zwischenmahlzeit im Freien einzunehmen. Gelegentlich hockten dort ein paar Bauarbeiter, die während der Frühstückspause rauchen wollten, ansonsten blieben die beiden wackeligen Plastiktische und die Stühle, denen sich kein Übergewichtiger anvertraut hätte, leer. Ein großes Ärgernis für den Wirt, der nicht einsehen konnte, dass die Gäste es sich vor Gosch gern bequem machten, während sie seine Imbissstube mieden. Dass der fehlende Blick aufs Meer nicht das Einzige war, konnte und wollte er nicht glauben. Und dass seine Schlagermusik keine anziehende Wirkung ausübte, verstand er auch nicht.

Käptens Kajüte war auch kein Ort, an dem man sich zum Kaffeetrinken und Kuchenessen niederließ. Obwohl Tove Griess, der Wirt, in seiner Theke ein überschaubares Kuchenangebot präsentierte. Sandkuchen war immer dabei, dem am allerwenigsten anzusehen war, wenn er bereits mehrere Tage alt war, dazu ein Käsekuchen, den Tove aus einer fertigen Backmischung zusammenrührte, manchmal auch Schokoladentorte, wenn die entsprechende Backmischung gerade im Sonderangebot war.

Als Mamma Carlotta und Frau Kemmertöns die Imbissstube am Samstagvormittag betraten, sang Udo Jürgens gerade *Aber bitte mit Sahne,* Tove hoffte dementsprechend auf reißenden Absatz und griff schon zum Tortenheber. Aber die Damen verlangten nichts als Cappuccino und dazu seine ungeteilte Aufmerksamkeit. »Wir müssen mit Ihnen reden.«

»Was?« Wenn die Schwiegermutter des Kriminalhauptkommissars mit ihm reden wollte, schwante Tove Griess immer Böses. Sein Gewissen war niemals rein, und dass eine Frau, die mit einem Bullen verwandt war, zu seinen Stammgästen zählte und er sich sogar freute, sie zu sehen, würde er niemals zugeben. Vorsichtshalber setzte er die Miene auf, die jedes Kleinkind an den Rockzipfel seiner Mutter trieb. Freundlich sah er ja nie aus, selbst dann nicht, wenn er es wollte. Seine Stirn wölbte sich vor, die buschigen Brauen schoben sich über die Augen, sodass sie kaum zu sehen waren, seine Mundwinkel zeigten immer abwärts. Wenn er mal lachte, was sehr selten vorkam, wurde seine Miene sogar noch böser. Dann bleckte er das Gebiss wie ein Eisbär, der seine Beute vor sich hertreibt.

»Wenn Sie mit mir reden wollen, hat das meist nix Gutes zu bedeuten.«

Er war froh, dass sich in diesem Augenblick die Tür öffnete. Beim Eintreten eines Gastes wandte er sich selten so erfreut der Tür zu wie jetzt, da Fietje Tiensch eintrat. Der Strandwärter von Wenningstedt gehörte zu den wenigen, die schon seit Jahren mit Tove auskamen. Sie beleidigten sich gegenseitig, ohne dass einer es dem anderen übel nahm, sie beschimpften einander, behaupteten, sich nicht leiden zu können, und hätten niemals zugegeben, dass ihre Beziehung durchaus so etwas wie Freundschaft war.

»Gut, dass du kommst. Die Signora will mit uns reden.«

Fietje Tiensch blieb unschlüssig vor der Theke stehen, als wüsste er nicht, ob er unter diesen Umständen überhaupt in

Käptens Kajüte einkehren wollte. Dann aber schob er seine Bommelmütze in den Nacken und grinste. »Moin, Signora. Mal wieder auf Sylt?«

Er schlurfte zu seinem Stammplatz am schmalen Ende der Theke und ließ sich umständlich dort nieder. Eine Bestellung brauchte er nicht aufzugeben. Tove begann ein Jever zu zapfen, etwas anderes hatte Fietje noch nie haben wollen. Er war klein und von schmächtigem Körperbau, trug immer Kleidung, die ihm zu groß war, und stets seine Bommelmütze, im Sommer genauso wie im Winter. Bei seinem dünnen Bart wusste man nie genau, ob Fietje vergessen hatte, sich zu rasieren, oder ob er eigentlich einen Victor-Emanuel-Bart wie Johnny Depp tragen wollte. Das war allerdings schon deswegen sehr unwahrscheinlich, da Fietje Tiensch auf Äußerlichkeiten nicht den geringsten Wert legte und sich immer danach richtete, ob er Lust zum Rasieren hatte oder nicht.

Mamma Carlotta hatte sich mittlerweile auf einem Thekenhocker eingerichtet, was Frau Kemmertöns einfach nicht gelingen wollte. Sie hatte ihre linke Körperhälfte auf den Hocker geschoben und schien sich nicht zu trauen, die rechte dazuzuholen. So blieb sie mit dem rechten Fuß am Boden und fühlte sich augenscheinlich unwohl.

»Was gibt's denn, Signora?«, fragte Fietje, was ungewöhnlich war, denn er fragte eigentlich nie, er ließ sich fragen, und ob er dann antwortete, stand in den Sternen. Ihm war es am liebsten, wenn er dasitzen, zuhören und schweigen konnte. Aber offenbar gab es auch in seinem ausgeprägten Phlegma noch einen Funken Neugier.

»Willst du das wirklich hören?«, fuhr Tove ihn an. »Du weißt doch, da kommt immer was bei raus, bei dem wir die Drecksarbeit machen und aussehen wie zwei Dösbaddel.«

Mamma Carlotta verzichtete auf die Frage, was ein Dösbaddel war, sie konnte es sich denken. »Wenn Sie diese Geschichte hören, werden Sie verstehen, dass wir eingreifen müssen.«

Sie bat darum, Peter Alexander ein wenig leiser singen zu lassen, und erzählte dann, als Tove ihre Aufforderung überhörte, gegen die *Kleine Kneipe* an. Wie immer sehr weitschweifig, mit einem Anfang, der Spannung erzeugte, einem Ende, das sie so lange wie möglich hinauszögerte, und einem Mittelteil, der nicht immer vollinhaltlich der Wahrheit entsprach, sondern viele Möglichkeiten bot, die eine oder andere Darstellung so oder auch anders auszulegen. Als sie fertig war, tätschelte sie Frau Kemmertöns den Arm, die über ihrem Cappuccino zusammengesunken war, weil sie, während sie ihre eigene Geschichte hörte, merkte, wie dumm sie gehandelt hatte.

»Centomila euro! Die kann man nicht einfach verloren geben.«

Dieser Ansicht war Tove Griess ebenfalls. Fietje Tiensch dagegen gehörte zu den Menschen, denen Geld einerlei geworden war. Wenn die Kurverwaltung nicht genau auf die Einhaltung seiner Arbeitszeiten achtete, wenn er seine Bommelmütze hatte und dreimal täglich sein Jever in Käptens Kajüte bekam, war er wunschlos. Glücklich vielleicht nicht, dieses Gefühl kannte er gar nicht mehr. Von Zufriedenheit hätte er vermutlich auch nicht gesprochen, wenn er gefragt worden wäre. Aber die Gleichgültigkeit, mit der er sein Leben betrachtete, war letztendlich doch recht nahe an Zufriedenheit und Glück.

Tove fasste Frau Kemmertöns scharf ins Auge. »Da muss für mich was bei rausspringen. Umsonst mache ich das nicht.«

»Aber ... Signor Griess ...« Mamma Carlotta war entrüstet. »Wenn jemand Hilfe braucht ...«

Tove ließ sie nicht ausreden. »Wer sich so dusselig anstellt, kann keine kostenlose Hilfe erwarten. Fünfzehn Prozent!«

Frau Kemmertöns sank beinahe ohnmächtig vom Thekenhocker. »Das ist ja ... das sind ja fünfzehntausend! Nein, das ist zu viel!«

»Signor Griess«, rief Mamma Carlotta streng. »Sie sind unverschämt.«

»Also gut, dann zwölf Prozent. Darunter tu ich's nicht.«

Am Ende einigten sie sich, nachdem Mamma Carlotta sich ausgiebig über Tove Griess' Habgier empört hatte, auf zehn Prozent. Frau Kemmertöns nickte ergeben. Dann spendierte Tove hochzufrieden für jede ein Glas Rotwein aus Montepulciano, das aufs Haus ging. Dass nach Mamma Carlottas Meinung für Alkohol erst die Sonne untergegangen sein musste, ließ er in diesem Fall nicht gelten.

»So was geht ja nur mit Alkohol.« Er wandte sich Fietje zu. »Wenn du ein Jever umsonst willst, musst du heute Abend mitkommen.«

Für ein kostenloses Jever tat Fietje eine Menge. Außerdem hätte er nicht gewusst, was er mit sich und seiner Zeit anfangen sollte, wenn Käptens Kajüte geschlossen war. »Alles klar. Aber ... warum gehen Sie nicht einfach tagsüber ins Tierheim und holen sich das Lexikon zurück?«

Frau Kemmertöns sah Fietje Tiensch an, als zweifelte sie an seinem Verstand. »Dann würde mein Mann von meinem Lottogewinn erfahren. Im Tierheim arbeitet jemand, den er gut kennt.«

Die Tür öffnete sich, und eine Stimme rief: »Das habe ich mir doch gedacht!«

Mamma Carlotta fuhr herum, während Frau Kemmertöns es bei dem Versuch beließ, auf dem unbequemen Hocker eine andere Position einzunehmen. Sie würde schon rechtzeitig merken, warum die Schwiegermutter von Hauptkommissar Wolf plötzlich herumzappelte, dass man um die dünnen Beine des Hockers fürchten musste.

Toves Gesicht verzog sich sogar zu einem Grinsen, und auch Fietje schob sich erfreut die Bommelmütze in den Nacken. »Guck an! Mal wieder auf Sylt?«

Richard Gercke war während Mamma Carlottas letztem

Besuch auf Sylt gerade bei seinem Sohn zu Gast gewesen, der kurz vorher auf die Insel gezogen war.

»Ricardo!«, rief Carlotta hocherfreut.

Er war ein gemütlich aussehender Mann um die sechzig, nicht besonders groß, mit einem kleinen Bauch, der zeigte, dass er gutes Essen genießen konnte, hellen Augen, aus denen viel Lebensfreude strahlte, und schneeweißen Haaren, durch die er jetzt mit beiden Händen fuhr, als sollten sie auf keinen Fall ordentlich und gepflegt aussehen. »Sohn und Schwiegertochter sind unterwegs, meine Enkel auch, da war mir langweilig. Ich dachte, ich gucke mal, ob in Käptens Kajüte was los ist.«

»Sie kommen genau richtig.« Mamma Carlotta warf Tove, Fietje und auch Frau Kemmertöns einen vielsagenden Blick zu, von dem jedoch keiner verstand, was sie damit sagen wollte. Mit verschwörerischem Blick beugte sie sich über die Theke und flüsterte: »Wir können gut einen Mann mehr gebrauchen.« Sie bemühte die Finger ihrer linken Hand und zählte ihre Argumente auf. »Signor Griess sorgt dafür, dass wir auf das Gelände kommen, Signor Tiensch steht mit ihm ... come si dice? ... Schmiere! Während Frau Kemmertöns und ich nach dem Geld suchen, können wir gut noch jemanden gebrauchen, der auch Schmiere steht. Dort, wo die Bücher für den ... Mercato gesammelt werden.«

Richard Gercke ahnte Böses. »Sie wollen mich schon wieder zu einer krummen Tour verführen?«

»No, no!« Mamma Carlotta wehrte empört ab. Wortreich erklärte sie Ricardo, dass sie ganz im Gegenteil der Gerechtigkeit zum Sieg verhelfen wollten. »Die arme Signora Kemmertöns! Sie muss ihr Geld zurückbekommen. Das sehen Sie doch ein?«

Richard betrachtete Frau Kemmertöns lange und schien sich Gedanken zu machen, die nicht mit denen übereinstimmen, die ihm soeben präsentiert worden waren. Währenddessen bestellte er sich einen Espresso, löffelte viel Zucker hinein und sagte dann: »Also gut. Ehe ich mich langweile ...«

Tove wurde mit einem Mal hektisch, er sah auf die Uhr. »Dann mal los.« Er nahm den Damen die Cappuccinotassen weg, drängte Fietje, sein Bier auszutrinken, und fragte sich, wie lange ein Mensch für so einen kleinen Espresso brauchte. »Ich mache heute früher dicht.«

»Perché?«, fragte Mamma Carlotta. »Warum?«

»Morgen wird Sperrgut abgeholt, dann mache ich immer früher dicht. Was da für Sachen am Straßenrand stehen! Vieles davon kann man noch gut gebrauchen. Und wenn ich am späten Abend mit Ihnen zum Tierheim fahren soll, muss ich jetzt schon meine Runden drehen.«

7 Das Gebäude, in dem seit vielen Jahren das Polizeirevier von Westerland untergebracht war, war schon 1906 errichtet worden, zunächst hatte es das Amtsgericht beherbergt. Mittlerweile stand es unter Denkmalschutz und musste, wenn Renovierungsarbeiten anstanden, entsprechend sorgfältig behandelt werden. Die waren schon lange fällig und vor einigen Monaten endlich in Angriff genommen worden. Seitdem war die Polizeiwache in Containern am Fuß des Telekomturms untergebracht, ein Zustand, der sich nicht so schnell ändern würde. Erik machte sich wenig Hoffnung. Wenn ein altes Gebäude, das noch dazu unter Denkmalschutz stand, renoviert wurde, offenbarten sich immer Mängel, von denen vorher niemand etwas geahnt hatte. Die Arbeiten würden sich länger hinziehen als geplant, davon war er überzeugt. Dass die Kriminalpolizei im Telekomgebäude untergebracht worden war, in der oberen Etage, hoch über den Dächern Westerlands, gefiel ihm gut. Hier herrschte Ruhe, während es in den Contai-

nern ein ständiges Rein und Raus gab. Darüber hinaus klagten die Kollegen über eiskalte Fußböden und schlechte Heizungen, die vor allem bei Wind und erst recht bei Sturm vergeblich gegen die leichte Bauweise ankämpften.

Enno Mierendorf hatte Geburtstag – und ärgerte sich sehr, dass er an diesem Samstag Dienst hatte. Um ihn zu besänftigen, hatten Sören und Erik beschlossen, ins Polizeirevier zu fahren, um ihm zu gratulieren, außerdem wollte Erik sich bei dieser Gelegenheit eingehender mit dem Fall der Tierquälerei befassen. Enno war gerührt und schnell versöhnt. Zum Glück war es ruhig gewesen, Enno hatte eine Runde Sekt ausgeben können, ohne dass sie gestört worden waren, und Erik und die anderen Kollegen hatten sogar, wenn auch so leise wie möglich, *Happy Birthday* gesungen.

Danach war Erik in sein Büro gegangen, um seine Pfeife zu holen, die er am Freitag in der Schreibtischschublade vergessen hatte, und um sich noch einmal die Unterlagen anzusehen, die der Kurdirektor ihm zur Verfügung gestellt hatte. Zufällig stand er gerade am Fenster, als unten ein Taxi vorfuhr. Er lehnte die Stirn an die Scheibe, um besser erkennen zu können, wer ausstieg. Richtig! Er hatte es sich ja gedacht. Dabei hätte Tilla den kurzen Weg vom Bahnhof bis zum Telekomgebäude nun wirklich zu Fuß zurücklegen können.

Kopfschüttelnd betrachtete er das Gepäck, das der Fahrer aus dem Kofferraum holte. Ein großer Koffer, ein kleiner Handkoffer, ein Beautycase, eine Aktentasche für ihren Laptop, ihre Handtasche ... kein Wunder, dass sie nicht zu Fuß gekommen war. Verrückt, dass sie immer Gepäck für sämtliche Eventualitäten dabeihatte. Sonniges Wetter, windiges Wetter, Regen und Sturm oder Hitze und Mückenplage. Sie stellte, nachdem sie den Taxifahrer bezahlt hatte, den großen Koffer sicher auf seine vier Räder, setzte den kleinen Koffer obenauf, hängte sich die Aktentasche über die linke Schulter, die Handtasche über die rechte und schaffte es so, eine Hand für ihr

Beautycase frei zu haben. Mit energischen Schritten ging sie auf den Eingang der Telekom zu.

Erik stand schon am Aufzug, als sie oben ankam, und nahm ihr die beiden Koffer ab. »Wird das ein Besuch oder ein Umzug?«, fragte er grinsend.

Sie hob sich auf die Zehenspitzen und küsste ihn. »Man weiß nie ...«

Er betrachtete sie, während sie vor ihm herging, ihre runden Waden über den knallroten High Heels, den kurzen roten Rock, ihre schmale Taille, das weite schneeweiße Shirt, die aufgesteckten blonden Haare. Dass sich eine solche Frau in ihn, den langweiligen Hauptkommissar, verliebt hatte, konnte er noch immer nicht glauben.

Nachdem sie Sören begrüßt hatte, ließ sie sich auf Eriks Schreibtischecke nieder. »Ich hätte gleich zum Süder Wung durchfahren können. Aber Carlotta ist nicht zu Hause, ich habe angerufen.«

»Die Kinder auch nicht?«

»Es hat keiner abgenommen. Deswegen bin ich hierhergekommen.«

»Meine Schwiegermutter kauft natürlich fürs Essen ein, ist doch klar. Die ist bei Feinkost Meyer zu finden, garantiert.«

Tilla rutschte von der Schreibtischecke wieder herunter und machte es sich auf Eriks Schreibtischstuhl bequem. »Erzähl mir mehr von dieser widerlichen Tierquälergeschichte. Es wird ja einen Grund haben, dass ihr sogar am Sonnabend im Büro seid.«

8 Mamma Carlotta war aus der Puste. Eigentlich ließ sie sich ja gern Zeit mit dem Einkaufen und Kochen, vor allem, wenn ein Gast erwartet wurde, aber da Erik nichts davon erfahren durfte, dass sie mit Frau Kemmertöns in Käptens Kajüte

gewesen war, hatte alles sehr schnell gehen müssen. Erik sollte natürlich nichts von dem Geheimnis der Nachbarin wissen und darüber hinaus keinesfalls davon Wind bekommen, dass seine Schwiegermutter ein häufiger Gast in der Imbissstube war. Seiner Meinung nach war Käptens Kajüte kein geeigneter Ort für sie. Tove Griess war kein guter Umgang, Fietje Tiensch auch nicht, und Erik schärfte seiner Schwiegermutter immer wieder ein, um Käptens Kajüte einen großen Bogen zu machen. Jedes Mal versprach Carlotta es hoch und heilig, während sie die rechte Hand hob und mit der linken hinter dem Rücken die Finger kreuzte. Damit kam sie gut zurecht. So hatte sie es auch schon bei ihrem Mann gehalten. Es gab Dinge, von denen die Männer besser nichts erfuhren.

Sie legte die Zutaten für die gebratenen Oliven zurecht, die es als Vorspeise geben sollte, stolperte über Kükeltje, als sie zum Backofen ging, um ihn anzustellen, stolperte erneut über sie, als sie zurückging, um die Auflaufform einzufetten, und sperrte die Katze aus der Küche, als sie ihr ein drittes Mal vor die Füße geriet. Wenn Mamma Carlotta in der Küche hantierte, war die Katze nicht von der Idee abzubringen, dass etwas für sie abfallen könnte. Jetzt stand sie vor der Küchentür und maunzte herzerweichend, während Mamma Carlotta die Sardellen in Stücke schnitt, damit alles für die Polenta bereit war, die sie als Primo servieren wollte. Pollo alla Marengo schmorte bereits auf dem Herd, es würde kurz vor dem Verzehr seinen letzten Pfiff erhalten. Auch der Weinschaum stand schon im Kühlschrank, die Beeren stammten aus der Tiefkühltruhe von Feinkost Meyer. Ende September gab es im Garten keine Beeren mehr. Sie brauchte sich also nicht zu schämen, wenn sie auf Tiefkühlkost auswich, was in diesem Fall sogar in Panidomino akzeptiert worden wäre.

»Finito!« Sie lehnte sich an die Arbeitsplatte und stöhnte. Alles war vorbereitet. Gleich konnte sie in aller Ruhe den Tisch decken und auf Erik, Tilla und Sören warten. Ob die Kinder beim Abendessen dabei sein würden, wusste sie nicht. Noch einmal stöhnte sie, diesmal verärgert und ungeduldig. Seit Carolin ihre Ausbildung zur Hotelkauffrau machte, hing es immer von ihrem Dienstplan ab, ob sie mit der Familie essen konnte oder nicht, und Felix kam nach Hause, wann er wollte. Allein sein Stundenplan schien jede Woche anders zu sein, seine Nonna machte sich nicht mehr die Mühe durchzublicken. Oft traf er sich direkt nach der Schule und auch am Wochenende mit seinen Freunden, um zusammen mit ihnen zu lernen, oder er ging mit ihnen zum Sport. Gelegentlich schien er sich auch mit einem Mädchen zu treffen, wovon er seiner Großmutter jedoch kein Sterbenswörtchen verraten wollte. Sehr ärgerlich.

Mamma Carlotta holte also vier Gedecke aus dem Schrank. Sollten die Kinder doch noch auftauchen, würde man eben zwei Teller dazwischenschieben. Kein Problem. Viel schwerer war die Frage zu beantworten, wie sie zu später Stunde aus dem Haus kam. Möglich, dass Erik und Tilla sich früh zurückzogen und gar nicht bemerkten, wenn sie noch mal wegging, aber gewiss war das nicht. Auch die Kinder blieben womöglich zu Hause und wollten von ihrer Nonna wissen, was sie zu so später Stunde noch vorhatte. Dann durfte sie nicht in Verlegenheit kommen, sie musste sich vorher etwas einfallen lassen. Frau Kemmertöns hatte ihr das Versprechen abgenommen, unter allen Umständen zu schweigen. Es gab nur eine Möglichkeit, die außerdem den Vorteil hatte, dass sie in etwa der Wahrheit entsprach. Sie musste sagen, dass sie mit Frau Kemmertöns ausgehen wollte. Aber würde man ihr glauben? Zwar war sie schon gelegentlich mit der Nachbarin am Nachmittag oder am frühen Abend zum Eisessen ins Iismeer gegangen, aber dass sie erst zu einer Stunde aufbrachen, in der man sowohl im Hause Wolf als auch bei den Kemmertöns zu Bett zu gehen pflegte, war noch nie vorgekommen. Wie sollte sie das erklären?

Als die Staatsanwältin sie zur Begrüßung umarmte, als Sören wieder mal behauptete, es sei einfach wunderbar, dass er jede Mahlzeit im Haus seines Chefs einnehmen dürfe, wenn die Schwiegermutter zu Besuch war, und Erik lächelte, als freue er sich aufs Abendessen, vergaß sie für kurze Zeit, was sie bedrückte. Frau Kemmertöns hatte es da viel leichter. Sie wusste, dass ihr Jupp sich zur *Tagesschau* vor den Fernseher setzte und dort irgendwann einschlief. Das war Abend für Abend das Gleiche. Erst wenn seine Frau ihn weckte, taumelte er schlaftrunken die Treppe hinauf und schlief in seinem Bett weiter. Sie würde ihren Mann also nach ihrer Rückkehr einfach am Arm rütteln, ihm sagen, dass es nun aber wirklich Zeit fürs Bett würde, und konnte sicher sein, dass er nichts von ihrer Abwesenheit mitbekommen hatte. Und wenn doch? Diese Frage hatte Mamma Carlotta mehrmals gestellt. Aber auch da hatte Frau Kemmertöns mal wieder ihr stoisches Temperament bewiesen. »Dann bin ich gespannt, ob er sich wenigstens Sorgen gemacht hat.«

Während der Hauptspeise brachte sie die Rede auf die Nachbarin, die mit einem Mann verheiratet war, der ihr niemals den Gefallen tat, mal auszugehen, eine Veranstaltung zu besuchen oder in einem guten Restaurant zu essen. »Er will immer nur auf dem Sofa vor dem Fernseher hocken.«

Die Reaktion war so, wie sie erhofft hatte. Alle waren empört über einen solchen Ehemann, die Staatsanwältin ganz besonders. Sie wich jedoch argumentativ von Frau Kemmertöns' Seite, als sie hörte, dass diese es nicht wagte, sich selbstständig zu machen, einfach auf die Begleitung ihres Mannes zu verzichten und allein etwas zu unternehmen. »Man muss sich doch als Frau emanzipieren!«

Mamma Carlotta kam sich sehr clever vor, als sie die Idee präsentierte, die angeblich Frau Kemmertöns gehabt hatte. »Sie will mit einer anderen Frau ausgehen. Und da hat sie mich gefragt.«

Erik warf einen Blick zur Uhr. »Heute noch?«

Mamma Carlotta war froh, dass sie aufstehen und die Teller abräumen konnte. Es war ja viel schwerer, jemandem ins Gesicht zu lügen, als ihm dabei den Rücken zuzudrehen. »Ich habe ihr gesagt, dass unser Abendessen natürlich vorgeht. Dass ich erst danach mit ihr losgehen kann.«

»Das wäre doch nicht nötig gewesen«, rief Tilla Speck. »Wir hätten uns allein versorgen können.«

Aber Carlotta wehrte ab. »Das kommt ja gar nicht infrage. Nur, weil Frau Kemmertöns ohne ihren Mann ausgehen will?« Sie holte die Nachspeise aus dem Kühlschrank und verteilte die Dessertteller. Warum war ihr nicht schon vorher diese wunderbare Ausrede eingefallen? Merkwürdig, dass ihr häufig spontan bessere Ideen kamen, als wenn sie die Zeit hatte, lange darüber nachzudenken und jedes Für und Wider abzuwägen. »In Italia ist es ja nichts Besonderes, erst nach zehn loszugehen. Aber auf Sylt ... jedenfalls habe ich zu Signora Kemmertöns gesagt, dass ich erst spät kann.«

Erik runzelte die Stirn. »Das gefällt mir aber gar nicht. Wo wollt ihr denn überhaupt hingehen?«

Tilla legte eine Hand auf seinen Unterarm. »Deine Schwiegermutter ist kein kleines Kind mehr, Erik.«

»Ich will ihr ja keine Vorschriften machen«, antwortete er hastig. »Aber ich mache mir Sorgen.« Er wandte sich wieder Mamma Carlotta zu. »Dann wirst du ja erst sehr spät heimkommen.«

»Kann schon sein«, entgegnete Mamma Carlotta lapidar, tat jedem etwas von dem Weinschaum auf und redete lange davon, dass diese Nachspeise im Sommer eigentlich viel deliziöser sei, weil sie dann die Beeren im eigenen Garten geerntet hätte.

Ehe Erik einen weiteren Einwand vorbringen konnte, sorgte Tilla dafür, dass er schwieg. Lächelnd fragte sie: »Ist Richard Gercke zurzeit auch auf Sylt?«

Ehe Mamma Carlotta sich wundern konnte, hatte sie die Frage schon beantwortet. »Ja.« Und als sie begriff, warum Tilla sie gestellt hatte, spürte sie, dass ihr Gesicht rot anlief und ihre Wangen heiß wurden. In solchen Situationen war es immer am besten und einfachsten, die Toilette aufzusuchen. »Scusa!«

In der Diele, mit der Hand auf der Klinke des Gäste-WCs, blieb sie stehen und lauschte. »Du musst endlich einsehen, Erik, dass deine Schwiegermutter ein Recht auf Liebe hat. Sie ist doch noch nicht alt. Warum soll sie sich nicht noch einmal verlieben? Schlimm genug, dass sie sich nicht traut, dir die Wahrheit zu sagen.«

»Du meinst ...« Erik schien es nicht aussprechen zu wollen.

»Natürlich! Sie will sich nicht mit Frau Kemmertöns, sondern mit Richard Gercke treffen. Ist doch klar! Garantiert ist es kein Zufall, dass er zur selben Zeit auf Sylt ist wie sie. Das letzte Mal hat sich was angebahnt, das habe ich doch gleich gemerkt.«

Mamma Carlotta betrat das Gäste-WC und atmete tief ein und aus. Sollte sie die Sache richtigstellen? Sie ließ die Spülung rauschen und wusch sich lange und ausgiebig die Hände. Es war vermutlich klüger, sich dazu nicht zu äußern. Später, wenn Frau Kemmertöns ihr Geld zurückhatte, bekam sie vielleicht Gelegenheit, alles geradezurücken. Jetzt war sie erst einmal dankbar, dass sie aus dem Haus gehen konnte, ohne weitere Erklärungen abgeben zu müssen.

9

Als sie wieder in die Küche trat, sahen die drei so nachdrücklich über sie hinweg und ignorierten sie derart betont, als sie sich an die Kaffeemaschine stellte und mit dem Espressokochen begann, dass nur einem besonders unsensiblen Menschen entgangen wäre, dass er vor Kurzem noch Mittelpunkt des Gesprächs gewesen war. Erik merkte gleich, dass er seiner Schwiegermutter nichts vormachen konnte. Sie wusste, dass über sie gesprochen worden war.

»Einige Bauern reden schon davon, Schafhirten einzustellen«, sagte er hastig.

Tilla Speck schüttelte den Kopf. »Was sind das für Menschen, die Befriedigung finden, wenn sie Tiere quälen? Wehrlose Kreaturen!«

Mamma Carlotta riss die Augen auf. »Tierquälerei? Dio mio! So was gibt es auf Sylt? Das ist ja ... terribile.«

Natürlich wollte sie mehr wissen, jede schaurige Einzelheit sollte Erik ihr erzählen, aber wie erwartet, war er dazu nicht bereit. »Ein Schafripper! Und wehe, du redest darüber!«

Nun mischte sich Sören ein, der trotz des Wochenendes am Tisch seines Chefs Platz genommen hatte. Sein kurzer Versuch, die Familie Wolf allein essen zu lassen, war rundweg abgelehnt worden. »Ich habe im Internet recherchiert. Tierquälerei ist das Symptom einer Störung des Sozialverhaltens. Häufig werden ehemalige Opfer zu Tätern. Also Menschen, die selbst mal Prügelknaben waren, verschieben jetzt ein Tier in diese Rolle. Scheinbar wird dadurch, zumindest für kurze Zeit, ihre Aggression abgebaut.«

»Ich hoffe, wir lösen den Fall bald«, sagte Erik.

»Da wir zurzeit kein Kapitalverbrechen auf Sylt haben«, meinte Sören, »sollten wir jeden bereitstellen, den wir erübrigen können.«

»Habe ich schon«, antwortete Erik. »Alle Streifen achten besonders darauf.«

Die Tür öffnete sich, Carolin kam in die Küche. »Moin.« Sie zog ihre Jacke aus, warf sie auf die Arbeitsfläche, obwohl ihre Nonna das nicht leiden konnte, nahm sich einen Teller aus dem Schrank und quetschte sich zwischen ihren Vater und die Staatsanwältin. »Puh! Mir ist dreimal Geld angeboten worden, wenn ich bereit bin, ein Foto von Jenna Brown und Pierre Thom zu machen. Am besten im Bett.«

»Das wirst du doch nicht tun, Carolina!«, rief Mamma Carlotta empört.

Carolin tippte sich an die Stirn. »Bin ich blöd?«

Sie trug noch immer die Hoteluniform, die sie sonst, bevor sie heimkam, ablegte. Die hatte nach ihrem Einstellungsgespräch für eine längere Phase des Nachdenkens gesorgt. Sie sollte demnächst den ganzen Tag in einem knielangen Rock rumlaufen? Mit einer Hemdbluse, wie sie ihre Nonna gern trug? Mit einem Tüchlein um den Hals, das vor fünfzig Jahren mal modern war? Niemals! Aber als eine Mitschülerin ihr erzählte, dass sie Flugbegleiterin werden wolle und sich in den dunkelblauen Kostümen ihrer Airline auch alles andere als wohlfühle, fiel ihr die Entscheidung leichter. Sie war nicht die Einzige, die ihren Beruf in unkleidsamer Tracht versah.

Erik kam nicht dazu, sie zu fragen, warum sie an diesem Abend in ihrer Uniform nach Hause gekommen war, denn Carolin hatte viel zu erzählen und ließ ihn nicht zu Wort kommen. Sehr ungewöhnlich für sie. Ausgiebig berichtete sie, was sich zurzeit im Hotelfoyer abspielte. »Wir sind auf solche Promis gar nicht eingestellt. Die richtig berühmten Leute steigen normalerweise im Hotel Stadt Hamburg ab. Oder im Arosa in List.«

Sören hatte eine Erklärung. »Pieter stammt aus Wenningstedt. Vielleicht will er in der Nähe seiner Familie wohnen.«

»Schon möglich.« Carolin zuckte mit den Schultern. »Für uns ist es klasse. Mein Chef ist außer sich vor Begeisterung, trotz der vielen Probleme. Wo über Jenna Brown berichtet wird, sind auch Bilder vom Horizont zu sehen.« Sie blickte auf die Uhr. »Ich gehe gleich noch mal ins Hotel. Wir müssen alle an Bord sein, wenn das Konzert zu Ende ist.«

»Deswegen hast du dich nicht umgezogen?«

Carolin nickte. »Kann natürlich sein, dass Jenna Brown und Pierre Thom woanders den Erfolg feiern, aber wir wollen auf alles eingestellt sein. Die Bar wird abgesperrt, damit die beiden ihren Schlummertrunk ungestört einnehmen können.« Sie schob ihren Stuhl zurück und stand auf. »Ich muss noch was mit meinen Haaren machen, bevor ich wieder ins Hotel gehe.«

Die Staatsanwältin bestand darauf, den Tisch abzuräumen, damit Mamma Carlotta früh genug aus dem Haus kam. Sören beteiligte sich daran, während Erik eine gute Flasche Rotwein aus dem Keller holte und Carolin sich ins Bad verdrückte.

Bevor er die Treppe hinabstieg, sah er, dass Tilla seiner Schwiegermutter den Arm tätschelte. »Mach dich noch ein bisschen hübsch, Carlotta. So viel Zeit muss sein.«

Er bemerkte, dass sie zögerte. Hatte sie sich je für irgendein Ereignis hübsch gemacht? Klar, für eine Beerdigung holte sie ihr schwarzes Kostüm heraus und für eine Hochzeit ihr bestes Kleid, das schon viele Hochzeiten gesehen hatte. Aber dass sie sich für diesen Abend eine neue Bluse gekauft hatte und nach Lippenstift und Eau de Toilette suchte, konnte er sich einfach nicht vorstellen. Warum eigentlich nicht? Tilla hatte schon recht: weil seine Schwiegermutter für ihn eine Mutter und Großmutter war, eine Frau, die sich für andere aufopferte, eine Frau, die nie an sich selbst dachte, keine Frau, die von einem Mann begehrt wurde. Letzteres konnte er sich überhaupt nicht vorstellen und wollte es vor allem nicht.

Er nahm sich viel mehr Zeit mit dem Aussuchen des Weins, als nötig war, weil er hoffte, dass Mamma Carlotta aus dem Haus sein würde, wenn er wieder hochkam. Er wollte nicht sehen, dass sie die Lippen geschminkt oder ihre Wimpern getuscht hatte. Nein, auf keinen Fall!

Gerne hätte er sich länger die Zeit genommen, zwischen dem Merlot und einem Dornfelder zu wählen, aber in diesem Augenblick ertönte der *Radetzkymarsch*. Erik hatte eine Weile gebraucht, bis er sich an die neue Klingel gewöhnt hatte, die Felix unbedingt haben wollte. Eine Melodieklingel, die unzählige Musikstücke auf Lager hatte. Er lauschte ins Haus, hoffte, dass Carolin die Treppe herunterkommen würde, weil sie von einer Freundin abgeholt wurde, aber stattdessen hörte er Tillas Stimme: »Soll ich öffnen?«

»Komme schon!« Mit zwei Flaschen in der Hand stieg er die Treppe hoch, drückte sie Sören in die Hand und sagte: »Sie bestimmen, welchen wir trinken.«

Dann öffnete er die Tür, zusammen mit Kükeltje, die kurz nach ihrem Einzug ins Hause Wolf die Aufgabe der Empfangsdame übernommen hatte. Am Fuß der Treppe stand ein junger Mann von Anfang zwanzig, mit einer Tasche über der Schulter, die aussah, als steckte eine Kamera darin. »Ich möchte Carolin abholen.«

Erik wollte gerade nach seinem Namen fragen, da hörte er hinter sich Schritte auf der Treppe. Carolin kam herunter, sie kam geradezu heruntergeflogen. »Bin schon da.«

Sie riss eine Jacke vom Garderobenhaken, verpasste ihrem Vater einen verrutschten Kuss und zog die Tür hinter sich zu.

Als Erik in die Küche zurückkam, sah er Tilla am Fenster stehen. Mit einem langen Hals blickte sie Carolin nach. »Der sieht aus wie ein Journalist. Ich kenne diese Typen.«

Erik runzelte die Stirn. »Vermutlich ein Kollege. Scheinbar müssen heute Abend alle im Hotel sein.«

Sören goss den Rotwein ein. »Irgendwie ... vermisse ich die Signora. Wenn sie nicht da ist, fehlt etwas.«

10 Carlotta war die Letzte, die in Käptens Kajüte erschien. Verblüfft blieb sie in der Tür stehen. »Was ist denn das?«

Damit meinte sie nicht Edith Piaf, die ein französisches Chanson zum Besten gab, während Tove eigentlich nur Gesang akzeptierte, den er verstand und heimlich mitsingen konnte, wenn niemand ihn hörte.

Die alten, wackeligen Stühle waren verschwunden, an ihrer Stelle gab es nun stabile Holzstühle von bester Qualität, mit geschwungenen Beinen, gut gepolstert und mit grün gemustertem Stoff überzogen. Schöne Stühle! Aber in Käptens Kajüte passten sie so gut wie Sofas mit weißen Seidenkissen in eine Bahnhofshalle.

»So was werfen andere weg!« Tove klopfte sich die Brust wie ein Indianer, dessen Pfeil genau in das Herz eines Büffels getroffen hatte. »Ich brauchte zwei Wagenladungen, bis ich sie alle hergebracht hatte.«

Carlotta sah sie sich genauer an. »Die standen auf der Straße? Als Sperrgut?«

»Sage ich doch. Aber nicht lange. Die habe ich mir sofort geschnappt. Toll sehen die aus, oder?«

Mamma Carlotta nickte höflich und bemerkte, dass sich sowohl Frau Kemmertöns als auch Richard Gercke mit der Beurteilung des neuen Mobiliars zurückhielten. Fietje hatte sowieso keine Meinung.

»Denn man tau«, rief Tove, dem seine neue, qualitativ hochwertige Einrichtung einen Motivationsschub verpasst hatte. »Wir fahren los.«

Frau Kemmertöns durfte auf dem Beifahrersitz Platz nehmen, Richard Gercke, Fietje Tiensch und Mamma Carlotta machten sich auf den hinteren Plätzen so schlank wie möglich. Der Lieferwagen musste mehrmals gebeten werden, dann endlich sprang er an und zuckelte los. Tove schimpfte, dass er anscheinend nur übergewichtige Passagiere an Bord habe, für die sein altes Gefährt zu gebrechlich sei. Dabei wusste Mamma Carlotta genau, dass der Lieferwagen immer eine Weile brauchte, bis er gleichmäßig fuhr und der Motor sich nicht mehr am Benzin verschluckte.

»Das mit den übergewichtigen Passagieren will ich mal überhört haben«, sagte Richard, der sich das erlauben konnte, weil er trotz Bauch nicht als übergewichtig galt.

Fietje Tiensch kicherte. »Tove hat mir seine letzte Bratwurst gegeben, die unverkäuflich war. Die wird's gewesen sein.«

Prompt wurde die Stimmung albern, nur Frau Kemmertöns saß schweigend und todernst auf dem Beifahrersitz. Mamma Carlotta betrachtete ihr Profil. Es kam ihr so vor, als hätte die Nachbarin mit ihrem Gewissen zu kämpfen.

Das verstärkte sich vermutlich noch, als Richard Gercke sagte: »Wenn meine Frau mir einen Lottogewinn verschwiegen hätte, wäre ich ganz schön sauer gewesen.«

Mamma Carlotta wollte unbedingt verhindern, dass Frau Kemmertöns' Schuldgefühle provoziert wurden. Dies war einfach der falsche Zeitpunkt dafür. Wenn sie sich entschied, ihrem Jupp doch noch zu gestehen, dass sie reich geworden war, dann erst, wenn sie das Geld zurückhatte und nicht mehr bekennen musste, dass sie es ihm eigentlich vorenthalten wollte.

Hinter dem Kreisverkehr von Feinkost Meyer wurde es stockdunkel. Tove nahm das Gas weg und fuhr sehr langsam. »Wir nehmen nicht den Haupteingang«, sagte er. »Wir steigen hinten über den Zaun.«

»Immer erst einmal das Objekt umrunden«, sagte Fietje, der damit zum ersten Mal preisgab, dass er ebenfalls einschlägige Erfahrungen hatte.

Tove, von dem jeder wusste, dass er mit allen Gaunereien vertraut war, nickte. »Wir fahren einmal dran vorbei und wieder zurück.«

Der Eingang zum Tierheim lag ruhig da, nur eine Lampe zeigte das verschlossene Tor. Davor gab es einen Parkplatz. Hinter dem Tor, das tagsüber geöffnet war, führte ein Privatweg zum Haus der Besitzerin. Am Eingang gab es ein kleines Haus, wo Gäste empfangen wurden, wo sie beraten werden konnten, wenn sie sich für ein Tier interessierten, und wo Zubehör verkauft wurde. Daneben stand eine Bank unter einem Vordach, auf der Tierheimbesucher sich niederlassen und in aller Ruhe überlegen konnten, ob sie den Bernhardiner, der sie so treuherzig angeschaut hatte, wirklich mit nach Hause nehmen wollten.

Tove tuckerte am Eingang vorbei, als gäbe sein Lieferwagen den Geist auf, solle es aber unbedingt noch bis zur nächsten Tankstelle schaffen. Er zeigte zu dem Haus, das nur schwach zu erkennen war. »Da wohnt die Besitzerin des Tierheims«, sagte er. »Zusammen mit zwei Verwandten, die ihr bei der Versorgung der Tiere helfen.«

Bei der nächsten Gelegenheit wendete er und fuhr zurück, nun schneller und zielstrebiger. Als sie den Eingang zum Privathaus passierten, sagte Richard: »Da war jemand.«

Tove trat auf die Bremse und fuhr an den Straßenrand. Gebannt beobachteten sie alle einen Mann, der auf die Straße trat. Die Beleuchtung der Norddörferhalle reichte zum Glück bis hierhin, seine Gestalt war nur schwach, aber doch so gut zu erkennen, dass Tove mit großer Sicherheit sagte: »Das ist Georg Lang, der Neffe der Besitzerin.«

Er tauchte ins Dunkel, war von da an nur noch schemenhaft zu sehen und auch nur dadurch, dass er sich bewegte. Jeder Schritt, den er machte, erzeugte ein winziges Zittern in der Dunkelheit. Georg Lang ging den Zaun entlang, als wollte er überprüfen, ob er intakt war, dann verschwand er in der Finsternis.

Tove fuhr wieder an, rollte langsam bis zum Kreisverkehr, umrundete ihn erneut und war nun der Meinung, dass er genug Sorgfalt hatte walten lassen. »Der ist weg«, sagte er zufrieden. »Gut, dass er seinen Kontrollgang schon erledigt hat. Wäre er eine halbe Stunde später gekommen, hätten wir Probleme kriegen können.«

Seine Stimme klang derart bemüht optimistisch, dass sie allen anderen Angst einjagte. Auf der Rückbank breitete sich Stille aus. Aus dem vergnüglichen Abenteuer, das dazu dienen sollte, einem gleichgültigen Ehemann heimzuzahlen, dass er sich nicht ausreichend um seine Frau kümmerte, wurde in der Dunkelheit mit einem Mal Ernst. War es richtig, sich in die Ehe der Kemmertöns einzumischen? Jedem von ihnen ging diese Frage durch den Kopf, aber keiner sprach sie aus. Auch Frau Kemmertöns selbst sagte kein Wort.

Fietje murmelte schließlich: »Über den Zaun? Wie hoch ist der? Ich bin eigentlich aus dem Alter raus ...«

»Keine Sorge«, unterbrach Tove, den die Aussicht auf zehn Prozent Anteil an Frau Kemmertöns' Gewinn verwegen stimmte. »Ich habe eine Drahtschere dabei. Der Zaun ist ein billiges Fabrikat. Habe ich mir angesehen.«

Mamma Carlotta atmete auf. Da musste sie vermutlich nur sorgfältig darauf achten, sich nicht das Kleid zu zerreißen.

»Wo mögen die Bücher für den Flohmarkt aufbewahrt werden?«, fragte Richard.

Auch da hatte Tove sich bereits schlaugemacht. »Es gibt nur eine Möglichkeit: ein Schuppen am Ende des Geländes.« Er machte eine vage Bewegung in die Richtung, an die er dachte.

»Was, wenn die Besitzerin die Bücher in ihrem Keller untergebracht hat?«, fragte Richard. »Dann können wir die Sache vergessen.«

Aber Tove wehrte ab. »Ich bin sicher, dass sie in dem Schuppen liegen. Dort werden auch das Tierfutter und die Gerätschaften der Tierpfleger aufbewahrt. Es weiß ja niemand, dass in einem der Bücher ein Vermögen steckt. Sonst wären sie sicherlich unter Verschluss genommen worden.«

Tove schaltete das Auto und damit das Licht aus. Es schien in der Finsternis ganz langsam zu verglühen, bis nur noch ein winziger Punkt übrig war und schließlich auch dieser nicht mehr zu sehen war. Schwere, dichte Dunkelheit um sie herum. Es herrschte wenig Verkehr auf der Straße zwischen Wenningstedt und Kampen, nur gelegentlich war ein Auto zu hören. Dann wieder Stille. Dunkelheit und Stille. Sie blieben im Auto sitzen, als warteten sie auf etwas oder als trauten sie sich nicht, ihren Plan in die Tat umzusetzen.

Dann aber zog Tove den Autoschlüssel ab und steckte ihn in die Jackentasche. »Denn man tau!«

»Und wenn Georg Lang hier noch irgendwo ist?«, fragte Fietje.

»Quatsch!«, antwortete Tove barsch. »Der hat seinen Kontrollgang gemacht und ist nun wieder im Haus.«

Er hatte die Innenbeleuchtung des Wagens ausgestellt, sodass alles dunkel blieb, als er die Fahrertür öffnete. Kühle schlug ihnen entgegen, feuchte Luft, salzig und wogend. Als sie alle aus dem Wagen herausgeklettert waren und sich suchend umsahen, legte sich der Wind wieder, es war nur eine einzige kleine Bö gewesen. Keiner sagte ein Wort. Was kurz zuvor noch ein Abenteuer gewesen war, wurde nun bitterer Ernst. Tove holte seine Drahtzange hervor und schulterte sie. Kein Spaß mehr! Mamma Carlotta hätte ihn am liebsten zurückgehalten. Aber das ging nicht mehr, es war zu spät. Sie hatte Frau Kemmertöns etwas versprochen, das musste sie jetzt halten. Wieder einmal ärgerte sie sich darüber, dass sie nicht gründlich nachgedacht hatte, bevor sie ihre Zusage gab. Wenn sie hier erwischt wurden, wären sie nichts als Diebe. Den wahren Grund ihres Eindringens würde man ihnen nicht abnehmen. Siedend heiß fiel ihr wieder ein, dass Erik zusätzliche Polizeistreifen eingesetzt hatte, um dort, wo Tiere untergebracht waren, zu verhindern, dass sie in die Hände des Schafrippers fielen. Was, wenn ausgerechnet dieses Tierheim von einer Polizeistreife beobachtet wurde? Warum hatte sie nicht vorher an diese Möglichkeit gedacht?

Sie spürte, dass es Richard Gercke genauso ging wie ihr. Auch er schien zu bereuen, dass er sich auf diese Sache eingelassen hatte. Seine Schritte wurden immer zögernder. Sogar Frau Kemmertöns selbst sah jetzt so aus, als wäre sie bereit, auf ihren Lottogewinn zu verzichten, wenn sie dafür ungeschoren aus dieser Angelegenheit wieder herauskäme.

Nur Tove war ohne Sorge. Ihm schien die Möglichkeit, erwischt zu werden, gar nicht in den Sinn zu kommen. Und da er in diesem Fall behaupten konnte, ohne jedes eigene Interesse zu handeln, fühlte er sich noch sicherer. Was sollte ihm schon passieren? Wenn sie auffielen, würde eben Frau Kemmertöns ihrem Mann gestehen müssen, dass sie ihm von ihrem Gewinn nichts hatte abgeben wollen. Allerhöchstens musste der Zaun ersetzt werden, aber das würde er natürlich Frau Kemmertöns anlasten. Tove Griess war das egal. Nur dass er dann wohl auch auf die Zehntausend Euro Anteil verzichten musste, war der Grund, dass er sich so umsichtig verhielt, als wäre er auf Diebestour.

Er hatte den Wagen nicht abgeschlossen, damit sie schnell die Flucht ergreifen konnten, wenn es nötig sein sollte. Nun ging er ihnen voran, mit großen, weiten Schritten durchs hohe Gras, das ihnen an den Beinen kleben blieb, feucht, wie es war. Mamma Carlotta wäre gern zurückgeblieben, aber so langsam sie auch ging, Frau Kemmertöns und Richard Gercke wurden prompt noch langsamer, Fietje Tiensch erst recht.

Schließlich war Tove an einer Stelle im Zaun angekommen, die er Stunden vorher für geeignet befunden hatte. Seine Tour, als er nach verwertbarem Sperrmüll Ausschau gehalten hatte, war von ihm außerdem genutzt worden, um das Tierheim auszukundschaften. Verärgert sah er sich um. »Nun mal dalli!«

Er wartete nicht, bis die anderen herangekommen waren, sondern setzte schon die Drahtzange an. Ein hässliches Geräusch kratzte an der Stille. Wer es hörte, würde sofort wissen, dass hier etwas Ungesetzliches geschah.

Zum Glück war es schnell vorbei. Tove winkte mit großer Geste, ohne sich umzusehen. »Los!« Er wartete nicht, bis sie alle hinter ihm waren. »Fietje und ich stehen hier Schmiere, die Signora und Frau ... Dingsbums gehen zum Schuppen.«

Er wies auf das Gelände, in dem es jetzt unruhig wurde. Gewinsel war zu hören, ein Gitter klirrte, Stroh raschelte unter unruhigen Hufen. Toves Stimme wurde leiser. »Am Hundezwinger vorbei, immer parallel zum Zaun. Die Augen nach rechts, da gibt's einen Weg, den die Tierpfleger nehmen, wenn das Futter angeliefert wird. Ein Wirtschaftsweg, der auf keinem Lageplan verzeichnet ist. Wenn uns jemand gehört hat, dann kommt die Gefahr von dort.« Er reichte Richard ein Werkzeug, das Mamma Carlotta in der Dunkelheit nicht erkennen konnte. »Damit sprengen Sie das Schloss. Das ist ein wackeliges Ding. Reinschieben, gegendrücken – und der Schuppen ist offen. Danach stehen Sie Schmiere. Verstanden? Wenn Sie was hören, sagen Sie den Damen Bescheid. Und dann nix wie zurück. Klar?!«

Richard nickte. »Und was ist mit Ihnen? Wenn Sie was hören?«

»Sobald ich den Motor anstelle, kommen Sie sofort zurück. Das ist das Zeichen, dass etwas nicht stimmt. Meine Warnung! Wenn ich schnell abhauen muss und nicht auf Sie warten kann, treffen wir uns auf dem Parkplatz der Norddörferhalle. Verstanden?«

Mamma Carlotta bedachte Tove mit einem Blick, der ihm sagen sollte, dass sie ihn durchschaute. Dieser Halunke! Er hatte sich für die Zehntausend Euro, die er von Frau Kemmertöns haben wollte, die bequemste Rolle ausgesucht. Doch Tove erwiderte ihren Blick dreist und unbekümmert. Während Fietje versuchte, sich so klein wie möglich, am besten unsichtbar zu machen. Tove stand breit und wichtig vor ihm. Ohne seine Hilfe hätten die beiden Frauen es nicht geschafft, das war doch wohl klar. Also hatte er ruhig den Part wählen dürfen, der am ungefährlichsten war. Sein Gewissen war rein, das war sogar in der Dunkelheit zu erkennen. Und als eine der über den Himmel jagenden Wolken den Mond freilegte, erst recht.

Mamma Carlotta stieg als Erste durch das Loch, das Tove in den Zaun geschnitten hatte. Es war zum Glück groß genug. Sie spürte, dass Frau Kemmertöns ihr folgte, und hörte Richards angestrengtes Stöhnen. Vorsichtig drängte sie sich durch das Gebüsch, mit dem das Gelände eingefasst war. Kaum stand sie auf dem Weg, veränderte sich alles. Der Geruch verriet jedes einzelne Tier, mit der nächtlichen Stille war es mit einem Mal vorbei. Zwar bellte kein Hund, wieherte kein Pferd, meckerte keine Ziege, aber die Unruhe war dennoch zu spüren. Sie schliefen nicht mehr. Die Tiere spürten, dass man in ihr Refugium einbrach. Sie merkten, dass es kein Tierpfleger war, der sich vor ihren Käfigen und Ställen bewegte, sondern jemand, der hier nicht hingehörte.

Mamma Carlotta war froh, als Richard an ihre Seite kam. Sie gab Frau Kemmertöns einen Wink und sorgte dafür, dass sie ihnen zügig folgte. Alles Zügige war eigentlich nicht Frau Kemmertöns' Sache, aber diesmal gab sie sich wenigstens Mühe. Zwar konnte sie nicht gleichzeitig darauf achten, dass sie sich leise bewegte, aber das spielte keine Rolle. Sie waren mit den Tieren allein, was die hörten, war nicht wichtig.

Trotzdem liefen sie geduckt, als könnte sie jemand beobachten, der ihnen gefährlich werden oder sie später verraten könnte. Ein kleiner weißer Hund sprang an sein Gitter, als sie vorbeikamen, aber er kläffte nicht, er winselte nur. Eine Dogge erhob sich träge und gab ein Knurren von sich, das dank der soliden Gitterstäbe, die sie von ihr trennten, nicht weiter gefährlich war.

Dann aber eine Bewegung hinter den Hundezwingern. Dort, wo es den Weg gab, den die Tierpfleger benutzten, wenn sie neues Futter und Material brachten. Mamma Carlotta blieb wie angewurzelt stehen und drückte sich an das Tor eines Pferdestalls. »Haben Sie das gesehen?«

»Nein.« Richard schüttelte den Kopf, und Frau Kemmertöns hatte ebenfalls nichts bemerkt. Sie wollte auch nicht darüber nachdenken, sondern die Sache nur so schnell wie möglich zu Ende bringen. »Weiter.«

Nun ging sie sogar voraus. Aus ihrer Besessenheit, mit viel Geld wieder nach Hause zu kommen, war so etwas wie Mut geworden. Richard lief hinter ihr her. Mamma Carlotta drehte sich aber noch einmal um. Ja, da war ein Schatten gewesen, eine Bewegung. Ganz sicher!

Frau Kemmertöns hielt auf einen Schuppen zu, ein fensterloses hölzernes Haus, das Tove gemeint haben musste. Richard zog das Werkzeug heraus, das Tove ihm gegeben hatte, und setzte es an. Frau Kemmertöns starrte ihm auf die Hände, Mamma Carlotta dagegen machte ein paar Schritte neben das Haus. Im Schatten des Schuppens war es viel dunkler, der Mond erreichte diesen Teil des Geländes nicht, aber es war möglich, dass sie von dort einen Blick zum Zaun werfen konnte. Dorthin, wo es eine Bewegung gegeben hatte. Vielleicht nur ein Busch, der vom Wind geschüttelt worden war, oder ein Zweig, der den Zaun gestreift hatte, vielleicht ... Aber dann sah sie ein Auto. Oder? Nein, doch nicht. Es konnte sich genauso gut um einen Anhänger handeln, einen abgestellten Traktor oder eine große Tonne für Gartenabfälle.

»Pst.« Jetzt war sie sicher, dass es eine Bewegung gegeben hatte.

Richard, der es gerade geschafft hatte, die Tür des Schuppens aufzubrechen, hielt inne. »Was ist los?«

Sie machte kehrt. »Ich glaube, da ist jemand.«

»Georg Lang?« Richard erstarrte, und Frau Kemmertöns gab einen Laut von sich, als wollte sie noch einmal in Ohnmacht fallen und in die Nordseeklinik eingeliefert werden.

Durch Mamma Carlottas Kopf jagten die Gedanken. Wenn Erik einen Streifenwagen zum Tierheim beordert hatte, dann hockte dort, wo sie eine Bewegung gesehen hatte, womöglich ein Polizist, der sie beobachtete, der glaubte, der Tierquälerei auf die Spur gekommen zu sein. Da! Wieder eine Bewegung! Etwas Rundes! Ein Kopf?

Mamma Carlotta fuhr herum. »Weg, schnell!«

Sie hatte keine Zeit, Richard und Frau Kemmertöns zu erklären, was sie gesehen hatte. Beide wussten nichts von dem Tierquäler, der zurzeit die Schafweiden von Sylt unsicher machte. Erik hatte dafür gesorgt, dass niemand etwas davon erfuhr, der Kurdirektor hatte ihn eindringlich darum gebeten. Menno Koopmann war noch nichts zu Ohren gekommen, das *Inselblatt* hatte nicht darüber berichtet, nicht einmal in einer kleinen Randnotiz. Aber was, wenn sich ihnen ein Polizist in den Weg stellte? Mamma Carlotta kannte mittlerweile viele von Eriks Kollegen. Wie sollte sie erklären, dass sie nachts auf das Gelände des Tierheims einbrach? Frau Kemmertöns' Geschichte würde ihren Schwiegersohn nicht beschwichtigen. Sie hatte ihn belogen, nur darauf würde es ihm ankommen. Und sie hatte ihn lächerlich gemacht, denn natürlich würde man sich in allen Polizeistationen von Sylt darüber amüsieren, dass die Schwiegermutter von Kriminalhauptkommissar Wolf des Nachts beim Einbruch in einen Schuppen des Tierheims erwischt worden war.

Eigentlich hätte sie sich jetzt gerne verdrückt, aber dann siegte doch ihre Neugier. Sie tappte vorsichtig in Richtung Zaun, wo es einen Baum gab, der womöglich Sichtschutz bot. Nur ein Blick! Ein ganz kurzer! Sichergehen, dass sie von einem Polizisten belauert wurden. Oder sich an der Erleichterung erfreuen, dass dort ein ahnungsloser Beamter an den Zaun urinierte, der sie gar nicht bemerkt hatte.

Aber wer immer dort war, er hatte sich zurückgezogen, also hatte er sie bemerkt. Klar, ein Polizist musste erst sichergehen. Er brauchte Beweise. Bis zu diesem Augenblick konnte er ihnen nichts anderes vorwerfen, als in fremdes Gelände eingedrungen zu sein. Er musste warten, bis sie sich ein argloses Tier schnappten ...

»Was denn nun?«, zischte Richard ärgerlich. »In den Schuppen oder weg?«

»In den Schuppen«, wollte Mamma Carlotta gerade antworten und bekennen, dass sie sich geirrt hatte, da stieß sie mit der Fußspitze an etwas Weiches, Nachgiebiges. Wie angewurzelt blieb sie stehen. Was war das? Sie wagte nicht, sich herabzubeugen, sondern blieb kerzengerade stehen, schaffte es nur, den Blick zu senken. Was vor ihren Füßen im Halbdunkel an der Seite des Schuppens lag, erkannte sie zunächst nicht genau, aber blonde Haare konnte sie sehen und fünf Finger einer Hand, die sich ausgestreckt hatte. Vielleicht, um Halt zu suchen, um einen Angreifer abzuwehren, um den Sturz abzufangen, der unvermeidbar schien ...

»Weg!« Mit ausgestreckter Hand stand sie da, den rechten Zeigefinger auf das Unfassbare gerichtet. Und noch einmal, als sie den lang hingestreckten Körper gesehen hatte, die klaffende Wunde und das viele Blut: »Weg!«

Sie lief voran, so schnell wie möglich, hörte noch, wie Richard »O Gott!« stöhnte und Frau Kemmertöns ganz leise »Hilfe!« rief. Dann spürte sie, dass die beiden ihr folgten. Sie hatten verstanden, in welcher Gefahr sie schwebten, sie hatten die Tote ebenfalls gesehen. Gefahr? Ja, der Polizist am Zaun würde irgendwann, vielleicht sogar bald, die Leiche finden und dann zu wissen glauben, wer der Mörder war. Oder die Mörderin. Die Schwiegermutter von Kriminalhauptkommissar Erik Wolf ...

11 Der Rotwein neigte sich dem Ende zu, zwischendurch hatte Erik Espresso gekocht, dessen Wirkung aber mittlerweile nachließ. Er sah immer wieder zur Uhr, Sören sagte ein ums andere Mal, dass er nun endlich gehen müsse, und Tilla antwortete dann jedes Mal, es sei doch noch nicht spät, es könnte ja auch sein, dass bald ein Anruf käme, weil der Schafripper geschnappt worden sei. In Wirklichkeit warteten alle drei auf Mamma Carlottas Rückkehr, aber keiner von ihnen hätte es zugegeben. Das wäre ja, als warteten drei Kinder darauf, dass die Mama endlich kam, weil es ohne sie kalt und unbehaglich war. Nur Kükeltje machte keinen Hehl daraus, auf wen sie wartete. Immer wieder ging sie zum Kühlschrank, maunzte, sah einen nach dem anderen erwartungsvoll an und ging dann zur Tür. In der nächsten Minute fing sie an der Kühlschranktür wieder von vorne an.

Nun sah auch Tilla zur Uhr. »Das Konzert dürfte längst zu Ende sein. Es sei denn, Pierre Thom wird zu unzähligen Zugaben gezwungen.«

Sören grinste. »Die Paparazzi sind ja mehr an Jenna Brown interessiert. Oder?«

Erik zuckte mit den Achseln. »Keine Ahnung.«

Tilla war, was Prominente, Künstler und amouröse Verwicklungen unter Stars anging, viel besser informiert. »Garantiert. Diese Lovestory bietet doch alles, was ein Journalist braucht. Jenna ist noch verheiratet, sie ist in den USA ein Megastar, er dagegen startet seine Karriere gerade erst, hat bisher nur ein einziges Album herausgebracht ... Pierre Thom muss aufpassen, dass die Presse ihm wohlgesonnen bleibt. Sonst heißt es schnell, er habe Jenna Brown ausgenutzt, um berühmt zu werden.«

Erik grinste. »Vielleicht stimmt es sogar.«

Tilla sagte nachdenklich: »Ich kann mir gar nicht vorstellen, dass er früher so schüchtern war, wie Sie sagen, Herr Kretschmer. So ein blendend aussehender Mann. Eine schöne Stimme hat er auch.«

»Alles, was ein Star braucht«, bestätigte Sören. »Und nun noch Jenna Brown. Die Karriere ist praktisch nicht mehr aufzuhalten.« Er lachte. »Meine Erinnerung liegt viele Jahre zurück. Er ist erwachsen geworden.«

Die Haustür öffnete sich und donnerte ins Schloss, die Küchentür wurde aufgerissen, sodass Erik froh war, dass niemand in ihrer Nähe saß. Derjenige wäre glatt vom Stuhl gekippt worden. »Vor dem Kursaal ist der Teufel los«, rief Felix, ließ seinen Rucksack fallen und zog einen Stuhl heran. »Ist noch was zu essen da?«

Erik setzte zu einer erzieherischen Rede an, dass derjenige, der zu spät kam, kein Anrecht auf eine Mahlzeit habe, aber Tilla griff wortlos hinter sich, hob die Schüssel mit dem Weinschaum von der Anrichte und stellte sie auf den Tisch.

Felix grinste erfreut, verzichtete darauf, ein Dessertschälchen aus dem Schrank zu suchen, sondern löffelte das Dolce direkt aus der Schüssel. »Jenna war echt nett. Obwohl die Leute ihren Namen riefen, hat sie immer Pierre in den Vordergrund geschoben. Anscheinend ist sie wirklich verliebt in ihn. Dem war das ganze Theater eher peinlich.«

Erik lächelte. »Eigentlich sehr sympathisch.«

»Ich glaube, das fanden die Leute auch irgendwann. Bloß blöde, dass man seinen Namen nicht so gut rufen kann.« Er versuchte es. »Pje-her ...? Zwei Silben sind einfach besser. Deswegen haben die meisten doch nach Jenna geschrien. Irgendwann sind die beiden dann in ein schickes Auto gestiegen und Richtung Wenningstedt gedüst.«

»Ins Hotel Horizont?«

»Nehme ich an. Da bin ich nicht mehr hingefahren. Die lassen ja sowieso niemanden rein, sagt Caro.« Er stand auf und blickte in den Kühlschrank, wo sich ein Rest vom Pollo alla Marengo fand. »Caro wird bestimmt erst nach Hause kommen, wenn Jenna und Pierre schlafen.«

Er häufte sich den kompletten Rest auf den Teller und stellte ihn in die Mikrowelle. »Hat die Nonna erzählt, wie dieses Gericht zustande gekommen ist?« Diese Frage ging an Sören und die Staatsanwältin. Erik nickte, die anderen beiden schüttelten den Kopf.

»Das wundert mich. Die Geschichte erzählt sie sonst immer, wenn sie Pollo alla Marengo kocht.«

»Nein, bitte nicht«, stöhnte Erik, der die Anekdote schon mehr als einmal gehört hatte. Aber Felix war auch da genau wie seine Nonna. Eine gute Geschichte ließ er sich nicht ausreden.

»Es war um 1800, da gewann Napoleon in Marengo eine Schlacht gegen die Österreicher. Anscheinend kriegt man von einer Schlacht Hunger, er kehrte also in einem Gasthof ein und verlangte von der Wirtin ein gutes Essen, damit er wieder zu Kräften kam. Sie hatte Angst, dass sie ihn nicht satt bekam, und hat einfach alles genommen, was sie in der Küche hatte. So bereitete sie ihm ein Huhn zu, mit Pilzen, Tomaten, Eiern, Zwiebeln, Garnelen ... einfach allem, was der Krieg ihr gelassen hatte. Napoleon soll es wunderbar geschmeckt haben. Sein Koch musste das Huhn von da an immer so zubereiten wie die Wirtin in Marengo.«

Felix stand auf und verbeugte sich tief, als erwartete er Applaus, und bekam ihn daraufhin tatsächlich.

In diesem Augenblick öffnete sich die Küchentür, die Haustür hatte niemand von ihnen gehört. Carolin trat so leise ein, wie man es von ihr gewöhnt war. Lautlos drückte sie die Tür ins Schloss und sah sich um, als fragte sie sich, woher die Leute kamen, die in der Küche saßen. Auch das war man von ihr gewöhnt.

Diesmal jedoch geriet Erik in Sorge. Seine Tochter sah aus, als hätte sie ein schlimmes Erlebnis gehabt. »Ist was passiert, Caro?«

Carolin nickte und ließ sich am Esstisch nieder, ohne ihre Jacke auszuziehen. »Pierre Thom ist verschwunden. Wie vom Erdboden verschluckt. Und der Chef sagt, es wäre meine Schuld.«

12 Tove knipste das Licht an und setzte seinen Zapfhahn in Gang. Fietje brauchte selbstverständlich ein Bier und er selbst ebenfalls. Richard bat um einen Genever, Frau Kemmertöns und Mamma Carlotta hatten auf den Schreck einen Prosecco dringend nötig.

Tove wunderte sich. »Sonst wollen Sie doch immer den Rotwein aus Montepulciano.«

Aber Mamma Carlotta blieb bei ihrem Wunsch. Rotwein war etwas für gemütliche Stunden, für Aufregungen brauchte man was Spritziges.

Also ließ Tove den Korken knallen und fragte, was er schon mehrmals gefragt hatte: »Sind Sie wirklich sicher?«

Mamma Carlotta antwortete kein weiteres Mal, sondern nickte nur. Richard Gercke und Frau Kemmertöns ebenfalls.

»Und Sie glauben, dass wir beobachtet worden sind?«, fragte Richard.

Wieder nickte Mamma Carlotta, während die anderen beiden diesmal nicht reagierten.

»Von dem Mörder?« Frau Kemmertöns' Stimme zitterte.

»Von wem sonst?«, fragte Fietje, während Mamma Carlotta sich fragte, ob sie mit der Wahrheit rausrücken durfte.

»Eins steht fest«, sagte Tove, »Georg Lang war es nicht. Den haben wir noch einmal gesehen, Fietje und ich.«

Fietje nickte. »Auf der anderen Seite des Tierheims, an der Straße.«

»Er hatte genug Zeit«, überlegte Mamma Carlotta, »im Tierheim jemanden umzubringen ...«

»... aber beobachtet hat er uns anschließend nicht«, ergänzte Richard. »Derjenige, den die Signora gesehen hat, muss also ein anderer gewesen sein.«

»Ja«, flüsterte Mamma Carlotta. »Das heißt aber noch lange nicht, dass das der Mörder war ...«

Intensiv überlegte sie. Hatte Erik ihr ausdrücklich verboten, über den Schafripper zu reden? Oder war sie nur Zeugin gewesen, als er darüber gesprochen hatte, dass es dem Kurdirektor sehr wichtig war, die Sache geheim zu halten? In diesem Fall würde ihr später nicht nachzuweisen sein, dass sie etwas mitbekommen hatte.

»Der hat sich nicht aus der Deckung getraut«, meinte Richard, »weil wir zu dritt waren. Vielleicht hat er sogar gemerkt, dass zwei Schmiere standen.« Er zeigte auf Tove und Fietje. »Sonst wäre der gleich hinter uns her, und dann ...« Er fuhr mit der rechten Handkante über seine Kehle.

Tove ging zur Tür und schloss sie ab. »Dann sind wir ja unseres Lebens nicht sicher. Der will natürlich verhindern, dass wir etwas verraten.«

»Was sollten wir denn verraten?«, fragte Richard. »Was wir heute Abend gesehen haben, sieht morgen bei Tageslicht sowieso jeder.«

»Der fragt sich wahrscheinlich, was wir dort wollten, da gibt's ja nichts zu klauen«, meinte Tove. »Wer denkt denn an eine Frau, die ihrem Mann nichts von ihrem Lottogewinn gönnt?«

Frau Kemmertöns begann zu schluchzen, aber Richard versuchte, es nicht zur Kenntnis zu nehmen. »Der denkt natürlich, dass wir auf der Stelle zur Polizei gelaufen sind, und ärgert sich vielleicht, dass er keinen Vorsprung mehr hat. Wenn der dort immer noch hockt, wundert er sich, dass nichts passiert. Aber vermutlich ist er längst über alle Berge.« Mit einem Mal wurde sein Gesicht nachdenklich. Er nahm sein Geneverglas und trank es gedankenverloren aus. »Wir haben da jede Menge Spuren hinterlassen. Der Zaun, unsere Schuhsohlen, Reifenabdrücke. Die Polizei wird in null Komma nichts bei jedem von uns auf der Matte stehen.«

Alle Augen wandten sich nun Mamma Carlotta zu. Schließlich war ihre Fußmatte dieselbe wie die des Hauptkommissars.

»Ach du Scheiße!«, stieß Tove hervor. »Und dann wird Ihr

Schwiegersohn Sie fragen, was Sie dort wollten und warum Sie über eine Leiche gestolpert sind, ohne ihm Bescheid zu sagen. Mit wem Sie im Tierheim gewesen sind, wird er Sie natürlich auch fragen.« Er starrte kurz in sein Bier, dann schüttelte er den Kopf. »Es hat überhaupt keinen Sinn, unsere Namen zu verschweigen. Da kommt Ihr Schwiegersohn sowieso drauf. Am besten, Sie sagen ihm gleich, was Sache ist. Wenn Sie warten, bis er selbst dahintergekommen ist, kriegen Sie noch mehr Ärger. Ist wohl am besten, Sie gehen nach Hause und erzählen ihm alles.«

Aus Frau Kemmertöns' Schluchzen wurde lautes Wehklagen. »Wie soll ich das Jupp erklären?«

»Das hätten Sie sich vorher überlegen müssen«, antwortete Tove. »Für diese Frage ist es zu spät.« Wütend sah er sich an, wie Mamma Carlotta ihrer Nachbarin tröstend den Unterarm tätschelte. »Noch können wir so tun, als wären wir sofort zur Polizei gelaufen, nachdem die Signora die Leiche gesehen hat. Auf eine halbe Stunde kommt es ja nicht an.«

»Wir können auch so tun«, heulte Frau Kemmertöns, »als hätten wir die Leiche gar nicht bemerkt. So richtig haben wir sie ja auch gar nicht zu Gesicht bekommen. Das bisschen, was wir gesehen haben, können wir auch nicht gesehen haben.«

»Was ist denn das für eine Logik?«, schimpfte Richard. »Sie gehen jetzt zu Ihrem Mann und gestehen ihm alles. Und die Signora geht zu ihrem Schwiegersohn und ...«

»Der weiß garantiert längst Bescheid«, unterbrach ihn Mamma Carlotta. »Wenn ich nach Hause komme, kriege ich von den Kindern zu hören, dass ihr Vater zu einem Mord gerufen worden ist.«

Frau Kemmertöns hörte auf zu weinen, Tove blieb der Mund offen stehen, Fietje schob sich seine Bommelmütze in den Nacken, und Richard sah so aus, als wollte er sich an die Stirn tippen.

»Das war nämlich vielleicht gar nicht der Mörder, den ich gesehen habe«, flüsterte Mamma Carlotta, als wäre eine Indiskretion, die ganz leise daherkam, nicht ganz so schwerwiegend. »Das kann genauso gut ein Polizeibeamter gewesen sein.«

Nun hatte sie sich entschlossen, es ging nicht anders. Sie ließ ihre Mittäter die Hand heben und schwören, dass sie nichts von dem verraten würden, was ihnen jetzt zu Ohren kommen würde.

Richard war der Erste, der begriff, dass es sein musste, Tove tat es unter leisem Murren, Fietje rutschte dabei die Bommelmütze über die Augen, und Frau Kemmertöns weigerte sich zunächst. Sie musste erst daran erinnert werden, dass ihr der ganze Schlamassel zu verdanken war, in dem sie jetzt steckten, ehe sie dann doch zögernd die Hand hob und »meinetwegen!« murmelte. Währenddessen hatte Regen eingesetzt, er trommelte an die Fensterscheiben und rauschte über den Hochkamp.

Als Tove die Gläser wieder gefüllt hatte, berichtete Mamma Carlotta von dem Schafripper, der zurzeit auf Sylt sein Unwesen trieb. »Aber der Kurdirektor will nicht, dass jemand davon erfährt. Sylt ist eine Insel, die sogar von Jenna Brown besucht wird. Dazu passt es nicht, dass jemand über die Weiden geht, um Schafe erst zu quälen und dann abzuschlachten. Oder ins Tierheim«, setzte sie hinzu.

Richard verstand als Erster. »Dann hat der Polizist sich nicht aus der Deckung getraut, weil er uns auf frischer Tat ertappen wollte. Der hat gewartet, bis wir uns ein Tier schnappen...«

»Genau«, flüsterte Mamma Carlotta.

»Und jetzt?«, fragte Tove.

Erstaunlicherweise kam von Fietje eine Antwort. »Jetzt hat er sich in seinen Streifenwagen gesetzt und ist wieder abgefahren. Ist ja nix passiert.«

Tove tippte sich an die Stirn. »Der musste sich doch fragen, was wir da gemacht haben. Und dann hat er nachgesehen und ist auf die Leiche gestoßen.«

»Vielleicht auch nicht«, meinte Mamma Carlotta. »Vielleicht hat er auch versucht, uns zu verfolgen, weil er uns für die Tierquäler hielt.«

Tove grinste. »Aber das ist ihm nicht gelungen. Ich bin sicher, dass niemand hinter uns war, als wir zurückfuhren.«

»Dann haben wir Glück gehabt«, sagte Richard. »Wer weiß, wo der seinen Streifenwagen stehen hatte. Bis er sein Blaulicht eingeschaltet hatte, waren wir schon weg. Und wenn er morgen die Tierpfleger oder die Besitzerin des Tierheims befragt ...«

»Bevor er dazu kommt«, unterbrach Tove ihn, »hat schon jemand die Leiche gefunden und die Polizei alarmiert. Und dann kann dieser Polizist sich denken, was wir im Tierheim gemacht hat.« Seine Miene wurde sorgenvoll.

Fietje schaute nach draußen. »Es schüttet wie aus Kübeln. Morgen früh sind von uns keine Spuren mehr zu sehen.«

Tove trank sein Glas leer. »Schluss jetzt! Morgen treffen wir uns wieder hier. Mal sehen, was die Signora dann zu erzählen hat.« Er fing an, die neuen Stühle kopfüber auf die Tische zu stellen. »Ich muss noch wischen. Sonst kleben meine Frühstücksgäste morgen früh am Boden fest.«

Frau Kemmertöns wuchtete ihre linke Körperhälfte vom Thekenhocker, Richard trank sein Glas aus, Fietje gab die Hoffnung, ein weiteres Jever zu bekommen, auf, und Mamma Carlotta war mal wieder vor allen anderen an der Tür. Aber dort stockte sie, als sie sich umsah. Sie stieß mit Richard zusammen, als sie zurückkehrte.

»Sie wollen beim Wischen helfen?«, fragte Richard ungläubig.

Aber das hatte Mamma Carlotta bestimmt nicht vor. Zielstrebig ging sie zu einem Stuhl, der bereits kopfüber auf einem Tisch stand, und beugte sich über ihn. »Cos'è questo?« In den Spiralfedern des Stuhls steckte etwas, sorgsam befestigt, sodass es nicht versehentlich herausrutschen konnte. »Was ist das?«

Tove reagierte nicht auf Mamma Carlottas Frage, Frau Kemmertöns stand an der Tür und wurde ungeduldig, Fietje war schon auf den Hochkamp getreten. Nur Richard sah zu, wie Mamma Carlotta zwei Blätter unter den Sitzspiralen hervorzog. Sie faltete sie auseinander und hielt sie dann Richard hin. »Zwei Briefe! Was machen die denn hier?«

13

»Das musst du uns näher erklären«, sagte die Staatsanwältin. »Wieso ist Pierre Thom verschwunden? Und warum sollst du schuld daran sein?«

Erik sah genauso verständnislos aus. »Pierre Thom wird schlafen gegangen sein. Was soll das mit dir zu tun haben?«

Carolin holte tief Luft, ehe sie berichtete. »Die ganze Journalistenmeute ist Jenna und Pierre nach Wenningstedt gefolgt. Als sie ausstiegen, hat Jenna noch ein paar Minuten posiert, Pierre hat nur einmal kurz den Arm um sie gelegt, in irgendeine Kamera gegrinst und ist dann durch den Innenhof ins Hotel gelaufen. Jenna hat sich sogar noch auf ein kurzes Interview eingelassen. Wie wunderbar das Konzert von Pierre Thom gewesen sei und dass ihm eine große Karriere bevorstünde. Als jemand Fragen zu ihrer Ehe gestellt hat, war dann aber Schluss mit lustig, da ist sie auch im Hotel verschwunden. Sie ist ja noch mit einem anderen verheiratet, aber die Scheidung läuft. Und die Sicherheitsleute haben aufgepasst, dass ihr keiner nachkam. Ich dachte, Pierre wartet an der Bar auf Jenna, und bin mit Maximilian durch den Personaleingang ...«

Sie brachte den Satz nicht zu Ende. »Maximilian?« Der Kopf der Staatsanwältin fuhr in die Höhe. »Wer ist das?«

Carolin wurde verlegen. »Maximilian Witt. Auch ein Journalist. Der wohnt mit zwei Kollegen nebenan bei den Kemmertöns.«

Tilla wusste, dass die Nachbarn vor Jahren ein kleines Holzhaus auf der anderen Seite des Zauns errichtet hatten, das sie an Feriengäste vermieteten. »Der dich heute abgeholt hat? Woher kennst du ihn?«

»Er ist schon seit zwei Tagen auf Sylt. Seine Agentur hat ihn auf Pierre angesetzt. Er soll natürlich möglichst viele Fotos liefern, aber auch etwas von Pierres Familie berichten, seiner Herkunft, seiner Kindheit und so.«

»Meine Güte«, stöhnte Sören. »Und das nur, weil sich ein Superstar wie Jenna Brown in ihn verguckt hat?«

»Er hat nicht viel rausbekommen. Die Thomsens haben total dichtgemacht. Kein Foto, kein Interview. Nur ein paar frühere Klassenkameraden und Nachbarskinder waren bereit, etwas zu erzählen. Dass Pierre früher sehr schüchtern war, obwohl er so blendend aussah und so gut singen konnte.«

»Wie hast du diesen Maximilian kennengelernt?«, fragte Tilla.

»Vor dem Hotel. Uns fiel auf, dass wir quasi den gleichen Rückweg hatten. Da sind wir eben gemeinsam zum Süder Wung gegangen.«

»Und habt an der Ecke rumgeknutscht«, warf Felix ein.

Carolin schossen Tränen in den Augen, als sie ihren Bruder anfuhr: »Was verstehst du schon von Liebe?«

»Du meine Güte! Liebe!« Erik war fassungslos. »Du bist doch keine vierzehn mehr, Caro.«

»Bei Jenna und Pierre soll es auch Liebe auf den ersten Blick gewesen sein.«

Tilla bekam mit einem Mal einen lauernden Gesichtsausdruck. »Kann es sein, dass dieser Maximilian es geschafft hat, an deiner Seite ins Hotel zu kommen? Hast du ihn mitgenommen? Und haben die Sicherheitsleute euch beide durchgelassen? Hätte er sonst draußen bleiben müssen?«

Carolin stand auf, ging zur Espressomaschine und drückte auf einen Knopf, ohne eine Tasse unter den Kaffeeauslauf zu stellen. »Die kennen mich ja. Ich habe ihnen gesagt, Maximilian wäre ein Praktikant.«

»Damit er ins Hotel kam? Damit er Fotos machen konnte, die sonst keiner hat?« Tilla schoss diese Fragen auf Carolin ab. »Jenna und Pierre an der Bar? Jenna und Pierre, wie sie verliebt den Gang heruntergehen? Wie sie gemeinsam ein Hotelzimmer betreten?«

»Mensch, Caro!« Erik war derart erschüttert, dass er mehr nicht herausbrachte.

Carolin nahm die Tasse mit an den Tisch, ohne zu merken, dass der Espresso woanders gelandet war. »Er hat sie ja gar nicht vor die Linse bekommen«, verteidigte sie sich.

»Woher weißt du das?«, fragte Erik.

»Hat er gesagt.«

»Aber er hat es versucht? Er ist durchs Hotel geschlichen? Womöglich kannte er die Zimmernummern von Jenna Brown und Pierre Thom? Von dir?«

»Die haben alle Reporter schnell rausbekommen. Keine Ahnung, woher. Die wollten in den Innenhof und dort Fotos schießen, wenn einer der beiden sich am Fenster zeigt.« Carolin schluckte schwer. »Aber in den Innenhof ist ja kein Reporter mehr gekommen.«

Tilla beugte sich vor. »Auch Maximilian nicht?«

Diese Frage ließ Carolin unbeantwortet. »Jenna Brown hat an der Rezeption angerufen und nach Pierre gefragt. Sie erwartete ihn wohl in ihrem Zimmer, aber er ist nicht gekommen. Sie hat ihn natürlich angerufen, aber er ist nicht ans Telefon gegangen. Auch nicht an sein Handy. Der Chef hat sich dann überreden lassen, in seinem Zimmer nachzusehen, aber da war er nicht. Nur sein Handy lag da. Vielleicht ist er durch den Personaleingang abgehauen.«

»Warum?«, fragte Erik. »Weil er von einem Reporter bedrängt wurde, den du ins Hotel gelassen hast?«

»Das behauptet der Chef. Der hat Maximilian dummerweise gesehen.«

»Aber der wäscht seine Hände in Unschuld«, vermutete Tilla. »Oder warst du die ganze Zeit mit ihm zusammen und weißt genau, dass er keine Fotos gemacht hat? Zum Beispiel, als Pierre Thom in das Zimmer von Jenna Brown gehen wollte?«

Carolins Stimme war so leise, dass sie kaum zu verstehen war. »Da war ich nicht bei ihm. Der Chef hatte mich zur Rezeption gerufen. Ich sollte für einen Gast eine Zugverbindung raussuchen.«

»Dann hat er also recht, wenn er sagt, dass du schuld bist«, konstatierte Erik. »Maximilian hat Pierre Thom bedrängt, und der ist geflohen. Er soll ja Schwierigkeiten mit der Presse haben. Man liest überall, dass er am liebsten abhaut, sobald sich eine Kamera auf ihn richtet. Noch amüsiert sich die Klatschpresse darüber, aber ...«

»... aber das wird vielleicht nicht mehr lange gut gehen«, ergänzte Sören.

»Oder«, mutmaßte Felix, »er macht sich dadurch richtig interessant. Vielleicht ist das auch eine ganz raffinierte Masche.«

Eine halbe Stunde später standen Erik und Tilla auf der Terrasse und starrten in die Dunkelheit. Sören hatte sein Rennrad vom Gartenzaun gelöst und war heimgefahren, Felix saß im Wohnzimmer vor dem Fernseher, und Carolin gab sich in ihrem Zimmer ihrem Schmerz hin. Ob Liebeskummer oder Angst vor Kündigung, war nicht ganz klar.

»Du darfst nicht zulassen«, murmelte Tilla, »dass Carolin deswegen ihren Ausbildungsplatz verliert. Es war zwar dumm, was sie gemacht hat, aber es ist überhaupt nicht erwiesen, dass das Verschwinden von Pierre Thom etwas damit zu tun hat, dass sie diesen Maximilian ins Hotel geschmuggelt hat.«

»Es reicht, dass sie es getan hat«, antwortete Erik. »Sie hat sich über ein Verbot ihres Chefs hinweggesetzt.«

Sie machten ein paar Schritte auf den Rasen. Tilla zog ihre Schuhe aus und setzte vorsichtig einen Fuß vor den anderen. Zwar hatte der Regen aufgehört, aber der Rasen war noch nass, es tropfte von den Bäumen und der Dachrinne. Sie wickelte sich ihre Jacke um den Oberkörper, als fröre sie. »Dass Carolin auf so einen reinfällt«, flüsterte sie. »Ein intelligentes Mädchen wie sie.«

»Sie hatte noch nie einen festen Freund«, entgegnete Erik. »Sie verliebt sich immer in die Falschen.«

»Wir müssen aufpassen. Dieser Maximilian ist so offensichtlich der Falsche, vor dem müssen wir sie schützen.«

Das Wir tat Erik gut. Früher hätte er nie gedacht, dass die Staatsanwältin mütterlich sein könnte. Aber er war sicher, dass sie alles tun würde, um Carolin vor einer Dummheit zu bewahren. Er griff nach ihrer kleinen, weichen Hand und war glücklich, dass sie sich in seine schmiegte und ihr Körper sich an seinen drängte. Die Luft war noch feucht, schwer hing sie über dem Garten, es konnte jeden Moment wieder anfangen zu regnen. Es roch gut. Erik war froh, dass Tilla kein Parfüm benutzt hatte, das den Duft der Erde und der nebligen Regenwolken über ihnen verfälscht hätte. Grau hingen sie vor dem Nachthimmel und gaben der Schwärze etwas Farbe. In den Nachbarhäusern war es dunkel, die meisten waren schon schlafen gegangen. Nur bei den Kemmertöns flackerte es im Wohnzimmer noch bläulich. Der Nachbar war wohl wieder vor dem Fernseher eingenickt. Und dann ging das Licht in dem kleinen Ferienhaus an. Es war nur ein schwaches Licht, aber da es das einzige war, wirkte es wie ein Signal.

Tilla griff nach Eriks Hand, als brauchte sie Unterstützung.

Gemeinsam gingen sie auf das Fenster zu. Die zwei jungen Männer, die am Tisch saßen, waren schon bald zu erkennen, der dritte, der Maximilian Witt hieß, erst, als sie näher herangekommen waren. Er stand zwischen den beiden anderen, beugte sich herab, und alle drei starrten einen Laptop an, der auf dem Tisch stand. Maximilian machte eine Bemerkung, die anderen beiden lachten.

»Die haben das Foto auf dem Laptop«, flüsterte Erik, »das er machen konnte, weil Caro ihn ins Hotel geschleust hat.«

Maximilian zog ein Handy aus der Tasche und wählte eine Nummer. Am anderen Ende wurde schnell abgenommen, er redete mit großen Gesten.

»Wetten, dass er mit Caro spricht?«, meinte Erik. Er holte ebenfalls sein Handy hervor und wählte die Nummer seiner Tochter. »Besetzt!«

»Wir müssen auf Caro aufpassen«, sagte die Staatsanwältin leise.

»Hoffentlich verliert sie ihren Ausbildungsplatz nicht«, flüsterte Erik.

14 Als Mamma Carlotta das Haus betrat, blieb sie direkt hinter der Tür stehen und lauschte. Der Fernseher lief, Carolins Stimme kam von oben, sie telefonierte offenbar. Von Erik und Tilla war nichts zu hören, in der Küche war niemand. Das Geschirr stand noch auf dem Tisch, es sah nach einem hastigen Aufbruch aus. Sie hatte also recht gehabt. Sie waren von einem Polizeibeamten beobachtet worden, der kurz darauf die Leiche gefunden hatte. Carlotta spürte die Angst, die vom Kopf zum Bauch rieselte, und merkte, dass sie sich dort ausbreitete wie Übelkeit, die zu heftigem Erbrechen führen konnte. Hoffentlich hatte er keinen von ihnen erkannt. Wenn er gute Personenbeschreibungen abgab, wenn Erik merkte, dass es sich um seine Schwiegermutter, seine Nachbarin und Richard Gercke gehandelt hatte ... diesen Gedanken mochte sie nicht zu Ende denken. Er war einfach zu schrecklich. Hätte sie sich nur nicht auf Frau Kemmertöns' Bitte eingelassen!

Sie holte ein Rotweinglas aus dem Schrank und goss sich ein. Egal, wie lange es dauern würde, sie musste unbedingt auf Erik warten, vorher würde sie kein Auge zubekommen. Sie wollte wissen, welche Aussage der Polizist gemacht hatte, der Erik alarmiert hatte. Wenn er von drei Personen gesprochen hatte, von zwei Frauen und einem Mann, alle drei im fortgeschrittenen Alter, dann würde sie mit Richard und Frau Kemmertöns beratschlagen müssen, was zu tun war, wie sie den schrecklichen Verdacht von sich weisen konnten oder ob es das Beste war, alles zu gestehen.

Sie ließ sich am Tisch nieder und nahm einen kräftigen Schluck. Aufräumen konnte sie später. Sie lehnte sich zurück, streckte die Beine aus und ließ zu, dass Kükeltje auf ihren Schoß sprang. Unter ihrer Strickjacke, die sie nicht ausgezogen hatte, knisterte es. Die beiden Briefe, die Tove in den Papierkorb werfen wollte, hatte sie im letzten Moment gerettet. Zwei Liebesbriefe, voller Gefühl, voller Verzweiflung, ein älterer und einer, der erst vor Kurzem geschrieben worden war. Einer trug blasse Schrift, das Blatt war schon abgegriffen, der andere Brief dagegen war mit dunkler Tinte geschrieben, das Papier war noch nicht oft entfaltet und wieder zusammengelegt worden. So etwas konnte man doch nicht einfach vernichten. Erst recht nicht, wenn sie an eine gewisse Brigitte gerichtet waren. Wie konnte jemand, der auf Sylt lebte, darüber hinwegsehen!

»Brigitte Bardot! Sie war früher oft auf Sylt!« Carlotta war diese Idee sofort gekommen. Es war noch gar nicht lange her, da hatte sie in einer Zeitschrift einen Bericht über diese wunderschöne Frau gelesen. Besonders der Teil, in dem über ihre Ehe mit Gunter Sachs berichtet wurde, hatte es ihr angetan. In

Panidomino hatte sie die Zeitschrift auf der Piazza allen gezeigt. Schließlich waren die beiden nicht nur gern in Saint Tropez gewesen, sondern auch auf Sylt, der Insel, auf der Lucia gelebt hatte, auf der Carlottas Schwiegersohn und ihre Enkel zu Hause waren, die Insel, auf der Carlotta sich mittlerweile auskannte!

In Käptens Kajüte hatte sie vorhin aufgeregt auf die Unterschrift gezeigt. Der Vorname war Gunter, mit einem waagerechten Strich über dem u, wie man es früher oft gemacht hat. Der Nachname war zwar nicht zu entziffern, er begann jedoch eindeutig mit einem S. »Das muss Gunter Sachs sein!«

Frau Kemmertöns war genauso interessiert gewesen wie sie selbst, Ricardo wusste immerhin auch von Brigitte Bardot und dem Playboy, Tove waren die beiden egal.

Erst Fietjes Anmerkung machte ihn aufmerksam. »Wenn das stimmt, sind die Briefe Millionen wert. Mindestens ein paar Tausend.«

Zum Glück hatte Mamma Carlotta da bereits die Briefe an sich genommen und rückte sie nicht wieder heraus. »Non si fa! So etwas tut man nicht!«, hatte sie Tove angeherrscht, als er sie mit einem Mal zurückhaben wollte.

»Und was wollen Sie damit machen?«

Das wusste Mamma Carlotta nicht. Aber dass jemand mit so persönlichen, geradezu intimen Bekenntnissen Geld machte, das wollte sie auf keinen Fall. »Non si fa«, wiederholte sie.

Ob diese Stühle wirklich Brigitte Bardot gehört hatten? Man sah ihnen an, dass sie teuer gewesen waren. Wenn sie früher im Haus dieses Stars gestanden hatten, dann war der eine Stuhl benutzt worden, um Geheimnisse zu verbergen. Das Haus, in dem sie auf Sylt wohnte, hatte womöglich keinen Tresor besessen, aber die Bardot hatte gewusst, wie neugierig das Personal war, und deswegen diesen Weg gefunden, ihre größten Geheimnisse vor der Welt zu verstecken. Und dann?

Dann war ihre Ehe mit Gunter Sachs zerbrochen, was sie mit ihm verband, hatte an Bedeutung verloren, und die beiden Briefe waren nicht mehr wichtig gewesen und in Vergessenheit geraten. Und schließlich, als sie ihr Sylter Domizil aufgab, hatte sie gar nicht mehr daran gedacht, was es mit den schönen Stühlen in ihrem Esszimmer auf sich hatte. Sie waren verkauft worden, und bisher war niemandem aufgefallen, dass einer von ihnen einen kleinen Schatz enthielt.

Scheinbar war die Bardot vor vielen Jahren ungewollt schwanger geworden. In dem älteren Brief wurde sie von Gunter Sachs angefleht, das Kind nicht zu bekommen, sein ganzes Leben würde zerstört, wenn eine gewisse Renata erführe, dass er Vater geworden sei.

Mamma Carlotta runzelte die Stirn. Renata? Sie wusste, dass Gunter Sachs mehrmals verheiratet gewesen war, und glaubte sich auch zu erinnern, dass seine erste Frau gestorben war. Womöglich lebte sie noch, als er diesen Brief an Brigitte Bardot schrieb? Er wollte seine Ehe nicht gefährden und bat sie deshalb, das gemeinsame Kind wegzugeben? Später dann, als er Witwer geworden war, hatte er Brigitte Bardot geheiratet. Vielleicht aus Dankbarkeit, weil sie Jahre vorher bereit gewesen war, seine Ehe zu retten. Wie romantisch und schrecklich zugleich! Was mochte aus dem Kind geworden sein?

Und dann der zweite Brief! Er war wohl erst in letzter Zeit geschrieben worden. Es ging immer noch um das Kind, das Brigitte Bardot hatte weggeben müssen. Mamma Carlotta überlegte. Wann war Gunter Sachs gestorben? Sie musste unbedingt nachschlagen. Sie wusste nur, dass er Selbstmord begangen hatte, weil er fürchtete, an Alzheimer erkrankt zu sein. Aber wann? Wie auch immer – er war in dritter Ehe verheiratet, mit einer wunderschönen Schwedin, und wollte auch diese Ehe nicht gefährden. Dass Brigitte Bardot Kontakt zu dem Sohn aufgenommen hatte, den sie vor vielen Jahren zur Adoption freigegeben hatte, gefiel ihm gar nicht. Er hatte sie angefleht, darauf zu verzichten, dem Sohn seinen Namen zu nennen. Auf keinen Fall dürfe herauskommen, was damals geschehen sei. Scheinbar war es heute nicht weniger schrecklich als damals ...

Mamma Carlotta strich noch einmal über das knisternde Papier unter ihrer Strickjacke, da hörte sie Stimmen aus dem Wohnzimmer. Felix' Stimme und ... Kükeltje flog im hohen Bogen auf den Boden. Carlotta sprang auf und hätte dabei beinahe ihr Rotweinglas umgestoßen. Tilla und Erik? Waren sie etwa schon vom Tatort zurück?

Als die beiden eintraten, stand sie noch immer neben dem Tisch und starrte ihnen entgegen, als fürchtete sie das Eindringen eines Einbrechers.

Auch Tilla, die als Erste in der Tür erschien, erschrak. »Huch! Du bist schon zurück, Carlotta?«

Carlotta ließ sich wieder auf den Stuhl sinken. »Santo cielo! Habt ihr mich erschreckt. Ich dachte, ihr wärt gar nicht da.«

Erik fragte erstaunt: »Wo sollten wir denn sein?«

»An einem Tatort.«

»Ach so!« Er lachte. »Du dachtest, der Schafripper wäre gefasst? Leider nicht.« Er goss auch für Tilla und sich selbst ein und warf seiner Schwiegermutter einen kontrollierenden Blick zu. Während er in sein Glas schaute, fragte er: »Du warst lange unterwegs. Wo bist du denn ...?«

Tilla unterbrach ihn: »Keine kontrollierenden Fragen, Erik! Carlotta ist eine erwachsene Frau.« Sie griff nach seiner Hand und lächelte ihn an. »Sie hat genauso ein Recht auf Liebe wie wir beide.«

»Ich will ja nur ... Sie würde mich garantiert auch fragen, wenn ich ...«

Mamma Carlotta floh aus dem, was möglicherweise folgen konnte, indem sie einfach so tat, als wäre sie gedanklich noch bei dem Schafripper und hätte die nächsten Fragen gar nicht mitbekommen. »Hast du denn wirklich überall Streifen eingesetzt, Enrico? An allen Weiden?«

Erik ließ sich zum Glück von den kompromittierenden Fragen weglocken, zu denen er zweifellos ansetzen wollte. »Natürlich steht nicht an jeder Weide von Sylt ein Polizeibeamter. Aber die Streifenwagen, die über die Insel fahren, haben ein besonderes Augenmerk auf die Schafweiden.«

»Und was ist mit den Tierheimen?«

Erik sah seine Schwiegermutter erstaunt an. So, als bewunderte er sie für eine gute Idee, die er zwar längst selbst gehabt hatte, die aber für eine polizeiferne Person außerordentlich war. »Wir haben auf Sylt nur zwei Tierheime. Eins wird vom Tierschutz geführt, das andere privat. Beide wollen selbst dafür sorgen, dass nichts geschieht. Ehrenamtliche Mitarbeiter halten Wache.«

»Auch in dem privaten Tierheim?«

»Dort ist immer jemand, der Wache hält. Auch nachts. Wenn sie etwas Verdächtiges bemerken, alarmieren sie uns. Da brauchen wir also nicht extra einen Beamten zu postieren.«

»Nicht? Ganz sicher?« Mamma Carlotta sah ihn lange an, als könnte er, wenn sie ihn intensiv fixierte, zu einer anderen Meinung kommen. »Kein Polizist in der Nähe des Tierheims?«

»Nein, sage ich doch! Die Tierheime regeln das selbst.«

Carlotta ließ die Augen von ihrem Schwiegersohn und drehte sich um, damit er nicht merkte, wie es in ihr arbeitete. Kein Polizist, der am Tierheim Wache gehalten hatte? Also waren sie doch von dem Mörder beobachtet worden? Sie hatten ihn gestört, er hatte ihre Schritte gehört, hatte sich hinter den Zaun geflüchtet, hatte auf einen Schrei gewartet und später auf das Martinshorn eines Streifenwagens. Nein, natürlich hatte er nicht gewartet, er war sicherlich geflüchtet, ehe er befürchten musste, dass die Polizei auftauchte. Wo aber war die Leiche geblieben? Er hatte Aufschub bekommen. Mehr Zeit, um zu fliehen. Zeit, die Erik fehlen würde, um ihn so schnell wie möglich zu fangen. Mamma Carlotta wusste, dass es bei einem Mord darauf ankam, möglichst wenig Zeit zu verlieren. Nun aber würde eine ganze Nacht verstreichen, bis die Leiche gefunden wurde. Dass Erik nur nicht erfuhr, wer es gewesen war, dem er es zu verdanken hatte, dass seine Ermittlungen erst spät einsetzen konnten!

15

Erik präsentierte Tilla die Raffinessen seines neuen Autos. »Sitzheizung, elektronische Parkbremse, Einparkhilfe! Großartig, oder?«

Tilla stimmte ihm lächelnd in allem zu, bedauerte aber, dass er sich für ein schwarzes Auto entschieden hatte. »Rot hätte mir besser gefallen.«

Erik reagierte, als hätte sie den Wunsch geäußert, ein blaugrün kariertes Auto zu fahren. »Um Himmels willen! Rote Autos sind was für Frauen. Für mich kam nur Schwarz infrage. Und dieses Auto ist noch schwärzer als schwarz. Black Edition! Sogar die Felgen sind schwarz.«

Der Sonntag auf Sylt war genauso unruhig wie jeder andere Tag auf dem Festland. Samstags war Bettenwechsel, hoch bepackte Autos fuhren zur Verladestation, wenige Stunden später rollten ähnlich aussehende Autos dort vom Autozug herunter. Und dann begann der Sturm auf die Einkaufsmärkte, wo sich die Neuankömmlinge mit Lebensmitteln versorgten, um ihre Ferienwohnungen einzurichten. Auch sonntags waren die Läden geöffnet, damit diejenigen, die erst nach Ladenschluss auf die Insel kamen, die gleichen Möglichkeiten erhielten. Und das, obwohl die Hauptsaison längst vorbei war. Aber der September in diesem Jahr war noch sonnig, vermutlich waren auch viele Kurzentschlossene nach Sylt gereist.

Dieser Sonntag war jedenfalls hektisch und überall sehr geräuschvoll.

»Vielleicht hätte ich mich für ein Cabrio entscheiden sollen«, meinte Erik versonnen, als ein BMW-Cabriolet vor ihm herfuhr und sogar von hinten zu erkennen war, wie sehr die beiden Insassen den Wind und die Sonne genossen.

Tilla zog es vor, das Thema zu wechseln. »Carlotta war komisch heute Morgen.«

Erik vergaß die Sonderausstattung seines Autos, die er eigentlich noch ausführlicher hatte schildern und vorführen wollen. »Ja, irgendwie ... als wäre sie ganz sicher, dass in der letzten Nacht was passiert ist.«

»Ihre Intuition?«

Erik schnaufte. »Die Intuition meiner Schwiegermutter hat mich schon mehr als einmal zur Verzweiflung gebracht.«

Tilla lachte, wurde aber schnell wieder ernst. »Vielleicht hätten wir warten sollen, bis Carolin aufwacht.«

»Und dann?«

»Zu Hause bleiben, wenn sie Probleme hat.«

Erik sah sie von der Seite an. Wieder war ihm die mütterliche Seite der Staatsanwältin fremd, er wusste gar nicht, wie er damit umgehen sollte. Natürlich hatte auch er daran gedacht, wie es weitergehen würde mit Carolin und ihrem Chef. Und wenn Tilla nicht auf Sylt gewesen wäre, hätte er selbstverständlich keinen Ausflug unternommen, sondern gewartet, bis Carolin aufgestanden wäre, und mit ihr besprochen, wie sie jetzt am besten vorging. Sie musste ihren Ausbildungsplatz retten. War es richtig, sich bei Adolf Gravenaar zu entschuldigen, zu Kreuze zu kriechen und alle Schuld auf sich zu nehmen? Oder sollte er besser ein Gespräch mit Maximilian Witt führen, damit er, der Vater, sich ein Bild von diesem jungen Mann machen konnte? So ganz nebenbei hätte er sich dann noch bei der Nachtschicht erkundigt, ob es auch in der vergangenen Nacht einen Zwischenfall auf einer der Schafweiden gegeben hatte. Er war nicht sicher, ob Rudi Engdahl und Enno Mierendorf ihn verständigen würden. Sie wussten, dass die Staatsanwältin auf Sylt war, und wollten ihm womöglich das freie Wochenende nicht verderben.

Tilla berührte leicht seinen Unterarm. »Wir könnten kurz ins Revier fahren, hören, wie die Nacht war ...«

»Das kann ich auch telefonisch.«

»Klar, aber nun sind wir schon mal unterwegs, da will ich auch erleben, wie dein neues Auto beschleunigt.«

Erik lachte und drückte aufs Gas, Tilla tat so, als würde sie von der enormen Geschwindigkeit in die Polster gedrückt.

»Und dann fahren wir zurück und sehen nach, ob Carolin schon wach ist. Ein Sonntag in deinem Garten ist übrigens auch schön. Vielleicht bleibt Carlotta ebenfalls zu Hause.«

Erik nahm vor lauter Verblüffung den Fuß vom Gas. »Natürlich bleibt sie zu Hause. Was denn sonst?«

»Es könnte doch sein, dass sie ein Rendezvous mit Richard Gercke hat. Wir haben ihr erzählt, dass wir einen Spaziergang an der Odde planen. Das ist doch für sie eine gute Gelegenheit, sich mit ihrem Liebsten zu treffen, ohne Rede und Antwort stehen zu müssen.«

»Liebster?« Erik verzog das Gesicht, als hätte er auf ein Pfefferkorn gebissen.

»Schlimm genug«, sagte die Staatsanwältin, »dass sie sich heimlich mit ihm treffen muss, weil du nicht akzeptieren willst, dass sie einen Freund hat.«

Erik seufzte tief auf. Nein, das wollte er tatsächlich nicht. Mamma Carlotta war seine Schwiegermutter, Lucias Mutter, die Großmutter seiner Kinder, eine Liebschaft passte nicht in das Bild, das er von ihr hatte, das die ganze Familie von ihr hatte. Für Carolin und Felix würde eine Welt zusammenbrechen, wenn sie davon erführen, das glaubte er zumindest. Und in Panidomino würden Lucias Geschwister die Hände über dem Kopf zusammenschlagen und am Ende noch ihm die Schuld dafür geben. Die Nonna und ein Liebhaber! So was konnte auch nur auf Sylt passieren, auf der Insel, auf der es frivol und lasterhaft zuging, das wusste ja jeder. Guido, Carlottas Ältester, würde seine Mamma womöglich gar nicht mehr nach Sylt fahren lassen, wenn er davon erfuhr.

»Du meinst, sie ist nicht zu Hause, wenn wir gleich zurückkommen?«

»Jede Wette«, antwortete Dr. Tilla Speck.

Erik seufzte und fuhr auf das Gelände der Telekom. Dort erfreute er sich daran, dass sich sein Auto dank der Einparkhilfe kerzengerade und zentimetergenau platzieren ließ, ohne dass er sich anstrengen musste.

Tilla begleitete ihn in die Wache, wo Rudi Engdahl die beiden entgeistert empfing. »Wenn ich bei diesem Wetter freihätte, würde ich einen großen Bogen um die Wache machen.« Er lehnte sich zurück und betrachtete die beiden kopfschüttelnd, die Staatsanwältin so, als hielte er sie für die Schuldige. Sie musste auf die Idee gekommen sein, Hauptkommissar Wolf am Sonntag zu seinem Arbeitsplatz zu schicken, man kannte ja ihre Arbeitswut. »Sie können weiterfahren, wir haben hier alles im Griff.«

»Irgendwas vorgefallen letzte Nacht?«, fragte Erik betont gleichmütig.

Engdahl nickte. »In den frühen Morgenstunden muss es passiert sein. In Munkmarsch. Ein junges Tier. Wollen Sie Einzelheiten?«

Erik schüttelte den Kopf. »War keine Streife in der Nähe?«

»Es gab einen Einbruch, zu dem die Kollegen gerufen wurden. Diese Zeit hat der Kerl genutzt.«

Erik überlegte, ob er nach Pierre Thom fragen sollte, kam aber nicht dazu, denn in diesem Augenblick klingelte es Sturm an der Tür der Wache. Rudi Engdahl erhob sich, um zu öffnen. Die Frau, die eintrat, kannte Erik. Ariane Malak arbeitete in dem privaten Tierheim von Wenningstedt. Sie war eine

Verwandte der Besitzerin und lebte seit einiger Zeit in ihrem Haus.

Tilla wollte die Wache verlassen, aber Erik hatte mit einem Mal das Gefühl, die Intuition seiner Schwiegermutter könnte wirklich wegweisend sein. Wollte Ariane Malak etwa einen Fall von Tierquälerei anzeigen? War jemand in der Nacht ins Tierheim eingedrungen, hatte einen Käfig aufgebrochen und sich an einem Tier vergangen?

Er machte sich an einem Papierstapel zu schaffen, der auf der Theke lag, der ihn nichts anging und auch nicht interessierte. Tilla blieb in der Tür stehen und wartete.

»Ich möchte einen Diebstahl anzeigen«, sagte Ariane Malak zu Rudi Engdahl. Mit einer gleichgültigen Geste wischte sie ihre Haare zurück und schob sie hinter die Ohren, wo sie sich nicht lange hielten. Sie war eine Frau von Anfang vierzig, die Erik noch nie anders als in ausgeleierten Jeans, übergroßen Pullis oder Jacken gesehen hatte und die immer Gummistiefel trug. Ihr Leben schien aus der Arbeit im Tierheim zu bestehen, ihr Äußeres war ihr darüber gleichgültig geworden.

»Mir sind gestern Stühle gestohlen worden.«

»Stühle?«, wiederholte Rudi Engdahl ungläubig, der an Handtaschen- und Ladendiebstähle gewöhnt war.

»Ja, ein ganzes Dutzend.«

»Aus dem Haus?«

»Nein, ich hatte sie vor die Tür gestellt. Ich habe gründlich sauber gemacht. Es wurde Zeit.«

Enno Mierendorf mischte sich ein. »Gestern ist Sperrgut abgefahren worden. Wenn die Stühle vor dem Haus standen, sind sie vermutlich für Sperrgut gehalten worden und auf dem Müllwagen gelandet.«

Das blasse Gesicht von Ariane Malak rötete sich. »Die Stühle standen nicht an der Straße, sondern vor der Tür. Das heißt in diesem Fall, dass sie immer noch auf privatem Grund

und Boden standen. Es war klar, dass sie nicht einfach mitgenommen werden konnten.«

Sowohl Rudi Engdahl als auch Enno Mierendorf schienen anderer Auffassung zu sein. »Da haben Sie sich aber einen unglücklichen Tag für Ihren Hausputz ausgesucht«, meinte Enno. »Ausgerechnet am Tag der Sperrgutabholung zwölf Stühle vor die Tür stellen ...«

Ariane Malak wurde nun zornig. »Unser Haus ... ich meine, das Haus meiner Tante steht am Eingang des Tierheims. Sie kennen vermutlich das private Tierheim in der Nähe der Norddörferhalle? Und die Besitzerin Brigitte Lichter? Sie ist meine Tante.«

Rudi und Enno nickten gehorsam. »Natürlich.« Und sie grinsten sich an, weil Ariane Malak den Namen ihrer Tante französisch aussprach. Das fanden sie augenscheinlich ziemlich albern. Erik im Übrigen auch.

»Dann wissen Sie auch, dass das Wohnhaus keineswegs direkt an der Straße steht.«

Erik zog es vor, die Wache zu verlassen und Tilla zu folgen. Als er die Tür geschlossen hatte, sagte er: »Ich fürchte, die Männer von der Müllabfuhr werden Ärger bekommen.«

16

Fietje Tiensch kam Mamma Carlotta auf dem Hochkamp entgegen. Scheinbar hatte er an seinem Arbeitsplatz nach dem Rechten gesehen und war zu der Ansicht gekommen, dass sein Eingreifen am Strand nicht erforderlich sein würde. Der Tag war zwar sonnig, dennoch waren nicht viele Leute zum Strand gekommen. Windstill war es auch, sodass der Strandwärter nicht auf Kitesurfer oder leichtsinnige Schwimmer gefasst sein musste. Mamma Carlotta kam vor ihm an der Tür von Käptens Kajüte an und wartete dort. Überrascht sah er auf, als er sie erkannte, denn er hatte, wie es seine Art war, nur auf seine Füße geschaut. »Moin, Signora! Gibt's was Neues?«

Mamma Carlotta antwortete nicht, betrat die Imbissstube und stellte erfreut fest, dass ihre Mitstreiter bereits versammelt waren. Frau Kemmertöns und Richard Gercke saßen an der Theke und wurden soeben von Tove mit Cappuccino versorgt.

»Buon giorno!«

Alle Köpfe drehten sich zu ihr. »Da bist du ja endlich«, sagte Richard lächelnd. »Wir warten schon.«

Frau Kemmertöns ergänzte vorwurfsvoll: »Wir hatten eher mit Ihnen gerechnet. Ein langes Frühstück konnte es bei Ihnen doch nicht gegeben haben.«

Mamma Carlotta schwieg immer noch, kletterte auf ihren Hocker und verlangte einen Caffè corretto. Aber als sie Toves fragenden Blick sah, winkte sie ab. Wenn sie ihm erklärte, dass es sich bei einem Caffè corretto um einen veredelten Espresso handelte, der mit einem guten Schuss Grappa serviert wurde, würde er vermutlich einen Kaffee vor sie hinstellen, in den er viel zu viel Köm gekippt hatte. Das würde ihr heute den Rest geben. Vor allem am helllichten Vormittag.

»Wann ist Ihr Schwiegersohn gerufen worden?«, fragte Frau Kemmertöns. »Und wer ist die tote Frau?«

Mamma Carlotta sprach so leise, dass in allen Gesichtern aus der Wissbegier umgehend tiefe Sorge wurde. Sie hielt den Daumen hoch. »Primo: Überhaupt nicht.« Nun kam ihr Zeigefinger dazu. »In secondo luogo: Ich weiß es nicht.«

Sie war lange aufgeblieben, hatte das Zubettgehen immer wieder hinausgeschoben und jedes Mal, wenn Tilla und Erik davon sprachen, dass es nun Zeit wurde, schlafen zu gehen, ein weiteres Glas Rotwein eingeschenkt. Es war sehr spät gewesen, als die beiden schließlich hochgegangen waren, und Mamma Carlotta hatte noch sehr umständlich und zeitraubend die

Gläser in die Spülmaschine gepackt und aufgeräumt. Kein Polizeibeamter, der im Tierheim Wache hielt? Dieser Gedanke hatte sie nicht losgelassen. Also musste es doch der Mörder gewesen sein, der sie beobachtet hatte. Oder Georg Lang? Aber warum rief er dann nicht die Polizei? Vielleicht, weil er selbst der Mörder war? Dio mio! Sie war sicher, dass sie kein Auge zutun würde, wenn sie im Bett lag. Das war dann allerdings nicht der Fall. Sie hatte nun einmal einen gesunden Schlaf und schaffte es nicht, so lange wach zu bleiben, bis Eriks Handy gehen würde, weil er zu einer Leiche im Tierheim gerufen wurde. Ehe sie einschlief, dachte sie noch darüber nach, wann dort wohl die Arbeit begann. Vermutlich würden die Tierpfleger früh die Tiere füttern und ihre Käfige und Ställe säubern. Gegen sechs würde jemand auf die Leiche stoßen. Spätestens um sieben! Und sicherlich würde sie aufwachen, wenn Eriks Handy klingelte, und ihm ein schnelles Frühstück zubereiten, ehe er das Haus verließ. Madonna! Ausgerechnet am Sonntag, den er mit Tilla verbringen wollte.

Aber als sie gegen sieben aufwachte, war sie sicher, dass kein Handy geklingelt hatte, dass Erik und Tilla nicht die Treppe heruntergeschlichen waren und der Kaffeeautomat nicht für einen schnellen Espresso in Gang gesetzt worden war. Das hätte sie gehört.

Sie beeilte sich mit der Morgentoilette und ging in die Küche. Nein, dort war noch niemand gewesen. Sie sah an der Garderobe nach, Eriks Jacke hing noch dort und Tillas Jacke ebenfalls. Kurz darauf öffnete sich in der ersten Etage die Schlafzimmertür, Erik machte sich auf den Weg ins Bad. Ohne jede Eile, schließlich war Sonntag. Tillas Stimme folgte ihm, er warf eine Antwort zurück, dann klappte die Badezimmertür. Mamma Carlotta ließ sich auf einen Stuhl sinken. Die Tote musste doch längst gefunden worden sein! Warum wurde Erik nicht alarmiert?

Eine Stunde später erschienen die beiden am Frühstückstisch, frisch und munter, ausgeschlafen und fit für den freien Tag, den sie mit einem Ausflug nach Hörnum beginnen wollten. Tilla fragte sie, ob sie mitkommen wolle, aber Mamma Carlotta winkte ab. Sie wusste ja, dass aus dem Ausflug nichts werden würde, so leid es ihr für die beiden auch tat ...

»Du hast noch gar nicht angefangen?« Erik wunderte sich. Bisher war es immer so gewesen, dass seine Schwiegermutter längst den Tisch gedeckt hatte, wenn er herunterkam, den Schinken gewürfelt und die Eier verquirlt hatte. Nun sah alles so aus, als hätte sie nicht damit gerechnet, dass die beiden zum Frühstück in der Küche erscheinen würden.

Auf diese Idee kamen sie natürlich nicht, grazie a Dio. Tilla sagte lächelnd, Carlotta hätte doch einmal länger im Bett bleiben können, das Frühstück könnten sie auch allein machen. Oder gemeinsam. »Es ist Sonntag! Schlimm genug, dass Erik ein Frühaufsteher ist.«

Während sie gegessen hatten, hatte Mamma Carlotta sich unauffällig vergewissert, dass die Handys angestellt waren, dann hatte sie zugesehen, wie die beiden ihre Jacken anzogen und ihr zuwinkten, während sie ins Auto stiegen. »Wir essen unterwegs! Wahrscheinlich in Hörnum, an der Grillbude am Strand.«

Als Carlotta ihren Bericht beendet hatte, herrschte eine Weile Stille in der Imbissstube. Richard betrachtete sie verblüfft, Frau Kemmertöns schüttelte so lange den Kopf, bis ihr schwindelig wurde, Fietje merkte nicht, dass seine Bartflusen im Bier hingen, und Tove tippte sich an die Stirn. »Kann doch nicht sein.«

Langsam wiederholte Mamma Carlotta, als hätte sie es mit besonders begriffsstutzigen Zeitgenossen zu tun: »Mein Schwiegersohn ist nicht alarmiert worden! Kein Anruf!«

»Er hatte sein Handy nicht an«, meinte Tove.

»Ich hab's kontrolliert«, antwortete Mamma Carlotta.

»Außerdem hätte er auch auf dem Festnetz angerufen werden können.«

»Und jetzt macht er einen Ausflug?« Richard konnte es einfach nicht glauben.

»Mit der Staatsanwältin, ja.«

»Dann war der Typ, der uns beobachtet hat, doch der Mörder«, sagte Richard. »Das ist der Einzige, der kein Interesse daran hat, den Mord anzuzeigen.«

»Und warum hat dann noch kein Tierpfleger Alarm geschlagen?«

Carlotta trank ihren Cappuccino aus und stand schon wieder neben ihrem Thekenhocker. »Lassen Sie uns ins Tierheim fahren. Ich will wissen, was da los ist.«

Tove zögerte. »Ich soll den Laden dichtmachen?«

»Naturalmente. Es kommt ja sowieso keiner.«

»Und woher weiß ich, dass Sie sich gestern Abend nicht irgendwas eingebildet haben?«

Nun wurde sogar in Frau Kemmertöns so etwas wie Temperament geweckt. »Nein! Wir sind doch keine Dösköppe.«

Auch Richard wies diesen Verdacht weit von sich. »Da lag eine Tote, basta!«

Tove schien zu glauben, dass aus den zehn Prozent, die er mit Frau Kemmertöns ausgehandelt hatte, nichts mehr wurde. »Ich will nicht in einen Mord reingezogen werden.«

Das wollte keiner. Mit einem Mal wurde Frau Kemmertöns von allen Seiten böse angesehen. Sie war schuld. Nur weil sie ihrem Mann nichts von dem Lottogewinn abgeben wollte, waren sie in diesen Schlamassel geraten. Niemand sprach es laut aus, aber es stand allen ins Gesicht geschrieben.

»Wir fahren da jetzt hin«, beschloss Richard und trank sein Glas aus.

»Und wie erklären wir unseren Besuch?«, fragte Mamma Carlotta, während sie Frau Kemmertöns dabei half, von ihrem Hocker herunter und wieder auf beide Beine zu kommen.

Richard fiel etwas ein. »Wir interessieren uns für einen Hund.« Er warf Frau Kemmertöns einen strengen Blick zu. »Sie!«

»Aber ich will keinen Hund. Mein Mann auch nicht.«

»Es gefällt Ihnen dann eben keiner oder so ...« Tove knipste das Licht aus und sorgte dafür, dass sein Zapfhahn nicht mehr tropfte. »Oder wir reden Ihnen jeden Köter aus, den Sie sich angucken. Das kriegen wir schon hin.«

17 Eriks Handy läutete, als sie gerade wieder ins Auto stiegen. »Caro«, sagte Erik mit einem Blick erst aufs Display und dann zu Tilla.

Carolin hielt sich nicht mit einem Gruß auf. »Papa, ich habe sofort nach dem Aufstehen im Hotel angerufen. Mein Kollege sagt, Pierre Thom ist noch nicht aufgetaucht. Jenna Brown hat noch nicht nach ihrem Frühstück gerufen, die pennt scheinbar noch. Was soll ich tun, wenn sie eine Vermisstenanzeige aufgeben will? Ich weiß ja, dass das noch zu früh ist. Vermisstenmeldungen werden, wenn überhaupt, erst später aufgenommen. Kannst du trotzdem nach ihm suchen? Oder wenigstens so tun?«

Die Staatsanwältin hatte alles mitbekommen, denn als Erik sein Auto gestartet hatte, war das Telefongespräch auch für sie zu hören gewesen. Bluetooth! Ein Wort, das Erik natürlich kannte, das aber für ihn noch nie von Bedeutung gewesen war. Insofern hatte er keine Ahnung gehabt, welcher Vorteil sich damit bot. Felix hatte ihm Bluetooth eingestellt, hatte das Auto mit seinem Handy verbunden und so dafür gesorgt, dass ein Telefongespräch angenommen werden konnte, ohne das Handy aus der Tasche zu kramen, um gegen die Vorschriften mit dem Telefon am Ohr am Straßenverkehr teilzunehmen. Vorsichtig fuhr Erik rückwärts aus seiner Parkbox und starrte auf den kleinen Bildschirm, der ihm zeigte, was sich hinter seinem Auto tat, statt sich umzudrehen. Er musste sich dazu zwingen, der Technik mehr zu vertrauen als sich selbst. Vor lauter Begeisterung hätte er beinahe auf die Vorzüge dieser Technik hingewiesen, statt Carolins Frage zu beantworten.

»Ich muss jetzt alles tun, um den Chef abzukühlen«, fuhr sie fort. »Dass mein Vater Polizeibeamter ist, könnte mir helfen.«

Die Staatsanwältin antwortete auf ihre Weise. Als Erik vom Parkplatz herunterfuhr, zeigte sie auf die Straße, die Richtung Wenningstedt führte, obwohl sie ursprünglich in die andere Richtung fahren wollten, nach Süden, zur Odde. Also gut, nun war die Sache entschieden, sie fuhren wieder nach Hause.

Während der Rückfahrt dachte Tilla über eine Strategie nach. »Wenn Pierre Thom vor Maximilian Witt geflohen ist, dann heißt das, dass er von ihm bedrängt wurde. Wenn das so ist, dann hat Carolin wirklich schlechte Karten, weil sie den Kerl gegen den Willen ihres Chefs ins Haus geschmuggelt hat. Warum? Damit er genau das tut, was er getan hat: den Star bedrängen, damit er ein Foto bekommt, das alle anderen Zeitungen nicht haben.« Sie schüttelte sich. »Ich hasse diese Paparazzi. Kein Wunder, dass Pierre Thom vor denen flüchtet. Die sind wirklich die Pest.«

Erik war derselben Meinung. »Pierre Thom war auf dem Weg zu Jenna Browns Zimmer, Maximilian Witt sprang ihm in den Weg, Pierre Thom wurde klar, dass er in diesem Hotel nicht so sicher ist, wie er dachte. Er hat auf dem Absatz kehrtgemacht und ist abgehauen.«

»Wohin?«

»Zu seiner Familie vermutlich. Die Eltern wohnen in Wenningstedt, ich glaube, Geschwister hat er auch auf der Insel.«

»Dann finden wir ihn. Das wird Gravenaar besänftigen.«

»Nur dann, wenn das Hotel Horizont nicht in Misskredit gerät. Wenn in allen Zeitungen steht, dass der Hotelier seine Angestellten nicht im Griff hat, dann nicht.«

»Wir müssen uns Maximilian Witt vornehmen. Wenn der ein brisantes Foto in der Kamera hat, darf er es nicht veröffentlichen. Da müssen wir dem Knaben notfalls richtig Druck machen. Er muss begreifen, dass er sich die falsche Hotelangestellte ausgesucht hat. Ihr Vater ist Polizeibeamter und dessen … Freundin ist Staatsanwältin. Das muss er erfahren, wenn er es nicht schon weiß. Das wird ihn vorsichtiger machen.«

Erik parkte direkt vor der Haustür, diesmal ohne jeden Stolz auf seine Einparkhilfe. Die Küche war leer, die Spuren des Frühstücks nur flüchtig beseitigt. Krümel lagen noch auf dem Tisch, das Geschirr war nur auf die Spüle gestellt und nicht in die Spülmaschine gepackt worden.

Tilla warf ihm einen vielsagenden Blick zu. »Habe ich es nicht gesagt?«

Erik stand vor dem Küchentisch, als wollte er es immer noch nicht glauben, dann nahm er die Sets hoch, schüttelte die Krümel herunter, legte sie aufeinander und brachte sie in der Schublade unter, in die sie gehörten. Seine Schwiegermutter war tatsächlich nicht zu Hause. Tilla hatte recht gehabt. Mamma Carlotta hatte sich direkt nach ihrem Aufbruch aus dem Staub gemacht. Er stellte es sich vor, wie sie ihren Liebhaber angerufen, ihm ins Ohr geflüstert hatte, dass die Luft rein sei, dass sie aus dem Haus könne, ohne Erklärungen abgeben zu müssen … und er merkte, dass einige Erker, Türmchen und das halbe Dach von seiner heilen Welt abbrachen.

18 Das Tierheim hielt seine Tore gern den ganzen Tag geöffnet, vor allem am Wochenende, um interessierten Feriengästen und Mitbürgern einen Einblick in die Arbeit zu geben, die für Brigitte Lichter seit Jahren ihr Lebensinhalt war. Auch deshalb, weil man dort ständig nach ehrenamtlichen Mitarbeitern suchte. Junge Mädchen zum Beispiel wurden mit dem Angebot geködert, sich um die Pferde kümmern zu dürfen. Und natürlich suchte man nach Menschen, die Tiere zu sich nehmen wollten, die nur vorübergehend Obdach im Tierheim Lichter gefunden hatten. Immer gab es zu viele Tiere dort, ständig wurde über Menschen geklagt, die Hunde und Katzen wie Waren behandelten. Erst fand man sie süß, dann wurden sie lästig und am Ende des Urlaubs einfach auf der Insel vergessen. Darüber beklagten sich beide Tierheime, das private ebenso wie das vom Tierschutzverein geführte.

Als sie das Gelände des Tierheims betraten, diesmal hochoffiziell durch das weit geöffnete Eingangstor, wurden sie gleich von einem jungen Mann ins Auge gefasst. »Mein Name ist Georg Lang. Kann ich Ihnen helfen? Welche Tiere möchten Sie sich ansehen?«

Richard war es, der geistesgegenwärtig antwortete: »Hunde!« Er zeigte auf Frau Kemmertöns. »Diese Dame überlegt, sich einen Hund anzuschaffen.«

Frau Kemmertöns, die sich längst einer doppelten und dreifachen Schuld ergeben hatte, wehrte nicht ab. Möglich aber auch, dass Georg Lang ihr nicht nur die Sprache, sondern auch jegliche Gestik verschlagen hatte. Er war ein blendend aussehender Mann, Mitte vierzig etwa, gertenschlank, aber muskulös, nicht weit von der Attraktivität eines Jason Momoa entfernt. Wie er trug er die Haare schulterlang, hatte ein schmales Gesicht, dunkle Augen, eine feine Nase, volle Lippen ... bei ihm stimmte einfach alles. Mamma Carlotta fragte sich, warum so ein Mann nicht Filmstar geworden war, statt in diesem Tierheim den Pferdestall auszumisten.

Er führte sie auf die Hundewiese, auf der rund zwanzig Vierbeiner herumtollten. »Sehen Sie sich um«, sagte er. »Die Entscheidung für ein Tier darf man nicht übereilt treffen.«

Mamma Carlotta starrte ihn wie hypnotisiert an. Man sah Georg Lang an, dass es ihm nicht gefiel, er aber sicherlich daran gewöhnt war aufzufallen. Dass Mamma Carlotta vor allem daran dachte, dass sie ihn in der letzten Nacht beobachtet hatten, vermutete er natürlich nicht.

»Haben Sie schon ausreichend Bücher für den Bücherflohmarkt?«, fragte sie katzenfreundlich. »Oder können Sie noch welche gebrauchen?«

Georg Lang zeigte zu dem Schuppen, dessen Dach von hier aus zu sehen war, den Schuppen, den Richard in der vergangenen Nacht aufgebrochen hatte. »Der halbe Schuppen ist voll. Aber Sie können ruhig noch weitere Bücher bringen. Platz haben wir genug.«

Mamma Carlotta hörte ein erschrockenes »Huch!«. Ein kleiner weißer Mischling hatte Frau Kemmertöns entdeckt und kam mit fliegenden Ohren auf sie zu. In einem Tempo, das im Hause Kemmertöns völlig unüblich war. Dort sprangen nicht einmal die Toastscheiben schwungvoll aus dem Toaster. Entsetzt hielt Frau Kemmertöns ihren Rocksaum fest, weil der kleine Hund Anstalten machte, an ihren Schenkeln hochzuspringen, und griff Hilfe suchend nach Mamma Carlottas Arm, da er nach ihren Fingern schnappte, als hätte er sie mit Knackwürsten verwechselt. Was man dem Hund nicht verübeln durfte. Anschließend umrundete er Frau Kemmertöns, als wollte er sehen, ob sie auch von hinten so aussah wie jemand, der zu Hause einen gut gefüllten Kühlschrank und jede Menge Knabbergebäck hatte. Dann versuchte er erneut, seine Sympathie durch wildes Anspringen und lautes Kläffen zum Ausdruck zu bringen.

»Das scheint ja Liebe auf den ersten Blick zu sein«, meinte

Georg Lang lächelnd. »Sonst ist Fifi sehr zurückhaltend und wählerisch.«

Dieses Kompliment nahm Frau Kemmertöns einen Teil ihrer Angst, die nicht wirklich durch die Witterung einer Gefahr entstanden war, sondern sie immer überfiel, wenn in ihrer unmittelbaren Nähe etwas geschah, dem sie mit den Augen nicht folgen konnte. Bei einer surrenden Mücke und einem Mauersegler im Sturzflug verhielt sie sich genauso panisch. Nur gut, dass sie für eine kopflose Flucht viel zu schwerfällig war.

Tove und Fietje waren ihnen nachgekommen. »Nirgendwo eine Leiche«, sagte Tove leise. »Oder auch nur irgendwelche Spuren einer Leiche.«

Sie verließen die Hundewiese wieder, was Fifi, der Frau Kemmertöns hinterherschmachtete, großen Herzschmerz bereitete.

»Sie wissen doch gar nicht, wo sie gelegen hat«, entgegnete Mamma Carlotta verärgert.

»Wenn ich sage, nirgendwo liegt eine Leiche, dann eben auch dort nicht, wo Sie eine gesehen haben.«

Mamma Carlotta griff nach Richards Arm und zog ihn mit sich. Mit Frau Kemmertöns war zurzeit ja nicht vernünftig zu reden. Sie ging rückwärts, um Fifi, der am Zaun hochstieg und ihr nachwinselte, noch lange im Blick zu haben.

Sie brauchten nur um den Ziegenstall herumzugehen, dann waren sie vor der Tür des Schuppens angekommen. Wie am Abend zuvor ging Mamma Carlotta an die Seite des Gebäudes, zu der Stelle, wo die Leiche gelegen hatte. Nichts! Wenn es dort Spuren gegeben hatte, dann waren sie vom Regen vernichtet worden.

Richard flüsterte, als sie wieder vor der Tür des Schuppens erschien: »Kein Blut? Nichts, was auf Gewalt hindeutet? Abgeknickte Zweige oder so was …?«

Mamma Carlotta schüttelte den Kopf. »Nichts.«

»Alles Quatsch!« Tove wollte schon wieder behaupten, dass er in dieser Runde der einzige vernünftige Mensch war, der nicht auf Spuk hereinfiel und Leichen sah, die es nicht gab. Aber dann nahm er sich doch zurück. Er sah in drei entschlossene Gesichter und musste einsehen, dass an den Beobachtungen dieser drei in der vergangenen Nacht etwas dran gewesen sein musste.

»Was nun?«, fragte er.

Frau Kemmertöns antwortete, ehe jemand auf eine andere Idee kommen konnte: »Nächste Nacht das Gleiche noch mal.« Das Schuldbewusstsein, das zwischenzeitlich in ihren Zügen aufgetaucht war, hatte sich nicht gehalten.

Richard und Carlotta wehrten ab, Tove ebenfalls, jeder mit anderen Begründungen.

»Wie soll ich meiner Schwiegertochter erklären, dass ich schon wieder die halbe Nacht weg sein will?«, fragte Richard.

Bei Mamma Carlotta hörte es sich ähnlich an. »Mir fällt auch keine Ausrede mehr ein.« Sie warf Ricardo einen Blick zu und hoffte, dass er niemals erfahren musste, dass sie sogar eine sehr gute Ausrede hatte, solange er auf Sylt war und die Staatsanwältin ihrer jungen Liebe zur Seite stand, die gar keine war. Aber sie wollte diese Notlüge nicht überstrapazieren.

Und Tove brummte: »Ich kann nicht jeden Abend den Laden früher dichtmachen.«

Fietje war der Einzige, dem es egal war, ob er in Käptens Kajüte saß oder irgendwo Schmiere stand.

19

Carolin kam herein, mit dem Handy am Ohr. Als sie ihren Vater und die Staatsanwältin sah, beendete sie das Gespräch zügig. »Wir hören uns später.«

Tilla packte den Stier gleich bei den Hörnern. »War das Maximilian Witt?« Sie wies auf das Handy.

Carolin nickte und setzte sich an den Tisch. »Er sagt, er wird das Foto nicht weitergeben.«

»Es gibt also eins. Ein brisantes?«

Carolin zuckte mit den Achseln. »Scheint so.«

»Für welche Zeitung arbeitet er?«

»Für eine Agentur.«

Tilla seufzte auf. »Also wäre das Foto morgen in sämtlichen Zeitungen zu sehen.«

»Wäre«, betonte Carolin. »Wird es aber nicht.«

»Weil Maximilian es dir versprochen hat?«

Carolin legte den Kopf in den Nacken, als wollte sie über alle hinwegsehen, die unter ihrem Niveau waren.

»Caro, ich habe schon viele Erfahrungen mit Journalisten gemacht ...«

»Ich auch«, warf Erik ein. »Ich würde keinem vertrauen.«

»Erst recht nicht, wenn er mir erzählt, dass er niemals schönere Augen als meine gesehen hat.«

»Finden Sie es etwa normal«, fauchte Carolin, »meinen Vater jahrelang anzublaffen und zur Schnecke zu machen, ehe Sie merken, dass Sie in ihn verknallt sind?«

Tillas Stimme war so sanft, wie Erik sie noch nie gehört hatte. »Du solltest mich auch endlich duzen, Caro.«

Carolin schien zu überlegen, ob sie das überhaupt wollte, aber eine Reaktion blieb aus.

Erik setzte sich zu den beiden an den Tisch. »Weiß er, dass ich Polizeibeamter bin? Und meine Freundin Staatsanwältin?«

Carolin schüttelte den Kopf, und Tilla erhob sich. »Dann wird es Zeit. Meinst du nicht auch?«

Carolin fuhr in die Höhe. »Unterstehen Sie sich! Das wäre ja so was von peinlich!«

Erik zog Tilla unauffällig auf den Stuhl zurück. »Schaden kann es nicht, Caro. Er sollte wissen, dass er eine Menge Ärger bekommt, wenn er sich nicht an sein Versprechen hält.«

»Wenn er sagt, er tut es nicht«, keifte Carolin, »dann tut er es nicht.«

Die Tür sprang auf, Felix trat ein und prallte zurück. »Au Backe! Geht's schon wieder um diese Liebe, von der ich nichts verstehe?«

Carolin versetzte ihrem Bruder einen Stoß, sodass er gegen das geöffnete Türblatt taumelte, das wiederum den Stuhl zu Fall brachte, auf dem Carolin kurz vorher gesessen hatte. Jetzt lief sie die Treppe hoch und knallte kurz darauf ihre Zimmertür ins Schloss.

»Wo ist die Nonna?«, fragte Felix, scheinbar, um vom Thema abzulenken. »Und was gibt's zu essen?«

»Gar nichts«, erwiderte Erik und hielt sich nicht weiter mit der Fassungslosigkeit seines Sohnes auf. Felix verließ daraufhin die Küche wie ein Kind, das gerade Stubenarrest erhalten hatte. Zornig und ungerecht behandelt.

Erik betrachtete nachdenklich die Türklinke, als wäre er ein Handwerker, der um eine modernere Ausstattung des Raums gebeten worden war und bei der Türklinke anfangen wollte. »Ist es überhaupt richtig, wenn wir uns einmischen?«.

Aber Tilla Speck war sich ganz sicher: »Caro wird auf den Arm genommen und merkt es nicht.«

»Aber wenn sie nicht will, dass wir mit dem jungen Mann reden ...«

»... dann können wir es trotzdem tun.«

Erik sah Tilla entsetzt an. »Um Gottes willen. Bloß nicht! Das verzeiht Caro uns nie.«

»Als sie anrief, hat sie davon gesprochen, dass wir Pierre Thom finden sollen.« Sie stand auf, sehr dynamisch, zu allem entschlossen. »Lass uns seine Familienangehörigen abklappern.«

Erik zögerte. »Caro war davon ausgegangen, dass Jenna Brown eine Vermisstenanzeige aufgibt.« Er blickte auf die Uhr. »Da ist sie spät dran.«

»Vielleicht muss sich die Dame erst ausschlafen.« Tilla wirkte so tatendurstig, wie Erik es an einem freien Wochenende niemals war. »Haben wir nicht gesagt, wir müssen dafür sorgen, dass Carolin ihren Ausbildungsplatz behält? Wenn wir uns den Journalisten nicht vorknöpfen dürfen, dann müssen wir eben den Sylter Superstar finden.«

Eriks Handy klingelte, noch bevor er zustimmen oder sich Gedanken darüber machen konnte, ob er Pierre Thom suchen wollte oder nicht. Rudi Engdahl war am anderen Ende der Leitung. »Sind Sie noch in der Nähe, Chef? Wir brauchen Hilfe ...«

20

Richard seufzte tief auf. »Wer A sagt, muss auch B sagen. Wir haben uns nun mal darauf eingelassen ...«

Mamma Carlotta betrachtete Georg Lang, der sich in der Nähe am Zaun der kleinen Weide zu schaffen machte, auf der drei Schafe standen. »Wir sollten uns den Mann genauer ansehen«, sagte sie leise. »Er könnte der Mörder sein. Er kennt sich aus, natürlich weiß er, wo man hier eine Leiche verstecken kann.«

In den Gesichtern der anderen war keine Spur von Begeisterung zu sehen. »Das ist Sache Ihres Schwiegersohns«, murrte Frau Kemmertöns.

»Wie soll ich ihn darauf aufmerksam machen, dass hier eine Leiche verschwunden ist?«, fuhr Mamma Carlotta die Nachbarin an. »Das geht nur, wenn ich auch verrate, dass Sie Hunderttausend Euro gewonnen haben und Ihrem Mann nichts davon abgeben wollen. Oder wenn Sie sich entschließen, es doch zu tun.«

Weder die eine noch die andere Möglichkeit gefiel Frau Kemmertöns, sodass sie beschloss, sich nicht mehr zu äußern.

Mamma Carlotta warf Georg Lang einen intensiven Blick

zu. »Je schöner ein Mann, desto unberechenbarer und gefährlicher ist er. Das weiß in Italia jeder.«

»Du meinst«, fragte Richard, »er hat die Leiche irgendwo versteckt, um sie später zu entsorgen?«

»Könnte doch sein.«

»Und warum hat er es nicht gleich getan?«, fragte Tove.

»Vielleicht ... hat er es getan.« Mamma Carlotta betrachtete Georg Lang nun so aufmerksam, dass er plötzlich aufblickte.

In diesem Augenblick kam eine Frau vom Wohnhaus herüber und ging zu ihm.

»Die kenne ich«, flüsterte Tove. »Das ist Ariane Malak, die Nichte von der Lichter. Die arbeitet schon seit einer Weile hier bei ihrer Tante. Man sagt, sie erbt später alles.«

Sie näherten sich unauffällig, machten sich gegenseitig scheinheilig auf die Alpakas aufmerksam und waren dann nah genug herangekommen.

»Hast du Tante Brigitte heute schon gesehen?«

Tove zog die Mundwinkel herab, und Fietje grinste spöttisch über den Namen der Tante, der französisch ausgesprochen wurde. »So lange schläft sie sonst nicht.«

Georg Lang blickte auf die Uhr. »Vermutlich ist sie aufgestanden, hat gesehen, dass ihre schönen Stühle weg sind, und sich im Schuppen erhängt.«

Ariane Malak wurde ärgerlich. »Du hast einen grässlichen Humor, Georg! Ich sehe jetzt in ihrem Schlafzimmer nach.«

»Wenn du sie weckst, streicht sie dich aus ihrem Testament.«

»Das würde dir gefallen, was?«

Mamma Carlotta bedachte erst Tove und Fietje, dann Frau Kemmertöns und schließlich Richard Gercke mit einem vielsagenden Blick. So lange, bis alle begriffen hatten, was sie ausdrücken wollte. Wenn Brigitte Lichter nicht in ihrem Schlafzimmer gefunden wurde, war sie womöglich tot. In der vergangenen Nacht ermordet und nun irgendwohin verschwunden.

»Dio mio!«, flüsterte Mamma Carlotta. Sie warf Georg Lang einen Blick zu, der viel freundlicher ausfiel als noch kurz vorher. »Wenn die Frau alles erbt, könnte auch sie die Mörderin sein. Sie braucht Geld und will nicht warten, bis ihre Tante stirbt ...«

Richard stimmte ihr zu. »Die kennt sich genauso gut hier aus und weiß, wo man eine Leiche verstecken kann.«

Frau Kemmertöns wollte es nicht glauben. »Eine Frau? Die schafft das nicht.«

Aber Richard war anderer Meinung. »Schauen Sie sich Ariane Malak mal genau an. Die ist genauso stark wie ihr Cousin Georg Lang. Seit Jahren arbeitet sie im Tierheim. Die hat Muskeln wie ein Mann.«

»Dio mio«, flüsterte Mamma Carlotta noch einmal.

21

Erik murrte ärgerlich, während sie nach Westerland reinfuhren. »Hätten wir uns dort nicht blicken lassen, wäre Engdahl nicht auf die Idee gekommen, mich anzurufen. Aber jetzt hat er wohl den Eindruck, dass wir uns ohne unsere Arbeit langweilen.«

Tilla lachte. »Das kann ich nicht glauben.«

Erik war derart verstimmt, dass er sich die spitze Bemerkung nicht verkneifen konnte: »Du ahnst wohl nicht, was meine Mitarbeiter von dir denken. Und ich übrigens auch.« Schuldbewusst fügte er hinzu: »Bis vor Kurzem.«

Tilla machte große Augen. »Was?«

»Dass dir deine Arbeit über alles geht. Dass dein Privatleben so arm und unausgefüllt ist, dass du auch abends und am Wochenende lieber im Büro sitzt als allein zu Hause.«

Tilla lachte, und Erik war froh darüber. »Immerhin hast du

deine Meinung geändert. Das freut mich.« Dann wurde sie ernst. »Da ist vielleicht sogar was dran. Die Kollegen, die Familie haben, sind immer zu mir gekommen, wenn Dienst außer der Reihe nötig war. Ich war ja alleinstehend, während sie auch zu Hause noch Verpflichtungen hatten.« Sie griff nach Eriks Hand, nur ganz kurz und sehr leicht, ohne jeden Druck. »Aber jetzt ist das ja anders geworden. Ich werde demnächst klar sagen, dass ich jetzt auch Familie habe. Gewissermaßen«, fügte sie schnell an. »Carolins Probleme gehen mir jedenfalls genauso nah wie dir.«

Erik rang sich ein Lächeln ab. Er wusste nicht genau, ob ihm diese Aussage gefiel. Wollte er sie schon so weit an sich heranlassen? An sich und die Kinder? Durfte er zulassen, dass sie die Erinnerung an Lucia verdrängte? Nein, das nicht, diese Frage konnte er sofort beantworten. Aber das wollte Tilla vielleicht auch gar nicht. Und er war sicher, dass es ihr nicht gelingen würde, wenn sie jemals den Versuch unternahm. Dass sie seine Sorge um Carolin mit ihm teilte, gefiel ihm, tat ihm gut, nahm der Sorge einen Teil des Gewichts, machte sie leichter. Und wenn er das zuließ, wenn ihm das gefiel, wenn er das annahm, musste er dann nicht auch zulassen, dass sie Teil seiner Familie wurde? Ja, das musste er wohl. Oder? Mit seiner Schwiegermutter brauchte er nicht darüber zu sprechen, ihre Antwort konnte er sich vorstellen. Er würde abwarten, wie die Kinder sich in Zukunft verhielten. Wenn sie Tilla als seine neue Partnerin akzeptierten, würde es vermutlich leicht sein, sie auch als Teil der Familie anzunehmen. Er dachte zurück an Wiebke und Svea, seine letzten beiden Freundinnen. Mit Wiebke waren die Kinder ganz gut zurechtgekommen, mit Svea hatte es Schwierigkeiten gegeben. Und ob es gut war, dass Tilla sich jetzt in Carolins Angelegenheit einmischte, wusste er wirklich nicht. Sie hatte keine Kinder, sie reagierte womöglich falsch. Und sie kannte Carolin nicht gut genug, um zu wissen, was sie brauchte.

Das Schweigen zwischen ihnen war zum Glück nicht belastend, Tilla hatte mittlerweile gelernt, dass Erik das Schweigen brauchte, so, wie seine Schwiegermutter es nicht ertragen konnte. Tilla selbst schien auch schweigen zu können, was er früher nicht für möglich gehalten hätte. Als sie noch die Staatsanwältin gewesen war, die er nicht ausstehen konnte, war sie Eriks Schweigen immer mit Aggression begegnet. Ein Hauptkommissar, der in schweren Ermittlungen steckte, hatte keinen Grund zu schweigen. Er musste übersprudeln vor Einfällen, wie sein Fall zu lösen war. Damals hatte Erik es nicht einmal gewagt, langsam zu sprechen, immer hatte er sich gedrängt gefühlt, schneller zu sein, als er wollte. Er lächelte sie an, als sie vor der Wache ausstiegen. Zum Glück war das nun vorbei. Aus ihr war eine andere geworden, sie konnte Erik jetzt so sein lassen, wie er war.

Rudi Engdahl und Enno Mierendorf hatten alle Hände voll zu tun mit einem weiblichen und einem männlichen Kegelverein, die sich in die Quere gekommen waren. Eigentlich war es genau andersherum geplant gewesen, man hatte sich näherkommen wollen, und die Ersten hatten schon nach einem Hotelzimmer gesucht, das nur für ein oder zwei Stunden zu haben war, dann aber hatte es Ärger gegeben. Erik hatte keine Ahnung, worum es ging, und wollte sich auch nicht einmischen. Die Staatsanwältin sah für einen Moment so aus, als wollte sie sich erklären lassen, warum einige sich wütend anschrien und andere sich an die Wand drängten, als würden sie gern die Flucht ergreifen. Aber sie unterließ es dann doch, als Rudi Engdahl auf ein Pärchen von Ende zwanzig wies, gepflegt und gut gekleidet, das auf zwei Besucherstühlen saß und einen sehr unglücklichen Eindruck machte. »Am besten, Sie gehen mit den beiden in den Vernehmungsraum einen Container weiter. Da herrscht Ruhe.«

Erik winkte nach einem Praktikanten, der hilflos in der Gegend herumstand und sich mit wachsendem Entsetzen das

Verhalten der Kegelbrüder und -schwestern ansah. Jetzt durfte er etwas Sinnvolles tun, nämlich die beiden jungen Leute ins Vernehmungszimmer führen und bei ihnen bleiben, bis Erik und die Staatsanwältin nachgekommen waren.

Rudi Engdahl hatte zwar keine Zeit für nähere Erläuterungen, gab aber doch ein schnelles Update. »Die beiden haben in der Nacht eine Frau überfahren und sie liegen lassen. Astreine Fahrerflucht. Sie behaupten, die Frau wäre tot gewesen, da sind sie ganz sicher. Die ganze Nacht haben sie sich mit ihrer Schuld herumgequält und am späten Vormittag beschlossen, sich selbst anzuzeigen.«

»Ist die Frau wirklich tot?«, fragte Erik.

»Wenn ich das wüsste!« Rudi Engdahl zuckte mit den Schultern. »Ich habe sofort eine Streife hingeschickt, die in der Nähe war. Aber die hat nichts gefunden. Scheint so, als könnten die beiden sich nicht genau an den Ort des Geschehens erinnern ...«

Da waren Esther Stadler und Gregor Färber allerdings ganz anderer Meinung. Sie wussten genau – und sie hielten sogar ihre Schwurfinger in die Höhe, um es zu bekräftigen –, dass der Unfall im Norderstrandtal geschehen war. Ein Pick-up war vor ihnen hergefahren, er hatte vor einem tiefen Schlagloch bremsen müssen, war dann hindurchgerumpelt, und eine Frau, die die beiden vorher nicht wahrgenommen hatten, war von der Ladefläche gefallen.

»Und wir sind drüber«, sagte Esther tonlos, band sich den Pferdeschwanz neu und begann zu weinen.

»Dieses Geräusch ... dieses Gefühl ... ich werde es nie vergessen.« Auch Gregor wischte sich über die Augen. »Der Pick-up ist weitergefahren, der Fahrer hatte wohl nichts gemerkt.«

»Wir sind natürlich sofort raus«, fuhr Esther fort, nachdem sie sich beruhigt hatte. »Wir dachten ja, der Frau wäre noch zu helfen. Aber dann ...« Wieder begann sie zu weinen. »Wir hatten ein Menschenleben auf dem Gewissen.«

Nun fühlte ihr Freund sich in der Lage, die Schilderung zu Ende zu führen. »Sie war tot, das sah man sofort.« Er schlug die Hände vors Gesicht, nahm sie aber schnell wieder herunter, als wollte er sich der schrecklichen Erinnerung stellen. »Die Augen weit aufgerissen. Und kein Puls mehr ...« Er griff nach der Hand seiner Freundin. »Ich habe dann zu Esther gesagt: Weg hier, schnell weg. Es hat uns ja keiner gesehen.«

Erik stand auf und stellte sich vor die Karte von Sylt. »Zeigen Sie mir bitte genau, wo das geschehen ist.«

»Ich habe es schon Ihrem Kollegen gezeigt.« Gregor wies auf einen Punkt kurz vor dem Übergang zum Hundestrand.

Erik erinnerte sich an das, was Rudi Engdahl gesagt hatte. »Die Streifenbeamten haben nichts gefunden.«

»Ich bin ganz sicher.«

»Ich auch«, bekräftigte Esther.

Tilla stellte sich an Eriks Seite. »Am besten, wir fahren gemeinsam hin. Wenn die Frau wirklich tot war, kann sie nicht einfach verschwinden.«

Die beiden waren sich auch noch sicher, als sie am Norderstrandtal angekommen waren. Gregor ging schnurstracks zu der Stelle, an der es passiert war. »Hier ist die Frau runtergefallen. Ich habe zurückgesetzt, da gewendet«, er zeigte zurück auf einen Weg, der links abging, »und bin zur Straße zurück.«

In Esther entstand eine kleine Hoffnung. »Vielleicht war sie doch nicht tot? Sie konnte sich selbst helfen? Oder der Fahrer des Pick-up hat sie ins Krankenhaus gebracht?«

Gregor sah sie geradezu empört an. »Sie war tot! Außerdem hat der Fahrer ja gar nichts gemerkt. Der ist doch weitergefahren.«

»Aber eine Leiche kann nicht verschwinden«, meinte Ester zaghaft.

Erik klopfte dem jungen Mann auf die Schulter. »In Stresssituationen verändert sich die Wahrnehmung. Seien Sie froh.

Scheinbar haben Sie im Dunklen etwas gesehen, was bei Tageslicht dann doch nicht so schlimm war.«

»Aber ...«

Tilla ließ ihn nicht zu Ende sprechen. »Wenn die Frau tot war, dann hätte der Fahrer des Pick-ups die Polizei alarmiert.«

»Das hätte er auch getan, wenn sie überlebt hat«, meinte Esther.

»Womöglich hatte er gute Gründe, es nicht zu tun.« Erik wich aus, als er die fragenden Blicke der jungen Leute sah. »Da gibt es vieles ...«

»Aber ich habe sie überfahren!«, rief Gregor. »Ich bin über ihren Körper gefahren. Ich habe es gespürt. Ich glaube, ich habe sogar ihre Knochen knacken hören ...«

Esther trat zu ihrem Freund und umarmte ihn. »Vielleicht haben wir uns das doch alles eingebildet. Ich meine ... dass du die Frau überfahren hast, dass sie tot war ...« Sie richtete sich auf, sah Erik und Tilla an und sagte tapfer: »Aber Fahrerflucht haben wir begangen. Dazu stehen wir.«

»Sie haben absolut richtig gehandelt, sich selbst anzuzeigen. Wenn auch verspätet.«

Das beruhigte die beiden. Als sie in Westerland nach Aufnahme sämtlicher Personalien in ihre Ferienwohnung entlassen wurden, ging es ihnen besser. Sie hatten ihre Selbstachtung zurückgewonnen und sogar ein kleines bisschen Hoffnung, dass doch alles nicht so schlimm war.

Erik ging zur Fahrerseite seines Autos, aber Tilla blieb noch stehen und wollte nicht einsteigen. »Stell dir vor«, sagte sie nachdenklich, »du liegst auf der Ladefläche eines Pick-ups, der bremst, und du drohst herunterzufallen. Versuchst du dann nicht, das zu verhindern? Dich festzuklammern?«

»Wenn ich schlafe, ist es für eine Reaktion vielleicht zu spät.«

»Wieso liegt eine Frau schlafend auf der Ladefläche eines Pkws?«

»Weil der Fahrer- und der Beifahrersitz schon besetzt sind.«
»Und sie ist vollkommen zugedröhnt?«
»So was kommt vor. Das würde auch erklären, warum sich der Fahrer und auch die Frau selbst nicht bei uns gemeldet haben. Die haben vielleicht eine Party gefeiert, bei der viel geschehen ist, was die Polizei nicht wissen soll.«
»Die beiden haben gesagt, die Frau wäre nicht mehr jung gewesen.«
»Auch ältere Frauen trinken zu viel oder konsumieren zu viele Drogen.«
»Irgendwas ist komisch an der Sache«, murmelte Tilla. »Eine Leiche, die verschwindet. So was gibt es doch gar nicht ...«

22

Mamma Carlotta erschrak, als sie von hinten angesprochen wurde. »Sie sind Italienerin?«

Sie fuhr herum und stand einem Mann gegenüber, der ihr den Atem verschlug. War Georg Lang schon ein gut aussehender Mann, dieser übertraf ihn noch mit seinem Erscheinungsbild. Zwar war er älter, sogar älter als Mamma Carlotta, vermutlich hatte er schon die siebzig überschritten, aber seiner Attraktivität tat das keinen Abbruch. Besonders groß war er nicht, aber schlank, ohne den geringsten Bauchansatz. Sein Haar war noch voll und leicht gewellt, das helle Grau passte gut zu seiner sonnengebräunten Haut, die braunen Augen unter den dichten Brauen blickten Carlotta so aufmerksam an, wie es Männer konnten, die gut bei Frauen ankamen.

»Sì. Sono italiana.«

Er trat einen Schritt näher heran. »Ich liebe Italien und die Menschen, die dort leben.«

Solche Sätze hörte Mamma Carlotta gern. In diesem Augenblick wäre es ihr jedoch lieber gewesen, dem Gespräch zwischen Ariane Malak und Georg Lang zu folgen, ohne sich ablenken zu lassen.

Doch welche Frau konnte sich auf etwas anderes konzentrieren, wenn sie einem derart attraktiven Mann gegenüberstand? Es dauerte nicht lange, und die Diskussionen zwischen den beiden Verwandten von Brigitte Lichter interessierte sie nur noch am Rande. Dass jemand Panidomino kannte, schon einmal vom Heiligen Arezzo gehört hatte und genau wie sie der Meinung war, dass die italienische Regierung aus einem Haufen Halsabschneider bestand, war dann doch viel interessanter.

Dass Ariane Malak kurz darauf erneut aus dem Haus kam und Georg Lang zutuschelte, das Bett der Tante sei unberührt, bekam sie dann aber doch mit. Und dass Ariane Malak zur Polizei gehen wolle, um Brigitte Lichter vermisst zu melden, ebenfalls. »Du hast versprochen, mich nicht allein gehen zu lassen.«

»Komm, Carlotta«, drängte Richard. »Hier gibt es nichts mehr zu erfahren.«

»Was wollen Sie denn erfahren?«, fragte der Italienliebhaber mit großen Augen.

»Nichts, niente«, rief Mamma Carlotta und warf Richard einen warnenden Blick zu.

»Carlotta!«, wiederholte der Mann schwärmerisch. »Was für ein wunderschöner Name. Er passt zu Ihnen.«

»Und Sie?«, fragte sie keck zurück. »Wie heißen Sie?«

Er betrachtete ein Alpaka, während er antwortete: »Donald. Donald Schulze.«

Als sie zum Ausgang schlenderten, schloss er sich ihrer Gruppe an, als gehörte er zu ihnen, plauderte weiter mit Mamma Carlotta, als vergäße er darüber alles andere. »Schon von Weitem wusste ich, dass Sie wunderschöne dunkle Augen haben, Signora.«

Vor Toves Lieferwagen blieb er stehen und betrachtete das

alte Vehikel stirnrunzelnd. »Wie viele Jahre hat der schon auf dem Buckel?«

Solche Fragen beantwortete Tove grundsätzlich nicht. »Wenn ich Sie mitnehmen soll, müssen Sie auf die Ladefläche.«

Aber Donald Schulze winkte dankend ab. »Ich habe meinen eigenen Wagen dabei.«

»Dann man tau, Signora«, drängte Tove. »Ich muss meinen Laden wieder aufmachen. In einer Stunde beginnt das Abendgeschäft.« Er zeigte auf die Aufschrift seines Lieferwagens, der schon einige Buchstaben fehlten, und sagte zu Donald Schulze: »Wenn Sie mal eine gute Bratwurst essen wollen, dann sind Sie in Käptens Kajüte genau richtig.«

»Was für eine nette Idee!«, jubelte Donald Schulze. »Die Einladung nehme ich gerne an.«

Er küsste Mamma Carlotta die Hand und winkte Toves Lieferwagen hinterher, nur Mamma Carlotta im Blick.

»Will der was von dir?«, fragte Richard stirnrunzelnd.

Tove war es, der antwortete: »Blödsinn! Wer will schon was von einer alten Frau mit Übergewicht?«

Mamma Carlotta war sprachlos vor Empörung, was bei ihr selten vorkam. Zum Glück wusste Ricardo sofort, was in einem solchen Fall zu tun war. Er behauptete, er könne den Mann gut verstehen. »Es gibt eine Art von Schönheit, die nicht mit den Jahren verblüht, die bleibt, auch wenn die Jugend dahin ist.«

Nun verschlug es Mamma Carlotta ein zweites Mal die Sprache. So etwas Schönes, Poetisches und gleichzeitig Wahres hatte sie noch nie gehört. »Madonna! Ricardo!«

Als sie in Käptens Kajüte ankamen, hatte sie sich noch nicht von Donalds Handkuss und Richards Galanterie erholt und hatte Mühe, sich auf die Überlegungen zu konzentrieren, die jetzt fällig waren. Tove heizte den Grill an und bereitete sein Abendgeschäft vor, Fietje bekam sein Jever gezapft, die anderen drei baten um Cappuccino. Währenddessen überlegten sie, ob es sich bei der Leiche, über die sie in der vergangenen Nacht gestolpert waren, um Brigitte Lichter gehandelt haben könnte.

Tove glaubte, alles zu verstehen. »Ariane Malak hat ihre Tante umgebracht, damit sie endlich an die Kohle kommt. Die will nicht warten, bis der Erbfall endlich eintritt. Sie erschlägt ihre Tante. Sie erbt alles, habe ich gehört. Sie lässt sie verschwinden, und zwar so, dass niemand sie findet. Irgendwann wird sie dann für tot erklärt, und die Erben können kassieren.«

»So was dauert«, wusste Frau Kemmertöns, die von einem Mann gehört hatte, dessen Frau verschwunden war und der zehn Jahre hatte warten müssen, bis sie für tot erklärt wurde. »Eine Mörderin will doch sofort an die Kohle ran.«

»Andererseits geht sie so auf Nummer sicher. Vielleicht ging es ja gar nicht ums Geld, sondern um Hass.«

Richard griff nach dem Zuckerstreuer und rührte so viel Zucker in seinen Cappuccino, dass Mamma Carlotta drauf und dran war, ihn zu mäßigen. »Wenn jemand verschwindet, wird nicht wegen Mordes ermittelt, es sei denn, es gibt irgendwelche Hinweise auf Mord. Wenn die in einem solchen Fall auftauchen, dann oft so spät, dass die Aufklärung des Mordes schwierig ist.« Er sah Mamma Carlotta nachdenklich an. »Vielleicht fragst du mal deinen Schwiegersohn, wie das läuft? Ganz unauffällig?«

»Wie soll ich das tun, ohne dass er etwas merkt?«, eiferte sich Mamma Carlotta und warf Frau Kemmertöns einen vorwurfsvollen Blick zu. Der wurde auf der Stelle von allen anderen übernommen, außer von Fietje, der in sein Bierglas schaute, als hätte er mit der Diskussion nichts zu tun. Für die anderen war Frau Kemmertöns die Schuldige, die sie in diesen Schlamassel gebracht hatte, wobei Toves vorwurfsvolle Miene etwas glatter war, da er noch immer auf die Zehntausend Euro hoffte. Mamma Carlotta dagegen bereute schwer, dass sie sich auf Frau Kemmertöns' Idee eingelassen hatte, und Richard war anzusehen, dass er sich fragte, warum er da mitgemacht hatte.

Die Tür öffnete sich, Tove stellte den Grill heißer, weil die ersten Abendgäste erschienen, zwei Familien mit insgesamt sieben Kindern, die einen Höllenlärm veranstalteten. Sowohl Mamma Carlotta als auch Frau Kemmertöns fiel ein, dass sie sich mal wieder am heimischen Herd sehen lassen sollten, und da Richard auf keinen Fall allein an Toves Theke zurückbleiben wollte, rutschte auch er von seinem Hocker. Er sah einen nach dem anderen fragend an. »Bleibt es dabei? Heute Abend das Gleiche noch einmal?« Frau Kemmertöns erhielt einen besonders intensiven Blick, Richard hoffte wohl, dass sie sich anders besinnen und beschließen könnte, ihrem Mann doch alles zu gestehen. Aber Frau Kemmertöns nickte nur stoisch.

»Wieder erst bei Dunkelheit?«, fragte Mamma Carlotta. »Ich weiß nicht, ob Erik und die Staatsanwältin zu Hause sind. Was soll ich ihnen dann erzählen?«

Richard wurde ebenfalls unsicher. »Wenn meine Schwiegertochter zu Hause ist, erwartet sie, dass ich ebenfalls daheim bin. Da brauche ich auch eine vernünftige Ausrede.«

Frau Kemmertöns vertraute weiterhin auf die Fernsehgewohnheiten ihres Mannes, Tove jedoch pochte auf sein Abendgeschäft. »Ich kann nicht schon wieder den Laden dichtmachen.«

»Fietje könnte Sie vertreten.« Mamma Carlotta sah den Strandwärter auffordernd an. »Den brauchen wir nicht unbedingt bei dieser Unternehmung. Aber Ihr Auto, das ist importante.«

»Und meine Prozente«, tönte Tove.

Richard aber schüttelte den Kopf. »Wir brauchen gar nicht auf die Nacht zu warten. Wir wissen ja, dass Georg Lang und

Ariane Malak zur Polizei wollen, sobald das Tierheim geschlossen ist.« Er sah auf die Uhr. »Wann machen die dicht?«

»Am Wochenende um vier!« Tove hatte wirklich gut recherchiert. »Also in einer halben Stunde.«

Richard nickte zufrieden. »Wir wissen, wie wir auf das Gelände kommen. Dass der Zaun kaputt ist, hat vermutlich noch niemand gemerkt. Wir wandern einfach von einem Gehege zum anderen, als wären wir Besucher, die vergessen worden sind. So was kommt vor. Jeder kann uns sehen. Alles ganz easy. Dann stecken wir uns die Kohle in die Taschen und gehen wieder. Vielleicht haben wir sogar Glück, und das Tor ist von innen zu öffnen. Ansonsten hauen wir ab, wie wir gekommen sind. Und wenn uns jemand bemerken sollte ...«, er grinste belustigt, »... dann werden wir uns darüber beschweren, dass die Betreiber des Tierheims nicht richtig nachsehen, ob alle Besucher gegangen sind, ehe sie abschließen.«

Plötzlich erschien alles ganz leicht. »Du hast recht, Ricardo. Das Einfachste ist oft das Beste.« Mamma Carlotta blickte auf die Uhr und stürzte ihren Cappuccino herunter. »Dann also los. Es ist kurz vor vier. Avanti!«

Die beiden Familien, die gehen wollten, wurden abkassiert, währenddessen bekam Frau Kemmertöns die Zeit, die sie brauchte, um den spontanen Richtungswechsel innerlich zu verarbeiten, dann übernahm Fietje die Kasse und stellte sich neben den Zapfhahn.

»Wehe, du lässt die Wurst verkohlen«, warnte Tove.

»Es dauert ja nicht lange«, besänftigte Carlotta ihn. »In einer Stunde sind wir zurück.«

23 Ein Auto fuhr vor der Wache vor, ihm entstieg Ariane Malak. Sie ging jedoch nicht auf die Eingangstür zu, sondern blieb wartend stehen, während das Auto langsam zurücksetzte und verschwand.

Erik zögerte, wollte eigentlich in sein Auto steigen, tat es dann aber doch nicht. Fragend sah er Ariane an. Wollte sie etwa zu ihm?

Sie las ihm diese Frage vom Gesicht ab und wies mit dem Daumen über die rechte Schulter. »Ich warte nur, bis mein Cousin den Wagen geparkt hat.«

»Ist die Sache mit den Stühlen noch nicht geklärt?«

»Nein, aber ... deswegen sind wir nicht hier.«

»Sondern?« Erik drückte die Fahrertür wieder zu, Tilla tat mit der Beifahrertür das Gleiche. »Die Tierquälerei?«, fragte Erik in Tillas Richtung.

Aber Ariane Malak gab eine andere Erklärung. »Ich will meine Tante vermisst melden. Sie war heute Nacht nicht zu Hause und ist bis jetzt nicht wieder aufgetaucht.«

Georg Lang kam dazu, sah fragend von einem zum anderen, machte dann zwei zögernde Schritte in Richtung Wache. »Oder hast du schon jemanden gefunden, der die Vermisstenanzeige aufnimmt?« Er sah zu Erik und Tilla.

Erik schüttelte den Kopf. »Nein, das müssen Sie drinnen zu Protokoll geben.«

Georg Lang nickte und ging auf die Tür zu.

»Es könnte ihr was passiert sein«, fuhr Ariane fort, die offenbar Schwierigkeiten hatte, Erik und Tilla gehen zu lassen. »Sie hat heute Nacht Wache gehalten. Sie wissen doch, Herr Hauptkommissar, das war so abgemacht. Wir wollten uns abwechseln. Letzte Nacht war Tante Brigitte dran.«

Georg Lang drehte sich um. »Ich wollte ihr diese Nachtwache abnehmen. Ich finde, eine Frau in ihrem Alter ...«

»Aber mit so was darf man ihr nicht kommen«, unterbrach Ariane Malak. »Dann will sie erst recht.«

»Ich habe nach ihr gesehen, da war noch alles in Ordnung. Sie saß auf der Bank in der Nähe des Eingangs und döste vor sich hin. Ich habe noch gedacht, dass sie womöglich gar nicht mitbekommt, wenn jemand ins Tierheim eindringt. Ich glaube, sie war kurz davor, einzuschlafen. Mich hat sie nicht bemerkt. Zum Glück! Sie wäre wütend gewesen, weil ich mir Sorgen um sie machte. So was kann sie nicht ab.«

Tilla mischte sich ein. »Aber mit den Tieren ist alles in Ordnung?«

»Ja, da ist nicht passiert.« Georg Lang zögerte. »Könnte es sein, dass Tante Brigitte jemanden erwischt hat und dass der sie dann ...?« Er sprach nicht weiter, aber was er ausdrücken wollte, war klar.

»Gibt es dafür irgendwelche Anzeichen?«, fragte Erik. »Spuren eines Kampfes oder so?«

Sowohl Georg Lang als auch Ariane Malak schüttelten den Kopf. »Wenn ihr etwas angetan worden wäre«, sagte Ariane, »hätten wir sie ja gefunden.«

»Genau«, bestätigten Erik und die Staatsanwältin. Sie sahen den beiden hinterher, wie sie die Wache betraten, dann gingen sie zu Eriks Auto zurück. »Kannst du dir vorstellen, was da passiert ist?«, fragte Tilla, während Erik startete.

»Brigitte Lichter ist eine sehr eigenwillige Dame«, antwortete Erik. »Ein Abbild von Brigitte Bardot. Manche sagen, sie heißt gar nicht Brigitte, sie hätte sich nur wegen der großen Ähnlichkeit mit der Bardot so genannt. Aber wehe, jemand spricht ihren Namen nicht französisch aus!«

Er fuhr in Richtung Wenningstedt. Die Sonne senkte sich über den Horizont, über der Insel stand ein goldener Schimmer, bald würde sich der Sonnenball orange färben. Noch war nichts davon zu sehen, aber es war bereits zu erahnen. Die Abendstimmung senkte sich über Sylt, der Wind schlief ein, die Möwen trieben träge über ihnen dahin.

»Aus unserem Ausflug ist nichts geworden«, sagte Erik unzufrieden.

Tilla schien es nicht besonders viel auszumachen. »Wir könnten noch kurz ans Meer fahren und einen Sundowner nehmen. Es ist zwar noch etwas zu früh, aber egal. Es wäre ein schöner Abschluss des Tages.«

»Also gut.« Erik bog in die Seestraße ein und stellte den Wagen auf einen der Parkplätze am Dünenhof zum Kronprinzen ab, obwohl die ausschließlich den Bewohnern des Apartmenthauses vorbehalten waren. Aber er hatte das Gefühl, sich dieses Recht herausnehmen zu dürfen. Nicht nur, weil er Polizist war, sondern als Ausgleich dafür, dass ihnen der Ausflug zur Odde verdorben worden war. Und außerdem, weil er ein neues Auto hatte. Eine Logik, über die er selbst den Kopf schüttelte.

Das Strandwärterhäuschen von Fietje Tiensch war leer. »Der sitzt schon in Käptens Kajüte«, meinte Erik und griff nach Tillas Hand, während sie die Stelle passierten, an der eigentlich Fietjes Ruf ertönen musste, der nach der Gästekarte verlangte. Er lächelte sie an. »Schön, dass du bei mir bist.«

Sie schmiegte sich an seine Seite, dann stellten sie fest, dass es für einen romantischen Augenblick weder der richtige Ort noch die richtige Zeit war. Die Familien packten gerade ihre Sachen am Strand zusammen und kamen die große Holztreppe herauf, auf deren oberem Podest Erik und Tilla standen und gern den Ausblick genossen hätten. Vor, hinter und neben ihnen wurden Füße vom Sand befreit, Spielzeug abgewaschen, Kinder aus ihrem Badezeug geholt und mit trockener Kleidung versorgt. Mütter schimpften, Kinder nörgelten, Väter versuchen zu schlichten.

»Komm, wir gehen zum Kurhaus.« Erik zog Tilla mit sich, und Hand in Hand wanderten sie die Seedüne entlang, bogen an ihrem Ende rechts ab, dann links in die Dünenstraße. Goschs Restaurant mit seinem begrünten Dach war schon zu sehen, sie hätten dort zum Meer kommen können. Aber sie blieben bis zum Kursaal auf der Straße. Erik wusste, dass Tilla sich immer gern die Auslagen der kleinen Boutique ansah. Als sie zum Strandübergang gingen, wo es die riesige Treppe gab, die Tilla ebenfalls besonders gut gefiel, kam ihnen mit einem Mal eine Meute Fotografen entgegen. Erschrocken drängten sie sich an die Glasscheiben, mit denen die Außenfläche des Iismeer eingerahmt war.

»Sie sind zum Parkplatz«, hörte Erik jemanden rufen.

»Quatsch! Sie sind in der Berthin-Bleeg-Straße gesehen worden.«

Diejenigen, die Kameras um den Hals oder schwere Taschen an der Seite hängen hatten und sich mit Stativen abmühten, hatten Probleme, schnell genug vorwärtszukommen. Die Kollegen, die nichts anderes als ein kleines Diktiergerät in der Tasche hatten und ihr Smartphone bereithielten, waren besser dran.

»Sie trägt einen riesigen schwarzen Hut«, japste einer, »und natürlich eine wagenradgroße Sonnenbrille.«

Die Frau, die die Straße entlangkam, mit einem riesigen schwarzen Hut und einer Sonnenbrille, die das halbe Gesicht verdeckte, erschrak zu Tode, als die Meute auf sie zuhielt. Der Mann an ihrer Seite ging in Verteidigungsposition, nahm die Fäuste hoch, um zu zeigen, dass mit ihm nicht zu spaßen war. Die Frau schwankte kurz zwischen Eitelkeit und Angst, begriff aber rechtzeitig, dass sie unmöglich gemeint sein konnte. Kaum hatte sie die Sonnenbrille abgenommen, quietschten die Bremsen, respektive die Schuhsohlen der Reporter, sie machten auf dem Absatz kehrt und jagten in entgegengesetzter Richtung davon. Das verstörte Pärchen sammelte die Überreste seiner Selbstzufriedenheit zusammen, sie rückte den Hut zurecht und drückte die Sonnenbrille fest auf die Nase, er versuchte, so zu tun, als hätte er nie die Hände zu Fäusten geballt, und strich den Kragen seines Hemdes glatt. Scheinbar hatten sie eher als die Schaulustigen, die noch mit offenen Mündern dastanden, begriffen, um welchen Irrtum es sich gehandelt hatte. Sie warf den Kopf in den Nacken, er tätschelte ihre Hand, die auf seinem Unterarm ruhte. Vielleicht blieb ja ein bisschen Ruhm über ihnen stehen, wenn sie sich jetzt so benahmen, als gehörten sie wirklich zu den populären Zeitgenossen, von denen auf Sylt viele herumliefen.

Erik und Tilla waren so entgeistert wie die meisten der Umstehenden. »Kein Wunder, dass Pierre Thom so panisch reagiert«, murmelte Tilla. »An so was muss man sich wirklich erst gewöhnen.«

Carolin erschien vor ihnen wie der Flaschengeist Jeannie vor seinem Flaschenbesitzer. »Wisst ihr, wo er ist?«

Erik verstand kein Wort, sogar Tilla, die clevere, schnell denkende Staatsanwältin, sah aus wie der berühmte Ochs vorm Scheunentor.

»Wovon redest du?«, brachte Erik schließlich heraus.

Carolin sah von einem zum anderen. »Ihr habt Pierre Thom gar nicht gesucht?«

Nun war Tilla zum Glück schneller als Erik. »Wir haben auf den Spaziergang an der Odde verzichtet«, erklärte sie wahrheitsgemäß, »aber leider ...«

Erik war sicher, dass ihr auch gerade zum ersten Mal wieder eingefallen war, dass sie Carolin versprochen hatten, Pierre Thom zu finden.

»Wir waren auch in der Wache«, sagte er schnell und war froh, auch hier bei der Wahrheit bleiben zu können. »Pierre Thom scheint vom Erdboden verschluckt zu sein.«

Aber Carolin schüttelte den Kopf. »Ich war gerade im Hotel. Jenna Brown hat noch nicht wieder nach Pierre gefragt. Der Chef ist sehr erleichtert. Er meint, sie weiß, wo er ist.«

»Im Hotel?«, fragte Erik. »Hat er das Zimmer gewechselt?«

»Glaube ich nicht. Vor dem Eingang lauern immer noch rund zwanzig Reporter. Gravenaar hat alle Hände voll zu tun, damit keiner in den Innenhof kommt. Da käme Pierre Thom nicht raus.«

Tilla schüttelte den Kopf. »Den Reportern geht es aber doch um Jenna Brown.«

Carolin war sich da nicht mehr so sicher. »Pierre Thom benimmt sich derart merkwürdig, dass er vielleicht dadurch für die Presse interessanter geworden ist als unser amerikanischer Superstar. Typischer Fall von Schuss, der nach hinten losgeht.«

24 Diesmal war es wesentlich einfacher. Wenn die Dunkelheit sie auch geschützt hatte, war es doch leichter, etwas Verbotenes zu tun, wenn es von der Sonne beschienen wurde. Erst recht, da sie eine Ausrede bereit hatten, die vielleicht nicht besonders überzeugend klang, aber auch nicht zu widerlegen sein würde.

Sie gaben sich Mühe, nicht zu schleichen, nicht verdächtig zu erscheinen, falls jemand auf sie aufmerksam werden sollte, sondern sich im Schlendergang zum Schuppen zu bewegen. Wie Tierheimbesucher, die viel Zeit hatten. Von den Tieren wurden sie nicht weiter zur Kenntnis genommen, nur auf der Hundewiese gab es Unruhe. Fifi, dem kleinen weißen Hund, schien der Geruch von Frau Kemmertöns in die Nase zu wehen. Er stieg am Zaun hoch und winselte ihr nach.

Als sie vor dem Schuppen angekommen waren, sah Richard sich vorsichtig um.

»Wenn das Tor offen ist, müssen wir schnell rein und die Tür hinter uns zuziehen. Niemand darf merken, dass sie offen ist. Und niemand darf uns hören. Also – während wir die Lexikonreihe suchen, nicht laut reden und möglichst wenig Geräusche verursachen. Capito?«

»Capito!«, flüsterte Mamma Carlotta, die jetzt schon mal

das leise Reden ausprobieren wollte, während Frau Kemmertöns nur nickte.

Richard wollte sich gerade wieder dem Tor zuwenden, als eine barsche Stimme ertönte: »Was machen Sie da?«

Sie fuhren herum und starrten den Mann an, der langsam näher kam. Zum Glück wirkte er nicht drohend, wenn auch keineswegs freundlich. Eher auf aufmerksame Weise misstrauisch.

»Wieso treiben Sie sich hier noch rum? Das Tierheim schließt am Wochenende um vier.«

»Das haben wir nicht mitbekommen«, behauptete Mamma Carlotta. »Jetzt fragen wir uns gerade, wie wir hier wieder rauskommen.«

Sie machte einige Schritte vom Tor des Schuppens weg, damit sie nicht gefragt wurden, warum sie gerade dort den Ausgang suchten.

Der Tierpfleger war ein vierschrötiger, großer Mann von Ende fünfzig, mit großen Händen, großen Füßen und einem großen Schädel, auf den keine Mütze passte. Er stützte sich auf seine Harke. »Nicht mitbekommen?«, wiederholte er ungläubig. »Unser Tierheim ist doch nicht der Zoologische Garten von Hamburg. In Hagenbecks Tierpark sollen schon öfter mal Leute im Tropenhaus eingeschlossen worden sein. Aber hier?«

Mamma Carlotta spürte, dass Schwierigkeiten auf sie zukamen. Warum nur hatten sie nicht gemerkt, dass hier außer Georg Lang und Ariane Malak noch weitere Tierpfleger arbeiteten?

Sie zeigte auf Frau Kemmertöns. »Meine Nachbarin hat sich in einen Hund verguckt. Der kleine weiße Fifi! Er geht ihr einfach nicht mehr aus dem Kopf. Herr Lang hatte uns auf die Hundewiese gelassen, damit Fifi und Frau Kemmertöns sich anfreunden können. Die beiden waren ja vom ersten Augenblick an ...«

»... ein Herz und eine Seele«, ergänzte Richard erleichtert, der merkte, dass Mamma Carlotta den richtigen Weg gefunden hatte, aus dieser unangenehmen Situation herauszukommen. »Vom ersten Augenblick an«, bekräftigte er.

Frau Kemmertöns machte den Mund auf und zu, beließ es aber zum Glück dabei. Sie hätte womöglich genau das Falsche gesagt.

Der Tierpfleger entspannte sich merklich. »Ach ja, das habe ich mitbekommen.« Er ging ihnen zur Hundewiese voran, an deren Zaun Fifi geradezu ausflippte, je näher Frau Kemmertöns kam. Der Tierpfleger zeigte, dass es mit seinem anfänglichen Misstrauen vorbei war, und verriet ihnen, dass er Mattes hieß. Er öffnete für Fifi das Tor der Hundewiese, und dieser stürzte sich sofort auf Frau Kemmertöns.

»Wir machen es immer so, dass wir einen Hund erst mal zur Probe dem Interessenten mitgeben. Hund und Frauchen müssen ja herausfinden, ob sie zueinander passen.« Er nahm Fifi auf den Arm, der sich jedoch mit Zähnen und Klauen wehrte, weil er zu Frau Kemmertöns wollte.

Mattes lachte. »Nun mal langsam, mein Kleiner. Erst bekommst du deine Leine, dann darfst du mit.« Er blickte sich zu Frau Kemmertöns um. »Sie sind mit dem Auto da?«

Mamma Carlotta antwortete vorsichtshalber anstelle ihrer Nachbarin. »Nein, wir sind zu Fuß. Wir wohnen ja nicht weit. Am Süder Wung.«

Diese Straße kannte Mattes und nickte zufrieden. Mittlerweile waren sie am Eingang des Tierheims angekommen, wo es einen kleinen Raum gab, der Büro und Pförtnerloge darstellte. In Brigitte Lichters Wohnhaus war es still, nichts bewegte sich dort.

Mattes folgte Mamma Carlottas Blick. »Brigitte Lichter ist verschwunden.« Auch er sprach den Namen französisch aus, andernfalls hätte er wohl seinen Job verloren, allerdings mit einem scharfen Sch und einem T, wie er auch schimpfte, wenn er im Dreck gelandet war und »Schitt!« ausrief. »Nächste Nacht werde ich hier Wache halten. Wenn ich auf der Bank sitze, traut sich keiner hier rein. Wetten?«

Mamma Carlotta gab sich interessiert und erstaunt. »Wieso müssen Sie nachts Wache halten?«

»Da ist irgend so ein kranker Typ auf Sylt unterwegs. Ein Tierquäler. Die Polizei hat natürlich Besseres zu tun, als Tierheime und Schafweiden zu bewachen. Das machen wir selbst. Die Bauern auch.«

»Dio mio!« Mamma Carlotta war mit ihrer schauspielerischen Leistung sehr zufrieden. »Das ist ja schrecklich. Und letzte Nacht war es Brigitte Lichter, die Wache gehalten hat?«

Mattes nickte und sah jetzt sehr bedrückt aus. »Aber bei ihr weiß man nie ... Wenn die um Mitternacht die Idee hat, nach New York zu fliegen, dann sitzt sie morgens früh im Flugzeug. So eine ist das.« Er suchte eine Leine für Fifi aus und machte sie fest. »Haben Sie Futter?«, fragte er Frau Kemmertöns.

Die schien nun wieder klar denken zu können. »Nein, aber wir kommen ja bei Feinkost Meyer vorbei.«

Mattes nickte zufrieden. »Und Sie sind zu dritt. Natürlich dürfen Sie Fifi noch nicht draußen festmachen und ihn allein lassen. Das muss er erst lernen.«

Sowohl Mamma Carlotta als auch Richard versicherten, dass sie bestens mit Fifi klarkommen und alles richtig machen würden. Mattes notierte die persönlichen Angaben von Frau Kemmertöns und freute sich, als er ihren Namen hörte. »Ich wusste ja gar nicht, dass Jupp einen Hund haben will. Aber richtig ist es. Er braucht mehr Bewegung.«

»Ach natürlich, Sie kennen meinen Mann ja vom Schafkopfspielen in Käptens Kajüte«, sagte Frau Kemmertöns.

»Ganz genau.«

Zum Glück verzichtete er in diesem Fall darauf, sich Frau Kemmertöns' Ausweis zeigen zu lassen, den sie natürlich nicht dabeihatte. »Zwei Tage, höchstens drei, dann kommen Sie zurück und sagen uns, ob Sie Fifi behalten werden oder nicht.«

Er schloss das Tor auf, tätschelte Fifi zum Abschied den Kopf und sah ihm wohlwollend nach, als der kleine Hund sich vor Freude kaum einkriegen konnte.

Tove traute seinen Augen nicht, als vier Kreaturen zu ihm zurückkehrten, wo er doch nur drei vor dem Loch im Zaun entlassen hatte. »Ich hoffe, Sie kommen nicht nur mit einem Köter, sondern auch mit der Kohle.«

»Am besten, Sie fahren schon los«, sagte Mamma Carlotta ausweichend. »Wir gehen zu Fuß. Bei Feinkost Meyer müssen wir Hundefutter kaufen.«

»Hunde sind in Käptens Kajüte nicht erlaubt.«

»Sie werden eine Ausnahme machen«, sagte Richard so bestimmt, dass Tove sich fügte, wenn auch murrend und schimpfend. Als er an ihnen vorbeifuhr und in den Kreisverkehr einbog, ließ er das Fenster runter. »Wenn Fietje nicht auf den Grill aufgepasst hat, kann er eine schwarze Bratwurst haben.«

Richard zeigte ihm den erhobenen Daumen, und Mamma Carlotta grinste. »Das ist seine Art zu sagen, dass ihm der Hund gefällt.«

Aber Frau Kemmertöns' Stimme sorgte dafür, dass die positive Stimmung zunichtegemacht wurde. »Und was ist nun mit meinem Geld?« Sie blieb stehen, weil Fifi allergrößtes Interesse an einem Grasbüschel hatte, an dem wohl schon viele seiner Artgenossen das gleiche Interesse gehabt hatten. »Und wie soll ich meinem Mann beibringen, dass ich mit einem Hund nach Hause komme?«

25 Erik erkannte den jungen Mann auch von hinten. Er stand an der Wasserkante und sah aufs Meer. Aber nicht so versunken wie diejenigen, die alles um sich herum vergaßen, nur noch den Sonnenball wahrnahmen, der sich über den Horizont senkte, das ruhige Meer, das sich sanft bewegte und kleine, flache Wellen am Strand auslaufen ließ. Nein, er wirkte sogar von hinten nervös und angespannt.

Erik nickte zu ihm. »Warum will er nichts mit uns zu tun haben?«

Carolin lief rot an. »Ich habe ihm erzählt, dass du nicht viel von Reportern hältst.«

»Jedenfalls dann nicht«, entgegnete Erik ruhig, »wenn sie meine Tochter in Schwierigkeiten bringen.«

»Das tut er nicht.« Carolin schien sich schon wieder ereifern zu wollen. Eine Art friesischer Aufgebrachtheit, die nichts mit der südländischen Streitsucht ihres Bruders zu tun hatte, die wie eine Stichflamme hochschoss, wenn er sich ungerecht behandelt fühlte. Bei Carolin dauerte es länger, bis ihr innerer Aufruhr an die Oberfläche kam, sie war dann abweisend und nicht brodelnd wie früher Lucia. »Wart ihr bei den Eltern von Pierre Thom?«, fragte sie und versuchte, Eriks Blick von Maximilian Witts Rücken zu lösen.

»Das ging nicht«, antwortete Erik. »Ich weiß offiziell nichts davon, dass er verschwunden ist. Wenn er sich entschlossen hat, aus dem Hotel auszuziehen, dann ist das seine Sache. Das gibt uns nicht das Recht, in seinem Privatleben herumzuschnüffeln.«

»Wenn du sagst, dass Jenna Brown weiß, wo er ist ...«, versuchte es Tilla.

»Ich vermute es«, korrigierte Carolin spitz. »Wenn sie es nicht wüsste, hätte sie doch längst Alarm geschlagen.«

Erik und Tilla gaben ihr recht, sehr vorsichtig, um sie nicht noch mehr zu reizen.

»Er wird schon wieder auftauchen«, meinte Tilla. »Schon bald. Wie lange haben die beiden ihre Zimmer gebucht?«

»Noch vier Tage. Das könnte Gravenaar reichen, mich auf die Straße zu setzen.«

»Kann er beweisen, dass du Maximilian Witt ins Hotel geschleust hast?«

Erik war froh, dass auf diese Frage keine Diskussion folgen konnte, da sein Handy läutete. Rudi Engdahl war am anderen Ende der Leitung. »Sind Sie noch in der Nähe, Chef? Ich weiß ja, dass Sie freihaben, aber hier ist gerade der Teufel los.«

»Worum geht's?«

»In dem Wohnhaus von Brigitte Lichter ist eingebrochen worden. Nach der Vermisstenanzeige kommt mir das komisch vor. Das ist doch nicht weit von Ihnen entfernt. Können Sie mal eben hinfahren?«

26

Fifi wurde derart von Angst ergriffen, als Frau Kemmertöns Anstalten machte, ohne ihn Feinkost Meyer zu betreten, dass Mamma Carlotta die Aufgabe übernahm, Futter für ihn zu kaufen, damit der Hund in der Nähe der Person bleiben konnte, die er sich als zukünftiges Frauchen auserkoren hatte. Zum ersten Mal fragte sich Mamma Carlotta, ob das gut gehen konnte. Frau Kemmertöns wollte keinen Hund und ihr Mann erst recht nicht. Fifis Abschiedsschmerz mochte sie sich gar nicht vorstellen, wenn er wieder ins Tierheim gebracht werden musste.

Auf der Suche nach Hundefutter fiel ihr ein, dass sie noch nicht fürs Abendessen eingekauft hatte. Madonna! Wie sollte sie so schnell etwas auf den Tisch bringen? Sie warf zwei Dosen Stücktomaten für eine Tomatensuppe zum Trockenfutter in den Einkaufswagen, entschloss sich, gleich noch zwei weitere hinzuzufügen, weil man ja nie wusste, ob demnächst mal wieder die Zeit drängte, kaufte am Fischstand im Foyer des Ladens einen Aal, der schon küchenfertig vorbereitet war, enthäutet und in bissfertige Stücke zerteilt. Aal in Tomatensoße würde allen schmecken. Sie hoffte, dass sich im Garten etwas finden würde, woraus ein Dolce zuzubereiten war, vielleicht Kirschen für ein Frischkäse-Dessert. Den Krokant, den sie eigentlich dafür brauchte, würde sie durch Nüsse ersetzen, das würde schon irgendwie gehen. Frischkäse jedenfalls war im Kühlschrank, das wusste sie, da Erik ihn gerne zum Frühstück aß. Für das Nötigste war also gesorgt, anschließend würde ihr Improvisationstalent gefragt sein. Das hatte sie bisher noch nie im Stich gelassen.

Fifi war begeistert von allem, was ihm geboten wurde. Freudig sprang er über die Schwelle von Käptens Kajüte, bellte Tove an, der dem Hund lauthals die Pest an den Hals wünschte, ihm aber hinten herum eine Waffel zusteckte, die er besonderen Gästen neben die Cappuccinotasse legte.

»Und was ist mit der Kohle?«, fragte er, während Fifi feststellte, dass am kurzen Ende der Theke jemand saß, der bereit war, ihn hinter den Ohren zu kraulen. Er stellte sich auf die Hinterläufe, ließ sich von Fietje auf den Schoß heben und blickte sich zufrieden um. Alles sah danach aus, als freute er sich an der Entscheidung, Frau Kemmertöns gefolgt zu sein.

Als Tove hörte, dass die Hunderttausend Euro noch immer nicht zu ihrer rechtmäßigen Besitzerin zurückgefunden hatten, knallte er den Rotwein auf die Theke, dass er Mamma Carlotta auf die Bluse spritzte.

»Signor Griess! Vino rosso gibt hässliche Flecken!«

Mürrisch schob Tove ihr den Salzstreuer hin. »Das hilft gegen Rotweinflecken.«

Aber so leicht war Mamma Carlotta nicht zu versöhnen. Sie warf einen Blick auf die Stühle, die es noch immer nicht geschafft hatten, sich in das Ambiente der Imbissstube zu fügen. Nach wie vor waren sie zwölf Fremdkörper, die vermutlich erst wochenlang den Fettschwaden aus der Fritteuse ausgesetzt sein und von vielen schmutzigen Händen dazu gebracht werden mussten, sich dem restlichen Mobiliar anzupassen.

»Wenn das Brigitte Bardot wüsste!«, sagte Richard und grinste.

Aber Mamma Carlotta hatte der Rotwein auf ihrer Bluse die Laune verhagelt, Scherze konnten sie nicht erheitern, nur noch mehr verärgern.

»Ist eigentlich außer mir noch jemandem aufgefallen, dass die Besitzerin des Tierheims ebenfalls Brigitte heißt?« Sie sah in die Runde wie eine Lehrerin, die ihren arbeitsscheuen Schülern zeigen will, wohin ihre Faulheit führt. »Die Briefe können auch an Brigitte Lichter gerichtet sein.«

»Daran habe ich schon gedacht«, antwortete Richard. »Aber sind sie nicht mit dem Namen Gunter Sachs unterzeichnet? Ich glaube nicht, dass Brigitte Lichter auch ein Verhältnis mit Gunter Sachs hatte.«

Fietje Tiensch ließ das Ohrenkraulen sein, woraufhin Fifi sich zu Frau Kemmertöns begab und an den Beinen ihres Hockers hochsprang. Frau Kemmertöns sah sich jedoch außerstande, den Hund auf ihren Schoß zu heben, ohne vom Hocker zu fallen, und unterließ es daher.

»Brigitte Lichter war früher ein ganz schöner Feger«, sagte Fietje Tiensch unvermittelt, und das so klar und deutlich, dass er von allen überrascht angesehen wurde. Spontane Äußerungen von Fietje waren grundsätzlich eine Seltenheit, und wenn überhaupt, redete er nuschelnd und so leise, dass es kaum zu verstehen war. »Die ist jünger als die Bardot«, fuhr er fort. Freiwillig, ohne dass ihn jemand nötigte!

»Dio mio«, flüsterte Mamma Carlotta und starrte ihn entgeistert an.

»Warst du damals schon als Spanner unterwegs?«, fragte Tove so verächtlich, wie es ihm möglich war.

Aber Fietje reagierte nicht. Das Thema Brigitte Lichter schien etwas zu sein, was sein Mitteilungsbedürfnis beflügelte. »Da wurden noch Partys am Strand gefeiert! Mein lieber Scholli! Die Bardot im Bikini – sensationell. Aber die Lichter stand ihr in nichts nach. Die gleiche Taille, die gleiche Oberweite. Und auch blonde Locken und Schmollmund. Die hätte man für eine Schwester der Bardot halten können. Für die jüngere Schwester.«

Mamma Carlotta staunte Fietje mit offenem Mund an. »Wie lange ist das her?«

Fietjes Vorstellungen von der Vergangenheit waren verschwommen. »Vierzig, fünfzig, hundert Jahre ungefähr, keine Ahnung. Die Bardot ist heute ja schon über achtzig. Als sie mit Gunter Sachs auf Sylt gewesen ist, war sie zwischen dreißig und vierzig. Und Brigitte Lichter gerade mal zwanzig. Glaube ich wenigstens. Habe ich so in Erinnerung. Die wollte auch unbedingt so einen reichen Kerl wie Gunter Sachs haben. Dafür hat die alles getan.«

Tove Griess lehnte perplex am Zapfhahn, Mamma Carlotta mit den Unterarmen auf der Theke. Beide staunten sie Fietje Tiensch an, der noch nie so viel an einem Stück geredet hatte. Richard Gercke kannte ihn nicht gut genug, um zu wissen, dass er einem epochalen Augenblick beiwohnte, und Frau Kemmertöns war damit beschäftigt, Fifi daran zu hindern, Querfäden in ihre Stützstrumpfhose zu ziehen.

»Könnte sie die tote Frau sein?«, fragte Richard in die Stille hinein.

»Die hat alles so gemacht wie die Bardot«, sagte Fietje, als hätte er Richards Einwand nicht gehört. »Auch das mit den Tieren ...«

Erschöpft winkte er ein neues Jever herbei, um seine überstrapazierten Stimmbänder zu befeuchten.

Mamma Carlotta sah auf ihre Hände. »Möglich ist es. Nur ... wo ist sie geblieben?«

»Vermissen Sie jemanden, Signora?«, kam da eine Stimme von hinten.

Donald Schulze! Er war eingetreten, ohne dass er bemerkt worden war. Nicht einmal Tove war aufgefallen, dass ein neuer Gast erschienen war, obwohl er ja eigentlich mit dem Blick zur Tür seiner Arbeit nachging. In diesem Fall waren alle auf Fietje Tiensch fokussiert gewesen, der sich zu einer kompletten Erzählung hatte hinreißen lassen.

»Einen Espresso, bitte!« Donald Schulze sah Tove nicht an, während er bestellte, sondern griff nach Mamma Carlottas Hand und küsste sie. Ein zweiter Handkuss an diesem Tag!

»Ihre Augen, Signora! Ich glaube, ich habe nie schönere gesehen.« Und nun noch ein Kompliment! Fast hätte sie darüber ihre Pflichten als Schwiegermutter und Nonna vergessen und nicht mehr ans Abendessen gedacht.

»Ich muss unbedingt ... die Tomatensuppe ... und alles ...« Sie merkte, dass sie mit geküsster Hand weit weniger eloquent war, und zeigte nur hilflos auf die Einkaufstüte von Feinkost Meyer, die neben ihren Stuhlbeinen stand.

Donald Schulze stürzte seinen Espresso herunter und legte einen Geldschein auf die Theke. »Ich trage Ihnen die Taschen selbstverständlich nach Hause.«

Dass Frau Kemmertöns sich anschließen wollte, die es nicht wagte, mit Fifi allein die Westerlandstraße zu überqueren, nahm er mit unerschütterlicher Ritterlichkeit zur Kenntnis. Und als er hörte, dass Richard denselben Weg hatte, war er nur geringfügig weniger charmant.

Während sie den Hochkamp hinuntergingen, auf die Westerlandstraße zu, wiederholte Donald Schulze seine Frage: »Wen vermissen Sie?«

Mamma Carlotta antwortete mit einer Gegenfrage: »Kennen Sie Brigitte Lichter?«

Donald runzelte die Stirn, während er nachdachte. »Nur vom Namen her. Ihr gehört das Tierheim.« Mit einem tiefen

Blick in Carlottas Augen ergänzte er: »Der Ort, an dem wir uns kennengelernt haben.«

Wenn er sich zugetraut hätte, auch während des Gehens, mit einer Einkaufstüte in der linken Hand und dem Versuch, mit der rechten Hand Fifi abzuwehren, einen Handkuss zu verabreichen, wäre wohl ein dritter fällig gewesen. Die Erinnerung an ihre erste Begegnung schien Donald Schulze nahezugehen. Madonna! Wie war es möglich, dass ein derart attraktiver Mann sich ausgerechnet in Carlotta Capella aus Umbrien verguckte? Eine siebenfache Mutter und mehrfache Großmutter!

»Ich habe mal gehört«, erzählte Donald, »dass sie gar nicht Brigitte heißt. Sie lässt sich nur so nennen, weil sie der Bardot in jungen Jahren so ähnlich sah. Und sie wollte wohl so sein wie sie.«

Mamma Carlotta fiel das Weitergehen schwer. »Woher wissen Sie das?«

Donald Schulze zuckte die Achseln. »Ich weiß es nicht, ich habe es nur reden hören. Ich bin ja schon lange auf Sylt. Wir haben unser kleines bescheidenes Ferienhaus vor vielen Jahren gekauft, als die Grundstückspreise noch erschwinglich waren.«

Das sagte er mit einer derart künstlichen Bescheidenheit, dass jeder, der es hörte, sofort wusste, wie sein kleines bescheidenes Ferienhaus aussah: eine stattliche Villa mit ausladendem Reetdach und einem gärtnergepflegten Garten, in dem alles so angepflanzt war, dass niemand hineinsehen konnte.

»Brigitte Lichter hat immer die Bardot kopiert, das habe ich auch gehört. Die Bardot hat inzwischen ihr Leben den Tieren gewidmet. Man hätte sich denken können, dass die Lichter es genauso macht.«

»Und Sie wissen nicht, wie sie in Wirklichkeit heißt?«, fragte Mamma Carlotta.

»Wie gesagt, ich kenne sie nur dem Namen nach ...«

Sie waren vor dem Hause Wolf angekommen, Richard verabschiedete sich mit einem kurzen Handzeichen und ging weiter, Donald Schulze jedoch zögerte. Aber Frau Kemmertöns schaffte es, seine Ambitionen, wie auch immer sie aussahen, zu durchkreuzen. »Können Sie mit zu uns kommen, Signora? Ich weiß nicht, wie Jupp reagiert, wenn ich mit dem Hund auftauche.«

Mamma Carlotta stellte fest, dass Eriks neues Auto nicht da war, und war versucht, ihr Einverständnis zu geben, entschied sich dann aber anders. »Ich muss das Abendessen vorbereiten.«

Frau Kemmertöns hatte schon zwei Schritte in Richtung ihres Gartentors getan, nun machte sie wieder kehrt. »Dann komme ich mit zu Ihnen und sehe Ihnen beim Kochen zu. Wir können währenddessen gemeinsam überlegen, was ich meinem Mann erzähle.«

Donald Schulze sah fragend von einer zur anderen. »Ein Komplott gegen einen Ehemann?«

Mamma Carlotta fand, dass sich diese Angelegenheit nicht in zwei, drei Sätzen darlegen ließ, und bat Donald Schulze ebenfalls in ihre Küche. »Vielleicht haben Sie eine Idee, wie Frau Kemmertöns ihrem Mann erklärt, warum sie mit einem Hund nach Hause kommt.«

»Da müssen Sie mich schon ein bisschen genauer informieren«, sagte Donald Schulze. »Mir scheint, Sie haben ein Geheimnis.«

Mamma Carlotta bugsierte ihn in die Küche und bot ihm einen Platz an. »Un limoncello?«

Sie wartete seine Antwort nicht ab, sondern verschwand schon im Vorratsraum und kam Sekunden später mit einer Flasche zurück, die einen giftgelben Inhalt hatte. Frau Kemmertöns hatte es noch nicht geschafft, einen Stuhl zurechtzurücken und darauf Platz zu nehmen, ohne sich in der Hundeleine zu verheddern.

Mamma Carlotta sah sie fragend an. Wollte sie ihr Geheimnis mit einem Fremden teilen? Bevor die Nachbarin eine Entscheidung getroffen hatte, sprang die Tür auf, und Felix erschien. »Moin!« Er bemerkte den fremden Gast erst, als er schon die Kühlschranktür aufgerissen und die Einkäufe inspiziert hatte. »Aal? Mag ich den?«

»Naturalmente, Felice.«

Nun nahm er auch den Hund wahr, der zielsicher auf die köstlichen Gerüche zuschoss, die aus dem Kühlschrank drangen. »Ist der süß!« Felix angelte eine Scheibe Salami aus der Aufschnittdose und hielt sie Fifi vor die Nase. »Bei uns bekommt jeder Gast etwas angeboten.«

Fifi war begeistert und merkte spätestens jetzt, dass er mit der Entscheidung für Frau Kemmertöns das große Los gezogen hatte.

Nur Kükeltje erwies sich als wenig gastfreundlich. Ihr stellten sich die Haare auf, als sie Fifi sah, und ihr Fauchen versetzte den armen Hund in Panik. Im Nu saß er unter Frau Kemmertöns' Stuhl und versuchte, sich unsichtbar zu machen, was ihm natürlich nicht gelang. Aber Kükeltje war zum Glück damit zufrieden, dass er Angst hatte und sie zeigte.

Felix war schon wieder an der Tür. »Zum Abendessen bin ich zurück.«

»Wo ist Carolina?«

»Mit Maximilian von nebenan unterwegs.«

»Und dein Vater? Und Tilla?«

»Irgendein Einbruch oder so was.«

Damit war er verschwunden, gefolgt von Kükeltje, die mit dem vierbeinigen Gast in der Küche nichts zu tun haben wollte. Während die Küchentür zuschnappte und Kükeltjes Schwanz gerade noch in Sicherheit gebracht werden konnte, war die Haustür schon aufgerissen worden und donnerte ins Schloss.

»Was für ein temperamentvoller Junge«, staunte Donald Schuld.

»Er hat italienisches Blut«, erklärte Mamma Carlotta stolz. »Meine Enkelin dagegen hat friesisches.«

Sie schwieg, als Donald Schulze noch einmal fragte, was es mit Fifi auf sich habe, warum Frau Kemmertöns sich seiner angenommen hatte, obwohl ihr Mann keinen Hund wollte und sie selber eigentlich auch nicht. »Sie haben ihn aus dem Tierheim geholt, um ihn morgen wieder zurückzubringen? Nett ist das nicht.« Sein Mitleid für den Hund, der vor Frau Kemmertöns' Füßen hockte und vertrauensvoll zu ihr aufblickte, war nicht zu übersehen. Er kraulte kurz sein Fell. »Armer Kerl.«

Frau Kemmertöns bekam feuchte Augen und erzählte Donald nun, wie es dazu gekommen war, dass sie nach Schließung des Tierheims noch auf dem Gelände unterwegs gewesen waren.

Wie zu erwarten, war Donald Schulze auf der Seite von Herrn Kemmertöns. »Das ist nicht fair.«

Frau Kemmertöns schluckte, machte den Mund auf, als wollte sie sich verteidigen, schwieg dann aber und beließ es dabei, sich ausdrucksvoll zu schämen.

»Sie sind nachts ins Tierheim eingebrochen?« Donald Schulze war fassungslos. »Unglaublich! Dass Sie das riskiert haben!«

»Und sogar völlig vergeblich«, ergänzte Mamma Carlotta. »Das Geld haben wir immer noch nicht.«

»Dabei wäre es eigentlich ganz einfach. Wir wissen ja, in welchem Lexikon es steckt.«

»D – E«, bestätigte Frau Kemmertöns.

»Kann ich Ihnen irgendwie helfen?«, fragte Donald Schulze.

Mamma Carlotta dachte kurz nach, dann schüttelte sie jedoch den Kopf. »Nicht nötig, danke. In der nächsten Nacht müssen wir es schaffen.« Sie sah Frau Kemmertöns streng an. »Danach ist mit mir nicht mehr zu rechnen, Signora. Dann müssen Sie zur Leitung des Tierheims gehen und bekennen, was Ihnen passiert ist. Und Ihrem Mann müssen Sie auch alles gestehen.«

Frau Kemmertöns' Brust begann zu vibrieren. Mamma Carlotta sah, dass Donald Schulze genauso fasziniert war wie alle, die dieses Phänomen zum ersten Mal beobachteten. Wenn Frau Kemmertöns außer sich war, was zum Glück selten vorkam, färbte sich ihr Brustansatz dunkelrot, überzog sich mit Schweiß und begann dann zu vibrieren. Mamma Carlotta war sicher, noch nie eine Frau gesehen zu haben, die das konnte.

»Also gut«, sagte sie mit einer Stimme, als wollte sie beim nächsten Wort zu weinen beginnen. »Ein letzter Versuch.«

Donald Schulze hörte sich interessiert an, wie der erste und der zweite Versuch ausgesehen hatten, und versprach, vor dem Tierheim mit einer Flasche Champagner zu warten, um den Sieg zu feiern. »Ich kann Ihnen auch helfen. Der Wirt kann ja nicht jeden Abend seinen Laden dichtmachen.«

»Für seine zehn Prozent tut er viel«, murmelte Mamma Carlotta. Aber dann gefiel ihr der Gedanke sehr gut. »Sie brauchen uns nur hinzufahren und dann auf uns zu warten.« Sie warf ihm einen neckischen Blick zu. »Mit der Flasche Champagner.«

Sie sah Frau Kemmertöns scharf an, damit sie nichts von der Leiche verriet. Das war zu viel, das musste Donald Schulze nicht erfahren. Er würde kein Verständnis dafür haben, dass sie nicht sofort zur Polizei gelaufen waren. Und vermutlich würde er ihnen nicht glauben, wenn er hörte, dass die Leiche am nächsten Tag verschwunden war. So was glaubte ja kein Mensch.

Donald Schulze stand auf, um sich zu verabschieden. »Sie müssen ja das Abendessen vorbereiten.« Er betrachtete sie wie eine Kostbarkeit, die versehentlich in einer Küche gelandet war. »Mein Gott! Es gibt sie tatsächlich, diese Frauen, die alles gewuppt kriegen, die Familie, die Nachbarschaft, die Freunde ... und dabei noch jung und strahlend aussehen.« Wieder kam ein Handkuss, und Mamma Carlotta stellte fest, dass sie sich daran gewöhnte. »Ich bin sicher, dass Sie sich in den letzten vierzig Jahren kaum verändert haben.«

Mamma Carlotta hatte wirklich alles getan, um die Komplimente an sich abtropfen und nicht in ihr Inneres vordringen zu lassen. Nun aber schaffte sie es nicht mehr. Sie war eben auch nur eine Frau, in der ein wenig Eitelkeit steckte. Vielleicht sogar mehr, als sie bisher gedacht hatte.

27 Ariane Malak erwartete sie an der Eingangstür, als hätte sie sich dort postiert, nachdem sie die Polizei angerufen hatte. Nun verschwand der fragende Blick aus ihren Augen und machte großer Zufriedenheit Platz. Scheinbar hatte sie an dem Tempo, mit dem polizeiliche Hilfe bei ihr erschien, nichts auszusetzen. Sie begrüßte Erik und Tilla mit einem kurzen Nicken, zeigte auf das aufgebrochene Türschloss, wandte sich dann um, ging ins Haus und wartete dort auf sie.

»Da ist er reingekommen, während Georg und ich auf der Wache waren, um die Vermisstenanzeige aufzugeben.«

Ihre Gummistiefel standen neben der Tür, jetzt trug sie graue Filzpantoffeln, die hinten offen waren, und rosa Wollsocken, die aussahen, als wären sie von einem Kind gestrickt und ihr geschenkt worden. Die Bündchen wiesen mehrere Unregelmäßigkeiten im Zwei-rechts-zwei-links-Muster auf.

Erik und Tilla untersuchten kurz das aufgebrochene Schloss. Keine Profiarbeit. Dieses wackelige Schloss hätte jeder aufbekommen. Vetterich würde gleich erscheinen und sich nach Spuren umsehen.

Das Haus hatte keine Diele, man trat sofort in den Wohnbereich, zunächst ins Esszimmer, rechts erstreckte sich dann der Wohnraum. Der Einrichtungsstil war uneinheitlich. Brigitte Lichter schien immer etwas gekauft zu haben, wenn es benötigt wurde, und sich nicht darum gekümmert zu haben, ob es zum Rest der Einrichtung passte. Das Esszimmer war groß, auf der linken Seite gab es ein ausladendes Büfett, in der Mitte einen großen, ovalen Tisch, dem die Stühle fehlten.

»Gestohlen«, sagte Ariane Malak und zeigte zur Haustür. »Da haben sie gestanden, direkt vor der Tür.«

Erik gab ihr recht, dort hätten die Müllwerker sie nicht wegholen und abtransportieren dürfen.

»Vermutlich hat nicht die Müllabfuhr die Stühle geholt«, sagte Ariane Malak, »sondern einer dieser Leute, die am Abend vorher rumfahren und sich die besten Stücke raussuchen. Bei der Müllabfuhr habe ich schon angerufen. Die sagen, sie hätten nichts gesehen. Die Stühle waren also schon weg, als die Müllwerker kamen.«

Sie durchquerte das Zimmer, Erik warf einen kurzen Blick nach rechts, in den Wohnraum, der einen riesigen Kamin hatte, ansonsten aber keine Wärme ausstrahlte. Wuchtige Möbel, lederne Sofas und Sessel, mehrere Teppiche, die sich überlappten, hohe Kerzenständer vor den schmalen Fenstern.

Der Raum, der nach hinten rausging, war Brigitte Lichters Arbeitszimmer, der Raum, in dem sie sich wohl öfter aufgehalten hatte als im Wohnzimmer. »Ihr Heiligtum«, sagte Ariane, als sie die Tür öffnete. »Wenn sie hier ist, will sie nicht gestört werden.«

Auch dieser Raum war wie Kraut und Rüben möbliert. Es gab ein paar alte Stücke, einen Sekretär, zwei Ohrensessel, düstere Gemälde in verschnörkelten Rahmen an den Wänden. Beim Rest war an Funktionalität gedacht worden: ein weißer Schreibtisch, darauf ein Computer, davor ein Schreibtischstuhl von guter Qualität, ein paar Büroschränke und Abstelltische, die mit Büchern beladen waren. Ariane zeigte auf zwei Schubladen am Boden, zu Füßen des Sekretärs. »Da hat wohl jemand gewusst, wo etwas zu holen war.«

»Glauben Sie, dass dieser Einbruch mit Frau Lichters Verschwinden zu tun hat?«, fragte Tilla, während Erik sich Schutzhandschuhe überzog und sich den Sekretär genauer ansah.

»Keine Ahnung«, hörte er Ariane sagen.

»Wissen Sie, was verschwunden ist?«

Erik spürte, dass Ariane an seine Seite trat. »Von diesem Fach habe ich nichts gewusst. Ein Geheimfach?«

Erik nickte. »Sieht so aus.« Er griff nach der großen Schublade, die ganz herausgenommen worden war, und zeigte auf eine weitere, die danebenlag. In der großen Lade lagen verschiedene Papiere, auf den ersten Blick sah Erik einen Fahrzeugbrief, das Schreiben einer Bank wegen eines Kredits, eine Plastikhülle mit abgelaufenen Kreditkarten. Die kleine Lade war leer. Eine schlichte Holzlade aus einem hellen, einfachen Holz, unbearbeitet, so breit wie die andere Schublade, aber nur etwa acht bis zehn Zentimeter tief.

Erik erinnerte sich an einen Gruselroman, den er als Zehnjähriger gelesen hatte. Da war es auch um ein Geheimfach gegangen. Die Lade, die herausgezogen wurde, war nicht so tief, wie es den Anschein hatte, dahinter saß ein Geheimfach, das jahrelang unbemerkt geblieben war.

So ähnlich war es auch hier. Im Kopfbereich der Schreibplatte gab es einen Hohlraum, der eine weitere Lade verbarg, das Geheimfach. Erik nahm die beiden Laden vom Boden auf, legte die große an die Seite des Sekretärs, und jeder konnte sehen, dass sie nicht so tief war wie das Möbelstück. Erst als er die kleine Lade dahinterlegte, war die Tiefe des Sekretärs erreicht.

Ariane war verblüfft. »So bewahrt sie ihre Geheimnisse auf?«

»Vielleicht.«

»Ein Tresor wäre besser«, meinte Tilla.

Erik sah sich um. »Gibt es hier einen?«, fragte er Ariane Malak.

»Nein. In gewissen Dingen ist sie altmodisch.«

»Hat ja bisher auch ganz gut geklappt.« Während Tilla die Kriminaltechnische Untersuchungsstelle informierte, damit sie kam, um Spuren zu sichern, fragte Erik weiter: »Das Büro ist nicht durchsucht worden?«

Ariane schüttelte den Kopf. »Alles an seinem Platz.«

»Also gibt es jemanden, der das Geheimfach kennt. Vielleicht sogar dessen Inhalt.«

Tilla steckte ihr Handy wieder weg. »Was mag die Lichter darin aufbewahren?«

»Geld?«, vermutete Erik, schüttelte aber gleich darauf den Kopf. »Nein, glaube ich nicht.«

Auch Ariane Malak vermutete etwas anderes. »Mit Geld geht sie sehr sorglos um. Und natürlich hat sie ein Bankkonto.«

Erik bemerkte eine Bewegung im Garten und blickte auf. »Wer ist noch im Haus?«

»Keiner!« Ariane antwortete sehr schnell. »Mein Cousin wohnt hinten im Gartenhaus.«

»Und Sie?«

»In der ersten Etage.« Sie zeigte gegen die Zimmerdecke und dann zum Fenster, das in den Garten führte. »Da draußen arbeitet Mattes. Er ist als Tierpfleger bei uns angestellt und als Mädchen für alles. Ihm war die aufgebrochene Tür gerade aufgefallen, als Georg und ich zurückkamen.«

»Ich möchte mit ihm sprechen.« Erik ging auf eine Tür zu, von der er glaubte, dass sie in den Garten führte. Sie war abgeschlossen, aber Ariane griff in ihre Hosentasche und zog einen Schlüssel hervor, der passte. »Seit dem Einbruch sind wir vorsichtiger geworden.«

Mattes legte die Harke zur Seite, als Erik und Tilla auf ihn zukamen. »Die Polizei? Dachte ich mir.«

Der Bitte, seine Beobachtungen zu schildern, kam er nicht gerne, aber doch notgedrungen nach. Er gehörte nicht zu den Menschen, die gerne redeten. Erik kam seine knappe, aber durchaus deutliche Beschreibung des Hergangs sehr entgegen. Mattes hatte am Seitenfenster eine Bewegung gesehen, war sich aber nicht sicher gewesen. »Konnte auch sein, dass ich mich getäuscht hatte.« Er war ums Haus herumgegangen, wollte die Eingangstür benutzen ... »Und da sah ich, dass sie aufgebrochen war. Natürlich bin ich dann lieber nicht reingegangen. Ich dachte, der Einbrecher könnte noch im Haus sein.« Er hatte sich entschlossen, zur Pförtnerloge zu laufen, die nur während der Öffnungszeiten besetzt war. »Da gibt's ein Telefon.«

»Haben Sie kein Handy?«, fragte Erik.

»Nö, so was brauche ich nicht.« Er nahm die Harke wieder auf und machte mit seiner Arbeit weiter. »Aber dann kamen ja auch Frau Malak und Herr Lang zurück. Die haben sofort die Polizei angerufen.«

»Dann ist der Einbrecher also nach hinten geflohen?« Erik ging zu der Hecke, die das Grundstück einfasste.

»Vermutlich«, meinte Mattes. »Vielleicht hat Herr Lang ihn ja gesehen. Der Senior, meine ich. Der war gerade eingetroffen.«

Erik sah sich fragend nach Ariane Malak um. »Georgs Vater«, erklärte sie. »Rüdiger Lang. Der Bruder von Brigitte Lichter.«

Vater und Sohn hatten offenbar bemerkt, dass sich im Garten etwas tat. Nacheinander traten sie aus dem kleinen Holzhaus. Georg Lang zuerst, ihm folgte sein Vater. »Moin.«

Es gab nicht die geringste Ähnlichkeit zwischen Vater und Sohn. Zwar waren beide groß und schlank, aber während Georg außergewöhnlich attraktiv war, ein Mann, der überall auffiel, war sein Vater ein Durchschnittstyp. Graue Haare, graue Gesichtshaut, graue Augen, ein schmaler Mund, eine knollenartige, großporige Nase. Erik dachte kurz daran, dass er vermutlich eine schöne Frau hatte und sein Sohn mit dem Erbteil seiner Mutter gesegnet war. Oder er kam auf seine Tante, die so schön war wie Brigitte Bardot.

Leichter Regen setzte ein, Ariane schlug vor, sich in die Küche zu setzen, sie würde einen Tee kochen. Da die Küche nicht von Vetterich und seinen Leuten untersucht werden musste, stimmten Erik und Tilla gerne zu. Als sie ums Haus herum kamen, war die KTU gerade eingetroffen. Erik unterrichtete sie, Tilla folgte Ariane in die Küche. Georg Lang und sein Vater kamen ihnen unverzüglich nach.

Als Erik die Küche betrat, summte schon das Teewasser. Er setzte sich Rüdiger Lang gegenüber. »Sie sind gekommen, weil Ihre Schwester vermisst wird?«

Er nickte. »Georg hat mich verständigt.«

»Was können Sie dazu sagen?«

Er zog die Schultern hoch. »Ach, wissen Sie ... bei Brigitte ist immer alles möglich.« Er sprach den Namen dreisilbig aus, deutsch eben, mit einem G wie Gustav und einem E am Ende. »So war sie schon als Kind. Meinen Eltern hat sie viele Sorgen gemacht. Wie oft sie von einem Augenblick zum anderen verschwunden ist, kann ich schon gar nicht mehr zählen. Nach ein paar Tagen war sie immer wieder da und wunderte sich, dass wir uns Sorgen gemacht hatten. Sie kann sich nicht in andere Menschen hineinversetzen. Es fehlt ihr jede Empathie.«

»Sie halten es also für möglich, dass sie spontan gegangen ist und in ein paar Tagen wiederkommt?«

»Möglich ist es, ja.«

Erik sah Tilla an, sie blickte mit der gleichen Intensität zurück. Beide dachten sie an die Frau, die von einem Pick-up gefallen und seitdem verschwunden war.

»Einfach so?«, fragte Erik. »Ohne eine Nachricht zu hinterlassen?«

»Und ohne mitzunehmen, was man als Frau so braucht?«, ergänzte Tilla.

Rüdiger Lang nickte. »Zuzutrauen ist es ihr.«

»Wollen Sie uns ein bisschen von Ihrer Schwester erzählen?«, bat Erik.

Rüdiger Lang schien es nicht gern zu tun, war aber bereit. »Ich bin zwei Jahre älter als Brigitte ...« Nun war ihm wohl eingefallen, dass er den Namen französisch aussprechen sollte, wenn er sich nicht mit seiner Schwester überwerfen wollte.

»Sie heißt wirklich so?«, unterbrach Tilla.

Lang lächelte. »Ja. Sie hat es als Wink des Schicksals bezeichnet. Ihre Ähnlichkeit mit der Bardot war wirklich frappant. Natürlich hat sie alles getan, um diese Ähnlichkeit noch zu forcieren. Die Haare blondiert, zu Locken gedreht, die gleiche Frisur, das gleiche Make-up, Schmollmund und so weiter ...« Sein Lächeln vertiefte sich. »Sie war sogar noch hübscher als die Bardot.«

»Das will was heißen«, warf Ariane ein. »Meine Mutter war immer sehr neidisch.« Erklärend ergänzte sie: »Ihre Schwester. Sie war nicht annähernd so schön wie Tante Brigitte. Und ich ... ich komme sowieso auf meinen Vater.« Das sagte sie ohne jedes Bedauern. Mit ihrem Äußeren schien sie sich längst abgefunden zu haben. Dabei hätte sie ziemlich hübsch sein können, fand Erik, wenn sie ein bisschen gepflegter erschienen wäre.

Rüdiger Lang fuhr fort: »Kaum war sie mit der Schule fertig, musste sie unbedingt nach Sylt. Die Bardot war dort, Gunter Sachs ebenfalls, sie wollte versuchen, sich in ihre Clique zu mischen. Wir haben ihr alle den Vogel gezeigt, als sie loszog, aber sie hat es tatsächlich geschafft. Schon bald gehörte sie dazu. Sie wollte auch einen reichen Kerl, das war ihr nächstes Ziel, da musste sie sich natürlich ranhalten. Sie hat oft gesagt: Dreißig ist das Verfallsdatum für eine Frau. Wenn du es bis dahin nicht geschafft hast, kannst du es vergessen.«

Georg Lang erhob sich. »Muss ich mir das anhören? Was für eine ordinäre Lebenseinstellung. Nein danke. Ohne mich.«

Rüdiger Lang versuchte, seinen Sohn zurückzuhalten. »Keiner am Tisch teilt diese Meinung, Georg. Ich habe doch nur zitiert, was deine Tante früher gesagt hat. Als sie noch jung und reichlich dumm war.«

Aber Georg Lang ließ sich nicht aufhalten. »Bin gleich wieder da. Ich kenne die Geschichte ja.«

Sein Vater wartete, bis er draußen war und die Tür hinter sich geschlossen hatte. »Wer Georg sieht, der denkt, er könnte mit seinem Aussehen alles erreichen. Dass er das gar nicht will, darauf kommt niemand. Er hasst es, wenn er auf sein Äußeres angesprochen wird. Wer ihn attraktiv nennt, ist gleich bei ihm unten durch.«

Erik hörte, dass Georg Lang kurz mit Kommissar Vetterich sprach, der scheinbar eine Frage gestellt hatte, die er ihm beantworten konnte. Dann verklangen seine Schritte. »Er holt sich jetzt eine Forke«, sagte Ariane seufzend, »und geht ausmisten.«

»Er ist eben ganz anders als Brigitte in diesem Alter«, fuhr Rüdiger Lang fort. »Heute ist sie ja auch so. Aber damals?« Er schüttelte den Kopf. »Sie hatte sich tatsächlich sehr schnell einen reichen Kerl geangelt. Aber der war ein totaler Missgriff. Reich war er, aber nur, weil er eine reiche Frau hatte. Da hatte sie sich den Falschen gegriffen. An Scheidung dachte der nicht, dann wäre er bettelarm gewesen. Und das wollte Brigitte natürlich auch nicht. Entweder reich oder gar nicht. Gefühle waren ohne Bedeutung. Sie ließ ihn gleich wieder fallen, als ihr das klar wurde. Aber leider ... zu spät.«

Erik runzelte die Stirn. »Zu spät? Was meinen Sie damit?«

»Sie war in der ersten gemeinsamen Nacht schwanger geworden. Das dumme Huhn.«

Tilla stieß die Luft aus. »Was dann?«

Die Stimme des Bruders war kühl, er verbot sich jedes Gefühl, wie es schien. »Sie war ein paar Monate nicht auf Sylt zu sehen, hat ihr Kind gekriegt und zur Adoption freigegeben. Dann war sie wieder da und hat so getan, als wäre nichts gewesen.«

Erik sackte die Kinnlade herunter. Darauf fiel ihm nichts ein. Was für eine eiskalte Person! Dann aber erschrak er über diesen Gedanken. Was maßte er sich an? Woher wollte er wissen, was Brigitte Lichter durchgemacht hatte, bis sie ihren Entschluss gefasst und in die Tat umgesetzt hatte? Er sah Tilla an und stellte fest, dass ihr Gesicht voller Mitgefühl war. Vielleicht war es für eine Frau leichter, sich in diese Situation hineinzuversetzen.

»Was war das für ein Mann?«, fragte er. »Kennen Sie seinen Namen?«

Rüdiger Lang schüttelte den Kopf. »Brigitte hat nie über ihn gesprochen, und seinen Namen hat sie nie genannt. Ich bin davon ausgegangen, dass er das zur Bedingung gemacht hat. Natürlich hat er ihr einiges gezahlt, damit sie den Mund hält. Ihre Gegenleistung war, den Namen des Mannes nicht zu nennen.«

Ariane Malak räusperte sich, wandte sich an Erik. »Warum sind Sie eigentlich hier? Wegen des Einbruchs? Oder weil meine Tante vermisst wird?«

»Sie haben die Polizei gerufen, weil im Haus Ihrer Tante eingebrochen worden ist«, antwortete Erik förmlich. »Deswegen sind wir hier.«

Tilla unterstützte ihn. »Der Vermisstenmeldung können wir erst nachgehen, wenn der Verdacht besteht, dass Ihre Tante einem Verbrechen zum Opfer gefallen ist.« Sie blickte Rüdiger Lang eindringlich an. »Aber nach dem, was wir gerade gehört haben, muss man davon nicht unbedingt ausgehen.«

Erik nahm ein Notizbuch zur Hand, das er immer bei sich trug, und zückte einen Stift. »Sie haben keine Ahnung, was in dem Geheimfach ihres Sekretärs gewesen sein könnte?«

Ehe Ariane antworten konnte, ertönte ein Schrei aus dem Garten. »Stehen bleiben! Halt!«

28 Als Erik und Tilla am Tisch saßen, war Mamma Carlotta mit den Nerven fertig. Wieder mal fragte sie sich, warum sie sich auf Frau Kemmertöns' Bitte eingelassen hatte. Schrecklich, dass sie einfach nicht Nein sagen konnte, wenn ein Abenteuer winkte. Nun war sie sogar so weit gegangen, bei Feinkost Meyer mariniertes Gemüse zu kaufen und es auf einem Teller zu dekorieren, als hätte sie selbst es mit viel Zeit und Liebe zerkleinert und mit feinstem Olivenöl und Balsamico übergossen. Wenn Erik aufmerksamer wäre, würde er sich fragen müssen, wie sie innerhalb eines Tages Antipasti auf den Tisch bringen konnte, die drei bis vier Tage in der Marinade zubringen mussten, bis sie verzehrfertig waren.

Sie betrachtete den Vorspeisenteller äußerst kritisch, aber tatsächlich unterschied er sich kaum von den Antipasti, die sie selbst eingelegt hatte. Vermutlich schmeckten sie überhaupt nicht, dann musste sie darauf hoffen, dass Erik zu höflich war, um eine Anmerkung zu machen.

»Scusa, Dino«, murmelte sie und schlug die Augen zur Decke. Ihr Mann hätte sie davon abgehalten, sich in die Angelegenheiten der Nachbarn einzumischen, die niemanden etwas angingen. Man half den Nachbarn selbstverständlich jederzeit, wenn sie Hilfe brauchten, aber man kümmerte sich nicht um deren eheliche Heimlichkeiten, das war sein Standpunkt gewesen. Und jetzt musste Carlotta mal wieder zugeben, dass er recht gehabt hatte.

»Warum bist du so nervös, Carlotta?«, fragte Tilla. »Ist was passiert?«

»No, no!« Das rief sie immer ganz automatisch, ehe sie überlegte, ob es Sinn machte, eine Begebenheit zu verschweigen oder lieber alles zuzugeben. Da sie damit rechnen musste, dass Frau Kemmertöns am Abend noch Schutz bei ihnen suchen würde, war es vielleicht besser, mit der Wahrheit herauszurücken oder wenigstens mit einem kleinen Teil der Wahrheit. So erzählte sie, während sie das Ciabattabrot in Scheiben schnitt, dass sie mit Frau Kemmertöns im Tierheim gewesen sei, weil diese sich schon lange einen kleinen Hund wünschte, was sie bisher allerdings erfolgreich verborgen hatte. »Im Tierheim gibt es doch so viele arme Hunde, die eine Familie suchen ...«

Frau Kemmertöns' Sorge, mit einem Hund nach Hause zu kommen, war berechtigt gewesen. Zum Glück hatte Mamma Carlotta Eriks Auto gehört, obwohl Jupp Kemmertöns einen solchen Lärm veranstaltet hatte, dass es schwer war, etwas anderes mitzubekommen als sein wütendes Geschrei. Gerade hatte sie geglaubt, ihrer Pflicht Genüge getan, Frau Kemmertöns bei ihrem Mann abgegeben zu haben und hoffen zu dürfen, dass alles Weitere ohne Mord und Totschlag vonstattengehen würde, aber das laute Schimpfen von Herrn Kemmertöns hatte sie am Gartentor doch verschreckt. Konnte sie die Nachbarin wirklich mit ihrem tobenden Ehemann allein lassen? Fifi, der kurz vorher zu der Überzeugung gekommen war, dass das Leben außerhalb des Tierheims nur Gutes für ihn bereithielt, war erschrocken zwischen Frau Kemmertöns' Beine geflohen, wo er sich gut behütet fühlte. Leider war das in diesem Fall ein Irrtum gewesen. Die Hundeleine in der rechten Hand, der Hund zwischen den Füßen, die Leine daraufhin ums linke Bein gewickelt und das rot angelaufene

Gesicht ihres Mannes vor sich, das war zu viel für Jale Kemmertöns. Der Fluchtreflex war bei ihr nie besonders ausgeprägt gewesen, sie saß die Schwierigkeiten, die sich vor ihr auftaten, normalerweise lieber aus. Aber in diesem Fall war es anders. Ihr fiel wieder ein, warum sie Hilfe von Carlotta Capella erbeten hatte. Meistens war es Jupp Kemmertöns zum Glück viel zu anstrengend, sich aufzuregen, aber in diesem Fall zeigte er, was auf diesem Gebiet noch immer in ihm steckte. Er bewegte sich sogar hin und her, in einem Tempo, das seinem Blutdruck überhaupt nicht bekam, was unschwer an seiner Gesichtsfarbe zu erkennen war. Und Frau Kemmertöns hatte nur einen Wunsch: weg von diesem tobenden Mann, hin zu Carlotta Capella, die es nicht fertigbrachte, einfach weiterzugehen und sich erst am Eingang des Hauses Wolf wieder umzudrehen. So musste sie einfach Zeugin werden, wie Frau Kemmertöns sich derart in der Hundeleine verhedderte, dass ihr kein Schritt möglich war, ohne vornüberzufallen, sodass sie schließlich auf allen vieren in einem Blumenbeet landete, von Fifi umwinselt und abgeschleckt.

»Da siehst du, was passiert, wenn man einen Köter im Hause hat!«, brüllte Herr Kemmertöns und half seiner Frau derart barsch auf die Beine, dass sich anschließend an ihrem unglücklichen Zustand nicht viel geändert hatte. Die Leine war noch immer um ihre Beine gewickelt, nun sogar um beide, nach wie vor war sie unfähig, einen Schritt zu machen.

Mamma Carlotta war zurückgelaufen und hatte versucht, ihr zu helfen, was Herrn Kemmertöns überhaupt nicht gefiel. »Wetten, dass Sie meiner Frau diesen Unsinn eingeredet haben? Wenn sie mit Ihnen zusammen war, hat sie sich immer verändert. Entweder ist sie sturzbetrunken, oder sie will mit einem Mal ihr Leben überdenken. Jetzt also ein Hund, mit dem ich wahrscheinlich täglich dreimal Gassi gehen soll? Ohne mich, meine Liebe, ohne mich! Das Gassigehen musst du selbst übernehmen.«

Der letzte Satz entzündete einen Funken der Hoffnung in Mamma Carlotta. Drückte er nicht aus, dass er sich bereits damit abfand, Fifi in sein Haus zu lassen?

Leider hatte Frau Kemmertöns diesen zarten Hinweis nicht erkannt. Sie wollte ihrem Mann nicht ins Haus folgen, sondern unbedingt im Nachbarhaus Schutz suchen, was wiederum Mamma Carlotta nicht sonderlich gefiel. Erstens, weil sie wusste, dass Erik nicht begeistert sein würde, wenn er Frau Kemmertöns mitsamt einem Hund Obdach gewähren sollte, und ihr zweitens natürlich vorhalten würde, dass es keine befriedigende Lösung bot, wenn sie die Nacht im Hause Wolf verbrachte und das Problem am nächsten Morgen auf vier Pfoten wieder vor ihr stehen würde.

So hatte Mamma Carlotta es geschafft, sie aus dem Hundeleinengewirr zu befreien und in Richtung Ehemann zu schieben, damit sie selbst endlich zu Erik und Tilla in die Küche gehen und das tun konnte, was man von ihr erwartete.

Was diesen Plan anging, hatte es allerdings eine weitere Verzögerung gegeben, und zwar in Gestalt von Carolin und Maximilian Witt. Die beiden gingen gemeinsam auf das kleine Holzhaus zu, in dem der Journalist mit zwei Kollegen wohnte, aneinandergeschmiegt und äußerst verliebt. Mamma Carlottas Gedanken rasten ihr durch den Kopf. Gab es dort ein abgeschlossenes Schlafzimmer? Sie atmete auf. Nein, sie kannte das Ferienhaus und wusste, dass es ein Schlafzimmer mit einem Doppelbett gab und die Möglichkeit, im Wohnzimmer die Couch auszuklappen, damit ein dritter Bewohner dort schlafen konnte. Das beruhigte sie. Dieser Maximilian Witt war ihr nach wie vor suspekt.

Carolin hätte es gern gesehen, wenn sie mit einem flüchtigen Gruß an ihnen vorbeigegangen wäre, aber das schaffte Mamma Carlotta natürlich nicht. Ihre Enkelin hätte es wissen müssen.

Trotzdem versuchte sie es. »Hey, Nonna.«

Mamma Carlotta blieb stehen. »Ist Pierre Thom mittlerweile aufgetaucht?«

Carolin schüttelte den Kopf. »Wie vom Erdboden verschluckt.«

»Ist dein Chef immer noch sauer auf dich?«

»Geht so.«

»Und Jenna Brown?«

»Die trägt es mit Fassung.«

»Vermisst sie ihren Freund denn nicht?«

Nun antwortete Maximilian das erste Mal. »Vermutlich weiß sie, wo er ist. Sonst hätte sie schon Himmel und Hölle in Bewegung gesetzt.«

»Mal sehen, wie morgen die Titelseiten aussehen«, sagte Carolin. »Er macht sich wirklich interessant, unser Pieter Thomsen. Aber er darf die Sache nicht überreizen. Dann wird er zur Memme des Tages, und von seiner schönen Stimme spricht kein Mensch mehr.« Carolin hatte sich, während sie redete, in winzigen Schritten weiterbewegt und es geschafft, den Abstand zu ihrer Oma zu vergrößern, sodass klar war, dass sie das Gespräch nicht vertiefen wollte. »Ciao, Nonna. Wir lassen uns was vom Lieferdienst kommen. Du brauchst beim Abendessen nicht mit mir zu rechnen.«

Carolin und Maximilian waren verschwunden, das Ehepaar Kemmertöns hatte den Ort seines ehelichen Gemetzels ins Innere des Hauses verlegt, Mamma Carlotta war mit gemischten Gefühlen nach Hause gegangen ...

»Das war natürlich dumm von Frau Kemmertöns«, sagte Tilla. »Ein Haustier anzuschaffen, ohne mit ihrem Mann darüber zu sprechen, das geht nicht.«

Erik suchte sich umständlich ein paar Champignons und mehrere Zucchinischeiben von der Vorspeisenplatte. »Ist dir irgendwas aufgefallen im Tierheim?«

Mamma Carlotta war alarmiert, sah ihren Schwiegersohn aber mit naivem Erstaunen an. »Was soll mir aufgefallen sein?«

»Irgendwas ...«

Tilla gestaltete die Frage etwas deutlicher. »Brigitte Lichter, die Inhaberin des Tierheims, ist verschwunden.«

»Zwölf teure Esszimmerstühle ebenfalls«, ergänzte Erik.

Aber Tilla winkte ab. »Das hat nichts miteinander zu tun.«

Mamma Carlotta wollte sich eigentlich gerade zu den beiden setzen, zog es nun aber vor, durch intensives Rühren die Tomatensuppe zu verbessern. Wenn es brenzlig wurde, drehte sie ihrem Schwiegersohn immer gern den Rücken zu.

»Und dann wurde heute bei Brigitte Lichter eingebrochen«, sagte Erik.

Mamma Carlotta spürte Tillas Blicke in ihrem Rücken. »Der Täter hat zwar kaum Spuren hinterlassen, aber es könnte trotzdem sein, dass er sich länger im Haus aufgehalten hat. Dir ist nichts aufgefallen, Carlotta?«

»Nein, nichts.«

»Ich glaube auch nicht, dass er sich länger im Haus aufgehalten hat«, meinte Erik. »Der wusste genau, wo er suchen musste. Der kannte das Geheimfach in ihrem Sekretär.«

Tilla seufzte. »Ja, das glaube ich auch. Und er wusste, dass er allein im Haus sein würde. Anscheinend hat er Ariane Malak und Georg Lang beobachtet und gesehen, dass sie gemeinsam wegfuhren.«

»Zu blöde, dass Mattes ihn nicht erkannt hat.«

Nun schaffte Carlotta es nicht mehr, auf Einmischung zu verzichten. »Der Einbrecher ist gesehen worden?«

Tilla nickte. »Im Tierheim arbeitet ein Tierpfleger. Er hat sich scheinbar die ganze Zeit im Garten aufgehalten, sodass der Kerl es nicht gewagt hat zu flüchten. Der hatte sich versteckt und hat es dann irgendwann riskiert, abzuhauen. Durch den Garten, über den Zaun – weg war er.«

»Georg Lang hätte ihn sehen können.«

»Er sagt, er wäre erst durch Mattes' Schrei aufmerksam geworden. Da war er schon weg.«

»Mattes sagt, er wäre ziemlich jung gewesen.«

»Na, das hilft uns ja weiter«, meint Tilla sarkastisch.

»Mal sehen, was Sören morgen dazu sagt«, sagte Erik. »Kann sein, dass er sauer ist, weil wir ihn nicht verständigt haben.«

»Das glaube ich nicht. Er wird sich freuen, dass er einen freien Sonntag hatte. Außerdem wissen wir ja gar nichts Genaues. Wenn wir einen Mordfall hätten, würden wir ihn natürlich sofort verständigen.«

»Mir gehen diese jungen Leute mit der Fahrerflucht nicht aus dem Kopf«, sagte Erik.

»Mir auch nicht. Eine Frau, die überfahren wird und danach verschwindet ...«

»Die einzige Erklärung ist, dass die beiden in ihrem Schreck die Sache falsch eingeschätzt haben. Vielleicht ist die Frau anschließend aufgestanden, zu ihrem Hausarzt gegangen und war nach kurzer Behandlung wieder fit.«

»Wäre die nicht zur Polizei gegangen und hätte Anzeige erstattet?«

Mamma Carlotta warf einen Blick zurück. Schon wieder eine Leiche, die verschwunden war? Etwa ... dieselbe?

Sie trug die Tomatensuppe auf und erinnerte an Pierre Thom, weil ihr alles andere zu kompliziert wurde. »Der ist immer noch verschwunden. Ich habe eben Carolina und Maximilian Witt getroffen.«

Erik machte eine wegwerfende Handbewegung. »Wenn Jenna Brown sein Verschwinden hinnimmt, wird Gravenaar sich beruhigt haben. Hauptsache, es erscheint nichts in der Zeitung.«

Felix kam ins Haus, wie immer mit lautem Getöse, dem Zuschlagen der Eingangstür, dem Aufreißen der Küchentür, dem Knall, als er seinen Rucksack zu Boden warf. »Ihr habt nicht auf mich gewartet?« Empört betrachtete er die Reste auf der Vorspeisenplatte.

Erik blieb ruhig. »Bei dir weiß man ja gar nicht mehr, wann du kommst. Ob du überhaupt kommst.«

»Ich habe der Nonna gesagt, dass ich beim Aalessen dabei sein werde. Aber die hatte ja Besuch und wahrscheinlich nicht richtig zugehört. Frau Kemmertöns und ein Kerl ... Wer war das eigentlich?«

Erik merkte auf. »Ein Mann?«

Mamma Carlotta wurde nervös. »Ich habe ihn im Tierheim kennengelernt. Er war so nett, mir die Einkaufstasche zu tragen. Zum Dank habe ich ihn zu einem Limoncello eingeladen. Was ist schon dabei?«

Tilla grinste. »Ein neuer Verehrer?«

Felix lachte unverschämt laut. »Verehrer? Der sah aus wie George Clooney.«

»Na und?«, fragte Tilla zurück. »Deine Nonna ist eine sehr hübsche Frau.«

Felix zog es vor, sich dieser Debatte zu entziehen. Er richtete sein Interesse lieber auf den Aal, den seine Nonna in der Pfanne briet. Diskussionen über den Grad der Attraktivität von Frauen waren heikel, das wusste er mittlerweile. Da konnte man nur verlieren.

Auch Mamma Carlotta selbst wollte nicht darüber reden. »In Panidomino ist es ganz normal, dass man jemanden, der einem hilft, zum Dank einlädt. Auf Sylt ist das wohl anders. Donald Schulze war einfach nur nett.«

»Donald?« Tilla rümpfte die Nase. »Früher wäre über den Namen gelacht worden, weil jeder an Donald Duck gedacht hätte. Aber heute ...«

»Was kann er dafür«, eiferte sich Mamma Carlotta, »dass es in den USA jemanden gibt, der die ganze Welt verrückt gemacht hat? Und dass er sehr gut aussieht, hat mit seiner Hilfsbereitschaft nichts zu tun.«

»Ist ja schon gut«, murmelte Erik. »Niemand unterstellt dir etwas.«

»Das hörte sich für mich ganz anders an.«

»Was sagt denn Richard dazu?«, fragte Tilla anzüglich.

»Nun reicht es aber!« Mamma Carlotta setzte ihrer echten Empörung noch ein unechtes Blitzen ihrer Augen und den Griff ans Herz hinzu. »Wenn ich euch jetzt sage, dass ich gleich noch einmal mit Frau Kemmertöns und Fifi weggehe, glaubt ihr vielleicht auch, dass ich ...«

»Nein, auf keinen Fall«, wehrte Erik ab. Er sah sowohl seinen Sohn als auch die Staatsanwältin tadelnd an. »Was ist denn das für ein unmögliches Gespräch?«

Zum Glück sah er nicht, dass Tilla seiner Schwiegermutter mit einem kurzen Augenzwinkern zeigte, dass mit ihrer Toleranz jederzeit zu rechnen sei. Mamma Carlotta wagte es nicht, zurückzuzwinkern, das war ihr dann doch der Heuchelei zu viel.

29

Erik und Tilla gingen Hand in Hand. Die Luft war seidenweich, die Abendkühle warf feine Spitzen hinein, sodass sie gelegentlich prickelte und perlte. Erik liebte diese Stunde, bevor der Abend kalt und schwer wurde. Es würde nicht mehr lange dauern. Die Sonne war nur noch ein Halbkreis über dem Meer, sie würde bald die Helligkeit mitnehmen und Ruhe zurücklassen. Ihr Untergehen war ein Schauspiel, das niemand stören wollte. Der Lärm auf dem Volleyballfeld war verstummt, die Kinder bespritzten sich nicht mehr mit dem Wasser der auslaufenden Brandung, nur ein paar Strandwanderer kreuzten gelegentlich die untergehende Sonne.

Tilla wollte sich auf einer Bank niederlassen, aber Erik zog sie weiter, dorthin, wo es noch ruhiger war. Er konnte es nicht leiden, wenn am Strand Applaus erklang, nachdem der letzte Funke der Sonne verglüht war. Sie nahmen die allerletzte

Bank auf dem Weg, der nach Westerland führte, und niemand applaudierte, als es so weit war, als der letzte Sonnenstrahl im Meer versunken war.

Erik atmete erleichtert auf. »Ich muss immer an die Frau denken, die von dem Pick-up gefallen ist.«

Tilla drückte seine Hand. »Ich hatte gerade denselben Gedanken.«

»Sagen wir mal, es war Brigitte Lichter ...«

»... dann besaß sie etwas, das für einen anderen so wichtig war, dass er sie umgebracht hat.«

»Was sie in ihrem Geheimfach aufbewahrt hat? Dafür brauchte man sie nicht umzubringen. Wir haben ja gesehen, wie leicht das Schloss zu knacken war.«

»Vielleicht wollte er sie nicht umbringen. Es kann sein, dass sie ihn auf frischer Tat ertappt hat. Da blieb ihm nichts anderes übrig.«

»Und Ariane Malak hat nichts davon mitbekommen?«

»Wenn sie einen festen Schlaf hat, nein. Georg Lang wohnt ja sowieso in dem Gartenhaus. Zu weit weg, um etwas zu hören.«

»Aber das Schloss ist erst heute Abend geknackt worden. Die beiden jungen Leute haben schon in der letzten Nacht Fahrerflucht begangen.«

»Stimmt.« Tilla streckte die Beine aus, legte den Kopf auf die Rückenlehne der Bank und sah in den Himmel, der immer grauer wurde und bald schwarz sein würde.

»Vetterich hat keine nennenswerten Spuren gefunden. Der Kerl hat Handschuhe getragen.«

»Auch nicht dort, wo er sich nach dem Einbruch versteckt hat?«

Erik schüttelte den Kopf. »Komisch, dass er so lange die Nerven gehabt hat, in seinem Versteck zu warten.«

»Er ist also vorne rein, weil er ausspioniert hatte, dass Ariane und Georg nicht da sind.«

»Aus irgendeinem Grund konnte er dort aber nicht wieder zurück ... Vermutlich, weil Mattes sich vor der Tür aufhielt.«

»Dann hätte er hinten fliehen können.«

»Vielleicht war da auch jemand.«

»Ja! Rüdiger Lang war angekommen. Er hatte keinen Schlüssel zum Gartenhaus und hat im Garten auf seinen Sohn gewartet. Also konnte der Einbrecher nicht abhauen. Er hat sich in dem Gebüsch unterhalb von Arianes Zimmer versteckt.«

»Und als Mattes die Schubkarre mit Unkraut belud, hat er die Gelegenheit genutzt. Er konnte endlich fliehen.«

»Aber Georg Lang hat ihn bemerkt. Allerdings zu spät.«

»Und viel hat er nicht gesehen. Jung ist er, das war auch schon alles.«

Tilla schüttelte sich und zog die Jacke über ihrer Brust zusammen. »Es wird kalt.« Sie sprach erst weiter, als Erik seinen Arm fest um sie gelegt hatte, um sie zu wärmen. »Dass er jung war, hätten wir uns denken können. Sonst wäre er nicht über die Hecke am Ende des Grundstücks gekommen.«

Erik stand auf und lockerte seine Kniegelenke, dann griff er nach Tillas Hand und zog sie hoch. »Vielleicht haben Brigitte Lichters Verschwinden und der Einbruch gar nichts miteinander zu tun.«

»Für Einbrüche bist du nicht zuständig. Du bist der Leiter der Mordkommission.«

»Das weiß ich. Rudi Engdahl hatte mich ja nur gebeten, vorbeizufahren, weil ich gerade in der Nähe war.«

»Ich war dabei«, sagte Tilla leicht verärgert. »Wenn Brigitte Lichter nicht verschwunden wäre, hätten wir die Sache schon längst weitergegeben. Morgen wirst du das vermutlich tun. Oder?«

»Klar.«

Sie wanderten zurück, zunächst schweigend, dann fragte Tilla: »Kennst du die Frau eigentlich?«

»Brigitte Lichter?« Erik zögerte. »Ich habe vor allem von ihr reden hören. Sie ist wohl keine besonders angenehme Person. Selbstgefällig, ziemlich anmaßend. Wie ihr Bruder schon sagte: ein Ebenbild der Bardot. Dass sie in jungen Jahren sehr schön war, ist wohl noch heute zu erkennen. Aber man sieht sie selten. Wie die Bardot! Die hat sich ja auch vollkommen zurückgezogen im Alter. Sie lebt mit ihren Tieren. Die Bardot hat eine große, bedeutende Tierschutzorganisation aufgebaut, dazu war die Lichter vermutlich finanziell nicht in der Lage. So reich wie die Bardot war sie nicht. Aber ihr Besitz hier auf Sylt ist natürlich einiges wert. Sie hat ein Tierheim aufgebaut, ganz ähnlich wie die Bardot. Die soll Hüftprobleme haben und sich nur mit Krücken vorwärtsbewegen können, die Lichter hat Kniearthrose und kommt deswegen nicht mehr zu Fuß nach Wenningstedt rein.«

Tilla sorgte dafür, dass sie noch langsamer gingen. »Die Bardot ist auch ungewollt schwanger geworden. Mit achtzehn. Sie hat das Kind heimlich abgetrieben. Die Lichter hat ihre Schwangerschaft vielleicht zu spät bemerkt und konnte es nicht so machen wie Brigitte Bardot.«

Erik staunte sie an. »Das weißt du?«

Tilla wurde verlegen. »Ich lese gern die Klatschpresse, das habe ich dir längst gestanden.« Lachend fügte sie hinzu: »Natürlich nur beim Zahnarzt und beim Friseur. Ich weiß auch, dass die Bardot mal gesagt hat: ›Die Brigitte Bardot von der Leinwand wird niemals sechzig werden!‹ Tatsächlich hat sie sich in diesem Alter aus der Öffentlichkeit zurückgezogen.«

»Die Lichter auch.«

»Und die Sache mit dem reichen Ehemann?«

Erik lachte. »Das ist ihr auch gelungen. Irgendein Unternehmer, dem sie gefiel. Natürlich nicht so steinreich wie Gunter Sachs, aber immerhin so vermögend, dass sie das Tierheim gründen konnte. Und er hat ihr den Gefallen getan, schon bald und ohne große Umstände zu sterben und ihr alles zu hinterlassen, was er besaß.«

»Unglaublich.« Tilla lachte nun auch, blieb stehen und sah aufs Meer hinaus. »Warum meinen reiche Männer, dass die Ehe mit einer schönen jungen Frau besser sein wird als mit einer unscheinbaren gleichaltrigen?«

»Keine Ahnung«, antwortete Erik. »Ich bin zum Glück nicht reich.« Er beugte sich zu Tilla und küsste sie. »Und trotzdem habe ich eine schöne Frau an meiner Seite.«

Er hatte genau das Richtige gesagt. Tilla war ausgesprochen gut gelaunt, als sie zurückgingen. »Wir könnten einen Schlummertrunk in Käptens Kajüte nehmen«, meinte sie, als sie in den Hochkamp einbogen. »Die liegt auf dem Weg.«

Erik krauste die Stirn. »Nein, lieber zu Hause. Der Prosecco steht schon kalt.«

»Aber Carlotta wird nicht da sein.«

Er sah sie überrascht an. »Woher weißt du das?«

Tilla schüttelte den Kopf. »Kapier es endlich, Erik. Du spielst nicht mehr die erste Geige im Leben deiner Schwiegermutter. Sie ist verliebt. Und wie es scheint, interessiert sich nicht nur Richard Gercke für sie, sondern auch dieser ... dieser Donald Schulze, der so attraktiv ist wie George Clooney.«

Nein, das wollte Erik nach wie vor nicht kapieren. Aber er hielt es für klüger, nicht zu antworten.

30

Herr Kemmertöns hatte seine Frau in dem Glauben entlassen, seine strenge Haltung habe sie aus dem Haus getrieben und sorge nun dafür, dass sie gleich am ersten Abend die Erfahrung machte, wie anstrengend dieses Gassigehen war. Erschöpft ließ er sich in seinen Sessel sinken, stellte den Fernseher an und tat das, was er am Abend immer tat: Er schlief schon während der *Tagesschau* ein. An diesem Abend mit dem guten Gefühl, seiner Frau gezeigt zu haben, wer der Herr im Hause war. So hatte Frau Kemmertöns es geschildert, die ihren Jupp natürlich durchschaut hatte.

Mamma Carlotta trieb sie zur Eile an. Solange Tilla und Erik noch nicht daheim waren, brauchte sie keine Begründung für ihre abendliche Unternehmung zu erfinden. Wenn sie zurückkam, war es viel einfacher. Dann konnte sie so lange über eine Banalität reden, bis keiner mehr daran dachte, dass sie weg gewesen war, und Tilla ihr mehrmals zugezwinkert hatte, weil sie zu wissen glaubte, wo Mamma Carlotta gewesen war. Dass nur Richard niemals etwas davon erfuhr, was die Staatsanwältin vermutete!

Donald Schulze stand schon an der Theke von Käptens Kajüte und hatte augenscheinlich viele Pluspunkte für sich verbucht. Tove war hocherfreut, dass er seine Imbissstube an diesem Abend nicht schließen musste, denn unter Fietjes Leitung hatte am Abend zuvor angeblich die Kasse nicht gestimmt.

»Die Signora wird Ihnen zeigen, wo der Durchschlupf ist. Dort warten Sie auf die drei.« Er sah Richard streng an. »Haben Sie an das Brecheisen gedacht? Es könnte sein, dass jemand die Tür repariert hat.«

Richard nickte mürrisch. »Ja, ja.«

»Und die Taschenlampe?«

»Ja!«

Man sah Richard an, dass er bitter bereute, sich auf diese Sache eingelassen zu haben. »Kann der Hund wenigstens hierbleiben?«, fragte er. »Wenn der im falschen Augenblick bellt ...«

Tove zeigte sich großzügig, nachdem ihm zugesichert worden war, mit den zehn Prozent nach wie vor rechnen zu dürfen, obwohl nun Donald Schulze einen Teil seiner Arbeit erledigte.

Niemand wunderte sich, dass er auf einen nachtblauen Mercedes zuging, der auch für diejenigen teuer aussah, die nichts von Autos verstanden. Frau Kemmertöns durfte vorne sitzen, sie warf einen sehnsüchtigen Blick zum Eingang von Käptens Kajüte, wo der Hund zurückblieb, den sie auf keinen Fall haben wollte. Zum Glück gefiel es Fifi bei Tove sehr gut. Mittlerweile hatte er Vertrauen gefasst und schon jetzt gelernt, dass es sich dort am besten auf Frau Kemmertöns warten ließ, wo es nach Bratwurst duftete und gelegentlich etwas zu Boden fiel.

Donald fuhr sehr langsam, als wollte er Gelegenheit haben, die Umgebung zu beobachten und vor allem nicht aufzufallen. Er parkte am Straßenrand und wartete, bis die drei ausgestiegen waren. »Ich setze den Wagen gleich zurück, so nah wie möglich an das Loch im Zaun. Dann können wir schnell abhauen, wenn es nötig sein sollte.«

Richard betrachtete die tiefer gelegte Karosserie. »Passen Sie bloß auf, dass Sie nicht stecken bleiben.«

Als sie durch das Loch gestiegen und gekrochen waren, wurden sie erneut von der Angst ergriffen, die sie beim ersten Mal beinahe gelähmt hatte. Sie lauschten dem Motor von Donalds Auto. Richard erschrak, als die Räder durchdrehten, und atmete auf, als sie griffen und zu hören war, dass der Wagen sich bewegte. Dann war es still. Das Rauschen eines Autos, das nach Kampen fuhr, schien weit entfernt, das Knattern eines Motorrads ebenfalls. Das Tierheim lag da wie eine Insel der Stille im lauten Leben der Insel. Die Geräusche, die von den Tieren kamen, spielten keine Rolle. Wenn Stroh raschelte, hörte es sich zwar an wie heimliche Schritte, wenn ein Tier schnaufte, war es, als folgte ihnen jemand, der außer Atem war. Das hatten sie aber schon beim ersten Mal erlebt, sie blieben diesmal ganz ruhig.

»Wir müssen daran denken«, flüsterte Mamma Carlotta, »dass hier jemand Wache hält. Man darf uns nicht hören.«

»Sobald wir in dem Schuppen sind«, sagte Richard, »können wir uns sicher fühlen. Dann schnell das Lexikon schnappen und wieder raus!«

Ja, diesmal würde alles ganz einfach sein, Mamma Carlotta spürte es. Sie kannten sich jetzt besser aus, es würde keine Überraschungen geben. Den Weg fanden sie im Schlaf, sie konnten sogar einen Blick zum Eingang werfen, zu der Stelle, wo es eine Bank gab. Dort würde die Wache sitzen. Aber der Platz war leer. Vermutlich würden Ariane oder Georg sich erst später auf ihren Posten begeben.

Sie huschten weiter, in den hinteren Teil des Grundstücks, der schwarze Schatten des Schuppens war bald zu erkennen. Zielstrebig gingen sie auf die Tür zu, sogar Frau Kemmertöns bewegte sich jetzt zügig. Die Tür war offen. Niemand hatte es für nötig gehalten, den Schaden zu reparieren. Warum auch? Es wurde ja nichts Wichtiges dort aufbewahrt. Womöglich hatte niemand bemerkt, dass die Tür aufgebrochen worden war. Sie knarrte, als Richard sie vorsichtig aufzog. Nicht laut, aber doch zu laut für die Stille ringsum. Richard öffnete den Spalt nur, so weit es nötig war. Für Richard weit genug, auch Mamma Carlotta hatte keine Probleme, nur Frau Kemmertöns musste sich mühsam hindurchquetschen, aber sie schaffte es. Im Nu standen sie im Schuppen und sahen sich um, als Richard kurz die Taschenlampe anmachte. Die Bücherspenden waren sorgfältig aufeinandergestapelt worden. Viele! Sie würden gründlich suchen müssen, bis sie die Lexikonreihe gefunden hatten, die Herr Kemmertöns gespendet hatte.

Richard zog die Tür des Schuppens zu. Dass sie nicht mehr ins Schloss schnappte, würde von draußen nicht zu sehen sein. Wieder knipste er die Taschenlampe an. »Wir müssen uns erst einen Überblick verschaffen.«

Das war schnell geschehen. Die Lexikonreihe aus dem Hause Kemmertöns war nicht die einzige. Sie war ganz hinten gelagert worden, an der rechten Wand des Schuppens. Vorn wimmelte es von bunten Taschenbüchern, Stapel für Stapel, zum Teil schon reichlich zerfleddert.

Vorsichtig stiegen sie darüber, Richard hatte als Erster eine Position gefunden, die es ihm ermöglichte, sich auf einem Bücherstapel niederzulassen, Platz für seine Beine zu finden und alles vor ihm Liegende Buch für Buch durchzusehen. Mamma Carlotta tat es ihm gleich. Sie hatte einen Berg von Wildwestromanen überwunden und hockte nun auf einem Stapel Karl-May-Büchern, der einigermaßen bequem war. Frau Kemmertöns krabbelte an der Wand des Schuppens entlang, auf der Suche nach einem ebenso komfortablen Sitzplatz.

»Ich glaube, hier bin ich richtig«, flüsterte sie.

»Ehrlich?« Richard richtete die Taschenlampe auf den Bücherstapel vor ihr, und Frau Kemmertöns machte sich an die Arbeit, sehr eifrig und überraschend zügig. »Da sind sie! Unsere Lexika! Jetzt muss ich nur noch den Band D – E finden.« Sie seufzte tief auf. »So 'n Schiet! Alle durcheinandergeworfen!«

In diesem Moment, in dem der Optimismus gerade die Angst verscheuchte, hörten sie das Geräusch. Ein Schaben in der Nähe der Tür, Geraschel, ein leises Klicken. Dann ein Rumoren, als käme es nicht mehr darauf an, ungehört zu sein.

»Was war das?«, fragte Mamma Carlotta ängstlich.

»Jemand, der uns bemerkt hat?«, fragte Richard zurück.

»Er wird die Polizei holen«, sagte Frau Kemmertöns mit zitternder Stimme. »Und uns einschließen, damit wir nicht abhauen können, bis sie kommt.«

Durch Mamma Carlottas Körper rieselte die Angst. »Erik darf mich hier nicht erwischen.«

Richard versuchte sie zu beruhigen. »Donald wird uns helfen.«

»Und wenn er es nicht bemerkt?« Mamma Carlotta versuchte, so schnell wie möglich über die Bücherstapel zu kommen, die sie in der anderen Richtung leicht überwunden hatte. Aber jetzt hatte die Angst ihre Schritte klein gemacht. Sie konnte die Türme nicht mehr übersteigen, warf sie um, womit sie das Weiterkommen nur erschwerte. Unachtsam stolperte sie über die Bücher, die zu ihren Füßen lagen, fiel hin, landete mit den Knien auf Goethes gesammelten Werken, rutschte mit den Händen zwischen zwei Stapel Kinderliteratur und landete mit der Nase auf Tom Sawyer und Huckleberry Finn. Mühsam rappelte sie sich auf und versuchte es erneut.

»Leise«, mahnte Richard.

»Ich habe das Buch gefunden«, stöhnte Frau Kemmertöns auf und wartete darauf, dass ihr jemand den Weg zum Ausgang frei machte. Als sie die ersten Bücherberge selbst überwunden hatte, war es plötzlich still da draußen. Sie blieben stehen und lauschten. Kein Geräusch mehr. War alles doch nur ein Trugschluss gewesen?

Vorsichtig tasteten sie sich zur Tür und wurden dort von einem Geruch zurückgehalten, der neu war. Beißend, alarmierend, gefährlich. Ein schwacher Rauch zog durch die Bretter des Schuppens. Von hinten kam er, von der rückwärtigen Seite des Gebäudes.

»Es brennt!« Mamma Carlotta wusste nicht, wer es schrie, ob Richard, Frau Kemmertöns oder sie selbst. »Weg hier!«

Beißender Qualm stach durch die Ritzen, in dünnen Fäden, die jedoch bald zu Wolken wurden.

»Zur Tür!«

Richard war als Erster dort angelangt. Er warf sich dagegen. Einmal, zweimal, mit aller Macht ... sie ließ sich nicht bewegen.

»Da hat jemand was davorgestellt.«

Und dann drang auch durch sie der tödliche Qualm ...

31 Als sie an der Westerlandstraße ankamen, raste von rechts ein Feuerwehrwagen heran, dem Erik sorgenvoll nachblickte. Kaum hatten sie die Straße überquert, war der nächste zu hören.

Erik blieb stehen, bis er herangekommen war. »Was mag da passiert sein?«

Er lauschte und stellte fest, dass die Löschfahrzeuge nicht nach Kampen oder List weiterfuhren. Nein, das grelle Signal erlosch bald, die Feuerwehrwagen blieben in Wenningstedt.

Als sie in den Süder Wung einbiegen wollten, war die Rauchsäule bereits zu erkennen.

»Das Tierheim«, flüsterte Erik.

»Wie kommst du darauf?«, fragte Tilla.

»Es liegt dort drüben.« Erik zeigte in die Richtung. »Das passt.«

»Warum sollte das Tierheim ...?« Tilla kam nicht weiter.

Erik rannte zu seinem Auto, suchte im Laufen in seiner Jackentasche nach dem Schlüssel, stellte fest, dass er ihn nicht dabeihatte, und lief aufs Haus zu.

Zum Glück fand er ihn schnell auf dem Garderobenschränkchen, steckte ihn in die Hosentasche und kam auf die Straße zurück, als Tilla gerade erst an seinem Wagen angekommen war. Sie wollte immer noch nicht glauben, dass ausgerechnet im Tierheim ein Feuer ausgebrochen war.

»Da stimmt was nicht«, sagte Erik. »Erst das Verschwinden von Brigitte Lichter, dann der Einbruch und jetzt ...«

Tilla saß nun im Nu neben ihm. »Wenn das Feuer wirklich im Tierheim ausgebrochen ist, gebe ich dir recht.«

Vor dem Tierheim standen viele Autos, im Tierheim wimmelte es von Menschen, Hilfswillige, die sich um die verängstigten Tiere kümmerten, Nachbarn, Autofahrer, die zufällig vorbeigekommen waren. Die Feuerwehrleute hatten mit ihrer Arbeit begonnen, sie hielten ihre Schläuche auf den Schuppen, von dem der Brand offenbar ausgegangen war. Jemand machte sich an der Tür zu schaffen, doch ein anderer rief: »Die Tiere! Öffnet die Ställe! In dem Schuppen sind nur alte Bücher.«

Er ging in wenigen Minuten in Flammen auf. Genauso schnell wurde aus der Feuersäule unter den Schläuchen der Feuerwehrleute eine riesige Rauchwolke. Undurchsichtig, dunkel im Kern, hell an den Rändern. Im Nu war das Feuer daran gehindert worden, sich auszubreiten.

»Die Mordkommission?«, fragte jemand in Eriks Rücken. »Ist hier jemand umgebracht worden?«

Oberkommissar Tammo Bause vom Polizeirevier Kampen klopfte Erik auf die Schultern. Als er die Staatsanwältin erkannte, war er verblüfft. »Sie auch? Was ist denn hier los? Etwas, wovon ich nichts weiß?«

Tilla wehrte ab. »Ich bin privat auf Sylt. Und hier nur rein zufällig.«

Tammo Bause schien einiges einzufallen, was in den letzten Monaten in den Polizeidienststellen von Sylt getuschelt worden war, und er grinste leicht. »Und Sie?«, fragte er Erik.

Der erklärte ihm in kurzen Worten, warum ihn dieser Brand interessierte. »Die Besitzerin des Tierheims ist verschwunden, es wurde bei ihr eingebrochen, und nun das hier ...«

Das kam auch Tammo Bause komisch vor. Er war ein vierschrötiger Mann, etwa zehn Jahre älter als Erik, den so schnell nichts aus der Ruhe brachte. Er stand in dem Ruf, nicht mehr als zwei Hosen und zwei Hemden zu besitzen, die er im Wechsel trug, bis sie derart fadenscheinig geworden waren, dass seine Frau sich mal wieder zum Einkaufen entschloss. Er war groß und breit gebaut, angeblich konnte er einem Verbrecher so viel Angst machen, dass er immer eher ein Geständnis bekam als andere.

»Brigitte Lichter ist verschwunden?« Er kratzte sich am Kinn, was ein schabendes Geräusch erzeugte, da er ab zwölf

Uhr mittags immer unrasiert aussah. »Dann wäre es ja interessant, ob wir es hier mit Brandstiftung zu tun haben.«

»In dem Schuppen? Ich denke, da sind nur alte Bücher drin.«

»Alte Bücher brennen gut«, meinte Tammo Bause. »Vielleicht hat der Brandstifter nicht damit gerechnet, dass so schnell Hilfe da sein wird. Das Wohnhaus ist nicht weit entfernt. Und das kleine Holzhaus, in dem Georg Lang wohnt, auch nicht. Ein bisschen Funkenflug und dann ...«

Ariane Malak lief an ihnen vorbei, auf Rüdiger Lang zu, der verwirrt am Gitter der Alpakas stand. »Wo ist Georg?«

Sie wartete eine Antwort nicht ab, als sagte ihr Rüdigers ratloses Gesicht schon alles. »Er macht wieder seinen Spaziergang, klar.«

Mattes trat hinzu. »Die Tiere sind alle in Sicherheit. Nur bei Donald hatte ich Mühe, ihn aus dem Gehege zu holen.«

»Donald«, murmelt die Staatsanwältin. »Scheint ja plötzlich ein populärer Name zu sein.«

»Ein Alpaka«, erklärte Ariane und wischte sich mit ihren schmutzigen Händen übers Gesicht, bis sie aussah wie ein Bergmann, der stundenlange Arbeit unter Tage hinter sich hatte.

Tammo Bause drängte sie in Richtung Ausgang. »Wenn wir eine Leiche finden, gebe ich Bescheid. Glaube ich aber nicht. Hier müssen jetzt die Experten ran, und denen sollten wir nicht im Weg stehen.« Er blickt sich um und nickte zufrieden. »Die Feuerwehr hat die Sache im Griff. Die Leute vom Tierheim werden jetzt die ganze Nacht damit zu tun haben, die Tiere wieder in ihre Ställe und Gehege zu treiben. Hoffentlich sind keine ausgebüxt.«

Erik griff nach Tillas Arm. »Ich rufe Sie morgen früh an«, sagte er zu Tammo Bause. »In Ordnung?«

»Klar! Vielleicht kann ich Ihnen dann schon sagen, was das Feuer mit dem Verschwinden von Brigitte Lichter zu tun hat.«

32

Fifi umrundete jeden Hocker mindestens dreimal und fing dann wieder von vorne an. Schließlich reichte seine Kraft nur noch für einen Sprung auf Fietje Tienschs Schoß, wo er sich von seinem Freudentaumel erholen konnte, der ihn ergriffen hatte, als die Menschen, die ihm mittlerweile ans Herz gewachsen waren, Käptens Kajüte betreten hatten.

Tove schnüffelte und grinste. »Man könnte meinen, Sie wären alle starke Raucher.«

Mamma Carlotta war unfähig, darüber zu lachen, Richard ebenso, und Frau Kemmertöns hatte ihre Stimme noch kein einziges Mal hören lassen, nachdem sie durch die aufgebrochene Bretterwand ins Freie gelangt war. Nur ganz kurz hatten sie der schrecklichen Gefahr ins Auge blicken müssen, nur wenige Sekunden geglaubt, den Flammen zum Opfer zu fallen, aber diese Augenblicke hatten gereicht, um ihnen zu zeigen, was Angst bedeutete. Wirkliche Angst! Die Angst um ihr Leben.

Donald Schulze reichte die Champagnerflasche über die Theke. »Ich hoffe, Sie haben Gläser, die sich für Champagner eignen.«

Damit konnte Tove nicht dienen, er hatte nur die, die es für fünfzig Cent pro Stück im Großmarkt gab. Trotzdem ließ er fröhlich den Korken knallen und stellte die Frage, die bereits dutzendmal gestellt worden war. »Wer kann den Schuppen verbarrikadiert haben?«

Donald antwortete zum mindestens dreizehnten Mal: »Georg Lang. Ich habe ihn gesehen.«

»Aber warum?«, fragte Mamma Carlotta. »Warum war ihm daran gelegen, dass wir da nicht wieder rauskommen?«

Eine Entgegnung darauf hatte niemand parat. Zunächst mal retteten sie sich in die Antwort, die zu jeder schweren Frage passte: »Prost!«

Dass Richard und Mamma Carlotta sich gemeinsam mit der Kraft der Verzweiflung nicht gegen die verbarrikadierte

Tür, sondern auf der Rückseite des Schuppens gegen mehrere lockere Bretter geworfen hatten, war ein guter Grund, die Champagnerflasche zügig zu leeren.

»Wenn ich das geahnt hätte«, stöhnte Donald Schulze. »Natürlich konnte ich sehen, dass das Feuer ausbrach, aber dass die Tür des Schuppens blockiert war ...« Er schüttelte fassungslos den Kopf. »Wer denkt denn an so was?«

Seine Erleichterung war derart überspannt, dass es Mamma Carlotta lieber gewesen wäre, er würde nur noch von dem Champagner sprechen. Sie selbst redete sich ja auch gern Angst und Schrecken von der Seele, aber in diesem Fall fiel es ihr schwer, von ihren Gefühlen zu sprechen, von der Angst, die sie überfallen hatte, als der Qualm in den Schuppen gekrochen und die Gefahr zu riechen gewesen war. Nicht einmal von der Erleichterung, als sie entkommen waren, wollte sie jetzt gern sprechen. Auch Richard war schweigsam, Frau Kemmertöns sowieso. Die Zeit der Panik war nur kurz gewesen, aber dennoch waren sie von ihr gezeichnet. Die wenigen Augenblicke im Angesicht der Katastrophe hatten gereicht. Aus ihrer Erleichterung konnte keine reine Freude mehr werden. Und je länger Donald Schulze mit ihrer stillen Erlösung konfrontiert war, desto lauter wurde seine Freude darüber, dass niemandem etwas passiert war.

Als Mamma Carlotta flüsterte: »War das Zufall, oder wollte uns jemand umbringen?«, tat er so, als hätte er es nicht gehört.

Tove hielt es genauso. Wenn etwas gut gegangen war, tat man am besten so, als wäre nichts weiter geschehen. Das war seit Jahren seine Devise. Er nickt zu dem Buch, das Frau Kemmertöns nach der Rettung aus dem Schuppen unter den Arm geklemmt und noch nicht wieder freigegeben hatte. »Nun zeigen Sie uns mal, wie Hunderttausend Euro am Stück aussehen. Und dann zählen Sie gleich die Zehntausend ab, die mir gehören.«

Frau Kemmertöns sah noch immer so aus, als könnte sie

nur nach Anweisung agieren und wäre unfähig, einen eigenen Gedanken zu verfolgen. Sie stellte das Buch auf die Theke, sodass jeder auf dem Rücken »D – E« sehen konnte. Erst als es alle zur Kenntnis genommen hatten, legte sie das Buch auf die Theke und schlug es feierlich auf. Die ersten Seiten ließen nichts von dem ahnen, was Frau Kemmertöns mit dem Mittelteil gemacht hatte. Feierlich blätterte sie weiter, bis sie an dem Teil ankam, den sie präpariert hatte: Seiten mit Ausschnitten in der Größe von Fünfhunderteuroscheinen. Fein säuberlich herausgeschnitten, was gut zu erkennen war, denn das Fach, das sich dadurch gebildet hatte, war ... leer.

33

Erik rollte sich auf die Seite und betrachtete Tilla, die Staatsanwältin Dr. Eva-Mathilda Speck, die ihm einmal so unsympathisch gewesen war. Sie schlief noch tief und fest. Eine ihrer Locken bewegte sich vor ihrem Gesicht im Rhythmus ihres Atems. Wie anschmiegsam sie sein konnte, wie zärtlich und liebesfähig, wie unprätentiös und kunstlos, hätte er früher nicht für möglich gehalten. Dass sie knallhart sein konnte, immer noch, und gnadenlos, wenn es um Gerechtigkeit ging, noch immer unfreundlich und ungehobelt und mal wieder auf Höflichkeit pfiff, wenn sie ein bestimmtes Ziel verfolgte, war ihr jetzt nicht anzusehen. Ihr Gesicht war weich, ihre Wangen so rund wie bei einem kleinen Mädchen, die rechte Faust, die sie unter ihr Kinn drückte, war nachgiebig und kindlich, aber er wusste, wie hart sie im Dienst zupacken konnte, wenn Tilla es für richtig hielt.

Er erhob sich vorsichtig, um sie nicht zu wecken. Sie hatten gar nicht darüber gesprochen, wann heute ihr Zug nach Flensburg zurückging. Aber sicherlich würde Tilla es sich nicht nehmen lassen, erst noch in aller Ruhe in seiner Küche zu frühstücken.

Erik stellte sich ans Fenster und sah hinaus. Es musste noch früh sein, höchstens sieben. Er hatte noch nicht einmal die Schritte seiner Schwiegermutter gehört, und aus der Küche drang kein Geräusch hoch. Ob sie spät nach Hause gekommen war? Wo hatte sie überhaupt den Abend verbracht? Tilla hatte ihm strikt verboten, sie danach zu fragen, aber er wusste nicht, ob er sich diese Frage verkneifen konnte, wenn Tilla weg war. Mamma Carlotta und Richard Gercke! So gut Tilla sich die beiden als Paar vorstellen konnte, so wenig gelang es ihm. Und er konnte sich überhaupt nicht daran gewöhnen, dass sie abends nicht im Haus war, wenn er zurückkam, dass sie nicht mit einem Glas Rotwein auf ihn wartete, dass sie ihm nicht die Reste des Abendessens aufnötigte, dass sie all das nicht tat, was ihm vorher oft auf die Nerven gegangen war. Hatten die Kinder eigentlich schon mitbekommen, was mit ihrer Großmutter geschah? Sie hatten sich noch nicht dazu geäußert. Aber die Jugend war ja viel großzügiger, wenn es um zwischenmenschliche Beziehungen ging. Sie würden ihn, wenn er Bedenken äußerte, vermutlich ebenfalls intolerant und spießig nennen, so wie Tilla.

Er konnte sich nicht von dem Blick in seinen Garten losreißen. Der frühe Morgen war auf Sylt besonders schön, viel schöner als irgendwo sonst in Deutschland. Er wusste, dass er allen anderen Regionen Deutschlands unrecht tat, aber er empfand es nun einmal so. Auf Sylt erwachte der Tag anders als in Bayern oder im Rheinland. Dort begann er nach seiner Erinnerung im Spätsommer dotterblumengelb, natürlich auch schön, keine Frage. Aber der Morgen auf Sylt, der in der Farbe von klarem Wasser aus den Wiesen stieg und vom Strand herüberkam, war um ein Vielfaches schöner. Jedenfalls für ihn. Die Farbe der Sonne würde erst viel später dazukommen.

Als er aus dem Bad zurückkam, erwachte Tilla gerade. Verschlafen blinzelte sie ihn an. »Wie spät ist es?«

Erik fragte zurück: »Welchen Zug musst du nehmen?«

»Egal«, antwortete sie und rekelte sich. »Ist das Badezimmer frei?«

»Beeil dich. Felix wird gleich an die Tür klopfen.«

Er stieg die Treppe hinab und landete gerade in dem Moment vor der Haustür, in dem die *Tritsch-Tratsch-Polka* ertönte. Er öffnete und ging gleich weiter in die Küche, in der es kalt und menschenleer war. Seine Schwiegermutter war noch nicht auf den Beinen? Sehr ungewöhnlich. Ratlos blieb er vor dem Tisch stehen, Sören gesellte sich zu ihm.

»Ist die Signora krank?«

»No, no«, ertönte es da auf der Treppe. »Buon giorno!« Die Tür wurde aufgerissen, Carlottas Pantoletten klapperten aufgeregt in die Küche. »Scusate! Habt ihr es eilig? Ich werde sofort ...« Sie unterdrückte ein Gähnen, während sie die Kühlschranktür aufriss und Schinken und Eier herausnahm. »Ich war so müde.«

Erik betrachtete sie kritisch. Du lieber Himmel! Warum war sie so müde? Was hatte sie in der vergangenen Nacht getrieben? Nein, das wollte er sich nicht vorstellen. Nie und nimmer! Mit einem Mal fragte er sich sogar, ob sie überhaupt schon zu Hause gewesen war, als er mit Tilla heimkehrte. Er war davon ausgegangen, weil es ruhig war im Haus, weil das Licht gelöscht war. Aber stimmte das überhaupt? War sie erst in den frühen Morgenstunden zurückgekommen, als er nichts davon mitbekommen hatte? Lieber Himmel! Seine Welt stellte sich zurzeit tagtäglich auf den Kopf. Hätte ihm jemand vor Jahren prophezeit, dass er mit der Staatsanwältin ein Bett teilen und seine Schwiegermutter ein Verhältnis eingehen würde – er hätte den Kopf geschüttelt und ihm einen Vogel gezeigt.

Dass er sich mit Sörens Neuigkeit befassen konnte, kam ihm sehr gelegen. »Im Tierheim hat's gebrannt.«

Tilla trat ein, begrüßte Sören kurz und Carlotta etwas ausgiebiger, dann erklärte sie Sören: »Wir waren vor Ort.«

Sören wurde misstrauisch. »Woher das Interesse? Ist am Wochenende etwas passiert, was ich nicht weiß?«

Er erfuhr im Handumdrehen von Brigitte Lichters Verschwinden, von den jungen Leuten, die sich selbst wegen Fahrerflucht angezeigt hatten, die eine Frau überfahren hatten, die dann tot auf der Straße gelegen hatte, dass diese Leiche aber später verschwunden gewesen war. Von dem Einbruch im Wohnhaus der Lichter erfuhr er natürlich auch, und von dem Geheimfach in ihrem Sekretär, das ausgeräumt worden war, ebenfalls. Sogar über Fifi bekam er etwas zu hören, und von den Stühlen, die ein Sperrgutsammler vor dem Haus der Lichter weggeholt hatte, erzählte ihm Erik auch.

Sören sah seinen Chef entgeistert an. »Und ich dachte, Sie hätten ein freies Wochenende.«

Erik seufzte. »Hatte ich auch gedacht.«

»Und jetzt noch ein Brand?« Sören ließ sich am Tisch nieder, obwohl er noch nicht gedeckt war. »Da stimmt was nicht.« Er wartete, bis sich auch sein Chef und die Staatsanwältin gesetzt hatten. »Ist jemand zu Schaden gekommen? Haben Sie was gehört?«

»Tammo Bause wird uns unterrichten, wenn ihm etwas verdächtig vorkommt. Er kennt die Vorgeschichte.«

Sören starrte die Küchentür an, die sich nun öffnete. Kükeltje erschien und ging der Herrin des Kühlschranks um die Beine, damit etwas für sie abfiel. Damit hatte sie gute Erfahrungen gemacht. »Auf dem Weg hierher habe ich an den Schafripper gedacht. Gibt's von dem nichts Neues?«

Erik schüttelte den Kopf. »Andererseits ...«

»... ist Brigitte Lichter verschwunden, während sie Wache hielt. Wegen dieses Schafrippers«, warf Tilla ein.

Sören richtete sein Augenmerk auf das, was Mamma Carlotta tat. Er schien auch der Einzige zu sein, dem auffiel, dass sie ungewöhnlich schweigsam war. »Kann ich helfen, Signora?«

Ehe Mamma Carlotta antworten konnte, sprang Tilla auf. »Sorry, Carlotta! Immer diese Dienstgespräche schon beim Frühstück! Kann ich den Tisch decken? Hattest du überhaupt schon einen Espresso?«

Mamma Carlotta nickte. »Sì.« Dann schüttelte sie den Kopf. »No.«

»Du meine Güte! Ich weiß doch, dass du ohne Espresso noch gar nicht reden und lachen kannst.« Tilla trat zum Kaffeeautomat und setzte ihn in Gang. Während der erste Espresso in die Tasse tropfte, warf sie Erik und Sören einen strafenden Blick zu. Sie verstanden beide, dass die Staatsanwältin ihr Verhalten missbilligte. Es ging nicht an, dass alle bequem am Tisch saßen und darauf warteten, von Mamma Carlotta bedient zu werden.

Sofort sprang auch Sören auf und holte das Frühstücksgeschirr aus dem Schrank, während Erik sich um das Besteck kümmerte und sich sogar erbot, den Schnittlauch in feine Röllchen zu schneiden, die Mamma Carlotta über das Rührei zu streuen pflegte.

»Grazie, Enrico.« Wie erwartet schob sie ihn zur Seite. Hilfe in der Küche war ihr immer lästig. »Was war das denn heute Nacht mit dem Brand im Tierheim? Brandstiftung? O cosa?«

Erik kam nicht mehr zu einer Antwort, denn die Tür wurde aufgerissen, und Felix platzte in die Küche, mit einem flüchtigen »Moin!«, dann legte er sein Smartphone in die Mitte des Tisches. »Das Foto hat Ben mir gerade geschickt. Der Titel vom *Inselblatt*.«

Alle beugten sich darüber, auch Mamma Carlotta ließ ihre Pfanne im Stich, hatte aber wenigstens daran gedacht, sie von der Platte zu ziehen. »Dio mio!«

Das Foto zeigte Pierre Thom. Ein sehr unvorteilhaftes Foto von ihm. Von seiner Attraktivität war kaum etwas zu erkennen. Er drückte sich ängstlich wie ein Kind in die Nische einer Hotelzimmertür, starrte mit aufgerissenen Augen in die Kamera wie in den Lauf einer Pistole, nahm die Hände vor die Brust, als wollte er sich vor einem Angriff schützen, und sah aus, als würde er gleich zu weinen beginnen. Die Titelzeile war nicht zu erkennen, der Fotoausschnitt war zu klein.

»Maximilian Witt?«, fragte die Staatsanwältin. »Und das Foto wurde im Hotel Horizont gemacht?«

»Dann sieht es für Carolin und ihre Ausbildung schlecht aus«, meinte Erik tonlos.

Sören stand auf und lief aus dem Haus. »Ich hole das Blatt von Feinkost Meyer.« Schon fiel die Tür ins Schloss, und er sprang auf sein Rennrad.

Erik stand wortlos auf und ging in die erste Etage. Er klopfte nur kurz an Carolins Zimmer, dann trat er ein. Sie fuhr in die Höhe, als wollte sie sich über die frühe Stunde beschweren, in der sie gestört wurde, doch bevor sie etwas sagen und noch bevor Erik eine Erklärung abgeben konnte, kamen Schritte über den Flur. Erik fuhr herum – und stand Maximilian Witt gegenüber, in Boxershorts, mit einem Handtuch über dem Arm. Sein Lächeln war unsicher, er blickte zu Carolin, als erwartete er von ihr, diese Situation zu bereinigen.

Erik schnappte nach Luft. Die Wut schoss in seine Fäuste, er hätte Maximilian Witt am liebsten die Nase eingeschlagen. Er konnte sich nicht erinnern, schon einmal derart große Lust gehabt zu haben, jemandem sehr, sehr wehzutun.

»Raus!«

Er wollte eigentlich schreien, aber das Wort kam nur leise und heiser heraus. Er fürchtete, er hatte es gekrächzt. Er holte tief Luft und donnerte: »Raus! Sofort! Verschwinden Sie! Auf der Stelle!«

»Papa!« Carolin wäre gern aufgesprungen, merkte aber schnell, dass sie unbekleidet keine großen Chancen hatte, für Ruhe und Frieden zu sorgen.

Maximilian Witt hatte womöglich ein paar Erklärungen

parat, sah aber, dass in diesem Fall nur eins half: Flucht, und zwar so schnell wie möglich.

»Raus!«

»Papa! Ich bin volljährig. Du kannst mir nicht verbieten ...«

»Raus!«

Maximilian Witt fing an, seine Klamotten zusammenzusuchen, mit hochrotem Kopf und bebenden Fingern. Aber Erik ging es nicht schnell genug. Er griff nach seinen Jeans, die über einer Stuhllehne hingen, packte den Pullover gleich mit, ging auf den Flur und warf beides die Treppe hinunter.

»Raus!«

»Papa!«

Um zu merken, dass hier kein Gespräch, keine Entschuldigung, keine Erklärung, kein freundliches Wort irgendetwas Positives bewirken konnte, brauchte Maximilian Witt nicht besonders sensibel zu sein. Er griff nach seinen Schuhen, die Socken ließ er auf der Erde liegen, und folgte seiner Kleidung, die vor der offenen Küchentür gelandet war. Dass weder Tilla noch Mamma Carlotta einen Ton von sich gaben und offenbar bewegungsunfähig waren, konnte nur daran liegen, dass beide einen solchen Ausbruch bei Erik nicht für möglich gehalten hatten. Aber spätestens, als Maximilian Witt vor ihren Augen seine Jeans und den Pullover vom Boden klaubte, wussten sie, dass es Grenzen gab, die Erik zwar nur selten überschritt, die dann aber einen anderen Menschen aus ihm machten.

»Raus!«

Er warf einen Blick zurück auf seine Tochter. »Du kommst in die Küche. Sofort!«

Während er die Treppe hinunterging, ertönte schon wieder die Klingel. Die Melodie, die sie erzeugte, scholl wie ein makabrer Scherz durchs Haus. »Ein bisschen Frieden, ein bisschen Träumen ...«

Die Gefühlsregung, die noch auf dem Gesicht von Sören

lag, der damit gerechnet hatte, dass ihm von der Schwiegermutter seines Chefs geöffnet wurde und nicht von einem Halbnackten, der aus dem Haus getrieben wurde, änderte sich erst allmählich. Er blieb noch auf der Schwelle stehen, als sich Maximilian Witt schon an ihm vorbeigedrängt hatte, in Boxershorts, die Kleidung auf dem Arm.

Dann jedoch begann er zu verstehen. Er nickte Erik zu, als wollte er ihm recht geben, ging ohne ein Wort in die Küche und knallte die Sonderausgabe des *Inselblatts* auf den Frühstückstisch, an dem die Staatsanwältin noch immer wie erstarrt saß, während Mamma Carlotta neben ihr stand, mit herabgesacktem Kiefer und großen Augen.

Erik folgte ihm in die Küche. »Habe ich den richtigen Kerl rausgeschmissen?«

Sören nickte nur und wies auf das Titelblatt. Das Foto nahm fast den ganzen Titel ein. Darüber stand: »Wer ist dieser Feigling? Etwa ... Pierre Thom?«

»Ich habe es gewusst«, flüsterte Sören. »Jetzt dreht sich der Wind. Menno Koopmann wird nicht der Einzige sein, der ihn einen Feigling nennt. Bisher war er der Newcomer, der noch nicht mit der Presse umgehen konnte, jetzt werden noch ganz andere Schimpfwörter als Feigling auf ihn einprasseln.«

»Seine Karriere kann er vergessen«, sagte Felix und holte die Pfanne mit dem Rührei vom Herd. »Und das Verhältnis mit Jenna Brown vermutlich auch.«

Erik suchte nach dem Urheber des Fotos und fragte noch einmal: »Habe ich den Richtigen rausgeschmissen?« Er legte den Finger unter das Foto und fragte Tilla: »Die Agentur, für die Maximilian Witt arbeitet?«

Sie nickte nur.

Erik knackte mit den Fingergelenken. »Und dieser Kerl verbringt die Nacht in meinem Haus!«

Mamma Carlotta vergaß das Frühstück. »Er war ... bei Carolina? Die ganze Nacht?«

Erik verpasste ihr einen vorwurfsvollen Blick. Natürlich trug sie eine gehörige Mitschuld, das war ihr hoffentlich klar. Wenn sie noch wie früher den Abend zu Hause verbracht hätte, wenn sie auf ihre Lieben gewartet hätte, statt sich selbst mit einem Liebhaber zu vergnügen, dann wäre das nicht passiert. Sodom und Gomorrha! Was war nur aus seiner festgefügten Welt geworden? Hätte Tilla nicht am Tisch gesessen, hätte er vielleicht sogar Lucia um Rat gefragt und sie um einen Hinweis gebeten, was er mit ihrer Tochter tun sollte.

Die Schritte auf der Treppe waren laut und trotzig. Die Schnallen von Carolins Rucksack schrammten am Geländer entlang, die letzte Stufe übersprang sie.

Erik war selten so schnell in die Höhe gekommen. »Carolin!«

Er sah nur noch den Zipfel ihrer Jacke. »Glaubst du etwa, es geht darum, dass jemand bei dir geschlafen hat?«

»Du bist so was von spießig!« Mit diesen Worten warf sie die Haustür ins Schloss. Als er in die Küche zurückging, sah er, dass sie sich nach rechts wandte, mit großen Schritten, den Kopf auf die Brust gedrückt. Kurz darauf ertönte Fifis Gebell.

»Sie geht zu ihm«, sagte Mamma Carlotta.

»Hat sie heute Dienst?«, fragte Erik zurück.

Mamma Carlotta zuckte mit den Schultern. »Non so.«

Nicht einmal das wusste sie! Sonst hatte sie die Stundenpläne der Kinder im Kopf gehabt, hatte genau gewusst, wann das Essen fertig sein musste, und sie an die Sport-AG oder an ein Treffen mit Freunden erinnert. Und jetzt? Jetzt wusste sie nicht einmal, wie Carolins Dienstplan aussah. Erik war empört. Es war einfach nicht in Ordnung, wenn sich Menschen im Alter seiner Schwiegermutter verliebten wie Teenager. Oder wie ... Menschen wie er selbst und Tilla.

34

Mamma Carlottas Entsetzen schüttelte sie gleich in mehrfacher Form. Wenn sie nachdachte, kam sie aus dem Entsetzen gar nicht mehr heraus. Carolin hatte einen Mann mit in ihr Zimmer genommen! Ihre kleine Carolina, die doch immer so ein braves Kind gewesen war. Wenn dieser Mann wenigstens ein grundsolider Junge wäre, am liebsten einer mit ernsten Absichten! Aber nein, er war ein windiger Journalist, der sie ausnutzte, ohne dass sie es merkte. Das nächste Entsetzen hing mit Carolins Berufsaussichten zusammen. Wenn Gravenaar dieses Titelbild sah, würde er wissen, wer dafür verantwortlich war: seine Auszubildende, die einen dieser Paparazzi ins Haus gelassen hatte! Gegen seine ausdrückliche Anordnung. Dann das nächste Entsetzen: Pierre Thom, der neue Star am Schlagerhimmel, war seitdem verschwunden. Dass er demnächst, wenn er wieder auftauchte und zu einem Interview bereit war, kein gutes Haar am Hotel Horizont lassen würde, lag auf der Hand. Und was war mit Jenna Brown? Die würde womöglich vorzeitig abreisen, ihre Rechnung nicht bezahlen und ebenfalls schlecht über das Hotel Horizont und seine Angestellten reden.

»Dio mio!«

Und dann noch der Brand in dem Schuppen, nachdem sie sich dort verbarrikadiert hatten! War das Feuer zufällig ausgebrochen? Oder hatte es jemand auf sie abgesehen? Waren sie einem Mörder zu nahe gekommen, ohne es gemerkt zu haben? Dagegen war ja Frau Kemmertöns' Problem eine Kleinigkeit. Wenn diese das vermutlich auch anders sah. Der Verlust von Hunderttausend Euro war ja auch wirklich kein Pappenstiel, aber hatte sie es sich nicht selber zuzuschreiben? Natürlich war auch Carolin an ihrer Misere selber schuld, aber sie war noch jung, ihr konnte man so etwas nachsehen, während Frau Kemmertöns eigentlich wissen musste, dass man seinen Ehemann nicht derart belügen durfte. Mamma Carlotta seufzte, während sie das Rührei auf den Tellern verteilte.

Hätte sie sich doch nur nicht bereit erklärt, ihr dabei zu helfen! Aber jetzt gab es kein Zurück mehr. Jetzt hatte sie sich schon derart in Lügen und Halbwahrheiten verstrickt, dass sie nicht mehr herauskam, ohne einen richtigen Streit mit Erik zu riskieren. Und das wollte sie auf keinen Fall. Was für ein Glück, dass Tilla sie so vehement dabei unterstützte, ihre angebliche Affäre mit Richard durch nichts stören zu lassen. Madonna, dass man ihr so was zutraute! Aber der Vorteil war eben, dass sie abends aus dem Haus kam, ohne Erklärungen abgeben zu müssen, und heimkommen konnte, wann sie wollte. Dio mio! Wenn das ihre Kinder in Panidomino erfuhren!

Tilla holte den Zugfahrplan aus ihrer Tasche, um nach einer Verbindung aufs Festland zu suchen. »Wie wird es mit Carolin weitergehen?«, fragte sie. »Baust du darauf, dass sie selber merkt, worum es dir ging? Scheinbar meint sie noch immer, dass du keinen fremden Kerl im Bett deiner Tochter haben willst.«

Erik griff nach einem Panino und schnitt es auf. »Im Übrigen will ich das wirklich nicht«, sagte er. »Ich möchte mindestens gefragt werden. Es geht doch nicht an, dass mir im eigenen Haus ein halb nackter fremder Mann begegnet. Muss ich demnächst, wenn ich mein Schlafzimmer verlasse, darauf achten, wie ich gekleidet bin? Weil es ja möglich ist, dass mir ein Typ auf dem Flur begegnet, den ich gar nicht kenne?«

Tilla lächelte, Sören grinste breit, und Mamma Carlotta bestätigte ihren Schwiegersohn in allem. »No, è impossibile. Das geht nicht.«

Tilla lächelte noch immer, als sie sagte: »Ich bin gespannt, wie Carolin reagiert, wenn sie den Titel vom *Inselblatt* sieht.« Sie klaute Erik die obere Hälfte seines Brötchens. »Vielleicht bleibe ich heute noch, damit ich das erlebe.« Dann sah sie Mamma Carlotta an. »Oder reicht deine weibliche Unterstützung?«

»Sì, sì!« Mamma Carlotta sah in Tillas zweifelnde Augen und wusste selbst, dass sie vermutlich viel zu sehr auf Eriks Seite stand, um Carolin eine echte Hilfe zu sein. »Ma può essere che ... vielleicht doch nicht.«

Sörens Handy klingelte und unterbrach diese Diskussion. Als er auflegte, biss er so herzhaft von seinem Brötchen ab, dass zu sehen war, was er befürchtete: Er würde so bald nichts wieder zu essen bekommen. »Eine Leiche in einer Baugrube am Dorfteich. Der Baggerführer ist auf sie gestoßen. Haben Sie Ihr Handy noch nicht angestellt, Chef?«

Erik machte es genauso wie er, biss hastig ab und sorgte dafür, dass er schnell mit dem Brötchen fertig wurde. »Mann oder Frau?«

»Weiblich.«

Tilla steckte den Zugfahrplan weg. »Die Frau, die vom Pick-up gefallen ist?«

»Kann sein.«

Dass Mamma Carlotta sich fragte, ob es auch die Frau war, die tot im Tierheim gelegen hatte, ahnte natürlich niemand. »Werdet ihr zum Mittagessen kommen?«

Erik winkte ab. »Garantiert nicht. Das kennst du doch inzwischen. Bei einem Mordfall ist keine Zeit.«

Aber Tilla zwinkerte ihr zu. »Ich werde auf Sylt bleiben. Gut, dass ich den Zug nach Niebüll noch nicht gebucht habe. Heute Abend sind wir sicherlich sehr hungrig.«

Tilla lief noch einmal in die erste Etage, holte Eriks Handy, damit er es anstellte, und für sich einen schneeweißen Blouson, der nur so aussah, als könnte er sie vor schlechtem Wetter schützen. In Wirklichkeit war er vor allem todschick, stellte Mamma Carlotta fest.

Sören stieg aufs Fahrrad, Tilla und Erik nahmen das Auto. Mamma Carlotta sah ihnen nach, während sie überlegte. Die Baugrube am Dorfteich? Da konnte nur von dem kleinen, in die Jahre gekommenen Häuschen die Rede gewesen sein, das verkauft und abgerissen worden war. Nun sollte dort ein Feriendomizil entstehen, auf das ein vermögender Mann vom Festland demnächst stolz sein durfte.

Sie holte ihre Jacke vom Garderobenhaken. War sie während dieses Aufenthalts schon an Lucias Grab gewesen? No! Warum also nicht heute? Es würde ihr nicht nachzuweisen sein, dass sie ein anderes Ziel gehabt hatte als den Friedhof, der direkt am Dorfteich lag. Sie war sicher, dass sie die tote Frau erkennen würde, wenn es die war, die sie im Tierheim gesehen hatte. So finster es damals auch gewesen war. Natürlich würde sie noch unübersehbar die Einkaufstasche an den Lenker hängen, damit ihr niemand mit irgendeinem Verdacht kommen konnte.

Als sie das Fahrrad aus dem Schuppen holte, das einmal Lucia gehört hatte, entstand aufgeregtes Gebell hinter dem Zaun. Fifi verteidigte sein Revier. Erst als er Mamma Carlotta erkannte, verlegte er sich aufs Winseln und Wedeln. Sein ganzer Hinterkörper war in Bewegung, so groß war seine Freude, jemanden zu sehen, den er kannte.

Kurz darauf erschien Frau Kemmertöns ebenfalls am Zaun, verschlafen, ungekämmt, mit einem Morgenmantel über ihrem Nachthemd und äußerst schlecht gelaunt. »Ich habe heute mit Fifi im Wohnzimmer schlafen müssen.«

»Wollte er nicht allein sein?«

Frau Kemmertöns nickte bekümmert. »Ich hätte ihn gern mit ins Bett genommen, aber das wollte mein Mann nicht. Er sagt, ich müsse ihn heute wieder ins Tierheim bringen.«

Mamma Carlotta wurde das Herz schwer. »Das werden Sie doch nicht tun?«

»Ich will ja auch keinen Hund. Und soll ich jetzt etwa immer auf dem Sofa schlafen?«

»Der Hund braucht Erziehung. Und natürlich ein Hundekörbchen, in dem er sich wohlfühlt.«

Frau Kemmertöns sah nicht besonders zuversichtlich aus,

und Mamma Carlotta hatte Verständnis für sie. Natürlich hatte die Nachbarin eine Nacht hinter sich, in der sie sich herumgewälzt hatte und nicht in den Schlaf gekommen war. Sie hatte Hunderttausend Euro verloren, musste sich mit ihrem schlechten Gewissen abplagen und sich dann auch noch sagen, dass sie sich nicht beklagen durfte, weil sie selbst schuld an dieser Misere war. Und dass sie nebenbei noch jede Menge Schwierigkeiten verursacht hatte, lag ihr vermutlich auch auf der Seele.

Mamma Carlotta trat ganz nah an den Zaun. »Müssen Sie mit Fifi Gassi gehen?«

»Er hat schon ins Gemüsebeet gemacht. Wenn Jupp das sieht, kriegt er einen Anfall.«

Aber als sie hörte, dass eine Frauenleiche gefunden worden war, entschied sie sich anders. »Sie meinen, das ist ...?« Vorsichtshalber sprach sie den Satz nicht zu Ende.

»Könnte ja sein. Ich fahre jedenfalls hin. Sie kennen doch die Baustelle am Dorfteich?«

»Natürlich!« Die kannte jeder. Denn zurzeit regte sich jeder Sylter darüber auf, wenn ein Haus, das von Sylter erbaut worden war, abgerissen wurde, um Platz für die Villa eines Zweitwohnungsbesitzers zu machen. »Ich muss mir nur schnell was anziehen.«

35 Es standen einige Leute in der Nähe herum, die meisten mit Brötchentüten in der Hand, die sicherlich in ihren Ferienwohnungen erwartet wurden. Aber eine Leiche in der Nähe war Grund genug, einen Streit mit denen zu riskieren, die auf die Frühstücksbrötchen warteten. Bisher waren die Bauarbeiten störend gewesen, nun boten sie mit einem Mal ein Urlaubsabenteuer.

Erik zeigte unauffällig zu dem blauen Porsche, der in der

Nähe geparkt war, und tuschelte Tilla zu: »Die Gerichtsmedizinerin. Schon vor Ort. Die ist schneller als Dr. Hillmot.«

Tilla grinste. »Hoffentlich fällt Herr Kretschmer nicht vor lauter Begeisterung in die Baugrube. Wir müssen auf ihn aufpassen.«

Auch Erik lächelte. Tatsächlich war Sören, als er das erste Mal Frau Dr. Antje Mikkelsen sah, auf der Stelle für sie entflammt und hatte zunächst in ihrer Gegenwart kaum ein vernünftiges Wort herausbekommen. Aber mittlerweile hatten die beiden häufig miteinander zu tun gehabt, Sören schaffte es jetzt, mit ihr zu reden, ohne zu stottern und ohne dunkelrot anzulaufen. Sie gingen miteinander um, wie zwei junge Kollegen es eben tun, die sich sympathisch waren. Erik war froh gewesen, als Sören die Phase der akuten Verliebtheit überwunden hatte und nicht mehr wie ein Tölpel dreinschaute, sobald die hübsche Gerichtsmedizinern auftauchte. Als Erik gesehen hatte, wie unkompliziert die beiden zum Du übergingen, hatte er sich vorgenommen, Sören auch endlich das Du anzubieten. Aber bisher hatte er den richtigen Augenblick dafür noch nicht gefunden.

Die KTU fuhr gleichzeitig mit Sören vor, Dr. Mikkelsen erhob sich und gab Erik und Sören einen Wink, zu ihr in die Baugrube zu steigen. Tilla erkannte sie erst, als sie neben Erik am Fuß der Baugrube angekommen war.

Sie gehörte zu den Frauen, die ungeschminkt am schönsten waren, die morgens nur ihre Haare bürsten und im Nacken zusammenbinden mussten, um so attraktiv zu sein, dass alle Männer sich nach ihnen umdrehten. Sie trug mit Vorliebe blaue Kleidung, die gut zu ihren blonden Haaren passte. Heute waren es Bluejeans, eine blaue Wetterjacke und darunter ein himmelblauer Pulli. Erik konnte verstehen, dass Sören in sie verliebt war, und fragte sich, ob er eigentlich irgendetwas unternahm, um bei ihr ein ähnliches Gefühl zu wecken.

Die Leiche, die sie nun besichtigten, wäre um ein Haar für

immer verschwunden gewesen. Wäre der Baggerführer nicht so aufmerksam gewesen, hätte der Mörder hier sein Werk vollendet. Die Sohle des Hauses wäre gegossen worden, die Leiche darunter verschollen und nie wieder zum Vorschein gekommen.

Aber Detlef Mummsen hatte eine blonde Locke gesehen und drei Finger einer rechten Hand. »Ich habe gerade eine neue Brille bekommen«, sagte er und zeigte auf ein hochmodernes Gestell auf seiner Nase. »Ich dachte noch ... sehe ich mit der neuen Brille etwa auch Dinge, die gar nicht da sind ...?« Aber es hatte sich herausgestellt, dass er keineswegs auf eine Halluzination hereingefallen war, sondern etwas entdeckt hatte, das ihm vielleicht mit der alten Brille entgangen wäre. Jedenfalls hatte er die Arbeit sofort eingestellt, war in die Baugrube geklettert, hatte dem aufgeregten Polier nur ein abwehrendes Handzeichen gegönnt und sein Handy hervorgezogen. »War ja klar, dass da die Polizei verständigt werden musste.«

Detlef Mummsen warf dem Polier einen triumphierenden Blick zu, als er von Erik ausdrücklich gelobt wurde. Scheinbar hätte er dem zügigen Fortschreiten der Bauarbeiten den Vorzug gegeben.

Vetterich allerdings war von jeder Anerkennung weit entfernt. »Sind sämtliche Maurer hier runtergestiegen, um sich anzusehen, ob der Baggerführer recht hatte?«

Es schien so. Der Boden der Baugrube war von Schuhspuren übersät, die des Mörders zu erkennen, war praktisch unmöglich.

Erik wandte sich an den Polier. »Die Arbeiten haben am Wochenende geruht?«

»Klar.« Der Polier war noch immer ungehalten, weil sein Baggerführer dafür verantwortlich war, dass die Sohle des Hauses an diesem Tag nicht mehr gegossen werden konnte. »Oder meinen Sie, unsereins arbeitet auch am Wochenende?«

Erik merkte, dass der Polier, ein dicker, unbeweglicher Mann kurz vor der Rente, auf alle schlecht zu sprechen war, die ihre Arbeit vornehmlich am Schreibtisch erledigten. Die hatten ja keine Ahnung, was Arbeit wirklich hieß. Frauen, die im Porsche vorfuhren, gehörten für ihn ebenfalls auf keinen Fall zu denen, die wussten, was Arbeit war, und die Frauen, die dafür sorgten, dass während der Arbeit der weiße Blouson nicht schmutzig wurde, erst recht.

Erik war klar, dass es besser war, auf seine Frage nicht einzugehen. »Wer ist daraufhin in die Baugrube gestiegen?«

»Wer?« Der Polier glotzte ihn an, als würde er in allen Vorurteilen bestätigt. »Na ... alle natürlich. So was will man doch sehen.«

Erik zeigte zu der Leiter. »Wo wird die am Wochenende aufbewahrt?«

Der Polier musste überlegen. »Ich glaube, die stand da seit Freitagnachmittag.«

»So, dass jeder in die Grube klettern konnte?«

»Wollen Sie jetzt etwa sagen, es ist meine Schuld, dass hier irgendein Perverser eine Leiche verbuddelt hat?«

Tilla hielt es für richtig, den aufgebrachten Mann zu beruhigen. »Sie haben es ihm ein bisschen leichter gemacht. Aber wer so was plant, treibt schon irgendwo eine Leiter auf.«

Doch Tilla war auf keinen Fall dafür geeignet, den Polier zu besänftigen. Als er hörte, dass sie Staatsanwältin war, geriet sein Weltbild derart in Schieflage, dass er ohne ein Wort zum Bauwagen stiefelte, dort verschwand und mit einem Kaffeebecher wieder zum Vorschein kam. Scheinbar brauchte er etwas Starkes, um darüber hinwegzukommen, dass Frauen heutzutage tatsächlich nicht mehr alle Verkäuferinnen und Krankenschwestern waren.

Kommissar Vetterich sorgte dafür, dass die Baugrube so gut wie möglich abgeschirmt wurde, seine Mitarbeiter bemühten sich darum, die Gaffer zurückzudrängen, allerdings ohne Erfolg. Zwar traten sie ein paar Meter zurück, standen aber zehn Minuten später wieder dort, wo sie am besten sehen konnten. Es wurden sogar immer mehr. Urlauber hatten Zeit, und diejenigen, die jeden Sonntag den *Tatort* sahen, wollten endlich mal herausfinden, ob bei der wirklichen Ermittlungsarbeit alles genauso zuging wie im Fernsehen.

Die Leiche war schon freigelegt worden, als jemand auf die Idee kam, auch in der Baugrube eine Abschirmung anzubringen, sodass die Leiche, als sie dem festgetrampelten Boden entnommen wurde, nicht von allen zu sehen war. Erik war das sehr wichtig. Alles andere kam ihm vor wie Leichenfledderei. Ein Mensch durfte im Tod nicht seiner Würde beraubt werden, die ihm im Leben ganz selbstverständlich zuerkannt wurde. Da war er sehr empfindlich. Trotzdem sah er, als er einmal aufschaute, dass es immer wieder einigen gelang, einen Blick auf die Arbeit der KTU zu erhaschen. Es gab oft Lücken zwischen den aufgestellten Stoffwänden, und die Gaffer, mochten sie auch noch so oft gebeten worden sein, zurückzutreten, schummelten sich immer wieder ein, zwei Meter vor, sobald niemand mehr auf sie achtete.

Zwei Mitarbeiter des Beerdigungsunternehmens, das für die Polizei arbeitete, trugen eine Bahre in die Baugrube, auf der die Tote in die Gerichtsmedizin gebracht werden sollte. Mittlerweile war zu erkennen, dass sie auf dem Bauch lag, die Arme nach vorn gestreckt. Antje Mikkelsen sorgte dafür, dass sie umgedreht wurde, und starrte eine Weile in ihr wächsernes Gesicht. Erik und Sören stellten sich zu ihr, Tilla hielt sich weiterhin im Hintergrund.

»Sie könnte es sein«, murmelte Erik.

»Ja, das könnte sie«, sagte Sören ebenso leise.

36 Mamma Carlotta lobte mal wieder heimlich ihr eigenes Talent, mit Mitmenschen ins Gespräch zu kommen und ihnen im Gedächtnis zu bleiben. Der Mitarbeiter von Kommissar Vetterich, der verärgert dafür sorgte, dass die Umstehenden endlich zurücktraten, und der sogar von ihnen verlangte, sich komplett zu entfernen, hatte schon einmal, wenn auch nur sehr kurz, in ihrer Küche gesessen. Er hatte seinen Chef holen wollen, der von Mamma Carlotta dazu gezwungen worden war, einen Espresso zu trinken und ein paar Antipasti zu essen, ehe er wieder seiner Arbeit nachging. Zwar machte Vetterich keinen Hehl daraus, dass er auf keinen Fall in irgendeiner Weise beköstigt werden wollte und dass er es nicht leiden konnte, wenn ihn die Schwiegermutter des Hauptkommissars an den Tisch nötigte, wo er doch bloß ein Untersuchungsergebnis abliefern wollte, aber Carlotta konnte es einfach nicht glauben, obwohl es ihr auch von Erik schon mehrfach erklärt worden war. Ein Mann, dem seine schwere Arbeit mit einem kleinen Imbiss erleichtert werden sollte, musste sich freuen und ihr dankbar sein. Basta! Etwas anderes konnte sie sich einfach nicht vorstellen. Dieser junge Mitarbeiter war anders als sein Chef. Während Vetterich sofort die Gelegenheit genutzt hatte, sich zu verdrücken, war er noch sitzen geblieben und hatte das Angebot, selbst eingelegte Antipasti zu probieren, mit Freuden angenommen.

Natürlich erkannte er Mamma Carlotta erfreulicherweise sofort, als sie sich weigerte, sich von ihm zurückdrängen zu lassen. Und selbstverständlich, das hatte sie vorausgesehen, war niemand unfreundlich zu einer Frau, die ihm schon mal köstliche Antipasti vorgesetzt hatte. Das sah dieser junge Mann jedenfalls ein, er schien entweder kein Friese zu sein oder eine ordentliche Erziehung genossen zu haben. Er bat Mamma Carlotta nur, sich im Hintergrund zu halten, weil sein Chef und womöglich auch ihr Schwiegersohn sonst ungehalten reagieren könnten. Und das versprach Mamma Carlotta selbstverständlich gern. Genauso selbstverständlich war, dass sie sich daran hielt, um den jungen Mann nicht in Schwierigkeiten zu bringen.

Problematischer war das bei Frau Kemmertöns oder vielmehr bei Fifi, der sich freudig auf Mamma Carlottas Beine stürzte und so laut bellte, dass Erik irgendwann aufmerkte. Erschrocken machte sie einen Schritt zurück und bat Frau Kemmertöns, in Käptens Kajüte zu gehen und dort auf sie zu warten. Das war auch deswegen besser, weil einige der Umstehenden murrten, die nicht einsehen wollten, dass es Zuschauer gab, die einen Platz erhielten, der ihnen selbst streitig gemacht worden war. »Ich will ja nur sehen, ob sie es ist«, flüsterte sie Frau Kemmertöns zu. »Dann komme ich Ihnen nach.«

Frau Kemmertöns, die noch kein Frühstück gehabt hatte, trollte sich bereitwillig mit Fifi, und Mamma Carlotta folgte ihr bald. Denn es dauerte nicht lange, da konnte sie einen ausgiebigen Blick auf die Tote werfen. Die blonden Locken, die Kleidung, so verdreckt sie auch war – sie war sicher, dass sie die Tote aus dem Tierheim vor sich hatte.

Sie machte kehrt, um Frau Kemmertöns zu folgen, da sah sie einen Mann, der sich im Hintergrund hielt, aber einen langen Hals machte und genau wie alle anderen verfolgen wollte, was auf dem Grund der Baugrube geschah. Doch nicht lange, und er wandte sich ab, um zu gehen. Vermutlich, weil er seine eigene Neugier mit einem Mal unangemessen fand. Dass er auf Mamma Carlotta zuging, die ihr Fahrrad aufschloss, bemerkte er erst, als er nur noch wenige Meter von ihr entfernt war. Er schrak zusammen, als wäre er bei etwas Verbotenem ertappt worden.

Dennoch sagte er: »Signora! Wie schön, Sie zu sehen!«

Mamma Carlotta lächelte, um Verständnis zu signalisieren, das sie selbst unbedingt haben wollte. »Sì, sì, terribile, dass man nicht weitergehen kann, wenn es irgendwo was zu gucken gibt. Zwanzig Neugierige, und man wird ebenfalls neugierig und stellt sich dazu.«

»Sie haben so recht«, antwortete Donald Schulze. »Gerade ist mir aufgefallen, wie unangenehm diese Gafferei ist. Eigentlich wollte ich nur einen Spaziergang um den Dorfteich machen, und dann habe ich mich tatsächlich von diesen Neugierigen anstecken lassen.«

Mamma Carlotta versicherte, dass es ihr genauso ergangen sei, dass es ihre Absicht gewesen war, das Grab ihrer Tochter zu besuchen, dass sie aber ebenfalls der Neugier nicht hatte widerstehen können.

Donald Schulze beschloss umgehend, auf den Spaziergang zu verzichten, Mamma Carlotta zum Grab ihrer Tochter zu begleiten und sich erzählen zu lassen, wie Lucia ums Leben gekommen war. »Noch so jung! Das ist ja schrecklich!«

Mamma Carlotta stellte ihr Rad in einen der Fahrradständer vor dem weißen Tor, das auf den Friedhof führte, und freute sich, dass sie vor Lucias Grab nicht allein sein würde. Donald Schulze erwies sich als sehr einfühlsam, säuberte den Grabstein, während Mamma Carlotta von Lucia erzählte, und griff nach ihrem Arm, als sie berichtete, wie ihre Tochter ums Leben gekommen war. Es tat ihr gut, ihn an ihrer Seite zu haben.

Als sie den Friedhof verließen, sagte sie: »Frau Kemmertöns ist in Käptens Kajüte, sie will dort frühstücken. Sollen wir auch ...?«

Donald Schulze stimmte zu, noch ehe sie zu Ende gesprochen hatte. »Hat sie den Verlust der Hunderttausend Euro überwunden?«

»Ich weiß nicht.« Mamma Carlotta dachte eine Weile nach. »Vielleicht hält sie es auch für eine gerechte Strafe. Mir scheint, noch schlimmer ist es, dass ihr Mann von ihr verlangt, Fifi zurückzugeben.«

Donald Schulze erschrak. »Der arme Hund!«

Mamma Carlotta stimmte ihm zu. »Frau Kemmertöns wollte zwar nie einen Hund, aber ich glaube, er hat schon ihr Herz erobert.«

»Wir müssen ihr gut zureden, damit sie sich gegen ihren Mann durchsetzt.«

»Das finde ich auch. Für Fifi wäre es schrecklich, das neue Frauchen zu verlieren.«

37 Sörens Augen leuchteten, als hätte er eine bahnbrechende Entdeckung gemacht. Mit einem Lächeln, das nur Verliebte zustande bringen, sagte er: »Antje ist sicher, dass die Frau schon in der Nacht von Samstag auf Sonntag umgebracht wurde.«

»Heute ist Montag«, überlegte Erik. »In der Nacht von Samstag auf Sonntag ist sie von einem Pick-up gefallen ...«

»Wir müssen noch klären, ob es dieselbe Leiche war«, warf die Staatsanwältin ein.

»Wenn es stimmt«, überlegte Erik, »wo war sie in der Zwischenzeit?«

»Die jungen Leute, die Fahrerflucht begangen haben, sind schon auf dem Weg in die Gerichtsmedizin«, erklärte Sören. »Ich hoffe, sie können die Leiche einwandfrei identifizieren.«

»Und Ariane Malak und Georg Lang? Wissen die schon Bescheid? Die Tote könnte ihre Tante sein.«

»Die sind auch unterwegs«, antwortete Sören.

Während sie auf die Ergebnisse der Identifizierungen warteten, sagte Tilla: »Willst du nicht Carolin anrufen, Erik? Sie dürfte mittlerweile gemerkt haben, dass sie von Maximilian Witt betrogen wurde. Sie braucht Unterstützung. Garantiert ist sie fix und fertig.«

Erik wählte die Nummer seiner Tochter, aber sie nahm

nicht ab. »Entweder will sie mit niemandem reden oder gerade mit mir überhaupt nicht.«

»Sie muss begreifen, dass es dir nicht darum ging ...«

Erik ließ Tilla nicht aussprechen. »Doch, darum ging es mir auch! Ich will gefragt werden, ehe jemand in meinem Haus übernachtet.«

»Ja, ja, aber ...«

»Kein Aber!«

Tilla fuhr trotzdem fort: »Vor allem ging es dir doch darum, dass der Typ deine Tochter erst betrügt und dann mit ihr ins Bett geht.«

Eriks Stimme war nur ein Flüstern. »Was für ein Mistkerl! Verkauft das Foto, das Carolin den Job kostet, und dann ...«

Sein Telefon läutete, Enno Mierendorf war am anderen Ende der Leitung. »Ich weiß nicht, Chef, ob das jetzt noch für Sie interessant ist, wo Sie doch den Mord am Hals haben ... aber der Schafripper hat letzte Nacht schon wieder zugeschlagen.«

Erik warf wütend das Telefon auf den Schreibtisch. »Warum erwischen wir den Kerl nicht? Es kann nicht mehr lange dauern, bis sich herumgesprochen hat, dass auf Sylt jemand Spaß daran hat, Tiere zu quälen und dann abzustechen.«

Mittlerweile war ein Gespräch auf Sörens Handy eingegangen. »Zwei Kollegen waren ihm auf den Fersen«, erzählte er, als er aufgelegt hatte. »Aber sie haben ihn nicht erwischt. Und ihre Personenbeschreibung ist dürftig. Nur, dass er jung und gut trainiert ist, können sie sagen ...«

»Genau wie der Einbrecher in Brigitte Lichters Haus«, sagte Erik. »Der war auch jung. Mehr konnte Georg Lang auch nicht sagen.«

»Wir wissen nicht, was er gestohlen hat, ob er überhaupt etwas gestohlen hat.« Tilla zupfte nachdenklich an ihren Locken, bis ihr eine über den Augen hing. Erik hätte ihr gerne gesagt, dass sie so ganz entzückend aussah. »Wenn es derselbe Mann ist ...«, überlegte sie weiter, »warum bringt er Brigitte Lichter in der Nacht von Samstag auf Sonntag um und bricht am Sonntagnachmittag bei ihr ein? Einen Zusammenhang kann ich da nicht erkennen.«

»Doch!«, widersprach Erik. »Er musste sie aus dem Weg haben, bevor er bei ihr einstieg.«

»Deswegen ein Mord?« Auch Sören hatte Zweifel. »Da kann man doch warten, bis sie außer Haus ist.«

»Wir müssen schauen, wer ein Motiv hat, Brigitte Lichter umzubringen. Wir sollten Ariane Malak und Georg Lang einbestellen. Oder wir fahren ins Tierheim. Dann können wir auch mit Rüdiger Lang sprechen. Mir scheint, der weiß am besten über seine Schwester Bescheid.«

38 Sie gingen am Dorfteich entlang, wo es sehr ruhig war. Nur wenige Spaziergänger liefen auf der anderen Uferseite, schweigsam, wie es schien. Die Stille war nahezu greifbar, spürbar sowieso. Mamma Carlotta schob ihr Fahrrad, obwohl Donald Schulze es ihr abnehmen wollte, Gentleman, wie er war, aber sie ließ es sich nicht nehmen, Lucias Rad selbst zu schieben. Kein Geräusch tastete die Stille an, sie sprachen sogar sehr leise. Eine schöne Stimmung, die Mamma Carlotta wie die Stille zwischen den Weinbergen vorkam, die sie zwar nie suchte, an der sie sich dann aber doch erfreute.

Nach der Rückkehr auf die Straße hatte es damit jedoch ein Ende. Es wurde wieder gebremst und gehupt, laut gelacht oder gerufen. Mamma Carlotta erschrak, als ein Wagen neben ihr hielt, ein Mann mit einer Kamera heraussprang und ihnen die Frage entgegenschleuderte: »Wohnen Sie hier? Oder sind Sie Touristen?«

»Ich bin ...«, begann Mamma Carlotta zu stottern, »zu Besuch bei meiner Familie. Die wohnt hier.«

»Und Sie?«

Donald Schulze war ebenso überrumpelt und antwortete, statt zu fragen, was es den Mann mit der Kamera eigentlich anging: »Ich habe auf Sylt ein Ferienhaus.«

Die nächste Frau, die des Weges kam, trug ein Einkaufsnetz und sah erschöpft und abgearbeitet aus. Nicht wie eine Touristin. Sie war auch keine, Mamma Carlotta wusste, dass Stine Bersing in einem Hotel arbeitete und ihr Mann an der Verladestation.

»Sie wohnen hier?«

Stine Bersing nickte verblüfft.

»Dann kennen Sie Pierre Thom?«

»Natürlich.«

»Sie wissen, dass er sich verdrückt hat? Wohin könnte er geflohen sein?«

Stine Bersing zuckte verdattert mit den Schultern. »Eltern, Geschwister, alte Freunde ...«

»Namen? Adressen?«

Stine Bersing schüttelte den Kopf. »Warum wollen Sie das wissen? Von mir erfährt keiner was.«

Der Mann sprang wieder in den Wagen, der Fahrer gab Gas. Weg war er.

Stine Bersing brauchte eine Weile, bis sie wieder in ihre normale Gangart verfiel. »Schrecklich, diese Zeitungsleute«, murmelte sie. »Kein Wunder, dass Pieter vor denen davonläuft. So was hielte ich auch nicht aus.« Sie sah Mamma Carlotta an, um sich von ihr bestätigen zu lassen. »Beinahe hätte ich dem Kerl erzählt, wie das früher war mit Pieter. Aber nee, nicht von mir.«

Mamma Carlotta gab ihr nickend das Einverständnis, auf das sie hoffte, dann gingen sie hinter Stine Bersing her, bis es rechts in den Hochkamp abging, in den der Wagen mit den Reportern eingebogen war. In der Nähe von Käptens Kajüte bremste er in einer riesigen Staubwolke. Der Mann mit der

Kamera sprang wieder heraus, drückte sich einen Kopfhörer auf die Ohren und lief auf die Tür zu, von einem jungen Kerl verfolgt, der im Fond gesessen hatte.

»Was ist denn da los?« Mamma Carlotta sprang auf ihr Rad, damit sie schneller vor Toves Theke ankam. »Unerhört! Inaudito!«

Donald Schulze erschien neben ihr, als sie gerade ihr Rad abgeschlossen hatte. So schnell sie auch erfahren wollte, was in Käptens Kajüte los war, Lucias Rad durfte nicht in Gefahr geraten. Aber zum Glück kamen sie früh genug in der Imbissstube an, um alles mitzubekommen, was sich dort abspielte.

Toves Stimme dröhnte ihnen entgegen. »Was ist das denn? Wollen Sie was zu trinken haben? Dann stellen Sie sich gefälligst wie gesittete Menschen an die Theke und geben Sie Ihre Bestellung auf.«

Der Kameramann hörte nicht darauf. »Sie müssen Pierre Thom kennen. Sie kommen doch von hier.«

»Wer sagt Ihnen das? Und selbst wenn – Ihnen würde ich bestimmt nichts von ihm erzählen. Ich kann schon verstehen, dass er abhaut, wenn Sie auf der Bildfläche erscheinen.«

»Er ist hier gesehen worden.«

»Na und? Interessiert mich nicht.« Tove stemmte die Fäuste in die Seiten und beugte sich über die Theke. Seine Stirn wölbte sich noch weiter vor, seine Augen waren nun kaum noch zu sehen. »Also, was ist? Wollen Sie was konsumieren? Wenn nicht, verschwinden Sie gefälligst.« Als die beiden Männer nicht sofort reagierten, kam er um die Theke herum und ließ die Knöchel seiner Fäuste knacken. »Wird's bald?«

Nun merkten die beiden, dass es ernst wurde. Vorsichtig zogen sie sich in Richtung Tür zurück. Der Kameramann schaffte es aber noch, ein Foto vom Innenleben der Imbissstube zu machen.

»Wagen Sie nicht, das Foto zu veröffentlichen«, schnaubte

Tove. »Da will ich erst gefragt werden. Und das kostet dann so einiges. Klar?«

Die beiden wagten nicht, ihm den Rücken zuzudrehen. Wie hypnotisierte Kaninchen machten sie vorsichtige Schritte rückwärts, weil sie offenbar damit rechneten, dass ihnen ein Küchenmesser in den Rücken flog, sobald sie sich umwandten. Erst als sie an der Tür angekommen waren, riss der eine sie auf, stieß den anderen auf die Straße und folgte ihm schleunigst.

Die Tür fiel ins Schloss, und über Toves Gesicht ging ein Grinsen. »Na, denen habe ich es aber gezeigt.«

Die Erstarrung löste sich allmählich. Fietje Tiensch gelang es, sein Bierglas abzustellen, Frau Kemmertöns schaffte es, auszuatmen, und Fifi traute sich, seiner Freude Ausdruck zu verleihen, weil zwei Menschen eingetreten waren, die er kannte.

»Donnerwetter!«, sagte Donald Schulze überrascht. »Respekt!«

Mamma Carlotta war nicht sonderlich überrascht, denn sie hatte schon des Öfteren erlebt, dass mit Tove Griess nicht zu spaßen war, wenn er bedroht wurde. Aber beeindruckt war sie ebenfalls. Mit einem tiefen Seufzer lehnte sie sich an die Theke. »Ich brauche einen Cappuccino.«

»Für mich bitte ein Glas Weißwein«, sagte Donald Schulze. »Aber eisgekühlt.«

Dass Tove nicht reagierte, sondern immer noch grinste, war ungewöhnlich. Ebenso, dass er die Tür zur Küche geradezu feierlich aufschob, ohne seinen Blick von seinen Gästen zu lassen. »Die Luft ist rein.«

Aus Toves Küche trat, vorsichtig nach allen Seiten witternd, ein völlig verstörter Mann. Pierre Thom, der neue Star am Schlagerhimmel, der Lover eines amerikanischen Superstars, der erste Sylter, der Anstalten machte, weltberühmt zu werden. Eigentlich sah er blendend aus, doch in diesem Moment war er derart verwirrt, dass seine Attraktivität hinter der Blässe seiner Haut und dem unsteten Blick verschwand.

»Dio mio!« Mamma Carlotta schlug die Hände über dem Kopf zusammen. »Hier haben Sie sich versteckt?«

Pierre Thom nickte mit niedergeschlagenen Augen. »Ich halte das einfach nicht aus. Ich will auch gar nicht mehr berühmt werden. Das ist doch kein Leben.«

39

Die Leiche war eindeutig identifiziert worden. Sowohl von Esther Stadler und Gregor Färber als auch von den Verwandten. Ariane Malak und Georg Lang hatte ein Blick genügt, um zu wissen, dass sie ihre Tante vor sich hatten. Die beiden jungen Leute hatten länger gebraucht, aber dann waren sie ebenso sicher gewesen. Ja, diese Frau war von dem Pick-up gefallen, der vor ihnen hergefahren war, diese Frau hatten sie überrollt.

Dr. Mikkelsen hatte gelächelt, als sie in Eriks Büro saß und davon berichtete. »Sie waren sehr erleichtert, als sie hörten, dass die Frau schon tot gewesen war.«

»Bleibt aber immer noch das Delikt der Fahrerflucht«, sagte Erik.

Dr. Mikkelsen nickte. »Die beiden sind auf alles gefasst.« Sie blieb dabei, dass Brigitte Lichter in der Nacht von Sonnabend auf Sonntag gestorben war.

»Wo?«, fragte Erik, aber natürlich konnte niemand antworten.

»Warum wurde sie dort nicht liegen gelassen?«, überlegte Tilla dagegen.

»Weil der Mörder etwas Besseres mit ihr vorhatte«, erklärte Sören. »Sie sollte auf Nimmerwiedersehen verschwinden. In der Baugrube. Das war von langer Hand geplant. Wenn der Baggerführer sie nicht entdeckt hätte, wäre der Mordfall ein

Vermisstenfall gewesen. Brigitte Lichter war ein Mensch, dem es zuzutrauen war, von jetzt auf gleich von der Bildfläche zu verschwinden.«

Erik nickte. »Vielleicht hätten wir irgendwann angefangen zu ermitteln, aber auf jeden Fall viel zu spät.«

»Schon jetzt ist es zu spät«, meinte Tilla Speck. »Wir haben kaum Spuren. Und selbst wenn wir herausbekommen, wo der Tatort ist, dürfte es schwierig mit der Spurenlage sein.« Sie dachte kurz nach. »In dieser Nacht hat es geregnet. Und das nicht zu knapp.«

Erik stand auf und begab sich auf eine Wanderung zwischen Fenster und Tür. »Der Mörder bringt sie also in der Nacht von Samstag auf Sonntag um. Er hievt sie auf seinen Pick-up ...«

»Das ist nicht leicht«, unterbrach Sören. »Eine Frau scheidet damit als Täter aus. Es sei denn, sie hat Hilfe.«

Erik nickte bestätigend. »Er fährt sie weg. Wohin?«

»Sind eigentlich schon alle Pick-ups der Insel überprüft worden?«, fragte Sören.

Erik nickte. »Ergebnislos. Aber Sie wissen ja selbst, wie viele Kraftfahrzeuge hier rumfahren, die woanders gemeldet sind als auf Sylt. Die Autos der Zweitwohnungsbesitzer zum Beispiel ...«

Sie stellten sich vor die Karte von Sylt und markierten den Punkt, an dem die Tote von dem Pick-up gefallen und von den jungen Leuten überfahren worden war. Der Weg führte, wie es schien, ins Nichts, Richtung Ellbogen, ins Süderstrandtal und ins Norderstrandtal.

»Da gibt es mehrere Parkplätze«, sagte Erik, »die im Hochsommer voll sind. Im September werden sie meist nur von Strandwanderern angefahren. Ein Pick-up fällt da nicht weiter auf. Wenn der Mörder die Leiche sorgfältig eingewickelt hat, wenn er überdies eine Plane über die Ladefläche gespannt hat, merkt niemand was.« Er sah Dr. Mikkelsen an. »Leichengeruch?«

Sie winkte ab. »Der kommt erst später.«

Erik fuhr fort: »Der Pick-up wird wahrscheinlich nicht dem Täter gehören. Der wäre ja blöd, wenn er das eigene Auto benutzen würde. Bestimmt hat er den Wagen geklaut, vorsichtshalber.«

Sören nahm sein Telefon und führte ein kurzes Gespräch mit Rudi Engdahl. Als er auflegte, schüttelte er den Kopf. »Kein Autodiebstahl, der passt.«

»Egal.« Tilla Speck winkte ab. »Da wird sich vermutlich eine Erklärung ergeben. Jedenfalls glaube ich auch, dass die Leiche auf dem Pick-up gelegen hat, bis der Täter seinen Plan vollenden konnte. Er musste sie in der Baugrube verscharren, sodass sie niemand fand. Ich vermute, das war von vornherein geplant.«

»Nicht ganz ungefährlich«, meinte Dr. Mikkelsen. »Er musste erst ein Loch graben, wo sie reinpasste. Sein Ziel war ja wohl, sie für immer verschwinden zu lassen. Vermutlich hatte er die Bauarbeiten verfolgt und war davon ausgegangen, dass die Arbeiten des Baggers erledigt waren.«

Sören überlegte. »Nachts ist da nichts los. Aber ein gewisses Risiko musste er natürlich eingehen. Wenn man ihn beobachtet hätte ...«

»Der Kerl hat viel Glück gehabt«, sagte die Gerichtsmedizinerin. »Hätten die jungen Leute an Ort und Stelle die Polizei verständigt, wäre sein schöner Plan gescheitert.«

»Ist er so auch«, sagte Sören. »Es hat nicht geklappt, die Lichter für immer verschwinden zu lassen.«

»Der Täter ist also erst einmal weitergefahren«, überlegte Tilla Speck, »nachdem er die Leiche verloren hatte. An einem sicheren Ort hat er dann haltgemacht und beobachtet, was geschah. Das Pärchen ist abgehauen, und er hat die Leiche wieder aufgeladen und hat Gas gegeben. Dass die beiden Gewissensbisse bekommen und doch noch zur Polizei gehen würden, konnte er nicht ahnen. Und sicherlich hat er nicht damit gerechnet.«

»Da hat er noch mal Glück gehabt«, stellte Erik fest. »Der Regen hat fast alle Spuren beseitigt.« Er stand auf. »Lasst uns ins Tierheim fahren und mit Ariane Malak und Georg Lang reden. Die müssen doch wissen, wo ein Motiv liegen könnte.«

40 Pierre Thom hatte sich an eine Ecke der Theke gesetzt, mit dem Rücken zur Tür, sprungbereit, falls jemand eintreten sollte. Dann würde er wieder in die Küche flüchten.

»Und nachts?«, fragte Mamma Carlotta. »Sie können doch nicht in Toves Küche übernachten.«

»Ich habe einen Unterschlupf«, sagte Pierre Thom. »Aber zwischenzeitlich ist es dort ein bisschen unsicher geworden. Sobald es dunkel ist, kann ich da wieder hin.«

»Und Jenna Brown?«, fragte Mamma Carlotta.

Pierre Thom verzog das Gesicht. »Die lacht sich tot. Das heißt ...« Nun wurde sein Gesicht ängstlich und verlor damit erneut einen großen Teil seiner Attraktivität. »Was sie von dem Bild hält, das heute in allen Zeitungen erschienen ist, weiß ich noch nicht. Sie geht nicht ans Telefon. Ein schlechtes Zeichen.«

Die Tür öffnete sich, mit zwei Sprüngen war er in Toves Küche verschwunden, ohne dass jemand sein Gesicht gesehen hatte. Tove hatte eine Weile mit der Herstellung von Currywurst und Pommes frites zu tun, während Mamma Carlotta mit Frau Kemmertöns und Donald Schulze über die Leiche sprach, die in der Baugrube gefunden worden war. Mamma Carlotta fand, dass Donald mittlerweile zu einer Art Mitwisser geworden war, dem man nicht mehr vorenthalten konnte, was in der Nacht geschehen war, als sie das erste Mal im Tierheim eingebrochen waren. »Da haben wir die tote Frau schon gesehen.«

Donald war fassungslos. »Du lieber Himmel! Das erzählen Sie mir erst jetzt?«

Mamma Carlotta schämte sich, als sie bekennen musste, dass sie ihm bisher nicht vertraut hatte. Und das, obwohl er bereit gewesen war, ihnen zu helfen. Sie blickte in Frau Kemmertöns' Gesicht und glaubte zu sehen, dass sie nicht damit einverstanden war, dass Donald Schulze eingeweiht wurde. Und als Tove seine Gäste abgefertigt hatte und davon hörte, warf er Mamma Carlotta ebenfalls einen Blick zu, der nicht besonders freundlich war. Sogar Fietje, der eigentlich nie richtig zuhörte, sah sie an, als hätte sie einen schweren Fehler begangen. Mamma Carlotta wurde unsicher. Ja, sie hatten vereinbart, niemandem davon etwas zu sagen, auch Donald Schulze nicht. Aber er hatte ihnen schon so viel geholfen, da war er doch längst so etwas wie ein Komplize geworden! Aber Tove, Frau Kemmertöns und Fietje schienen das anders zu sehen. Sie blieben wortkarg, als Donald Schulze mehr wissen wollte.

»Wie sah die Frau aus? Wie alt war sie? Wie kann sie verschwunden sein, nachdem Sie sie gesehen haben? Das geht doch nicht. Warum sind Sie damit nicht zur Polizei gegangen?« Er wartete eine Antwort nicht ab, sondern gab sie gleich selbst. »Klar, dann hätte Frau Kemmertöns zugeben müssen, dass sie Hunderttausend Euro vor ihrem Mann versteckt hat.« Er blickte zur Uhr. »Ich bin im Pony zum Essen verabredet. Ich höre mich mal um, ob irgendeine Frau vermisst wird.«

Mamma Carlotta war unsicher geworden. »Besser nicht. Am Ende merkt noch jemand ...«

»Aber Signora!« Nun erhielt sie wieder einen Handkuss. »Ich würde Sie doch nicht verraten. Keiner wird merken, dass ich meine Gesprächspartner aushorche. Versprochen!«

Er war kaum aus der Tür heraus, als Tove zu schimpfen begann. »Wir kennen den Kerl doch gar nicht.«

»Aber er hat uns schon sehr oft geholfen«, wandte Mamma Carlotta ein.

»Wissen Sie, wo er wohnt? Auf Sylt? Oder wo sein erster Wohnsitz ist?«

Nein, das wusste Mamma Carlotta nicht.

»Wissen Sie, ob er verheiratet ist? Ob er Kinder hat?«

Nein, auch das wusste sie nicht.

»Schulze ist ein verdammt gewöhnlicher Name. Der muss nicht echt sein. Der ist vielleicht erfunden.«

Mamma Carlotta war den Tränen nahe. »Ich dachte nur ...«

»Demnächst sollten Sie, bevor Sie denken, erst mit uns reden.« Er sah sie zornig an, während er ergänzte: »Vergessen Sie nicht, was Ihnen passiert ist. Der brennende Schuppen! Ich glaube nicht, dass das ein Zufall war.«

Richard Gercke erschrak, als er Käptens Kajüte betrat. Zunächst zeigte er sich erfreut, als er alle antraf, die er hier sehen wollte, dann aber bemerkte er, dass Mamma Carlotta sich die Augenwinkel trocken tupfte. »Um Gottes willen! Was ist passiert?«

Er erfuhr es schnell. Von Mamma Carlotta unter Auslassung sämtlicher Bedenken, von Tove hörte er nichts anderes als seine Bedenken und von Frau Kemmertöns alles sehr bedächtig, aber wohl so, dass Toves Bedenken und Mamma Carlottas Ausflüchte irgendwie zusammenpassten. Und so reagierte er dann auch. Er versuchte, Tove recht zu geben und für Mamma Carlotta Verständnis aufzubringen. »Ich finde auch, dass man einerseits nicht ständig die Hilfe von Donald Schulze annehmen kann, ohne ihm dann aber andererseits zu vertrauen. Aber natürlich ist es auch richtig, vorsichtig mit dem umzugehen, was wir gesehen haben.« Damit hatte er für jeden Verständnis gezeigt. »Jetzt ist es zu spät, jetzt können wir nur noch hoffen, dass er wirklich der Ehrenmann ist, für den er sich ausgibt.«

Tove war so schnell nicht zu beruhigen. »Da muss so ein

Schönling nur kommen und einer Italienerin nach jedem Satz die Hand küssen – schon ist ihr das Hirn vernebelt! Man kennt das doch aus dem Fernsehen. In Filmen, die in Italien spielen, geht es immer um Amore, und aus jeder halbwegs intelligenten Italienerin wird eine Tussi, die ihren Verstand verloren hat.«

Mamma Carlotta wollte sich zur Wehr setzen, Tove wollte es nicht zulassen, Frau Kemmertöns versuchte vergeblich, zu Wort zu kommen, und Richard war davon überzeugt, das ganze Theater mit einer kleinen Sensation zum Erliegen zu bringen. »Ich habe eine tolle Neuigkeit!«

Tatsächlich erreichte er absolutes Stillschweigen in Sekundenschnelle, dann aber bekam er nichts als ein müdes Abwinken. »Wissen wir schon.«

»Ehrlich?« Richard war enttäuscht. »Leider ist alles abgeschirmt worden. Ich konnte keinen Blick auf die Tote werfen.«

»Aber ich.« Mamma Carlotta fand allmählich zu ihrer alten Form zurück. »Sie ist es.«

Darauf brauchte Richard einen Genever. Und mit einem Mal stand er voll auf Mamma Carlottas Seite. »Dann verstehe ich, dass du ihn ins Vertrauen gezogen hast. Wenn er auch dort war ...«

Weiter kam er nicht. Tove knallte ihm mit dem Genever die Frage hin: »Kann mir mal jemand sagen, was der dort zu suchen hatte?«

»Da standen sehr viele Leute«, antwortete Mamma Carlotta, und Richard bestätigte es.

»Die Spurensicherung hatte gut zu tun, um die vielen Neugierigen zurückzudrängen.«

»Trotzdem ...« Weiter kam Tove nicht, weil es ein Geräusch in seiner Küche gab.

Mamma Carlotta hätte beinahe höhnisch gegrinst. »Noch jemand, der nun Bescheid weiß?«

Die Angst war von Pierre Thoms Miene abgefallen, als er

wieder neben Tove hinter der Theke erschien. Was ihn hasenherzig und kleinmütig gemacht hatte, war verschwunden, er wirkte wieder außergewöhnlich attraktiv. Scheinbar brauchte er nur das geringste Maß an Selbstsicherheit, um blendend auszusehen. Auf dem Titel des *Inselblatts,* das an diesem Morgen erschienen war, sah niemand seine gerade Nase, seine gut geformten Lippen, seine Augenfarbe und die dichten Wimpern, da war er flügellahm und larmoyant gewesen, das Gesicht zu einer Fratze verzogen. Nein, er brauchte Siegessicherheit, nur eine Prise davon, um gut auszusehen. Mamma Carlotta war sicher, dass das bei Donald Schulze anders war. Er wäre auch noch attraktiv, wenn man ihn zum Schafott führte.

41

Ariane Malak und Georg Lang kamen kurz nach Erik, Sören und Tilla im Tierheim an. Sören hatte vergeblich nach einem Grund gesucht, Antje Mikkelsen mitzunehmen. Aber mit den Ermittlungen hatte sie nichts zu tun, sie selbst war es, die es Sören klarmachte und sich dann lächelnd verabschiedete. »Wenn ihr mit einer neuen Leiche kommt, bin ich wieder dabei. Ich schaue mir Brigitte Lichter währenddessen noch ein bisschen genauer an. Wenn ich was finde, was mir merkwürdig vorkommt, melde ich mich natürlich.«

Ariane begann zu weinen, als sie Erik, Sören und die Staatsanwältin erkannte, Georg wurde noch eine Spur blasser und sagte kein Wort. Mattes kam ums Haus, schien eine Frage auf den Lippen zu haben, verbiss sie sich dann aber. Ihm war schlagartig klar, was passiert war. Und für Beileidsbekundungen war er nicht der richtige Mann. Er wischte sich über die Augen und machte kehrt, mit gesenktem Kopf und hängenden Schultern.

Ariane schloss die Tür auf und betrat vor ihnen das Haus. Sie sah sich um, als erwartete sie, dass sich irgendetwas geändert hatte, seit sie wusste, dass ihre Tante nicht mehr lebte. Erik verstand sie. Ein Zimmer wurde eisig, wenn es einem Menschen gehörte, der gerade gestorben war. Kalt und unpersönlich, viel unbehaglicher, als wenn er nur verreist wäre. Er war schon einmal hier gewesen, da hatte er von dieser Kälte nichts gespürt.

Georg Lang folgte ihnen, er hatte noch immer kein Wort gesagt. Um etwas von ihm zu hören, wandte Erik sich direkt an ihn: »Wir möchten gerne noch einmal mit Ihnen über Ihre Tante sprechen. Fällt Ihnen vielleicht etwas ein, das ein Motiv gewesen sein könnte? Gab es jemanden, der einen Grund hatte, Ihre Tante umzubringen?«

Georg Lang zuckte mit den Achseln. »Mir fällt keiner ein.«

Ariane ging in die Küche. »Ich koche uns einen Tee.« Sie blickte zurück. »Oder hätten Sie lieber Kaffee?«

Alle hätten lieber Kaffee gehabt, Erik selbst, Tilla auch und Sören sicherlich ebenfalls, aber Erik hatte das Gefühl, dass in diesem Hause vorwiegend Tee getrunken wurde. Also schüttelte er den Kopf. »Ein Tee wäre gut.«

Er wollte mit der Befragung erst beginnen, wenn Ariane mit den Getränken zurück war, und erkundigte sich bei Georg Lang: »Vielleicht ist es sinnvoll, wenn auch Ihr Vater dabei ist? Mir scheint, er kannte seine Schwester sehr gut.«

»Er ist abgereist.«

»So plötzlich?«

»Wir hatten ... eine kleine Auseinandersetzung. Wir halten es nie lange miteinander aus.«

»Wann?«

»Heute Morgen.«

»Worum ging es?«

»Es geht, wenn wir uns streiten, immer um das Gleiche. Dass ich die Schule abgebrochen habe, dass ich keine Ausbildung zu Ende geführt habe, dass ich froh sein muss, weil Tante Brigitte mir dieses mickrige Gehalt zahlt, und glücklich sein darf, wenn sie mir mal was vererbt.« Er erschrak und brach ab. »Sorry, nicht dass Sie jetzt denken ...«

Nun mischte die Staatsanwältin sich ein. »... Sie wären hier, um später mal zu erben?«

Nun kam Ariane Malak herein, ein Tablett mit Teegläsern in beiden Händen, das sie vorsichtig auf einen der niedrigen Tische stellte. Während sie sich darauf konzentrierte, antwortete sie anstelle ihres Cousins: »Wir werden beide erben, zu gleichen Teilen. Das hat Tante Brigitte gesagt.«

Georg schenkte ihr einen warmherzigen Blick. »Ariane ist wirklich sehr großzügig. Andere hätten in ihrer Situation sauer reagiert.«

»In welcher?«, fragte Sören.

»Nun ... erst war nur Ariane hier ...«

»Meine Mutter war Tante Brigittes Schwester. Und Georg ist der Sohn ihres Bruders.«

»Also ... Ariane lebte schon länger bei Tante Brigitte, und sie sollte ihre Erbin sein.« Georg lächelte schief. »Aber dann wurde ja leider nix aus mir. Meine Eltern haben alles versucht, ich hab's nicht hingekriegt. Sie wären sogar damit einverstanden gewesen, dass ich Model werde. Das schien das Einzige zu sein, wozu ich das Zeug hatte. Aber das wollte ich nicht. Und eine reiche Frau heiraten, die sich einen gut aussehenden Ehemann wünscht – das wollte ich auch nicht. So kam mein Vater schließlich auf die Idee, mich auch zu Tante Brigitte zu schicken. Das war vor ... etwa zwei Jahren. Tante Brigitte brauchte ja jede Menge Hilfe, sie schaffte das mit den Tieren schon lange nicht mehr. Aber viel Personal hat sie sich nicht geleistet, dazu war sie zu knauserig. Zwar hat ihr Mann ein Vermögen hinterlassen, aber so ein Tierheim kostet unglaublich viel, da macht man sich keine Vorstellung.«

Erik blickte Ariane an. »Also müssen Sie sich nun das Erbe mit Ihrem Cousin teilen?«

Ariane zuckte nur mit den Achseln. »Mir ist Geld nicht so wichtig. Ich bin hier, weil mir die Arbeit Spaß macht.« Sie zwinkerte Georg zu. »Und dir auch. Ich glaube, die Arbeit hier ist der erste Job, den du gern machst.«

»Stimmt«, sagte er und lächelte zurück.

Tilla war dem Gespräch mit großem Interesse gefolgt. Nun lächelte sie auch. »Interessant. Bei Ihnen kann ich keine Motivation für einen Mord erkennen.« Sie wurde wieder ernst. »Wer kann Ihre Tante so gehasst haben? Oder ... wem könnte sie gefährlich geworden sein?«

Ariane und Georg dachten nach, die anderen kümmerten sich um ihren Tee, nahmen den Teebeutel aus dem Becher und suchten nach einer Gelegenheit, ihn abzulegen. Erik entschied sich für das Tablett, die anderen taten es ihm gleich. Dann kam Kandis in den Tee, und Ariane und Georg waren mit dem Überlegen endlich fertig. Nein, sie konnten sich beide nicht vorstellen, wer ihre Tante umgebracht haben könnte.

»Wie ist die Nacht von Samstag auf Sonntag verlaufen? Wann haben Sie Ihre Tante zum letzten Mal gesehen?«

Ariane hatte Mühe, sich zu erinnern. »Am frühen Abend, glaube ich. Sie wollte ja Wache halten, und ich wollte mir ein Bad gönnen. Mit Kerzenlicht, Rotwein und guter Musik.« Sie sah ihren Cousin an. »Du hast ja noch mal nach ihr geschaut.«

Er nickte. »Da war alles in Ordnung.«

»Wann war das?«

»So gegen ... zehn. Sie saß auf der Bank am Eingang und döste vor sich hin.«

»Was haben Sie dann gemacht?«

»Einen längeren Spaziergang. Den mache ich fast jeden Abend.«

»Und danach? War immer noch alles in Ordnung?«

Georg wurde verlegen. »Ich muss gestehen, dass ich vergessen habe, noch mal nach ihr zu sehen, als ich zurückkam. Das ist mir erst eingefallen, als ich schon im Schlafanzug war. Aber ich dachte ... sie konnte es ja sowieso nicht leiden, wenn man sich um sie sorgte ... also musste ich auch nicht unbedingt noch mal raus.«

»Wie lange waren Sie spazieren?«

»Eine Stunde vielleicht. So genau kann ich das nicht sagen.«

»Ob Ihre Tante bei Ihrer Rückkehr noch lebte, wissen Sie also nicht.«

»Nein, leider nicht.«

Erik beugte sich vor. »Kommen wir noch mal auf den merkwürdigen Einbruch zurück. Sie können sich nach wie vor nicht vorstellen, was der Einbrecher gesucht haben könnte?«

Georg und Ariane schüttelten unisono die Köpfe.

»Könnte der Einbruch etwas mit dem Mord zu tun haben? Sehen Sie einen Zusammenhang?«

Georg und Ariane dachten folgsam nach, schüttelten aber dann beide die Köpfe. Nein, sie sahen keinen Zusammenhang.

»Vielleicht gibt's ja auch keinen«, meinte Erik, während sie durch das Tierheim gingen, an den Ställen und Gehegen vorbei, an der Spielwiese für die Hunde und an dem Schuppen, der kürzlich in Brand gestanden hatte. Erik versuchte, das Tor zu öffnen, dessen Scharniere sich jedoch unter den Flammen derart verbogen hatten, dass es nicht möglich war. »Und mit dem Brand hat der Mord auch nichts zu tun?«, fragte er leise und griff nach Tillas Hand. »Alles nur Zufall? Das glaube ich nicht. In diesem Tierheim geht etwas nicht mit rechten Dingen zu.«

Sie antwortete nicht, schien ihm nicht einmal zuzuhören. Mit gerunzelter Stirn schaute sie das Alpaka an, das sie neugierig betrachtete. Am Zaun stand sein Name. Donald. Darunter gab es eine Bank, gesponsert vom Reformhaus Schulze in Westerland, das stand auf einem Messingschild, das an der Rückenlehne angebracht war. Sie zeigte darauf. »Kennst du das?«

»Das Reformhaus? O ja. Da hat Lucia immer gerne eingekauft.«

Erik ging mit Sören ein paar Schritte weiter, Tilla kam jedoch nicht nach. Sie stand noch immer vor dem Alpaka und sah sehr, sehr nachdenklich aus.

»Wenn du spontan gefragt wirst, wie du heißt, aber deinen richtigen Namen nicht nennen willst, was machst du dann?«

»Ich denke mir einen aus«, antwortete Erik.

»Fritz Müller?«

Erik lachte. »Muss ja nicht gerade so was Simples sein.«

Tilla war ernst geblieben. »Nein, ich nehme einen Namen, der mir gerade ins Auge springt. Donald wie das Alpaka, Schulze wie das Reformhaus, das die Bank gesponsert hat. Donald Schulze.« Während Sören und Erik sie sprachlos ansahen, ergänzte sie: »Ich glaube, wir dürfen über unsere Ermittlungen Carlotta nicht vergessen.«

42

Frau Kemmertöns war nach wie vor bedrückt. Der Verlust der Hunderttausend Euro setzte ihr zu, noch dazu die Erkenntnis, dass sie selbst schuld daran war. Vielleicht machte es ihr auch zu schaffen, dass sie ihre Mitstreiter unangenehmen Situationen ausgeliefert hatte. Womöglich waren sie dadurch sogar alle in Lebensgefahr geraten und wären beinahe in dem brennenden Schuppen zu Tode gekommen. Zwar konnte sich niemand erklären, was das mit dem Lottogewinn von Frau Kemmertöns zu tun hatte, aber irgendeinen Zusammenhang musste es ja geben. Entweder der Diebstahl der Hunderttausend Euro oder die tote Frau, die sich in Luft aufgelöst hatte. Vielleicht sogar beides.

Mamma Carlotta war ähnlich bedrückt. Sie litt unter den Vorwürfen, die ihr gemacht worden waren, und unter der Frage, ob sie richtig gehandelt hatte, als sie Donald ins Vertrauen zog. Sogar Fifi war nicht so fröhlich wie sonst und trottete neben Frau Kemmertöns her, als ahnte er, dass ihm das neue Zuhause noch nicht sicher war. Richard versuchte, die beiden Damen aufzuheitern, aber auch er schien nicht recht zu wissen, was die Ereignisse der letzten Stunden für sie alle bedeuteten.

»Müsste dein Schwiegersohn nicht erfahren, dass wir die Tote im Tierheim gesehen haben?«, fragte er Carlotta.

Frau Kemmertöns blieb wie angewurzelt stehen. »Nein! Wenn Jupp erfährt …!«

»Schon gut. Vielleicht findet Carlottas Schwiegersohn den Mörder ja trotzdem.« Richard ging weiter und wartete, bis Frau Kemmertöns wieder in ihren Rhythmus gefallen war. »Aber die beiden Briefe? Ob die wichtig für seine Ermittlungen sind?«

Diese Frage quälte auch Mamma Carlotta. Sie lagen wohlverwahrt zwischen ihrer Unterwäsche im Schrank des Gästezimmers. »Vielleicht waren sie ja doch an Brigitte Bardot gerichtet«, sagte sie, ohne es zu glauben.

»Das könnte dein Schwiegersohn dann ja rausfinden, wenn er sie bekommen hat. Aber es könnte auch das Motiv für den Mord in diesen beiden Briefen verborgen sein.«

»Wie soll ich sie ihm zukommen lassen?«, fragte Mamma Carlotta. »Er weiß nicht, wie oft ich in Käptens Kajüte bin. Er möchte ja nicht, dass ich mich dort aufhalte, und ich will nicht, dass er es erfährt. Erst recht will ich nicht, dass er weiß, wie gut ich Tove Griess und Fietje Tiensch mittlerweile kenne.«

»Du könntest die Briefe woanders gefunden haben«, überlegte Richard.

»Aber wo?«

Sie überlegten hin und her, auch Frau Kemmertöns, die ohnehin nicht mit viel Fantasie gesegnet war, fiel nichts ein. Im Süder Wung, vor dem Haus Wolf, waren sie noch genauso schlau wie vorher.

»Wir müssen uns etwas einfallen lassen«, erklärte Richard voller Entschiedenheit. »Ich möchte nicht noch einmal in einem brennenden Schuppen landen. Wenn das der Mörder war, der uns dort eingesperrt hat, dann schweben wir alle in Lebensgefahr.« Er betrachtete eine Weile seine Fußspitzen, ehe er ergänzte: »Wir sollten uns nicht mehr gemeinsam irgendwo blicken lassen.« Er drehte sich um und suchte mit seinem Blick die Umgebung ab, als rechnete er mit einem plötzlichen Angriff. »Jetzt zum Beispiel ... ein Auto könnte auf uns zufahren und hätte uns alle drei auf einen Schlag ...« Er machte zwei Schritte von Mamma Carlotta weg, und Frau Kemmertöns bewegte sich vorsichtig in die andere Richtung. Nun standen sie weit genug voneinander entfernt, sodass sie nicht mit einem Schlag zum Opfer eines Wahnsinnigen werden konnten.

Hilflos fragte Mamma Carlotta: »Wer könnte der Mörder sein? Jemand, dem wir gefährlich geworden sind? Aber ich weiß niemanden.«

»Sie haben ihn in der Nacht kurz gesehen. Vielleicht glaubt er, er wäre von Ihnen erkannt worden.«

»Dann hätte ich doch längst die Polizei verständigt.«

»Ja, stimmt ...«

Mamma Carlotta schloss wieder den Abstand zwischen ihnen und ging auf die Haustür zu. »Ich muss fürs Abendessen einkaufen. Besser, ich schreibe mir einen Zettel, damit ich nichts vergesse.«

Richard nickte. »Wir sollten uns überlegen, wie wir das mit den Briefen handhaben.« Ernst sah er Frau Kemmertöns an. »Und Sie überlegen sich, wie Sie Ihrem Mann klarmachen, dass Sie in Zukunft einen Hund haben werden.«

»Aber ich will keinen Hund«, klagte Frau Kemmertöns.

»Ab jetzt wollen Sie einen«, sagte Richard kategorisch. »Sie haben verdammt viel Mist gebaut. Soll der arme Fifi darunter leiden?«

Frau Kemmertöns duckte sich wie eine gescholtene Schülerin. »Nein, natürlich nicht.«

»Na also!« Richard war mit seiner angewandten Pädagogik zufrieden. »Was gibt es sonst noch für Probleme?«

Mamma Carlotta dachte an Carolin, ihren Chef, ihren Ausbildungsvertrag und an den Konflikt zwischen Vater und Tochter, aber das war nichts, was Richard und Frau Kemmertöns etwas anging. Und es hatte ja auch gar nichts mit dem Tod von Brigitte Lichter zu tun.

Während sie das Fahrrad in den Schuppen schob, formierte sich das Abendessen hinter ihrer Stirn, und als sie die Haustür aufschloss, fing sie in Gedanken schon an, den Einkaufszettel zu schreiben. Mozzarella brauchte sie für die Vorspeise, für das Primo war alles im Haus, ein Brathähnchen würde sie sich vom Metzger zerlegen lassen. Dann musste sie noch eingelegte Sardellenfilets kaufen, schwarze Oliven und für das Dolce eine Packung Ricotta. Das war nicht viel, das ging auch ohne Einkaufszettel.

Kükeltje war hocherfreut, als sie heimkam, begrüßte sie, indem sie ihr um die Beine schnurrte, und ging vor ihr in die Küche zum Kühlschrank, damit Mamma Carlotta verstand, was die Katze sich wünschte.

Sie verstand es ohne Weiteres und hatte den Griff der Kühlschranktür schon in der Hand, da hörte sie Stimmen aus dem Wohnzimmer. Carolins Stimme und die eines Mannes. War das etwa ...? Mamma Carlotta konnte es nicht glauben. So tief schöpfte sie Luft, dass ihr der Kontakt mit einer Stecknadel vermutlich gefährlich geworden wäre.

Und ihre Befürchtung wurde bestätigt, als sie die Klinke der Wohnzimmertür herunterschlug und die Tür so ungestüm aufriss, dass sie an die Schrankwand knallte. Neben Carolin saß Maximilian Witt, der noch am Morgen von Erik aus dem Haus geworfen worden war. Na, der traute sich was! Wenn Carlotta Capella eins nicht leiden konnte, dann, wenn die Anweisungen eines Vaters nicht befolgt wurden.

»Carolina!«

Ihre Enkelin sprang auf, auch Maximilian Witter fuhr in die Höhe. Er nahm sogar die Hände an die Hosennaht.

»Nonna, du musst dir erst mal anhören, was Maximilian zu sagen hat ...«

Mamma Carlotta wollte es eigentlich nicht. Viel lieber hätte sie ihn so behandelt wie Erik am Morgen, hätte wütend zur Tür gewiesen, hätte ihn nicht zu Wort kommen lassen und ihm mit donnernder Stimme klargemacht, dass ihre Gnade mit nichts zu erbetteln war. Aber dann ... hätte sie niemals erfahren, was Maximilian zu sagen hatte, womit er es geschafft hatte, Carolin dazu zu bringen, ihn in dieses Haus zurückzuholen, aus dem er mit so viel Wut vertrieben worden war. Die beiden schienen sich ihrer Sache sehr sicher zu sein. So sicher, dass Mamma Carlotta sich die Erklärung nicht entgehen lassen wollte. Ein wenig genoss sie sogar die Wichtigkeit, die ihr zufiel, indem sie zwei jungen Menschen, über die bereits gerichtet worden war, eine zweite Chance gab.

»Er war es nicht«, sagte Carolin. »Seine beiden Kollegen haben ihm das Foto gestohlen. Maximilian wollte es nicht an die Agentur geben, aber die beiden haben es nicht zugelassen. Das Foto war ein Knaller, der Agenturchef war begeistert, er hätte Maximilian nie verziehen, ein solches Foto zurückzuhalten.«

Jetzt traute sich auch Maximilian, etwas zu sagen. »Ich möchte es wiedergutmachen. Nie im Leben wollte ich etwas tun, was Carolin schadet. Niemals! Das müssen Sie mir glauben.«

Mamma Carlotta betrachtete ihn genauer. Sprach er die

Wahrheit? Tilla hatte gesagt, ein echter Journalist tut für eine gute Story alles, dafür verrät er sogar seine Großmutter. Dennoch wollte sie in diesem Moment Carolin mehr glauben, obwohl ja jeder wusste, dass eine verliebte Frau sich viel erzählen ließ und viel zu glauben bereit war.

»Natürlich hat er sich wahnsinnig mit seinen Kollegen gestritten«, sagte Carolin, »weil die das Passwort für seinen Laptop benutzt haben. Die halten ihn für eine Memme, er findet sie skrupellos. Er will auch gar nicht mehr Journalist sein.«

»Vielleicht studiere ich auf Lehramt«, meinte Maximilian Witt. »Oder ich werde Zahnarzt.«

Mamma Carlotta hörte gar nicht mehr richtig zu. Ihr war gerade eine Idee gekommen. »Ja, ich wüsste etwas, womit Sie Ihren Fehler wiedergutmachen können ...«

43

»Meinst du, wir finden ihn, wenn wir überall nach einem Typ fragen, der aussieht wie George Clooney?«

Tilla boxte Erik in die Seite und lachte. »Frag irgendeine x-beliebige Frau. Wenn es den wirklich gibt, haben wir ihn in null Komma nichts.«

»Besser, wir reden erst noch mal mit Felix«, meinte Sören grinsend, »ob er nicht vielleicht ein bisschen übertrieben hat.«

Erik gestattete sich nur ein kleines Lächeln. »Ihr meint also, sie hat einen Mann im Tierheim kennengelernt, der sich als Donald Schulze ausgegeben hat, obwohl er George Clooney heißt?«

Tilla fiel das Lachen nun schwer. »Irgendeinen Grund muss es haben, dass er sich einen falschen Namen zulegt.«

»Vielleicht Zufall?«, überlegte Sören. »Warum soll er nicht wirklich Donald Schulze heißen?« Er zog sein Smartphone aus der Tasche und gab den Namen ein. Ohne Erfolg. »Das heißt aber nichts. Wenn er kein Geschäft hat, beruflich nicht mehr aktiv ist und in den sozialen Netzwerken nicht unterwegs ist, dann taucht er im Internet nicht auf.«

»Wir müssen warten, ob sich Spuren finden«, sagte Erik. »Wir müssen einen Zusammenhang finden zwischen dem Mord, dem Einbruch und der Brandstiftung.«

»Und der Tatsache, dass Rüdiger Lang von jetzt auf gleich abgereist ist«, überlegte Sören. »Das ist vielleicht auch kein Zufall.«

Tillas Schritte wurden energischer. »Ich kann vor Hunger kaum noch denken. Wie sieht es bei euch aus?«

Sören bestätigte sie sofort, Erik erst nach einer Weile des Überlegens. »Wir müssen heute Abend besprechen, wie wir morgen vorgehen wollen. Vielleicht ist es am besten, jeder nimmt sich eine Sache vor? Einer den Brand, einer den Einbruch und einer den Mord?«

Sie waren am Auto angekommen, das sich wieder mal wie von Geisterhand öffnete. »Wenn alle Delikte zusammenhängen«, antwortete Sören, »müssen wir sie auch gemeinsam bearbeiten.«

Als sie losfuhren, sagte Tilla: »Am liebsten würde ich einen Abstecher ins Hotel Horizont machen. Sehen, ob Carolin hinter der Rezeption steht.«

»Sie hat keinen Dienst«, sagte Erik. »Sie hat ja am Wochenende gearbeitet.«

»Ich wüsste auch gern«, kam es von hinten, »wie ihr Chef auf das Foto von Pierre Thom reagiert hat.«

»Vielleicht liegt die Kündigung schon im Briefkasten«, meinte Erik düster.

»Dagegen werden wir uns wehren«, sagte Tilla mit so entschiedener Stimme, dass Erik nicht wusste, wie er mit diesem Wir umgehen sollte. Sich freuen, dass sie seine Probleme zu ihren machte? Dass sie Carolin helfen wollte, wenn es in ihrer Macht stand?

Er hatte sich noch nicht entschieden, als er in den Süder Wung einbog. Und als er einen Blick auf die Haustür warf, wartete er vergeblich auf das Heimatgefühl, das er liebte, wenn seine Schwiegermutter zu Besuch war. Dieses Mit-Freude-empfangen-Werden, was ihm anfänglich so maßlos übertrieben vorgekommen war, die Geborgenheit, die sie verströmte. Heute war alles anders. Es würden ihn familiäre Probleme erwarten, Carolin würde womöglich gar nicht zu Hause sein, würde nebenan bei Maximilian auf ihren ungerechten Vater schimpfen, und Mamma Carlotta stand womöglich nicht in der Küche, so wie früher, sondern hatte eine Verabredung mit Richard Gercke getroffen und war nicht zum Einkaufen gekommen. Das Leben, das früher immer leichter geworden war, sobald sie auf Sylt war, war nun genauso kompliziert wie sonst, wenn er als alleinerziehender Vater sehen musste, dass er für seine Kinder ein Essen auf den Tisch brachte.

Aber gleich nachdem er die Tür geöffnet hatte, merkte er, dass Mamma Carlotta zu Hause war. Der Duft, der aus der Küche kam, zeigte es, die Wärme, die durch die Diele zog, die Musik, die sogar dann im Haus stand, wenn das Radio nicht an war und seine Schwiegermutter nicht sang. Das waren eben die Geräusche, die sie produzierte, die alle etwas Klangvolles hatten. Das rhythmische Rühren in einer Pfanne, der Löffel, der auf einen Teller geworfen wurde, das Reiben einer Möhre und dann das Blubbern des Kochwassers, das den Takt vorzugeben schien.

Erstaunlich, dass sie nicht die Haustür aufriss, noch bevor sie sie erreicht hatten, und ihnen ihre Begrüßung entgegenjubelte. Nein, sie kam aus dem Wohnzimmer, in der Hand einen Kristallteller, das Hochzeitsgeschenk eines Onkels aus Panidomino, den Lucia nie benutzt hatte. Sie zog die Wohnzimmertür sorgfältig hinter sich ins Schloss, als sollte niemand sehen, was dahinter, im Garten, vor sich ging.

Nun endlich setzte auch das Jubeln ein, das für sie zu einer guten italienischen Begrüßung gehörte. »Da seid ihr ja! Wie schön! Wie war der Tag? L'antipasto è pronto! Venite! Es gibt Mozzarella in carrozza.«

»Ausgebackenes Käsebrot«, übersetzte Erik, der diese Vorspeise sehr gern aß.

»Ist Carolin nicht da?«, fragte Tilla.

Mamma Carlotta kam nicht zum Antworten. In diesem Augenblick öffnete sich die Haustür, und Carolin kam in die Küche. An ihrer Seite – Erik traute seinen Augen nicht – Maximilian Witt.

Carolin wehrte ab, noch ehe er etwas sagen konnte. »Reg dich nicht auf, Papa. Hör dir bitte erst an, was Maximilian zu sagen hat.«

Es ging schnell. Carolin und Maximilian wurden auf zwei freie Stühle gedrückt, Mamma Carlotta setzte jedem einen Teller vor, ohne dass sie es merkten, und die beiden redeten, als hätten sie eingeübt, was sie sagen wollten. Carolin sehr ernsthaft, Maximilian mit der Haltung, die viele Journalisten an den Tag legten, die etwas erfahren wollten, was ihnen eigentlich vorenthalten werden sollte. Währenddessen mogelte Mamma Carlotta ihnen ausgebackene Käsebrote auf den Teller und sorgte so dafür, dass sie Teil der Tischrunde wurden und nicht zwei große Kinder blieben, die sich verteidigen mussten. Erik wehrte sich dagegen, Verständnis für Maximilian Witt aufzubringen, schaffte es aber nicht ganz. Vor allem gelang es ihm nicht, seiner Tochter die Härte und Kälte entgegenzubringen, die Maximilian Witt seiner Meinung nach durchaus verdient hatte. Immer noch! Sollte er glauben, was er erzählte? Konnte er davon ausgehen, jetzt die Wahrheit zu erfahren?

Ein Blick in Tillas Gesicht zeigte ihm, dass aus ihrem Misstrauen Wohlwollen zu werden schien, Sören allerdings behielt seine gekrauste Stirn und schien nach wie vor nichts Sympathisches an Maximilian Witt zu finden.

Erik schwankte und hatte sich noch nicht entschieden, als Carolin erklärte, dass Maximilian unmöglich weiterhin mit seinen beiden Kollegen zusammenleben könne. Erik schreckte auf. Was sollte das bedeuten? Würde dieser Kerl in ihr Zimmer ziehen wollen? Würde er ihm demnächst öfter auf dem Weg zum Bad begegnen?

Carolin schien zu merken, dass das Gespräch in Rinnsale mündete, in denen viel zwischenmenschliches Gestrüpp das Weiterfließen behinderte. Sie bog unerwartet in einen gut gefluteten Seitenarm ein. »Wir waren in Käptens Kajüte. Wusstet ihr, dass Tove Griess neue Stühle hat? Donnerwetter! Gut gepolstert, tolle Qualität!«

Tilla schaltete sofort. »Aus dem Haus von Brigitte Lichter?«

Carolin gab sich erstaunt. »Keine Ahnung.« Sie sah Maximilian an, der seinen Blick nicht von seinem Teller nahm und nun auch merkte, dass dort etwas lag, was mit der Gabel aufgenommen und zum Mund geführt werden konnte.

»Stellt euch vor, da wollte einer in Toves Kasse greifen und abhauen. Maximilian hat unglaublich schnell reagiert. Ich habe gar nicht gemerkt, was abging, da war Maximilian schon aufgesprungen und hat sich den Kerl geschnappt.« Sie lächelte stolz. »Das gab ein ziemliches Gerangel, dann ist der Kerl abgehauen.«

Erik verbot es sich, irgendetwas Anerkennendes zu sagen. »Geht Ariane Malak manchmal in die Imbissstube? Dann wird es Ärger geben, wenn sie die Stühle sieht.«

Davon wollte Carolin scheinbar nichts hören. »Einer ist bei dem Zoff umgefallen. Und schaut mal, was ich unter der Sitzfläche gefunden habe.« Sie öffnete ihre Tasche und zog zwei Blätter heraus. »Ich dachte, die könnten vielleicht wichtig für dich sein, Papa. Also ... Maximilian meinte das. Da habe ich sie einfach mitgenommen.«

Sie hielt Erik die Blätter hin. Er betrachtete sie ausgiebig, bevor er zu lesen begann. Eins war eindeutig älter als das andere, schon ein wenig vergilbt, die Schrift warf Schatten, war aber noch lesbar. Dann strich er die Blätter glatt und legte sie neben seinen Teller. Tilla machte einen langen Hals, Sören versuchte, die Briefe auf dem Kopf zu lesen. Es wurde still in der Küche. Die Mozzarelle in carrozza waren gegessen, Mamma Carlotta kümmerte sich um die Ginestrata, die Eiercremesuppe, rührte sie gründlich, warf Erik einen Blick zu, ohne dass er es merkte, und rührte weiter. Bis er endlich aufblickte und sagte: »Das wirft ein ganz neues Licht auf den Fall ...«

44

Als sie das Hähnchen auftrug, war von dem Foto, das am Morgen im *Inselblatt* erschienen war, nicht mehr die Rede, es wurde auch nicht mehr darüber diskutiert, ob Maximilian die Wahrheit gesagt hatte, ob man ihm glauben konnte, ob Erik es zulassen wollte, dass er in sein Haus zog, und wie es mit Carolins Ausbildung weiterging.

Die beiden Briefe lagen in der Mitte des Tisches. Sören hatte sie vorsichtshalber mit dem Smartphone fotografiert, weil er fürchtete, dass sie mit Eiercremesuppe bekleckert werden würden oder mit der Soße, die Mamma Carlotta zum Hähnchen servierte. Dann waren sie notfalls neu auszudrucken und wieder ein tadelloses Beweismittel.

»Es könnte um Brigitte Bardot und Gunter Sachs gegangen sein«, sagte Tilla zum mindestens dritten oder vierten Mal. »Die Lichter hatte ja Kontakt mit ihnen. Aber ich glaube auch eher, dass hier Brigitte Lichter gemeint ist. Sie hatte also auch ein Verhältnis mit Gunter Sachs? Ich habe nie davon gehört.«

»Wir müssen einen Schriftvergleich vornehmen«, sagte Erik. »Es kann nicht schwer sein, an eine Unterschrift von Gunter Sachs zu kommen.«

»Es kann auch irgendein anderer Gunter gewesen sein,

dessen Nachname mit S beginnt.« Tilla dachte scharf nach und vergaß darüber das Essen. »Ob diese beiden Briefe in dem Geheimfach des Schreibsekretärs lagen? Wie schade, dass Rüdiger Lang nicht weiß, von wem seine Schwester damals schwanger geworden ist. Wir brauchen den Namen. Offenbar wollte er, dass sie das Kind weggibt, und sie hat es getan. Damit hat sie seine Ehe gerettet.«

Sören erinnerte sich an das, was der Vater von Georg Lang berichtet hatte. »Sie war nicht an ihm interessiert. Sie hatte gemerkt, dass er zwar reich war, aber nur, weil er mit einer reichen Frau verheiratet war. Nach einer Scheidung wäre er ein armer Schlucker gewesen. So einen wollte sie nicht.«

»Und später«, sagte Erik, »hat sie Kontakt mit ihrem Sohn aufgenommen. Oder sie wollte es tun. Und sie hatte wohl auch vor, ihm den Namen seines Vaters zu nennen. Dieser Vater, Gunter S., hat Panik bekommen. Seine Frau durfte nichts davon erfahren.«

»Ein astreines Motiv für einen Mord«, stellte Sören fest. »Wir müssen den Kerl finden.«

Mamma Carlotta hatte schon lange nicht mehr gesprochen, nur intensiv gelauscht, Carolin und Maximilian Witt hielten es genauso. Alle drei fühlten sich angenehm weit von einer Schusslinie entfernt, in der es gefährlich werden konnte, und hatten kein Interesse daran, auf sich aufmerksam zu machen. Mamma Carlotta wollte nicht einmal nachfragen, ob alle satt geworden seien, ob sie noch jemandem auflegen oder die Reste des Pollo alla cacciatora abtragen dürfe.

Diese Frage erübrigte sich, als Felix erschien. Wo er den Nachmittag verbracht hatte, warum er erst jetzt nach Hause kam, fragte niemand. Er wurde schon lange nicht mehr gefragt, seine Schul- und Sportzeiten und die Stunden, die er mit seinen Freunden irgendwo verbrachte, waren vollkommen undurchschaubar geworden. Wenn er allerdings nach Hause kam, wollte er unbedingt, dass man ihn erwartete, sich über sein Erscheinen freute und dass etwas zu essen für ihn da war.

»Hähnchen? Super! Die Eiercremesuppe ist alle? Konntet ihr nicht etwas für mich übrig lassen?« Er sah Carolin und Maximilian an, als fragte er sich, ob er ihre Namen schon mal gehört hatte. »Die Paparazzi jagen immer noch über Sylt. Jenna Brown war heute Nachmittag am Kurhaus flanieren. Sie hat bereitwillig posiert, aber keine Frage beantwortet. Wenn von Pierre Thom die Rede war, hat sie nur das Gesicht verzogen. Was sagt uns das?«

»Sie hat das Foto im *Inselblatt* gesehen«, antwortete Carolin tonlos, »und gemerkt, dass Pierre eine Memme ist.«

Sören wurde nachdenklich. »Wo der sich wohl versteckt? Irgendjemand hat ihm Unterschlupf gewährt.«

Eriks Handy ging, als Mamma Carlotta gerade das Dolce, den Ricottapudding, serviert hatte. Der Kurdirektor war am anderen Ende der Leitung. Erik lauschte, zog ein bedauerndes Gesicht, bekam einen ungeduldigen Ausdruck, nickte aber dennoch. »Ja, es ist sehr merkwürdig, dass der Kerl einfach nicht zu erwischen ist.« Dann wurde sein Blick interessiert. »Ach ja?« Er nickte heftig. »Okay, das ist eine gute Idee. Wir sind dabei.«

45 Mamma Carlotta hätte es sich gerne noch länger auf dem Horchposten bequem gemacht, aber leider tönte *Beethovens Fünfte* dazwischen. Frau Kemmertöns stand mit Fifi vor der Tür und erinnerte daran, dass man gemeinsam Gassi gehen wolle. Carlotta nahm ihre Jacke vom Garderobenhaken und rief über die Schulter zurück: »Ich gehe mal eben mit Frau Kemmertöns ...« Den Rest ließ sie ungesagt durch die Diele schweben.

Dieser Abgang hatte gleich mehrere Vorteile. Sie brauchte

keine konkreten Angaben über ihre mögliche Rückkehr zu machen und nicht in Tillas Gesicht zu schauen, in dem das Verständnis zwinkerte, während Erik sich Mühe geben würde, sich nicht anmerken zu lassen, wie wenig Verständnis er hatte. Ob die Kinder etwas davon mitbekommen hatten, dass die Nonna der Liebelei verdächtigt wurde? Das war Carlotta nicht einmal klar. Felix hatte viel für die Schule zu tun und Carolin momentan überhaupt nicht die Zeit, sich mit dem Leben ihrer Großmutter zu beschäftigen, das überdies noch nie etwas geboten hatte, was für eine junge Frau wie Carolin erwähnenswert war.

Richard Gercke stand schon wartend an der Theke, froh, dass Carlotta und Frau Kemmertöns die Imbissstube betraten. Die alleinige Gesellschaft von Tove schien ihm nicht zu behagen.

»Wo ist Signor Tiensch?«, fragte Mamma Carlotta und sah sich um, als könnte Fietje sich irgendwo versteckt haben.

Als sie keine Antwort bekam, warf sie einen vielsagenden Blick zur Küchentür. »Und sonst ...?«

Tove wusste, was sie meinte. »Pierre Thom hat sich wieder rausgetraut.«

»Woher kennen Sie ihn eigentlich?«, fragte Richard und ließ zu, dass Fifi seine Fingerspitzen abschleckte.

»Ich bin Sylter, er ist Sylter, da kennt man sich eben«, gab Tove zurück. »Richtig gut kenne ich seinen Vater. Der kommt manchmal auf ein Bier vorbei. Zurzeit natürlich nicht. Die ganze Familie traut sich nicht mehr aus dem Haus, weil dann gleich ein paar Paparazzi vor ihnen auftauchen und unverschämte Fragen stellen.«

Währenddessen war Fietje eingetreten und schlurfte zu seinem Stammplatz, von Fifi mit begeisterten Sprüngen begleitet. Er ließ sich umständlich nieder und klopfte auf die Sitzfläche neben sich. Fifi hatte zwar in seinem kurzen Hundeleben noch nicht viel gelernt, aber was das bedeutete, wusste selbst er. Er durfte sich neben Fietje setzen und darauf hoffen, dass er gekrault wurde.

»Ich habe dafür gesorgt, dass mein Schwiegersohn die beiden Briefe bekommt«, sagte Mamma Carlotta und hoffte auf eifrige Nachfrage.

Doch Fietje stahl ihr die Show. »Im Tierheim geht was ab«, sagte er ohne Betonung, als wäre ihm aufgefallen, dass es Regen geben könnte. »Ich glaube, ich weiß jetzt, wer die Hunderttausend Euro geklaut hat.«

»Was?« Diese Silbe erscholl dreistimmig. Nur Tove reagierte auf die Neuigkeit so wie auf alle Botschaften von Fietje. Er runzelte die Brauen, bis von seinen Augen nichts mehr zu sehen war, und zapfte Fietje sein Jever, denn sonst würde es mit seiner Erzählung niemals weitergehen.

»Ich habe den schon ein paarmal beobachtet«, sagte Fietje, nachdem er den ersten Schluck getrunken hatte.

»Spanner!«, rief Tove verächtlich.

»Ich weiß, wo er Unterschlupf gefunden hat, wenn er sich nicht gerade in deine Küche rettet.«

Mamma Carlotta begriff als Erste. »Pierre Thom?«

Fietje nickte. »Der war früher schon mit Ariane Malak befreundet. Ich glaube, sie war sogar mal ziemlich verknallt in ihn. Bei ihr sucht ihn jedenfalls keiner. Ich habe sogar einmal gesehen, wie Jenna Brown in Verkleidung ins Haus gehuscht ist.«

Richard war empört. »Und das erzählen Sie uns erst jetzt?«

Den Vorwurf focht Fietje nicht an. »Er klettert immer, wenn er Ariane verlässt, hinten an der Pergola runter. Hat er gerade eben auch gemacht. Aber dann ist ihm wieder Mattes in die Quere gekommen. Und jetzt sitzt er im Schuppen und wartet auf den richtigen Augenblick. Der ist schon öfter nachts abgehauen. Und mehr als einmal habe ich gesehen, dass Ariane ihm heimlich gefolgt ist. Keine Ahnung, wo er hin ist. Ariane scheint es auch nicht zu wissen, wüsste es wohl aber gerne.«

»Molto strano«, murmelte Mamma Carlotta. »Sehr merkwürdig. Aber ...« Sie sah jeden Einzelnen an, ehe sie fortfuhr: »Das heißt doch nicht, dass er die Hunderttausend Euro von Frau Kemmertöns geklaut hat.«

»Kann aber sein«, beharrte Fietje. »Wenn er sich schon öfter im Schuppen versteckt hat, sind sie ihm vielleicht in die Hände gefallen. Rein zufällig. Kann auch sein, dass er was mit dem Brand zu tun hat. Vielleicht sollte er das Opfer sein.«

Tove tippte sich an die Stirn. »Die Paparazzi sind vielleicht dreist, aber so unverfroren nun auch wieder nicht. Und so ein Superstar hat es doch nicht nötig, Geld zu klauen.«

Das sah Richard anders. »So viel Geld kann er noch nicht verdient haben, in der kurzen Zeit seiner Karriere. Und eine Frau wie Jenna Brown ist anspruchsvoll ...«

Mamma Carlotta warf Tove Griess einen Blick zu, der fragend, aber auffordernd war. »Brauchen Sie Ihr Auto?«

46

Eriks Handy klingelte, als sie gerade das Haus verlassen wollten. Tammo Bause war am anderen Ende der Leitung. »Sie wollten ja Genaueres über den Brand des alten Schuppens im Tierheim wissen ...« Es sei eindeutig Brandstiftung gewesen, sagte er, das hätten die Feuerwehrleute schnell festgestellt. »Ziemlich dilettantisch. Erst dachten wir, das war ein Feuerteufel, der Spaß daran hat, wenn so ein Schuppen in Flammen aufgeht. Der war ja voller Bücher, das gibt ein prächtiges Feuer.« Dann aber hatten Tammo Bause und seine Mitarbeiter eine interessante Entdeckung gemacht, die das Feuer in einem anderen Licht erscheinen ließ. »Es war jemand in dem Schuppen, als das Feuer gelegt wurde. Der hat sich durch die Rückwand des Schuppens befreit. Da gab es ein paar lockere Latten. Der Eingang war nämlich versperrt. Da war ein

Tisch unter die Klinke geschoben worden. Den hatte die Feuerwehr natürlich, ohne weiter darüber nachzudenken, weggeschoben, um schnell in den Schuppen zu kommen.« Tammo Bause lachte leise, als freute er sich an seiner Erkenntnis. »Ein astreiner Mordversuch, Herr Kollege. Sie hatten recht! Der Fall geht an Sie.«

Erik machte kehrt, schloss die Haustür wieder auf und scheuchte Tilla und Sören ins Haus zurück. »Das hat Zeit.« Damit meinte er die Information, die vom Kurdirektor gekommen war. Sämtliche Weiden im Umkreis von Wenningstedt sollten sichtbar kontrolliert werden, nur bei einer einzigen würden sie sich auf die Lauer legen, als ginge es darum, einen Massenmörder zur Strecke zu bringen. Erik hatte sich einverstanden erklärt, aber da völlig unklar war, wann und ob überhaupt sich der Schafripper an sein schreckliches Werk machen würde, kam es auf eine halbe Stunde tatsächlich nicht an. Die ganze Angelegenheit war viel zu vage. Und überhaupt war es eine reine Gefälligkeit, dass er sich auf die Bitte des Kurdirektors einließ. Er hatte einen Mordfall am Hals, er konnte sich nicht auch noch um tote Schafe kümmern. Aber sooft er sich das auch vorredete, sagte eine andere Stimme tief in seinem Innern, dass er genauso wie der Kurdirektor wollte, dass dieser Kerl endlich geschnappt wurde.

Er ging in die Küche und schaltete das Licht an. Grelles Deckenlicht, das er nicht leiden konnte. Aber für den Schalter, mit dem die tief hängende Lampe über dem Esstisch angeknipst wurde, hätte er drei Schritte in die Küche hinein machen müssen. Und gemütlich wollte er es jetzt auch gar nicht haben. Vielleicht würde es wieder behaglich sein, wenn sie zurückkamen und seine Schwiegermutter ihr Rendezvous beendet hatte.

Tilla blieb neben ihm stehen, auch Sören setzte sich nicht. »War das Tammo Bause?« Sören zeigte auf Eriks Handy, das er noch in der Hand hielt.

Tilla wartete seine Antwort nicht ab. »Was hatte der Anruf zu bedeuten?«

»In dem Schuppen war jemand, der sich retten konnte. Warum ist der nicht bei uns erschienen und hat Anzeige erstattet?«

»Weil er was auf dem Kerbholz hatte«, kam es von Sören. »Der hatte was vor ...« Seine Miene erhellte sich. »Der Schafripper!«

Tilla nahm die beiden Geschirrtücher, die zusammengeknüllt auf der Arbeitsfläche lagen, und hängte sie ordentlich auf. »Sie meinen, Georg Lang oder Ariane Malak haben ihn entdeckt? Und als er sich in den Schuppen gerettet hat, haben sie ihn ausgeräuchert?«

»Das wollten sie uns natürlich nicht gestehen«, erklärte Sören. »Wir hätten denen was erzählt. Selbstjustiz! Wo gibt's denn so was! Und wie gefährlich das ist! So ein Brand kann sich ja ausbreiten ...«

Eriks Blick ging aufmerksam zwischen Sören und Tilla hin und her. »Wenn das stimmt, wird heute Nacht nichts passieren.«

»Oder der Kerl ist so unverfroren und macht weiter.«

Erik drehte sich um und legte den Finger auf den Lichtschalter. »Also los! Dann tun wir dem Kurdirektor den Gefallen. Aber danach ist Schluss.«

Vor der Haustür zögerte er. »Haben Sie Enno Mierendorf Bescheid gesagt, Sören?«

»Er wird die Namen aller Sylter und aller Zweitwohnungsbesitzer durchforsten«, entgegnete Sören und ging auf Eriks Auto zu. »Alle, die Günter oder Gunter heißen, mit t oder th und mit einem Nachnamen, der mit S anfängt. Das können nicht viele sein.« Tilla wollte etwas dazu sagen, aber Sören ließ sie nicht zu Wort kommen. »Klar, es kann jemand sein, der weder hier wohnt noch hier ein Feriendomizil hat oder hatte. Aber es wäre ja möglich. Die Typen, die damals mit Brigitte

Bardot und Gunter Sachs am Strand gefeiert haben, hatten fast alle ihre Villa in Kampen. So unwahrscheinlich ist das also nicht.«

»Und die Unterschriftenprobe von Gunter Sachs?«, fragte Erik, während er in sein Auto stieg.

»Um die kümmert sich Rudi. Wenn wir zurückkommen, sind wir vielleicht schon schlauer.«

47 Sie nahmen den Weg, der für die Zulieferer des Tierheims angelegt worden war. Richard fuhr langsam und vorsichtig. Nicht, weil der Weg so holprig und uneben war, sondern weil er Toves Lieferwagen nicht traute. Außerdem war er auf dem Weg vom Hochkamp bis hierher zum Gegner der Unternehmung geworden. »So ein Blödsinn! Pierre Thom kann doch längst weg sein!« Er stoppte da, wo der Mann gelauert hatte, den Mamma Carlotta mittlerweile den Mörder nannte. »Das ist doch völlig verrückt. Dies ist ein Privatweg, das stand an der Einbiegung auf dem Schild. Wenn Mattes von uns verlangt, dass wir umkehren ...«

»... dann müssen wir vorher weg sein«, ergänzte Mamma Carlotta. »Aber er wird uns nicht sehen, es ist doch schon beinahe dunkel.«

Der Himmel war anthrazitgrau geworden, in wenigen Minuten würde er tiefschwarz sein. Auf Sylt ging es schnell mit der Dunkelheit. Im Nu veränderten sich die Farben, gingen in der Dunkelheit auf und verschwanden schließlich.

»Blöde Idee!« Richard war noch immer nicht zu besänftigen und ärgerte sich nach wie vor darüber, dass er sich auf diese Sache eingelassen hatte. Er blickte in den Rückspiegel, ohne jemanden zu erkennen. »Wie lange ist das her, Herr Tiensch, dass Sie beobachtet haben, wie Pierre Thom sich im Schuppen vor Mattes versteckt hat?«

Fietje besaß keine Armbanduhr. Er schätzte die Uhrzeiten, auch seine Arbeitszeiten, immer nur grob. Deswegen schwieg er und öffnete die hintere Tür, als hätte er nichts gehört.

»Warten Sie doch erst mal«, sagte Frau Kemmertöns.

»Worauf?«, fragte Fietje zurück.

»Ob die Luft rein ist.« Frau Kemmertöns ließ diesen Satz, den sie noch nie im Leben von sich gegeben hatte, erst mal wirken. Mein Gott! Warten, bis die Luft rein war. Dass ihr Leben mal solche Aufregungen für sie bereithalten könnte, hätte sie niemals gedacht. Diesen Gedanken konnte Mamma Carlotta ihr an der Nasenspitze ablesen.

Aber auch sie selbst und Richard blieben zunächst sitzen. »Pierre Thom muss längst abgehauen sein. Mattes wird nicht mehr im Garten arbeiten«, sagte Richard.

Mamma Carlotta bestätigte ihn. »Chiaro, er wird zurückgegangen sein, in Arianes Wohnung.«

Fietje hatte die Autotür wieder herangezogen. »Der ist ständig heimlich unterwegs. Und wenn Ariane ihm folgt, dann ebenfalls heimlich. Da geht irgendwas Merkwürdiges ab. Was ganz, ganz Komisches.«

Richard seufzte tief auf. »Also gut. Dann steigen wir eben aus und gucken mal, ob wir ihn irgendwo sehen.«

Als sie die Wagentüren ins Schloss gedrückt hatten, ohne sie abzuschließen, hörte Mamma Carlotta ein ähnliches Geräusch auf der anderen Seite des Tierheims, in der Nähe der Straße. Möglicherweise auf dem Parkplatz des Tierheims. Auch da hatte jemand eine Autotür ins Schloss gedrückt. Aber sie sagte nichts. Richard würde vermutlich auf der Stelle kehrtmachen und die Angelegenheit abblasen wollen.

»In welche Richtung geht er, wenn er heimlich abhaut?«, fragte Richard.

Fietje zeigte gen Norden. »In der Nähe vom Leuchtturm am Roten Kliff hat er ein altes Fahrrad stehen. Ich glaube, davon weiß keiner was.«

»Da können wir nicht hinterher«, maulte Richard, der unbedingt Pessimismus verbreiten wollte. »Mit dem Fahrrad ist er schneller als wir zu Fuß.«

Aber Fietje war, nachdem er sich nun einmal entschieden hatte, von seinen Beobachtungen zu berichten, entschlossen, der Sache auf den Grund zu gehen. Allein hätte er sich das niemals getraut. »Das ist hier alles ziemlich uneben. Häufig schiebt er das alte Klapperding.«

Sie schlichen am Zaun des Tierheims entlang, hinter dem alles ruhig war. Dann wurde aus dem Zaun aus Maschendraht eine Grundstücksabgrenzung aus Holz, mit dichtem Gebüsch bepflanzt. Dahinter lag der Garten von Brigitte Lichters Wohnhaus.

Fietje zeigte auf eine Stelle am Ende des Gartengrundstücks. »Da geht er immer über den Zaun.«

»Und dann?« In Richard schien endlich Interesse zu erwachen.

»Dann haut er ab«, antwortete Fietje. »So schnell, dass ich ihm nie nachgekommen bin.«

Endlich ließ auch Frau Kemmertöns sich vernehmen. »Das ist ein komisches Verhalten für einen Star. Ob Jenna Brown das weiß?«

Sie erhielt keine Antwort. Das Grundstück von Brigitte Lichter war zu Ende, es folgte eine freie Fläche, die auf den Golfplatz mündete, der sich natürlich hinter einem hohen Zaun verschanzt hatte. Auf der anderen Seite vom Gaadt gab es eine Tennisanlage und einen Sportplatz. Beides gehörte zur Norddörferhalle. Seit Kurzem gab es dort sogar ein Fußballcamp, das Michael Rummenigge aufgemacht hatte.

Dort schlug eine Autotür. Mamma Carlotta sah in die Gesichter der anderen. Hatten sie es auch gehört?

»Ziemlich spät für einen Spaziergang«, brummte Richard und sah mit einem Mal besorgt aus. »Wer kann das sein?«

Erik stand eine Weile da und lauschte. Ein, zwei Autos auf dem Wenningstedter Weg, das Rauschen mehrerer Wagen auf der K118. Die beiden Straßen fanden in Kampen zusammen zur L24, die nach List führte. Er konnte diese Geräusche, die nicht zu seiner Insel gehörten, trennen und nur auf das lauschen, was es seit eh und je auf Sylt gegeben hatte, auf den Wind und die Brandung, wenn sie heftig genug war. Tagsüber kam das Schreien der Möwen hinzu. Jetzt schliefen sowohl die Möwen als auch das Meer. Das Wasser war ruhig, auch der Wind war nichts als ein gleichmäßiges, sanftes Strömen. »Wir nehmen den Radweg«, sagte er leise, »und gehen dann Richtung Leuchtturm. Dort stehen die Schafe, die der Kurdirektor meinte. Spätestens am Leuchtturmweg müssen wir sehr vorsichtig sein.«

Mamma Carlotta blieb stehen und gab einen zischenden Laut von sich, sodass die anderen drei keinen Schritt mehr machten. »Da ist jemand.«

»Pierre Thom?«, fragte Frau Kemmertöns mit zitternder Stimme.

»Nein, mehrere Leute. Drei, glaube ich.«

Diese drei hatten gerade den Parkplatz an der Norddörferhalle verlassen und den Norderweg überquert, von dem der Radweg abging. Er führte zur K 118 und dann parallel dazu bis nach List. »Vorsicht!« Sie duckten sich, um nicht gesehen zu werden, aber auch, um nicht sehen zu müssen, was geschah und wer sich dort genauso heimlich anschlich wie sie selbst.

Erik blieb stehen und lauschte noch einmal. »Ich habe was gehört. Wir sind hier nicht allein.« Vage fuhr sein Zeigefinger von rechts nach links. »Irgendwo da.«

»Prima!« Tilla versuchte es mit Heiterkeit. »Wir wollen ja auch den Schafripper erwischen. Wie sollen wir ihn kriegen, wenn er nicht da ist?«

»Wir gehen runter von dem Weg«, bestimmte Erik, und Sören folgte ihm sofort. Die Staatsanwältin wollte erst nach einer Erklärung fragen, zog sich dann aber mit den beiden Männern hinter ein Gestrüpp zurück, das genug Sichtschutz bot.

»Da!« Eriks Zeigefinger stieß durch ein paar dornige Ranken.

Tatsächlich. Ein Mann, der Pierre Thom sein konnte. Sicher war allerdings keiner von ihnen. Gerade, als sie sich aufrichten wollten, um ihm zu folgen, sorgte Sören dafür, dass sie sich erneut duckten. »Runter!«

Ein weiterer Mann, der scheinbar dem ersten folgte.

»Georg Lang?«

Fietje wurde regelrecht aufgeregt, was bei seinem stoischen Temperament sehr selten vorkam. »Da ist auch Ariane Malak. Seht ihr sie?« Mamma Carlotta griff nach seinem Arm, weil sie Angst hatte, dass er vorzeitig die Deckung aufgab und sich sehen ließ. Was vor ihnen lag, neben und hinter ihnen, war weit und flach und baumlos. Was sich regte, war weit zu erkennen, wer sich bewegte, durfte sich nicht wundern, wenn er gesehen wurde. Gut, dass die Dunkelheit dafür sorgte, dass das Erkennen schwer wurde. »Ich hab's doch gesagt ... Die ist verknallt in Pierre Thom. Aber scheinbar misstraut sie ihm trotzdem, auch wenn sie ihn nie verraten würde.«

Mamma Carlotta wollte etwas erwidern, aber dann blieb ihr die Antwort im Halse stecken. Ein junges Paar! Zwar kaum zu erkennen, aber dass es sich um zwei junge Leute handelte, war ohne Weiteres auszumachen. Sie bewegten sich unbekümmert, duckten sich nur gelegentlich und verringerten ihr Tempo dann nicht.

»Schneller«, flüsterte Mamma Carlotta, verließ die Deckung und begann zu laufen.

»Warum?«, rief Richard ihr nach. »Sei nicht unvorsichtig, Carlotta.«

Erik blieb stehen und schnappte nach Luft. »Was ist hier los?«

Tilla schüttelte den Kopf, als könnte sie nicht glauben, was sie sah. »Hier ist ja mehr los als auf der Einkaufsmeile von Kampen.«

Sören streckte den Kopf vor, machte aber keinen Schritt mehr. »Die sieht ja beinahe aus wie ... wie Ihre Schwiegermutter.«

»Haha«, machte Erik. »Wie ich von der Staatsanwältin weiß, hat meine Schwiegermutter was Besseres vor.« Er warf Tilla einen bitterbösen Blick zu, als wäre es ihre Schuld, dass Mamma Carlotta neuerdings nur noch wenig an ihre Familie dachte und nicht einmal mehr Lust hatte, sich in seine Arbeit einzumischen. Das hatte er sich doch schon lange und bisher immer vergeblich gewünscht.

»Vielleicht auch noch Frau Kemmertöns mit ihrem Hund?«, raunte er böse.

Sören wehrte ab. »Jedenfalls sind wir hier nicht die Einzigen.«

In diesem Augenblick hörten sie den Schrei eines Tiers, eines gequälten Tiers, das sich zu retten versuchte. Dann eine Stimme, eine weibliche Stimme und eine männliche, laut und abwehrend. Schließlich eine andere männliche Stimme, leise und beruhigend. Und dann ...

»Das war ein Blitzlicht«, stöhnte Mamma Carlotta. »Wir müssen weg.« Sie fuhr herum und rannte los, ohne nach rechts und links zu schauen, ohne sich zu fragen, ob sie auffiel. »Weg! Schnell! Das ist vermutlich Menno Koopmann! Wenn der uns hier sieht ...«

»Langsam!«, rief Richard hinter ihr her, eine Warnung, die Frau Kemmertöns und Fietje nicht nötig hatten. An das Tempo von Mamma Carlotta kamen sie sowieso nicht heran. »Langsam!«

Mamma Carlotta begriff, dass eine überstürzte Flucht sie

verraten könnte. Sie blieb stehen, wartete, bis die anderen herangekommen waren, und versuchte bis dahin, ruhig zu atmen. Ja, Richard hatte recht. Alles Schnelle, Hektische würde auffallen und Misstrauen erzeugen. Langsam in die andere Richtung gehen, nur so war es richtig. Wenn sie dann gesehen wurden, konnten sie immer noch eine Ausrede erfinden. Wer so schnell wie möglich rannte, verriet, dass er auf der Flucht war. Und wer flüchtete, musste einen Grund haben, wer einen Grund hatte wegzulaufen, musste sich irgendwann dazu bekennen. Also Ruhe bewahren und sich so verhalten, dass sie später ein argloses Gesicht ziehen und behaupten konnte, sie wisse nicht, worum es gegangen sei.

Noch zwei-, dreimal riss das Blitzlicht ein Bild aus der Dunkelheit, dann blieb die Finsternis erhalten, die Stille jedoch nicht. Erregte Stimmen waren zu hören, abwehrendes Geschrei, wütende Entgegnungen. Und schließlich ... ein Streifenwagen. Das Blaulicht flackerte durch die Nacht, das Martinshorn war zum Glück nicht eingeschaltet worden.

Richard wagte es, sich umzusehen. »Da wird jemand verhaftet.«

Mamma Carlotta schaute sich ebenfalls um, allerdings ohne stehen zu bleiben, und bereute es im selben Augenblick. Sie stolperte über einen Stein, der ihr vermutlich nicht entgangen wäre, wenn sie nach vorn geblickt hätte, und fiel der Länge nach auf den Boden. In weichen, feuchten Dreck, mit beiden Händen in matschigen Grund, der aus Tierexkrementen bestehen konnte, in stinkenden Morast. Im letzten Augenblick hatte sie nach einem Halt gesucht, ihre Hände hatten blindlings um sich gegriffen, hatten genommen, was sie kriegen konnten. Das war leider der Rock von Frau Kemmertöns gewesen, die daraufhin das gleiche Schicksal ereilte. Auch sie fiel vornüber, zappelte zwei-, dreimal mit beiden Füßen und blieb dann liegen, während Mamma Carlotta schon wieder auf den Beinen war und versuchte, sich notdürftig zu reinigen. Doch sie merkte schnell, dass sie sich vergeblich abmühte. Dieser feuchte Dreck würde an ihr kleben bleiben, bis sie in der Waschküche angekommen war. Das sah auch Frau Kemmertöns ein, als sie wieder auf den Beinen stand, von Richard und Fietje mit vereinten Kräften in die Höhe gezogen.

Der Abend gönnte ihnen einen hellen Moment. Die Wolkendecke, die bis zu diesem Moment den Mond verdunkelt hatte, riss auf und zeigte, was geschehen war. Mamma Carlotta starrte Frau Kemmertöns an, diese glotzte mit offenem Mund zurück ... dann hörten sie schnelle Schritte. Ein Keuchen in ihrer Nähe, ein Stolpern und wütendes Knurren, dann wieder die hastigen Schritte. Jemand flüchtete. So eilig, so hektisch, so kopflos, dass es reichte, sich zu ducken, in die Hocke zu gehen, sich mit den Händen aufzustützen, für ein paar Augenblicke auf allen vieren zu bleiben und zu warten. Der schwarze Schatten flog etwa zwanzig Meter weiter an ihnen vorbei, mal sehr schnell, dann stolpernd, vornüberfallend. Aber immer wieder richtete er sich schleunigst auf und rannte weiter. Die Wolkendecke schloss sich, der Mann, der kopflos davonlief und wegen seiner Konfusion nicht auf sie geachtet hatte, war Teil der Dunkelheit geworden. Ein junger Mann, das war das Einzige, was sie erkennen konnten, mit leichtfüßigen Bewegungen und federnden Sprüngen. Er lief auf den Garten von Brigitte Lichter zu, dort war er im Nu verschwunden.

48

Mamma Carlotta war froh, dass sie es geschafft hatte, vor Erik heimzukommen. Es wäre schwer gewesen, ihre späte Rückkehr und den Zustand ihrer Kleidung zu erklären. Auch Frau Kemmertöns war in Sorge gewesen, dass ihr Mann ausgerechnet an diesem Abend mal ohne die Hilfe seiner Frau wach geworden war und ins Bett gefunden hatte. Wie sie ihm begreiflich machen sollte, warum sie in einem Zustand heimkam, den ihr Mann selbst nur ein einziges Mal nach einem Betriebsfest erreicht hatte, wusste sie noch nicht, als sie sich von Mamma Carlotta verabschiedet hatte. Die einzige Ausrede, die ihr einfiel, Fifi habe an seiner Leine gezerrt und sie damit zu Fall gebracht, schien nicht besonders klug zu sein. Das würde Fifis Position im Hause Kemmertöns nicht gerade verbessern.

Mamma Carlotta zog sich in Windeseile um, brachte ihre schmutzige Kleidung in die Waschküche und steckte alles in die Waschmaschine. Dann ging sie wieder in die Küche, von dort in den Vorratsraum, kehrte in die Küche zurück, trat ans Fenster, umrundete den Tisch und begann mit ihrer Wanderung von vorne. Wann würde Erik zurückkommen? Und in welcher Laune würde er dann sein? Ein Treffen mit Menno Koopmann hatte ihn noch nie erfreut, und wenn der etwas vom Schafripper mitbekommen hatte, war genau das geschehen, was der Kurdirektor vermeiden wollte.

Sie ging auf die Terrasse und lauschte nach nebenan. Im Wohnzimmer der Kemmertöns' flackerte der Fernseher, es herrschte Ruhe. Also würde es wohl auch Frau Kemmertöns gelungen sein, sich umzuziehen, bevor sie ihren Mann weckte. Carlotta betrat den Rasen und ging auf das Fenster des Holzhauses zu. Dahinter war alles dunkel. Wo mochten Carolin und Maximilian Witt sein? Und seine beiden Kollegen? Jagten die immer noch über die Insel auf der Suche nach Pierre Thom? Plötzlich dachte sie an die beiden jungen Leute, die ihr aufgefallen waren. Konnten das Carolin und Maximilian gewesen sein? »Madonna!« Wenn das so war, hatte nicht Menno Koopmann das verhängnisvolle Foto gemacht, sondern Maximilian Witt.

Vor dem Haus fuhr ein Auto vor, möglicherweise Eriks Wagen. Mamma Carlotta lief über den Rasen zurück, über die Terrasse, ins Wohnzimmer, die Diele, in die Küche und blickte aus dem Fenster. Ja! Tilla stieg gerade aus, Sören ebenfalls, Erik brauchte natürlich wieder am längsten, bis er sich abgeschnallt und die Fahrertür geöffnet hatte.

Sie riss die Haustür auf. »Da seid ihr ja endlich! Ich habe mir schon Sorgen gemacht!«

Tilla runzelte die Stirn, als sie eintrat. »Sorgen? Warum?«

»Perché ...« Mamma Carlotta hatte Mühe, eine Erklärung zu finden. »Es ist schon dunkel und ...«

»... Kinder müssen nach Hause kommen, wenn die Laternen angehen?«

Tilla ging an Mamma Carlotta vorbei in die Küche. Erik folgte, während Sören zögernd auf der Fußmatte stehen blieb. Aber das Glas Rotwein, mit dem Mamma Carlotta ihn lockte, half ihm auch diesmal bei der Entscheidung, den Abend im Hause Wolf zu beschließen. Wie schon viele andere Male auch, wenn sich herausstellte, dass die Ermittlungen leichter vorankamen, wenn man ein Glas oder eine Antipastiplatte vor sich stehen hatte.

»Was habt ihr gemacht?«, fragte Mamma Carlotta mit arglosem Gesichtsausdruck. »Ging es um den Mörder der Frau, die in der Baugrube gefunden wurde? Oder habt ihr den Tierquäler endlich gefunden?« Sie verschwand im Vorratsraum, um eine Flasche Rotwein zu holen, Tilla ging an den Schrank, um Gläser herauszunehmen.

Erik hatte noch nicht geantwortet, da öffnete sich die Haustür, und Carolin kam herein. An ihrer Seite Maximilian Witt. Sehr aufrecht und sehr selbstsicher. Er setzte sich mit an den Tisch und lächelte Carolin an, als sie zwei weitere Rotweingläser aus dem Schrank holte.

»Stell dir vor, Nonna, Georg Lang ist der Schafripper.«

»Dio mio!« Mamma Carlotta starrte Erik an und wartete darauf, dass er Carolins Behauptung richtigstellte. Aber er nickte nur schweigend.

Maximilian Witt strahlte einen nach dem anderen an. »Ein

221

guter Journalist hat überall Kontakte. Auch im Büro des Kurdirektors.«

Ehe Mamma Carlotta fragen konnte, erklärte Carolin: »Irgendeine Angestellte dort hat Maximilian gesteckt, dass in dieser Nacht der Schafripper endlich gestellt werden soll. Vor allem, wo!«

»Dann wollen Sie wohl doch nicht mehr Lehrer oder Zahnarzt werden?«, fragte Mamma Carlotta.

Maximilian merkte, dass er einen Fehler gemacht hatte. »Ich bin heute ja nicht als Journalist unterwegs gewesen, sondern nur, um Carolins Vater zu helfen.« Er blickte Erik an, als erwartete er Dank oder zumindest ein freundliches Schulterklopfen. Die Kamera, die noch an seiner Seite hing, stellte er auf den Tisch und rief das Foto auf, das er gemacht hatte. Es zeigte tatsächlich Georg Lang. Zutiefst erschrocken, mit weit aufgerissenen Augen. »Der Beweis.«

Mamma Carlotta sah, dass ihr Schwiegersohn nicht besonders zufrieden war. Er hatte den Schafripper persönlich zur Strecke bringen wollen. Dass ausgerechnet Maximilian Witt ihm geholfen hatte, den er am Morgen noch aus dem Haus gejagt hatte, gefiel ihm gar nicht. »Warum das Foto?«, fragte er. »Ich brauche kein Foto, wenn ich jemanden festnehme.«

»Man weiß ja nie, Papa«, ging Carolin dazwischen. »Hinterher bestreitet der Typ, was er getan hat, es steht Aussage gegen Aussage, und du musst ihn wieder laufen lassen.«

»Dieses Foto ist kein Beweis«, sagte die Staatsanwältin. »Es zeigt nur Georg Lang in der Nähe des Opfers.«

»Da haben wir doch den Beweis!«, rief Maximilian Witt.

»Sie hätten jeden von uns fotografieren können. Alle waren wir kurz in der Nähe des Opfers. Sören Kretschmer sogar sehr nahe. Er hat das Opfer von den Fesseln befreit. Wenn Sie das fotografiert hätten ...« Tilla sprach den Satz nicht zu Ende.

Mamma Carlotta stand auf und ging noch einmal in die Vorratskammer. Dort musste es eine Packung Grissini geben, die sie zum Rotwein auf den Tisch stellen konnte. Sie ließ sich Zeit, suchte noch herum, als sie die Grissini schon gefunden hatte, und öffnete die Packung in der Vorratskammer, damit sie sich so bald nicht wieder in der Tischrunde blicken lassen musste. Georg Lang? Sie konnte es sich einfach nicht vorstellen. Und ihr ging der junge Mann nicht aus dem Sinn, der geflüchtet war. Jung war er gewesen, so jung wie Georg Lang. Scheinbar war sie die Einzige gewesen, die ihn gesehen hatte. Und natürlich Richard, Frau Kemmertöns und Fietje. Aber Erik und Tilla war er anscheinend nicht aufgefallen. Doch darüber zu sprechen war unmöglich. Sie konnte nicht mehr zugeben, am Leuchtturm gewesen zu sein.

Als sie in die Küche zurückkehrte, hörte sie, dass Georg Lang alles andere als geständig gewesen war. Im Gegenteil! Er hatte heftig bestritten, etwas mit dieser entsetzlichen Tierquälerei zu tun zu haben. Er sei nur unterwegs gewesen, um dem Schafripper auf die Spur zu kommen.

»Hat er auch von der Idee des Kurdirektors gewusst?«, fragte Sören. »Dann muss der mal die Verschwiegenheit seiner Mitarbeiter überprüfen.«

Maximilian ließ die Kamera wieder an seiner Seite baumeln. »Sie glauben nicht daran, dass Georg Lang der Täter ist?«

»Ich glaube vor allem nicht daran«, antwortete Erik sehr bedächtig, »dass er unbedingt fotografiert werden musste. Wir haben ihn festgenommen, das reicht.« Er sah seine Tochter an. »Du hast morgen wieder Dienst, oder? Ich bin gespannt, ob dein Chef dich arbeiten lässt oder ob du sofort wieder nach Hause gehen kannst.«

Maximilian Witt sprang auf. »Sie glauben mir also immer noch nicht?«

Erik blieb ganz ruhig. »Wenn ich ehrlich sein darf, nein.«

Carolin brach in Tränen aus und nannte ihren Vater einen schrecklichen Spießer, Tilla Speck zischte Maximilian Witt etwas zu, was Mamma Carlotta nicht verstehen konnte, sie selbst war völlig überfordert, hätte eigentlich gerne etwas unternommen, um die Lage zu entspannen, sah sich aber außerstande, das Richtige zu tun. Und Sören war heilfroh, als sein Handy eine eingegangene SMS meldete. »Rudi Engdahl. Der Unterschriftsvergleich war negativ. Gunter Sachs hat die beiden Briefe nicht unterschrieben.«

Mamma Carlotta sah Interesse in Maximilians Blick aufflackern, aber er ließ sich von Carolins Empörung nach draußen ziehen. »Wir gehen.«

Sie schwiegen alle, bis die Haustür ins Schloss gedonnert wurde und die Gardinen nicht mehr vibrierten.

»War das richtig?«, fragte Tilla.

»Ja«, antwortete Erik.

Sören wurde erneut von dem Familienstreit abgelenkt. Diesmal war auf seinem Smartphone eine Mail eingegangen. »Von Enno Mierendorf!« Über sein Gesicht ging ein Strahlen. »Bingo! Er hat einen Zweitwohnungsbesitzer gefunden, der passen könnte: Günter Sack!« Er vertiefte sich kurz in das, was sein Kollege geschrieben hatte, dann sagte er: »Der hatte damals schon ein Haus auf Sylt und besitzt es heute noch.« Er sorgte dafür, dass das Foto des Mannes so groß wie möglich dargestellt wurde, dann drehte er es Erik und Tilla zu.

»Donnerwetter!«, sagte Tilla. »Das ist aber ein schnuckeliges Kerlchen. Wo hat Enno das Foto her?«

»Von der Website seiner Firma. Nein ... nicht seine Firma, sondern die seiner Frau. Renata Sack.«

»Die Sack-Werke?« Tilla kannte die Firma. »Gardinen und Zubehör. Eine gute, alteingesessene Firma.«

»Günter Sack ist wohl der Geschäftsführer. Wir sollten uns mal mit dem Herrn beschäftigen.« Sören betrachtete ihn mit herabgezogenen Mundwinkeln. »Der ist schon über siebzig. Sieht echt noch verdammt gut aus.«

Mamma Carlotta wollte ihre Neugier nicht zeigen, sondern murmelte, dass sie dringend noch einen Espresso brauche, und ging hinter Sörens Rücken zur Kaffeemaschine. Als sie das Foto von Günter Sack sah, stolperte sie und musste sich an Tillas Stuhllehne festhalten, um nicht zu stürzen.

49 Erik schob sich ein weiteres Kissen unter den Kopf und blickte zur Seite. Er hatte gespürt, dass auch Tilla bereits wach war. Sie blinzelte ihm zu, dann machte sie es wie er und angelte sich ein Kissen, das sie unter ihren Nacken schob.

»Guten Morgen. Du hast sehr unruhig geschlafen, Erik.«
»Du auch.«
»Ich mache mir Sorgen um Carolin. Haben wir Maximilian Witt unrecht getan?«
»Nein!«

Tilla wartete, bis er nicht mehr so unüberlegt antwortete, sondern nachdachte. Und sie wartete darauf, dass er nicht nur die Meinung des Vaters äußerte, sondern vor allem die des Kriminalhauptkommissars.

»Ja, kann sein, dass ein Journalist ganz automatisch auf den Auslöser drückt und meint, damit regelt er alles.«

Tilla war sehr zufrieden darüber, dass er sich Gedanken gemacht hatte, ohne gleich zu einer Meinung gekommen zu sein, nur weil ihm der junge Mann unsympathisch war.

Aber dann stellte sich heraus, dass sie genauso skeptisch war wie Erik. »Ich bin sicher, dass er das Foto an seine Agentur geben wird.«

»So wie das andere auch, das ihm angeblich gestohlen wurde?«

Tilla kuschelte sich an ihn. »Das glaubt doch kein Mensch, dass er dir helfen wollte. Höchstens eine junge Frau, die in ihn verknallt ist. Wie kommt er überhaupt auf die Idee, dass du seine Hilfe brauchst? So ein Blödsinn!«

Sie schmiegten sich aneinander, schlossen die Augen, einer genoss die Wärme des anderen. Die Gedanken und Gefühle breiteten gerade die Flügel aus, als das Telefonklingeln sie aufschreckte.

Sie hörten das »Pronto«, das auf Sylt immer noch alle verblüffte, die glaubten, versehentlich die Nummer einer Familie Pronto gewählt zu haben. Dann folgten die Begrüßungsworte, die Personen von großer Wichtigkeit zu hören bekamen, nicht nur der freundliche Gruß, sondern auch die Frage nach der Gesundheit des Anrufers und nach seiner Meinung zum Wetter. Obwohl Erik die Ohren aufstellte, entging ihm der Name des Anrufers. Auch Tilla zuckte mit den Schultern.

»Un momento.«

Sie hörten Mamma Carlottas schnelle Schritte auf der Treppe und dann das Klopfen an Carolins Zimmertür. »Carolina?« Noch einmal klopfte es und dann ein weiteres Mal. »Carolina!!!«

Offenbar war keine Antwort gekommen, denn Erik hörte, dass die Klinke heruntergedrückt wurde, langsam und vorsichtig, mit einem rauen Quietschen.

Er sprang aus dem Bett. »Vielleicht das Hotel?«

Seine Schwiegermutter erschrak zu Tode, als die Schlafzimmertür aufgerissen wurde. Sie stand vor Carolins Tür, die sie noch nicht aufgeschoben hatte, den Mund so nah wie möglich am Türspalt. »Carolina!«, flüsterte sie ins Zimmer.

Scheinbar war die Angst, ihre Enkelin mit einem Mann im Bett vorzufinden, größer als ihre Diskretion, die nach Eriks Meinung bei ihr nicht besonders ausgeprägt war. Bei ihm selbst war sie im Moment überhaupt nicht vorhanden. Er sprang auf die Tür zu, stieß sie auf und stand vor einem Bett, das in der vergangenen Nacht nicht benutzt worden war.

Mamma Carlottas Augen weiteten sich vor Schreck. »Signor Gravenaar?«, flötete sie in den Telefonhörer und gab ihn bereitwillig an Erik weiter, als der die Hand danach ausstreckte. »Un momento ... il mio genero ...«

»Wolf! Guten Morgen, Herr Gravenaar. Ist meine Tochter noch nicht im Hotel?«

»Nein«, kam es zurück. »Warum auch? Ihr Dienst beginnt erst in zwei Stunden.«

»Ach so, ich dachte ...« Verzweifelt warf Erik einen Blick zurück in Carolins Zimmer, dann ging er ins Schlafzimmer zurück und warf die Tür vor der Nase seiner Schwiegermutter ins Schloss. »Sie wollen meine Tochter sprechen? Worum geht es?«

Tilla war mit einem Schlag hellwach und setzte sich auf. Erik drückte die Lautsprechertaste und sorgte dafür, dass sie das Gespräch mitverfolgen konnte.

»Ich wollte ihr sagen, dass sie nicht zu kommen braucht. Das Ausbildungsverhältnis ist hiermit beendet. Oder vielmehr ... mit dem Augenblick, in dem sie heimlich einen Paparazzo ins Haus geschleust hat. Gegen meinen ausdrücklichen Wunsch.«

»So einfach ist das nicht, Herr Gravenaar.«

»Doch, das ist so einfach. Sie erhält eine fristlose Kündigung.«

Erik starrte Tilla an. »Eine Auszubildende kann man nicht einfach fristlos kündigen«, behauptete er, ohne es wirklich zu wissen.

»O doch!« Gravenaar schien sich erkundigt zu haben. »Bei einer verhaltensbedingten Kündigung geht das.«

Nun winkte Tilla aufgeregt nach dem Telefonhörer, den Erik ihr bereitwillig überließ. »Hier spricht Dr. Eva-Mathilda Speck, Staatsanwältin aus Flensburg«, begann sie. Und Erik wusste, dass Gravenaar jetzt vermutlich die Hacken zusammenschlug. Sie machte es genau richtig. Gravenaar war jemand, der sich von einem Titel beeindrucken ließ, und Tilla sprach jetzt so, wie Erik es früher nicht hatte ausstehen können. So selbstsicher und eiskalt, dass es schwerfiel, ihr etwas entgegenzuhalten. »Sie wissen sicherlich, Herr Gravenaar, dass eine verhaltensbedingte Kündigung bei einer Auszubildenden nur bei erheblichen Verstößen in Betracht kommt.«

»Selbstverständlich«, kam es zurück. »Ein erheblicher Verstoß war es ja, dass sie ...«

Tilla ließ ihn nicht ausreden. »Dabei gilt: Je länger das Ausbildungsverhältnis störungsfrei gedauert hat, umso strengere Anforderungen werden an eine verhaltensbedingte Kündigung gestellt. Und je näher die Abschlussprüfung ist, desto schwerer ist ein Ausbildungsvertrag verhaltensbedingt zu kündigen.« Mit honigsüßer Stimme fügte sie hinzu: »Aber auch das wissen Sie sicherlich, da Sie ja so gut informiert sind? Und dass es vorher eine Abmahnung geben muss, wissen Sie natürlich auch.«

»Wenn Carolin kommt, wird sie die Abmahnung in ihrem Postfach vorfinden.«

»Aha, also wird sie heute doch erwartet. Ich bin sicher, dass sie pünktlich um zehn bei Ihnen erscheinen wird. Über alles andere reden wir dann.«

»Danke«, sagte Erik, als Tilla das Gespräch beendet hatte.

Sie winkte ab. »Wir hatten kürzlich so einen Fall in der Staatsanwaltschaft, deswegen bin ich auf dem Laufenden. Ich glaube, Herr Gravenaar ist beeindruckt.«

Das glaubte Erik auch. »Aber wo ist Carolin?«

Er rannte ins Bad, erledigte dort in aller Eile, was erledigt werden musste, und machte den Weg frei für Tilla, die sich dort ebenfalls auf das Notwendigste beschränkte. Als er die Treppe hinunterlief, öffnete sich die Haustür, und Mamma Carlotta kam herein.

Erik blieb verblüfft auf der untersten Stufe stehen. »Wo warst du?«

»Nebenan.« Mamma Carlotta deutete mit dem Daumen in

die Richtung der Kemmertöns. »Aber in dem Holzhaus ist niemand.«

Erik suchte sein Handy, das er in der Küche fand, und wählte Carolins Nummer. Doch sie nahm nicht ab. »Verdammt! Jetzt verscherzt sie sich womöglich alles, weil sie ihren Dienst schwänzt.«

Er war seiner Schwiegermutter dankbar, dass sie sich mit Mutmaßungen zurückhielt. Überhaupt erstaunlich, dass sie an diesem Morgen so schweigsam war. Was jedoch nicht hieß, dass sie keine Geräusche produzierte. Das Geschirr wurde klappernd aus dem Schrank geholt und klirrend auf den Tisch gesetzt, die Pfanne für das Rührei auf den Herd geknallt. Die Kühlschranktür donnerte ins Schloss, die Backofentür polterte, das Besteck klapperte, als würden Waffen sortiert.

»Vielleicht hat sie bei einer Freundin übernachtet?«, fragte Tilla. »Du musst sie der Reihe nach anrufen.«

Der Reihe nach? Erik fiel keine einzige Freundin ein. Doch, Sibi! Aber wie sie richtig hieß und wo sie wohnte, wusste er nicht. Rosi? Früher war das die Abkürzung für Rosemarie gewesen, aber heutzutage hieß doch kein Mädchen mehr Rosemarie.

In seine Überlegungen hinein erscholl *Theo, wir fahr'n nach Lodz!* Sören stand vor der Tür, sein Smartphone in der Hand, ein Strahlen auf dem Gesicht, als hätte er gleich nach dem Aufstehen den ersten und wichtigsten Ermittlungserfolg gehabt, und derart aufgekratzt, dass ihn die gedrückte Stimmung im Hause Wolf zunächst nicht erreichte. »Rudi hat angerufen, Chef. Bei Ihnen war dauernd besetzt.«

»Was ist los?« Eriks Interesse löste sich nur schwer von Carolins Problemen.

»In Kampen hat jemand den Aufbruch seines Pick-ups gemeldet.«

»Pick-up?« Dieses Reizwort überdeckte sofort alles.

»Ein Zweitwohnungsbesitzer, der seit Mai nicht mehr auf

der Insel war.« Sören drückte sich in die Küche und warf dort seine Jacke über eine Stuhllehne. »Gestern Abend ist er auf Sylt eingetroffen, und heute Morgen hat er gemerkt, dass sein Pick-up, der neben dem Haus steht, während seiner Abwesenheit aufgebrochen wurde.« Sören sah auf seine Armbanduhr. »Ab acht ist der Empfang bei den Sack-Werken besetzt. Da kann ich hoffentlich Günter Sack sprechen. Um sieben lief dort noch der Anrufbeantworter.« Jetzt fiel ihm auf, dass die Begeisterung, die er erwartet hatte, ausgeblieben war. »Wenn wir den Pick-up haben, auf dem die Leiche transportiert wurde, haben wir vielleicht Spuren des Mörders.«

»Weiß Vetterich schon Bescheid?«

»Der ist bereits dort, um auf Spurensuche zu gehen.«

»Gut! Da fahren wir später hin. Jetzt erst mal ins Büro, damit wir mit Georg Lang reden können. Der dürfte eine schlaflose Nacht hinter sich haben. Mal sehen, ob er zu einem Geständnis bereit ist.«

50 Mamma Carlotta hatte angeboten, um zehn zum Hotel Horizont zu gehen, um zu kontrollieren, ob Carolin pünktlich ihren Dienst antrat.

Erik war ihr dankbar. »Nur ... wie willst du uns Bescheid geben?«

»Ich nehme das Fahrrad mit, dann bin ich im Nu wieder zu Hause und kann dich anrufen.«

Erik sah skeptisch aus, Tilla dachte nach, Sören hatte einen Einfall, der Mamma Carlotta gefiel. »Käptens Kajüte ist in der Nähe des Hotels. Der Wirt lässt jeden telefonieren, wenn er das Gespräch bezahlt und wenn er etwas konsumiert.«

Erik war einverstanden. »Bestell dir einen Cappuccino und ruf mich dann an.« Er holte seine Visitenkarte aus der Jackentasche, auf der seine Handynummer verzeichnet war, gab sie seiner Schwiegermutter und sorgte dafür, dass sie sie sicher unterbrachte. Ihr triumphierendes Lächeln bemerkte er nicht. Dieser Auftrag gefiel ihr. Sie musste sich nicht heimlich an Toves Theke stellen, sondern war sogar von ihrem Schwiegersohn darum gebeten worden! »Fantastico!«, murmelte sie.

Die drei waren schon aus dem Haus, als Mamma Carlotta auffiel, dass die Pfanne kalt auf dem Herd stand und die verquirlten Eier in einer Schüssel daneben. »Madonna!« Sie hatte vergessen, das Rührei zu machen. Wie konnte das passieren? Sie war ja völlig konfus. »Dio mio!« Es war natürlich nicht das erste Mal, dass sie mit den Nerven am Ende war, aber dass sie darüber vergaß, die ihr Anvertrauten in der gewohnten Weise zu verköstigen, das war noch nie vorgekommen.

Sie zögerte, als sie aus dem Haus trat und zum Schuppen ging, um das Fahrrad zu holen. Frau Kemmertöns musste vormittags arbeiten, sie hatte einen Job am Info-Stand des Kurhauses. Was würde mit Fifi geschehen, wenn sie aus dem Haus ging? Mit Herrn Kemmertöns war nicht zu rechnen, so viel stand fest. Ob sie den Hund an den Arbeitsplatz mitnehmen konnte?

Mamma Carlotta blickte zur Uhr. Es war Zeit genug, erst mal bei Tove einen Cappuccino zu trinken. Sie musste nur daran denken, pünktlich zum Hotel zu gehen, um Carolins Arbeitsantritt nicht zu versäumen. Wo mochte sie geschlafen haben? Bei Nele und Ella? Die Zwillinge hatten großzügige Eltern, die vielleicht sogar zuließen, dass auch Maximilian Witt dort nächtigte.

Sie warf einen langen Blick in den Garten der Kemmertöns, aber dort herrschte Ruhe. Kein schimpfender Hausherr, kein kläffender Fifi, keine Frau Kemmertöns im Bademantel, die unauffällig versuchte, Fifis Hinterlassenschaften mit einem Rhabarberblatt zuzudecken.

Mamma Carlotta schwang sich aufs Rad, fuhr der Westerlandstraße entgegen, warf einen Blick nach links und rechts und überquerte sie zügig. Auf der anderen Straßenseite trat sie heftig in die Pedale, um genug Schwung zu haben für den kleinen Anstieg, mit dem der Hochkamp begann. Noch einmal blickte sie auf ihre Armbanduhr. Hoffentlich war Donald Schulze nicht zum Frühstücken zu Tove gekommen. Aber das konnte sie sich nicht vorstellen. Wenn er sich auch gern bescheiden gab, sie war sicher, dass er mit Toves zähem Toastbrot und den blassen Scheibletten nicht zufrieden sein würde. Und wenn er kam? Wie sollte sie sich dann verhalten? Wirklich schade, dass sie nicht darüber reden konnte, was es mit Donald Schulze auf sich hatte. Tove würde ihr erneut vorhalten, dass sie dem falschen Mann vertraut hatte. Wenn er bis jetzt nur geahnt hatte, dass mit Donald Schulze etwas nicht stimmte, wollte er es dann von Anfang an gewusst haben. Angeblich hatte sie sich von den vielen Handküssen den Kopf verdrehen lassen, hatte ihn eingeweiht, hatte ihm etwas verraten, das niemand erfahren sollte.

Sie war verblüfft, als sie die Imbissstube betrat und nicht nur den Wirt, sondern auch Ricardo und Frau Kemmertöns dort vorfand. Fifi begrüßte sie laut kläffend, und Frau Kemmertöns sagte auf Carlottas fragenden Blick: »Ich kann Überstunden abfeiern. Aber wenn das vorbei ist, muss ich wirklich wissen, was mit Fifi geschehen soll.«

Sie erhielt einen bösen Blick von Richard und einen noch böseren von Tove. Keiner von ihnen wollte, dass der arme Fifi wieder im Tierheim abgegeben wurde.

»Aber es geht doch nicht anders«, begann Frau Kemmertöns erneut, aber ebenso erfolglos wie bisher. »Ich habe schon das Geld verloren ...«

»Das war Ihre Schuld«, unterbrach Richard sie. »Fifi ist jedenfalls an allem, was geschehen ist, vollkommen unschuldig.«

Darin waren sich alle einig, sogar Frau Kemmertöns selbst.

Länger konnte Mamma Carlotta die Diskussion über Fifi und den verlorenen Lottogewinn nicht ertragen.

»Georg Lang ist verhaftet worden«, platzte sie mit ihrer Neuigkeit heraus. »Und meine Enkeltochter war mit ihrem neuen Freund dabei. Der ist Journalist und hat alles fotografiert.«

»Auch Ariane Malak?«, fragte Fietje.

»Von der war nicht die Rede. Kann es sein, dass die sich vorher verdrückt hat?«

»Klar!«, antwortete Tove. »Die ist ja sowieso immer heimlich unterwegs, wenn Pierre Thom ...« Er brach ab. »Oder war sie in Wirklichkeit hinter Georg Lang her? Wir müssen Fietje gleich fragen.«

Mamma Carlotta sah zu, wie sich alles, was sie sich selbst schon zurechtgelegt hatte, in den Köpfen ihrer Komplizen formierte.

Richard Gercke war der Erste, der es aussprach. »Der Kerl, der geflüchtet ist! Ziemlich nah an uns vorbei. Könnte das Pierre Thom gewesen sein?«

Frau Kemmertöns bewies, dass es Tage gab, an denen auch ihr das Denken leichtfiel. »Sie meinen, er ist der Schafripper?«

»Unsinn!«, rief Tove. »Der haut doch nur ab, weil ihn die Paparazzi verfolgen.«

In der Küche fiel etwas zu Boden. Tove schob die Tür auf, ohne einen Blick zurück zu werfen. »Kannst ruhig rauskommen, Pieter.«

Pierre Thom ließ sich blicken wie jemand, dem der Galgen drohte. Tatsächlich musste Mamma Carlotta unwillkürlich an einen Kostümfilm denken, in dem der Hauptrolle, die natürlich von einem blendend aussehenden Schauspieler verkörpert wurde, ständig der Tod durch den Strick drohte. Dieser Mann, dem alle Frauen zu Füßen gelegen hatten, war so attraktiv gewesen wie Pierre und hatte ständig so ängstlich um sich geblickt wie er, weil ihm, obwohl er natürlich unschuldig war, unentwegt Verhaftung und Tod am Galgen drohten. »Dio mio!«, flüsterte sie. Was für ein schöner Mann! Wirklich schade, dass ihm das Heldenhafte fehlte, das aus einem attraktiven Mann erst das Idol machte, für das die Frauen schwärmten.

»Ihm waren heute Nacht schon wieder die Paparazzi auf den Fersen«, erklärte Tove, und Mamma Carlotta nickte, ohne Pierre Thom anzusehen. Ja, Maximilian Witt. »Aber in meiner Küche vermutet ihn ja niemand.« Er grinste Pierre an. »Wir Sylter müssen zusammenhalten.«

Mamma Carlottas Blick fiel auf die Uhr über Toves Kaffeeautomat. Viertel vor zehn! Es wurde Zeit, dass sie sich vor dem Eingang des Hotels Horizont postierte. Wenn Carolin besonders pünktlich war, konnte sie bald zur Arbeit erscheinen.

Während sie von ihrem Hocker rutschte, fragte sie Frau Kemmertöns: »Was ist eigentlich mit Ihren drei Journalisten im Holzhaus? Wohnen die immer noch dort?«

Frau Kemmertöns zuckte mit den Schultern. »Die Agentur, für die sie arbeiten, hat für zwei Wochen bezahlt. Alles andere interessiert mich nicht.«

51

»Verdammt!« Erik hatte Sören selten so wütend gesehen. »Jetzt reicht's aber, Chef! Soll der Kurdirektor doch sehen, wie er mit dem Schafripper zurechtkommt. Wir haben was Besseres zu tun.«

Das fand Erik auch. »Der großartige Trick hat ja gar nichts gebracht. Es gibt eben zu viele Schafweiden auf Sylt.« Er griff nach seinem Büroschlüssel. »Gehen wir runter. Georg Lang muss freigelassen werden. Na, der wird schön sauer sein.«

»Moment!« Sören stoppte ihn. »Eben noch der Anruf in den Sack-Werken. Und Sie sollten in der Zeit den Kurdirektor anrufen. Es wundert mich, dass er sich noch nicht gemeldet hat, um Ihnen zu gratulieren.«

Tilla stimmte Sören zu. »Er sollte so bald wie möglich erfahren, dass nach der Verhaftung von Georg Lang ein weiteres Schaf auf einer ganz anderen Weide zu Tode gequält wurde.«

Erik war anzusehen, dass ihm der Anruf beim Kurdirektor überhaupt keinen Spaß machte. Als er die Nummer herausgesucht hatte, ließ er sein Telefon wieder sinken. »Wir sind also auf der völlig falschen Spur gewesen. Georg Lang war es nicht, und der echte Schafripper hat augenscheinlich nicht mitbekommen, dass jemand verhaftet wurde. Sonst wäre er doch froh gewesen, dass ein anderer den Kopf hinhalten muss. Dann hätte er Ruhe gegeben, damit nicht weiter nach dem Schafripper gesucht wird. Wir hätten geglaubt, dass wir den Täter haben.«

Tilla verzog das Gesicht. »Es sei denn, wir haben es mit einem Soziopathen zu tun. Vielleicht sogar mit einem Psychopathen.« Sie warf Sören einen Blick zu. »Wir sollten mal mit Dr. Mikkelsen darüber sprechen.«

Sören verriet, dass er bereits mit Antje Mikkelsen geredet hatte. »Sie wird uns heute noch die Obduktionsergebnisse bringen. Ist aber nichts Besonderes, das hat sie mir schon verraten. Heftiger Schlag, stumpfe Gewalt ...«

Sören holte die Nummer der Sack-Werke aus dem Speicher seines Telefons, die er am Morgen schon einmal gewählt hatte. Diesmal war eine kompetente Mitarbeiterin am Apparat. Aber mit Herrn Sack konnte sie Sören nicht verbinden. Er sei nicht im Haus. Frau Sack allerdings sei gerade ins Büro gekommen. »Ich könnte zu ihr durchstellen.«

Sören war damit einverstanden. Er schaltete den Lautsprecher ein, damit Erik und Tilla mithören konnten. Es dauerte eine Weile, dann endlich meldete sich eine weibliche Stimme: »Sack! Sie wollen meinen Mann sprechen?«

Sören stellte sich vor und erläuterte sein Anliegen kurz und knapp, ohne zu viel zu verraten. »Es geht um ein Verbrechen, den Mord an einer Frau, die Ihr Mann mal gekannt hat. Vor über dreißig Jahren. Wir telefonieren alle Bekannten ab, die infrage kommen. Reine Routine.«

»Da haben Sie aber eine Menge zu tun«, kam es spöttisch zurück.

»Es geht«, erwiderte Sören. »Wir hoffen, dass Ihr Mann uns helfen kann.«

Renata Sack lachte. »Sie rufen von Sylt an? Dann haben Sie Glück. Mein Mann ist zur Zeit auf Sylt.«

Sören zückte einen Stift und zog ein Blatt Papier heran. »In welchem Hotel wohnt er denn?«

»Hotel? Nein, wir haben dort schon lange ein Ferienhaus.«

»Die Anschrift? Und seine Handynummer?«

»Die Handynummer gebe ich grundsätzlich nicht raus und die Adresse unseres Ferienhauses auch erst, wenn ich sicher sein kann, dass niemand Schindluder damit treibt. Woher soll ich wissen, dass Sie wirklich von der Polizei sind?«

Sören bot ihr an, bei der Polizeistation Westerland anzurufen und nach Oberkommissar Kretschmer zu fragen. Während er ungeduldig auf ihren Rückruf wartete, fragte er Erik und Tilla: »Haben wir nur Glück, oder sind wir auf der richtigen Spur?«

Ehe er darauf eine Antwort bekam, rief Renata Sack an und verriet ihm die Adresse ihres Ferienhauses. »Ich glaube aber nicht, dass mein Mann Ihnen weiterhelfen kann. Was soll er mit dem Mord an einer Frau zu tun haben, die er über dreißig Jahre nicht gesehen hat?«

Sören erklärte ihr, dass ihr Mann selbstverständlich nichts mit dem Tod der Frau zu tun habe, dass es nur darum ging, eine Auskunft von ihm bekommen. Dann endlich konnte er das Telefonat beenden.

»Wir wollten doch sowieso nach Kampen. Wetten, dass die Sack auf der Stelle ihren Mann anruft? Wenn er der Täter ist, kann er in einer Viertelstunde über alle Berge sein.« Sören sprang die Treppe herunter. »Den Kurdirektor können Sie später anrufen.«

»Und Georg Lang?«

»Der muss eben noch ein bisschen warten.«

Erik und Tilla nahmen den Aufzug, waren aber langsamer als Sören. Der holte, als der Wagen geöffnet war, das Blaulicht aus dem Kofferraum, das ihnen den Weg nach Kampen freiflackerte.

Auf diese Weise brauchten sie nur knapp fünf Minuten zum Arnikaweg, wo noch die besondere Stille der Ortsteile, in denen es nur Ferienhäuser gab, herrschte. Einige Jogger waren ihnen entgegengekommen, ansonsten standen die Häuser leer, oder ihre Bewohner schliefen noch.

Nur am Ende der Straße herrschte Betriebsamkeit. Der rote Lieferwagen der KTU stand vor einem Haus, der dunkle Pick-up, der untersucht wurde, auf der Auffahrt vor der Garage. Kommissar Vetterich winkte, und Erik ging zu ihm.

»Jede Menge Spuren«, sagte Vetterich. »Der hat sich keine Mühe gegeben, irgendwas zu vertuschen. War sich wohl sehr sicher.«

»Könnten die Abdrücke nicht von dem Besitzer sein?«

Vetterich schüttelte den Kopf. »Diese Spuren sind frisch.« Er zeigte auf verschiedene Stellen, wo Erik nichts wahrnahm. Aber er verzichtete auf näheres Nachfragen. »Natürlich nehmen wir vorsichtshalber Vergleichsabdrücke des Besitzers.«

Erik tippte sich an die rechte Schläfe wie an ein nicht vorhandenes Barett. Er zeigte zurück zu dem Haus, wo Tilla und Sören auf ihn warteten. »Dort können Sie gleich weitermachen. Ich gehe davon aus, dass der Besitzer des Hauses diesen Pick-up benutzt hat.«

»Okay.« Kommissar Vetterich warf einen missmutigen Blick auf die Staatsanwältin in einem knallroten Minirock, auf den weißen High Heels, in ihrer schneeweißen Jacke und dem rot-weiß gemusterten Schal, den sie im Wind flattern ließ. »Hauptsache, Sie halten mir die Dame vom Hals.« Sein Gesicht lief rot an, weil ihm im selben Moment einfiel, dass sich in den letzten Monaten etwas geändert hatte. Die allseits unbeliebte Staatsanwältin war zumindest bei Hauptkommissar Erik Wolf nicht mehr so unbeliebt wie früher.

Erik sah, was in Kommissar Vetterich vorging. Er war doch sonst nicht so spontan. Genau genommen, überhaupt nicht. Und nun war ihm dieser Fehler unterlaufen! »Ich wollte sagen ...«, begann er zu stottern.

Aber Erik winkte ab. »Schon gut.« Er verstand Vetterich ja. Der hatte besonders viel von der Staatsanwältin einstecken müssen, die mit seiner langsamen Arbeitsweise nicht einverstanden war und nie seine Gründlichkeit und Verlässlichkeit lobte.

Das Haus der Familie Sack war nicht groß, aber es stand auf einem weitläufigen Grundstück. Gekauft zu einer Zeit, als Grund und Boden auf Sylt noch erschwinglich waren.

Erik ging auf Tilla und Sören zu, die noch immer vor der Haustür warteten. Sören betätigte die Klingel, und scheinbar nicht zum ersten Mal. Aber es blieb still im Haus, keine Reaktion. Erik klingelte erneut, Sören ging währenddessen ums Haus herum in den Garten. Aber er kam schon bald zurück. »Alle Fenster und Türen sind zu, die Rollläden runtergelassen.«

Nun setzte Erik den Daumen auf die Klingel und ließ ihn dort, während Sören versuchte, durch ein kleines Fenster in die Garage zu blicken. »Da steht ein Wagen drin.«

Schließlich meldete sich eine verschlafene Stimme. »Was ist los?«

»Polizei! Herr Sack?«

»Ja. Ist was passiert?«

»Öffnen Sie bitte. Dann werden Sie es erfahren.«

»Moment. Ich muss mich erst anziehen.«

»Okay, wir warten.«

Erik blieb vor der Haustür stehen, Sören ging erneut in den Garten, Tilla behielt alle Fenster im Auge, deren Rollläden mit einem Mal alle gleichzeitig hochgingen. Günter Sack musste dafür wohl nur auf einen Knopf drücken, vermutlich im Schlafzimmer neben seinem Bett.

Nach einer Viertelstunde wurden sie unruhig. »Kann der sich abgesetzt haben, ohne dass wir es gemerkt haben?«, fragte Erik.

Aber Sören hielt das für ausgeschlossen. »Zähne putzen, duschen und anziehen, das kann eine Weile dauern. Wer weiß, was der noch alles zu erledigen hat. Haare gelen, Body eincremen, Aftershave, Feuchtigkeitscreme ...«

»Sie haben Vorurteile«, tadelte Tilla. »Ein gut aussehender Mann muss nicht unbedingt ein eitler Fatzke sein.«

In diesem Augenblick öffnete sich die Tür. Sie sahen sofort, dass sie den Richtigen aus dem Bett geklingelt hatten. Günter Sack war älter geworden, das Foto auf der Homepage war vor Jahren oder von einem Fotografen gemacht worden, der es geschickt bearbeitet hatte. Aber seine Attraktivität war geblieben.

Er hatte feuchte Haare und duftete angenehm. »Ist was mit meiner Frau?«

»Nein, Ihrer Frau geht's gut«, antwortete Erik. »Sie hat nicht angerufen?«

»Ich hab mein Handy noch gar nicht angestellt.« Günter Sack trat einen Schritt zurück und öffnete die Tür weiter. »Kommen Sie bitte rein.«

Er führte sie durch eine Diele, von der eine Treppe in die erste Etage führte, und öffnete die Wohnzimmertür. Ein behaglich eingerichteter Raum empfing sie, mit einem herrlichen Blick über die Dünen zum Meer. Helle Teppiche, weiße Sofas, Glastische und ein paar Bilder an den Wänden, alle mit Sylter Motiven. Erik gefiel es auf Anhieb. Hier wurde nicht geprotzt, die Einrichtung war vermutlich teuer, aber auch auf angenehme Weise schlicht.

Günter Sack bot ihnen Platz an und ging zur Frühstücksbar. Dahinter war die Küche zu sehen, sehr groß und komfortabel, mit technischen Raffinessen, die nicht recht zum Wohnzimmer passten. »Möchten Sie einen Kaffee?«

»Nein danke«, antwortete Erik. »Aber wenn Sie einen brauchen, tun Sie sich keinen Zwang an.«

Günter Sack schüttelte den Kopf und setzte sich zu ihnen. Er trug eine schwarze Jeans und einen gelben Pulli, dazu Slipper im selben Gelb. Ebenfalls schlicht, aber dennoch auffallend schick. Erik konnte sehen, dass Tilla beeindruckt war.

»Es geht um Brigitte Lichter«, begann er. »Sie kennen sie.«

»Ich kannte sie«, korrigierte Günter Sack. »Aber das ist lange her.«

Sören zog die Befragung absichtlich in die Länge, um Günter Sack zu verunsichern. »Wieso tragen Sie den Namen Ihrer Frau? Sie haben doch zu einer Zeit geheiratet, als es den Paaren noch nicht freistand, den Namen des Mannes oder der Frau zum Familiennamen zu machen?« Sören fuhr sich über den Kopf, was seiner Frisur nicht gut bekam, denn seine dünnen, weichen Haare standen nun ab wie ein Büschel Glaswolle. Erik merkte, dass Günter Sack den Blick nicht davon lassen konnte, während er zuhörte.

»Wie lange sind Sie verheiratet?«

»Unsere goldene Hochzeit ist nicht mehr fern.«

»Na also.«

»Es gab damals Ausnahmen. Wenn die Frau einen Namen trägt, der mit einem bekannten Firmennamen eng verbunden ist, war es auch früher schon möglich, den Namen der Frau anzunehmen.«

»Aha.« Sören gab sich überrascht. »Wie hießen Sie vor Ihrer Eheschließung?«

»Schubert.«

»Schöner als Sack, oder?«

»Darauf kam es mir nicht an. Meine Frau wollte ihren

Namen behalten, und ich konnte es verstehen. Also habe ich den Namen Sack angenommen. Zum Glück war es möglich.«

Erik verkniff sich ein Lächeln. Er merkte, dass Günter Sack nervös wurde. Er wollte endlich, dass die Polizeibeamten auf den eigentlichen Grund ihres Besuchs kamen. »Was ist mit Brigitte?« Auch er sprach den Namen französisch aus.

»Sie ist tot«, antwortete Erik.

»Oh!« Die Bestürzung kam prompt und war ziemlich unecht. Erik war sicher, dass Günter Sack längst vom Tod Brigitte Lichters erfahren hatte.

»Ermordet«, ergänzte Tilla und stellte sich bei dieser Gelegenheit vor.

Als Günter Sack hörte, dass sogar die Staatsanwältin mitgekommen war, begannen seine Hände zu zittern. »Was habe ich damit zu tun?«

»Das werden wir sehen.« Tilla holte ein Blatt Papier und einen Stift aus ihrer Tasche. »Würden Sie hier bitte unterschreiben?«

Günter Sack zog die Hände zurück, als fürchtete er sich vor dem Kuli der Staatsanwältin. »Was soll das?«

»Tun Sie bitte, was ich Ihnen sage.«

Plötzlich wurde Günter Sack aggressiv. »Haben Sie mir eigentlich Ihre Ausweise gezeigt? Vielleicht sind Sie Vertreter mit einem ganz miesen Trick?«

Erik und Sören holten ihre Dienstausweise heraus und legten sie Günter Sack vor. »Es geht um einen Unterschriftenvergleich.«

Er brauchte eine Weile, um sich zu beruhigen. »Meinetwegen.« Seine Hände zitterten so sehr, dass ihm die Unterschrift schwerfiel.

Tilla betrachtete seinen Namenszug eine Weile. »Machen Sie das absichtlich?«

»Was?«

»Dass Ihre Unterschrift so aussieht, als hätte Gunter Sachs unterschrieben?«

»Er lebt nicht mehr.«

»Ich weiß. Aber früher, als er mit Brigitte Bardot auf Sylt war, wollten Sie vielleicht so ähnlich sein wie er?«

»Blödsinn!«

»Gunter Sachs und Günter Sack!«, murmelte Tilla. »Er war steinreich und Sie ...?«

»Mir geht's gut.«

»Gehörten Sie damals zu seiner Clique? Haben Sie mit ihm Strandpartys gefeiert? Und mit Brigitte Lichter?« Tilla zog nun die beiden Briefe hervor, die an eine gewisse Brigitte geschrieben worden waren und sich unter einem Stuhl in Toves Imbissstube gefunden hatten. Sie legte die Unterschriften nebeneinander, ohne Günter Sack ins Gesicht zu sehen. Das erledigte Erik. Er konnte genau erkennen, dass Günter Sack seine liebe Mühe hatte, die Beherrschung nicht zu verlieren.

»Was ist das?«

»Das sind Briefe, die Sie an eine gewisse Brigitte geschrieben haben. Brigitte Bardot oder Brigitte Lichter?« Als Günter Sack nicht antwortete, fuhr Tilla fort: »Die Unterschrift hat sich ein wenig verändert ... na ja, es sind viele Jahre vergangen, seit Sie den ersten Brief schrieben ... aber es sind doch beide unverkennbar Ihre Unterschriften. Natürlich werden wir vorsichtshalber ein grafologisches Gutachten machen lassen, aber ich denke, das ist reine Formsache.«

Nun blickte Tilla auf, plötzlich und unerwartet für Günter Sack. Er war erschrocken, als er mit dem scharfen Blick der Staatsanwältin konfrontiert wurde.

»Woher haben Sie diese Briefe?«, fragte er.

Natürlich bekam er darauf keine Antwort. »Haben Sie danach gesucht?«

»Wie kommen Sie darauf?«

»Weil in Brigitte Lichters Haus eingebrochen wurde. Ihr

Schreibsekretär wurde durchsucht. Von jemandem, der ihr Geheimfach kannte.« Tilla lehnte sich zurück, schlug die Beine übereinander und kreuzte die Arme vor der Brust. »So ein Pech aber auch. Die Briefe waren dort nicht.«

»Ich weiß nicht, wovon Sie reden«, sagte Günter Sack, aber seine Stimme zitterte.

»Das wissen Sie sehr genau«, behauptete Erik.

Und Tilla ergänzte: »Als Brigitte Lichter schwanger wurde, hat es funktioniert. Sie war bereit, das Kind zur Adoption freizugeben und dafür zu sorgen, dass Ihre Frau nichts davon erfuhr.« Sie sah Günter Sack stirnrunzelnd an. »Für eine Abtreibung war es wohl zu spät?«

Günter Sack antwortete nicht, er sah auf seine Fußspitzen. Erik konnte sehen, dass seine Zehen unter dem dünnen Leder ständig in Bewegung waren.

»Sie brachte also das Kind zur Welt«, fuhr Tilla fort, »tat Ihnen den Gefallen, es zur Adoption freizugeben und darüber zu schweigen, und kam danach wieder nach Sylt. Vermutlich hat sie nie wieder mit Ihnen darüber gesprochen. Oder wussten Sie, dass es ein Junge war?«

Noch immer war Günter Sack nicht zu einer Antwort bereit.

»Sie dachten natürlich, die Sache wäre erledigt. Ihre Frau würde nie davon erfahren, dass sie betrogen worden war, dass eine andere Frau ein Kind von Ihnen bekommen hatte. Vermutlich haben Sie sich Brigitte Lichters Diskretion einiges kosten lassen!« Tilla ließ den Blick durch den Raum wandern. »Haben Sie Kinder mit Ihrer Frau?«

Günter Sack schüttelte den Kopf.

Tilla beobachtete ihn scharf, dann schien ihr etwas aufzugehen. »Sie wollten Kinder, aber Ihre Frau konnte keine bekommen? Oje! Dann ist es natürlich besonders schrecklich, wenn eine andere Frau von Ihnen schwanger wird.« Eine Möwe landete auf der Terrasse vor dem Wohnzimmerfenster und starrte durch die Scheiben. Günter Sack wurde auf sie aufmerksam und betrachtete sie, als wäre er wirklich an ihr interessiert. Erik war jedoch sicher, dass er sie in Wirklichkeit gar nicht wahrnahm.

»Nun wird diese böse Angelegenheit, die eigentlich erledigt war, mit einem Mal wieder aktuell. Brigitte Lichter wollte Kontakt mit ihrem Sohn aufnehmen. Er sollte nicht nur seine leibliche Mutter kennenlernen, er sollte auch erfahren, wer sein Vater ist.«

Erik lächelte Günter Sack an, als hätte er Mitleid mit ihm. »Wie hätte Ihre Frau darauf reagiert? Eine Scheidung ist für Sie vermutlich ein wirtschaftliches Desaster.« Er ließ den Blick durch den Raum schweifen und blieb an dem schönen Ausblick hängen. »Man gewöhnt sich ja an diesen Luxus.«

Erik warf Tilla einen fragenden Blick zu, und sie nickte eine Antwort zurück. Erik erhob sich und sah auf Günter Sack hinab. »Ich nehme Sie vorläufig fest. Sie stehen im Verdacht, Brigitte Lichter umgebracht zu haben.«

52

Carolin erschien, kaum dass ihre Nonna zwei Minuten gewartet hatte. Leider war sie nicht allein, Maximilian Witt begleitete sie und verabschiedete sich sehr ausgiebig von ihr. Es fiel Mamma Carlotta schwer, sich anzusehen, wie Carolin sich an ihn schmiegte, ihn küsste, sich von ihm löste, sich aber gleich wieder an seinen Hals hängte.

Mamma Carlotta blickte zur Uhr. Fünf Minuten vor zehn. Es war wichtig, dass Carolin pünktlich am Arbeitsplatz erschien, damit ihr Chef keinen weiteren Grund hatte, unzufrieden mit ihr zu sein.

Sie trat zu den beiden und räusperte sich laut und nachdrücklich. Sie fuhren auseinander, Carolin lächelte, Maximilian Witt runzelte die Stirn. Mamma Carlotta übersah es geflissentlich. »Carolina! Du musst pünktlich sein! Es ist sehr wichtig. Noch drei Minuten! Lauf schnell! Sonst hängt dir Gravenaar das auch noch an.«

Carolin verstand sofort, hauchte Maximilian einen letzten Kuss auf den Mund und verschwand.

Maximilian Witt wollte sich umdrehen und in entgegengesetzter Richtung davongehen. »Ciao!«

Aber Mamma Carlotta ließ ihn so schnell nicht los. »Wo hat Carolina übernachtet?«

»Bei irgendwelchen Freundinnen. Zwillinge ...«

»Aha, Ella und Nele. Und Sie?«

»Was geht Sie das an?«

»Sie haben recht. Gar nichts.«

Natürlich erwartete sie, dass er erneut zu seiner Verteidigung ansetzte, damit sie ihm ein weiteres Mal Vorhaltungen machen konnte, die hoffentlich direkt ins Schwarze treffen würden, aber er wandte sich einfach ab, bog in den Hochkamp ein und war kurz darauf aus ihrem Blickfeld verschwunden. Wie unhöflich! So konnte man doch nicht mit der Großmutter des Mädchens umgehen, in das man angeblich verliebt war! War das nicht ein Beweis, dass Maximilian ihre Enkelin nur ausnutzen wollte? So etwas hatte es in Panidomino doch auch schon mal gegeben.

Arianna, die Tochter des Änderungsschneiders und Enkeltochter von Carlottas früherer Klassenkameradin Emma, hatte sich in einen Mann verguckt, den die Familie eine gute Partie nannte, ein Medizinstudent, der demnächst ein erfolgreicher Chirurg sein würde. Möglicherweise wäre er auch von Emma mit offenen Armen empfangen worden, wenn er ein wenig netter zu ihr gewesen wäre. Aber Emma, die Mamma Carlotta jeden Samstag auf dem Wochenmarkt traf, erzählte dann jedes Mal, dass der Zukünftige von Arianna sie, die Nonna, stets links liegen ließ, sie nur flüchtig begrüßte, nie nach ihrer Meinung fragte und niemals zuhörte, wenn Emma etwas zu erzählen hatte. Und als sie ihn fragte, was es mit ihren Schmerzen in der linken Brust auf sich haben könnte, hatte er nur die Achseln gezuckt. Er wolle doch kein Chirurg werden. So etwas musste man sich mal vorstellen! Jede Familie war froh, wenn sie einen Arzt in der Verwandtschaft hatte, der einen behandelte, ohne dass man gezwungen war, extra zum Medico zu gehen. Und dann bekam sie so eine Antwort! Schon nach dem dritten Besuch wusste Emma, dass dieser junge Mann nichts für Arianna war. »Wer das Alter nicht ehrt ...« So einen Spruch gab es in jeder Sprache, in der italienischen auch. Erst recht auf dem Lande, in kleinen Ortschaften. Aber der junge Mann kam aus Rom, da redete man wohl anders über die ältere Generation. So jedenfalls erklärte der Rest der Familie sein unhöfliches Verhalten der Nonna gegenüber. Emma fand nirgendwo Verständnis, nur bei Mamma Carlotta, samstags, auf dem Markt. Aber dann war jemand in Panidomino aufgetaucht, der früher schon mal Urlaub dort gemacht hatte, ein Professor, den Emma kannte und dem auch Ariannas Freund bekannt war. Und das ausgerechnet, nachdem er einen Heiratsantrag gemacht hatte, der natürlich mit Freuden angenommen worden war! Dieser Professor wusste jedenfalls, dass Ariannas Freund nur ein einziges Semester Medizin studiert hatte, und das so wenig erfolgreich, dass man ihm nahegelegt hatte, es mit einem anderen Beruf zu versuchen. Dass er mittlerweile in einem Antiquariat arbeitete, um sich finanziell über Wasser zu halten, hätte vielleicht niemand erfahren, wenn der Professore nicht dieses nette Gespräch mit Emma geführt hätte ... Was sagte einem das? Wer nicht höflich zu der Nonna der Familie war, hatte etwas zu verbergen.

Mamma Carlotta warf einen Blick zum Eingang des Hotels Horizont, dann ging sie zum Hochkamp zurück, um Tove Griess zu bitten, sein Telefon benutzen zu dürfen. Und an diese Geschichte musste sie unbedingt denken, damit sie sie Carolin erzählen konnte, sobald der Bedarf ersichtlich war.

In diesem Augenblick fuhr ein Taxi vor, im Eingang des

Hotels entstand Unruhe. Einer der Pagen schleppte mehrere Koffer zum Taxi und instruierte den Fahrer. Mamma Carlotta glaubte, etwas vom Flughafen zu hören. Sie blieb stehen, wie es in Panidomino jeder tun würde, obwohl Erik sie oft ermahnt hatte, dass es auf Sylt nicht üblich war, seine Neugier so offen zu zeigen. Aber Mamma Carlotta brachte es nicht fertig, in so einem Fall weiterzugehen und sich höchstens noch einmal kurz umzudrehen. Nein, das war für eine Italienerin nicht möglich. Bei einem interessanten Geschehen blieb man stehen, lauschte, so gut es ging, und suchte sich jemanden, der froh war, wenn er angesprochen wurde und so tun konnte, als wollte er eigentlich gar nicht stehen bleiben, als hätte er es aus reiner Höflichkeit getan, weil er dazu aufgefordert worden war. Die Frau, die verdächtig langsam am Hoteleingang vorbeiging, ließ sich jedenfalls gern aufhalten und sah sich nun genauso schaulustig wie Mamma Carlotta an, was sich vor ihren Augen ereignete.

Erst auf den zweiten Blick erkannte Mamma Carlotta sie. Ariane Malak war es, die scheinbar wissen wollte, wer aus dem Hotel auszog, wer mit so großem Gepäck gereist war, wer Lederkoffer im Wert eines Mittelklassewagens besaß. Und sie schien einen konkreten Verdacht zu haben. Als Jenna Brown unter einer breiten Hutkrempe und hinter einer riesigen Sonnenbrille ins Taxi huschte, stöhnte sie auf, als hätte sie es gewusst. »Die haut ab«, sagte sie leise und wollte vermutlich nicht, dass irgendjemand es mitbekam.

Aber Mamma Carlotta hatte es natürlich gehört. »Pierre Thom hat es mit seiner Scheu vor der Presse übertrieben. Anfangs war es ganz reizvoll, mal was anderes, dass ein neuer Star vor der Presse davonlief. Die meisten sind ja froh, wenn sie Beachtung finden, nur Pierre Thom ...«

Ariane Malak unterbrach sie. »Woher wissen Sie das?«

Mamma Carlotta sah sie erstaunt an. »Das wissen doch alle.«

»Ehrlich?« Ariane Malak konnte es nicht glauben. Aber sie schien es bestätigt zu finden, als hinter einer Hausecke ein Fotograf auftauchte, der seine Kamera in das Fenster des Taxis hielt, das langsam anrollte.

»Es ist widerlich«, murmelte Ariane Malak. »Ich verstehe, dass Pierre sich dem nicht aussetzen will. Er erträgt es einfach nicht.«

Auch Mamma Carlotta war voller Verständnis, wenn sie auch etwas mehr Einfühlungsvermögen demonstrierte, als sie wirklich empfand. »Schlimm, diese Paparazzi! Sie kennen keine Scham.«

Ariane Malak betrachtete sie ausgiebiger. »Wir haben uns schon mal gesehen.«

»Im Tierheim. Meine Nachbarin hat sich einen Hund bei Ihnen geholt. Den kleinen Fifi.«

Über Arianes Gesicht ging ein Lächeln. »Schön, dass es mit der Vermittlung geklappt hat. Fifi ist schon ein paarmal enttäuscht worden. Er braucht jetzt unbedingt ein sicheres Zuhause.« Sie runzelte die Stirn und dachte nach. »Sind die Formalitäten eigentlich erledigt worden?«

Mamma Carlotta wusste genau, dass nichts davon erledigt war, dass Frau Kemmertöns im Gegenteil immer noch der Ansicht war, dass sie sich die Sache noch anders überlegen könnte. Ariane Malak so zu enttäuschen war Mamma Carlotta unangenehm. Sie hatte das dringende Bedürfnis, von vornherein etwas zu tun und zu sagen, was sie beschwichtigen könnte. »Sie brauchen sich keine Sorgen um Pierre Thom zu machen. Er weiß, wo er unterkommen kann, wenn ihm die Paparazzi auf den Fersen sind.«

Ariane grinste schief. »Die Küche von dieser Imbissstube?«

»Genau! Da ist bisher noch keiner draufgekommen.«

Ariane Malak sah sich um. »Die muss hier irgendwo sein. Pieter sagt, die wäre nichts für mich, ich soll da nicht hinkommen.«

Mamma Carlotta warf ihr einen prüfenden Blick zu. Käptens Kajüte war nicht richtig für Ariane Malak? So, wie die Nichte von Brigitte Lichter aussah, würde sie dort weiß Gott nicht auffallen. Schmutzige Gummistiefel, eine schlecht sitzende Jeans, die auch nicht ganz sauber war, ein Sweatshirt, das schon einige Jahre auf dem Buckel haben musste. Wie eine feine Dame, die ihren Espresso lieber im Hotel Stadt Hamburg in Westerland trank, sah sie nun wirklich nicht aus.

Mamma Carlotta zeigte zum Hochkamp und bot an, Ariane Malak zu begleiten. »Eben war Pierre Thom noch dort.«

Während sie den Hochkamp entlanggingen, dachte Mamma Carlotta darüber nach, warum Pierre Thom die Frau, bei der er Unterschlupf gefunden hatte, von Käptens Kajüte fernhalten wollte. Als sie hinter Ariane Malak die Imbissstube betrat, erfuhr sie, warum. Ariane blieb wie vom Donner gerührt stehen. »Tante Brigittes Stühle!« Wütend ging sie auf Tove los, der nicht begriff, was geschah. »Sie haben die Stühle gestohlen.«

»Ich? Gestohlen?« Nun verstand Tove. »Die Stühle standen als Sperrgut an der Straße.«

»Sie standen vor der Haustür«, fuhr Ariane ihn an. »Das ist nicht die Straße, sondern der Eingang des Tierheims. Und der befindet sich auf privatem Grund.«

»Dann zeigen Sie mich doch an!«, forderte Tove mit allem Hochmut, den er aufbringen konnte.

»Das habe ich schon.« Ariane Malak bewegte sich wieder Richtung Tür. »Bisher ging die Anzeige gegen Unbekannt. Schön, dass ich jetzt den Namen des Diebes kenne. Da kann ich der Polizei ja auch mitteilen, wo die Stühle geblieben sind.«

Nun bewegte sich die Küchentür hinter Toves Theke. Pierre Thom schaute durch den Schlitz, der entstanden war, vergewisserte sich, dass es in der Imbissstube keine Gäste gab, die ihm die Paparazzi auf den Hals hetzen konnten, und sagte:

»Unterlass das bitte, Ariane. Ich bin froh, dass ich mich bei Tove verstecken konnte, als es bei dir gefährlich wurde.«

Ariane Malaks Gesicht veränderte sich auf eine Weise, dass Mamma Carlotta sofort verstand: Da war Amore im Spiel! Ariane liebte Pierre Thom, war womöglich schon in ihn verliebt gewesen, als er noch Pieter Thomsen hieß. Aber sie, die graue Maus, hatte sich nie Hoffnungen machen können, den attraktiven Pieter für sich zu gewinnen. Sie musste sich damit zufriedengeben, ihm helfen zu dürfen, als er in Not war und ein Versteck suchte.

Tove sah Ariane fragend an, sie nickte, er wandte sich zufrieden dem Kaffeeautomaten zu und machte ihr einen Cappuccino, ohne dass sie darum gebeten hatte. Nun stellte sie auch fest, dass sich Fifi, ihr bisheriger Schützling, in der Imbissstube aufhielt. Aber ihre lockenden Schnalzlaute holten ihn nicht heran. Fifi versteckte sich hinter den Beinen von Frau Kemmertöns und ließ sich so wenig wie möglich blicken.

»Schön«, lobte Ariane Malak. »Er hat sich bereits an Sie gewöhnt. Sie müssen noch vorbeikommen, um die Formalitäten zu erledigen.«

Frau Kemmertöns holte tief Luft ... und schloss dann den Mund wieder. Die Blicke von Richard Gercke, Tove Griess und Carlotta Capella waren derart tödlich, dass sie es nicht wagte, etwas zu sagen, was das Missfallen aller Anwesenden hätte erregen können. Sie kam sowieso nicht dazu, denn in Ariane Malaks unkleidsamer Hose klingelte das Handy. Sie griff in die Gesäßtasche und lächelte das Display an, ehe sie das Gespräch annahm. »Georg? Du bist wieder zu Hause?« Sie lauschte einen Augenblick, dann lachte sie und sagte: »Das war ja auch komplett idiotisch, dich zu verdächtigen. Ich komme.« Sie beendete das Telefonat und sah Pierre Thom an. »Die Dinge klären sich. Jenna Brown ist abgereist. Ich vermute, sie fliegt noch heute in die USA zurück. Das war's dann wohl. Wir müssen mit deinem Management reden ...«

Pierre Thom machte einen Schritt zurück und zog die Küchentür wieder zu, als jemand Käptens Kajüte betrat. »Moin! Zwei Coffee to go, bitte.«

Mamma Carlotta betrachtete Ariane Malak, die einen sehr zufriedenen Eindruck machte. Irgendetwas hatte sich so entwickelt, wie sie es sich gewünscht hatte.

Als der Mann mit seinen Kaffeebechern gegangen war, rief sie zu der geschlossenen Küchentür: »Du solltest wieder ins Hotel ziehen, Pieter.«

Die Küchentür wurde erneut vorsichtig aufgeschoben, das Gesicht von Pieter Thomsen war zu erkennen. »Meinst du?«

»Ich gehe mit dir, wenn du willst. Die Zeitungsleute sind jetzt alle am Flughafen. Wetten? Die wollen von Jenna hören, warum sie frühzeitig abreist. Und vor allem, warum sie allein fliegt.«

Mamma Carlotta dachte an Maximilian Witt und fragte sich, ob er oder Jenna Brown sich noch in der Nähe des Hotels Horizont herumtrieben. Und ob Carolin es diesmal schaffte, ihre Pflichten als Hotelangestellte über ihre Gefühle für Maximilian Witt zu stellen.

»Geh hinten raus«, schlug Tove vor. »An der Wand neben der Tür hängt ein alter Sonnenhut. Den kannst du aufsetzen.«

Pierre Thom nickte und schob die Küchentür wieder zu. Kurz darauf hörte man die Tür klappen, die in den Küchenhof führte. Ariane verließ Käptens Kajüte mit einem kurzen Gruß durch den vorderen Eingang. Fifi rannte zur Tür, als sie sich hinter Ariane geschlossen hatte, und traute sich erst jetzt, ihr hinterherzubellen.

Mamma Carlotta fiel ein, dass sie Erik anrufen musste. Und zwar dringend! Sie holte die Visitenkarte ihres Schwiegersohns hervor, bat Tove um sein Telefon und verweigerte ihm eine Erklärung. »Ich bezahle Ihnen la telefonata.« Damit erkaufte er sich nicht den Anspruch, über den Grund ihres Gesprächs informiert zu werden.

»Enrico?«

Erik war erleichtert, als er ihre Stimme hörte. »Ist Caro pünktlich aufgetaucht?«

»Sì!« Sie setzte an, ihm genau zu berichten, wie lange sie gewartet hatte, was sie währenddessen befürchtet und was sie gehofft hatte, außerdem natürlich, dass Maximilian Witt Carolin begleitet und sich schrecklich unhöflich verhalten hatte ... aber Erik ließ sie mal wieder nicht zu Wort kommen.

»Ich habe zu tun. Danke.« Damit beendete er das Gespräch.

Verärgert legte Carlotta den Hörer zurück. Nun verhielt Erik sich schon genauso wie früher die Staatsanwältin, wenn er mit ihr telefonieren musste. Wie hatte er sich jedes Mal geärgert, wenn sie das Gespräch beendete, ohne einen Gruß anzufügen! Und er? Sie hatte ihm einen Gefallen getan, und trotzdem behandelte er sie so unhöflich. »Che maleducato«, murmelte sie empört. »Una insolenza.«

Er schien im Auto gesessen zu haben, Fahrgeräusche waren zu hören gewesen, Eriks Stimme war überrauscht worden, im Hintergrund hatte sie laute Stimmen gehört, von Tilla und Sören vermutlich. Sie hatten erregt geklungen, das fiel Carlotta jetzt erst auf. Was an ihr Ohr gedrungen war, war keine Unterhaltung gewesen, mit der man eine Autofahrt abkürzte, es war eine Diskussion gewesen, vielleicht sogar ein Streit. Nur deswegen hatte Erik keine Zeit gehabt, das Telefonat mit seiner Schwiegermutter freundlich zu beginnen und höflich zu beenden.

Die Tür öffnete sich, und Fietje Tiensch schlurfte herein. »Was ist denn da draußen los?« Er zeigte mit dem Daumen über die rechte Schulter. »Hat Pierre Thom sich mal wieder von den Paparazzi erwischen lassen?«

»Ach du Schreck!« Tove schien zu überlegen, ob er die Ärmel hochkrempeln, die Fäuste ballen und Pieter Thomsen, der doch immer noch ein Sylter Junge war, auch wenn er plötzlich berühmt geworden war und Pierre Thom hieß, aus seinen Problemen herausboxen sollte. Aber dann schüttelte er den Kopf. »Der muss das jetzt endlich mal lernen. Und wenn er das nicht hinkriegt, dann darf er eben kein Promi werden.«

»Das hat sich vermutlich sowieso erledigt«, meinte Richard Gercke. »Pressescheu zu sein, das ist ja noch in Ordnung, aber derart panisch, wie Pierre Thom reagiert, wenn eine Kamera vor ihm erscheint ...« Er schüttelte den Kopf. »Das ist nicht besonders attraktiv. Da kann er noch so schön aussehen und noch so gut singen ... Jenna Browns Fans hat er heute verloren, so viel steht fest. Die hat sich ja wohl von ihm abgewendet. Ihre Fans werden an ihrer Seite bleiben, und alle anderen werden Pierre Thom von jetzt an auslachen.«

»Es gibt eben Leute«, sagte Frau Kemmertöns, »die taugen nicht fürs Berühmtwerden.«

Für diesen Satz erhielt sie von allen Zustimmung. Fietje ließ sich unterdessen von Fifi begrüßen, richtete sich auf seinem Stammplatz ein und winkte ein Jever herbei. Fifi sprang an seine Seite und holte sich seine Streicheleinheiten.

Als Fietje den ersten Schluck seines Frühstücksbiers getrunken hatte, sagte er zu Mamma Carlotta: »Ihr Schwiegersohn hat wohl ein neues Auto.«

»Sì. È vero.«

»Der ist eben an mir vorbeigefahren.«

Diese Mitteilung fand niemand so bemerkenswert, dass einer von ihnen das Bedürfnis hatte, darauf zu antworten.

Dann aber ergänzte Fietje: »Wissen Sie, warum Donald Schulze hintendrin saß?«

53 »Ich war es nicht! Ich habe sie nicht umgebracht!«

Erik hatte Mühe, sich aufs Autofahren zu konzentrieren. »Darüber reden wir später. Der Pick-up Ihres Nachbarn wird gerade untersucht. Wenn Ihre Spuren dort gefunden werden, ist jedes Leugnen zwecklos.«

»Ich habe ihr nichts getan! Sie war schon tot, als ich ins Tierheim kam. Ich habe sie nur ... weggebracht.«

Erik fuhr an den Straßenrand. Sie waren gerade am Ortsausgangsschild von Wenningstedt angekommen, dort, wo man schneller fahren durfte und jeder Verkehrsteilnehmer aufs Gas drückte. Hinter ihnen hupte ein Wagen, dessen Fahrer verlangte, dass es zügig weiterging, der nicht verstehen konnte, dass er ausgerechnet an dieser Stelle anhalten wollte.

Erik drehte sich um. »Wieso Tierheim?«

Günter Sack zappelte mit der linken Hand, die in einer Handschelle steckte, an Sörens Arm gefesselt, der ärgerlich dafür sorgte, dass Günter Sack Ruhe gab.

»Samstagabend wollte ich zu ihr. Ich hatte gehört, dass sie Wache halten wollte, weil irgendein Perverser sich an harmlosen Tieren vergeht. Ich dachte, das ist die beste Gelegenheit, in Ruhe mit ihr zu reden.«

Erik ließ den Wagen wieder anrollen, betätigte den linken Blinker und fädelte sich in den Verkehr ein. »Sie hatten ihr doch geschrieben.«

»Ja! Ich Idiot! Sogar unterschrieben habe ich. Mit meinem vollen Namen! Weil ich mir nicht vorstellen konnte, dass Brigitte nach so vielen Jahren plötzlich keine Rücksicht mehr auf mich und meine Ehe nehmen wollte.«

»Warum haben Sie nicht mit ihr telefoniert?«, fragte Sören.

»Habe ich ja. Aber immer, wenn ich mich meldete, legte sie einfach auf. Sie habe mir gesagt, was es zu sagen gebe, und es sei doch sehr fair von ihr, dass sie mich darüber informieren wollte, was sie vorhabe.«

»Da waren Sie natürlich anderer Meinung«, meinte Tilla, ohne sich zu Günter Sack umzudrehen.

»Ich habe sie angefleht und sie natürlich auch daran erinnert, dass ich ihr viel Geld gezahlt hatte, damit sie den Mund hält.«

»Schweigegeld«, warf Sören ein.

»Sie meinte, das sei nun verjährt. Sie will, dass ihr Sohn seine leiblichen Eltern kennenlernt, seine Mutter und auch seinen Vater. Was ich will, hat sie nicht interessiert.«

Erik fuhr durch den Kreisverkehr vor Feinkost Meyer und bog in die L24 wieder aus. Er versuchte, nicht mehr auf das zu hören, was Günter Sack sagte. Der war jetzt an dem Punkt angekommen, an dem viele Täter früher oder später landeten. Er klagte über die Fehler, die er gemacht hatte, beschwerte sich über die Menschen, die ihn dazu gebracht hatten, etwas Falsches zu tun, und kam ziemlich schnell zu der Erkenntnis, dass es eigentlich seiner Gutmütigkeit zuzuschreiben sei, dass er an diesem Punkt gelandet war. Hätte Günter Sack nicht Rücksicht auf seine Frau nehmen wollen, hätte er sich zu seinem Fehltritt bekennen können, wäre sein Name nicht dem des berühmten Playboys so ähnlich gewesen, dann hätte man ihn nicht ständig mit ihm verglichen, sein Aussehen, seinen Kontostand, die Attraktivität seiner Frau. »Renata hat sich ja immer von allem ferngehalten. Sie wollte natürlich nicht mit der Bardot verglichen werden, auf keinen Fall.« Und sie hatte sich häufig über ihren Mann lustig gemacht, wenn er glaubte, es sei ein Wink von oben, dass er einen ähnlichen Namen trug wie Gunter Sachs, sodass viele den Namenszug von Günter Sack für den des berühmten Playboys hielten. So war es leicht gewesen, Zusagen zu bekommen, von Luxushotels, Herrenschneidern, Nobelrestaurants ... »Brigitte Bardot hakte ja jeden Posten ab.« Nun verklärte sich Sacks Miene, die Erinnerung ließ ihn für Augenblicke jünger aussehen. »Es war eine tolle Zeit. Dass Renata mit diesem Leben nichts zu tun haben wollte, machte es für mich noch schöner und natürlich auch einfacher. Sie hat gesagt: Mach, was du willst, aber wehe, du betrügst mich. Dann ist Schluss.«

»Ein Motiv, wie es besser nicht sein kann«, sagte Erik lakonisch. »Sie wollten mit allen Mitteln Brigitte Lichter am Reden hindern. Sie haben sie umgebracht, damit Sie Ihr Leben an der Seite Ihrer reichen Frau weiterführen können.« Günter Sack konnte nicht sehen, wie zufrieden Erik lächelte.

54

Sogar Fifi merkte, dass die Stimmung sich veränderte. Als Mamma Carlotta kleinlaut sagte »Ich habe was verschwiegen«, wurde es in der Imbissstube still. Fifi sprang von der Bank, auf der er neben Fietje gedöst hatte, und verzog sich neben Frau Kemmertöns' Füße, obwohl er wusste, dass er nicht auf ihren Schoß genommen wurde, solange sie auf einem hohen, wackeligen Thekenhocker saß. Ängstlich schaute er zu Mamma Carlotta auf, während die anderen sie eher ungläubig ansahen. Carlotta Capella war kleinlaut? Das war ja was ganz Neues.

Schließlich sagte Tove: »Hat das was damit zu tun, dass Sie dem Kerl neulich verraten haben, was wir in der Nacht im Tierheim erlebt haben? Die Sache mit der Leiche und so ...?«

Mamma Carlotta schüttelte den Kopf, nickte dann schnell und schüttelte ihn erneut. »Ich weiß nicht ...« Sie riss sich zusammen und sagte mit klarer Stimme: »Sie haben mir Vorwürfe gemacht, als ich Donald Schulze eingeweiht habe. Ich dachte, er ist unser ... Complice. Aber Sie haben gesagt, dass wir ihn ja gar nicht richtig kennen ...«

»Stimmt ja auch«, warf Tove ein.

»D'accordo«, bestätigte Mamma Carlotta. »Seit gestern weiß ich nämlich, dass er gar nicht Donald Schulze heißt. Er hat uns belogen. Er heißt Günter Sack.«

»Gunter Sachs ist doch längst tot«, brummte Richard.

»No, Günter Sack«, wiederholte Mamma Carlotta sehr langsam und sehr betont.

»Blöder Name«, sagte Tove, wollte grinsen, schaffte es aber nicht richtig. »Wer will denn schon Sack heißen?«

Mamma Carlottas Stimme war jetzt ganz leise. »Er war es, der die beiden Briefe geschrieben hat.« Sie zeigte auf die neuen Stühle, die Tove vom Sperrmüll geholt hatte.

Fifi entschloss sich, wieder zu Fietje zu gehen, weil er die schwere Stille, die nun auf den Gästen von Käptens Kajüte lastete, nicht mehr ertrug. Mit einem Satz sprang er auf die Bank zurück und kuschelte sich so eng an Fietje, dass er kaum noch zu sehen war.

Richard war der Erste, der wieder sprach. »Dein Schwiegersohn hat ihn also verhaftet? Das heißt ... er ist der Mörder von Brigitte Lichter?«

Frau Kemmertöns geriet auf ihrem Hocker ins Wanken und konnte sich nur im letzten Augenblick an der Kante der Theke festhalten. »Um Gottes willen! Der Mörder! Mit dem haben wir in Ihrer Küche gesessen!«

Tove zapfte Fietjes Bier zu Ende, als wollte er sich von dieser Erkenntnis nicht beeindrucken lassen. »Aber wenn so ein Kerl die Hand küsst und Komplimente macht, wird ihm ja nichts Böses zugetraut. Dann wird ihm alles geglaubt.«

Richard stellte sich wie erwartet vor Mamma Carlotta. »Die Signora konnte nicht ahnen, dass er der Mörder ist.«

»Ist er es überhaupt?«, fragte Fietje.

»Warum sonst hat er uns einen falschen Namen genannt?«, fragte Frau Kemmertöns.

»Vielleicht wollte er was mit der Signora anfangen«, höhnte Tove, »und wollte verhindern, dass seine Alte was merkt. Das hat der Kerl doch schnell geschnallt, dass die Signora ein leichter Fang ist. Wie die immer die Augen verdrehte, wenn er ihr die Hand abschleckte!«

Richard blieb ganz ruhig, während Mamma Carlotta sich derart aufregte, dass das künstliche Usambaraveilchen, das die Theke seit Jahren zierte, ins Wanken geriet und ins Spülwasser fiel. »Man könnte ja glatt meinen«, sagte Richard ganz ruhig, »dass Sie eifersüchtig sind, Herr Griess.« Er zwinkerte Mamma Carlotta zu, während Tove noch damit beschäftigt war, das Usambaraveilchen abzutrocknen und darüber zu schimpfen, dass vor Italienerinnen nicht einmal eine Plastikblume sicher sei. »Sie können es ja auch mal mit einem Handkuss probieren. Vielleicht würde das der Signora gefallen.«

Tove tippte sich an die Stirn. »Bei Ihnen piept's wohl. Ein echter Friese macht so was nicht.«

55

»Der blöde Sack soll warten!«

Erik erschrak regelrecht, als Tilla diesen Satz ausstieß. Dann lachte er wider Willen. »Eigentlich würde ich schon gerne seine ganze Geschichte hören.«

»Der hat Brigitte Lichter im Tierheim umgebracht. In der Nacht von Samstag auf Sonntag. Dann hat er sich den Pick-up seines Nachbarn geholt und hat die Leiche weggefahren. Wo er sie gelassen hat, wissen wir nicht. Aber das ist nicht wichtig, das kann er uns später erzählen. Vetterich hat alle Spuren untersucht und bestätigt, dass Günter Sack den Pick-up gefahren hat ...«

»Das bestreitet er ja auch gar nicht«, ging Sören dazwischen. »Nur den Mord will er nicht begangen haben.«

Erik griff sich an den Kopf. »Er findet eine Leiche und rennt nicht zur Polizei, sondern knackt den Wagen eines Nachbarn und schafft die Leiche weg? So was Idiotisches! Eine Frechheit, uns so eine faule Ausrede vorzusetzen. Der Mann ist ein Mörder, und wir wissen, warum. Das Motiv ist klar, klarer geht's gar nicht.«

Sie hatten Günter Sack in Enno Mierendorfs Obhut gegeben, der ihn ins Verhörzimmer bringen und dafür sorgen sollte, dass er dort blieb. Als sie ins Revierzimmer zurückkamen, stand Rudi Engdahl kurz vor einem Herzinfarkt, wie er selbst behauptete, so nachdrücklich, dass man es ihm tatsächlich glauben konnte. Eine komplette Schulklasse samt Lehrer, die einen Ausflug von Hamburg nach Sylt gemacht hatte, stand vor der Theke. Einem Sechzehnjährigen war sein Geld geklaut und eins der Mädchen von einem Kellner begrapscht worden, was jeder der fünfundzwanzig Jugendlichen Rudi Engdahl mitteilen wollte, jeder einzelne bot sich, zumindest für die zweite Straftat, als Zeuge an, und das alle gleichzeitig.

Rudi Engdahl lief irgendwann rot an und schrie: »Ruhe!«

Die Wirkung dauerte nur so lange, wie der Schreck anhielt, dann diskutierten die Jugendlichen eifrig mit ihrer Lehrerin darüber, ob man sich diese Behandlung von einem Polizeibeamten gefallen lassen müsse, was die Lautstärke der hellen, zum Teil schrillen Stimmen noch erheblich steigerte.

Rudi Engdahl brüllte die junge, augenscheinlich überforderte Lehrerin an, ob sie eigentlich irgendeinen Einfluss auf die ihr anvertrauten Kinder habe, woraufhin der Klassensprecher sich zu Wort meldete, um mit Rudi Engdahl den Begriff »Kinder« zu diskutierten, da sie sich alle mittlerweile zu den Jugendlichen zählten, was schließlich etwas ganz anderes sei.

»Ziemlich ungemütlich hier«, flüsterte Tilla.

»Besser, wir gehen in mein Büro«, gab Erik zurück.

»Noch besser«, antwortete Tilla, »wir fahren zum Tierheim und machen Station bei Carlotta. Ein Espresso und ein paar Grissini, und wir können in Ruhe über alles reden.«

»Super Idee«, sagte Sören und zog sein Handy hervor. »Ich sage Antje Bescheid, sie soll auch zum Süder Wung kommen.«

Beim Rausgehen stießen sie auf Kommissar Vetterich, der entsetzt abwehrte, als er gebeten wurde, sich ihnen anzuschließen und seine Ermittlungsergebnisse im Hause Wolf abzugeben. Dort drohten jedes Mal Gastfreundschaft und Beköstigung, beides konnte er überhaupt nicht leiden.

»Ich lege Ihnen den Bericht auf den Schreibtisch«, knurrte er. »Die Spurenlage ist eindeutig. Sack hat den Pick-up gefahren, er hat haufenweise Spuren hinterlassen. Der Einbruch bei Brigitte Lichter geht auch auf sein Konto. In der Baugrube, wo die Leiche gefunden wurde, haben wir keine Spuren gefunden, die zu ihm passen könnten. Irgendwann ist er wohl auf die Idee gekommen, sich Handschuhe zu besorgen.«

»Und der Brand im Tierheim?«

»Da müssen wir noch mal gucken. Das ist jetzt natürlich viel einfacher. Wir kennen nun die Spuren, auf die es ankommt.«

»Ist Ihnen irgendwas aufgefallen im Hause Sack?«

Kommissar Vetterich griff sich an den Kopf. »Gut, dass Sie es sagen ...« Er zog nach längerem Suchen eine Plastiktüte hervor und reichte sie Erik. »Kam mir komisch vor. Lag ganz achtlos in einer Schale im Wohnzimmer. Ist der Kerl so reich, dass er mit Hunderttausend Euro umgeht wie unsereins mit einem Zehneuroschein? Jedenfalls wollte ich die Kohle da nicht liegen lassen. Die muss gesichert werden.«

Erik betrachtete das Päckchen mit den Hunderteuroscheinen von allen Seiten. »Hunderttausend Euro?«

Tilla machte einen langen Hals. »Vielleicht war es das, was er in Brigitte Lichters Geheimfach gefunden hat. Die Briefe gesucht und jede Menge Kohle gefunden.«

»Da wird auch einer schwach«, sagte Sören, »der die Hunderttausend genauso gut vom Konto abheben kann.«

Enno Mierendorf kam zurück, nahm das Geld entgegen und versprach, es in den Tresor zu legen. »Herr Sack verlangt, dass Sie sofort zu ihm kommen. Sollten Sie ihn warten lassen, wird er sich beschweren.«

»Nur zu.« Sören grinste. »Hat er noch nicht kapiert, dass sich die Zeiten für ihn geändert haben? Sie können dafür sorgen, dass er seinen Anwalt anruft, wenn er das möchte. Mit allem anderen muss er leider warten.«

Sie waren froh, das Chaos durch das Schließen der Tür hinter sich zu lassen, und hofften, dass Enno seinem Kollegen würde beistehen können.

Als Erik hinter dem Steuer Platz nahm, warf er Tilla einen fragenden Blick zu. »Bist du sicher, dass meine Schwiegermutter zu Hause ist? Oder kann es sein, dass sie schon wieder ... was Besseres zu tun hat?«

»Sie war in Käptens Kajüte«, überlegte Tilla, »weil du sie darum gebeten hattest.«

»Da hält es niemand lange aus«, sagte Erik, während er den Wagen zurücksetzte und sich dabei zwang, sich nicht umzudrehen, sondern den Blick auf den kleinen Monitor zu richten. »Aber sie ist ja auch ständig mit Frau Kemmertöns unterwegs«, gab er zu bedenken. »Der neue Hund muss erzogen werden.«

»Und vor allem Herr Kemmertöns«, sagte Tilla und lachte. »Da wird Carlotta noch viel zu tun haben, bis alles seinen geordneten Gang geht.«

Erik seufzte. »Dass sie sich aber auch überall einmischen muss!«

56

Fifi vollführte Freudensprünge, als sie in den Süder Wung einbogen, wurde allerdings ruhiger, als die Gartenpforte in Sicht kam, an der Herr Kemmertöns stand und nach seiner Frau Ausschau hielt. Fifi versuchte es mit freundlichem Gebell, woraufhin Herr Kemmertöns sich umdrehte und verschwand.

»Kann ich mit zu Ihnen kommen?«, fragte Frau Kemmertöns. »Mein Mann hat sich scheinbar immer noch nicht daran gewöhnt, dass ich mit einem Hund zurückkomme.«

Mamma Carlotta war Gastfreundschaft heilig, also nickte sie zustimmend, wenn auch mit einem kleinen verzweifelten Schulterzucken. »Auf die Dauer ist das aber keine Lösung.«

Das war Frau Kemmertöns klar, die jedoch immer noch von der Hoffnung beseelt schien, dass sich diese Angelegenheit von selbst regeln würde, sobald ihre Komplizen endlich einsahen, dass eine bedauernswerte Frau, die Hunderttausend Euro verloren hatte, nicht auch noch mit einem Hund gestraft werden durfte, den sie nicht haben wollte. Dies war das erste Mal, dass Carlotta mit Erleichterung an ihre Rückkehr nach Italien dachte, weil sie dann Frau Kemmertöns mit dem Verlust ihres Geldes und der Sorge um Fifi hinter sich lassen konnte. Gleichzeitig schämte sie sich dieser egoistischen Gedanken und öffnete die Haustür für Frau Kemmertöns und die Tür der Vorratskammer für Fifi besonders weit.

Sie hörte den Motor des Autos, noch ehe sie die Haustür geschlossen hatte. Als sie einen Blick zurückwarf, sah sie Eriks Wagen vorfahren. »Mein Schwiegersohn kommt.«

Frau Kemmertöns zog ein ängstliches Gesicht. »Sie meinen ... ich störe?«

»Dio mio!« So etwas konnte man doch nicht bejahen. Wenn ein Gast selbst nicht merkte, dass er zu gehen hatte, musste man natürlich so tun, als wäre er nach wie vor willkommen. Dabei wusste Frau Kemmertöns doch, dass Erik, Sören und die Staatsanwältin häufig Dienstgespräche führten, wenn sie in ihrer Küche am Tisch saßen. »Vielleicht möchten Sie auf der Terrasse sitzen? Die Sonne ist herrlich. Und Fifi würde vielleicht gerne ein wenig durch den Garten springen?«

Frau Kemmertöns sah ein, dass dieser Vorschlag ein Wink mit einem so dicken Zaunpfahl war, dass sie ihn nicht übersehen konnte, begnügte sich mit einem freundlichen Winken, als Erik, Tilla und Sören eintraten, und begab sich auf die Terrasse. Im Nu hatte sie eine dampfende Espressotasse vor sich stehen und bekam den Auftrag, ihr Holzhaus im Auge zu behalten und auf jeden Fall Bescheid zu geben, wenn sich dort etwas tat. Was das sein konnte, wusste Mamma Carlotta nicht so genau, aber dass es Probleme mit einem ihrer Untermieter gegeben hatte, war nicht an Frau Kemmertöns vorbeigegangen. Nun saß sie mit dem angenehmen Gefühl auf der Terrasse der Familie Wolf, die Gastfreundschaft vergelten zu können, starrte die Fenster des Holzhauses an und versuchte, nicht auf die Schritte ihres Mannes zu hören und nicht einzuschlafen.

Mamma Carlotta hatte den Drahtseilakt zwischen Angehörigen, die nicht gestört werden wollten, und Gästen, die nicht begriffen, dass sie überflüssig waren, schon oft trainiert und im Laufe der Jahre zur Vollendung gebracht. Sie wusste, dass sie, wenn sie einen Blick aus der Küche warf, den kleinen Terrassentisch durch die geöffnete Wohnzimmertür gut sehen konnte und sofort merken würde, wenn die Nachbarin auf die Idee kommen sollte, sich der Runde um den Küchentisch anzuschließen, wo interessante Themen behandelt wurden. Nicht umsonst hatte sie Frau Kemmertöns auf dem rechten Stuhl platziert, weil der am besten auf die Entfernung zu erkennen war. Und dass Frau Kemmertöns' Kopf allmählich auf die Brust sank, erkannte sie sofort. Mindestens so schnell wie Fifi, der auf den Schoß seines Frauchens sprang und sich dort einrichtete. Ein Bild des Friedens! Mamma Carlotta seufzte. Undenkbar, dass Fifi jemals woanders sein Nickerchen halten könnte.

»Macht euch keine Sorgen, Frau Kemmertöns hat schon die Augen geschlossen, gleich schläft sie.«

Erik sah misstrauisch zur Tür, als rechnete er damit, dass Frau Kemmertöns sie aufschieben und sich an ihrem Dienstgespräch beteiligen könnte.

»Sie ist doch schwerhörig, die bekommt nichts mit.«

Davon hatte Erik noch nie gehört, aber es beruhigte ihn sehr. Mamma Carlotta hatte auch noch nie davon gehört, aber darauf kam es nicht an. Über kurz oder lang würde Frau Kemmertöns sicherlich schwerhörig werden, und bis dahin hatte es sich bei dieser Behauptung eben um einen Irrtum gehandelt. Basta!

Als es klingelte, nutzte sie die Gelegenheit, einen Blick auf die Terrasse zu werfen, und stellte zufrieden fest, dass Frau Kemmertöns vom *Weißen Rössl am Wolfgangsee* nicht aufgeschreckt worden war. Sie schlief also, Carlottas Rechnung war aufgegangen.

»Dottoressa!«

Dr. Antje Mikkelsen war wieder eine Augenweide. Ihre schneeweiße Jeans saß perfekt, ihr kunterbuntes T-Shirt spiegelte ihre Laune wider. »Buon giorno, Signora!« Sie lachte, während sie Mamma Carlotta umarmte. Beinahe italienisch! »Ich habe gehört, dass dieses Dienstgespräch bei einem guten Espresso abgehalten wird. Da bin ich doch dabei!«

Sören sprang auf, als sie die Küche betrat, schob ihr einen Stuhl hin, setzte sich ihr gegenüber und betrachtete sie von da an mit leuchtenden Augen. Aber zum Glück hatte er seine Gefühle mittlerweile so weit im Griff, dass er nicht mehr aussah wie ein Tölpel, was Mamma Carlotta anfänglich große Sorgen bereitet hatte. Keine Frau verliebte sich in einen Tölpel, wohl aber in einen Mann, der seine Gefühle zeigte. Sie hatte nun Hoffnungen und überlegte seitdem hin und her, wie sie dem Glück der beiden auf die Sprünge helfen konnte.

»Wie ist die Obduktion ausgefallen?«, fragte Erik, als Dr. Mikkelsen an ihrem Espresso nippte.

»Stumpfe Gewalt«, gab sie zurück. »Der Schlag erfolgte von hinten, sie fiel vornüber.« Sie lächelte einen nach dem anderen an, während sie fortfuhr: »Solche Kopfverletzungen machen einen Menschen schnell wehrlos. Die Tote hat Riss- und Quetschwunden mit Schürfungssäumen. Und die typischen Deckungsverletzungen, also Hiebe an den Armen und

Händen, die sie schützend über den Kopf erhoben hat. Aber ... Entschlossenheit ist schwer abzuwehren.«

»Es war also eiskalt geplanter Mord?«, fragte Erik.

»Sieht so aus.«

Tilla sah nachdenklich vor sich hin. »Günter Sack behauptet, Brigitte Lichter sei schon tot gewesen. Kann das sein?«

Antje Mikkelsen zuckte mit den Achseln. »Ein Tatwerkzeug wurde nicht gefunden?«

Erik trank die Tasse leer. »Wir werden uns gleich noch mal im Tierheim umsehen. Kommissar Vetterich war schon dort, er hat nichts gefunden. Das Tatwerkzeug kann Sack natürlich mitgenommen haben.«

Tilla ergänzte erklärend in Dr. Mikkelsens Richtung: »Wir hatten keine Ahnung, dass der Mord im Tierheim geschehen ist. Wir wussten nur, dass die Leiche auf einem Pick-up befördert und schließlich in die Baugrube geworfen wurde.«

Antje Mikkelsen dachte nach. »In der Nacht von Samstag? Da hat es heftig geregnet. Es dürfte schwierig sein, noch Spuren zu finden.«

Auch Sören und Tilla leerten ihre Tassen und standen auf. Mamma Carlotta sprang in die Höhe. »Frau Kemmertöns und ich wollten auch ins Tierheim. Die Formalitäten wegen Fifi sind noch nicht erledigt worden.«

In diesem Moment öffnete sich die Haustür und wurde donnernd ins Schloss geworfen. Ein tiefes Schluchzen folgte, als wäre es lange zurückgehalten worden, und wurde nun zu hemmungslosem Weinen, als Carolin glaubte, in Sicherheit zu sein. Aber nachdem sie die Küchentür aufgerissen hatte, musste sie feststellen, dass ihr Elend nun doch ein größeres Publikum haben würde. Aber es war zu spät, die Tränen erneut zurückzudrängen. Sie warf sich ihrem Vater in die Arme und ließ alles raus, was sie auf dem Nachhauseweg verzweifelt zurückgedrängt hatte. »Er ist ein Schwein ... Hast du schon die Onlineausgabe vom *Inselblatt* gesehen? Er hatte es mir versprochen ...«

Erik schob seine Tochter von sich weg, als ihre Stimme leise und ihr Atem ruhiger wurde. Dann drückte er sie auf einen Küchenstuhl und sorgte mit einem Blick dafür, dass Mamma Carlotta einen weiteren Espresso kochte. »Was ist passiert?«

Carolin zog ihr Smartphone aus der Tasche und hielt ihm die Titelseite der Onlineausgabe des *Inselblatts* hin. »Morgen sieht der Titel der Papierausgabe so aus.«

Ein entsetzliches Foto! Georg Lang vor einem toten Schaf, das mit den Hinterläufen an den Weidezaun gefesselt worden war, die Vorderläufe waren zusammengebunden, das Tier war blutüberströmt.

»So sieht der Schafripper von Sylt aus!«, stand darunter.

»Maximilian Witt?« Eriks Frage war eigentlich überflüssig.

Das Gesicht der Staatsanwältin veränderte sich auf eine Weise, die in Flensburg gefürchtet war. »Dieser Idiot! Weiß der gar nicht, dass Georg Lang unschuldig ist?«

Carolin wischte sich die Nase am Ärmel ab. »Was? Ehrlich?«

»Glaubst du ihm immer noch, dass ihm das Foto von Pierre Thom im Hotel gestohlen worden ist?«

Carolin zuckte vage mit den Schultern.

»Was ist mit Gravenaar? Hat er dir eine Abmahnung ins Postfach gelegt?«

Carolin zog sie aus der Tasche und legte sie auf den Tisch. Dann legte sie den Kopf daneben und begann wieder zu weinen.

Mamma Carlotta setzte sich zu ihr, strich ihr über die Haare, murmelte ihr italienische Kosenamen zu und behauptete, dass auch Maximilian Witt irgendwann seine gerechte Strafe bekommen würde.

»Wir werden jetzt zum Tierheim fahren, Caro«, sagte die Staatsanwältin, während Erik nur hilflos dastand und Sören den Versuch unternahm, sich taub zu stellen. »Georg Lang wird sich nicht freuen, wenn er den Artikel liest. Wir haben ihn längst aus der Haft entlassen, nachdem sich herausstellte, dass er unschuldig ist. Kurz nachdem dieses Foto geschossen wurde, ist auf einer anderen Schafweide ein weiteres Schaf massakriert worden. Damit war schnell klar, dass Georg Lang unschuldig ist. Der Agentur, die dieses Foto veröffentlicht, droht eine saftige Geldstrafe. Sollte Georg Lang nicht selbst auf die Idee kommen, Anzeige zu erstatten, werden wir ihn dazu bringen.« Sie sah Erik auffordernd an. »Oder?«

Mamma Carlotta rannte auf die Terrasse, wo Frau Kemmertöns erschrocken in die Höhe fuhr und Fifi dabei vom Schoß rutschte. »Wir wollten doch auch gerade zum Tierheim«, rief sie so laut, dass es in der Küche zu hören sein musste. »Mein Schwiegersohn hat dort zu tun. Er kann uns mitnehmen, dann brauchen wir nur den Rückweg zu laufen.«

Frau Kemmertöns richtete sich auf und blickte Mamma Carlotta an, als verstünde sie kein Wort. Und genau so war es auch. »Wieso Tierheim? Wir?«

Erik erschien im Wohnzimmer und sah ungeduldig Mamma Carlottas Bemühungen zu, Frau Kemmertöns auf die Beine zu bringen.

»Die Formalitäten wegen Fifi!«, schrie Mamma Carlotta, als wäre Frau Kemmertöns wirklich schwerhörig. »Das muss doch endlich erledigt werden. Wir haben es heute Morgen Ariane Malak versprochen.«

»Aber ich weiß doch gar nicht ...«, setzte Frau Kemmertöns an.

Doch Mamma Carlotta ließ sie nicht ausreden. »... ob Fifi schon mal Auto gefahren ist? Wir können Dr. Mikkelsen fragen, ob sie im Porsche mitfahren darf. Na, das wäre doch was. Oder?«

57 Die Nummer des Chefredakteurs fand sich im Speicher von Eriks Handy. Er konnte Koopmann nicht ausstehen und wusste, dass es andersherum genauso war. Jeder der beiden freute sich, wenn er den anderen bei einem Fehler ertappte.

»Herr Hauptkommissar!«, kam es laut und dröhnend durch den Hörer. »Ich habe mit Ihrem Anruf gerechnet.«

»Tatsächlich?«, fragte Erik zurück und ließ seine Stimme so gleichgültig wie möglich klingen.

Wieder verband sich die Freisprecheinrichtung im Wagen ganz automatisch, sodass er telefonieren konnte, ohne das Handy ans Ohr zu nehmen. Eine für Erik neue Technik, die sein altes Auto nicht vorzuweisen hatte. Und eine Technik, die es Mamma Carlotta ermöglichte, seinen Gesprächen zuzuhören. Neben ihm saß die Staatsanwältin, hinten hatte Mamma Carlotta mit Frau Kemmertöns Platz genommen, Fifi in ihrer Mitte. Dem Hund war die Gegenwart seines Frauchens doch wichtiger als die Fahrt in einem teuren Auto. Sören aber hatte es geschafft, sich vor allen anderen zu Dr. Mikkelsen in den Porsche zu setzen, der nun vor ihnen herfuhr.

»Wieso bekomme ich solche Meldungen nicht von Ihnen?«, tönte Menno Koopmanns Stimme durch den Lautsprecher. »Ich muss andere Quellen nutzen, damit die Leser des *Inselblatts* erfahren, was sich auf Sylt ereignet.«

Eriks Stimme war eiskalt. »Von mir bekommen Sie nur die Meldungen, die unangreifbar sind.«

Koopmanns Stimme wurde nur geringfügig unsicherer. »Georg Lang ist verhaftet worden. Oder etwa nicht?«

»Gestern wurde er vorübergehend festgenommen, wenn Sie das meinen. Und heute Morgen wurde er wieder auf freien Fuß gesetzt. Er ist unschuldig.«

»Ich habe das Foto von einem Augenzeugen.«

»Von Maximilian Witt, ich weiß.«

»Er hat gesehen, was Georg Lang mit dem Schaf gemacht hat.«

»Nein, er hat gesehen, dass Georg Lang versucht hat, das Tier zu befreien. Leider zu spät. Für jemanden, der gerade dazukam, kann es auch anders ausgesehen haben. Es ging mir ja selbst zunächst so.«

»Na also! Sie haben ihn auch für den Schafripper gehalten.«

»Nur, dass ich daraus keine Pressemitteilung gemacht habe. Die hätten Sie erst bekommen, wenn Georg Lang geständig oder einwandfrei überführt worden wäre.« Erik genoss die Stille auf der anderen Seite der Leitung. Offenbar hatte es Menno Koopmann die Sprache verschlagen. So was kam selten vor. »Ich bin gerade auf dem Weg zum Tierheim. Mal sehen, ob er schon über Ihren Artikel Bescheid weiß. Der wird sich freuen, wenn er hört, dass er morgen auf dem Titel des *Inselblatts* stehen wird. Richten Sie sich auf eine saftige Klage ein, Koopmann.«

Er brauchte eine Weile, bis er die Taste am Lenkrad gefunden hatte, die das Gespräch beendete. Bis es so weit war, hatte Menno Koopmann noch kein weiteres Wort herausgebracht.

Tilla tätschelte Eriks Oberschenkel. »Gut gemacht.«

Mamma Carlotta warf Frau Kemmertöns einen Blick zu, die ihn ausdrucksvoll erwiderte. Beide dachten sie an den jungen Mann, der an ihnen vorbeigelaufen war. Auf der Flucht! Hals über Kopf. Derart blindlings, dass er nicht gesehen hatte, was in seiner Nähe vor sich ging.

58

»Was hältst du eigentlich von Ariane Malak?«, fragte Tilla, als sie auf den Kreisverkehr vor Feinkost Meyer zufuhren.

Erik antwortete leise, weil er wusste, dass Mamma Carlotta hinter ihm die Ohren spitzte. Andererseits wusste er natürlich, dass sie ihn auf jeden Fall verstehen würde, so leise er auch sprach. Da brauchte er sich nichts vorzumachen. »Ich war überrascht, als sie gestern Abend am Leuchtturm auftauchte.«

»Sie hat gesagt, sie hätte sich Sorgen um Georg gemacht.«

»Die beiden scheinen ein sehr enges Verhältnis zu haben.«

»Ja, sieht so aus. Aber dass sie ihm folgt, wenn er abends noch mal losgeht? Ist das normal? Er ist ein erwachsener Mann.«

»Vermutlich hatte sie irgendeinen Verdacht.«

»Den Verdacht, dass er der Schafripper ist?«

»Du weißt ja, ich hatte das Gefühl, dass da noch jemand war. Und in der Wohnung von Ariane Malak habe ich auch schon mal Geräusche gehört. Sonntagnachmittag. Als in Brigitte Lichters Arbeitszimmer eingebrochen worden war.«

»Du meinst, sie ist gar nicht ihrem Cousin gefolgt, sondern ... jemand anderem?«

Es blieb eine Weile still im Auto. Erik warf einen Blick in den Rückspiegel und wurde prompt mit dem neugierigen Gesicht seiner Schwiegermutter konfrontiert. Sie sagte kein Wort, ein Beweis dafür, dass sie ihrem Gespräch lauschte.

»Pierre Thom?«, fragte Tilla.

Erik bog auf den Parkplatz des Tierheims ein. »Sörens Cousine kennt ihn von früher. Er soll mal recherchieren. Sören hat ihn irgendwann aus den Augen verloren, sagt er, und weiß nicht, wo er in der Zwischenzeit gewesen ist.«

Als sie am Parkplatz vor dem Tierheim angekommen waren, nahm Sören Eriks Auftrag mit nachdenklicher Miene entgegen. »Pieter Thomsen war immer ein komischer Kerl, nicht besonders beliebt, nicht einmal bei den Mädchen, obwohl er so gut aussieht. Andererseits ...« Sörens Gesicht wurde noch nachdenklicher. »Kann sein, dass Ariane in ihn verknallt war.«

»Die war als junges Mädchen schon auf Sylt?« Erik war überrascht.

»Nur in den Ferien«, entgegnete Sören. »Wenn ich mich recht erinnere, hat sie sämtliche Ferien bei ihrer Tante verbracht. Könnte doch sein, dass es ihr nicht nur um die Tiere ging, sondern auch um Pieter Thomsen.«

Als sie auf den Eingang zugingen, empfing sie diese außergewöhnliche Mischung von frischer, klarer Luft und dem dumpfen Geruch, der von den Tieren kam, von ihren Körpern, ihren Exkrementen, von ihrem Futter. Kein unangenehmer Geruch, aber einer, der nicht zu der sonst so klaren Luft passte, die zu Sylt gehörte. Diese stehenden Ausdünstungen, die sich vom leichten Wind, der vom Meer kam, nicht aufwirbeln ließen, waren hartnäckiger, jedenfalls bei diesem Wetter. Es würde einen kleinen Sturm brauchen, damit sie sich unterwarfen.

Ariane empfing sie vor dem Haus. Wie immer in Gummistiefeln, diesmal in einer grünen Latzhose. Darüber trug sie eine Strickjacke, die ihr viel zu groß war.

Als sie Fifi sah, wollte sie ihn locken, aber der kleine Hund verzog sich auch hier hinter Frau Kemmertöns' Beine.

Ariane rief nach Mattes. »Regelst du das mit Fifi und seiner neuen Besitzerin?«

Mattes kam lachend auf sie zu. »Schön, dass Sie so gut mit dem Hund klarkommen.« Frau Kemmertöns hatte inzwischen vergessen, warum Mamma Carlotta sie ins Auto verfrachtet und zum Tierheim gebracht hatte. Sie drehte sich um, verzog ihr Gesicht, als erwartete sie schwere Folter, und stieß ein mehrfaches »Aber ... aber ...« hervor. Dann ergab sie sich in ihr Schicksal.

»Das hat man ja vom ersten Augenblick an gesehen, dass Sie gut zusammenpassen«, sagte Mattes strahlend. »Jupp hat es mir auch schon erzählt ...«

Frau Kemmertöns zuckte zusammen. »Sie haben mit meinem Mann über Fifi gesprochen?«

Mattes sah sie erstaunt an. Dann aber ging ein Lächeln über

sein Gesicht. »Sie kennen Jupp doch am besten. Der hat nur Angst, dass er sich demnächst viel bewegen soll. Das müssen Sie ganz vorsichtig angehen.«

Die beiden gingen in das kleine Büro am Eingang, und Dr. Mikkelsen ließ sich von Sören erklären, wo die Leiche angeblich von Günter gefunden worden war. Dann ging er mit ihr zu der Stelle im hinteren Bereich des Tierheims, wo die Lieferanten ankamen, die Tierfutter, Stroh und Heu brachten. »Dort will er den Pick-up abgestellt haben, dann hat er die Leiche rübergeschleift.«

Als Erik und Tilla mit Ariane Malak allein waren, sagte sie: »Ich weiß jetzt, wo meine Stühle geblieben sind. Die stehen in dieser Imbissstube am Hochkamp. Der Wirt hat sie geklaut.«

Erik murmelte nur: »Schwer nachzuweisen, Frau Malak. Ausgerechnet an dem Tag, wo Sperrgut abgeholt wurde.« Dann sagte er: »Wo ist Georg Lang? Ich möchte mit ihm sprechen.«

»Am Bahnhof. Sein Vater hat sich schon wieder angekündigt.«

Erik sah sie erstaunt an. »War er nicht gerade erst nach Hause zurückgekehrt, weil die beiden Probleme miteinander hatten?«

»Georg hat sich auch gewundert. Besonders gefreut hat er sich nicht gerade. Irgendetwas scheint passiert zu sein.«

»Wann hat Herr Lang seinen Besuch angekündigt?«

»Vor zwei, drei Stunden, glaube ich.«

»Kann es sein, dass er gern Online-Zeitungen liest?«

Ariane blickte ihn überrascht an. »Woher soll ich das wissen?«

Auf diese Frage antwortete Erik nicht. »Ich würde gerne einmal einen Blick in Ihre Wohnung werfen, Frau Malak.«

Aus der rechtschaffenen Empörung auf ihrer Miene wurde schnell blankes Misstrauen. »Was soll das? Haben Sie mir etwas vorzuwerfen?«

»Es ist leicht, einen Durchsuchungsbeschluss zu bekommen«, behauptete Erik und zeigte auf Tilla, die das Spiel mitspielte. Selbstverständlich gab es keinen Grund, Ariane Malaks Wohnung zu durchsuchen. »Sie kennen die Staatsanwältin?«

Tilla setzte ihr süßes Lächeln auf, das immer einen Zweck verfolgte. »Sie haben doch nichts zu verbergen?«

»Nein!«

»Ich möchte wissen, ob jemand bei Ihnen wohnt.«

Sie atmete tief ein, als wäre sie erleichtert. »So würde ich es nicht nennen. Aber es gibt jemanden, der gelegentlich bei mir übernachtet.«

»Wer?«

»Darüber möchte ich nicht sprechen.«

»Hat Pierre Thom bei Ihnen Unterschlupf gefunden? Die Paparazzi haben ihn gejagt, aber niemand ist auf die Idee gekommen, dass er bei Ihnen übernachtet, oder?«

»Jenna Brown wusste es.«

»Und Georg Lang hat Ihnen geholfen?«

Während Erik hinter Ariane die Treppe in ihre Wohnung hochstieg, dachte er an den Nachmittag, an dem Mattes einen Mann hatte flüchten sehen. Georg Lang war kurz zuvor aufgestanden und rausgegangen, angeblich, weil er nichts von dem Lotterleben seiner Tante hatte hören wollen. Nun war Erik klar, dass er Pierre Thom zur Flucht verholfen hatte. Nach vorne hatte er nicht weglaufen können, weil Erik mit Tilla und Sören angekommen war, hinten hatte Mattes dafür gesorgt, dass niemand ungesehen aus dem Haus kam, in Arianes Wohnung hatte Pierre nicht bleiben wollen, weil er Angst hatte, dass die Polizei sich dort umsehen würde. Also hatte er in dem Gebüsch unter Arianes Balkon ausgeharrt, bis er eine Gelegenheit bekam, abzuhauen.

Erik sah sich nur kurz um, als er die kleine Wohnung betrat. Ein winziger Flur, ein kleines Wohnzimmer mit einem winzigen Balkon, ein noch kleineres Schlafzimmer. Das Bad war das einzige Zimmer, das man geräumig nennen konnte. Sein Nachteil war jedoch, dass es vor der Wohnungstür lag.

Erik trat auf den Balkon, auf den allerhöchstens ein schmaler Stuhl passte, und blickte hinab. Ein dichtes Gebüsch darunter, ohne Dornen. Sogar er traute sich zu, übers Balkongeländer zu klettern und sich von dort hinabzulassen. Im Erdgeschoss gab es zwischen Hauswand und Gebüsch einen freien Streifen, wo man sich gut verbergen konnte.

Georg Lang hatte wohl gewusst, dass Pierre Thom dort hockte, vielleicht nicht zum ersten Mal, und dafür gesorgt, dass er freie Bahn bekam. Ariane zuliebe! Zwar war Mattes doch noch auf ihn aufmerksam geworden, aber er hatte den Mann, der über den Zaun kletterte, nicht erkannt und nicht beschreiben können. Er hatte nur ausgesagt, dass es sich um einen jungen Mann gehandelt hatte ...

Vor der Tür wartete Eriks Schwiegermutter neben der Staatsanwältin. War ja klar!

Erik wandte sich zu Ariane um, die ihm gefolgt war. »Hat er in Ihrem Bett übernachtet?« Er schämte sich ein bisschen für diese direkte, indiskrete Frage.

Ariane warf einen Blick zu seiner Schwiegermutter, und er hätte sich nicht gewundert, wenn sie sich geweigert hätte, in Gegenwart einer polizeifremden Person diese intime Frage zu beantworten. Dass sie es dennoch tat, lag vielleicht an Dr. Tilla Speck, die sich derart gebieterisch aufgebaut hatte, dass Ariane Malak gar nicht in den Sinn kam, irgendetwas zu verweigern. Und dann entdeckte Erik in Arianes Augen etwas, das nicht zu ihrem Alter passte. Selbst Carolin war darüber hinaus, wenn man mal ihre unangemessenen Gefühle für Maximilian Witt vergaß. Als sie dreizehn war, hatte er es das erste Mal bei seiner Tochter gesehen und mit einem unguten Gefühl festgestellt, dass sie wohl bald vom Kind zu einer jungen Frau werden würde. Ariane Malak war längst eine erwachsene Frau, doch erlebte vielleicht zum ersten Mal diese Verwirrung, die die Liebe erzeugen konnte, das Glück, wenn sich der Wunsch nach Liebe zu erfüllen schien, die unzähligen Gründe, die ein Teenager findet, wenn sich die verrücktesten Träume manchmal eben doch erfüllen könnten.

»Nein, auf dem Sofa!«, warf Ariane Malak entschieden ein.

Aber jetzt hatte Jenna Brown die Flinte ins Korn geworfen, war in die USA zurückgekehrt, hatte sich also von Pierre Thom getrennt, der jegliche Attraktivität verloren hatte, durch seine Angst, seine Hemmungen, seine Unfähigkeit, das Spiel der Presse und der Öffentlichkeit mitzuspielen. Manchmal konnten sich eben die verrücktesten Träume erfüllen! Erik war sicher, dass dieser Gedanke sich in Arianes Kopf breitgemacht hatte. Sie liebte Pierre Thom trotz allem, sie war anders als Jenna Brown, auch ganz anders als die Fans, die ihn bisher geliebt hatten und jetzt drauf und dran waren, ihn fallen zu lassen. Auf sie würde Pierre Thom sich verlassen können. Immer! Das stand in Arianes Augen, ohne dass sie ahnte, dass ihre Gefühle dort zu lesen waren.

»Sie haben gemerkt, dass er nachts manchmal Ihre Wohnung verließ?«

Die Angst, die in der vergangenen Nacht dazugekommen war, hatte Ariane Malak längst überwunden. »Ja.«

»Warum sind Sie ihm gefolgt?«

»Ich wollte sehen, was er vorhat.«

»War das in der vergangenen Nacht das erste Mal, dass Sie ihm gefolgt sind?«

Sie schüttelte den Kopf, sehr heftig, ganz schnell. »Nein!«

»Was hat er getan, wenn er sich davonschlich?«

»Nichts. Nur rumgelaufen ist er. Dann ist er zurückgekommen und hat sich wieder schlafen gelegt.«

Erik wollte diese Frage nicht weiter vertiefen. Er hatte Mitleid mit Ariane Malak. Ihre Wünsche würden sich nie erfüllen, sie war die Einzige, die das nicht wusste, und Pierre Thom war scheinbar ein Mann, der sich nur in der Dunkelheit sicher fühlte. Eriks Mitleid verstärkte, verdoppelte sich. Schade! Der Sylter Junge hatte eine Chance gehabt, die nie wiederkommen würde, die Chance zu einer großen Karriere. Jetzt war sie vertan. Und Arianes Chance ... die hatte es nie gegeben.

59

Erik wandte sich ihr mit der besonderen Aufmerksamkeit zu, die sie immer alarmierte. In so einem Fall wollte er etwas von ihr.

»Alles erledigt mit Fifi? Dann könnt ihr ja schon wieder nach Hause gehen. Bei mir kann es hier noch eine Weile dauern.«

Aha! Er wollte sie also loswerden! Das bedeutete, dass er mit Ariane Malak etwas besonders Interessantes zu besprechen hatte.

Da ging es auch schon los! »Der dringend Tatverdächtige«, wandte er sich an Ariane Malak, »hat behauptet, Ihre Tante sei hier ermordet worden. Er hat sie angeblich tot vorgefunden.« Er zeigte zu der Bank, auf der Brigitte Lichter gesessen haben sollte. »Hat es irgendwelche Anzeichen dafür gegeben? Ist Ihnen etwas aufgefallen? Spuren haben sich leider nicht mehr gefunden. Nach mehreren Tagen und nach dem heftigen Regen ...«

Aber Ariane Malak fiel auch nach längerem Überlegen nichts ein. »Am Morgen sah hier alles so aus wie immer.«

Mamma Carlotta wickelte Fifis Leine um ihre Fußgelenke, drehte sich einmal um sich selbst und stellte lauthals fest, dass sie nun keinen Schritt mehr vorankäme. »Dio mio! Wie komme ich da wieder raus?«

Frau Kemmertöns starrte sie mit offenem Munde an, Erik sah ihr ungeduldig bei ihren Versuchen zu, sich zu befreien, was das Gegenteil zur Folge hatte. Sie verhedderte sich immer mehr, während Frau Kemmertöns ihr zusah, ohne etwas zu tun.

»Kann es sein, Frau Malak, dass in dem Geheimfach Ihrer Tante Geld gelegen hat? Wir haben bei dem mutmaßlichen Täter Hunderttausend Euro gefunden.«

Frau Kemmertöns zuckte zusammen und starrte Erik entgeistert an, der zum Glück nichts davon mitbekam. »Hunderttausend Euro«, stammelte sie, auch davon hörte Erik nichts.

Ariane Malak zog die Mundwinkel herab. »Keine Ahnung. Ich wusste nichts von diesem Geheimfach, erst recht weiß ich nichts von dem Inhalt.«

»Das ist mein Geld«, zischte Frau Kemmertöns Mamma Carlotta zu.

Eriks Blick sorgte dafür, dass die beiden Frauen sich endlich, wenn auch sehr langsam in Bewegung setzten.

»Der hat den Band D–E gefunden«, jammerte Frau Kemmertöns.

»Donald Schulze?«

»Nur der wusste Bescheid.«

Zentimeterweise bewegten sie sich auf den Ausgang zu. »Muss Erik wissen, dass sich dieser Günter Sack bei uns als Donald Schulze eingeschlichen hat?«, fragte Carlotta.

Frau Kemmertöns wusste es nicht so recht. Aber eins wusste sie: »Ich will das Geld zurück.«

»Dann müssen Sie zu meinem Schwiegersohn gehen und ihm die ganze Wahrheit sagen.«

»Wird er dann Jupp verraten, was ich getan habe?«

Mamma Carlotta zögerte. Das wusste sie auch nicht. »Aber Sie müssen sich entscheiden.«

»Und wenn ich nicht beweisen kann, dass es mein Geld ist? Dann ist es trotzdem weg. Das wäre ja blöde, wenn ich Jupp nun noch verrate, wie das passiert ist. Dann hält er mich für völlig verrückt. Kein Geld, das er gern gehabt hätte, und ein Hund, den er nie haben wollte.« Sie sah auf Fifi hinab, der ihren Blick voller Vertrauen erwiderte. »O Mannomann!«

In diesem Augenblick flog der erste Stein! Dem nächsten konnte Fifi nur ganz knapp ausweichen ...

60

»Ins Haus! Sofort!«, schrie Erik seiner Schwiegermutter zu, die mit der Linken nach Fifis Leine griff und mit der Rechten Frau Kemmertöns vor sich herschob.

Nun ertönten aufgeregte Stimmen vor dem Eingang des Tierheims. Jugendliche hatten sich dort versammelt, ohne dass es einem von ihnen aufgefallen war. Ariane Malak war als Erste im Haus verschwunden, Frau Kemmertöns war ihr eilig gefolgt, Mamma Carlotta hatte Wert darauf gelegt, sich als Letzte in Sicherheit zu bringen. In der Tür blieb sie stehen und drehte sich um.

»Pervers!«, schrie einer von ihnen.

»So ein Schwein arbeitet im Tierheim?«

Erik ging auf das geschlossene Tor zu. Sören und die Staatsanwältin hielten sich zurück, blieben im Hintergrund stehen, als wollten sie Erik nicht die Show stehlen, waren aber zu allem bereit, wenn die Lage eskalierte. Als er sich umdrehte, um zu kontrollieren, dass Mamma Carlotta in Sicherheit war, sah er, dass sie ihren Kopf blitzartig zurückzog und im Hauseingang verschwand. Er konnte sich vorstellen, was sich im Inneren abspielte: Ariane Malak hatte sich vermutlich so weit wie möglich von der Tür entfernt, Frau Kemmertöns war froh, dass sie einen Stuhl fand, auf dem sie sich niederlassen und warten konnte, bis alles vorbei war. Neugierig wäre sie natürlich auch, aber ihr würde es reichen, wenn man ihr später erzählte, was sich ereignet hatte. Im Gegensatz zu Mamma Carlotta musste sie der Angelegenheit nicht unbedingt höchstpersönlich auf die Spur kommen. Hoffentlich ging seine

Schwiegermutter kein Risiko ein, nur um ihre Neugier zu befriedigen.

Erik war an dem Tor angekommen. »Ihr werft Steine auf Unschuldige?«

Er zeigte zu der Tür, durch die seine Schwiegermutter mit der Nachbarin verschwunden war, wo jetzt wieder Mamma Carlottas Kopf zu sehen war.

»Der Kerl soll rauskommen!«, forderte einer.

Erik kannte keinen von ihnen. Ob er Einheimische oder Feriengäste vor sich hatte, wusste er nicht. Vielleicht Söhne von Zweitwohnungsbesitzern? Sie waren allesamt gut gekleidet, sahen gepflegt aus, und die Mädchen, die mitgekommen waren, sich aber im Hintergrund hielten, trugen das, was Carolin angesagte Klamotten nannte. Erik kannte sich da zwar nicht gut aus, aber mittlerweile hatte er doch einen Blick dafür entwickelt, was teuer war und was nur teuer aussehen sollte.

Er zeigte, dass er gesprächsbereit war, woraufhin Ruhe einkehrte. Er stellte sich den jungen Männern vor, schloss mit einem freundlichen Blick die Mädchen mit ein und stellte schnell fest, dass sie an gute Manieren gewöhnt waren. Erik hatte Menno Koopmann oft klagen hören, dass die Online-Ausgabe seiner Zeitung kein großer Erfolg sei, den Syltern fehlte das Interesse, die Touristen genossen es scheinbar im Urlaub, große Zeitungsblätter neben das Frühstücksgedeck zu legen und viel Zeit zu haben, sich in die Meldungen zu vertiefen. Diese jungen Leute hatten die Online-Ausgabe gelesen, kein Zweifel.

Er spürte, dass Sören und Dr. Mikkelsen näher herankamen, Tilla stand mittlerweile an seiner Seite. Obwohl er an keine Gefahr glaubte, tat es ihm gut, sie neben sich zu wissen. »Der, den Sie suchen – Georg Lang –, ist nicht da«, begann er. »Und im Übrigen hat es das *Inselblatt* versäumt, sich bei der Polizei rückzuversichern, bevor es Behauptungen in die Welt trägt. Hätte der Chefredakteur mich vorher kontaktiert, hätte ich ihm dringend davon abgeraten, diese Titelzeile herauszubringen. Morgen früh, wenn die gedruckte Ausgabe überall ausliegt, wird es noch jede Menge Ärger geben.« Er erzählte den jungen Leuten, wie das Foto, das Georg Lang neben einem zu Tode gefolterten Schaf zeigte, entstanden war. »Bei Georg Lang sind Sie an der falschen Adresse«, schloss er. »Während er im Polizeirevier saß und vernommen wurde, hat der echte Schafripper gleich noch einmal zugeschlagen.«

»Und wieso ist er nicht gefasst worden?«, fragte der junge Mann, der der Anführer zu sein schien.

»Weil es auf Sylt genug Weiden gibt, die nachts ganz einsam daliegen. So viele Schäfer können die Bauern gar nicht einstellen, dass alle Schafe vor einem Perversen sicher sind.«

Die Mädchen drehten sich um und bewegten sich Richtung Straße zurück, die Jungen wurden unsicher.

»Ich möchte Sie dringend bitten, mit dem Steinewerfen etwas vorsichtiger zu sein«, schloss Erik das Gespräch. »Schon mal was davon gehört, dass Körperverletzung strafbar ist?« Dann wandte er sich um, ohne noch einen Blick zurückzuwerfen. Tilla, Sören und Dr. Mikkelsen folgten ihm. Sie konnten hören, wie sich die kleine Demonstration vor dem Tor des Tierheims auflöste.

Erik blieb vor Brigitte Lichters Haus stehen und wählte noch einmal Koopmanns Telefonnummer. Mit knappen Worten erzählte er ihm von dem Vorfall. Es machte ihm Spaß, die Sache ein bisschen aufzubauschen, wie seine Schwiegermutter es zu tun pflegte. Aus den zehn oder zwölf Jugendlichen machte er eine Ansammlung, ohne eine Zahl zu nennen, aus den zwei Steinen, die geflogen waren, machte er einen Hagel von Steinen und aus dem ruhigen Gespräch eine wütende Diskussion. Sollte Menno Koopmann ruhig ein paar Stunden schwitzen! »Morgen werden Sie jede Menge Ärger bekommen, das kann ich Ihnen versprechen.«

»Vor allem dieser Drecksack von Fotograf«, stieß Koopmann hervor. »Den knöpfe ich mir vor. Wo der wohnt, habe ich schnell herausgefunden.«

Erik gab ihm keine Hilfestellung. Als er das Telefonat beendet hatte, fragte er Tilla und Sören: »Ob ich Herrn Kemmertöns vorwarne?«

Sie entschlossen sich dagegen. Dann erinnerte Tilla daran, dass sie aufhören wollten, sich um den Schafripper zu kümmern. »Das ist nicht deine Sache, Erik.«

Sören bestätigte sie. »Wenn morgen das *Inselblatt* am Kiosk hängt, muss der Kurdirektor sowieso klein beigeben. Er wollte nicht, dass die Sache an die Öffentlichkeit kommt, aber jetzt ist es eben passiert. Soll er sich bei Koopmann beschweren. Es war nie eine Sache für die Mordkommission, nun erst recht nicht. Wir sollten uns endlich ausschließlich um den Mord an Brigitte Lichter kümmern.«

Tilla Speck sah auf ihre Armbanduhr. »Günter Sack hat jetzt lange genug geschmort. Garantiert ist er reif für ein hartes Verhör. Noch vor dem Abendessen haben wir sein Geständnis. Wetten?«

Erik wollte auf diese Wette nicht eingehen. Aber in allen anderen Punkten war er der Meinung von Tilla und Sören. »Also los!«

»Was ist mit Carlotta?«, fragte Tilla.

»Die wollte zu Fuß gehen, mit Frau Kemmertöns und Fifi.«

Er sah Tillas Gesicht an, dass sie seiner Schwiegermutter den Weg nicht zumuten wollte. Aber bevor sie diesen Gedanken in Worte fassen konnte, schüttelte er den Kopf. »Der Hund braucht Auslauf. Frau Kemmertöns sowieso. Und meine Schwiegermutter ist weite Wege gewöhnt. In Panidomino geht es ständig steil bergauf und bergab. Den Weg zum Süder Wung erledigt die in null Komma nichts.«

Dr. Mikkelsen ging zum Tor, sah der aufgebrachten Gruppe nach, die sich gemächlich Richtung Norddörferhalle begab, wo sie vermutlich ihre Autos stehen hatten. »Das waren eigentlich harmlose junge Leute. Auf Randale sind die nicht aus. Die haben nicht richtig nachgedacht. Ihre Idee war ja auch richtig. Wie kann ein Schafripper im Tierheim arbeiten?«

»Kannten Sie einen von denen?«, fragte Erik.

»Der eine hat ein Apartment in dem Haus, in dem ich wohne.«

»Auch von den Eltern finanziert?« Erik biss sich auf die Lippen und ärgerte sich über diese Frage. Es ging ihn nichts an, wie die junge Gerichtsmedizinerin an ihr schickes Apartment gekommen war.

Aber sie lachte ihn ganz offen an. »Ja, ich denke schon. In seinem Alter kann er sich das Apartment unmöglich selbst gekauft haben.«

Vor dem blauen Porsche verabschiedeten sie sich von ihr. Und Erik beobachtete staunend, dass sie Sören kurz umarmte und ihm links und rechts einen Kuss an die Schläfen hauchte. Natürlich hatte das nichts zu bedeuten, das machten heutzutage alle.

Er erinnerte sich an das, was er von Sören gehört hatte: Antje Mikkelsen stammte aus einer Familie von Ärzten. Seit Generationen hatte es in der Familie mindestens einen Arzt gegeben. Zunächst natürlich waren es männliche Mediziner gewesen, mittlerweile gehörte es bei den Mikkelsens längst zum guten Ton, dass auch die Töchter, Schwiegertöchter und Enkeltöchter Medizin studierten. Für Antje Mikkelsen war vorgesehen gewesen, dass sie die internistische Praxis ihres Vaters übernahm. Sie war nicht gefragt, es war einfach vorausgesetzt worden. Und das hatte sie scheinbar mächtig geärgert. Sie wollte ihre eigenen Entscheidungen treffen und entschloss sich, Gerichtsmedizinerin zu werden. Ausgerechnet! Ihre Eltern waren außer sich gewesen über diese Eigenmächtigkeit des Töchterchens, hatten sich aber schließlich damit abfinden müssen. Und um sie nicht ganz zu verlieren, hatte sie den schicken blauen Porsche bekommen und ein Apartment in

Westerland. Der Porsche war das Geschenk zum bestandenen Examen gewesen. Erik war sicher, dass die Eltern damit versucht hatten, das Kind auf den rechten Weg, also in die Praxis des Vaters zurückzulocken. Als ihnen das nicht gelungen war, hatten sie es wohl aufgegeben. Wenn ihre Tochter sich schon für diese unappetitliche Seite der Medizin entschied, mit der sich nicht einmal viel Geld verdienen ließ, dann wenigstens einigermaßen nobel. Erik wusste nicht genau, in welchem Haus Antje Mikkelsen wohnte. Aber Sören hatte sie einmal heimgebracht und später von einer Penthousewohnung mit Blick übers Meer gesprochen. Sollte er jemals die Idee gehabt haben, aus Frau Dr. Mikkelsen Frau Kretschmer zu machen, so hatte sich dieser Gedanke an jenem Abend wohl erledigt. Sören hatte wohl begriffen, dass er mit Dr. Mikkelsen nur befreundet sein konnte.

»Aber immerhin!« Das hatte er schon oft vor sich hin gemurmelt und müde abgewinkt, wenn Mamma Carlotta ihm anbot, sich um die Angelegenheit zu kümmern, weil sie in Sachen Amore die richtigen Tricks kannte.

61

Frau Kemmertöns begann schon zu humpeln, als Feinkost Meyer in Sicht kam. Fifi dagegen rannte los, so weit die Leine reichte, und schnupperte vergnügt an jedem Grasbüschel.

»Bald sind Sie fit wie ein Turnschuh!« Diesen Satz hatte Mamma Carlotta einmal von Felix gehört und sich köstlich amüsiert.

»Will ich das?«, fragte die Nachbarin zurück.

»Naturalmente! Das will jeder.«

»Vielleicht ...« Frau Kemmertöns dachte angestrengt nach.

»Vielleicht können Sie Ihrem Mann das Gassigehen anhängen?« Mamma Carlotta wusste genau, welcher Gedanke die

Nachbarin umtrieb. Seit Mattes verraten hatte, dass er mit ihrem Mann über Fifi gesprochen hatte, gingen ihr ganz neue Ideen durch den Kopf.

Als sie den Kreisverkehr hinter sich gelassen hatten, beschloss Mamma Carlotta, auf der rechten Seite der Westerlandstraße zu bleiben. »Lassen Sie uns kurz bei Tove einkehren. Der muss erfahren, was alles passiert ist.«

Frau Kemmertöns dachte an die unbequemen, wackeligen Thekenhocker und war nicht besonders angetan von dieser Idee. Aber wie immer schaffte sie es nicht, sich gegen Carlotta Capella durchzusetzen. Als sie Käptens Kajüte betraten, war sie am Ende ihrer Kräfte angelangt, brachte nur noch mit schwacher Stimme den Wunsch nach einem Cappuccino hervor, kletterte auf einen Hocker und stöhnte laut und vernehmlich.

»Was ist los?«, fragte Tove, während er sich um den Cappuccino für Frau Kemmertöns kümmerte.

»Was wir alles erlebt haben!« Mamma Carlotta stöhnte nun genauso laut und eindringlich wie ihre Nachbarin. Dann stellte sie fest, dass ihr eine Zuhörerschaft, die nur aus einem einzigen Menschen bestand, noch dazu aus Tove, der kein besonders leidenschaftlicher Zuhörer war, nicht besonders gut gefiel. »Wo sind Signor Tiensch und Ricardo?«

»Fietje muss mal arbeiten«, gab Tove zurück, während er einen zweiten Cappuccino fabrizierte, obwohl Mamma Carlotta sich noch gar nicht entschlossen hatte, was sie konsumieren wollte. »Aber Richard Gercke will gleich noch mal vorbeikommen. Er war eben schon hier, weil er gesehen hat, dass Sie im großen Konvoi losgefahren sind. Er will wissen, wohin. Aber er musste erst ein Enkelkind in die Kita bringen.«

Mamma Carlotta beschloss, so lange zu warten. Denn Ricardo wusste, wie man als Zuhörer zu reagieren hatte. Er konnte staunen, mit Zwischenrufen zeigen, wie verblüfft er war, und vor Entgeisterung verstummen, wenn es angebracht war. All das konnte Tove nicht. Er wollte es oft nicht einmal, sondern tat immer gerne so, als hätte er alles, was Mamma Carlotta zu berichten hatte, vorausgesehen. Aber immerhin zeigte er ein wenig Emotionalität, als er hörte, dass Frau Kemmertöns nun alle Formalitäten erledigt hatte, die nötig waren, damit Fifi vom Bewohner des Tierheims zum Mitglied der Familie Kemmertöns wurde. Daraufhin erhielt der Hund eine unverkäufliche, leicht angekohlte Bratwurst, und er legte neben die beiden Kaffeetassen sogar jeweils eine Waffel, die nur besonders geachtete Gäste erhielten. Mamma Carlotta hatte bisher nie eine bekommen.

Richard betrat die Imbissstube genau im richtigen Moment. Er strahlte, als er Mamma Carlotta sah, und freute sich genauso wie Tove, als er hörte, dass Fifi nun ganz offiziell ins Eigentum der Kemmertöns übergegangen war.

Mamma Carlotta legte die Unterarme auf die Theke, die Position, in der sie besonders gut erzählen konnte, und wartete, bis auch Ricardo seinen Kaffee erhalten hatte. Dann platzte sie heraus: »Mein Schwiegersohn weiß nun, dass Brigitte Lichter im Tierheim ermordet worden ist.«

»Weiß er etwa auch«, fragte Tove beunruhigt, »dass wir die Leiche gefunden haben?«

»No, no!« Mamma Carlotta sah von einem zum anderen, das Missbehagen war ihr an der Nasenspitze anzusehen. »Donald Schulze ...«

»Günter Sack«, korrigierte Richard Gercke.

»Sì, sì! Er hat zugegeben, dass er die Leiche dort gesehen hat. Aber angeblich will er Brigitte Lichter nicht umgebracht haben. Er hat sie nur ... weggeschafft.«

Tove winkte mit der flachen Hand vor seinem Gesicht hin und her, und Richard schüttelte verständnislos den Kopf. »Was für ein Blödsinn! Wer macht denn so was?«

Darauf hatte Mamma Carlotta keine Antwort. Aber sie stellte in Aussicht, bald mehr zu erfahren. »Er wird heute Nachmittag verhört. Und heute Abend werde ich ein gutes Essen auf den Tisch bringen.« Sie blickte auf die Uhr. »Ich muss noch einkaufen. Heute Mittag ist die Küche kalt geblieben, weil niemand Zeit hatte, zum Essen zu kommen.« Erschrocken dachte sie an Carolin, die womöglich allein zu Hause hockte, sich die Augen aus dem Kopf weinte, weil sie von Maximilien Witt schwer betrogen worden war und außerdem Angst hatte, ihren Ausbildungsplatz zu verlieren. Madonna! Was war sie nur für eine Großmutter!

Sie musste unbedingt nach Hause, um dort nach dem Rechten zu sehen. »Sicherlich werden Enrico, Sören und die Staatsanwältin früh zum Essen kommen. Wer weiß, vielleicht kommt auch die Dottoressa!« Sie rutschte von ihrem Hocker. »Es wird Zeit.« Damit Frau Kemmertöns gar nicht erst auf die Idee kam, sie zu begleiten, womit der Heimweg glatt eine halbe Stunde länger gedauert hätte, trug sie ihr auf, von dem Steinwurf zu erzählen, der beinahe Fifi getroffen hätte. »Morgen wird im *Inselblatt* zu lesen sein, dass Georg Lang der Schafripper ist. Dabei stimmt das gar nicht.« Sie legte ein Geldstück auf die Theke und machte ein paar Schritte auf die Tür zu. »Madonna! Das wird ein Theater geben! Sein Vater ist schon gekommen. Vermutlich, um der Sache auf den Grund zu gehen. Wir sollten uns morgen früh hier treffen. D'accordo? Dann weiß ich vielleicht mehr.«

»Dann werde ich gleich morgen früh ein paar Exemplare vom *Inselblatt* besorgen«, tönte Tove. »Das wird ein gutes Frühstücksgeschäft.«

Mamma Carlotta drehte sich an der Tür noch einmal um. »Ach ja ... und dann noch die Hunderttausend Euro von Signora Kemmertöns! Aber das können Sie selber erzählen, Signora! D'accordo?«

Frau Kemmertöns hob den Kopf und nickte schwer ...

62 Günter Sack hatte viel von seiner Attraktivität verloren. Er war bleich, das Selbstsichere war von ihm abgefallen, die Angst, die in seinen Augen stand, gab ihm etwas Unbedarftes, Unintelligentes. Er wirkte wie jemand, der nicht begriff, was mit ihm geschah, obwohl es auf der Hand lag.

Als Erik und Tilla in den Raum kamen, in dem er seit Stunden saß und wartete, war sein erster Satz: »Ich habe sie nicht umgebracht. Ich war es nicht.«

Erik und Tilla ließen sich auf der anderen Seite des Tisches, an dem Günter Sack saß, nieder, langsam, gemächlich, und schauten ihn an, als wollten sie erst mit ihm reden, wenn er sich endlich etwas anderes ausgedacht hatte als diesen Satz.

Sören war in sein Büro gegangen, er wollte im Intranet der Polizei nachschauen, ob Pieter Thomsen schon mal auffällig geworden war, ob er irgendetwas finden konnte, was sein absonderliches Verhalten erklärte. Eine Angststörung vielleicht, Panikattacken, die erfolgreich behandelt worden waren und die jetzt, angesichts seiner neuen Lebenssituation, wieder aufgebrochen waren. Sören hatte, als sie aus dem Tierheim zurückkamen, seine Cousine angerufen, die allerdings nicht viele Erinnerungen an Pieter Thomsen hatte. Doch sie meinte nach längerem Überlegen, dass es irgendeine psychische Störung bei ihm gegeben habe. »Irgendwann war er dann plötzlich weg«, hatte sie gesagt. »Er wurde wohl auf eine andere Schule geschickt. Oder ins Internat?«

Erik rückte seinen Stuhl zurecht, dann blickte er Günter Sack freundlich an. »Haben Sie mit Ihrem Anwalt gesprochen?«

»Ich habe mit ihm telefoniert. Er wird so bald wie möglich nach Sylt kommen.«

»Und Ihre Frau? Weiß sie auch Bescheid?«

Günter Sack sah auf seine Hände. »Nein. Oder ... Vielleicht, ich weiß es nicht.«

Erik fragte nicht weiter nach. »Warum sind Sie in der Nacht vom Samstag auf den Sonntag ins Tierheim gegangen?«

»Ich hatte gehört, dass Brigitte in dieser Nacht Wache halten wollte.«

»Wer hatte Ihnen das erzählt?«, fragte Tilla.

»Ich habe ein Gespräch zwischen Ariane Malak und Georg Lang mitbekommen. Zufällig. Ich war schon am Tag vorher im Tierheim gewesen, habe Brigitte aber nicht angetroffen. Als ich hörte, dass sie in der folgenden Nacht Wache halten wollte, hielt ich das für eine gute Gelegenheit, mal in Ruhe mit ihr zu reden.«

»Was wollten Sie mit dem Gespräch erreichen?«

»Sie sollte mir die beiden Briefe zurückgeben. Und sie sollte ...« Er zögerte und schlug mit seinen zehn Fingern einen merkwürdigen Takt auf der Tischkante. »Sie sollte darauf verzichten, ihrem ... unserem Sohn die Wahrheit zu sagen.«

»Hatte sie sich bereits mit ihrem leiblichen Sohn in Verbindung gesetzt?«

»Ich war nicht ganz sicher. Manchmal hatte ich das Gefühl, dann wieder kam es mir so vor, als wollte sie mich nur unter Druck setzen und hat deswegen so getan, als wüsste sie bereits, wo er lebt und wie sie mit ihm Kontakt aufnehmen kann.«

»Das ist damals also eine offene Adoption gewesen? Oder eine halb offene?«, fragte die Staatsanwältin.

Günter Sack zuckte die Achseln. »Keine Ahnung. Wir haben nie darüber gesprochen. Brigitte hat das Kind bekommen, ohne dass es jemand wusste, sie kam zurück ohne Kind, und das war's.«

»Also gut ...« Erik tat so, als hätte er Verständnis für Günter Sacks Sorgen. In Wirklichkeit ärgerte er sich immer, wenn Männer so lapidar mit ihrer Vaterschaft umgingen. »Wie hätten Sie reagiert, wenn Ihre Bemühungen umsonst gewesen wären? Wenn Brigitte dabei geblieben wäre, den Sohn zu kontaktieren und ihm auch den Namen seines Vaters zu nennen?«

Günter Sack schwieg. Sein Rhythmus auf der Tischkante wurde schneller, Erik konnte beobachten, wie Röte in sein Gesicht stieg. Er wechselte einen Blick mit Tilla, sie schien ähnliche Gedanken zu haben. »Hätten Sie ihr gedroht?«

Günter Sack schlug mit allen zehn Fingern zu, dann nahm er seine Hände in den Schoß. »Ja.«

»Und Sie hätten Ihre Drohung wahr gemacht? Wenn du mir nicht die Briefe gibst, tu ich dir was an? Wenn du meinen Namen nennst, bringe ich dich um?«

Erik erschrak regelrecht, als Günter Sack antwortete: »Ja.«

Er hatte mit Ausflüchten gerechnet, mit Abwehr, sogar mit Entrüstung, aber nicht mit diesem schlichten Ja. »Wozu das Ganze? Was hat dieser ... dieser Sohn davon, wenn er den Namen seines Erzeugers kennt?«

»Wer könnte Brigitte Lichter umgebracht haben«, fragte die Staatsanwältin, »wenn Sie es nicht waren?«

Günter Sack zuckte nur mit den Schultern. »Ich will ja niemandem was anhängen, aber ...«

»Aber?« Erik beugte sich vor.

»Kurz vorher habe ich Georg Lang gesehen. Er rannte weg, als wäre der Teufel hinter ihm her.«

»So, als hätte er gerade einen Menschen umgebracht?«, fragte Tilla.

Darauf antwortete Günter Sack nicht.

Als auch Tilla und Erik schwiegen, meinte er schließlich: »Brigitte war ein Mensch, der sich nicht davor fürchtete, Feinde zu haben. Sie konnte andere vor den Kopf stoßen, hielt mit ihrer Meinung nie hinterm Berg, konnte andere verletzen ... Brigitte Bardot und Gunter Sachs hat sie einmal so sehr gegen sich aufgebracht, dass die beiden nichts mehr von ihr wissen wollten.«

Er blickte Erik und Tilla an, als wollte er ihre Reaktion hören oder sehen. Er schien zu den Menschen zu gehören, die sich gern mit den Namen von Prominenten schmückten. In diesem Fall erntete er nicht die Reaktion, die ihm lieb war.

»Sagen wir mal ... wir glauben Ihnen, dass Brigitte Lichter schon tot war, als Sie ins Tierheim kamen, um mit ihr zu reden ...«

Günter Sack sprang auf, machte zwei Schritte vom Tisch weg, drehte sich um, ging die beiden Schritte zurück und warf sich zurück auf den Stuhl. »Ich habe sie nicht umgebracht.«

»Warum sind Sie nicht zur Polizei gegangen?«

Tilla ergänzte: »Wie es jeder normale Mensch getan hätte?«

Günter Sacks Stimme wurde nun ganz leise. »Das war auch meine erste Reaktion. Ich hatte schon mein Handy in der Hand. Aber dann habe ich mir vorgestellt, was dann kommt. Meine Personalien würden aufgenommen, ich würde erklären müssen, was ich im Tierheim zu suchen hatte, die Polizei würde feststellen, dass ich Brigitte von früher kannte, dass ich sogar ein Motiv hatte, ihr nach dem Leben zu trachten. Die Fingerabdrücke würden mir abgenommen. Meine Frau würde erfahren, dass ich mal was mit Brigitte hatte ... Nein, ich hielt es für besser, mich da ganz rauszuhalten.«

Erik tat so, als glaubte er ihm. »Und warum sind Sie nicht einfach weggelaufen?«

Günter Sack stieß einen Laut aus, der wohl ein Lachen sein sollte. »Ich hatte doch schon jede Menge Spuren hinterlassen! Ich hatte Brigitte angefasst, hatte an ihrer Schulter gerüttelt, war hin und her gelaufen. Man liest doch häufig in der Zeitung, dass die Polizei aus einer winzigen Spur den Täter überführen kann. Sollte ich dieses Risiko etwa eingehen?«

»Stattdessen sind Sie zurückgefahren, haben sich den Pick-up Ihres Nachbarn geholt und ...«

»Ich wusste, wo der Wagen stand und dass der Besitzer zurzeit nicht auf Sylt war. Ich konnte die Leiche ja schlecht in den

Kofferraum meines eigenen Wagens ...« Er brach ab und ergänzte dann leise: »Das hätte ich sowieso nicht geschafft. Beim Pick-up ist das einfacher.«

Erik stellte sich vor, eine Leiche auf die Ladefläche eines Pick-ups zu hieven, und fand das ganz und gar nicht einfach.

»Ich war heilfroh, als ich das geschafft hatte.« Er spannte die Arme kurz an, als wollte er seine Muskeln spielen lassen. »Jahrelanges Bodybuilding hat sich ausgezahlt.« Er versuchte ein Grinsen, unterließ es aber schnell, als er merkte, dass er keine Bewunderung ernten würde. »Dann wollte ich den Wagen auf den Parkplatz im Norderstrandtal stellen, wo er nicht weiter auffallen würde. Da stehen häufig, auch über Nacht, Autos herum. Manche wohnen da, Kellner, die keine Wohnung gefunden haben, junge Leute, denen die Kohle für eine Unterkunft fehlt ... Aber zurzeit, das hatte ich vorher recherchiert, war der Platz leer.« Er schwieg. Mit einem Mal sah er so aus, als könnte er nicht verstehen, was er in dieser Nacht hinter sich gebracht hatte.

Erik betrachtete ihn, ohne dass er es merkte. Was mochte Renata Sack für eine Frau sein, dass sie diesen Mann heiratete, der so offensichtlich ein Typ war, der vielen Frauen gefiel? Hatte sie ihn mit ihrem Geld gelockt? Hatte sie sich Liebe vorgaukeln lassen und ihn dafür bezahlt? Oder hatte sie wirklich darauf vertraut, dass er ihr, ausgerechnet ihr, treu sein würde? Er hatte ihr Foto auf der Homepage der Firma gesehen, eine Frau mit einer unkleidsamen Dauerwelle, einem Coco-Chanel-Kostüm, das sie glatt zehn Jahre älter machte, und einem Lächeln, zu dem der Fotograf ihr höchstwahrscheinlich geraten hatte. »Siegessicher lächeln, Frau Sack, damit jeder sieht, wie kompetent und erfolgreich Sie sind.«

Ehen, in denen es so offenkundig auf Geld und Attraktivität ankam, konsternierten Erik. Meist waren es die Männer, die das Geld hatten, und Frauen, die jung und schön waren und bei einer Eheschließung nicht daran dachten, dass es irgendwann vorbei sein würde mit Jugend und Schönheit und oft dann auch mit Liebe und Glück. Mit diesen Männern und Frauen hatte er nie Mitleid gehabt, und er fragte sich, warum es diesmal anders sein sollte. Nur, weil die Rollen sich verkehrt hatten? Tatsächlich hatte er Mitgefühl mit Renata Sack, die nur eine einzige Bedingung an ihren Mann gestellt hatte: Er durfte sie nicht betrügen, er musste ihr treu bleiben. Wie borniert mochte sie sein, dass sie sich darauf verließ, auch wenn ihr Mann wochenlang mit Brigitte Bardot und Gunter Sachs auf Sylt gewesen war.

Tilla verlangte, dass Sack weitersprach. »Dann ist Ihnen unterwegs ein Missgeschick passiert.«

Günter Sack wurde klar, dass die Polizei Bescheid wusste. Vermutlich hatte er nicht damit gerechnet, dass die beiden jungen Leute, die Brigitte Lichters Leiche überrollt hatten, am nächsten Tag von Reue geplagt worden waren.

»Ich dachte, nun ist es aus. Die beiden stiegen aus, ich bin einfach weitergefahren, als hätte ich nichts bemerkt. Sie durften ja mein Kfz-Kennzeichen nicht sehen. Hinter einer Düne bin ich dann stehen geblieben und habe die beiden beobachtet.« Er verzog das Gesicht zu einem Grinsen, das bei jedem anderen schmierig gewesen wäre. Günter Sack schaffte es, seiner Erinnerung an die Erleichterung, die er in jener Nacht empfunden hatte, eine Prise Mitgefühl beizumischen. »Ich konnte mein Glück nicht fassen, als sie Brigitte liegen ließen und abhauten. Ihre Handys hatten sie kurz aus den Taschen gezogen und dann wieder weggesteckt. Klare Fahrerflucht! Besser konnte es für mich gar nicht laufen. Plötzlich hatte ich das Gefühl, dass das Schicksal auf meiner Seite war. Ich habe die Leiche zurückgeholt ...«

»... und später in der Baugrube entsorgt«, vervollständigte Tilla, die scheinbar Schwierigkeiten hatte, sich die Geschichte erzählen zu lassen. Erik wusste, was sie von Männern wie Günter Sack hielt. Sie betrachtete ihn mit unverhohlener Abneigung. »Wenn das geklappt hätte, wären Sie fein raus gewesen.«

Günter Sack knipste in seinem Gesicht tiefes Bedauern an, als sollten Erik und Tilla Erbarmen mit ihm haben. »Ich war dabei, als Brigitte ausgebuddelt wurde. Verdammt, war ich wütend auf diesen Baggerfahrer! Ich hatte schon Angst, dass ich auffalle, dass jemand auf mich aufmerksam wird. Es heißt ja immer: Der Täter kommt stets an den Tatort zurück. Mir wurde klar, dass ich womöglich einen Fehler gemacht hatte, dass ich als Mörder entlarvt werden könnte, obwohl ich Brigitte nicht umgebracht habe. Allein deswegen, weil ich an der Baugrube aufgetaucht bin.« Er holte tief Luft und schien Mühe zu haben, weiterzureden. »Zum Glück sah ich dann eine ... sagen wir, Bekannte. Mit ihr bin ich zum Friedhof gegangen. Ich dachte, das sieht harmlos aus. Und sie hat sich gefreut, dass jemand mit ihr zum Grab ihrer Tochter ging ...«

63 Mamma Carlotta hatte dafür gesorgt, dass Frau Kemmertöns mit Fifi ihren eigenen Garten und dann ihr eigenes Haus betrat. So ging das ja nicht weiter! Irgendwann musste sie ihrem Mann gestehen, dass sie Hundebesitzerin geworden war, nun sogar ganz offiziell. Es hatte keinen Sinn, den Augenblick hinauszuzögern. An einem Ehekrach würde sie nicht vorbeikommen. Da war es besser, die Sache hinter sich zu bringen. Was Mattes erzählt hatte, ließ ja sogar darauf schließen, dass Jupp Kemmertöns sich bereits an den Gedanken gewöhnt hatte, demnächst von einem Vierbeiner begleitet zu werden, wenn er zum Schafkopfspielen aufbrach. Ein Ehestreit, wie Mamma Carlotta es aus ihrem Dorf kannte, mit fliegenden Tellern, knallenden Türen und einer Lautstärke, dass die ganze Nachbarschaft mithören konnte, erschien ihr bei Herrn Kemmertöns sowieso unmöglich. Das würde ihm viel

zu anstrengend sein. Für Mamma Carlotta wäre es an Frau Kemmertöns' Stelle das allergrößte Problem gewesen, nicht über die Hunderttausend Euro reden zu können, die bei Donald Schulze, den sie in Gedanken noch immer so nannte, aufgetaucht waren. Aber das war bei Frau Kemmertöns anders. Zwar ärgerte sie sich schrecklich darüber, aber das Schweigen über diese Ungeheuerlichkeit fiel ihr wesentlich leichter als Mamma Carlotta.

Eilig war sie zu Feinkost Meyer gelaufen, hatte Zucchini für das Carpaccio gekauft und sich mit dem Filialleiter gestritten, weil es in der Gemüseabteilung nur grüne, aber keine gelben Zucchini gab. Dann brauchte sie noch Anchovis, glatte Petersilie und Spinat, diesmal wieder aus der Tiefkühltruhe, nachdem sie einmal festgestellt hatte, dass dieser genauso gut war wie der frische, obwohl sie es ihren Nachbarinnen in Panidomino niemals gestehen würde. Dann noch Salbei und Vanilleeis, damit hatte sie alles im Haus, um mit der Zubereitung fürs Abendessen zu beginnen.

Als sie zurückkam, saß ihre Enkelin in der Küche, Küheltje auf dem Schoß und einen Blick in den Augen, als hätte sie an diesem Tag den Lauf der Welt endlich verstanden.

»Carolina!« Mamma Carlotta ließ die Einkaufstaschen fallen und umarmte ihre Enkeltochter. »Erzähl mir, was du im Horizont erlebt hast.«

Carolins Stimme war sehr leise. »Pierre Thom ist wieder eingezogen.«

»Grazie a Dio! Nun kann Signor Gravenaar dir nicht mehr vorwerfen, dass du ihn verjagt hast.«

»Jetzt wirft er mir vor, dass ich Jenna Brown verjagt habe. Angeblich bin ich schuld daran, dass die beiden sich getrennt haben. Und dass sie nicht bezahlt hat, ist auch meine Schuld. Wenn ihr Management die Rechnung nicht begleicht, wird er sie mir schicken.«

»Che bastardo! Das wird dein Vater nicht zulassen!«

»Vielleicht wird er es müssen.«

»Und Tilla? Die wird ihm die Meinung sagen. Vor einer Staatsanwältin hat Gravenaar Respekt. Scommettiamo?«

Das hielt Carolin auch für möglich, selbst wenn sie nicht mit ihrer Nonna wetten wollte. In ihren Augen entzündete sich ein Funken Hoffnung.

Mamma Carlotta packte ihre Einkäufe aus und fragte währenddessen: »Wohnt Maximilian Witt noch nebenan?«

Carolin zuckte mit den Schultern und wollte vorgeben, dass ihr dieser Mann vollkommen egal sei. Aber es gelang ihr nicht besonders gut. »Spätestens morgen, wenn das *Inselblatt* erschienen ist, wird er seine Sachen packen.«

»Ich hole dir ein paar Cantuccini und mache dir einen Espresso.« Gegen Herzschmerz und untreue Männer halfen nur gutes Essen und ein starkes Getränk. »Oder lieber ein Prosecco?« In schweren Fällen musste das Getränk eben alkoholhaltig sein. Und Maximilian Witt war ja nun wirklich ein schwerer Fall.

Ein paar Minuten später ging es Carolin tatsächlich schon ein wenig besser. Sie hatte die Cantuccini geknabbert, den Espresso geschlürft und dann auch den Prosecco nicht zurückgewiesen. Da das Kind unmöglich eine ganze Flasche allein trinken konnte – das wäre dann doch der Seelentröstung zu viel gewesen –, hatte ihre Nonna sich bereit erklärt, dabei mitzuhelfen, die Lügen der Männer im Alkohol zu ertränken. Danach bot Carolin an, sich an der Essensvorbereitung zu beteiligen, und sie halfen sich gegenseitig beim Wiegen und Abzählen, damit nichts schiefging, was mit der beiseitegestellten leeren Proseccoflasche in Verbindung gebracht werden konnte.

Als Felix erschien, herrschte in der Küche eine Stimmung, die er nicht erwartet hatte. Misstrauisch sah er von einer zur anderen und beließ es zunächst mal bei der ungefährlichen Frage: »Was gibt's zu essen?«

Er schien beruhigt zu sein, als die Antwort ohne Zögern kam: »Zucchini-Carpaccio, Bigoli in Salsa, Spinat-Ricotta-Malfatti und Affogato al Caffè.«

Felix war sehr zufrieden über diese Auskunft und setzte sich zu Schwester und Großmutter, nachdem er sich einen Espresso gekocht hatte. »Am Bahnhof ist der Teufel los.«

»Schon wieder die Paparazzi?«, fragte Mamma Carlotta, während sie die Zucchini mit einem Gemüsehobel in hauchdünne Scheiben schnitt.

»Kann nicht sein«, sagte Carolin. »Pierre Thom ist im Hotel und Jenna Brown auf dem Flug in die USA.«

»Aber Georg Lang holt seinen Vater vom Zug ab, und dabei ist er einigen aufgefallen, die die Online-Ausgabe vom *Inselblatt* gelesen haben. Mehrere Bahnangestellte mussten ihn beschützen. Es sah so aus, als sollte er gelyncht werden.«

»Madonna!« Mamma Carlotta merkte, dass ihre Finger in Gefahr gerieten, als zusätzlich zum Proseccogenuss auch noch Mitteilungen von dieser Brisanz auf sie einstürmten.

64

Sie wollten gerade in den Süder Wung einbiegen, als der Anruf kam. Vor dem Tierheim hatte sich erneut eine empörte Menge versammelt, die nach Georg Lang schrie. Erik gab Gas und fuhr an der Einmündung vorbei. Er warf einen Blick in den Rückspiegel und sagte zu Sören: »Rufen Sie Koopmann an. Der soll kommen und die Sache richtigstellen.«

Sören lachte ungläubig, holte aber dennoch sein Handy heraus. »Der wird sich irgendwo verstecken und mindestens vierundzwanzig Stunden nicht zu erreichen sein. Dann kommt die nächste Nachricht, wenn er Glück hat, eine wichtige, aufrüttelnde, und keiner redet mehr von dem Schafripper.«

Es war so, wie er vermutete. Menno Koopmann hatte einen

Termin auf dem Festland, wenn man dem Praktikanten glauben durfte, der das Telefon bewachte. Aber dieser war bereit, den Chefredakteur anzurufen und sich die Erlaubnis zu holen, zum Tierheim zu fahren, um über das, was dort geschah, zu berichten. Seine Stimme klang eifrig, der junge Mann schien daran zu glauben, dass ihm ein Report über die Vorkommnisse im Tierheim zum beruflichen Durchbruch verhelfen könnte.

»Wenn Koopmann Mumm in den Knochen hätte«, murmelte Sören, als er aufgelegt hatte, »dann würde er sich jetzt vor Georg Lang stellen und der Meute erklären, dass er einen Fehler gemacht hat. Aber nein ... Menno Koopmann geht auf Tauchstation. Das war zu erwarten. Und übermorgen bringt er eine kleine Notiz auf Seite drei mit einer banalen Entschuldigung.«

»Vielleicht sitzt er beim Kurdirektor im Büro«, vermutete Tilla, »und beschwert sich, dass der bisher geheim gehalten hat, was auf den Schafweiden von Sylt passiert.«

Sie wurden von einem Streifenwagen überholt, der mit Blaulicht und Martinshorn zum Tierheim fuhr. »Prima, die Kollegen sind schon unterwegs«, murmelte Erik.

»Dann können wir umkehren«, meinte Tilla. »Wir wollten uns nicht mehr um den Schafripper kümmern, sondern nur noch um den Mordfall. Schon vergessen?«

Erik schüttelte den Kopf. »Ich möchte mit Georg Lang reden. Immerhin hat Günter Sack ausgesagt, er habe ihn gesehen, kurz bevor er auf die Leiche von Brigitte Lichter stieß.«

Sören sortierte ein paar Blätter, die er aus seiner Jackentasche gezogen hatte. »Und was ist mit meiner Recherche über Pierre Thom? Habe ich das völlig umsonst gemacht?«

Tilla beruhigte ihn. »Wer immer diese Schafripper-Geschichte bearbeiten wird, freut sich über Ihre Recherche-Ergebnisse.« Sie drehte sich zu ihm. »Gibt es überhaupt welche?«

Aber Sören war gekränkt. »Das werde ich nicht zwischen

Tür und Angel berichten. Gleich, bei der Vorspeise vielleicht ...«

Erik hielt am Straßenrand, und sie beobachteten, wie die Kollegen dafür sorgten, dass der Parkplatz sich leerte. Es war ähnlich wie ein paar Stunden vorher. Auch diesmal waren die Demonstranten nicht gewaltbereit, sie beließen es bei wüsten Drohungen und lautem Schimpfen, fügten sich dann aber der Obrigkeit, die verlangte, dass sie sich schleunigst entfernten. Am Ende blieb noch ein Fotograf übrig, der den Rückzug im Bild festhielt.

»Vom *Inselblatt?*«, fragte Sören.

Erik war der Erste, der ihn erkannte. »Maximilian Witt! Koopmann braucht niemanden zu schicken. Die Agentur, für die Maximilian Witt arbeitet, wird ihn wieder versorgen.«

Als der Parkplatz geräumt war, fuhr Erik langsam an und ließ die linke Seitenscheibe herunter. Ein junger Streifenbeamter trat mit gerunzelter Stirn an seinen Wagen, aber seine Miene lichtete sich, als er Erik erkannte. »Herr Hauptkommissar! Sie?« Er sah mit einem Mal beunruhigt aus. »Ist hier ein Mord geschehen?«

Erik lächelte ihn freundlich an. »Das ist schon ein paar Tage her.«

»Ach ja! Die Besitzerin des Tierheims.«

»Deswegen muss ich kurz mit Herrn Lang und Frau Malak sprechen.«

»Alles klar!« Er wies zum Tor, das fest verschlossen war. Ariane Malak stand dahinter und öffnete es einen Spalt, als sie Erik erkannte. Ohne ein Wort ließ sie die drei hindurchschlüpfen, dann sorgte sie dafür, dass das Tor wieder ins Schloss fiel, und sicherte es zusätzlich mit einem Riegel, der quietschte, als würde er selten benutzt. »So was brauchen wir sonst nicht.«

»Ist Herr Lang hier?«, fragte Erik.

Ariane nickte. »Ich habe dafür gesorgt, dass er hinten über

den Wirtschaftsweg gekommen ist. Da war zum Glück niemand. Das hoffe ich zumindest ...«

Georg Lang saß mit seinem Vater in der Küche. In sein kleines Haus am Ende des Gartens hatte er sich nicht getraut. »Da bin ich solchen Leuten ja ausgeliefert.«

Erik sah sich um und stellte fest, dass die Wohnung von Brigitte Lichter bereits fest in der Hand von Ariane Malak war. In der Küche stand nun vieles herum, was ihr gehörte, auch im Wohnzimmer gab es einige Gegenstände, die nicht Brigitte Lichter besessen hatte. Kleidungsstücke von Ariane Malak über den Sesseln, ihre Schuhe neben der Eingangstür, eine Haarbürste auf dem niedrigen Couchtisch, Kissen im Sofa, die vorher nicht da gewesen waren. Ariane Malak schien sich schon in dem Haus, das sie erben würde, breitzumachen. Georg Lang jedoch fühlte sich hier weiterhin wie ein Gast. Er fragte nach Tee, statt ihn sich selbst zu machen, und bat um Kekse, die Ariane ihm hinstellte.

Erik, Tilla und Sören setzten sich an den großen Küchentisch, nun war jeder Stuhl belegt. Mattes fegte draußen vor der Tür und achtete vermutlich darauf, dass sich niemand dem Haus näherte. Rüdiger Lang und seinem Sohn stand der Schrecken noch ins Gesicht geschrieben. Im Vater hatte er Wut erzeugt, im Sohn pure Angst.

»Gegen diesen Schmierenreporter muss man doch etwas tun können!«, polterte Rüdiger Lang.

Erik hatte Mühe, ihm zu erklären, dass sie nicht wegen des Titels hier waren, den das *Inselblatt* veröffentlicht hatte und der am nächsten Tag erst so richtig Furore machen würde, wenn er gut sichtbar an jedem Zeitungskiosk hing und neben den Frühstücksgedecken der Feriengäste lag. Er gab Georg Lang den Rat, in den folgenden Nächten mit seinem Vater im Haus seiner verstorbenen Tante zu nächtigen. »Da sind Sie sicherer als in dem kleinen Holzhaus.«

Als er gebeten wurde, dafür zu sorgen, dass bei Eintritt der

Dunkelheit Polizeistreifen am Tierheim vorbeigeschickt wurden, musste er Georg Lang und seinem Vater klarmachen, dass er nicht wegen der Falschmeldung des *Inselblatts* gekommen war. »Ich bin Leiter der Mordkommission.« Er wies auf Tilla. »Das ist Frau Dr. Speck, Staatsanwältin aus Flensburg. Oberkommissar Sören Kretschmer ist mein Mitarbeiter. Wir ermitteln im Mordfall Brigitte Lichter. Deswegen sind wir hier.« Er sah in die verblüfften Gesichter von Ariane Malak und Georg und Rüdiger Lang. »Wir haben einen Tatverdächtigen festgenommen«, erklärte er, »der allerdings nicht geständig ist. Wir brauchen also Beweise für seine Tat. Es reicht nicht, dass wir davon überzeugt sind, den Mörder gefunden zu haben.«

Ariane Malak wollte auffahren, unterließ es dann aber. Rüdiger und Georg Lang hörten Erik ruhig zu.

»Wenn es stimmt, was der Tatverdächtige vorgibt, ist der Mord an Brigitte Lichter hier im Tierheim geschehen. Dort, wo sie gesessen hat, um Wache zu halten.« Er wandte sich nun vor allem an Georg Lang. »Er behauptet, er habe Sie gesehen, kurz bevor er auf die Leiche gestoßen sei. Was sagen Sie dazu, Herr Lang?«

Georg Langs Mund öffnete sich, es dauerte eine Weile, bis er ihn wieder schließen konnte. »Also, das ist ja ...«, stieß er hervor. »Erst bin ich ein Tierquäler und nun sogar ein Mörder?«

Rüdiger Lang griff nach der Hand seines Sohnes. »Natürlich muss die Polizei solchen Angaben nachgehen.«

Georg riss sich zusammen und räusperte sich. »Kann sein, dass er mich gesehen hat. Es gehört zu meinen Gewohnheiten, abends einen längeren Spaziergang zu machen, ehe ich zu Bett gehe. Ich kann sonst nicht einschlafen.«

»Das war schon früher so«, warf Rüdiger Lang ein.

»Ich hatte nach Tante Brigitte gesehen, aber das habe ich Ihnen längst erzählt. Sie saß an ihrem Platz und döste. Eigentlich wollte ich, bevor ich schlafen ging, noch einmal nach ihr sehen, aber das habe ich vergessen. Es fiel mir erst ein, als ich schon im Schlafanzug war. Und da ... da habe ich es einfach sein lassen.«

»Können Sie mir genauere Uhrzeiten nennen? Wann sind Sie zu Ihrem Spaziergang aufgebrochen? Wann sind Sie zurückgekehrt? Wann sind Sie schlafen gegangen?«

Georg Lang dachte eine Weile nach, dann schüttelte er den Kopf. »Nein, mit genauen Uhrzeiten kann ich nicht dienen. Ich gehe immer nach Einbruch der Dunkelheit los.«

»Also gegen acht?«, fragte Erik.

»Später. Um acht ist die Sonne ja gerade erst untergegangen. Dann ist es noch nicht dunkel. Neun, halb zehn vielleicht.«

»Da lebte Ihre Tante jedenfalls noch?«

»Sie hat zwar mit geschlossenen Augen dagesessen, aber ...« Er schlug die Hände vors Gesicht. »Mein Gott, wer denkt daran, dass sie tot sein könnte? Natürlich habe ich gedacht, sie ist eingeschlafen.«

Erik beruhigte ihn. »So wird es auch gewesen sein. Sie ist erschlagen worden, von hinten, da fällt sie natürlich vornüber.«

Ariane Malak behielt ihre Fassung. »Und wo ist sie dann geblieben?«

Sören gab die Antwort: »Natürlich von dem Mörder weggebracht worden.«

In Arianes Augen sprühte das Feuer. »Und dann beschuldigt er Georg?«

Dr. Tilla Speck winkte ab. »Jeder Mörder versucht, von sich abzulenken, das ist ja klar. Aber wir müssen solchen Angaben trotzdem nachgehen, das ist genauso klar.«

Georg und Rüdiger Lang atmeten auf. »Sie glauben nicht wirklich daran ...« Der Vater sprach den Satz nicht zu Ende, der Sohn schüttelte den Kopf, als wäre es auch nicht nötig.

Erik erhob sich, Tilla und Sören taten es ihm gleich. Erik versprach, den Fall des Schafrippers an die richtige Stelle weiterzuleiten und sich darum zu kümmern, dass Georg Lang nichts zustieß, solange der Chefredakteur des *Inselblatts* noch nicht klargestellt hatte, dass er den falschen Mann aufs Titelblatt gesetzt hatte.

Als sie gingen, ließen sie drei Menschen zurück, die ein wenig beruhigt wirkten, aber doch noch immer voller Angst und Sorge waren. Mattes öffnete ihnen das Tor, sie merkten, dass er es besonders sorgfältig hinter ihnen schloss. Als sie im Auto saßen, konnte Erik sich nicht entschließen zu starten. Schweigend betrachtete er den Eingang des Tierheims, das Haus von Brigitte Lichter, den langen Zaun, hinter dem die Ställe und Hundezwinger standen. Er ließ die Seitenscheibe herunter, um die Geräusche der Tiere, das leise Bellen, Meckern und Blöken hereinzulassen, den Geruch der Tiere, die Geräusche, die sie verursachten, das Scharren und Stampfen. Auch Tilla und Sören schweigen.

Schließlich sagte Erik: »Dann wollen wir mal hören, wer meine Schwiegermutter zu Lucias Grab begleitet hat.«

65 Wieder mal riss Mamma Carlotta schon die Tür auf, bevor Erik den Schlüssel aus der Tasche gesucht hatte. Sie war sogar schneller als Kükeltje, die eigentlich gern als Empfangsdame auftrat, den heimkehrenden Familienmitgliedern um die Beine schnurrte und Fremde misstrauisch anmaunzte, aber meistens von der Schwiegermutter des Hausherrn überholt wurde.

»Da seid ihr ja! Che bello! Sicherlich hattet ihr einen schweren Tag! Seid ihr wenigstens erfolgreich gewesen? Habt ihr den Schafripper gefunden? Ah, no! Dafür seid ihr ja gar nicht zuständig. Aber wisst ihr nun, wer Brigitte Lichter umgebracht hat?« Auf Antworten wartete sie nicht. Die würde es erst beim Essen geben, wenn sich die drei entspannten und nicht mehr darüber nachdachten, was sie vor einer polizeifremden Person, wie Erik seine Schwiegermutter gelegentlich nannte, besprechen durften. »L'antipasto è pronto! Alles fertig!«

Wie erwartet stieß die Staatsanwältin Schreie des Entzückens aus, als sie die Vorspeisenplatte sah, Sören stimmte auf der Stelle in die Huldigungen für die Köchin ein, und sogar Erik brummte etwas, das sich wie Anerkennung anhörte. Alles so, wie Carlotta es liebte! Dass sie zwischendurch die Zucchini neu hatte anrichten müssen, weil Felix ein Loch in ihre sorgfältige Anordnung gegessen hatte, konnte sie nun beiseiteschieben, und dass Carolin der Appetit vergangen war und sie nicht mitessen wollte, ließ sich jetzt auch verdrängen. Sie hatte ihre Enkelin angefleht, zu bleiben und mit Erik und Tilla, vor allem mit Tilla, zu besprechen, wie man gegen Gravenaar vorgehen könne, wie zu verhindern war, dass er an seinen Vorwürfen festhielt. Aber Carolin hatte angeblich eine Verabredung und war aus dem Haus gegangen. Bis Erik, Tilla und Sören heimkamen, hatte Carlotta unter der finsteren Ahnung gelitten, dass sie sich mit Maximilian Witt traf. Kurz vorher hatte es ein paar aufgeregte Telefonate mit einer Person gegeben, deren Namen Carolin nicht genannt hatte. Mamma Carlotta war auf der Stelle von Misstrauen erfüllt gewesen. Nun war sie froh, dass sie von all den unangenehmen Gedanken abgelenkt wurde und nicht in Versuchung gekommen war, Carolin heimlich zu folgen. Madonna! Es war nicht leicht, eine treu sorgende Nonna, eine hilfsbereite Nachbarin und gleichzeitig eine Schwiegermutter zu sein, die bei jedem Satz aufpassen musste, dass ihr kein falsches Wort herausrutschte.

Kaum hatte jeder eine Zucchinischeibe auf dem Teller, sagte Erik: »Nur zu, Sören! Sie haben versprochen, bei der Vorspeise zu erzählen, was Sie herausgefunden haben.«

Sören machte es spannend, lobte zunächst die köstlichen Zucchini, dann erst begann er zu berichten. »Tatsächlich ist Pieter Thomsen zweimal auffällig geworden. Allerdings ... es ist nichts erwiesen. Trotzdem werden die Eltern und Geschwister vermutlich voller Sorge zu Hause sitzen und sich davor fürchten, dass diese alten Geschichten wieder ans Licht kommen.«

Das war ein vielversprechender Anfang, nun hatte er alle neugierig gemacht. Mamma Carlotta hüllte sich in Schweigen, wie immer, wenn in ihrer Gegenwart Interessantes besprochen wurde, das sie eigentlich nichts anging. So geriet sie am leichtesten in Vergessenheit, und Erik dachte nicht mehr daran, dass seine Schwiegermutter etwas mit anhörte, das ein Dienstgeheimnis war.

»Pieter Thomsen war immer der Prügelknabe in seiner Klasse und auch in der Nachbarschaft gewesen. Er sah besser aus als alle anderen Jungen, und er konnte besser singen als alle zusammen – aber das machte es noch schlimmer. Die Jungen verhöhnten ihn, damit die Mädchen nicht merkten, wie attraktiv er war. Aber sie lachten über ihn, weil er so verklemmt war. Einen Mitschüler gab es, der Pieter besonders traktiert hat. Der hieß ...« Er sah in seinen Unterlagen nach, wurde aber auf die Schnelle nicht fündig. »Ist ja auch egal. Ich glaube, der hieß Alex. Und dieser Alex wurde eines Tages ertrunken in einer Regentonne gefunden. Jemand hatte ihn unter Wasser gedrückt, so lange, bis er das Bewusstsein verlor.«

»Pieter Thomsen?«, fragte Tilla atemlos.

»Der Verdacht entstand wohl ziemlich schnell«, antwortete Sören. »Pieter hatte kein Alibi, dafür aber ein Motiv. Doch andererseits hat ihm keiner diese Kaltblütigkeit zugetraut. Es gibt unzählige Vernehmungsprotokolle, aber Pieter konnte nichts nachgewiesen werden. Am Ende waren unsere Kollegen zu der Ansicht gekommen, dass Pieter es nicht gewesen war. Der Alex war ein fieser Typ, der hatte noch mehr Feinde, es konnte also durchaus auch ein anderer gewesen sein. Letzten Endes blieb der Fall ungelöst.«

»Wohnt die Familie noch auf Sylt?«, fragte Erik.

»Nein, die Eltern sind kurz darauf weggezogen und mittlerweile gestorben. Er hatte eine Schwester, die einen Amerikaner geheiratet hat und heute in Florida lebt.«

Mittlerweile hatten Erik und Tilla die Bestecke beiseitegelegt, obwohl ihre Teller noch nicht leer waren. Unter anderen Umständen hätte Mamma Carlotta sich darüber beklagt, in diesem Fall jedoch hielt sie es für besser, sich weiterhin zurückzuhalten und Erik vergessen zu lassen, dass sie mit am Tisch saß.

»Was geschah danach?«, fragte Tilla.

»Pieter wurde noch mehr drangsaliert als vorher. In vielen Köpfen war er wohl doch der Schuldige, hinter vorgehaltener Hand hieß es, er habe Alex umgebracht, sodass die Eltern sich schließlich genötigt sahen, ihn von der Schule zu nehmen und aufs Festland zu schicken. Er kam in ein Internat in der Nähe von Flensburg.«

»Danach war alles gut?« Aus Eriks Frage hörte Mamma Carlotta heraus, dass er es nicht glaubte, sondern Schlimmeres befürchtete.

Prompt schüttelte Sören den Kopf. »Dort geschah etwas Ähnliches. Auch im Internat wurde er zum Prügelknaben.« Sören machte eine Pause und starrte an die gegenüberliegende Wand. »Woran liegt das nur, dass manche Typen überall anecken und andere überall beliebt sind?«

»Das müsste man einen Psychologen fragen«, antwortete Erik.

Und Tilla drängelte: »Weiter, Herr Kretschmer. Was ist in dem Internat passiert?«

»Ein Mädchen wurde ermordet.«

»Lassen Sie mich raten«, bat Tilla. »Eins, das sich besonders viel und laut über Pieter Thomsen lustig gemacht hatte?«

»Exakt.«

»Und?« Erik beugte sich vor, als könnte er Sörens Antwort als Erster hören, wenn der ihm besonders nah war.

»Auch hier konnte ihm nichts nachgewiesen werden. Pieter Thomsen wurde so oft vernommen, wie es die Kollegen verantworten konnten, aber er gab nichts zu, und Beweise fanden sich nicht. Nur Indizien, diverse Hinweise und Verdächtigungen ...« Sören seufzte auf, als ginge ihm das Schicksal von Pieter Thomsen zu Herzen. »Natürlich haben die Eltern dafür gesorgt«, fuhr er fort, »dass Pieter behandelt wurde. Und sie haben ihn vollkommen aus der Schusslinie genommen. Bei Verwandten auf einem Einödhof haben sie ihn untergebracht, wo er nun wirklich nichts anstellen konnte.«

»Aber dort wurde er auch nicht gehänselt und gemobbt?«, fragte Erik.

»Da war ja niemand. Ein oder zwei Schuljahre hat er dort verbracht, Privatunterricht bekommen und regelmäßig seine Sitzungen beim Psychiater gehabt. Der hat es geschafft, ihn zu stabilisieren.«

Die Schüssel mit dem Primo erschien auf dem Tisch und dampfte. Sören steckte sein Smartphone zurück, Erik griff zum Löffel und gab jedem etwas auf. Dann erst fragte er Mamma Carlotta: »Wer hat dich eigentlich begleitet, als du zu Lucias Grab gegangen bist?«

66 Sie reagierte so, wie Erik es sich gedacht hatte. Immer, wenn sie in Schwierigkeiten geriet, wenn es für die Wahrheit zu heikel, aber eine Lüge zu schamlos war. Dann sorgte sie dafür, dass sie etwas zu tun hatte, damit sie ihn nicht ansehen musste. Sie meinte, das merke er nicht, aber natürlich hatte er längst herausgefunden, wann seine Schwiegermutter ein schlechtes Gewissen hatte oder sich genierte. In

diesem Fall kam natürlich nur das zweite infrage. Ein schlechtes Gewissen musste sie nicht haben, aber begreiflicherweise war es ihr unangenehm, dass sie neben Richard Gercke nun sogar einen zweiten Verehrer hatte. Kopfschüttelnd lehnte er sich zurück und betrachtete sie. Sollte er ihr verraten, dass dieser Mann ein Mörder war? Dass er ihr wahrscheinlich in sein Haus gefolgt war, weil er etwas über den Stand seiner Ermittlungen erfahren wollte?

»Donald Schulze«, antwortete sie nun.

»Der aussieht wie George Clooney?« Tilla grinste. »Er ist wirklich ausgesprochen attraktiv.«

»Trotzdem mussten wir ihn verhaften«, platzte es aus Erik heraus, der sich immer ärgerte, wenn ein Mann, der praktisch als Mörder entlarvt war, so positiv dargestellt wurde.

Er merkte gleich, dass seine Schwiegermutter längst davon wusste. Woher? Aber sie danach zu fragen war sinnlos. Sie würde es nicht zugeben, sondern vehement alles abstreiten.

»Hast du ihm irgendwas erzählt, als er hier war?«

»Io?« Hastig tat sie jedem von den Nudeln auf und kümmerte sich nicht darum, dass einige auf dem Tischtuch landeten. »Was hätte ich ihm denn erzählen können?«

Erik dachte kurz nach, dann wurde ihm klar, dass sie recht hatte. Sie wusste nichts, der Kerl hatte sich vergeblich Hoffnungen gemacht.

»Er hat mir die Taschen nach Hause getragen, und ich habe ihm zum Dank etwas angeboten. Das war alles.«

Ja, ja, für eine Italienerin völlig normal. Erik sprach es nicht aus, er dachte es nur.

»Wo hast du ihn getroffen«, fragte Tilla, »bevor er dich zu Lucias Grab begleitete?«

Erik gefiel es, wie sie den Namen seiner verstorbenen Frau aussprach. Und es gefiel ihm, dass sie nicht von seiner Frau sprach, sondern von Lucia. So, als hätte sie sie kennengelernt, als wäre sie eine Freundin gewesen.

Mamma Carlotta zögerte. Erik merkte, dass sie nach einer Ausrede suchte, aber keine fand. Das war selten bei ihr. »An der Baustelle«, sagte sie schließlich. »Da, wo die Leiche gefunden wurde.« Sie wehrte schon ab, bevor Erik mit Vorwürfen kommen konnte. »Sì, ich war neugierig.« Und trotzig fragte sie: »Ist das so schlimm?«

Er hätte gerne bejaht, wollte sie aber nicht gegen sich aufbringen. Wenn er etwas von ihr erfahren wollte, durfte er ihr nicht mit Vorwürfen kommen. »Wie hast du ihn kennengelernt?«

»Im Tierheim. Du weißt doch, Frau Kemmertöns wollte sich nach einem Hund umschauen ...«

»... und dann hat er euch zum Kaffee eingeladen.«

Mamma Carlotta befasste sich ausgiebig mit dem Hauptgericht. »Sì.«

»Ins Café Lindow?«

»No, in Käptens Kajüte.«

»Was?« Sören begann zu lachen. »Ich hätte gedacht, der tut's nicht unter einem Champagnerfrühstück.«

Mamma Carlotta warf ihm einen so vernichtenden Blick zu, dass er den Kopf einzog und schwieg. So böse war er von der Schwiegermutter seines Chefs noch nie angesehen worden. Sören war schockiert.

Tilla legte eine Hand auf Eriks Arm. »Lass Carlotta in Ruhe. Wir wissen, dass er es war. Es kann doch nicht so schwer sein, es zu beweisen. Auch ohne Geständnis.«

Erik nickte. Sie hatte ja recht. Seine Schwiegermutter würde dabei nicht helfen können. Günter Sack hatte sie umgarnt, sie war glücklich gewesen, auf Sylt endlich mal einem Mann zu begegnen, der sich so verhielt wie ein Italiener und einer Frau galant den Hof machte. Das war's auch schon.

Als sein Handy klingelte, war er ganz froh, dass das Telefonat dieses Gespräch beendete. Kommissar Vetterich war am anderen Ende der Leitung. Erik erlaubte sich, ihn mit einem

Scherz zu begrüßen: »Sie wollen uns beim Abendessen Gesellschaft leisten? Wir sind erst beim Primo. Wenn Sie sich beeilen, kommen Sie noch pünktlich zum Secondo.«

Vetterich hatte viele Eigenschaften, die Mamma Carlotta fremd waren, Humorlosigkeit gehörte eindeutig dazu. Er machte keinen Hehl aus seinem Entsetzen und kam gar nicht auf die Idee, dass er von Hauptkommissar Wolf veralbert wurde. Jeder wusste ja, dass Vetterich nichts mehr fürchtete als Carlotta Capellas Gastfreundschaft und schon Magendrücken bekam, wenn er an das dachte, was sie ihm schon alles vorgesetzt hatte, was so ganz und gar nicht zu seinen Essgewohnheiten passte.

Erik stellte den Lautsprecher an, damit auch Tilla und Sören sich amüsieren konnten und damit seine Schwiegermutter begriff, dass es keinen Sinn machte, die Malfatti kleiner zu rollen, damit die Anzahl sich vergrößerte.

»Nein, nein«, stotterte Vetterich in den Hörer. »Ich wollte ja nur ... also, ich dachte ... es wird Sie doch sicherlich interessieren ...«

»Okay, meine Schwiegermutter hat sich schon damit abgefunden, dass Sie keine Zeit haben«, unterbrach Erik ihn. »Also – was gibt's Neues?«

Nun fand Vetterich wieder zu seiner sachlichen Sprechweise zurück, beiläufig, verdrießlich und gefühllos. »Ich habe mich noch mal um den Brand des Schuppens gekümmert. Es sieht zwar so aus, als hätte der Brandstifter Handschuhe getragen, aber eine Spur habe ich nun doch gefunden. Und zwar an dem Tisch, der unter die Klinke geschoben worden war. Da gab es einen Nagel, an dem hat der Täter sich den Handschuh aufgerissen. Ein kleines Stück hängt noch dran, ein Zipfel von einem einfachen Einweghandschuh. Das Loch war groß genug, um den Teil eines Fingerabdrucks zu hinterlassen. Er deckt sich mit den Abdrücken von Günter Sack.«

Mamma Carlotta verbrannte sich die Finger, als sie die

heiße Salbeibutter über die Malfatti gab und den Parmesan derart nachlässig darüberkippte, dass er klumpte, statt sich gleichmäßig zu verteilen.

Erik schüttelte den Kopf. Dass sie immer noch so gekränkt war, wenn Vetterich sich weigerte, zu ihr zum Essen zu kommen!

67

»Tut mir leid«, sagte Tilla. »Ich hatte mich darauf gefreut, ein Glas Rotwein auf der Terrasse mit dir zu trinken.«

Mamma Carlotta gab sich tapfer. »Lavoro geht vor. Ich verstehe euch ja. Ich werde zu Frau Kemmertöns gehen. Sie freut sich bestimmt, wenn sie jemand beim Gassigehen begleitet.«

Erik sah auf die Uhr. »So spät noch?«

»Fifi braucht noch viel Erziehung. Wenn er nicht in sein Körbchen machen soll, muss er vor dem Schlafgehen noch mal raus.«

Alle drei wirkten erleichtert, dass sie Mamma Carlotta nicht nur mit dem Aufräumen der Küche allein ließen, sondern sich sagen konnten, dass sie mit einer Gesellgkeit zurückblieb, einem Spaziergang mit der Nachbarin nebst angenehmer Plauderei. »Vielleicht kommen die Kinder ja bald zurück«, tröstete Erik.

Carlotta ließ keine Sekunde verstreichen. Schon während der Wagen ansprang, stellte sie laut klirrend das Geschirr zusammen, packte es in die Spülmaschine, wischte die Tischplatte sauber und ließ die Reste des Essens auf dem Herd stehen. Dann lief sie zum Nachbarhaus.

Frau Kemmertöns begriff erstaunlich schnell, dass es nicht nur ums Gassigehen, sondern darüber hinaus um etwas anderes ging, etwas Brisantes, und schnappte sich die Hundeleine.

Fifi, der schon vor Freude ausgeflippt war, als Mamma Carlotta erschien, wollte nun überschnappen vor Begeisterung. Ein weiterer Spaziergang, mit dem er nicht gerechnet hatte! Herrlich!

Herr Kemmertöns hatte es sich längst vor dem Fernseher gemütlich gemacht und war, bevor der Fernsehkrimi zu Ende war, aus dem Schlaf geholt worden, weil es geklingelt hatte. Dann aber war er froh und dankbar, dass kein unverhoffter Besuch hereinschneite, kein Ansinnen an ihn gerichtet wurde, und brummte nur zustimmend, als seine Frau eine kurze Erklärung ins Wohnzimmer rief.

Tove Griess war verblüfft, als sie eintraten. »Was wollen Sie denn hier?«

»Begrüßt man so einen Gast?«, tadelte Mamma Carlotta.

»Sie kommen doch sonst nie um diese Zeit.«

Man hätte meinen können, es sei für Tove ein ausgesprochenes Ärgernis, den Rotwein aus Montepulciano unter der Theke hervorzuholen und jeder ein Glas einzuschenken. Nur Fietje lächelte die beiden Frauen an. Er klopfte neben sich auf die Bank, und Fifi, der vorher schon den Wirt außer sich vor Freude umrundet hatte, sprang zu ihm und sah sein Frauchen dankbar an. Was für ein herrliches Leben!

»Sie sehen so aus, als gäbe es Neuigkeiten«, meinte Fietje.

Mamma Carlotta half Frau Kemmertöns dabei, einen Thekenhocker zu erklimmen, dann nahm sie einen Schluck Rotwein und seufzte tief auf. »Sì, sì. Etwas Entsetzliches!«

»Entsetzlich für uns oder für andere?«, erkundigte sich Tove vorsichtig.

»Man weiß nicht«, antwortete Mamma Carlotta vorsichtig. »Aber ... es hat sich heute Abend herausgestellt, dass Donald Schulze es war, der den Schuppen im Tierheim angezündet hat.«

»Was?« Tove fiel das Bierglas ins Spülwasser, das er gerade für Fietje zapfte. Schon gut gefüllt, ihm sollte nur noch die

Krone aufgesetzt werden. Das steigerte Toves Wut beträchtlich. »Dieser Schweinehund! Er wollte uns umbringen?«

»Sieht so aus«, entgegnete Mamma Carlotta. »Weil wir ihn beobachtet haben, als er die Leiche wegschaffte.«

»Aber vorher«, warf Frau Kemmertöns ein, »hat er die Hunderttausend Euro aus dem Lexikon geholt. Dieser ...« Ihr fiel auf die Schnelle kein geeignetes Schimpfwort für diese Ungeheuerlichkeit ein.

Tove kam in den Sinn, dass Zehntausend davon eigentlich ihm gehörten, und sah so aus, als wollte er die Rotweinflasche zertrümmern, die er bereitgestellt hatte, in der begründeten Hoffnung, dass Mamma Carlotta es nicht bei einem Glas belassen würde. »Und Sie lassen sich von diesem Kerl die Hand küssen!« Tove fand immer sehr schnell einen Sündenbock, auf den er seinen Zorn abladen konnte.

»Wie sollte ich das ahnen?«

»Gerade Sie hätten es ahnen können.« Toves Zeigefinger fuhr vor und hätte beinahe Mamma Carlottas Nase getroffen. Sie wich erschrocken zurück, brachte ihren Hocker dabei ins Wanken und konnte sich gerade noch an der Thekenkante festhalten, um nicht mitsamt dem Hocker zu Boden zu gehen. »Sie haben dem Kerl verraten, was in der Nacht im Tierheim geschehen ist.«

Fietje winkte ärgerlich ab. »Was geschehen ist, ist geschehen. Besser, wir überlegen uns, was wir sagen, wenn der Kerl gesteht. Dann wird er wohl auch erzählen, wen er im Schuppen eingesperrt hat. Der kennt unsere Namen.« Fietje sah Mamma Carlotta mitfühlend an. »Wie wollen Sie Ihrem Schwiegersohn erklären, was Sie in der Nacht im Tierheim gemacht haben?«

Darüber hatte Mamma Carlotta schon nachgedacht. »Dann bleibt mir nur die Wahrheit.« Sie merkte, dass Frau Kemmertöns nervös auf ihrem Hocker hin und her rutschte. »Und Ihnen auch!«

Fietje versuchte, die beiden Frauen aufzuheitern. »Er wird es nicht zugeben. Das ist ein Mordversuch. So was gibt kein Mensch zu, wenn er nicht gezwungen ist.«

»Wenn er sowieso schon eine Frau umgelegt hat«, tönte Tove, »dann kommt es auf so einen Mordversuch nicht mehr an.«

»Aber er bestreitet den Mord«, erinnerte Mamma Carlotta. »Er sagt, er hätte die Leiche nur wegbringen wollen.«

Tove tippte sich an die Stirn. »Das wird Ihr Schwiegersohn doch nicht glauben.«

Leider musste das Gespräch nun abgebrochen werden. Ein Ehepaar betrat die Imbissstube, das woanders vermutlich nicht mehr eingelassen worden war. Zwar waren sie sehr schick gekleidet, der Mann im schwarzen Anzug, die Frau im Cocktailkleid, aber sowohl ihr Benehmen als auch ihre elegante Kleidung hatten im Laufe des Abends Schaden genommen. Wenn sie, als sie aufbrachen, noch konziliant auf ihre Mitmenschen zugegangen waren, sein Anzug frisch gebügelt und der Ausschnitt ihres Kleids knapp über der Schicklichkeitsgrenze, so waren sie jetzt durch irgendwelche negativen Erlebnisse auf Krawall gebürstet und geneigt, die Welt in tristen Farben zu sehen. Die Frau war unzufrieden mit der Temperatur des Prosecco, der Mann kontrollierte den Eichstrich an seinem Bierglas und reklamierte. Noch bevor Tove eine Diskussion anzetteln konnte, da er unfähig war, bei einer Beanstandung eines Gasts einfach die Zähne zusammenzubeißen und den Wunsch zu erfüllen, fiel der Blick der Frau auf Fifi. Der Hund, der zu der Ansicht gekommen war, dass er in Käptens Kajüte gern gesehen wurde, sprang von Fietjes Schoß und bewies, dass an seiner Menschenkenntnis noch gearbeitet werden musste. Schwanzwedelnd erschien er neben der Frau und blickte zu ihr hoch, als wäre es möglich, dass von dort irgendein freundliches Angebot kommen könnte. Das war mitnichten der Fall. Die Frau begann zu kreischen, als würde sie von einer Dogge angefallen, der Mann behauptete, dass ein Hund in einer Imbissstube nichts zu suchen habe, und Tove warf die beiden nur deswegen nicht auf der Stelle raus, weil er zunächst für das Bier und den Prosecco kassieren wollte.

Es war klar, dass Mamma Carlotta und Frau Kemmertöns auf Fifis Seite standen, Fietje auch, der aber war zu lethargisch, um sich auf eine Auseinandersetzung einzulassen. Frau Kemmertöns dagegen kam erstaunlich behände von ihrem Hocker herunter, griff nach der Hundeleine und sagte: »Fifi, wir gehen.«

Und der Hund folgte ihr tatsächlich. Entweder, weil er schon gelernt hatte, auf sein Frauchen zu hören, oder weil er merkte, dass es in Käptens Kajüte nicht gemütlich werden würde, solange dieses unangenehme Paar sich dort aufhielt.

Mamma Carlotta verließ Käptens Kajüte kurz nach Frau Kemmertöns und Fifi. Sie waren beide unzufrieden, als sie die Westerlandstraße überquerten.

»Was nun?«, fragte Frau Kemmertöns.

»Mir fällt nichts anderes ein als die Wahrheit«, antwortete Mamma Carlotta. »Aber warten wir erst mal ab, was passiert.«

Abwarten war genau Frau Kemmertöns' Ding. »Manches erledigt sich ja wirklich von selbst, wenn man geduldig ist.«

Das war zwar nicht Mamma Carlottas Meinung, aber da sie momentan keinen besseren Einfall hatte, verzichtete sie auf einen Einwand. Dann aber auch deswegen, weil sie ein Paar vor der Gartenpforte der Kemmertöns stehen sah, das ihr bekannt vorkam. Zumindest der weibliche Teil. Zwar war es dunkel, aber eine Straßenlaterne, die ein paar Meter weiter stand, brachte genug Helligkeit, um diese beiden wenigstens als Schatten wahrzunehmen. Und ihre Bewegungen waren gut zu erkennen. Sie küssten sich.

»Das ist Carolina«, flüsterte Mamma Carlotta.

Frau Kemmertöns wunderte sich. »Ich dachte, die Sache mit dem windigen Journalisten hätte sich erledigt.«

Ja, das hatte Mamma Carlotta auch gedacht. Was mochte dieser Kerl ihrer braven, gewissenhaften Carolina für einen Floh ins Ohr gesetzt haben? Wurden die jungen Frauen denn nie vernünftig? Ging es wirklich von Generation zu Generation weiter, dass man, wenn man verliebt war, nur das Herz einschaltete, den Verstand kalt ließ und sich nicht einmal wunderte, wenn er durch einen Kurzschluss außer Gefecht gesetzt worden war? Kurzschlüsse mussten repariert werden, das wusste doch jeder! Jedenfalls jeder, der bei Verstand, also gerade nicht verliebt war.

68

Günter Sack schien schon geschlafen zu haben. Über seinen Augen lag ein Schleier, als hätte er keine Gelegenheit gehabt, sich das Gesicht zu waschen, nachdem er von seiner Pritsche geholt worden war, das Stylingmittel, das er für seine Haare benutzte, war in seinem Kopfkissen zurückgeblieben. Um den Knopf seines Hosenbunds richtig zu schließen, hatte man ihm keine Zeit gelassen, und seine Strickjacke war falsch zugeknöpft.

»Haben Sie was rausgefunden?«, fragte er, nachdem er sich gesetzt hatte. »Bin ich entlastet? Kann ich nach Hause?«

Die Staatsanwältin erlaubte sich ein kleines Lächeln, Sören schüttelte den Kopf, Erik zeigte keinerlei Reaktion. »Es geht um die Brandstiftung im Tierheim«, sagte er. »Sie haben den Schuppen mit den vielen Büchern angezündet. Wir haben Fingerabdrücke gefunden, die das beweisen.«

Günter Sack fiel die Müdigkeit aus dem Gesicht, er fuhr sich durch die Haare, mit einer so geübten Geste, dass er anschließend tatsächlich frisch frisiert aussah. »Das stimmt nicht.«

Erik erklärte ihm mit ruhiger Stimme, wo sich seine Fingerabdrücke gefunden hatten. »Sie haben diesen Tisch berührt.

Sie haben ihn unter die Klinke geschoben, damit die Tür sich nicht öffnen ließ. Anschließend haben Sie im hinteren Bereich des Schuppens das Feuer gelegt, da gab es ein paar lockere Bretter in der Rückwand.«

»Und warum sollte ich das getan haben?«, fragte Günter Sack.

»Weil in dem Schuppen jemand eingeschlossen war, den Sie beseitigen wollten.«

»Wer sollte das gewesen sein?«

Darauf konnte Erik dummerweise nicht antworten. Er hatte sich ja schon vergeblich mit Tilla und Sören beraten. Ihre anfängliche Meinung, Ariane Malak und Georg Lang könnten es gewesen sein, hatten sie wieder verworfen. Oder konnte es sein, dass der Schafripper sich in den Schuppen verzogen hatte und Ariane und Georg ihm einen Denkzettel verpassen wollten? Mit einem Mal flackerte diese Idee wieder auf. Jemand, der in einem Schuppen eingesperrt worden und dort beinahe ums Leben gekommen war, ging zur Polizei! Wer befreite sich aus einem brennenden Schuppen und unternahm anschließend nichts, um den Brandstifter zur Rechenschaft zu ziehen? Niemand!

»Ist jemand umgekommen?«, fragte Günter Sack. »Ich habe nichts davon gehört.«

»Womöglich Zeugen, die einen Mord beobachtet hatten«, antwortete Erik.

»Die Fingerabdrücke auf dem Tischbein sind jedenfalls ein Indiz«, beharrte Erik.

Günter Sack überlegte fieberhaft. »Vielleicht ist das der Tisch, an dem Brigitte vorher gesessen hat? Den könnte ich angefasst haben.«

»Warum?«

Günter Sack sah Sören verständnislos an.

»Warum haben Sie sich gebückt und den Tisch an einem seiner vier Beine angefasst?«

»Ich habe ihn zur Seite gerückt, damit ich besser an Brigitte herankam. Ich wollte sie unter den Achseln packen und wegschleifen.«

»Ach ja! Weil Sie schon so viele Spuren hinterlassen hatten?« Sörens Stimme klang sehr spöttisch. Günter Sack merkte, dass ihm nicht geglaubt wurde.

»Ja!«, brüllte er. »Wenn Sie Brigitte schon in dieser Nacht gefunden hätten, wären Sie schnell auf meine Spuren gestoßen. Und dann hätten Sie herausgefunden, dass ich ein Motiv hatte, sie umzubringen.« Er atmete tief durch und wurde sachlicher und leiser. »Wenn Sie aber gar nicht wussten, wo Brigitte umgebracht worden war, konnten Sie auch meine Spuren nicht finden. Später war ich ja immer sehr vorsichtig.« Ihm schien einzufallen, dass er bei der Benutzung des Pick-ups alles andere als vorsichtig gewesen war. »Ich hätte ja nicht gedacht, dass Sie den Pick-up meines Nachbarn mit dem Mord in Verbindung bringen. Außerdem hatte ich damit gerechnet, dass Brigitte auf Nimmerwiedersehen in der Baugrube verschwindet.«

Erik erhob sich und machte eine paar Schritte vor Günter Sacks Augen hin und her. Dieser verfolgte ihn mit misstrauischen Blicken und sah ihn ängstlich an, als er vor ihm stehen blieb. »Hätten Sie Brigitte Lichter umgebracht? Sie sagen, Sie haben es nicht getan. Sie sagen, Brigitte Lichter war schon tot. Aber wenn sie noch gelebt hätte, wenn sie Ihre Bitte zurückgewiesen hätte, wenn sie dabei geblieben wäre, dass ihr leiblicher Sohn sowohl seine Mutter als auch seinen Vater kennenlernen sollte, wenn sie nicht bereit gewesen wäre, Ihnen die verräterischen Briefe zurückzugeben ...« Erik schöpfte tief Luft. »Hätten Sie dann zugeschlagen?«

Günter Sack zögerte keinen Augenblick. »Ja, ich habe an diese Möglichkeit gedacht.«

Das überraschte alle drei. Jeder hatte damit gerechnet, dass Günter Sack diese Möglichkeit empört zurückwies.

»Was hätten Sie davon gehabt?«, fragte Tilla. »Solange die Briefe nicht aufgetaucht waren, mussten Sie damit rechnen, dass Ihr Motiv ans Licht kommt.«

Günter Sack blickte zu Boden. »Das habe ich mir später auch gesagt. Aber als ich zu ihr ging, war ich voller Wut. Und wenn sie mich ausgelacht hätte ... das tat sie nämlich gern ... dann ... dann hätte ich mich durchaus vergessen können.«

»Geplant hatten Sie einen Mord demnach nicht?«, fragte Sören. »Sie konnten sich nur vorstellen, ihn zu begehen, wenn Brigitte Lichter Sie ausgelacht hätte?«

»Später haben Sie dann in Brigittes Geheimfach nachgesehen«, ergänzte Erik, »ob die Briefe dort liegen?«

»Sie hatte mir damals von ihrem Geheimfach erzählt. Ich nahm an, dass sie sich daran gar nicht mehr erinnerte. Aber ... vielleicht wusste sie es noch und hat deswegen die Briefe nicht dort, sondern woanders versteckt.«

Erik schaffte es nur mit Mühe, ein Grinsen zu unterdrücken. »Unter ihren Esszimmerstühlen.«

Der Blick in Günter Sacks Gesicht war wie ein Kurzfilm. Ungläubigkeit, dann die Frage, die mögliche Antwort, die Erkenntnis, die Wahrheit und der Zorn darüber. Ein Film, aber ohne Schauspieler. Was Erik in Günter Sacks Gesicht beobachtete, war nicht gespielt. Dort ließen sich die Gefühle erkennen, die aus einem Menschen einen Mörder machten.

»Diese Kanaille!«, flüsterte er. »Wie konnte ich mich jemals mit diesem Weibsbild abgeben? Nun hat sie es wirklich noch geschafft, mein Leben zu ruinieren. Sie hat es mir damals angekündigt. Aus reiner Boshaftigkeit. Sie wollte mich ja gar nicht haben, genauso wenig, wie ich sie wollte. Dass sie schwanger wurde, war doch ihre eigene Schuld. Lieber Himmel, jede Frau, die damals mitspielte, nahm die Pille.«

»Die mitspielte?«, wiederholte Erik. »Was meinen Sie damit?«

»Bei den Strandpartys ging es immer hoch her und manchmal auch richtig zur Sache. Sie wusste das, und sie hat immer gern mitgespielt. Das ist es, was ich meine.«

69

»Carolina!« Mamma Carlottas Empörung war derart gewaltig, so scharf und verletzend, dass Fifi den Schwanz einzog und sein Frauchen in den Garten zerren wollte. Frau Kemmertöns hätte eigentlich gern zunächst ihrer Neugier und nicht ihrer Diskretion nachgegeben, fand dann aber auch, dass es sicherer war, sich aus der Reichweite der wütenden Signora zu begeben. Die konnte, das wusste Frau Kemmertöns, wenn sie so richtig außer sich war, ihr Temperament nur schwer zügeln. Man musste dann mit allem rechnen. Insbesondere, wenn es um ihre Enkelkinder ging, die sie wie eine Löwin verteidigte, sobald ihnen Unbill drohte, aber bei den Schultern packen und durchrütteln konnte, wenn sie nicht einsehen wollten, was gut für sie war. Beides hatte viel mit Lautstärke und Tempo, mit Geschrei und überschäumenden Handlungen zu tun, für Frau Kemmertöns nur schwer zu ertragen, selbst wenn sie nicht in das Geschehen eingebunden, sondern nur Zuschauerin war. Deswegen folgte sie Fifis Wunsch, sich dem Kriegsschauplatz zu entziehen, verschwand in ihrem Garten und blieb erst am Fuß der Treppe wieder stehen, die zu ihrer Haustür hinaufführte, um ein wenig zu lauschen.

»Wann wirst du endlich erwachsen, Carolina?«

»Nonna, ich bin erwachsen. Also lass mich in Ruhe.«

Mamma Carlotta ging auf Maximilian Witt los. »Haben Sie meiner Enkelin noch nicht genug Scherereien gemacht? Was sind Sie nur für ein Mensch?«

»Ich will doch nur ...«

Ausflüchte wollte Mamma Carlotta sich nicht anhören. »Du kommst mit mir, Carolina! Vieni qui!« Sie machte einen demonstrativen Schritt rückwärts und streckte den Arm aus, als wollte sie Carolin bei der Hand nehmen. »Du hattest doch erkannt, dass er dich belogen und betrogen hat.«

»Das war ein Irrtum. Wir haben uns ausgesprochen.«

»Komm, Carolina!«

»Später.«

»No! Du kommst jetzt.« Das tz sprühte feucht durch den schwachen Schein der Straßenlaterne.

Maximilian griff nach Carolins Arm, als wollte er sie beschützen. »Wir haben noch einiges zu bereden, Signora.«

»Sie haben mit meiner Enkelin überhaupt nichts zu bereden. Wenn sie demnächst arbeitslos ist, hat sie das Ihnen zu verdanken.«

»Signora, Sie sehen das ganz falsch ...«

»Io?«

Maximilian Witt wich zurück, als Mamma Carlotta auf ihn losging, als wollte sie sich mit ihm prügeln.

Carolin wusste, wie ihre Großmutter auf Fremde und vor allem auf Norddeutsche wirkte, und stellte sich vor Maximilian. »Es geht dich nichts an, Nonna. Das ist ausschließlich eine Sache zwischen Maximilian und mir.«

Mamma Carlotta schnappte nach Luft. Es ging sie nichts an, wenn sich ihre Enkelin in den falschen Mann verliebte? Wenn sie sich ins Unglück stürzte? Wenn sie demnächst unter entsetzlichem Liebeskummer litt oder womöglich schwanger wurde und dann allein mit einem Kind dasaß? Sie wusste doch, worauf so eine Liebe hinauslief. In Panidomino gab es mehrere Frauen, die in ihrer Jugend einmal eine falsche Entscheidung getroffen hatten und danach bis in hohe Alter unglücklich waren.

»Ich sehe das genau richtig! Ich bin doch nicht cieca ...« In ihrer Aufregung wollte ihr das Wort für blind einfach nicht einfallen. »Sono ... ich bin ...«

Maximilians Interesse ließ mit einem Mal von ihr ab, seine

Aufmerksamkeit richtete sich auf etwas anderes, sein Blick ging durch sie hindurch. Auch Carolin war von einem Augenblick auf den anderen abgelenkt. Sie drehte sich um, blickte Richtung Westerlandstraße, obwohl es dort still und dämmerig war. Aber es war eine vordergründige Ruhe, nur der Anschein von Geräuschlosigkeit. In der Luft bewegte sich etwas, das anschwoll, nicht nur die Westerlandstraße entlangkam, sondern die ganze Insel in Aufruhr brachte. Eine Sirene! Die Feuerwehr hatte sich bereits aufgemacht, der Brand lag schon in der Luft, schwach, aber gefährlich.

Maximilian vergewisserte sich, dass er seine Kamera dabeihatte, dann lief er auf ein Auto zu, das auf der gegenüberliegenden Straßenseite geparkt war, ein kleiner roter Fiat.

»Es brennt irgendwo«, rief er Carolin zu. »Ich glaube, Richtung Kampen. Da muss ich hin.«

Carolin folgte ihm, ohne dazu aufgefordert zu werden, und Mamma Carlotta lief den beiden hinterher, natürlich ebenfalls, ohne sich dazu auffordern zu lassen. »Schon wieder im Tierheim?«

Carolin riss die Beifahrertür auf, ihre Nonna saß schon auf dem Rücksitz, ehe ihre Enkelin die Tür ins Schloss geworfen hatte. Maximilian startete den Wagen, zögerte aber mit dem Anfahren. Er warf einen gereizten Blick in den Rückspiegel, doch Carolin drängte ihn zur Eile. »Meine Nonna wirst du sowieso nicht abschütteln. Bis du das geschafft hast, ist der Brand gelöscht.«

70

Sören saß am Steuer, als sie zurückfuhren, Erik und Tilla hatten es sich auf der Rückbank bequem gemacht, um über den Besuch bei Günter Sack zu reden.

Erik lachte. »Wie früher, als wir noch Teenies waren. Da musste auch einer fahren, und hinten wurde geknutscht.«

Tilla stieß ihn in die Seite. »Untersteh dich.« Aber ihre Empörung war schlecht gespielt.

Noch vor dem Ortsschild von Wenningstedt hatte ihre Albernheit ein Ende. Ein Martinshorn folgte ihnen, ein Feuerwehrauto, direkt dahinter ein Polizeiwagen mit flackerndem Blaulicht.

Sören fuhr an den Straßenrand und ließ sie passieren. »Was ist da los?« Er macht einen langen Hals, als käme ihm eine Ahnung. »Etwa schon wieder im Tierheim?«

»Fahren Sie hinterher«, ordnete Erik an, zog sein Handy aus der Tasche und rief im Revier an. Enno Mierendorf wusste Bescheid. Ja, erneut hatte es einen Anschlag aufs Tierheim gegeben. Diesmal waren es radikale Angreifer gewesen, keine jungen Leute, mit denen man reden konnte. Als es ihnen nicht gelungen war, das Eingangstor zu öffnen, hatten sie Brandfackeln geworfen. Zum Glück war keins der Tiere verletzt, aber allesamt in Angst und Panik versetzt worden. Mehrere Gehege hatten Feuer gefangen.

»Die Betreiber des Tierheims haben alle Hände voll zu tun, die Tiere in Sicherheit zu bringen«, berichtete Enno Mierendorf. »Gegen die Angreifer konnten sie sich nicht auch noch zur Wehr setzen.«

Als Erik sich nach dem Ziel der Aggression erkundigte, bekam er zu hören, was er vermutet hatte. Wieder war es eine Reaktion auf den Artikel im *Inselblatt* gewesen. Ein Tierpfleger, der sich an wehrlosen Schafen verging! Pfui! Dass die Brandfackeln ebenfalls wehrlose Tiere in Gefahr brachten, schien keine Rolle zu spielen.

»Aber das Schlimmste ist«, fuhr Enno Mierendorf fort, »dass sie das Holzhaus angezündet haben, in dem Georg Lang wohnt.«

Das war ein leichtes Unterfangen gewesen. Es stand nah an der Grundstücksgrenze, zwei, drei Brandfackeln hatten ausgereicht, um das Haus in Brand zu setzen. Aber entgegen den

Erwartungen der Brandstifter hatte sich niemand ins Freie gerettet, der dann persönlich attackiert werden konnte. Georg Lang war nicht herausgelaufen, um sich vor dem Feuer in Sicherheit zu bringen, und sein Vater auch nicht.

»Offenbar haben sie getan, was ich Ihnen geraten habe«, stöhnte Erik auf. »Sie haben im Haus, in Brigitte Lichters Wohnung, genächtigt.«

Sören drückte aufs Gas. Von allen Seiten der Insel kamen Polizeiwagen heran, und mehrere Feuerwehrautos waren alarmiert worden. Im Nu war der Himmel über dem Tierheim rot gefärbt, er glühte über dem zuckenden Blaulicht.

Mittlerweile waren genügend Polizeibeamte vor Ort, um die Demonstranten in Schach zu halten. »Raus, das Schwein! Gebt es raus!« Diese Sprüche nützten nichts. Die Polizisten umstellten das Gelände des Tierheims und ließen niemanden in die Nähe des Eingangs. Die Feuerwehr hatte jedoch Schwierigkeiten, den Brand daran zu hindern, sich auszubreiten. Das Dach des Holzhauses, in dem Georg Lang wohnte, brannte lichterloh, der Schuppen, der einmal den Flammen entkommen war, musste diesmal kapitulieren. Die Bücherberge in seinem Inneren ergaben sich in Sekundenschnelle dem Feuer. Altes, trockenes Papier! Es loderte auf, schlug gegen das Dach, zerfraß es in Sekundenschnelle und warf schlanke, spitze Flammen auf alles, was in der Nähe stand. Die Tiere schlugen um sich, brüllten, versuchten, sich selbst zu befreien, traten nach Ariane und Mattes, wenn sie ihnen helfen wollten.

Als Sören versuchte, auf den Parkplatz zu fahren, wurde er zunächst daran gehindert. Aber der junge Streifenpolizist, der dort Wache hielt, erkannte ihn glücklicherweise schnell und ließ ihn passieren. Sören stellte den Wagen so weit wie möglich vom Eingang entfernt ab, sie sprangen heraus und rannten auf das Tor zu. Auch hier wurden sie zurückgehalten, bis Eriks Autorität und die Kaltblütigkeit der Staatsanwältin den

Kollegen klarmachten, dass sie sich nicht würden aufhalten lassen. Ein Streifenbeamter öffnete ihnen das Tor.

»Wo ist Georg Lang?«, schrie Erik. »Er ist in Gefahr.«

Eine Antwort bekam er nicht, nur ein Schulterzucken, das er mit einer abwehrenden Geste zurückwies. Wo war Georg Lang? Er durfte sich auf keinen Fall draußen zeigen.

Sie rannten zum Haus, dessen Eingangstür verschlossen war. »Richtig so«, murmelte Erik und lief zu einem der Fenster des Erdgeschosses. »Hier ist Hauptkommissar Wolf!«, rief er nun laut. »Machen Sie auf!«

Aber im Innern des Hauses rührte sich nichts. Waren Rüdiger und Georg Lang überhaupt dort? Erik kamen Zweifel. Hatten Vater und Sohn gegen alle Vernunft zu fliehen versucht? Dann waren sie jetzt womöglich den Angreifern schutzlos ausgeliefert. Was die mit Georg Lang machen würden, wenn sie ihn in die Finger bekamen, mochte Erik sich gar nicht ausmalen.

Er lief ums Haus herum und schaute sich die Fenster an der rückwärtigen Seite an. Auch dort war alles dunkel. Kein Licht, die Rollläden waren nicht heruntergelassen worden. Erik rannte wieder nach vorn und sah sich nach Ariane Malak um. Aber sie war bei den Tieren, er konnte sie nicht entdecken.

Das Geschrei der Demonstranten war noch genauso laut wie vorher. Sie zogen sich nicht zurück, sie gaben nicht auf.

»Gebt es raus, das Schwein!«

Erik sah, dass die Hundezwinger sich öffneten, sämtliche Vierbeiner rannten, außer sich vor Angst, auf die Hundewiese, auf der sie sonst spielen und sich austoben durften. Dort musste Ariane Malak sein.

Erik lief los, aber er traf nur Mattes an, der die Hunde auf die Wiese scheuchte. Bei manchen war es schwierig, sie waren derart verängstigt, dass sie sich in ihrem Zwinger an die Rückwand drängten und sich nicht herauswagten. Erik half Mattes dabei, einen schweren Bernhardiner herauszuziehen. »Wo ist Frau Malak?«, schrie er gegen den Lärm an.

Mattes macht eine große Bewegung mit beiden Armen. »Irgendwo ...«

Erik fand sie im Pferdestall, wo sie ihr Bestes tat, einen Schimmel zu beruhigen, der außer sich vor Angst war. »Wie weit ist die Feuerwehr?«, fragte sie schreiend. »Kann ich die Pferde im Stall lassen?«

Diese Frage konnte Erik nicht beantworten. Er lief nach draußen und sah sich um. Tatsächlich schien das Feuer sich nicht weiter auszubreiten, die Feuerwehr hatte es im Griff. Die Flammen hatten nicht auf das Wohnhaus von Brigitte Lichter übergegriffen, das kleine Haus, in dem Georg Lang wohnte, rauchte nur noch, die Flammen waren gelöscht. Dennoch wollte er Ariane keinen Ratschlag erteilen, der womöglich falsch war. Und bevor er zurück in den Pferdestall ging, vergaß er Arianes Frage sogar wieder. Die Wut schoss wie eine Flamme durch seinen Körper, wie kurz zuvor noch eine Stichflamme durchs Dach des Schuppens gefahren war.

»Was machen Sie hier? Raus! Verschwinden Sie!« Er hätte Maximilian Witt am liebsten bei den Haaren gepackt und so lange geschüttelt, bis er betteln würde, wieder gehen zu dürfen. »Wie sind Sie hier reingekommen?«

Mit einer ungewissen Geste wies Maximilian in Richtung Hundewiese. »Da irgendwo.«

»Schade, dass Ihnen der Pitbull nicht in den Arsch gebissen hat!«, fuhr Erik ihn an.

»Papa!«

Erik konnte es nicht glauben. Da schälte sich aus dem ganzen Durcheinander, aus den Rauchschwaden, die Gestalt seiner Tochter. »Du auch? Bist du verrückt geworden?«

»Ich wollte mit«, entgegnete sie bockig. »Das war ganz allein meine Entscheidung.«

Erik stieß die Luft von sich, als hätte er einen Marathonlauf hinter sich. Aber für erzieherische Maßnahmen war jetzt nicht der richtige Augenblick. Und Maximilian Witt würde er sich auch später vorknöpfen. »Habt ihr Georg Lang gesehen?«

Beide schüttelten den Kopf. »Den suche ich«, sagte Maximilian.

Erik versuchte, ihm die Kamera zu entreißen. Allerdings vergeblich. Maximilian Witt vergaß jeden Respekt und war drauf und dran, sich tätlich zu wehren. »Wenn Sie ihn noch einmal fotografieren, können Sie was erleben«, schrie Erik. »Georg Lang ist unschuldig! Geht das endlich in Ihren Schädel rein? Sie sind verantwortlich für das, was hier geschieht. Hätten Sie nicht dieses widerliche Foto geschossen ...«

»Hätte Koopmann es nicht veröffentlicht, ohne die Sache vorher zu prüfen«, korrigierte Carolin hitzig. »Der ist schuld.«

Auf eine solche Diskussion wollte Erik sich nicht einlassen. Hektisch sah er sich um. Wo waren überhaupt Tilla und Sören? Er lief zum Haus zurück und vergewisserte sich, dass die Tür immer noch verschlossen war. Nach wie vor regte sich dort nichts. Entweder waren Rüdiger und Georg Lang sehr vorsichtig, oder sie hielten sich längst woanders auf. Woanders – das konnte bedeuten, dass sie nach wie vor in Gefahr waren. Zwar wurde es mittlerweile ruhiger vor dem Tor des Tierheims, aber das bedeutete nur, dass die Polizisten die Demonstranten zurückgedrängt hatten. Gefährlich waren sie immer noch. Jetzt vielleicht noch unberechenbarer als vorher, weil zu dem Zorn über den Tierschänder die Wut hinzugekommen war, dass sie bisher erfolglos geblieben waren. Erik ging davon aus, dass sie es nicht als Erfolg bezeichneten, Georg Langs Haus in Brand gesteckt zu haben. Sie wollten ihn in die Finger bekommen, nichts anderes. Er sah sämtliche Streifenwagen vorfahren, die die Insel zu bieten hatte. Die ersten Festnahmen erfolgten, aber auch das würde nur dazu beitragen, die Flamme des Zorns zu schüren.

Tilla erschien wie aus dem Nichts vor ihm, mit schmutziger

Jacke und Rauchspuren im Gesicht. Sie griff nach Eriks Arm und zog ihn in eine Ecke, wo es ruhig war. »Mir ist gerade eine schreckliche Idee gekommen. Könnte es sein, dass wir uns irren? Der Typ, der das letzte Schaf massakriert hat ... könnte das ein Trittbrettfahrer gewesen sein? Ist Georg Lang doch der Schafripper?«

Erik fuhr der Schreck über diese Erkenntnis in die Glieder. Die beiden starrten sich an. Keiner musste dem anderen sagen, dass sie ohne Beweise waren. Und dass ein weiteres Schaf unter den Händen eines Tierquälers gestorben war, während Georg Lang festgenommen worden war, musste nicht unbedingt seine Unschuld beweisen. Erik konnte nur flüstern: »Einer, der sich bisher nicht zu einer so schrecklichen Tat getraut hat? Und dann ...? O mein Gott!«

Im selben Moment ertönte ein Schrei. Mattes rief: »Halt! Stehen bleiben!«

71

Mamma Carlotta wusste, dass sie vorsichtig sein musste. Wieder mal hatte sie sich von ihrer Spontanität hinreißen lassen und sich erst später, genau genommen erst, als sie Eriks Auto sah, Gedanken gemacht, ob es richtig war, was sie tat. Natürlich war es nicht richtig, das wurde ihr schlagartig klar. Erik würde wütend sein, wenn er seine Schwiegermutter sah. Und vermutlich würde er sich schrecklich aufregen, wenn er merkte, dass Maximilian Witt sich einmischte und sogar von Carolin begleitet wurde. Sie würde versuchen müssen, sich so unauffällig wie möglich zu verhalten. Am besten, Erik bekam sie gar nicht zu Gesicht. Aber ob ihr das gelingen würde?

Natürlich war Maximilians Wagen von den Polizisten gestoppt worden. Mamma Carlotta hatte sich klein gemacht, weil man immer damit rechnen musste, dass sie von einem

Kollegen Eriks erkannt wurde. Aber die Polizisten hatten gar keine Zeit gehabt, sich um die Insassen eines Autos zu kümmern, und Maximilians Presseausweis hatte sie nicht interessiert. »Hier kommt keiner durch. Auch die Presse nicht.«

Ärgerlich hatte Maximilian gebrummt: »Morgen wollen sie in allen Zeitungen belobigt werden, und heute lassen sie einen nicht nah herankommen. Wie soll ich da Fotos machen?«

Aber er würde nicht aufgeben, das wurde Mamma Carlotta schnell klar. Vermutlich war das sogar für einen Journalisten eine besonders gute Eigenschaft. Er hatte den Wagen gewendet, war zurückgefahren, aber auf die Bremse getreten, als er darauf hoffen durfte, dass die Polizisten ihn nicht mehr im Blick hatten.

»Du bist Sylterin«, hatte er zu Carolin gesagt, »du musst wissen, wie ich da reinkomme.«

Aber Carolin hatte keine Ahnung, im Tierheim war sie noch nie gewesen. Doch sie gab Maximilian den Hinweis, hinter dem Grundstücks des Tierheims abzubiegen, in einen schmalen Weg, der höchstens für Wanderer gemacht war. Mamma Carlotta wusste, dass sie richtiglag. So hatte auch Tove seinen alten Bulli von der Straße bugsiert. Genau wie Maximilians Wagen hatte er irgendwann im hohen Gras festgesteckt.

Maximilian zog, als es nicht mehr weiterging, den Schlüssel ab und öffnete die Tür. »Ich versuch's hintenrum.«

Carolin kam prompt ein Geistesblitz. »Ja, da gibt es einen Wirtschaftsweg. Habe ich ganz vergessen.«

Sie hatten den Wagen stehen lassen und waren herausgesprungen, ohne ihn abzuschließen. Und ohne sich um Mamma Carlotta zu kümmern! Einfach losgelaufen, durchs Gras, über Baumstämme hinweg, so schnell, dass Carolin wissen musste, ihre Nonna würde ihr nicht folgen können.

»Aber das Tor ist hoch«, hatte Mamma Carlotta sie noch sagen hören.

»Egal. Das schaffen wir.«

Dass Carolins Großmutter es nicht schaffen würde, über ein Tor zu klettern, schien Maximilian Witt nicht zu interessieren. Mamma Carlotta fühlte sich in ihrer Ansicht bestätigt. Im Gegenteil, vermutete Mamma Carlotta. Er war froh, sie auf diese Weise abgeschüttelt zu haben. Was für ein rüpelhafter junger Mann! Er schien sie mit voller Absicht zu vergessen. Unerhört! Er ignorierte sie einfach. Vermutlich, weil Carolin ihm etwas zugezischt hatte. Mamma Carlotta hatte es zwar nicht genau verstanden, glaubte aber, dass es der Hinweis gewesen war, sich einfach nicht weiter um ihre Nonna zu kümmern, wenn sie sich ungefragt einmischte. »Dio mio! Che impertinenza!« Nur gut, dass sie später notfalls zu Fuß nach Hause kommen konnte. Und noch besser, dass die beiden nicht wussten, dass es einen viel leichteren Weg gab, auf das Grundstück des Tierheims zu gelangen, als über das Tor. Wenn die beiden glaubten, sie könne nicht folgen, weil sie es natürlich nicht schaffen würde, über das hohe Tor zu klettern, dann hatten sie sich getäuscht. Mamma Carlotta hatte an der Ecke des Grundstücks gewartet, hatte zugesehen, wie die beiden die Füße auf die Querstreben setzten, erst ein Bein, dann das andere darüber schwangen und auf der anderen Seite zu Boden sprangen. Eine Sache von Sekunden! Und Mamma Carlotta hatte genau beobachtet, dass Carolin für ihre Nonna keinen Blick gehabt hatte. Was hatte ihr dieser Kerl nur ins Ohr geflüstert? Es war doch noch gar nicht lange her, da hatte sie eingesehen, dass er ein Lügner und Betrüger war!

Sie war am Zaun entlanggeschlichen, bis sie einen freien Blick auf die Straße hatte, ohne gesehen zu werden. Sie selbst war Teil der Dunkelheit, und die Aufmerksamkeit richtete sich sowieso auf das, was vor dem Tierheim geschah. Auf der anderen Straßenseite standen mehrere Autos, die angehalten hatten, als die Fahrer den Brand bemerkten, Fußgänger standen dort und redeten aufgeregt miteinander, alle waren sie wohl von den Polizisten daran gehindert worden, sich dem

Eingang des Tierheims zu nähern. Die aufgeregten Stimmen waren gut zu hören, aber niemand schaute in ihre Richtung, alle Blicke richteten sich dorthin, wo die Feuerwehr ihrer Arbeit nachging.

Während Mamma Carlotta vorsichtig weiterschlich, die Straße fest im Blick, damit sie sehen konnte, wenn sie jemandem auffiel, bemerkte sie ein Auto, das überall, wo es erschien, besondere Beachtung fand. Ein Porsche! Ein leuchtend blauer Porsche, was nur in dem Augenblick zu sehen war, als er unter einer Laterne herfuhr. Dr. Mikkelsen? »Madonna!« Hatte es etwa einen Toten gegeben? Es wurde Zeit, dass sie sich die Sache aus der Nähe ansah.

Mamma Carlotta schlich geduckt am Zaun entlang, immer mit Blick auf die Neugierigen am Straßenrand, und bemerkte schnell, als sie an der richtigen Stelle angekommen war. Zum Glück war der Zaun noch nicht repariert worden, vermutlich hatte bis jetzt niemand bemerkt, dass es dort einen Durchschlupf gab. Die Gräser, die vor ein paar Tagen von ihnen niedergetreten worden waren, hatten sich wieder aufgerichtet, und Mamma Carlotta stieg mit hochgezogenen Beinen durchs feuchte Gras. Mit Herzklopfen kauerte sie schließlich vor dem Loch, das ihr viel kleiner vorkam als beim ersten Mal. Würde sie überhaupt hindurchpassen? Aber sie beruhigte sich. Ja, auch Frau Kemmertöns hatte es geschafft, dann würde es ihr erst recht gelingen.

Geduckt machte sie sich daran, das Loch im Zaun ein wenig zu dehnen, und bückte sich tief ... in diesem Augenblick hörte sie etwas in ihrem Rücken. Klappern von Metall, Schritte, Gräserrascheln – und dann eine Stimme.

»Stopp! Was machen Sie da?«

72

Sören hatte den Mann im Griff, als er aus dem Garten zurückkehrte. Obwohl es nicht so aussah, als wollte er fliehen. Mit gesenktem Kopf trottete er neben Sören her, warf gelegentlich einen Blick um sich, schaute dann wieder zu Boden. Als das Blitzlicht aufflammte, wand er sich aus Sörens Händen, um sein Gesicht zu bedecken.

»Gehen Sie! Weg! Ich will das nicht!«

Maximilian Witt ließ sich nicht beirren, auch nicht von Sörens harscher Anweisung. »Hören Sie auf! Wer hat Sie überhaupt reingelassen?«

Maximilian Witt reagierte nicht und kümmerte sich nicht um Sören.

»Merken Sie gar nicht, dass Sie immer im falschen Moment fotografieren?«, schrie Sören ihn an. »Dieses Foto wird nicht an die Presse gegeben! Verstanden?«

Er ließ Pierre Thom los, aber es war natürlich zu spät. Die Situation, in der er aufgenommen worden war, ließ sich nicht mehr korrigieren. Pierre Thom, der Shootingstar, Pierre Thom, in den sich ein Superstar wie Jenna Brown verliebt hatte, im Griff der Polizei! Erik hatte Mitleid mit ihm. Hoffentlich sah Pierre Thom rechtzeitig ein, dass das Leben als Star nichts für ihn war. Er konnte nur unglücklich werden. Aber möglicherweise war die Sache auch längst entschieden. Nach der Abreise von Jenna Brown hatte es keine positiven Berichte mehr über Pierre Thom gegeben. Die Presse machte sich inzwischen unverhohlen über ihn lustig, und über seine Abneigung gegen die Paparazzi, gegen Blitzlichtgewitter und das Gejubel von Fans. Sie nannten ihn Schwächling, Jammergestalt und Muttersöhnchen, und wenn Maximilian Witt dieses Foto an seine Agentur verkaufte, würde es noch schlimmer werden. Erik sah sich um. Wo war überhaupt Carolin? Besaß sie noch so viel Feingefühl, dass sie nicht dabei sein wollte, wenn Maximilian Witt sich über alles hinwegsetzte, was sie von ihren Eltern gelernt hatte?

Erik trat auf Pierre Thom zu, ärgerlich, obwohl er eigentlich mitfühlend sein wollte. »Was soll diese Flucht?« Er nickte zur Haustür. »Wir gehen besser rein.«

Ariane Malak erschien in der Nähe und zog einen Schlüssel aus der Gesäßtasche ihrer Jeans. Ohne ein Wort schloss sie das Haus auf, dann ging sie wieder zu den Tieren. Aber dort herrschte mittlerweile Ruhe. Das Feuer prasselte nicht mehr, die Martinshörner schwiegen, die Stimmen der Polizisten waren nicht mehr laut und schneidend, allmählich kehrte Ruhe ein. Das Schlimmste war überstanden.

Tammo Bause trat an Eriks Seite, als er gerade das Haus betreten wollte. »Komische Sache, Herr Kollege. Erst der Schuppen und nun das Haus von Georg Lang. Auf wen hat dieser Feuerteufel es eigentlich abgesehen?«

Erik reagierte gereizt. »Dieses Feuer war nicht das Werk des Teufels, sondern der Schwachsinn dieser Idioten da draußen.« Er nickte zum Parkplatz, wo die ersten Festnahmen vorgenommen wurden. Der laute Protest drang bis zu ihnen herüber. »Ich fürchte, Georg Langs Habe hat ziemlichen Schaden genommen.«

»Wo ist er eigentlich?«, fragte Tammo Bause.

»Wenn ich das wüsste ...« Erik entschloss sich, Sören ins Haus zu folgen. »Ich hoffe, er hat sich dort verschanzt.«

Tammo Bause hob grüßend die Hand und drehte sich um. »Wir hören voneinander. Aber viel zu ermitteln habe ich hier wohl nicht. Wie Sie schon sagten, das ist eine andere Sache als das Feuer im Schuppen ...«

Tilla ging mit Erik ins Haus, und als das Licht im Wohnraum aufflammte, sahen sie Georg Lang und seinen Vater auf dem Sofa sitzen. Bleich und zitternd vor Angst, mit flatternden Augenlidern, weil sie vom grellen Licht der Deckenlampe geblendet wurden. Georg umarmte ein graues Kissen mit einer altmodischen Stickerei, eine Hand seines Vaters lag auf seinem Arm, als ginge es darum, einen großen Jungen zu beschützen, der nicht merken sollte, dass er eigentlich noch klein und schwach war.

Als Sören mit Pierre Thom eintrat, atmeten beide auf. »Ist es vorbei?«, fragte Rüdiger Lang. Er wartete eine Antwort nicht ab, räusperte sich und rückte seine Stimme zurecht, der er die Angst nehmen und einen energischen Ton geben wollte. »Ich werde mit meinem Sohn gleich morgen früh heimfahren. Hier kann er nicht bleiben.«

Erik stimmte ihm zu. »Bis den Leuten klar geworden ist, dass er nicht der Schafripper ist, sollte er wirklich aus der Schusslinie genommen werden. Aber nicht gleich morgen früh. Es könnte sein, dass ich noch mit Ihnen reden will.«

Sören schob Pierre Thom zu einem Sessel. Er machte keinen Schritt aus eigenem Antrieb, ließ sich stoßen und drängen, als wäre er unfähig zu selbstständigem Handeln.

»Setzen Sie sich.« Erik zeigte auf einen Hocker in der Nähe der Tür. »Und dann erklären Sie uns bitte, warum Sie aus der Wohnung von Ariane Malak fliehen! Warum lassen Sie sich vom Balkon runter, statt ganz einfach durch die Haustür zu spazieren, wenn Sie gehen möchten? Was soll das?«

Sören hatte auch noch einige Fragen auf Lager, aber in diesem Moment öffnete sich die Tür, und jemand trat ein, mit dem er nicht gerechnet hatte. Nun zeigte sich, dass Sören doch noch nicht ganz zu der Kollegialität gefunden hatte, die er seit einiger Zeit an den Tag legte, wenn er die neue Gerichtsmedizinerin sah. Sie jetzt so völlig unvermittelt und unerwartet vor sich stehen zu sehen, brachte ihn wieder mal aus der Fassung. Sein Gesicht lief rot an, seine Stimme war atemlos. »Du? Hat dich der Lärm aufgeschreckt? Die vielen Martinshörner?«

Dr. Antje Mikkelsen antwortete nicht, lächelte nicht einmal. Sie betrachtete Pierre Thom so eingehend, als wäre sie seinetwegen hier, als läge er vor ihr auf einem Seziertisch der Pathologie. Erik wartete auf eine Frage, die ihr Befremden zum Ausdruck brachte, aber sie sprach ihn so freundlich an wie ein Sozialarbeiter einen Jungen, den er aus der Gosse holen wollte. »Warum diese Flucht, Herr Thom? Sie brauchen doch nur zu sagen, dass Sie ins Hotel zurückmöchten. Die Polizei bringt Sie ins Horizont.« Sie sah erst Sören und dann Erik fragend an. »Oder?«

»Natürlich.« Erik war auf der Hut. Irgendwas plante Dr. Antje Mikkelsen, er durchschaute es nur noch nicht.

»So, dass Herr Thom unerkannt bleibt?«

»Die Rücksitze unserer Streifenwagen haben verdunkelte Scheiben.«

»Na also!« Dr. Mikkelsen lauschte nach draußen. »Das Schlimmste ist überstanden. Sie werden einen Streifenwagen entbehren können.«

Pierre Thom schien tatsächlich erleichtert zu sein. »Danke.«

Antje Mikkelsen sah Sören strafend an. »Da hättest du aber auch selbst draufkommen können. Man darf Herrn Thom nicht ständig den Kameras der Paparazzi aussetzen. Wir wissen doch, dass er das nicht mag.«

Die Art, wie sie das sagte, der Tonfall ihrer Stimme, der künstliche Vorwurf, das alles kam Erik so vor, als wollte sie eigentlich etwas ganz anderes sagen. Deswegen nickte er nur stumm, gab sein Okay zu allen Anweisungen, die sie für richtig hielt, und sah schweigend zu, wie Sören dafür sorgte, dass ein Streifenwagen vors Haus geholt wurde und Pierre Thom einsteigen konnte, ohne dass ihn jemand sah.

»Wie lange werden Sie noch auf Sylt bleiben?«, fragte Erik, bevor der Wagen abfuhr.

Pierre Thom sah ihn nicht an, während er antwortete: »Das nächste Konzert ist abgesagt worden. Ich sollte mit Jenna zusammen auftreten.«

Erik stand noch immer in der offenen Wagentür, während er fragte: »Werden Sie im Horizont wohnen bleiben? Oder ziehen Sie zu Ihren Eltern?«

Pierre Thom wehrte erschrocken ab. »Nein, ich bleibe im Horizont. Zwei, drei Tage, dann fahre ich nach Hamburg. Ein Auftritt in der Color-Line-Arena ...« Schon wurde sein Gesicht wieder so ängstlich wie auf den Fotos, die ihn jetzt schon den größten Teil seiner Fans, das Wohlwollen der Journalisten und die Liebe eines Superstars gekostet hatten. Nein, Pierre Thom würde niemals die große Karriere machen, von der er vielleicht mal geträumt hatte. Womöglich waren schon viele Eintrittskarten zurückgegeben worden, oder er hatte Angst, ausgebuht zu werden. Wie auch immer, Erik war sich sicher, dass es kein großes Konzert geben würde.

Er schloss die Tür, der Streifenwagen fuhr an, und Erik dachte an das, was Sören herausgefunden hatte. Er dachte an den Jungen, der von seinen Mitschülern drangsaliert worden war, den die Eltern ins Internat geschickt hatten, damit er dem Mobbing nicht mehr ausgesetzt war, der in den Verdacht gekommen war, sich auf die brutalste Weise zu wehren, die denkbar war, und schließlich auf einem Einödhof gelandet war, bei einem Privatlehrer und einem Psychiater, der ihn erfolgreich behandelt hatte. Wirklich erfolgreich? Oder blätterte dieser Psychiater jetzt manchmal die Zeitung auf, sah das angstvoll verzerrte Gesicht seines Patienten, der vor der Presse floh, und fragte sich, ob er es wirklich geschafft hatte, aus Pieter Thomsen einen Mann zu machen, der sein Leben im Griff hatte? Vielleicht hätte er eine Chance gehabt, wenn er weniger attraktiv und weniger talentiert gewesen wäre.

Dr. Antje Mikkelsen blieb an Eriks Seite, während sie dem Streifenwagen nachblickten, der durchs Tor fuhr, an den Neugierigen vorbei, die nicht ahnten, dass hinter den verdunkelten Scheiben ein Prominenter saß. »Trotzdem wird er die Hände vors Gesicht schlagen«, sagte die Gerichtsmedizinerin, »und sich zusammenkauern. Er sollte rechtzeitig einsehen, dass er mit so einer Karriere nur unglücklich werden kann.«

Erik wandte sich ihr zu. »Sie wissen etwas, wovon wir keine Ahnung haben.«

Sie nickte. »Können wir irgendwo in Ruhe reden?«

Sie betraten das Haus wieder, und Erik sah sich um. »Wenn die Stühle am Esstisch noch da wären ...«

Aber Dr. Mikkelsen winkte schon ab, ehe er den Satz zu Ende gesprochen hatte. »Irgendwo, wo wir allein sein können«, sagte sie so leise, dass Georg und Rüdiger Lang es nicht verstehen konnten.

»In Brigitte Lichters Arbeitszimmer«, beschloss Erik und ermahnte Georg Lang und seinen Vater, sich nicht vom Fleck zu bewegen, sich nicht am Fenster zu zeigen und auf keinen Fall das Haus zu verlassen.

73

Richard Gercke amüsierte sich köstlich. »Habe ich dir einen Schrecken eingejagt?«

Mamma Carlotta brauchte eine Weile, bis sie sich erholt hatte. Am liebsten hätte sie Richard mit Vorwürfen überschüttet, hätte ihm vorgehalten, dass er ihre Gesundheit gefährdet hatte, eine Frau in ihrem Alter konnte bei so was leicht einen Herzinfarkt bekommen ... aber dann fiel ihr ein, dass über Menschen, die in dem Ruf standen, keinen Spaß zu verstehen, gern heimlich gelacht wurde.

»Was machst du hier?«, fragte sie stattdessen.

»Ich wollte einen Abendspaziergang am Meer machen, da sah ich, wie du mit deiner Enkelin in ein Auto gesprungen bist. Zusammen mit diesem fiesen Fotografen.« Im selben Moment hatte er die Feuerwehrsirenen gehört und wusste, dass etwas geschehen sein musste. »Die Richtung war klar. Das musste wieder im Tierheim sein.« Richard war zurückgelaufen, hatte sich das Fahrrad seines Enkels geschnappt und war losgeradelt. »Weißt du, was hier los ist?«

»Wir müssen rein«, beschloss Mamma Carlotta, »dann werden wir sehen, was los ist. Vermutlich geht es wieder um Georg Lang. Die Leute haben ja noch immer nicht begriffen, dass er nicht der Schafripper ist.« Sie drückte sich durch das Loch und wartete ungeduldig, bis auch Richard auf dem Weg stand, auf dem es ruhig war. Die Gehege der Ziegen und Schafe waren leer, die Tiere scheinbar auf den umliegenden Wiesen in Sicherheit gebracht, womöglich sogar auf dem Golfplatz.

Trotzdem flüsterte Mamma Carlotta vorsichtshalber. »Vermutlich wird auch mein Schwiegersohn hier sein. Besser, er sieht mich nicht.«

Sie schlichen den Weg entlang und versteckten sich im Gebüsch, als sie Ariane Malak sahen, die aber nur Augen für ihre Tiere hatte. Sie führte Donald, das aufgeregte Alpaka, in sein Gehege zurück und redete beruhigend auf ihn ein.

Der Brandgeruch hing noch schwer in der Luft, aber das Feuer war mittlerweile gelöscht worden. Es bestand keine Gefahr mehr, weder für Menschen noch für Tiere. Die Stimmen vor dem Tor des Tierheims wurden auch leiser. Die streitbarsten Provokateure waren festgenommen worden, zurückgeblieben waren nur diejenigen, die sich ihnen zwar angeschlossen, aber selbst nichts Gefährliches oder Illegales getan hatten. Gelegentlich war noch ein Rufen zu hören, man solle Georg Lang herausgeben oder er solle sich stellen, aber es war kein Gruppengeschrei mehr, es waren nur noch Einzelne, die versuchten, die hitzige Stimmung aufrechtzuerhalten.

Schon bald waren sie in der Nähe des Hauses angekommen, Mamma Carlotta voran, Richard auf ihren Fersen. Mattes war zu erkennen, der den Eingang bewachte, ansonsten war niemand zu sehen.

»Ob sie im Haus sind?«, fragte Mamma Carlotta flüsternd.

»Klar!«, entgegnete Richard. »Georg Lang wird sich dort versteckt haben. Ich an seiner Stelle würde mich draußen nicht blicken lassen.«

»Ich fürchte, es hat einen Toten gegeben.«
»Wie kommst du denn darauf?«
»Ich habe la dottoressa gesehen, die Gerichtsmedizinerin.« Ein siebensilbiges Wort, das Mamma Carlotta nur mit großer Konzentration und sorgfältig artikulierten Silben herausbrachte. »Wenn sie kommt, ist immer ein Mord geschehen.« Sie zeigte auf das kleine Haus am Ende des Gartens, das Georg Lang gehörte. »Schau dir das an, Ricardo. Vielleicht ist er in den Flammen umgekommen.«

In diesem Augenblick sahen sie zwei Hände, die ein Fenster an der Seite von Brigitte Lichters Haus aufstießen. Mamma Carlotta hatte mittlerweile gelernt, warum es auf Sylt Fenster gab, die sich nach außen öffneten, anders als in Italien. Ein nach außen öffnendes Fenster wurde vom Wind in den Rahmen gepresst und war deshalb besonders dicht.

Sie verständigten sich mit einem Blick und schlichen auf das Fenster zu. Ein Schaf, das von rechts, von der Hundewiese, kam, hatte dummerweise dasselbe Ziel. Das Gras, das unter dem Fenster wuchs, war offenbar besonders schmackhaft. Das Schaf kümmerte sich nicht um Carlotta und Richard, sondern begann zu grasen, direkt unter dem Fenster. Richard versuchte es mit einem Stoß in die Flanken, aber es ließ sich nicht verscheuchen.

Die Stimme von Frau Dr. Mikkelsen drang aus dem Fenster. »Ich mache mir seit Längerem Gedanken über Pierre Thom. Seine hysterischen Reaktionen sind ja alles andere als normal. Okay, es gibt immer Promis, die gern vor der Presse posieren, so wie Jenna Brown, und andere, die den Paparazzi davonlaufen. Aber das Verhalten von Pierre Thom ist meiner Meinung nach ein Fall für den Psychiater.«

Erik grunzte etwas Zustimmendes, Sören wurde deutlicher: »Man denke an das, was wir über seine Kindheit und Jugend wissen.«

Sie hörten Stühlerücken, dann begann Dr. Mikkelsen zu

reden. Mit einer Stimme, die Politiker haben, wenn sie zu ihrem Volk sprechen. »Mein Patenonkel ist Psychiater. Er rief mich an, um zu hören, wann ich mich endlich entschließen wolle, diese Stelle als Gerichtsmedizinerin aufzugeben.« Sie stieß ein Lachen aus, das nicht wirklich belustigt klang. »Da habe ich ihm von Pierre Thom erzählt, um ihn von meiner Arbeit hier auf Sylt abzulenken. Und es stellte sich heraus, dass er mich in Wirklichkeit gar nicht angerufen hatte, um zu hören, wie die letzte Leiche ausgesehen hatte, die ich obduzieren musste. Er hatte ebenfalls in der Zeitung von Pierre Thom gelesen. Von seiner hysterischen Abneigung gegen die Paparazzi und seinem merkwürdigen Benehmen, mit dem er sogar Jenna Brown vergrault hat. Da hat sich mein Onkel an den Fall erinnert, mit dem sein Bruder lange zu tun gehabt hatte. Der ist nämlich auch Psychiater.«

Mamma Carlotta hörte Papiergeraschel und atmete auf, als das Schaf sich entschloss, woanders satt zu werden. Auch Richard seufzte erleichtert, setzte sich auf den Boden und zog Mamma Carlotta zu sich herab. Eigentlich saß sie ja nicht mehr gern auf der Erde, das war nichts für Frauen in ihrem Alter. Herunter kam sie wie ein Mehlsack, der zu Boden plumpste, und das Hochkommen war noch problematischer. Aber sie ließ sich doch darauf ein und hockte nun einigermaßen bequem neben Richard, mit dem Rücken an die Hauswand gelehnt. Ja, so ging es.

»Ich durfte ihn anrufen«, fuhr Antje Mikkelsen fort. »Dr. Scheuer praktiziert in der Nähe von Niebüll. Ihn hatten die Thomsens damals um Hilfe gebeten, weil sie auf keinen Fall einen Arzt auf Sylt konsultieren wollten.«

Mit einem Mal wurde Mamma Carlotta klar, warum das Schaf sich verdrückt hatte. So dösig es sie auch angeguckt hatte, es war doch schlauer gewesen als sie. Es hatte Angst vor dem großen Hund gehabt, der nun auf Mamma Carlotta und

Richard zuschlich, und sich rechtzeitig verdrückt. Ein Hund von undefinierbarer Rasse, vermutlich ein Mischling. Mindestens eine Dogge, ein Bullterrier oder ein Bernhardiner mussten da ihre Pfoten im Spiel gehabt haben, so groß und gefährlich, wie er aussah. Wenn man nicht genauer hinsah, konnte man ihn sogar für einen Löwen halten, der aus einem Zirkus ausgebrochen war. Entsetzt versuchte Mamma Carlotta, aufzuspringen, aber das funktionierte natürlich nicht. Eine Frau in ihrem Alter konnte nicht vom Boden aufspringen, das wusste sie doch, deswegen hatte sie sich ja nicht auf die Erde setzen wollen. Der Hund knurrte leise und blieb zwei, drei Meter vor ihnen stehen.

»Ricardo«, flüsterte Mamma Carlotta angstvoll. »Was sollen wir tun?«

»Gar nichts«, gab er sehr leise zurück. »Versuch bloß nicht wegzulaufen. Schau ihn am besten überhaupt nicht an. Konzentrier dich auf das, was wir zu hören bekommen.«

Dr. Mikkelsen sagte gerade: »Die Thomsens trauten scheinbar der Verschwiegenheit der Sylter Ärzte nicht.«

»Was für ein Unsinn«, murmelte Tilla, aber vor dem Fenster war sie trotzdem zu verstehen. »Jeder Arzt nimmt die Pflicht zur Verschwiegenheit sehr ernst.«

Dr. Mikkelsen bestätigte es. »Dass Dr. Scheuer mit mir über Pierre Thom gesprochen hat, ist etwas ganz anderes. Er wusste ja nicht, dass ich die Absicht hatte, mit der Polizei darüber zu reden.« Ihre Stimme hob sich ein wenig und klang nun streng. »Ganz im Vertrauen natürlich.«

Sowohl Erik als auch Tilla brummten etwas, das sich anhörte wie das Versprechen, selbstverständlich Stillschweigen zu bewahren, und Sören sagte: »Vielleicht hatten die Thomsens Angst zuzugeben, dass ihr Sohn die Hilfe eines Psychiaters braucht. Man weiß doch, wie die Leute reden.«

Der Hund bewegte sich weiter vor, Mamma Carlotta zog die Beine an und drückte sich an die Hauswand. Wieder knurrte der Hund, und Mamma Carlotta wimmerte: »Ich habe Angst, Ricardo.«

Er nahm ihre Hand. »Der ist ganz harmlos, das sieht man doch«, beruhigte er sie leise.

Woran er das erkannte, war Mamma Carlotta schleierhaft. Ein Hund, der knurrte, war für sie gefährlich, wenn Richard auch behauptete, das wäre ein Grunzen gewesen. Ein freundlicher Hund wedelte mit dem Schwanz und knurrte nicht.

»Andererseits«, fuhr Dr. Mikkelsen fort, »erlaubt ein rechtfertigender Notstand dem Arzt, seine Schweigepflicht zu brechen. Zum Beispiel, wenn er erfährt, dass sein Patient ein Verbrechen plant. Zwar geht es hier nicht um ein Verbrechen an Menschen, sondern an Tieren, also gesetzlich an einem Gegenstand, aber das ist Auslegungssache. Es ist durchaus für einen Arzt vertretbar, wenn er verhindern will, dass ein weiteres Tier unter Qualen zu Tode kommt.«

Tillas Stimme klang aufgeregt. »Sie glauben also, Pierre Thom könnte der Schafripper sein?«

Mamma Carlotta gab einen Laut von sich, den der Hund offenbar als Aufforderung verstand. Er machte zwei weitere Schritte auf die Menschen zu, die auf der Erde kauerten, aber immerhin knurrte er nicht mehr.

»Pierre Thom?«, flüsterte sie. Was sie zu hören bekommen hatte, ließ sie die Angst vor dem Hund vergessen. Jedenfalls vorübergehend.

»Dr. Scheuer wusste«, fuhr Antje Mikkelsen gerade fort, »dass Pieter Thomsen in die Einsamkeit geschickt worden war, wo es keinen Menschen gab, der ihn hänseln konnte. Während er auf dem Einödhof lebte, hat er regelmäßig seine Sitzungen bei Dr. Scheuer gehabt. Der hat es geschafft, ihn zu stabilisieren, und nach zwei Jahren ging es ihm gut. Dr. Scheuer war sicher, dass er psychisch gefestigt genug war, um Anfeindungen zu begegnen. Danach ist er ja auch nicht mehr auffällig geworden. Und seit er ein wenig Erfolg hatte, seit er auf Schützenfesten singen durfte, seit er gelegentlich Bewunderung erntete, schien es vorüber zu sein mit seiner Störung. Er gilt heute als geheilt.«

Erik stöhnte auf. »Aber dann kamen die Paparazzi.«

»Genau. Das war zu viel, das hat er nicht verkraftet.«

»Aber wie sollen wir beweisen, dass er der Schafripper ist?«, fragte Sören.

Tilla war es, die antwortete. »Das müssen wir gar nicht. Dafür sind andere zuständig. Schon vergessen?«

»Aber wir sollten dafür sorgen«, sagte Erik, »dass Georg Lang reingewaschen wird. Es kann nicht sein, dass er weiterhin von Idioten angegriffen wird, die nicht wissen, dass sie den Falschen verfolgen.«

Mamma Carlotta schaffte es nicht mehr, sich auf die Angst vor dem Hund zu konzentrieren. Eine Frage, die ihr durch den Kopf schoss, war wichtiger. Wann hatte Pierre Thom sich in die Küche von Käptens Kajüte gerettet? Angeblich auf der Flucht vor den Paparazzi. Konnte es sein, dass er sich in Wirklichkeit vor der Polizei dort in Sicherheit gebracht hatte? Dann fiel ihr wieder der Mensch ein, der in der Nähe des Leuchtturms an ihnen vorbeigelaufen war. Pierre Thom, der Schafripper? Später war dann erneut ein Schaf auf entsetzliche Weise zu Tode gekommen. Auch durch Pierre Thom?

Tillas Stimme kam leise durchs Fenster. »Einfach widerlich, so was.«

Der Hund schien nun zu der Erkenntnis gekommen zu sein, dass Mamma Carlotta und Richard Gercke harmlose Zeitgenossen waren. Er kam neugierig auf sie zu, Mamma Carlotta blieb der Schreckensschrei im Halse stecken. Mit aufreizender Langsamkeit ließ er sich auf ihren Füßen nieder und schaute sie an.

»Ich glaube, der will gestreichelt werden«, raunte Richard.

Mamma Carlotta streckte die Hände hoch, weit weg von dem struppigen Hundefell. Das musste Richard übernehmen, dazu war sie nicht in der Lage. Sie reckte stattdessen ihr rechtes Ohr so weit wie möglich nach oben, um zu hören, was Antje Mikkelsen sagte, während Richard es mit dem Streicheln des Hundes versuchte. Erik, Tilla und Sören hatten die Gerichtsmedizinerin wohl auf die Nacht aufmerksam gemacht, in der Georg Lang fotografiert worden war und seitdem als Tierquäler galt.

»Man könnte meinen, Pierre Thom wäre erleichtert gewesen, dass Georg Lang für ihn den Kopf hinhalten musste. Aber Soziopathen sind zu solchen Gedanken nicht fähig. Er hatte Angst, er fühlte sich in die Enge gedrängt, er hatte nur im allerletzten Moment die Flucht ergreifen können ...«

Tilla ergänzte: »... und er brauchte ein neues Opfer.«

Dr. Mikkelsen bestätigte es. »Soziopathen fallen schon in der Jugend durch antisoziales Verhalten auf, wie Pierre Thom. Sie missachten soziale Regeln und werden häufig kriminell.«

Erik fragte: »Dann wäre er also auch so geworden, wenn er nicht gemobbt worden wäre? Und er ist in Wirklichkeit gar nicht geheilt worden, sondern hat sich nur besser verstellen können?«

Dr. Mikkelsen gab zu bedenken, dass sie kein Psychiater war und sich nicht so gut auskannte wie der Bruder ihres Patenonkels. »Ich weiß aber, dass sie oft besonders talentiert und erfolgreich sind, so wie Pierre Thom. Langfristige Bindungen können sie selten eingehen, das ist Jenna Brown anscheinend irgendwann klar geworden. Vielleicht hat sie sich gar nicht von ihm getrennt, weil er mit seinem gehemmten Verhalten der Presse gegenüber ihren Starappeal zerstörte. Vielleicht ist ihr klar geworden, dass er psychisch krank ist.«

Der Hund rekelte sich, gähnte herzhaft und richtete sich behaglich auf ihren Schuhen ein. Mamma Carlotta starrte ihn an und fragte sich, wie sie jemals ihre Füße unter dem schweren Tier hervorziehen sollte, wenn sie gezwungen sein würde, das Weite zu suchen, damit sie nicht von Erik beim Lauschen erwischt wurde. Aber immerhin machte er jetzt keinen gefährlichen Eindruck mehr. Richard wagte es sogar, seinen Hals zu kraulen.

In diesem Augenblick fragte Erik: »Ob Ariane Malak davon weiß?«

Tillas Antwort kam sehr nachdenklich. »Vermutlich kannte sie seine Vorgeschichte. Sie könnte Verdacht geschöpft haben.«

Sören fiel nun ein: »Sie ist ihm gefolgt, wenn er nachts aus dem Haus schlich, bestimmt mehr als einmal. Sie hatte den Verdacht, dass er etwas Schreckliches tut. Aber da sie in ihn verliebt ist, hat sie geschwiegen.«

»Vielleicht hat sie sich sogar Hoffnungen gemacht«, meinte Tilla. »Sie kennt sein Geheimnis, aber sie hat ihn nicht verraten, sie liebt ihn trotzdem. Er muss ihr also dankbar sein. Sie darf jetzt hoffen, dass er aus Dankbarkeit bei ihr bleibt ...«

»Eine Frau wie Ariane Malak«, sagte Dr. Mikkelsen, »kann sich einreden, dass Dankbarkeit und Liebe das Gleiche sind.«

Mamma Carlotta erstarrte. Sie hörte Schritte, leise Schritte von jemandem, der nicht gehört und nicht gesehen werden wollte. Sie versuchte, ihre Füße unter dem Hundebauch hervorzuziehen, aber es gelang ihr nicht. Bei der geringsten Bewegung knurrte der Hund und sah sie so ungehalten an, dass sie sich nicht vorzustellen wagte, was er tun würde, wenn sie nicht seinen Wünschen entsprach.

Zwei Menschen kamen den Weg herunter, vor denen sie nicht fliehen und sich nicht verstecken konnten. Mamma Carlotta und Richard nahmen beide die angewinkelten Arme hoch, legten die Köpfe in die Armbeugen und ließen nur die Augen unbedeckt. Nun erkannten sie, dass die beiden auf das offene Fenster aufmerksam wurden. Zum Glück schienen sie nicht zu bemerken, dass in der Dunkelheit unter dem Fenster zwei Menschen hockten, die ihnen angstvoll entgegenstarrten.

»Fass!«, sagte Richard leise.

Tatsächlich sprang der Hund auf, sah um sich, entdeckte die beiden Gestalten in der Nähe und schien zu wissen, was von ihm erwartet wurde. Den Befehl, mit dem Richard es versucht hatte, kannte er offensichtlich. Mit großen Sprüngen hetzte er auf die beiden zu. Sie schrien auf, eine Männer- und eine helle Mädchenstimme. Im Nu ergriffen die beiden die Flucht. Das Mädchen sprang auf den Holzzaun, der das Gehege des Alpakas umschloss, und warf sich darüber, während der junge Mann weiterlief und irgendwann von dem Hund gestellt wurde. Er schnappte nach seiner Jacke, seine scharfen Zähne rissen daran, der junge Mann blieb stehen wie vom Donner gerührt, wagte nicht mehr, sich zu bewegen. Wieder knurrte der Hund so laut, dass Mamma Carlotta und Richard es hören konnten.

Die junge Frau in dem Alpaka-Gehege blickte über den Zaun. Und in diesem Augenblick erkannte Mamma Carlotta sie. »Carolina!«

74

Rüdiger und Georg Lang schienen sich nicht bewegt zu haben. Das Gesicht des Sohnes war noch bleicher geworden, der Vater wirkte noch hilfloser als zuvor. Scheinbar hatten sie, während sie allein waren, ein Gespräch geführt, mit dem beide überfordert gewesen waren. Erik war voller Mitleid, vor allem mit Georg Lang. Es war viel auf ihn zugekommen in den letzten Tagen. Der gewaltsame Tod seiner Tante, das Foto, das ein gewissenloser Reporter von ihm gemacht und ein ebenso gewissenloser Chefredakteur veröffentlicht hatte, die Angriffe, die er erleiden musste, obwohl er unschuldig war, und nun noch der Verlust seines Hauses – das war einfach zu viel, das hielt kein Mensch aus, ohne verrückt zu werden. Zum Glück hatte sein Vater einiges aus den Flammen retten können, und wie er berichtete, bewahrte Georg Lang vieles sowieso in seinem Elternhaus auf, Erinnerungsstücke, Fotos, Urkunden, Zeugnisse. Das Haus, das seine Tante ihm zur Verfügung gestellt hatte, war kein wirkliches Zuhause gewesen, nur ein Ort, an dem er wohnte, wenn er im Tierheim arbeitete, und an dem er sich wohlfühlte, weil er dort ungestört war. Dorthin konnte er sich zurückziehen, wenn er allein sein wollte. Erik hatte Verständnis dafür. Seine Schwiegermutter würde bei einem solchen Menschen Tag für Tag versuchen, ihn aus seiner Isolation zu locken, in die er sich doch freiwillig begeben hatte. Mamma Carlotta fehlte für den Wunsch nach Einsamkeit das Einfühlungsvermögen.

Ariane Malak kam ins Haus, als sie gerade das Arbeitszimmer verließen. Sie hatte ein rußgeschwärztes Gesicht und schmutzige Hände. Auch sie warf Georg einen mitfühlenden Blick zu. Sicherlich hätte sie eigentlich seine Hilfe gebraucht, aber sie sah ein, dass er sich nicht außerhalb des Hauses blicken lassen durfte. Erik merkte mal wieder, dass es zwischen den beiden ein sehr gutes Einvernehmen gab. Wenn sie gemeinsam ihr Erbe antraten, würden sie mit großer Wahrscheinlichkeit friedlich zusammenleben.

»Wird es morgen noch schlimmer«, fragte Ariane Malak, »wenn das *Inselblatt* gedruckt erschienen ist?«

Das hatte Erik sich auch schon gefragt, beruhigte sie aber und behauptete, dass er das nicht glaube. Die Polizei würde ein Auge aufs Tierheim haben, das versprach er fest.

Ariane nickte nur flüchtig, ob sie ihm glaubte, war nicht zu erkennen. Sie ging in die Küche und machte sich einen Tee. Auf ihr Angebot, eine große Kanne für alle zu kochen, erhielt sie keine Antwort. Georg fragte stattdessen, ob nun alle Tiere wieder in ihren Gehegen, Ställen und Zwingern seien.

Ariane Malak schüttelte den Kopf. »Ich gehe gleich noch mal rum. Ich brauche erst mal eine Pause.«

Dafür hatten alle Verständnis. Trotzdem versicherte Ariane Malak, dass kein Tier ausgerissen war, dass man sich keine Sorgen machen müsse, dass sich alle auf den umliegenden Wiesen befänden, wo es ihnen gut ging. »Morgen, bei Tageslicht, werde ich sie alle zurückholen. Und wenn doch der eine oder andere Hund ausgebüxt ist, kann ich es auch nicht ändern.« Herrenlose Hunde würden sowieso irgendwann wieder im Tierheim abgegeben. »Nur Donald ist noch sehr nervös«, ergänzte sie und fügte erklärend an: »Unser Alpaka. Er ist sehr sensibel.« Sie schwenkte den Teebeutel in ihrem Becher und entsorgte ihn schließlich in einem Aschenbecher, der aussah, als wäre er noch nie benutzt worden. »Rasmus habe ich auch nicht gefunden. Der ist zwar ganz harmlos, aber so groß, dass er den meisten Leuten Angst macht. Den könnte man glatt für einen entlaufenen Löwen halten.« Sie ließ sich an dem Couchtisch nieder und sah Erik, Tilla und Sören fragend an. »Wollen Sie sich nicht auch setzen?«

Alle drei lehnten ab. Nein, es wurde Zeit, nach Hause zu kommen, morgen wartete ein anstrengender Tag auf sie. Der Mörder von Brigitte Lichter musste endlich zu einem Geständnis bewegt werden, der Brand des Schuppens war auch noch nicht geklärt, schließlich musste man davon ausgehen, dass es sich um einen Mordversuch gehandelt hatte.

Erik sah Georg und Ariane nachdrücklich an. »Selbstjustiz kommt immer häufiger vor. Heute wollten Sylter Bürger den vermeintlichen Schafripper ohne die Polizei zur Strecke bringen. Im Fall des brennenden Schuppens war es vielleicht ähnlich. Hatte jemand den tatsächlichen Schafripper eingesperrt und ein Feuer gelegt?«

Weder Ariane noch Georg reagierten. Wenn wirklich Pierre Thom der Schafripper war, dann würden sie von Ariane Malak nichts erfahren. Ihn hätte sie nicht im Schuppen eingesperrt. Aber Georg Lang vielleicht? Möglich, dass seine Enttäuschung, als er entdeckt hatte, wer der Tierquäler war, so groß gewesen war, dass er Pierre Thom bestrafen wollte. Kommissar Vetterich hatte zwar Fingerabdrücke gefunden, aber sie waren polizeilich nicht verwertbar gewesen, es hatten sich keine Vergleichsabdrücke gefunden. Und da Georg Lang den größten Teil der Bücher in den Schuppen befördert hatte, würden Fingerabdrücke von ihm sowieso nicht weiterhelfen. Außerdem waren durch die vielen Bücher aus unzähligen Sylter Haushalten so viele Spuren in den Schuppen gelangt, dass es unmöglich sein würde, anhand der Spurenlage herauszufinden, wer im Schuppen in Lebensgefahr geraten war, sich selbst befreien konnte, aber nicht zur Polizei gegangen war, um Anzeige zu erstatten.

Rüdiger Langs Handy ging, als sie sich gerade verabschieden wollten. Er sah aufs Display und sagte zu seinem Sohn: »Dr. Gabelbart.«

Als er nach einem kurzen Gespräch auflegte, fragte Erik: »Der Anwalt?«

»Sie kennen ihn?«

»Wir haben zusammen Abi gemacht.«

»Ich habe ihn engagiert. Er soll gegen den Fotografen und gegen das *Inselblatt* vorgehen. Diesen Rufmord müssen wir uns nicht gefallen lassen.« Rüdiger Lang steckte sein Handy weg. »Er wollte vor zwei Stunden vorbeikommen, aber da ist er von der Polizei nicht durchgelassen worden.«

»Grüßen Sie ihn von mir«, sagte Erik und wandte sich zur Tür.

»Warten Sie einfach einen Moment«, entgegnete Rüdiger Lang. »Er steht vor dem Tor. Mattes öffnet ihm gerade. Dann können Sie Dr. Gabelbart kurz begrüßen.«

75 Mamma Carlotta versuchte, sich an der Hauswand hochzudrücken, aber es gelang ihr nicht. Es blieb ihr nichts anderes übrig, als erst auf alle viere zu gehen, mit der rechten Hand nach einer Stütze zu suchen und sich in die Höhe zu ziehen. So, wie sie es zu Hause tat, wenn ihr ein Geldstück unters Sofa bis hinten an die Wand gerollt war. Als es ihr das letzte Mal passiert war, hatte sie es sogar liegen lassen, obwohl es sich immerhin um ein Zweieurostück gehandelt hatte. In Italien gab es auch den Spruch »Wer den Pfennig nicht ehrt, ist des Talers nicht wert«, aber sie hatte sich trotzdem eingeredet, dass das Zweieurostück schon irgendwann wieder zum Vorschein kommen würde, spätestens beim nächsten Frühjahrsputz oder wenn ein neuer Anstrich fällig war.

Sie stöhnte, als sie endlich auf den Beinen stand. »Ich muss mich beeilen«, flüsterte sie. »Erik wird bald nach Hause fahren. Ich will unbedingt vor ihm da sein.«

Richard wies in die Richtung, in die Maximilian geflohen war. »Und der? Müssen wir ihn nicht von dem Hund befreien? Und deine Enkelin aus dem Alpaka-Gehege?«

Mamma Carlottas Blick verdunkelte sich. Sie sah jetzt so aus, als wollte sie einem Kind zeigen, wohin sein Ungehorsam führte. »Der Hund wird ihn nicht fressen. Irgendwann wird ihn jemand suchen und Maximilian Witt finden. Das geschieht ihm ganz recht.«

»Aber Carolin?«

»Die merkt dann vielleicht, was es bedeutet, sich in einen Mann zu verlieben, der sie nur in Schwierigkeiten bringt.«

»Und wie willst du heimkommen?«

Das war eine unangenehme Frage. Sie hatte sich vorgenommen, sich nicht noch einmal von Maximilian Witt und Carolin abhängig zu machen, sondern ihnen zu zeigen, dass sie ganz gut ohne sie zurechtkam. Die beiden sollten nicht meinen, dass die Nonna auf sie angewiesen war, nur weil sie motorisiert waren.

»Geh weg! Lass mich in Ruhe«, hörte sie Maximilian Witt leise rufen. Und dann etwas lauter: »Carolin! Hilf mir!«

Aber von Carolin war nichts zu sehen und zu hören. Entweder hatte sie vor dem Hund genauso viel Angst wie Maximilian, oder sie versteckte sich vor dem Alpaka und hatte sich in die hinterste Ecke des Geheges verzogen. Wer wusste schon, wie ein Alpaka reagierte, wenn es unverhofften Besuch bekam? Vor allem an diesem Abend, an dem alle Tiere nervös und ängstlich waren.

Carlotta und Richard schlichen sich an das Gitter heran, das das Gehege des Alpakas umschloss, und stiegen auf die Bank, die das Reformhaus Schulze gestiftet hatte. Prompt wurde das Alpaka unruhig. Es kam heran, zog sich dann wieder zurück, als wüsste es nicht, ob es nach den Erfahrungen der letzten Stunden noch jemandem trauen könnte.

»Vorsicht!«, zischte Richard.

Im selben Augenblick hörte Mamma Carlotta ebenfalls die Schritte, die vom Haus kamen. Ariane? Vielleicht auch Mattes. Schwer zu sagen. Jedenfalls kam da jemand auf sie zu, der sie hier nicht sehen durfte. Wie sollten sie auf die Frage antworten, wie sie hereingekommen waren? Und was sie hier zu suchen hatten? Am Ende kamen sie noch in Verdacht, zu denen zu gehören, die das Tierheim und Georg Lang attackiert hatten.

Erschrocken huschten sie weiter, ließen das Gehege des Alpakas hinter sich, bogen links ein und fanden dort ein Versteck hinter einer offenen Stalltür. Das Pferd, das dort sein Zuhause hatte, war wohl noch auf einer Weide, wo es seine Angst loswerden konnte.

Es war Ariane Malaks Stimme, die sehr ungehalten klang, als sie Maximilian sah. »Wie kommen Sie hier rein?«

»Das erzähle ich Ihnen, wenn überhaupt, erst, wenn Sie den Hund weggenommen haben.«

Mamma Carlotta schob den Kopf um die Stalltür herum,

obwohl Richard sie zu hindern versuchte. Zwar waren die meisten Laternen, die das Tierheim bei Dunkelheit beleuchteten, an diesem Abend ausgestellt worden, vermutlich, um den Demonstranten kein Ziel zu bieten, aber das Licht, das vom Haus herüberkam, war hell genug, um zu sehen, wie Maximilian Witt sich an den Zaun des Ziegengeheges drängte, mit erhobenen Armen.

Ariane Malak stand vor ihm, und ihre Körperhaltung zeigte, wie wütend sie war. Sie griff nach dem Halsband des Hundes. »Rasmus ist total harmlos. Vor dem haben Sie Angst?«

Maximilian nahm die Hände herunter. »Der sieht alles andere als harmlos aus.«

»Genau wie Sie!« Ariane zeigte auf die Kamera, die an Maximilians Seite hing. »Wie kommen Sie hier rein?«

»Ich bin Journalist. Ich habe einen Presseausweis. Wenn irgendwo was passiert, muss ich selbstverständlich vor Ort sein.«

Ariane schüttelte den Kopf. »Die Polizisten am Eingang haben niemanden reingelassen. Sie müssen sich also irgendwo Zugang verschafft haben. Das ist Hausfriedensbruch.«

»Dio mio!«, flüsterte Mamma Carlotta beeindruckt. Toll, wie Ariane Malak mit unerwünschten Journalisten umging!

Maximilian Witt versuchte zu lachen, was ihm aber nicht besonders gut gelang. Er machte einen Schritt zur Seite, als wollte er fliehen, aber prompt lockerte Ariane Malak den Griff am Hundehalsband, und Maximilian blieb stehen wie versteinert.

»Was haben Sie fotografiert?«

»Ich bin ja noch gar nicht dazu gekommen! Dieses Untier ... dieser blöde Köter hat mich daran gehindert.«

»Rasmus mag es nicht, wenn er beleidigt wird«, sagte Ariane mit schneidender Stimme. »Soll ich ihn wirklich daran hindern, sich für diese Frechheit zu rächen?«

»Wehe, Sie lassen ihn auf mich los!«

»Warum sollte ich nicht?« Ariane Malak sah sich um. »Wir sind hier ganz allein. Beweisen Sie später mal, dass ich den Hund aufgefordert habe, Ihnen in den Hintern zu beißen.«

»Meine Freundin ist auch hier. Ihr Vater ist Polizeibeamter.«

»Oh, jetzt bekomme ich aber Angst.«

In diesem Augenblick ertönte eine tiefe, laute Stimme vor dem Haus. »Erik! Was für eine Überraschung!«

Mamma Carlotta konnte nicht sehen, wer ihren Schwiegersohn ansprach, aber es schien jemand zu sein, der ihm vertraut war.

Ariane blickte sich um. »Aha, der Anwalt!« Sie wandte sich wieder an Maximilian. »Sie verschwinden jetzt auf dieselbe Weise, auf die Sie gekommen sind.« Sie drehte sich um, rief Rasmus einen Befehl zu und ging zum Haus. Der Hund folgte ihr, wenn auch zögernd, aber als Maximilian schlagartig die Flucht ergriff und in den Garten des Tierheims hineinlief, war sein Trieb, alles von seiner Herde fernzuhalten, was nicht zu ihr gehörte, stärker. Er folgte Maximilian mit großen Sprüngen. Ariane sah ihm grinsend nach und lachte laut, als sie Maximilians Geschrei hörte. »Hilfe! Pfeifen Sie sofort den Hund zurück!«

»Idiot«, murmelte sie. Offenbar wusste sie genau, dass Rasmus zwar jeden in Angst und Schrecken versetzen konnte, aber bisher niemanden ernsthaft verletzt hatte.

Mamma Carlotta stieß Richard an. »Erik hat scheinbar einen Bekannten getroffen. Das ist gut. Dann werde ich es wohl schaffen, vor ihm zu Hause zu sein.«

Er schien gerade fragen zu wollen, wie das bewerkstelligt werden konnte, wenn sie nicht noch einmal in Maximilians Auto steigen wollte, las aber an ihrer Miene ab, welche Rolle ihm dabei zukommen sollte. »Du meinst, auf meinem Fahrrad?«

»Als Kind bin ich immer auf dem Gepäckträger meines großen Bruders mitgefahren. Meine Eltern hatten zwar fünf Kinder, aber nur eine einzige Bicicletta.«

»Als Kind«, wiederholte Richard murmelnd, musterte sie kurz, ergänzte aber seine Bedenken nicht, als er Mamma Carlottas scharfen Blick auffing. »Also gut! Versuchen wir's!«

Er stöhnte schon, als sie den Kreisverkehr vor Feinkost Meyer noch nicht einmal erreicht hatten.

»Findest du etwa, dass ich zu schwer bin?«

Darauf antwortete Richard nicht. Er war eben ein Kavalier alter Schule und würde niemals etwas sagen, das eine Frau kränken könnte.

»Du würgst mich.«

»Wo soll ich mich sonst festhalten?«, rief Mamma Carlotta zurück.

»Versuch's mal statt mit dem Hals mit meinem muskulösen Brustkorb. Es macht keinen Sinn, wenn ich besinnungslos vom Sattel kippe, weil du mich erwürgt hast.«

Das sah Mamma Carlotta ein. Eigentlich fand sie es dann auch viel vertrauenerweckender, seinen runden Bauch unter ihren Händen zu spüren und dort fest zugreifen zu können, ohne Richard wehzutun.

»Muskulöser Brustkorb, hatte ich gesagt. Wenn ich bis zum Süder Wung den Bauch einziehen muss, bekomme ich Atembeschwerden.«

Mamma Carlotta ließ ihre Hände trotzdem dort, wo es weich und gemütlich war. So hatte es sich auch angefühlt, wenn sie zu Dino aufs Moped gestiegen war, damals, als sie noch so jung gewesen waren, aber Dino trotzdem schon die Figur eines älteren Herrn gehabt hatte. Sein Bäuchlein, das Kuschelkissen, an dem sie sich ausruhen konnte, wenn der Tag mal wieder hart gewesen war, hatte sie geliebt. Und kurz vor dem Ende seiner langen, schweren Krankheit hatte sie manchmal unter die Bettdecke gegriffen und über seinen

Bauch gestrichen, der eingefallen war und kein Kuschelkissen mehr sein konnte. Dann hatte sie oft heimlich geweint.

Sie streckte die Beine zur Seite, damit sie nicht in die Speichen der Räder kam. Das hatte ihr großer Bruder ihr immer eingeschärft, ehe sie losfuhren. Was aber ganz anders war als damals, das war der harte Gepäckträger. Auch früher hatte sie kein Kissen unter sich gehabt, aber sie konnte sich nicht erinnern, dass der Gepäckträger sie so schrecklich gedrückt hatte. Und als Richard einmal durch ein Schlagloch fuhr und im Kreisverkehr sogar von der Straße abkam und auf dem holprigen Seitenstreifen landete, presste sie ihr Gesicht an seinen Rücken, damit er ihr Stöhnen nicht hörte. Scheinbar wurde ein Gesäß im Lauf der Jahre empfindlicher. Als sie in den Süder Wung einbogen, hatte Mamma Carlotta jedenfalls den Eindruck, dass der Abdruck des Gepäckträgers auf ihrer Kehrseite prangte. Gut, dass niemand es sehen konnte, nicht einmal sie selbst.

76 Erik warf einen Blick zu Tilla, die auf dem Beifahrersitz saß und einen müden Eindruck machte. »Du kannst schlafen gehen. Am Ende landen wir vermutlich bei Geschichten über unsere Pauker, das wird für dich langweilig.« Er sah in den Rückspiegel. »Für Sie auch, Sören.«

Aber beide wollten dabei sein, wenn auch aus unterschiedlichen Gründen. Tilla hielt es für möglich, dass sie etwas erfahren würden, das es ihnen leichter machte, Günter Sack zu einem Geständnis zu bewegen, Sören dagegen wollte verhindern, dass Nils Gabelbart mit der Gerichtsmedizinerin flirtete. Damit hatte er bereits beim Verlassen des Tierheims angefangen. Angeblich wünschte er sich schon seit Jahren, einmal in einem Porsche zu fahren, und hatte sich neben Antje Mikkelsen breitgemacht, obwohl Sören eigentlich den Beifahrersitz hatte einnehmen wollen. Es war klar, wenn Dr. Mikkelsen im Süder Wung ausstieg, dann würde auch Sören sein Rennrad vorerst stehen lassen und erst nach Hause fahren, wenn die Gefahr gebannt war, dass Dr. Gabelbart sie beeindruckte.

Der Anwalt hatte sich nur kurz bei Georg und Rüdiger Lang aufgehalten. Er hatte schnell erkannt, dass die beiden völlig erschöpft und zu einem sachlichen Gespräch nicht in der Lage waren. Sie hatten beschlossen, am nächsten Tag in aller Ruhe zu besprechen, wie sie gegen das *Inselblatt* vorgehen würden.

Und dann hatte Nils Gabelbart zu Erik gesagt: »Ich überlege mir schon den ganzen Tag, ob ich mal mit dir reden sollte, Erik. Du weißt vermutlich nicht, dass Brigitte Lichter meine Klientin war?«

Nein, davon hatte Erik keine Ahnung. Und Nils' nachdenkliche und geradezu verschwörerische Miene machte ihn sofort neugierig. Genau wie die Staatsanwältin. Erst recht, als Nils ergänzte: »Vielleicht dürfte ich es dir gar nicht sagen. Aber wenn es darum geht, einen Mörder zu überführen ...«

Erik behauptete sofort, dass seine Schwiegermutter sich auch über späten Besuch freue, sie sei Italienerin, und in Italien fange der Abend ja erst um zweiundzwanzig Uhr an. Nils Gabelbart nickte zufrieden und schlug Erik auf die Schulter, als ginge es ihm vor allem darum, zu reden. Er war einen Kopf größer als Erik, breiter gebaut als er und hatte einen Bauch, der bei einem kleineren Mann dick gewesen wäre, bei ihm jedoch stattlich wirkte. Ein Mann, der Vertrauen einflößte. Wenn er seine Stimme dröhnen ließ, bekam er mehr Aufmerksamkeit als jeder andere Mann, und wenn er lachte, lachten alle mit. Dass er bei Frauen gut ankam, wäre Erik nie in den Sinn gekommen. Das war ihm erst klar geworden, als Nils Gabelbart ein bildschönes Model heiratete, das in ganz Deutschland bekannt war und um das er von vielen beneidet wurde. Dass die Ehe nicht lange gehalten hatte, war eine andere Sache. Nils Gabelbart galt jedenfalls seitdem als ein

Mann, der jede Frau haben konnte. Und dieser Ruf war auch Sören bekannt, sodass seine Sorge, als Nils Gabelbart zu Dr. Mikkelsen in den Porsche stieg, mehr als verständlich war.

77 Eriks Auto stand noch nicht vor dem Haus, also konnte sie so tun, als hätte sie den ganzen Abend allein zu Hause verbracht. Sie warf Richard einen Abschiedsgruß zu, dann hastete sie ins Haus. »Carolina?« Nein, ihre Enkelin war noch nicht daheim. Wie auch? Wenn sie zu Fuß gehen musste, würde sie noch eine Weile brauchen, und wann Maximilian Witt sich aus den Klauen des großen Hundes befreit hatte, wusste niemand. Vielleicht stand er immer noch mit erhobenen Händen da und wartete darauf, dass Ariane den Hund zu sich rief oder Carolin kam und ihm half. Aber wie sollte das gehen? Carolin hatte Angst vor Hunden, jedenfalls vor großen, und würde sich nicht in die Nähe von Rasmus trauen.

Mamma Carlotta ging in die Vorratskammer und sah sich nach einer angebrochenen Flasche Rotwein um. Zum Glück fand sie eine. Sie brauchte jetzt unbedingt einen kräftigen Schluck. Oder ein halbes Glas. Vielleicht besser ein ganzes? Sie war eine Großmutter, die ihre Enkeltochter im Stich gelassen hatte! Das war nur mit Alkohol zu ertragen. Aber was hätte sie machen sollen? Im Alpaka-Gehege war Carolin nicht mehr zu sehen gewesen, sie musste sich mittlerweile ein anderes Versteck gesucht haben. Wahrscheinlich, weil sie vor dem Alpaka genauso große Angst gehabt hatte wie vor dem Hund.

Der Rotwein zog wie eine angenehme Wärme durch ihr Inneres, entspannte sie und gab ihr den Optimismus zurück, den sie dringend nötig hatte. Da hörte sie ein Auto vorfahren, zwei sogar! Sie lief zum Küchenfenster und sah hinaus. Eriks

Wagen, aus dem Erik mit Tilla und Sören stieg, und der blaue Porsche der Gerichtsmedizinerin, die einen Mann mitgenommen hatte, den Mamma Carlotta nicht kannte. Vermutlich derjenige, dessen Stimme sie gehört, der Erik im Tierheim so freudig begrüßt hatte.

Prompt vergaß sie ihre Sorge um Carolin und hatte nur noch im Sinn, was sie den späten Gästen anbieten konnte. Antipasti waren zwar noch im Haus, aber sie hatte nach wie vor Skrupel, das bei Feinkost Meyer gekaufte marinierte Gemüse auf den Tisch zu stellen. Einerseits war sie froh gewesen, dass niemandem aufgefallen war, dass es diesmal nicht die selbst eingelegten getrockneten Tomaten, Champignons, Zucchini und Paprikaschoten gewesen waren, andererseits war sie nach wie vor ärgerlich darüber, dass niemand den feinen Unterschied zwischen »mit Liebe zubereitet« und »schnell gekauft« bemerkt hatte. Die Cantuccini würden reichen, davon hatte sie mindestens zwei Tüten im Vorrat, auch die waren bei Feinkost Meyer von sehr guter Qualität.

Mamma Carlotta stolperte über Kükeltje, die sich ebenfalls auf den Weg zur Tür machte, um die heimkehrenden Angehörigen zu begrüßen und fremde Besucher kritisch zu beäugen. Dort glättete sie ihren Rock, warf einen Blick in den Spiegel, um zu kontrollieren, ob man ihr die Abenteuer der letzten Stunden ansah, und öffnete die Tür. Nein, sie riss sie auf, so wie immer. Der Mann, der neben Erik auf der Matte stand, erschrak. Scheinbar hatte er nicht mit einer derart temperamentvollen Begrüßung gerechnet.

»Buon giorno!«

Im Nu war er davon überzeugt worden, dass Besuch am späten Abend für eine Italienerin tatsächlich etwas völlig Normales war und für die Schwiegermutter von Kriminalhauptkommissar Wolf sogar eine große Freude. »Ihr habt zusammen die Schule besucht? Grande!«

Dr. Mikkelsen wurde natürlich ebenfalls besonders innig

begrüßt, und da Mamma Carlotta mit einem einzigen Blick bemerkte, dass der Anwalt ein Auge auf sie geworfen hatte, sorgte sie dafür, dass Sören zwischen ihr und Nils Gabelbart zu sitzen kam und er so keine Gelegenheit zum Flirt erhielt. Die Cantuccini erschienen auf dem Tisch, eine Flasche Limoncello gesellte sich dazu, und Nils Gabelbart erfuhr auf die Schnelle, dass die Schwiegermutter seines Schulfreundes den Zitronenlikör immer gern selbst herstellte, in diesem Jahr aber noch nicht dazu gekommen war.

Er bewies, dass er ein echter Frauenversteher war. Er ließ sich zunächst ausgiebig das Rezept des Limoncello erläutern, ohne auf Eriks Unruhe zu achten, und hatte viele Komplimente für eine Frau parat, die so etwas Köstliches selbst produzieren konnte. Dann erst begann er: »Dass ich dich heute Abend im Tierheim getroffen habe, kam mir wie ein Wink des Himmels vor, Erik. Seit ich von Brigitte Lichters Ermordung gehört habe, frage ich mich, ob ich mit dir darüber reden soll. Ob es richtig ist oder ...« Er brach ab und sah Erik fragend an. »Du hast den Mörder festgenommen, habe ich gehört. Aber er ist nicht geständig. Richtig?«

Erik nickte. »Er war es. Er hat als Einziger ein Motiv.«

»Ein Motiv«, wiederholte Nils Gabelbart nachdenklich. »Genau darüber wollte ich mit dir reden.« Er schob sich einen von den Cantuccini in den Mund, die Mamma Carlotta ihm hingeschoben hatte, und nippte an dem Limoncello, während Erik eine Rotweinflasche entkorkte.

Tilla wurde ungeduldig. »Sie kennen ein anderes Motiv?«

»Vielleicht ...« Nils Gabelbart erzählte langsam und bedächtig, dass Brigitte Lichter schon lange seine Klientin sei. Er habe sie in vielen Rechtsfragen beraten, natürlich habe er auch ihr Testament aufgesetzt. »Nichte und Neffe sollten erben, das stand seit Langem fest, die Tochter ihrer Schwester und der Sohn ihres Bruders. Die beiden sind darüber informiert. Nicht umsonst haben sie das Tierheim zu ihrem Lebensinhalt gemacht und arbeiten dort sehr viel, ohne nennenswert zu verdienen.«

Aber vor knapp zwei Wochen hatte Brigitte Lichter ihren Anwalt angerufen und ihm erklärt, dass sie ihr Testament ändern wolle. Nils Gabelbart erfuhr bei dieser Gelegenheit, dass sie einen Sohn hatte, den sie als junge Frau zur Welt gebracht und gleich nach der Geburt zur Adoption freigegeben hatte. »Er sollte nun Alleinerbe werden.«

»Was?« Erik sah seinen Schulfreund fassungslos an und musste mit dem Rotweineinschenken aufhören, sonst wäre einiges danebengegangen. Sören und Tilla blieb der Mund offen stehen, und Dr. Mikkelsen ließ den Limoncello, den sie gerade probieren wollte, auf den Tisch zurücksinken.

»Ariane Malak und Georg Lang sollen leer ausgehen?«, fragte Tilla ungläubig.

Nils Gabelbart nickte bedrückt. »Ich habe Brigitte Lichter gebeten, sich die Sache noch einmal zu überlegen. Ihre Nichte und ihr Neffe rechnen fest mit dem Erbe, nur deswegen sind sie bereit, für das Tierheim zu arbeiten, ohne anständig dafür entlohnt zu werden. Ich fand es sehr unfair, sich die Sache plötzlich anders zu überlegen. Allenfalls wäre es akzeptabel gewesen, das Erbe durch drei zu teilen. Aber die bisherigen Erben ganz ausschließen? Doch Brigitte Lichter ...« Er zögerte, als müsste er sich überlegen, wie er über seine tote Klientin reden sollte. Schließlich entschloss er sich zur Wahrheit. »Eigentlich heißt es ja immer: über Tote nur Gutes. Aber sich über Brigitte Lichter positiv zu äußern, ist schwierig. Sie war eine rücksichtslose, ungerechte, egoistische Person. Ihr war es völlig egal, dass sie Ariane und Georg etwas versprochen hatte, das sie nun nicht mehr halten wollte. Die beiden sollten auch vor ihrem Tod nicht erfahren, dass sie enterbt worden waren. Frau Lichter wollte keinen Ärger, und vor allem wollte sie nicht, dass die beiden die Arbeit hinwarfen und sie mit dem Tierheim alleinließen.« Er kippte den Limoncello herunter, als brauchte er Stärkung. Dann griff er nach dem Rotweinglas, das Erik mittlerweile gefüllt hatte. »So ein egoistisches Weibsbild!«

»Den Namen des Sohnes kennst du nicht?«, fragte Erik.

Nils Gabelbart verneinte. »Sie wollte nächste Woche kommen, um das Testament aufzusetzen. Dann hätte ich ihn wohl erfahren.«

Es wurde still in der Küche. Alle hatten wohl ähnliche Gedanken, aber niemand sprach sie aus. Brigitte Lichter, diese gemeine Person. Ariane Malak und Georg Lang, ausgenutzt und schäbig behandelt. Und dann dieser Sohn, der vermutlich nicht ahnte, was auf ihn zukam. Mamma Carlottas Gedanken rasten in verschiedene Richtungen, durchs Tierheim, am Leuchtturm vorbei, ins Hotel Horizont hinein, an der Baugrube vorbei, in der Brigitte Lichters Leiche gefunden worden war, um den Dorfteich herum, mit Donald Schulze an ihrer Seite, der in Wirklichkeit ganz anders hieß ...

Schließlich war es Dr. Mikkelsen, die das Schweigen brach. »Aber Sie sagten, Ariane Malak und Georg Lang wüssten nichts von den Plänen. Also kann diese Testamentsänderung kein Motiv sein.«

Nils Gabelbart hob die Hände und ließ sie ausdrucksvoll wieder fallen. »Kann natürlich sein, dass der Täter, den du kassiert hast, Erik, doch der Richtige ist.«

78

Die Tür öffnete sich leise, als wollte derjenige, der ins Haus trat, erst einmal sichergehen, was ihn erwartete, ehe er sich zu erkennen gab. Aber bevor Felix die Treppe in die erste Etage hochhuschen konnte, war Mamma Carlotta schon aufgesprungen und hatte die Tür aufgerissen. »Felice!«

Felix sah sich genötigt, in die Küche zu kommen und allen höflich einen guten Abend zu wünschen.

Erik sah auf die Uhr. »So spät? Wo warst du so lange?«

Nils unterband lachend Felix' Antwort: »Mensch, Erik! Hast du vergessen, wie wir früher solche Fragen gehasst haben?«

Alle lachten, Erik allerdings ein wenig verkniffen. Doch er bestand nicht darauf, dass Felix Auskunft gab, und ermahnte ihn auch nicht, daran zu denken, dass er am nächsten Tag früh zur Schule musste.

Nils Gabelbart bat Felix, sich zu ihnen zu setzen. »Ich kenne Eriks Kinder noch gar nicht.«

Erik sah, dass Felix' Freude sich in Grenzen hielt, aber er setzte sich und lehnte brav den Rotwein ab, den Tilla ihm anbot.

»Im Tierheim hat's gebrannt«, stellte er fest, vermutlich, um von seiner eigenen Person abzulenken. »In Käptens Kajüte wurde darüber geredet, dass es wieder um Georg Lang ging. Ist der nun der Schafripper oder nicht?«

»Nein«, gab Erik harsch zurück.

»Und was ist mit Pierre Thom?«, fragte Felix weiter. »Der wurde von der Polizei ins Horizont gefahren. Habe ich gesehen, als ich mal kurz pinkeln war. Draußen, am Zaun. Toves Toiletten sind unzumutbar, da kriege ich ja Herpes.« Er grinste seinen Vater an. »Habt ihr neuerdings einen Taxiservice angeschlossen?«

Tilla tat ihm den Gefallen zu lachen. »Ich hoffe, Pierre Thom ist ins Hotel gekommen, ohne von Paparazzi angefallen zu werden.«

»Der hat sich, als er ausstieg, eine dicke Wollmütze übergezogen, damit er nicht erkannt wurde. Aber es war niemand da, der auf ihn gewartet hat. Seit Jenna Brown nicht mehr da ist ...« Felix sah seinen Vater an wie jemand, der der Polizei weismachen will, dass er ein besonders gesetzestreuer Bürger ist. »Sie hätte vielleicht verhindert, dass er sich gleich wieder auf die Socken macht.«

Erik hatte nur mit halbem Ohr zugehört, aber Mamma Carlotta begriff sofort, was Felix gemeint hatte. »Pierre Thom ist nicht in sein Zimmer gegangen?«

»Nicht mal in die Lobby.« Felix grinste breit. »Der hat die Fahrräder ausprobiert, die vor dem Haus standen, und eins gefunden, das nicht abgeschlossen war. Damit ist er dann los.«

»Richtung Tierheim?«, fragte Sören.

Felix zuckte mit den Schultern. »Den Hochkamp runter und links in die Westerlandstraße. Könnte also sein, dass er zum Tierheim wollte, aber der Weg führt ja genauso auch zum Friedhof oder zu Feinkost Meyer.« Er stürzte den Limoncello herunter, den er sich selbst eingegossen hatte, und stand auf. »Gute Nacht allerseits.«

Es blieb still in der Küche, bis seine Schritte auf der Treppe verklungen waren. »Zurück zu Ariane Malak?«, fragte Tilla. »Oder etwa auf die nächste Schafweide?«

Niemand antwortete. Nils Gabelbart, der nicht komplett im Bilde war, blickte nur neugierig von einem zum anderen, sah so aus, als wollte er gern etwas sagen, lehnte sich dann aber zurück und verschränkte die Arme vor der Brust, als hätte er sich entschlossen, die Angelegenheit zu betrachten, ohne sich einzumischen.

Erik richtete sich an Sören: »Sie kennen doch die Familie Thomsen.« Sören nickte, und Erik fuhr fort: »Sind die alle so gut aussehend wie Pieter Thomsen?«

Sören sah seinen Chef verblüfft an. »Nein, die sind alle eher ... unscheinbar.«

»Das attraktive Äußere ist also keine Familienähnlichkeit?«

Sören schüttelte den Kopf. »Das musikalische Talent auch nicht.«

Dr. Mikkelsen verstand als Erste. »Sie meinen, er könnte adoptiert worden sein?«

Sörens Stimme wurde tonlos, als könnte er keinen Klang produzieren, der der Erschütterung, die er verspürte, gerecht wurde. »Er hat drei Schwestern. Die Thomsens gehören noch zu den Leuten, denen ein Stammhalter wichtig ist.«

»Was?« Tilla riss die Augen auf. »Und wenn man selbst keinen produzieren kann, holt man sich einen auf dem Adoptionsmarkt?«

Sörens Stimme hatte noch immer keine Klangfarbe. »Die Eltern und die Schwestern sehen ganz anders aus. Ist mir vorher nie so aufgefallen.« Mit einem Mal wurde er sehr aufgeregt. »Es wäre nicht das erste Mal, dass ein Adoptivkind sich an seiner leiblichen Mutter rächt. Weil es von ihr weggegeben wurde.«

»Das wäre dann schon das dritte Motiv«, meinte Tilla lakonisch.

»Ich will wissen, wer der leibliche Sohn von Brigitte Lichter ist«, sagte Erik so dringlich, als wollte er sofort los, um ihn zu suchen.

»Wir sollten mit den Thomsens reden«, entgegnete Sören.

»Wahrscheinlicher ist aber«, fand die Staatsanwältin, »dass entweder Ariane Malak oder Georg Lang ihre Tante umgebracht haben. Vielleicht sogar gemeinsam. Sie haben irgendwie erfahren, dass der leibliche Sohn Alleinerbe werden soll, und wollten es verhindern. In diesem Fall ist es völlig egal, wer dieser Sohn ist. Die Suche nach ihm können wir uns sparen.«

Erik nickte nachdenklich. »Die Beweislage ist schwierig. Ariane und Georg werden alles abstreiten und sich womöglich sogar gegenseitig decken. Und Pieter Thomsen? Ariane Malak wird dafür sorgen, dass ihm kein Haar gekrümmt wird.«

»Wir wissen einfach zu wenig«, bestätigte Sören. »Ich finde auch, wir sollten erst herausfinden, wer dieser leibliche Sohn ist. Er könnte der Mörder sein. Ob es nun Pierre Thom oder ein anderer ist. Er wollte sich an seiner Mutter rächen. Oder er wollte das Erbe sofort antreten und nicht auf ihren natürlichen Tod warten.«

»Vorausgesetzt, er wusste von diesem Erbe«, warf die

Staatsanwältin ein. »Dann würde es aber keinen Sinn machen, sie vor der Testamentsänderung umzubringen.«

»Oder es ist der Mann, der bereits als überführt galt«, meinte Antje Mikkelsen und lachte leise. »Ist der etwa schon aus dem Rennen?«

»Günter Sack?« Sören sah sie an, als hätte sie eine bahnbrechende Entdeckung gemacht. »Ich finde auch, wir sollten noch niemanden beschuldigen. Keine Verhöre, keine Fragen. Ariane Malak und Georg Lang dürfen nicht merken, dass wir sie verdächtigen. Und Pierre Thom erst recht nicht. Wer weiß, wie er seine Angst abbaut. Dann muss wieder irgendein armes Schaf dran glauben.«

Nils Gabelbart sah auf seine Armbanduhr. »Schon nach elf. Ich muss gehen, morgen früh habe ich einen Gerichtstermin.« Er erhob sich und lächelte in die Runde. »Ich habe euch eine Menge zum Nachdenken gegeben. Wenn es nun doch der Mann war, der bereits in Untersuchungshaft sitzt, tut es mir leid.«

Aber Erik wehrte ab. »Das Motiv, auf das du uns gestoßen hast, ist nun wirklich nicht von der Hand zu weisen.«

Gabelbart blickte Antje Mikkelsen freundlich an. »Sie haben mir versprochen, mich nach Hause zu fahren. Ich kann mir aber auch ein Taxi nehmen ...«

Doch Antje Mikkelsen trank ihr Glas leer und sprang auf. »Versprochen ist versprochen.«

Sörens Lächeln war ausgesprochen verkniffen, als er sich von ihr verabschiedete. Er blieb so lange vor dem Haus neben seinem Rennrad stehen, bis die beiden eingestiegen und losgefahren waren. Dann erst schob er sein Rad auf die Straße.

»Keine Angst, Sören«, sagte Mamma Carlotta. »Ich glaube nicht, dass sie ihn mag.«

»Ich auch nicht«, bestätigte Tilla schnell, so schnell, dass Sören ihr nicht glauben konnte, weil es sich nach billigem Trost anhörte.

»Morgen durchsuchen wir also Brigitte Lichters Haus?« Er wartete nicht auf Eriks Antwort. »Gute Nacht.«

Dieser blickte ihm nach, bis er um die Ecke verschwunden war. »Dr. Mikkelsen wird sich doch nicht von Nils einlullen lassen?«

»Wenn doch, dann hätte Sören sowieso keine Chance gehabt«, meinte Tilla, und Mamma Carlotta pflichtete ihr bei.

Erik warf einen Blick auf das Auto, das auf der anderen Straßenseite parkte, Maximilian Witts Auto, und betrachtete seine Schwiegermutter aufmerksam. Sie, die sich immer gern etwas darauf einbildete, viel von Amore zu verstehen und oft schon eher zu wissen, dass zwei zusammengehören, als die beiden selbst, hatte noch kein einziges Wort über ihre Enkelin verloren. »Wo ist Carolin?«, fragte er. »Schon im Bett?«

»Non so«, kam es gleichgültig zurück. Mamma Carlotta drehte sich um und kehrte in die Küche zurück.

»Du warst doch den ganzen Abend zu Hause.«

»Ah, sì. No, sie ist noch nicht heimgekommen.«

Dafür gab es nur eine Erklärung. Sie wusste längst, wo Carolin war, sie ahnte es zumindest und wollte ihn, den Vater, verschonen. Ein schwer arbeitender Kriminalhauptkommissar durfte nicht auch noch Probleme mit seinen Kindern haben, das war ihre Meinung. Dass eins der Kinder längst volljährig war, spielte für Mamma Carlotta eigentlich keine Rolle. Kinder waren Kinder, basta! Und wenn er jetzt einfach so tat, als hätte er nicht richtig mitbekommen, welche Antwort seine Schwiegermutter gegeben hatte, würde sie die Sache höchst effektiv in die Hand nehmen, und er konnte sich noch am nächsten Tag sehr erstaunt geben, wenn Carolin zum Frühstück nicht die Treppe herunterkam, sondern durch die Haustür spazierte. Er setzte sich wieder an den Tisch, nahm einen Schluck Rotwein und beobachtete seine Schwiegermutter, die verdächtig eifrig herumwuselte und Dinge erledigte, die erstens völlig überflüssig waren und zweitens Zeit bis zum nächsten Morgen gehabt hätten. Krümel von der Arbeitsfläche wischen, Geschirrtücher ordentlich aufhängen, das Basilikumtöpfchen gießen. So was machte sie nur, wenn sie Angst vor einem Verhör hatte.

Ein Blick von Tilla sagte ihm, dass er ein Feigling war. Egal, wie er darauf reagierte, dass Carolin bei Maximilian Witt übernachtete, irgendeine Antwort musste er geben. Eine, die seinen Gefühlen entsprach? Dann würde er wütend sein, Carolins Telefonnummer wählen und anordnen, sofort nach Hause zu kommen. Sie würde es natürlich nicht tun, sich auf ihre Volljährigkeit berufen und vermutlich so lange nebenan übernachten, bis Maximilian Witt wieder abgereist war. Mehrere Tage voller Missstimmung würden ihm bevorstehen. Also Einverständnis signalisieren? Das ging ihm gegen den Strich. Natürlich war er nicht damit einverstanden, dass Carolin bei einem Typen übernachtete, den er nicht ausstehen konnte, der rücksichtslos war, der seine Tochter in Schwierigkeiten gebracht hatte, der es trotzdem irgendwie hinbekommen hatte, dass sie ihm verzieh. Dann wohl besser Gleichgültigkeit? Das war vielleicht die einfachste Lösung, aber auf keinen Fall die beste. So reagierte ein Vater, der keine Lust hatte, sich mit seinem Kind auseinanderzusetzen. Alle drei Möglichkeiten gefielen Erik nicht.

Er wandte sich an seine Schwiegermutter, die endlich nichts mehr fand, was sich am Zustand der Küche verbessern ließ. »Carolin war im Tierheim. Zusammen mit Maximilian Witt. Der hat garantiert wieder Fotos geschossen, die Georg Lang erneut in Schwierigkeiten bringen.« Er griff nach der Rotweinflasche und füllte nach, obwohl kein Glas leer war. »Mir ist schleierhaft, wie der ins Tierheim gekommen ist. Am Eingang sind alle Presseleute abgewiesen worden. Wenn der irgendwo über den Zaun gestiegen ist, hat er Hausfriedensbruch begangen.«

Tilla berührte sanft seinen Arm. »Wichtiger ist Carolins

Ausbildungsvertrag. Wann muss sie morgen mit der Arbeit anfangen? Hat sie Frühschicht?«

Ehe jemand eine Antwort geben konnte, wurde die Haustür aufgeschlossen. Kurz darauf öffnete sich auch die Küchentür. Carolin sah jeden von ihnen vorwurfsvoll an. »Habt ihr euch gar nicht gefragt, wo ich bleibe?« Ihre zweite Frage klang wie ein schwerer Tadel. »Hat sich etwa keiner von euch Sorgen gemacht?«

79 »Carolina!« Mamma Carlotta empfing die verschollene Enkeltochter, als wäre sie mehrere Wochen weg gewesen. »Wir dachten, du würdest nebenan übernachten.« Sie sprang auf, rückte für Carolin einen Stuhl zurecht, versuchte, ihr ihre Jacke abzunehmen, und ließ es erst bleiben, als Carolin sie abwehrte. »Das wäre ja auch völlig normal gewesen. Ich wollte gerade deinen Vater daran erinnern, dass du volljährig bist.« Sie holte ein Rotweinglas, gab Erik einen Wink, damit er es füllte, und tat es selbst, als ihr Schwiegersohn es mal wieder nicht schaffte, sich neben seiner Erschütterung auch noch zügig um den Rotwein zu kümmern. »Und überhaupt ist es ja heutzutage üblich, wenn die jungen Leute ... Dio mio! Zu meiner Zeit musste man für so was verheiratet sein! Aber hat sich jemand daran gehalten? No! Nessuno!«

Erik starrte seine Schwiegermutter an, als hätte sie sich in Angela Merkel verwandelt. Carolin jedoch verstand sehr schnell. Hier kam das Prinzip »Eine Hand wäscht die andere« zum Einsatz. Wenn sie darüber schwieg, dass die Nonna sich mal wieder ins Zentrum des Geschehens geschlichen hatte, würde sie auf Unterstützung hoffen dürfen, wenn sie bei Maximilian übernachten wollte. Und das, obwohl Carlotta Capella nach wie vor den Moralvorstellungen ihres Dorfs nachhing und nur gelegentlich zugab, dass sich um die vielen

Zwänge, die in Panidomino noch immer existierten, längst niemand mehr scherte. Was aber auf Sylt genauso war wie in Panidomino – Eltern wollten immer, dass ihnen die Männer, mit denen ihre Töchter ins Bett gingen, gefielen oder zumindest nicht unsympathisch waren, dass sie mit ihnen auskommen oder allermindestens mit ihnen angeben konnten, weil sie erfolgreich oder gebildet waren oder zumindest einen Angehörigen oder entfernten Verwandten hatten, der erfolgreich und gebildet war. Das verhielt sich bei Erik nicht anders. Er war eigentlich tolerant genug, um seine Tochter eigene Entscheidungen treffen zu lassen, aber bei Maximilian Witt würde es jedes Mal Probleme geben. Jeder in diesem Raum sah ihm an, was er dachte: Warum gerade dieser windige Journalist, der schon bewiesen hatte, dass er es mit dem Verantwortungsbewusstsein nicht so genau nahm?

»Gibt es nichts mehr zu essen?«, fragte Carolin. »Ist etwa nichts übrig geblieben?«

Mamma Carlotta sprang in die Höhe, riss die Tür des Kühlschranks auf, inspizierte dessen Inhalt und begann zu wehklagen, weil es nichts mehr gab, was sie Carolin vorsetzen konnte. Kein Rest, nichts, was sich auf die Schnelle in eine kleine Mahlzeit verwandeln ließ.

»Warum seid ihr nicht zu Gosch gegangen, wenn ihr hungrig seid?«, fragte Erik provokant und bat seine Schwiegermutter, mit dem Jammern aufzuhören, nur weil es nichts gab, was sie dem armen Enkeltöchterchen aufwärmen konnte.

»Maximilian wollte so schnell wie möglich zurück. Die Fotos müssen noch heute an die Agentur gehen.«

Erik sah sie scharf an. »Was sind das für Fotos?«

Carolin gab sich unwissend. »Ich kümmere mich nicht um Maximilians Arbeit.«

»Warum bist du dann überhaupt mitgefahren?«

»Ich war neugierig, was im Tierheim abgeht. Und außerdem ... bin ich gern mit Maximilian zusammen.«

Erik brauchte eine Weile, um seinen Ingrimm wegzuatmen. Diese Zeit nutzte Tilla, um zu fragen: »Hast du was Interessantes beobachtet?«

Diese Frage gefiel Carolin besser als die Inquisition ihres Vaters. »Dass Pierre Thom ein Fall für den Psychiater ist. Aber so was von.«

»Hast du ihn gesehen? Wo?«

»Nicht im Tierheim, vorne hat man ja keinen reingelassen. Aber hinten am Zaun. Da hat er mit Ariane Malak geredet.«

»Worüber?« Wieder war es Tilla, die fragte. Erik hielt sich zurück, als er merkte, dass Carolin die Fragen der Staatsanwältin bereitwilliger beantwortete als seine.

Nun schien Carolin sogar gerne zu berichten. Pierre Thom habe Ariane Malak immer wieder versichert, er sei es nicht gewesen. »Keine Ahnung, was er meinte.« Und sie habe ihm geraten, noch eine Weile zu warten. Wenn Ruhe eingekehrt wäre, würde sie ihn reinlassen. »Sie hatte kein Verständnis dafür, warum er mal wieder versucht hatte abzuhauen.« Angeblich habe er Angst gehabt, Angst vor dem Feuer. Und Ariane habe die Augen verdreht und gestöhnt. »Lieber Himmel, Pieter! Du und deine Angst ...« Sie würde am nächsten Tag seinen Psychiater anrufen. Er brauche Hilfe. Unbedingt! »Aber er hat sich gesträubt«, erzählte Carolin kopfschüttelnd. Wenn jemand mitbekäme, dass er auf die Couch müsse, könne er seine Karriere vergessen. »Ariane Malak war dann ziemlich deutlich. Wenn ihn jemand hier sähe, könne er die Karriere sowieso vergessen. Und ob er nicht gemerkt hätte, dass seine Fans sich längst von ihm abgewandt hatten. Die Presse ebenfalls. Dass Jenna Brown Hals über Kopf Sylt verlassen hat, war wohl der Anfang vom Ende.« Carolin sah von einem zum anderen, ein besonders intensiver Blick traf Mamma Carlotta, die prompt aufsprang, in die Vorratskammer lief und mit einer Tüte Gebäck zurückkehrte, das niemand wollte. Hoffentlich schaffte Carolin es, nicht davon zu reden, dass ihre Nonna an diesem Abend mit von der Partie gewesen war.

»Sollen wir dem Kurdirektor morgen Bescheid geben?« Erik sah die Staatsanwältin fragend an. »Was Dr. Mikkelsen herausgefunden hat ...«

»... ist kein Beweis«, unterbrach Tilla ihn. »Lass erst mal die Kollegen an dem Fall arbeiten, die dafür zuständig sind. Aber sie müssen vorsichtig sein, noch ist Pierre Thoms Schuld nicht bewiesen. Es reicht, dass Georg Lang unter Verleumdung leidet. Ob er den Ruf des Schafrippers je wieder loswird?«

Erik warf Carolin einen vielsagenden Blick zu. »Wenn nicht, ist dein ... dieser Journalist daran schuld.«

»Mein Freund«, betonte Carolin und sah ihren Vater pikiert an, »nicht dieser Journalist.«

»Morgen früh wird es vielleicht noch schlimmer mit der Hetzjagd auf Georg Lang«, sagte Erik. »Wenn das *Inselblatt* erst in gedruckter Form vorliegt.«

»Beschwer dich bei Koopmann.« Carolins Stimme wurde heftiger. »Nicht bei Maximilian.«

»Er soll es nicht wagen, schon wieder ein Foto zu Koopmann zu schicken, ohne es mir vorzulegen.«

»Dazu ist er nicht verpflichtet.«

Erik sprang auf. »Diesem Aasgeier ist es völlig egal, wenn er Menschen verunglimpft.«

»Erik ...«, mahnte die Staatsanwältin leise.

»Und du machst sogar mit«, brüllte Erik. »Ich möchte wissen, was er dir ins Ohr gesäuselt hat, dass du ihm mit einem Mal wieder alles glaubst. Seine Kollegen haben ihm ein Foto gestohlen und gegen seinen Willen veröffentlichen lassen? Lächerlich! Du hast es zunächst auch nicht glauben können. Und nun plötzlich doch? Warum, Carolin?«

Mamma Carlotta hätte gern etwas eingeworfen, das zur Beruhigung beigetragen hätte, aber es fiel ihr nichts ein. Was immer sie jetzt sagen würde, es konnte die Lage nur verschlimmern.

Carolin erhob sich langsam, so provokant langsam, dass Mamma Carlotta alarmiert war. Nun stand sie ihrem Vater gegenüber, und Mamma Carlotta fiel auf, dass sie mittlerweile genauso groß war wie Erik. »Wie war das denn mit dir und der Staatsanwältin? Du hast sie nicht ausstehen können. Und nun plötzlich doch?«

»Das ist was ganz anderes«, tobte Erik.

Carolin ging zur Tür, noch immer so langsam wie jemand, der sicher war, dass er recht hatte. »Ich schlafe bei Maximilian.«

»Du bleibst hier!«

Darauf antwortete Carolin nicht. Sie öffnete die Tür mit aufreizender Bedachtsamkeit, drehte sich, bevor sie die Küche verließ, noch einmal um und schenkte allen einen Blick, der ihnen wohl zeigen sollte, dass sie selbst die Einzige war, die etwas vom Leben und von der Liebe verstand. Mamma Carlotta fiel Signora Tiozzo ein, die ihr Herz als junges Mädchen an einen Belami gehängt hatte, der sie immer wieder enttäuscht, dessen Versprechen sie immer wieder geglaubt hatte und der nach zwanzig Jahren vergeblichen Hoffens dann eine Frau heiratete, die er gerade mal drei Monate kannte. Zum ersten und leider auch letzten Mal hatte Signora Tiozzo dann etwas getan, das ihm nicht gefiel, nachdem sie so viele Jahre alles erduldet und nie aufbegehrt hatte. Sie brachte sich höchst wirkungsvoll ausgerechnet an seinem Hochzeitstag um, ging unter den Augen der gesamten Hochzeitsgesellschaft ins Wasser und verdarb ihm damit das große Fest gründlich. Es gab niemanden, der ihm das nicht gönnte. Aber für Signora Tiozzo kam das eindeutig zu spät.

Erik sah so aus, als wollte er Carolin gewaltsam zurückhalten, ließ sich dann aber von Tilla auf seinen Stuhl zurückziehen. Das fand Mamma Carlotta vernünftig. Sie jedoch war sicher, dass sie ihre Enkeltochter würde besänftigen können. Nachdem die Haustür ins Schloss gefallen war, hatte sie ihren Entschluss gefasst. Sie sprang auf und lief Carolin hinterher. Die war, kaum dass sie aus dem Hause war, sehr schnell geworden, rannte nun den Bürgersteig entlang und verschwand augenblicklich in Kemmertöns' Garten. Mamma Carlotta fand, dass sie trotz ihres Alters noch recht flott war, viel schneller als ihre gleichaltrigen Nachbarinnen, die es nicht schafften, ein Enkelkind, das auf dem Dreirad unterwegs war, vor der gefährlichen Kreuzung einzuholen. Aber diesmal kam sie nicht mit. Die Tür des Holzhauses fiel schon ins Schloss, als sie noch nicht einmal durchs Gartentor gekommen war.

Ein zaghaftes Bellen hielt sie zurück, an die Tür zu pochen und nach Carolin zu schreien. Fifi bellte lauter, denn nun hatte er Mamma Carlotta eindeutig erkannt. Voller Freude stieg er an ihren Beinen hoch, nachdem es seinem Frauchen nicht gelungen war, ihn bei Fuß zu halten.

Frau Kemmertöns folgte ihm aus dem Gemüsebeet, wo es eine Stelle gab, die Fifi als Hundeklo genehm war. Die Rettiche, die dort wuchsen, sahen bis jetzt trotzdem erstaunlich gesund und kräftig aus. »War das Carolin?«, fragte Frau Kemmertöns überflüssigerweise.

Mamma Carlotta schnaufte, als hätte sie einen Halbmarathon hinter sich. Dann erfuhr Frau Kemmertöns in Windeseile, was sich im Hause Wolf zugetragen hatte. Und erst recht bekam sie zu hören, was vorher im Tierheim passiert war.

Sie warf einen Blick zum Holzhaus. »Soll ich dem Kerl kündigen?«

Aber Mamma Carlotta wusste, dass solche Maßnahmen nicht zum Erfolg führten. Auch Signora Tiozzo hatte viele Angehörige gehabt, die versucht hatten, sie durch ähnliche Tricks von ihrem Schürzenjäger zu befreien, aber das hatte eher das Gegenteil bewirkt. »Was, wenn sie morgen nicht ins Hotel geht? Dann hat sie ihre Stelle verloren. Dann auf jeden Fall.

Aber vielleicht ist es sowieso schon zu spät dafür, ihren Ausbildungsvertrag zu retten.«

»Dann geht sie vermutlich mit Maximilian Witt nach Hamburg.« Frau Kemmertöns schien Erfahrungen zu haben, von denen Mamma Carlotta bisher nichts wusste. »Da zieht sie dann in eine Bude ein, die sogar für eine Person zu klein ist, ihr fällt die Decke auf den Kopf, weil sie keinen Job hat, er macht ihr Vorwürfe, weil er sie miternähren muss, und schon ist der Krach da. Dann darf man nur hoffen, dass sie es schafft, wieder nach Sylt zurückzukehren, und dass Ihr Schwiegersohn bereit ist, sie wieder aufzunehmen.«

»Dio mio!« So weit hatte Mamma Carlotta noch gar nicht gedacht. »Was kann ich nur tun?«

Darauf hatte Frau Kemmertöns keine Antwort. Sie war ohnehin der Meinung, dass sich die meisten Probleme durch Aussitzen erledigen ließen. Und außerdem fand sie ihr eigenes Problem erheblich gewichtiger. »Sagen Sie mir lieber, wie ich wieder an meine Hunderttausend Euro komme!« Das war doch ein wesentlich handfesteres Problem, für das es eine Lösung geben musste, fand Frau Kemmertöns, während alles, was sich um Liebe drehte, für sie schwer zu enträtseln war.

Mamma Carlotta hatte schon oft genug darüber nachgedacht. »Da gibt es nur eins: Sie müssen die Wahrheit sagen. Dann schafft mein Schwiegersohn es vielleicht, Donald Schulze zu überführen. Wenn er wirklich Ihr Geld gestohlen hat, dann muss er es zurückgeben.«

»Das hat er«, bekräftigte Frau Kemmertöns. »Anders kann das gar nicht sein.«

Dieser Ansicht war Mamma Carlotta auch. Aber eine andere Chance als Ehrlichkeit fiel ihr beim besten Willen nicht ein. Davon allerdings wollte Frau Kemmertöns nach wie vor nichts hören. Die Reaktion ihres Mannes, wenn er begriffen hatte, dass sie ihn um ein neues Auto und ein Gartenhaus gebracht hatte, versetzte sie in Angst. Sie war ja schon froh, dass Jupp den kleinen Fifi gelegentlich freundlich ansprach und ihn sogar schon heimlich auf den Schoß nahm, wenn er glaubte, dass seine Frau nicht hinsah.

»Es kann doch nicht sein, dass so ein reicher Kerl noch reicher wird, indem er mich bestiehlt. Und ich ...«

Mamma Carlotta erinnerte sie daran, dass dieser reiche Kerl den Rest seines Lebens im Gefängnis zubringen würde, dass er also nichts von dem Reichtum, der eigentlich Frau Kemmertöns gehörte, haben würde. Aber das tröstete die Nachbarin nicht. »Dann eben seine Frau«, klagte sie. »Die wird sich von den Hunderttausend eine Handtasche kaufen, die sie nicht braucht, und ein paar Schuhe, obwohl sie schon siebzig im Schrank stehen hat.«

Über die Frage, ob es möglich war, diesen Reichtum für eine Handtasche und ein Paar Schuhe zu verbrauchen, vergaß Mamma Carlotta ihre Enkelin vorübergehend. Als sie von Frau Kemmertöns hörte, dass es tatsächlich Handtaschen gab, die den Preis eines Mittelklassewagens hatten, und Schuhe, für die andere einen Monat arbeiten mussten, brauchte es eine Weile, bis sie in die Welt der Normalsterblichen zurückkehren konnte.

»Geld macht nicht glücklich«, sagte sie und sah an Frau Kemmertöns' Gesicht, dass die Nachbarin in diesem Fall anderer Ansicht war. Gemeinsam klagten sie noch ein wenig über die Ungerechtigkeiten der Welt und die Undankbarkeit erwachsener Kinder, dann fand Fifi, dass es genug war, und zog an der Leine, damit er in sein Körbchen kam, um den wohlverdienten Nachtschlaf anzutreten, der bestenfalls drei bis vier Stunden dauern würde. Daraufhin lamentierten die beiden Frauen noch ein wenig darüber, wie ungesund es doch war, wenn das Durchschlafen nicht möglich war, dann fiel ihnen auf, dass sie diese Probleme nicht würden lösen können, und sie verabschiedeten sich voneinander. Sie würden sich zum

Frühstück in Käptens Kajüte treffen, um noch einmal jede Kleinigkeit in aller Ruhe zu besprechen.

Mamma Carlotta verließ den Nachbarsgarten mit einem langen Blick auf das Holzhaus und ging zurück zum Hause Wolf. »Madonna!«, flüsterte sie. Was würde der nächste Tag bringen?

80 Er wachte schon kurz vor fünf auf. Das kam selten vor. Geradezu einzigartig war, dass er sich ausgeschlafen fühlte, obwohl er es unmöglich sein konnte, und überdies den Drang verspürte, aufzustehen und mit dem Tag zu beginnen. Es war noch dunkel, als er sich erhob, sich ans Fenster stellte und in den Garten schaute, aber er war sicher, dass dieser Tag es wert sein würde, ihn früh anzugehen. Es würde ein außergewöhnlicher Tag werden, so kam es ihm vor. Erik fühlte sich wie an dem Tag, an dem er Lucia einen Heiratsantrag machen wollte. Wochenlang hatte er gezaudert, aber an jenem Tag war er davon überzeugt gewesen, dass sie Ja sagen und dass alles gut werden würde.

Er drehte sich um und betrachtete Tilla, die schwach zu erkennen war, weil bei den Kemmertöns in diesem Augenblick das Gartenlicht, ein Bewegungsmelder, anging, den vermutlich ein streunendes Tier aktiviert hatte. Sie schlief noch fest, lag auf der Seite, einen Unterarm übers Gesicht gelegt, als wollte sie sich vor dem Tag verstecken. Das würde sich ändern, sobald sie erwacht war. Tilla ging jeden Tag forsch an, aber nicht so wie seine Schwiegermutter, die mit dem Augenaufschlagen und Aufstehen bereits voller Dynamik war. Sie warf sich übermütig in den Morgen, wie eine begeisterte Schwimmerin in die Wellen, während Tilla mit strengen, energischen Schritten auf den Tag zuging, als wollte sie ihn unterwerfen. Was ihr fast immer gelang.

Erik raffte leise seine Kleidung zusammen und schlich aus dem Zimmer. Er duschte ausgiebig, föhnte die Haare sehr sorgfältig und stutzte sich sogar den Schnauzer. Aber als er aus dem Badezimmer trat, wusste er dennoch, dass es eine dumme Idee gewesen war, so früh aufzustehen. Er hatte nicht daran gedacht, was geschehen sollte, wenn er in die Küche ging und niemand außer ihm auf den Beinen war. Natürlich könnte er das Frühstück zubereiten, aber das würde ihm seine Schwiegermutter schwer verübeln. Natürlich würde er das Rührei nicht gut würzen, den Schinken nicht klein genug würfeln und den Tisch nicht liebevoll genug decken. Sie würde immer wieder fragen, warum er ihr Arbeit abnehmen wollte, ob er etwa der Meinung sei, sie kümmere sich ungern um das Frühstück, und so weiter und so fort. Nein, Mamma Carlotta ließ sich nicht gern helfen. Der Haushalt war ihr Herrschaftsgebiet, wer sich einmischte, würde keinen Dank ernten. Und selbstverständlich würde sie alles heimlich ändern, was Erik vorbereitet hatte.

Was hatte er sich nur dabei gedacht, so früh aufzustehen? Sollte er sich einen Espresso kochen, Däumchen drehend in der Küche sitzen und auf den Rest der Familie warten? Nachdenken über Brigitte Lichters Tod und über den Streit mit Carolin? Das konnte er auch, während er sich bewegte. Laufen, Auto waschen, Unkraut jäten.

Er entschied sich, zum Meer zu gehen. Jeder Sylter musste täglich mindestens einmal einen Blick aufs Meer werfen, das war Gesetz. Sein Vater jedenfalls hatte das immer behauptet. Erik tat es leid, dass er sich an dieses Gesetz nur noch selten hielt. Natürlich bekam er gelegentlich das Meer zu sehen, aber meist zufällig, weil er sich gerade in der Nähe des Strands aufhielt. Dass er das Haus verließ, um zum Meer zu gehen und dort nichts anderes zu tun, als den Blick zu genießen, kam sehr selten vor. Eigentlich nie. Dabei wusste er doch um die Kraft des Meeres, die auf den Betrachtenden überging, er kannte sowohl seine beruhigende als auch seine anregende Wirkung. Das Meer gab jedem, was er brauchte, Ruhe oder Anregung.

Was wollte er? Wenn er an Carolin dachte, war es Ruhe. Er musste mit aller Muße ein Gespräch mit ihr führen, es brachte nichts, wenn er nur immer wieder deutlich machte, wie wenig er von Maximilian Witt hielt. Außerdem würde der junge Mann bald wieder abreisen, dann war er aus Carolins Augen und sicherlich bald auch aus ihrem Sinn. Kein Grund, sich aufzuregen.

Während er den Hochkamp hinabging, wurde die Nacht grau, der Himmel verlor seine Finsternis, der Tag machte sich bereit. Kein Mensch war zu sehen. Links und rechts Häuser mit Ferienwohnungen, vor denen Autos standen, die zeigten, dass Touristen aus ganz Deutschland nach Sylt kamen, sogar aus Süddeutschland. Erik mochte sich gar nicht vorstellen, wie lange sie unterwegs waren, wenn sie in der Nähe von München aufbrachen. In Käptens Kajüte war noch alles still. An der nächsten Straßenecke warf er einen Blick zum Hotel Horizont. Auch dort war niemand zu sehen. Erik dachte an das, was Carolin erzählt hatte: Pierre Thom und sein auffälliges Verhalten. Er war gespannt, wie der Kurdirektor sich aus der Sache herauswinden würde, wenn tatsächlich bewiesen war, dass der Star, auf den die Sylter stolz waren, der Schafripper war. Erik stieß die Luft von sich, als strengte ihn der Weg sehr an. Das war nicht der Fall, aber der Gedanke an die psychische Verfassung von Pierre Thom wirkte auf ihn wie eine Anstrengung. Welchen Einfluss hatte Ariane Malak auf ihn? War sie vielleicht in der Lage, ihn zu heilen, indem sie nichts von ihm erwartete? Wenn sie zufrieden damit war, dass er zu ihr gehören wollte? Jetzt, wo Jenna Brown das Weite gesucht und die Paparazzi das Interesse an ihm verloren hatten. Der Sohn von Brigitte Lichter? Erik war an dem Strandwärterhäuschen von Fietje Tiensch angekommen und ging auf das Holzplateau, von dem die hohe Treppe zum Strand hinabführte. Ob die Eltern zugeben würden, dass sie ihren Sohn adoptiert hatten? Oder Pierre Thom selbst?

Das Meer war von undefinierbarer Farbe, aber Erik glaubte, dass es grün sein würde, wenn die Sonne aufgegangen war. Unruhige Wellen fielen übereinander her, manche schäumten an den Strand, andere verloren ihre Kraft schon, bevor sie das Ufer erreicht hatten. Der Wind frischte auf, klar und wirbelnd, er kam mit dem Tag, während der Nacht hatte er geschlafen. Mit ihm zeigten sich wellige Wolken, wie Schaffell gelockt. Die Nacht öffnete nun ihren Vorhang und überließ dem Morgen die Bühne. Es ging schnell. Auf Sylt vollzog sich der Wechsel zwischen Tag und Nacht sehr rasch. An der Wasserkante tauchten bereits die ersten Strandwanderer auf, nun war auch das Schiff am Horizont zu erkennen, das so langsam dahinzog, dass die Bewegung kaum zu erkennen war, dass es so aussah, als stünde es wie eine Markierung auf der Horizontlinie. Der Verkehr erwachte. In Eriks Rücken fuhr ein Lieferwagen vorbei, der die Imbissstuben mit frischen Brötchen versorgte, Zimmermädchen, Rezeptionisten und Verkäufer machten sich auf den Weg zur ersten Schicht. Würde Carolin pünktlich zur Arbeit gehen? Nach der Abmahnung würde Gravenaar nach jedem Fehler suchen, der ihr unterlief.

Erik drehte sich um und machte sich auf den Heimweg. Mit einem Mal war er nicht mehr davon überzeugt, dass dieser Tag ein guter werden würde.

Seine Schwiegermutter ereiferte sich, als er zurückkehrte, natürlich wieder völlig übertrieben und so, als hätte er sich am frühen Morgen entschlossen, das Wellenreiten auszuprobieren. Und Felix grinste seinen Vater so zweideutig an, als traute er ihm ein Date im Sonnenaufgang zu. Tilla hatte zum Glück Verständnis dafür, dass er am frühen Morgen einmal Zeit für sich allein haben wollte. Wann auch sonst? Ungestört über seinen Fall nachzudenken war tagsüber schwierig. Erik war ihr dankbar und hätte sich für ihr Einfühlungsvermögen gern mit einer Erleuchtung erkenntlich gezeigt. Aber es schien Tilla nicht zu enttäuschen.

Als Sören erschien, überlegten sie, wie sie vorgehen, wo sie beginnen wollten.

»Noch ein Gespräch mit Günter Sack?«

»Ein Besuch bei den Thomsens?«

»Die Durchsuchung von Brigitte Lichters Haus?«

Ja, damit waren alle drei einverstanden. Sie wollten wissen, wie der leibliche Sohn von Brigitte Lichter hieß, und wollten, wenn sie den Namen gefunden hatten, herausbekommen, ob Ariane Malak und Georg Lang ebenfalls Zugang zu dieser Information gehabt hatten.

Sie hatten sich gerade erhoben und zogen ihre Jacken über, als Eriks Handy läutete. Enno Mierendorf war am anderen Ende der Leitung. Im Polizeirevier war Renata Sack erschienen, die mit dem zuständigen Ermittler reden wollte. Einen Besuch bei ihrem Mann wollte sie merkwürdigerweise nicht machen. »Der Anwalt wird auch im Laufe des Vormittags erwartet.«

Erik sah Tilla und Sören fragend an. »Besser, wir erledigen das zuerst.«

81

Der Anruf kam, kaum dass Erik, Sören und die Staatsanwältin aus dem Haus waren. Frau Kemmertöns flüsterte in den Hörer: »Sie ist gerade gegangen.«

Mamma Carlotta lief zum Küchenfenster. Tatsächlich! Carolin ging am Haus vorbei, zeitig genug, um pünktlich ihren Dienst anzutreten. Mamma Carlotta atmete auf. Vielleicht ging doch noch alles gut, und Carolins Chef würde ihr den Fehler, den sie gemacht hatte, nachsehen.

Frau Kemmertöns stand schon eine halbe Stunde später

mit Fifi vor der Tür. »Gut, dass ich jetzt jederzeit aus dem Haus kann, ohne Erklärungen abgeben zu müssen«, sagte sie und tätschelte Fifi. »Gassi gehen! Ich kann demnächst stundenlang unterwegs sein, selbst wenn sich das schmutzige Geschirr in der Küche türmt. Vorausgesetzt, Fifi ist dabei.« Diese Aussicht schien Frau Kemmertöns ein wenig über den Verlust der Hunderttausend Euro hinwegzutrösten. Wenn sie sich auch nicht mehr daran erfreuen konnte, ihrem Jupp das neue Auto und das Gartenhaus vorenthalten zu haben, konnte sie ihm jetzt wenigstens mit Fifi ein Schnippchen schlagen.

Mamma Carlotta fragte sich, ob das in allen alten Ehen so war. Ihre eigene war nicht lange genug eine Ehe wie die ihrer Nachbarinnen gewesen, Dino war ja so früh erkrankt und dann bald pflegebedürftig geworden. Aber wenn sie um sich blickte, schien es an der Tagesordnung zu sein, dass jede Frau versuchte, für sich einen Vorteil zu erschwindeln, von dem der Ehemann nichts wissen durfte, heimlich, verstohlen und mit kleinen Lügen, die am nächsten Sonntag flugs gebeichtet wurden. In modernen Ehen schien das anders zu sein, das hatte Carlotta schon gelegentlich auf der Piazza von Panidomino beobachtet und diskutiert. Da war oft zu sehen und aus einem der geöffneten Fenster zu hören gewesen, wie sich eine junge Frau darüber ereiferte, dass ihr Mann ihr etwas nicht zugestehen wollte, das ihr sehr wichtig war. Wenn sie dann den Sieg davongetragen hatte, wurde auf der Piazza unter den alten Ehefrauen missgünstig und auch anerkennend geseufzt. Doch es gab dann immer eine, die sagte: »Andererseits gehen die jungen Ehen ja heutzutage immer schneller in die Brüche. Die Scheidungsrate ist dramatisch. Also sind unsere Methoden vielleicht doch besser.«

82 Renata Sack sah genauso aus, wie das Porträt auf ihrer Website sie zeigte: dunkel gefärbte Haare mit einem violetten Schimmer, korrekt frisiert, mit einem Haarschnitt, für den sie sich schon vor längerer Zeit entschieden haben musste. Ihre Kleidung war ähnlich korrekt, ein dunkles Kostüm mit einer hellblauen Bluse. Wenn sie hinter einem Schreibtisch saß, wirkte sie garantiert durch und durch vertrauenswürdig und kompetent. Erik konnte sich Renata Sack nur schwer in Freizeitkleidung vorstellen.

Er erlöste sie aus dem Revierzimmer, in dem sie sich sichtlich unwohl fühlte, und brachte sie in sein Büro. Tilla übernahm auf dem Weg dorthin die Konversation. Sie erklärte Renata Sack, warum die Polizei zurzeit im Telekomgebäude untergebracht war, und redete noch ein wenig über das angenehme Wetter auf der Insel. Dann besorgte sie Kaffee für alle.

»Was werfen Sie meinem Mann vor?«, fragte Renata Sack schließlich.

Das wusste sie längst, aber Erik legte ihr gern noch einmal dar, warum Günter Sack in den Verdacht gekommen war, seine frühere Geliebte Brigitte Lichter umgebracht zu haben.

Ihre Miene blieb eisig, aber ihre Mundwinkel zitterten. Sie hatte sich gut unter Kontrolle, jedoch nicht gut genug. Erik merkte, wie sehr sie darunter litt, sich in ihrem Mann getäuscht zu haben.

»Sie können gleich mit ihm sprechen.« Dieses Angebot sollte eine Ermunterung für sie sein.

Aber sie schüttelte den Kopf. »Der kommt mir nicht noch einmal unter die Augen.«

»Noch ist er des Mordes nicht überführt«, sagte Erik.

Aber Renata Sack winkte ab. »Darauf kommt es mir nicht an. Er wusste, wie wichtig mir eheliche Treue ist.« Nun fiel die Maske der Beherrschung von ihrem Gesicht. »Von Anfang an habe ich ihm gesagt, dass es mit uns vorbei ist, sobald er mich betrügt. Alle haben es mir ja vorhergesagt. Der blendend aussehende Günter wollte mich natürlich nur heiraten, damit er ein schönes Leben hatte.« Ganz allmählich rückte sie ihre Maske wieder zurecht. »Aber ich habe ihn geliebt, und er ... er hat mich auch geliebt, davon bin ich nach wie vor überzeugt. Wir haben uns immer gut verstanden, hatten nur selten Streit, wir waren ein harmonisches Paar. Mittlerweile gab es kaum noch Zeitgenossen, die an seinen Gefühlen für mich zweifelten. Bis jetzt!« Nun saß die Maske wieder fest und ließ keinen Blick hindurch. »Unser Anwalt wird gleich kommen, natürlich soll Günter die beste Verteidigung bekommen. Trotz allem. Aber danach ist Schluss. Wenn er verurteilt wird, werde ich ihn kein einziges Mal im Gefängnis besuchen. Und wenn er freigesprochen wird, kann er sich irgendwo eine kleine Wohnung und einen Job suchen. Ob er diese ... diese Frau umgebracht oder wirklich nur ihre Leiche entsorgt hat, das spielt keine Rolle. Er hat mich betrogen und damit seine Entscheidung getroffen.« Sie stand auf und reichte allen dreien die Hand zum Abschied. »Mit diesem Gespräch ist meine Ehe zu Ende. Ich hatte das Gefühl, es ihm schuldig zu sein, mit Ihnen zu reden. Ein vernünftiger Abschluss unserer Beziehung. Keiner soll mir nachsagen, ich hätte mich nach seiner Verhaftung nicht mehr um ihn gekümmert.«

Sie waren alle drei bedrückt, als sie in Eriks Auto stiegen. Die Enttäuschung von Renata Sack hatte sich über ihre eigene Stimmung gelegt, die Entschlossenheit, ihrem Mann auf keinen Fall zu verzeihen, war wie eine Belastung für die drei geworden. Erik gestand sich ein, dass er Renata Sack ein wenig Nachsicht gewünscht hätte, um aus der Vergangenheit etwas zu machen, was sich trotz allem gelohnt hatte. Zu ihrem eigenen Schutz. So würde das, was geschehen war, nicht nur die Vergangenheit, sondern auch noch ihre Zukunft vergällen.

Es war ein sonniger Tag. Noch immer war die Luft mild, wenn auch die Wärme längst nicht mehr schwer war wie im Hochsommer, sondern fliegen konnte, als ließe sie sich schon bald vom Herbstwind aufwirbeln. Die Wolken ballten sich am Himmel zusammen, waren aber noch schneeweiß, die grauen Tage, die bald folgen würden, schienen noch weit entfernt.

Als in Wenningstedt die Einbiegung zum Süder Wung in Sicht kam, nahm Erik plötzlich den Fuß vom Gas. Ein Fiat bog heraus, den er kannte. Er stand seit ein paar Tagen auf der anderen Straßenseite gegenüber seinem Haus, er hatte Maximilian Witt einmal einsteigen sehen. Der Fiat fuhr schnell, und Erik hatte den Drang, ihm zu folgen und ihn nicht aus den Augen zu verlieren. Wo wollte Maximilian Witt hin? Gab es irgendwo etwas, für das es sich lohnte, als Erster vor Ort zu sein?

Erik nahm sich vor, es herauszufinden, und merkte schnell, worauf es Maximilian Witt ankam. Vor dem Tierheim hatten sich auch an diesem Morgen Demonstranten eingefunden, die gegen Georg skandierten. Zum Glück schienen sie friedfertiger zu sein, sie beließen es bei Beschimpfungen und wütenden Rufen, Brandfackeln und Steine flogen diesmal nicht.

Maximilian wurde wieder von dem Polizisten, der den Eingang bewachte, abgewiesen. Er fand sich verdächtig schnell damit ab, wendete und fuhr auf die Straße zurück. »Der weiß, wie er auf das Gelände kommt«, murmelte Erik. »Wetten?«

Er hielt neben seinem jungen Kollegen und fragte nach Verstärkung. »Auf der Rückseite des Tierheims sollte jemand dafür sorgen, dass niemand über den Zaun klettert.«

Der Polizist warf Maximilian einen Blick hinterher. »Sie meinen, der versucht es über den Wirtschaftsweg?«

Erik nickte, und schon während sich das Tor für ihn öffnete, griff der Streifenbeamte nach seinem Handy.

Über dem Tierheim lag noch leichter Brandgeruch, aber ansonsten war die Ordnung wieder eingekehrt. Das war sicherlich vor allem Mattes zu verdanken. Er fegte die Wege, räumte alles zur Seite, was an die vergangene Nacht erinnerte, und hatte, wie Erik mit einem kurzen Blick feststellen konnte, sogar die Umgebung von Georg Langs Haus gesäubert. Erik ging an Brigitte Lichters Tür vorbei zu dem kleinen Holzhaus, das Georg Lang bisher bewohnt hatte. Die Dachschindeln, die heruntergefallen waren, hatte Mattes eingesammelt, ein Fenster, das aufgesprungen war, notdürftig verschlossen, die Eingangstür eingehängt, die vermutlich von der Feuerwehr aufgebrochen worden war. Die Schäden am Dach waren nur für den zu erkennen, der das Haus genauer inspizierte. Es schien noch einmal davongekommen zu sein. Das Schadenfeuer der vergangenen Nacht hatte Schlimmes vermuten lassen, was jetzt, im Licht des Tages, nicht ganz so verheerend aussah. Natürlich wusste Erik nicht, was drinnen kaputtgegangen war, welche Zerstörungen das Löschwasser angerichtet hatte, aber ihm schien, dass es nichts gab, was sich nicht reparieren ließ.

Mattes nickte zum Eingang von Brigitte Lichters Haus. »Alle sind da drin.«

Ariane öffnete ihnen. »Gibt's was Neues?«

Erik verwies auf den Durchsuchungsbeschluss, den er schon einmal vorgelegt hatte. »Wir müssen uns noch mal im Büro Ihrer Tante umsehen.«

Ariane fragte nicht nach dem Grund, sondern ging ihnen wortlos voran und öffnete die Tür des Büros. Rüdiger Lang und sein Sohn saßen im Wohnzimmer auf dem Sofa und nickten flüchtig zur Begrüßung. Sie waren in eine intensive Unterhaltung vertieft.

Erik schloss die Tür hinter sich und sah sich um. Sein Blick blieb an dem großen Schrank hängen, der eine ganze Wand des Raums einnahm. »Ich denke, da müssen wir suchen.«

Der Schrank hatte drei hohe Türen, jeder von ihnen öffnete eine, leerte Fach für Fach, betrachtete jedes Schriftstück und legte zur Seite, was ohne Bedeutung war. Tilla arbeitete von unten nach oben, Erik und Sören umgekehrt.

Erik entdeckte einen Ordner, auf dessen Rücken »Finanzen« stand. Er war voller Kontoauszüge neueren Datums, die scheinbar für den Steuerberater gesammelt worden waren. Im zweiten Teil des Ordners, durch ein DIN-A4-großes Registerblatt von den anderen getrennt, fanden sich auch ältere Auszüge, einzelne, besonders wichtige, die aufbewahrt werden mussten, außerdem Verträge, die abgelaufen waren oder keine Bedeutung mehr zu haben schienen, für Brigitte Lichter aber wohl einen Erinnerungswert besessen hatten und deshalb nicht vernichtet worden waren. Oder sie waren einfach vergessen worden. Als Erik zum Ende des Ordners kam, begann er schon flüchtiger zu blättern – und merkte plötzlich, dass er zu schnell gewesen war. Blatt für Blatt ging er zurück, bis er an einem Kontoauszug angekommen war, auf dem eine Zahl prangte, die aus so vielen Stellen bestand, dass sie ihm ins Auge gesprungen war. 266 000 Mark mit einem Plus dahinter. So viel Geld war Brigitte Lichter gezahlt worden, vor vielen Jahren. Wofür, das war nicht ersichtlich. Wohl aber, wer diese enorme Summe überwiesen hatte: Rüdiger Lang, ihr Bruder.

Erik entnahm den Auszug und zeigte ihn Tilla und Sören, die bisher beide nichts gefunden hatten, was auf den leiblichen Sohn Brigitte Lichters hinwies. »Was mag das zu bedeuten haben?«

Tilla zuckte mit den Schultern. »Brigitte Lichter hat ihrem Bruder irgendwas verkauft. Vielleicht ...«

»Warum fragen Sie ihn nicht?«, unterbrach Sören.

Erik nahm den Auszug und ging ins Wohnzimmer. Das Gespräch zwischen Vater und Sohn war inzwischen beendet, Georg erhob sich und ging in die Küche. »Wollen Sie auch einen Kaffee?«

Erik verneinte, setzte sich Rüdiger Lang gegenüber und schob den Kontoauszug über den Couchtisch. »Wofür haben Sie so viel Geld gezahlt?« Er nahm den Auszug noch einmal zur Hand und schaute nach dem Datum. »Am 26.4.1978.«

Georg Lang kam mit einer dampfenden Kaffeetasse zurück. »Eine Woche nach meiner Geburt.« Er grinste, wurde dann aber plötzlich ernst. »So viel Geld?«

Es schien ihm genauso zu gehen wie Erik. Seine Frage war zunächst nichts als interessiert oder vielleicht neugierig gewesen. Die Reaktion von Rüdiger Lang war es dann, die etwas veränderte. Wenn jeder von ihnen bis zu diesem Augenblick auf eine nachvollziehbare Erklärung gewartet hatte, wurde mit einem Mal deutlich, dass es etwas geben musste, das nicht so leicht zu begründen war. Ein Geheimnis? Etwas Anstößiges, für das man sich schämen musste? Rüdiger Lang wurde jedenfalls blass, seine Finger, die den Kontoauszug zur Hand nahmen, zitterten. Er legte ihn weg, damit er seine Hände verstecken konnte, die irgendetwas verrieten, das nur er wusste.

»Meine Frau hatte von ihren Eltern ein Ferienhaus geerbt. Direkt an der Schley, sehr idyllisch gelegen. Gute Infrastruktur, groß genug für zwei Familien, komfortabel eingerichtet ...«

»Davon hast du nie gesprochen«, sagte Georg. Er setzte sich nicht wieder neben seinen Vater aufs Sofa, sondern hockte sich auf einen Stuhl, der aus irgendeinem Grund aus der Küche geholt und zwischen die Sessel geschoben worden war. »Wofür brauchtet ihr das Geld? So ein Haus verkauft man doch nicht ohne Not.« Er runzelte die Stirn. »Tante Brigitte hat nie von einem Ferienhaus an der Schley gesprochen.«

Rüdiger Lang begann zu stottern. Seine Augen wurden feucht, auf der Stirn erschien Schweiß, seine Mundwinkel vibrierten. »Brigitte hatte uns geholfen ...« Mehr brachte er nicht heraus.

Georg beugte sich vor und sah seinen Vater forschend an, ohne etwas zu sagen.

Erik fragte: »Was hat Ihre Schwester für Sie getan? Wofür haben Sie ihr so viel Geld gezahlt?«

Rüdiger Lang suchte nach Worten, blickte seinen Sohn an, der ihn verständnislos betrachtete, dann setzte er zu einer Erklärung an. Jedoch brach ihm die Stimme, er schluckte alles, was er sagen wollte, herunter und schlug schließlich die Hände vors Gesicht. Erik wartete schweigend, Georg stellte leise und vorsichtig die Kaffeetasse auf den Tisch, als könnte ein Geräusch seinen Vater stören, Tilla und Sören kamen aus dem Büro, als hätte die Stille im Wohnzimmer sie aufmerksam gemacht. Sie blieben in der Nähe der Tür stehen und starrten Rüdiger Lang an, der allmählich unter seinem eigenen Schweigen und dem der anderen zu leiden begann. Langsam, sehr langsam nahm er die Hände herunter. Sein Gesicht war tränenverschmiert, er suchte nach einem Taschentuch, um sich die Nase zu putzen.

»Meine Frau hat es mir prophezeit, dass es mal so kommen würde. Aber ich ... ich wollte es nicht glauben.«

83 Frau Kemmertöns wurde unruhig. »Ich muss bald zur Arbeit«, sagte sie. »Vorher will ich dafür sorgen, dass mein Mann ein Auge auf Fifi hat.«

Richard und Carlotta sahen sich an. Sie merkten, dass sie beide das Gleiche dachten. Mamma Carlotta sprach es aus. »Wir können einen Spaziergang mit Fifi machen.«

Frau Kemmertöns war ihnen sehr dankbar. »Wenn Sie ihn dann bei Jupp abgeben, wird der Kleine müde sein und nur in sein Körbchen wollen. Schlafend erträgt ihn Jupp am ehesten.«

Richard hielt Fifis Leine, der kleine Hund lief aufgeregt vor ihnen her, blieb immer wieder stehen, schnupperte an den Ecken und rannte dann wieder voran. Der Spaziergang machte ihm Spaß.

Mamma Carlotta warf einen Blick zum Hotel Horizont, als

könnte es sein, dass Carolin im Eingang auftauchte, oder als könnte sie erkennen, ob der Hotelchef nach wie vor daran dachte, ihr zu kündigen. Wie immer genoss sie es, auf den Himmel zuzugehen, hinter den flachen Häusern nichts mehr zu sehen, keine weiteren Häuser, erst recht keine hohen, keinen Hang, keinen Weinberg, nichts, was den Blick weiterführte. Von hier aus sah sie den Strand nicht, aber sie wusste, dass er unter dem Kliff war, dass er sich nach links und rechts erstreckte, als wollte er kein Ende nehmen, vierzig Kilometer war er lang, der Sylter Strand, das hatte Erik ihr erzählt. Dahinter das Meer, unbegrenzt, wie es schien. Der schwache Wind war kühl, aber die Sonne wärmte noch, die Luft roch nach Salz und Tang, die Brandung war nicht gewaltig, aber doch zu hören. Dieses gleichmäßige Rauschen und Schäumen, Rauschen und Schäumen ...

Sie hielten sich rechts und gingen am Gosch-Restaurant und am Kurhaus vorbei. Als Richard vorschlug, mit Mamma Carlotta das Grab ihrer Tochter zu besuchen, hielten sie diese Richtung bei. Am Dorfteich ließen sie sich für eine Weile auf einer Bank nieder, sahen den Enten zu, die sich auf dem Wasser wiegen ließen, und gönnten Fifi eine kleine Ruhepause. Richard blickte zur Kirche und äußerte den Wunsch, sich den Innenraum einmal anzusehen. »Oder ist sie außerhalb der Gottesdienste nicht geöffnet?«

Das wusste Mamma Carlotta nicht. »Wir versuchen es einfach.«

Richard stand auf. »Aber erst gehen wir zu deiner Lucia.«

Es war still, als sie den Friedhof betraten. Dort kam es Mamma Carlotta immer so vor, als bliebe alles draußen vor dem weißen Tor zurück, jeder Lärm, alle Verkehrsgeräusche, das Gelächter von Fahrradfahrern. Es erreichte den Friedhof nicht. Sie fühlte sich immer allein mit Lucia, wenn sie ihrem Grab einen Besuch abstattete.

Sie ließen sich auf einer Bank in der Nähe nieder, Fifi zu

ihren Füßen. Mamma Carlotta erzählte von ihrer Tochter, von ihrer Sorge, als sie Erik nach Sylt folgte, von ihrer Traurigkeit, als es ihr nicht möglich war, sie auf der kalten Insel in der Nordsee zu besuchen, weil Dino, der damals schon pflegebedürftig war, keinen einzigen Tag ohne sie auskommen konnte. Nicht einmal an Lucias Beerdigung hatte sie teilnehmen können.

Richard griff nach ihrer Hand und drückte sie. »Das muss sehr schwer gewesen sein.«

Mamma Carlotta fühlte sich verstanden. Sie lehnte sich zurück, sah in den Himmel und ließ sich von der Sonne die Augen trocknen. Richard an ihrer Seite machte es genauso, auch er legte den Kopf in den Nacken und sah in den Himmel. Die Wolken rasten darüber hinweg, hatten stark an Fahrt aufgenommen, die Möwen kreischten, als schrien sie um Hilfe, damit man sie vor dem Tempo da oben rettete.

Als Mamma Carlotta sich wieder gerade hinsetzte und erneut Lucias Grabstein betrachtete, nahm sie mit einem Mal eine Bewegung wahr. Hinter einer breiten Gruft mit einem monumentalen Grabstein, in den die Namen mehrerer Generationen eingemeißelt waren, verbarg sich jemand. Oder war es ein Tier gewesen?

Sie machte Richard darauf aufmerksam, aber dem war nichts aufgefallen. »Vermutlich wieder Pierre Thom«, meinte er grinsend. »Haben wir Paparazzi gesehen auf dem Weg hierher?«

Nein, das hatten sie nicht. Mamma Carlotta stand auf und machte ein paar Schritte auf die Familiengruft zu, da war sie mit einem Mal ganz sicher, dass sich dort jemand verbarg. »Chi è?«, fragte sie vorsichtig und machte zwei weitere Schritte. Sie blickte sich zu Richard um, der sich nun auch erhob und an ihre Seite trat. Fifi wurde nervös, winselte leise, zerrte aber nicht an der Leine, sondern blieb an ihrer Seite. Gemeinsam schlichen sie voran, Schritt für Schritt. Mamma

Carlotta griff nach Richards Hand, als sie ein Rascheln hörten, ein Kratzen und Schaben.

»Kommen Sie raus!«, rief Richard nun. »Warum verstecken Sie sich?«

Als das Gesicht von Georg Lang zum Vorschein kam, atmeten sie beide erleichtert auf. »Sie sind das!«

Er richtete sich auf und klopfte sich die Hose sauber. »Entschuldigung. Ich hätte das Tierheim nicht verlassen sollen. Da lauern mir immer noch Leute auf, die mich für den Schafripper halten. Ich hatte meine liebe Mühe, ihnen zu entkommen.«

Mamma Carlotta schüttelte den Kopf. »Wie schrecklich! Sie sollten nicht draußen herumlaufen, solange die Lage so …«

»… so angespannt ist«, half Richard aus.

»Sì. Besser, Sie bleiben zu Hause, bis sich alles aufgeklärt hat.«

Georg seufzte. »Sie haben recht. Das war ein Fehler. Ich dachte, sie sehen mich nicht. Ich bin hinten hinaus, über einen Wirtschaftsweg, den keiner kennt.«

Fifi lief Georg Lang um die Beine, als wollte er ihn trösten, und Mamma Carlotta bemühte sich um einen herzlichen Tonfall. »Mein Schwiegersohn tut sein Bestes, Sie von dem Verdacht reinzuwaschen, aber wenn die Leute erst mal etwas glauben, dann ist es schwer, sie wieder davon abzubringen.«

Georg Lang nickte und folgte den beiden zu der Bank. »Sehr peinlich«, murmelte er. »Wofür mögen Sie mich halten?«

Mamma Carlotta beruhigte ihn. »Wir haben gesehen, wie die Leute gestern Abend Steine und Brandfackeln geworfen haben. Kein Wunder, dass Sie Angst haben.«

»Aber Sie hätten wirklich im Haus bleiben müssen«, mahnte Richard noch einmal.

Georg Lang sah sehr zerknirscht aus. »Ich musste mal raus. Ich fühlte mich eingesperrt.«

Mamma Carlotta beruhigte ihn. »Wir werden dafür sorgen, dass Sie ungesehen wieder ins Tierheim kommen.« Sie wechselte mit Richard einen Blick und lächelte leicht. »Wir beide kennen einen Weg, auf dem Sie nicht gesehen werden.«

Ein Martinshorn war zu hören, ein Polizeiwagen fuhr mit hoher Geschwindigkeit den Wenningstedter Weg entlang. Dann noch einer, ebenfalls mit diesem gellenden Signal, das bei jedem noch so Unbeteiligten für Gänsehaut sorgte.

»Fahren die zum Tierheim?«, fragte Mamma Carlotta und lauschte. Ja, das Martinshorn schwieg nun still, die Polizeiwagen schienen an ihrem Ziel angekommen zu sein. »Vielleicht auch zur Norddörferhalle. Oder zum Inselzirkus.«

Richard stand auf. »Ich schau mal, ob die Kirche geöffnet ist.« Er drückte Mamma Carlotta Fifis Leine in die Hand und lächelte Georg an. »Wir bringen Sie dann gleich gemeinsam ins Tierheim zurück. Da soll mal einer es wagen, Sie anzugreifen!« Er hob den rechten angewinkelten Arm, als wollte er seine Oberarmmuskeln zeigen. »Carlotta hat außerdem gute Kontakte zur Polizei«, ergänzte er grinsend. »Sollte es Schwierigkeiten geben, bekommen wir im Nu Hilfe.« Er wandte sich zum Ausgang und ging auf die Kirche zu. Fifi schickte ihm einen sehnsüchtigen Blick nach und begann zu winseln. Richard machte kehrt und holte sich seine Leine. »Na gut, du Racker. Ich hoffe, Hunde dürfen in die Kirche.«

Mamma Carlotta lehnte sich zurück, lächelte Richard und Fifi nach und bemühte sich um eine ruhige und zuversichtliche Stimme, während sie mit Georg Lang sprach. »Hier passiert nichts. Anscheinend sind Sie diese Idioten losgeworden.«

Georg Lang nickte schweigend, aber er blieb unruhig. Seine Beine bewegten sich ständig, seine Hände zuckten. Hatte er solche Angst vor einem Angriff? Carlotta wäre es mit einem Mal lieber gewesen, wenn Richard bei ihr geblieben wäre.

Hoffentlich war die Kirche verschlossen, und er kam bald zurück. Georg Lang wurde ihr unheimlich.

Carlotta versuchte weiter, ihn zu beruhigen, um sich selbst zu beruhigen. »Wer uns hier bemerkt, hält uns für Mutter und Sohn.« Sie lachte künstlich. »Wer den vermeintlichen Schafripper sucht, wird über uns hinwegsehen.«

Er reagierte nicht auf ihre Worte, blieb kerzengerade sitzen, veränderte seine Körperhaltung nicht, schaffte es aber nicht, Beine und Hände ruhig zu halten. Und dann waren mit einem Mal laute Stimmen zu hören, eilige Schritte, laute Rufe. »Hier irgendwo!«

Georg Lang sprang auf und sah sich hektisch nach einem Versteck um. »Ich muss hier weg.«

Mamma Carlotta erhob sich langsam, um ihm zu zeigen, dass er ruhig bleiben könne, dass ihm nichts passieren werde. Dann sah sie, wer den Weg entlangkam, der zum Friedhof führte. Zwei Männer und zwei Frauen, beide in Polizeiuniformen.

»Da ist er!«

Mamma Carlotta lächelte. »Na sehen Sie! Die Polizei ist da. Alles wird gut.«

Sie wollte den Beamten zuwinken, damit sie wussten, wo Georg Lang zu finden war, aber im selben Momente spürte sie das spitze Metall an ihrem Hals. Sie wurde von hinten umklammert, damit sie sich nicht bewegen konnte, das Messer drang in ihre Haut ein, sie spürte, wie das Blut an ihrem Hals hinablief.

84

Erik stand bewegungslos da. Was, um Himmels willen, war geschehen? Er starrte Tilla an, die genauso entgeistert dreinblickte, und dann Sören, der von einem Bein aufs andere trat, als wollte er gern selbst die Verfolgung aufnehmen. Aber Erik hatte ihn zurückgehalten. Das sollten die Streifenbeamten machen. Sie waren motorisiert und hatten eine größere Chance.

Der Schrei war völlig unerwartet gekommen. So laut, so grell, so verzweifelt, dass sie alle entsetzt zusammengefahren waren und Georg Lang anstarrten, ohne zunächst etwas zu verstehen. Natürlich war es für ihn überraschend gekommen, durchaus begreiflich, dass er erschüttert und sogar verunsichert war. Aber eine derartige Fassungslosigkeit? Eine Betroffenheit wie ein Nervenzusammenbruch. Grausen, Verwirrtheit, Angst und Bestürzung, alles gleichzeitig. Rüdiger hatte seinen Sohn vorher um Verständnis gebeten, hatte ihn darauf vorbereitet, dass er nun etwas erfahren musste, das ihn vielleicht aus dem Gleichgewicht brachte, etwas, das seine Welt auf den Kopf stellte. »Deine Mutter wollte dir von Anfang an die Wahrheit sagen, aber ich ...« Er stockte und schüttelte traurig den Kopf. »Du solltest mein Sohn sein. Nicht mein Adoptivsohn. Klar, irgendwann musstest du es erfahren, aber ich habe es von Jahr zu Jahr hinausgezögert.«

»Adoptivsohn?«, hatte Georg verständnislos gefragt. »Wie meinst du das?«

»Wir erfuhren ziemlich bald nach unserer Hochzeit, dass wir keine Kinder bekommen konnten«, berichtete Rüdiger Lang. »Also beschlossen wir, ein Baby zu adoptieren. Aber das war nicht so leicht, wie wir gedacht hatten. Wir wollten ein Neugeborenes, kein Kind, das schon durch eine Zeit im Heim geprägt war. Und wir wollten ein europäisches Baby, nicht eins, dem sofort anzusehen war, dass es nicht unser leibliches Kind war. Wir wollten das, was die meisten anderen auch wollen, die ein Kind adoptieren möchten. Und wir warteten von Jahr zu Jahr vergeblich. Ja, und dann ...« Er schwieg. Wie jemand, der ein Geständnis ablegte, sah er seinen Sohn an, als wollte er fragen, ob er es wirklich aussprechen müsse, ob er nicht schon wisse, worauf es hinauslief.

Aber Georg starrte ihn nur an, mit halb offenem Mund. Er schien überhaupt nichts zu verstehen. Dann sah Rüdiger Lang von Erik zur Staatsanwältin und zu Sören. Hatten sie begriffen, was er sagen wollte? In Erik kroch eine Erkenntnis hoch, eiskalt, klirrend, wenn sie hörbar gewesen wäre.

»Dann wurde Brigitte schwanger«, fuhr Rüdiger Lang nun sehr leise fort. »Ungewollt. Und sie hatte nicht die Absicht, das Kind zu behalten. Das war unsere Chance. Wir konnten ein Kind bekommen, das sogar meine Gene hatte, das mit mir verwandt war. Ein Wink des Himmels! Aber natürlich bekamen wir es nicht umsonst. Du kennst ja Brigitte, Georg, von ihr gab es nie was umsonst ...«

Der blendend aussehende Georg Lang bot nun keinen schönen Anblick mehr. Sein Mund verzerrte sich, der Schweiß brach ihm aus, seine Augen blickten irre, rasten durch den Raum, zuckten nach hier und dort. Erik wurde an Klaus Kinski erinnert, der seine Rollen so gespielt hatte, wie Georg Lang jetzt aussah. Wie ein Mann, der gerade den Verstand verlor.

»Sie war meine Mutter?«, stieß er hervor. »Meine ... Mutter!«
Und dann dieser Schrei!

Erik, Sören und Tilla waren hinausgelaufen, als Georg Lang plötzlich aufgesprungen und aus dem Haus gestürzt war. So schnell, so unerwartet, dass sie wertvolle Zeit verloren, bis sie sich von ihrem Schreck erholt hatten und zu einer Reaktion fähig waren. Als Sören, der als Erster reagierte, die Tür aufriss, verschwand Georg Lang gerade hinter den Pferdeställen. Er wollte also über den Wirtschaftsweg flüchten. Warum wollte er überhaupt flüchten?

Erik hielt Sören zurück, der ihm folgen wollte. Er lief zum Eingangstor und verständigte die Kollegen, die dort Wache hielten. Als sie in die Polizeiautos sprangen und losrasten, hörten die Demonstranten auf, Georg Lang durch das rhythmische Rufen seines Namens aus der Fassung zu bringen. Sie starrten den Polizeiwagen hinterher, nur vereinzelt war noch ein Ruf zu vernehmen, nach und nach kehrte Unsicherheit ein. Was war los? Dieser Frage stand in allen Gesichtern. Die Ersten machten nun kehrt und zogen sich zurück.

Ein großer, breiter Kerl schrie »Sturm!« und rannte auf das Tor zu, hinter dem Mattes erschien und klarmachte, dass niemand an ihm vorkommen würde. »Wir stürmen die Bude!«, schrie der Kerl noch einmal und drohte Mattes mit erhobener Faust.

Doch er erhielt keine Gefolgschaft. Dass die Polizei das Tierheim nun nicht mehr bewachte, kam niemandem wie eine gute Gelegenheit vor. Vielmehr schien keiner mehr daran zu glauben, dass ihre Aktion zu einem Erfolg führen könne. Auf welchen Erfolg hatten sie gehofft? Vielen wurde womöglich in diesem Moment klar, dass sie gar nicht auf eine Gegenüberstellung mit Georg Lang gewartet und nie damit gerechnet hatten. Nun wussten sie nicht einmal mehr, wie sie damit umgehen sollten, wenn wirklich eine Konfrontation mit ihm möglich gewesen wäre. Alle hatten sie nur mit ihrem Geschrei darauf aufmerksam machen wollen, dass im Tierheim ein Mann arbeitete, der woanders den Tieren etwas Schreckliches antat. Nun war niemand mehr sicher, ob sie einem solchen Mann überhaupt Auge in Auge, ohne Polizeischutz, gegenüberstehen wollten. Einer nach dem anderen zog sich zurück, einige gingen zu ihren Fahrrädern, andere setzten sich in ihre Autos und fuhren davon, wenige machten sich zu Fuß auf den Rückweg. Zurück blieben nur eine Handvoll, die die Köpfe zusammensteckten und darüber mutmaßten, warum die Polizei so schlagartig abgezogen worden war und was wichtiger sein mochte, als für Georg Langs Sicherheit zu sorgen.

Erik stand in der Haustür und sah dem Aufbruch der Demonstranten zu. Tilla erschien neben ihm und schob ihre Hand in seine. »Er kann einem ja beinahe leidtun.«

Erik schwieg eine ganze Weile. Dann sagte er: »Er muss irgendwie mitbekommen haben, dass der leibliche Sohn von

Brigitte Lichter Alleinerbe werden sollte. Dass er selbst ...«
Erik war jetzt derart erschüttert, dass er den Satz nicht zu Ende brachte.

Ariane Malak trat hinter sie. »Kann mir einer von Ihnen erklären, was mit Georg los ist?«

Erik drehte sich sehr langsam um und sah Ariane bekümmert an. »Ja, das können wir wohl.« Er ging aufs Haus zu, in dem auch Rüdiger Lang auf eine Erklärung wartete. Er mit heftigen Schuldgefühlen, weil er seinen Sohn bisher im Unklaren gelassen hatte. Noch glaubte er, nur die Tatsache, dass Georg so spät aufgeklärt worden war, habe zu seinem Ausbruch geführt. Von der eigentlichen Tragödie musste er noch erfahren ...

Eriks Handy läutete, bevor er ins Haus zurückkehren konnte. Einer der Beamten rief an, der kurz vorher vor dem Tierheim gestanden hatte. Seine Stimme klang atemlos. »Wir haben ihn.«

Erik fiel ein Stein vom Herzen. »Das ist gut.«

»Nicht so gut, wie Sie denken«, kam es zurück. »Er hat eine Geisel genommen.«

85

Sie musste sich drängen, schieben und stoßen lassen, machte sich so steif wie möglich, ging nur einen Schritt, wenn sie dazu gezwungen wurde, und wehrte sich gegen jede Bewegung, zu der er sie nötigte. »Weiter! Weiter!«

»Warum tun Sie das?«, fragte Mamma Carlotta verzweifelt. »Sie sind nicht der Schafripper. Das ist bewiesen. Sie brauchen sich keine Sorgen zu machen.«

Er stieß in ihre Kniekehlen, sodass sie vorwärtstaumelte und beinahe zu Fall gekommen wäre. Madonna! Was war nur in ihn gefahren?

Als sie wieder fest auf den Beinen stand, sagte sie: »Tiere

sind vor dem Gesetz Gegenstände. Ich finde das nicht gut, aber so ist es nun mal. Ihre Strafe wird also milde ausfallen. Was Sie jetzt tun ... das hier, mit mir ... das nennt man wohl ... Geiselnahme. Das ist ganz, ganz schlimm.«

»Hören Sie auf zu sabbeln«, zischte Georg Lang ihr ins Ohr. »Ich bin nicht der Schafripper.«

»Aber warum ...?« Mamma Carlotta wusste nicht mehr weiter. Was war mit dem freundlichen Georg Lang geschehen? Was hatte er vor? Was wollte er von ihr?

Er hatte sie nun bis zum Eingangstor des Friedhofs getrieben, ohne es zu öffnen. Dort lockerte er seinen Griff. »Stehen bleiben!«

Sie waren auf Hörweite zu den Polizisten angekommen. Einer richtete die Waffe auf ihn, der andere zeigte mit beruhigenden Gesten, dass Georg Lang sich nicht zu unüberlegten Handlungen hinreißen lassen sollte.

»Die Knarre runter!«, rief er.

Der Polizist ließ die Hand sinken, sah seinen Kollegen unsicher an und steckte die Pistole dann zurück in sein Holster.

Mamma Carlotta spürte wieder die Messerspitze an ihrem Hals, der Druck verstärkte sich. Dino, hilf mir! Lucia, steh mir bei! Verzweifelt betete sie, aber eigentlich ohne Hoffnung, dass sie erhört wurde. Es war zu einfach, Hilfe in einem Gebet und bei denen zu suchen, die nur noch in der Erinnerung bei ihr waren. Sie musste handeln, etwas tun, selbst dafür sorgen, dass sie gerettet wurde.

Vorsichtig sah sie sich um. Gab es niemanden, der ihr helfen konnte? Ein anderer Friedhofsbesucher, der den Mut hatte, Georg Lang von hinten zu überwältigen? Nein, natürlich nicht. Sie sah in einiger Entfernung einen alten Mann, der sich entsetzt auf einen Grabstein stützte, und eine Frau in ihrem Alter, die die Hände vor den Mund geschlagen hatte. Keiner von ihnen würde ihr beistehen können.

Doch dann fiel ihr eine huschende Bewegung auf. Im rechten Augenwinkel hatte sie es sehen können. Jemand versteckte sich hinter einem Grabstein, sprang zum nächsten, duckte sich, zeigte sich kurz und verschwand wieder. Jemand, auf dessen Hilfe sie hoffen konnte?

Sie versuchte, den Kopf zu drehen, um mehr erkennen zu können, aber gleich verstärkte sich der Druck der Messerspitze. »Still!«, herrschte Georg Lang sie an.

»Ganz ruhig!«, hörte sie einen der Polizisten sagen. »Lassen Sie die Frau gehen. Wir können über alles reden.«

»Was für ein Blödsinn!«, stieß Georg Lang hervor. »Sie schicken mir jetzt ein Auto und sorgen dafür, dass ich ungeschoren von der Insel komme. Verstanden?«

Mamma Carlotta war es unmöglich, auf das Gespräch des Polizisten mit Georg Lang zu achten. Sie konzentrierte sich ausschließlich auf das, was sie im Augenwinkel wahrnahm. Auf die Bewegungen, die sie erkennen konnte. Ein junger Mensch musste es sein. Er sprang zu einem Baum, versteckte sich dahinter, sprang zum nächsten. In Mamma Carlottas Herzen keimte Hoffnung. Dass er dafür sorgte, nicht gesehen, nicht bemerkt zu werden, konnte nur einen Grund haben: Er wollte ihr helfen.

»Es ist sinnlos«, sagte der Polizist. »Sie werden nicht weit kommen. Geben Sie auf.«

Dann hörte sie ein winziges, aber regelmäßiges Geräusch. Klick! Klick-klick-klick! Eine Kamera?

Georg Lang hatte nichts gehört, er stand unter noch größerem Stress als Mamma Carlotta. Er schwitzte, sein Körper bebte, das Messer an ihrem Hals zitterte.

Klick-klick!

Wieder sah sie die Bewegung, erahnte sie eher, spürte sie. Und nun konnte sie in den Gesichtern der beiden alten Leute wie in einem Spiegel sehen, was geschah. Sie hatten den jungen Mann auch bemerkt und starrten in seine Richtung. Die Frau nahm die Hände von ihrem Mund, der alte Mann richtete sich auf und blickte ungläubig zu dem jungen Mann. Der wagte sich nun aus der Deckung, ließ sich blicken. Sich ... und seine Kamera.

Ein Auto näherte sich, sehr schnell, und stoppte mit kreischenden Bremsen. Sören sprang als Erster heraus, Erik und Tilla folgten. Erik wollte zu dem Polizisten laufen, der das Gespräch mit dem Geiselnehmer aufgenommen hatte, dann stockte er mitten in der Bewegung. Genau wie Tilla und Sören starrte er fassungslos auf seine Schwiegermutter. Seine Lippen bewegten sich, er sagte etwas, aber Mamma Carlotta konnte es nicht verstehen.

Klick-klick!

Maximilian Witt hatte nur Augen und Ohren für Georg Lang und Mamma Carlotta. Er hatte sich jetzt weiter hervorgewagt, war zu der Überzeugung gekommen, dass ihm keine Gefahr drohte. Der Geiselnehmer hatte genug damit zu tun, seine Geisel in Schach zu halten und die Verhandlungen mit der Polizei zu führen. Ob er dabei fotografiert wurde, war ihm gleichgültig. Maximilian nahm sie aus allen Perspektiven auf.

Georg Lang hatte ihn nun auch gesehen und warf ihm einen unruhigen Blick zu. »Hauen Sie ab.«

Klick-klick.

Maximilian Witt zog sich tatsächlich zurück und fotografierte jetzt die Polizisten, die die Verhandlung führten. Erik trat einen Schritt vor und versuchte, mit ruhigen Worten auf Georg Lang einzuwirken. Ob dieser wusste, dass er die Schwiegermutter des leitenden Ermittlers in seiner Gewalt hatte?

Klick-klick.

Nun sah sie Richard angelaufen kommen, Fifi an seiner Seite, der fröhlich an seine Beine sprang, weil er das Ganze für ein wunderbares Spiel hielt. Frau Kemmertöns war noch nie so schnell mit ihm gelaufen. Und scheinbar hatte sie ihn auch noch nie Stöckchen apportieren lassen. Richard hatte mehrere kleine Zweige aufgesammelt und warf sie so weit weg wie möglich. Fifi sprang ihnen voller Begeisterung nach, wenn er es auch noch nicht schaffte, sie zurückzubringen. Das musste er noch lernen.

Wieder warf Richard ein Stöckchen ... da erst merkte er, was los war. Er war fassungslos, als er sah, was in der Zwischenzeit, während er vergeblich an der Tür der Friesenkapelle gerüttelt hatte, geschehen war. »Carlotta!«, schrie er.

Klick-klick.

Fifi war beleidigt, als Richard von einem Polizisten angehalten wurde. Er ließ den Blick nicht von Richard und wollte ihm zeigen, wie viel Spaß ihm die Jagd nach den Stöckchen gemacht hatte und dass man das unbedingt so weitermachen sollte.

Mit einem Mal kam Carlotta der Gedanke, dass Maximilian Witt das Fotografieren als Vorwand nahm, um sich ihnen zu nähern. Georg Lang kümmerte sich bereits nicht mehr um ihn, sah nur zu Erik, konzentrierte sich voll und ganz auf das, was die Polizei tat, ließ Maximilian Witt links liegen. Hatte der Journalist einen raffinierten Plan im Sinn?

»Es wird doch alles nur noch schlimmer«, begann Erik. »Eine Flucht wird Ihnen niemals gelingen, Herr Lang, ob mit oder ohne Geisel.«

Nun hatte Maximilian Witt offenbar genug Fotomaterial gesammelt. Er zog sich zurück. Vermutlich in eine ruhige Ecke, wo er auf den Höhepunkt des Dramas warten konnte, um dann erneut rechtzeitig auf den Auslöser drücken zu können. Dieser Mistkerl! Mamma Carlotta bedachte ihn heimlich mit allen Schimpfwörtern, die ihr einfielen. Von dem hatte sie Hilfe erwartet? Der dachte nur an ein gutes Foto, das er der Presse verkaufen konnte.

Erik trat auf das Friedhofstor zu. »Lassen Sie mich reinkommen. Wir können über alles reden.«

Georg Langs Stimme wurde schrill, das Messer bohrte sich

in Mamma Carlottas Hals. Sie schrie auf und spürte erneut das Blut, das ihren Hals hinablief.

Erik erschrak, trat mehrere Schritte zurück und hob die Hände. »Alles gut, alles so, wie Sie es wollen. Ich komme Ihnen keinen Schritt näher, wenn Sie das nicht möchten.«

Richard war verschwunden. Mamma Carlotta nahm es trotz ihrer Angst wahr. Auch Fifi war nicht zu sehen. Wo waren die beiden geblieben? Sie konnte den Kopf nicht drehen, nur versuchen, ihre Augen so weit wie möglich nach links und rechts zu bewegen. Während Erik weiter auf Georg Lang einredete und ihn zu überzeugen versuchte, aufzugeben und sich der Polizei zu stellen, versuchte sie, sich millimeterweise von dem Messer, das sie bedrohte, zu entfernen, den Abstand ein wenig zu vergrößern. Sie wechselte den Fuß, woraufhin der Druck des Messers erneut geringer wurde. Georg Lang merkte nicht, dass sie sich heimlich von ihm entfernte, wenn auch nur ein, zwei Zentimeter. Dass Richard nicht mehr zu sehen war, musste seinen Grund haben.

Die Straße vor dem Friedhofstor war mittlerweile abgesperrt worden. Fahrradfahrer waren abgestiegen und schauten mit langen Hälsen herüber, Autofahrer hatten gewendet und sich einen anderen Weg gesucht. Das Quaken der Enten kam vom Dorfteich herüber, alle anderen Geräusche waren weit entfernt. Mamma Carlotta fühlte sich wie auf einer Insel, die vom Festland, auf dem Lärm und Lebendigkeit herrschten, abgeschnitten war.

»Ich verstehe Sie«, behauptete Erik. »Es muss schwer für Sie sein. Was Sie gerade erfahren haben, haut jeden um.«

Nun stieß Georg Lang tatsächlich ein paar Worte aus: »Sie war meine Mutter. Und ich habe sie …« Mamma Carlotta konnte spüren, wie sein Körper sich sträubte, wie er hart wurde, sich versteinerte. Er schaffte es nicht, das schreckliche Wort auszusprechen. »Ich dachte …« Er brach ab.

Erik versuchte, das Gespräch in Gang zu halten. »Sie haben

gedacht, Sie würden leer ausgehen. Und das nach all den Jahren, in denen Sie Brigitte Lichter geholfen haben.«

»Ariane auch.« Georg Lang war nun nur noch auf das Gespräch mit Erik fokussiert. Mamma Carlotta merkte, wie sich sein Griff lockerte. »Aber ich ... ich hätte nur ...«

Er begann zu zittern, Mamma Carlotta spürte, dass er die Tränen zurückdrängte. Das leise Schluchzen in ihrem Rücken war nur für sie zu hören.

In diesem Moment traf sie etwas. Kein Stein, etwas Leichtes, dessen Aufprall kaum zu spüren war. Und noch einmal! Ein Stock, ein kleiner Zweig, schwer genug, dass er geworfen werden konnte, zu leicht, um jemanden zu verletzen. Und dann ein Angriff von hinten! So mochte es Georg Lang vorkommen. Mamma Carlotta dagegen begriff im selben Augenblick, dass es kein Angriff war, dass sie von reiner Freude angesprungen wurde. Fifi hatte gelernt, einem Stöckchen nachzuspringen, das Richard geworfen hatte. Und wenn es in den Rücken von Mamma Carlotta fiel, die er gut kannte, dann wollte er es eben von Mamma Carlottas Rücken zurückholen.

Georg Lang schrak zusammen, machte einen Schritt zur Seite, ließ seine Geisel los ...

86 Die Stimmung war gedrückt, als sie den Hochkamp entlanggingen. Der Himmel war grau, das gute Spätsommerwetter schien zu Ende zu gehen, der Wind kündigte den Herbst an. Ein Westwind, der so kalt war, als wäre er übers Meer gekommen. Die Luft war noch lau, aber der Wind stach auf sie ein, schlug eiskalte Breschen hinein und würde vermutlich schon am nächsten Tag die Wärme verdrängt und die Insel erobert haben.

Erik hatte einen Tisch im Restaurant des Hotels Horizont bestellt. Er wollte dem Hotelbesitzer zeigen, dass die Familie

Wolf sich dem Hotel verbunden fühlte, dass Carolins Vater nicht damit rechnete, dass seine Tochter die Kündigung erhalten würde. Wenn Gravenaar es wagte, Carolin vor die Tür zu setzen, dann sollte es ihm wenigstens peinlich sein, nachdem er ihrem Vater an diesem Abend eine große Rechnung präsentiert hatte.

Fietje Tiensch kam ihnen entgegen, warf ihnen einen flüchtigen Blick zu und schaute dann wieder auf seine Füße, wie es seine Art war.

»Moin, Herr Tiensch«, rief Erik ihm zu, aber der Strandwärter reagierte nicht. Er ging auf die Tür von Käptens Kajüte zu, als hätte er Erik nicht gehört.

Damit war dessen Reservoir an Heiterkeit bereits erschöpft. Sören machte eine spöttische Bemerkung über Fietje Tiensch, Tilla lachte darüber, dass er als inselbekannter Spanner galt, Felix' Bemerkung verstand Erik nicht. Er warf seiner Schwiegermutter einen Blick zu, die an diesem Abend ruhiger war als sonst. Kein Wunder, sie hatte ein schlimmes Erlebnis hinter sich. Eine Geiselnahme war weiß Gott kein Pappenstiel. Wenn sie auch eine robuste Natur besaß und sich so schnell nicht unterkriegen ließ, würde er doch darauf achten müssen, dass sie an diesem Abend zur Ruhe kam und vielleicht eine Gelegenheit erhielt, über ihr schreckliches Erlebnis zu sprechen. Deswegen hatte er abgelehnt, als Mamma Carlotta sich überlegte, was sie am Abend kochen wollte, sondern darauf bestanden, auswärts zu essen. Sie sollte sich an einen gedeckten Tisch setzen können und sich bedienen lassen. In diesen Genuss kam sie ja viel zu selten. Erik schüttelte unbemerkt den Kopf. Wahnsinn, wie sie reagiert hatte! Den winzigen Augenblick, in dem Georg Lang abgelenkt gewesen war, hatte sie genutzt. Als Fifi sie angesprungen hatte, als Georg Lang sich erschrak, als er sich umblickte, nicht mehr auf den Druck des Messers geachtet hatte ... war seine Schwiegermutter unter seinem Arm weggetaucht und hatte sich davongemacht.

Sie war schon drei, vier Schritte weit gekommen, als Georg Lang merkte, was geschehen war.

Sören winkte einem entgegenkommenden jungen Mann einen Gruß zu und erzählte, als er außer Hörweite war, von dessen Hobby, dem Armstricken. Natürlich hatte bisher niemand davon gehört, und Sören erklärte, dass beim Armstricken die Arme die Funktion der Stricknadeln bekamen, die Wolle also sehr dick sein müsse, weil die Maschen entsprechend groß wurden. »Seine Freundin hat immer Angst, dass er sich selbst in die Wolle verstrickt und sie dann eine Beziehung zu einem Schal hat.«

Tilla und Felix lachten, Mamma Carlotta lächelte, als hätte sie nicht richtig zugehört, für Erik gab es an diesem Tag nichts mehr, worüber er sich amüsieren konnte. Er hatte Mühe, seine Gefühle zu sortieren. Sowenig Verständnis er für einen Mörder aufbrachte, so sehr ging ihm doch die besondere Tragik zu Herzen, die Georg Lang zum Verbrecher gemacht und Brigitte Lichter das Leben gekostet hatte. Hätte Rüdiger Lang seinem Sohn von Anfang an die Wahrheit gesagt, wie seine Frau es gewollt hatte, wäre Georg nicht zum Mörder geworden. Dass er selbst der Sohn war, der zum Alleinerben gemacht werden sollte, hätte ihn beinahe in den Wahnsinn getrieben. Erik hatte tatsächlich an ein Delirium gedacht, als Georg Lang wie ein Irrer abwechselnd schrie und lachte. Am Ende hatte er gebrüllt, als er in die Gefängniszelle des Polizeireviers gesperrt wurde, und ungefähr eine Stunde nicht mehr damit aufgehört. Es hatte lange gedauert, bis es möglich war, ihn zu verhören. Seine Verzweiflung war da noch die gleiche, er war nur zu schwach gewesen, um sie zu zeigen. Dennoch hatte er ein umfassendes Geständnis abgelegt.

Zufällig hatte er das Telefongespräch belauscht, das Brigitte Lichter mit Nils Gabelbart geführt hatte. Ihr leiblicher Sohn sollte alles erben, was sie besaß. Ein Fremder sollte alles bekommen, was Georg und Ariane versprochen worden war?

Der Hass war so groß gewesen, dass Georg nicht lange gezögert hatte. Die Gelegenheit war ihm günstig erschienen, er hatte sich sogar eingeredet, dass das Schicksal ihm zeigen wollte, was er zu tun hatte. Brigitte Lichter hatte auf ihrer Bank gesessen, vor sich hin gedöst, sich dem Halbschlaf genähert und nicht gehört, dass Georg hinter sie trat ...

»Es war ganz leicht«, hatte er mit einer Kälte gesagt, die Erik erschauern ließ. »Der Stein war schwer, sie fiel vornüber und rührte sich nicht mehr.« Er starrte vor sich hin, schien plötzlich mit sich selbst allein zu sein, während er ergänzte: »Der Zeitpunkt war günstig. Ich war davon überzeugt, dass Sie den Schafripper in Verdacht haben würden.«

Dann war er zu seinem Abendspaziergang aufgebrochen, den er fast täglich unternahm. Später aber hatte er dann feststellen müssen, dass er nicht allein gewesen war. Drei Personen, die des Nachts im Tierheim nun wirklich nichts zu suchen hatten, waren auf die Leiche gestoßen. »Zwei dicke Frauen und ein Mann, ebenfalls im Rentenalter. Ich habe gesehen, wie sie vor der Leiche standen und dann weggerannt sind.«

Erik hatte ihn ungläubig angesehen. »Drei alte Leute?«

»Eine von denen war diese Italienerin, die ich gerade ... also, die mir ...« Ihm fielen die rechten Worte nicht ein, die einerseits klar ausdrückten, was er der Italienerin angetan hatte, aber andererseits zeigten, dass es ihm leidtat.

»Das war meine Schwiegermutter.« Erik hätte sich gern zu einem süffisanten Lächeln durchgerungen, aber es gelang ihm nicht.

Georg Lang starrte ihn verblüfft an, dann ging sein Blick zu Sören, als erwartete er dort eine Korrektur. »Ihre Schwiegermutter?«, wiederholte er leise. »Dann wissen Sie vielleicht, was sie in der Nacht im Tierheim gesucht hat?«

»Das muss jemand anders gewesen sein«, antwortet Erik sehr bestimmt. »Meine Schwiegermutter war ganz sicher nicht nachts im Tierheim.«

Georg Lang sprach nun so leise, als wäre er unsicher geworden. »Sie war später noch mal da. Der Mann ... der, der Brigitte weggeschafft hat, der hat gemerkt, dass er beobachtet worden ist. Der war es auch, der das Feuer im Schuppen gelegt hat, als die drei da drin waren.«

Erik strich sich den Schnauzer glatt. »Die drei alten Leute? Die zwei dicken Frauen und der Rentner?« Erik hätte ihm am liebsten einen Vogel gezeigt. »Wem so was angetan wird, der geht zur Polizei.«

Sie hatten das Verhör bald abgebrochen, Georg Lang war geständig, der Mörder von Brigitte Lichter gefasst. Günter Sack würden sie sich am nächsten Tag noch einmal vornehmen. Wenn er auch nicht der Mörder von Brigitte Lang war, so blieb immer noch der versuchte Mord, wenn die Beobachtung von Georg Lang stimmte.

Nun waren sie vor dem Hotel Horizont angekommen. In der Nähe des Eingangs trieben sich ein paar junge Männer herum, die leicht als Paparazzi zu erkennen waren. Sie spielten mit ihren Kameras, unterhielten sich lachend, wurden aber sofort sehr aufmerksam, sobald jemand in der Tür des Hotels erschien. Einer von ihnen war Maximilian Witt. Erik war froh, dass er ihm den Rücken zudrehte, als er ihn erkannte. Von da an sah Erik über ihn hinweg, er wollte nicht zu einem Gruß gezwungen werden. Hoffentlich reiste Pierre Thom bald wieder ab, dann würde auch Maximilian Witt verschwinden!

Erik blieb vor dem Eingang stehen, sah in den Himmel, blickte einer Möwe nach und schüttelte dann sehr langsam den Kopf, um den Gedanken an seine Tochter und diesen unangenehmen jungen Mann loszuwerden. »Was mögen das für Leute gewesen sein?«

Tilla und Sören wussten sofort, wovon er sprach. »Wo kein Kläger ist, ist auch kein Richter«, entgegnete Sören. »Wenn die drei sich nicht bei uns melden, können wir nicht viel machen. Die haben vermutlich Dreck am Stecken.«

»Und Günter Sack wird natürlich weiterhin abstreiten, dass er das Feuer gelegt hat. Die Sache wird als ungelöster Fall in die Akten wandern.«

Erik sah Mamma Carlotta nach, die mal wieder nicht warten konnte, sondern schon die Lobby betrat, vermutlich, um nach Carolin Ausschau zu halten. »Meine Schwiegermutter«, murmelte er. »Wie kommt der bloß auf diese Idee? Ich traue ihr ja viel zu, aber nachts im Tierheim ... und dann in einem Schuppen, der angezündet wird ...«

»Dummes Zeug«, beschloss auch Tilla und zog Erik mit sich in die Lobby. Von dort ging es ins Restaurant des Hotels Horizont. Die Rezeption war verwaist, Carolin war nicht zu sehen. Erik hatte ihr eine Nachricht aufs Handy gesprochen, sie möge sich im Restaurant einfinden, wo sie alle gemeinsam essen wollten. Aber Carolin hatte ihm keine Antwort geschickt. War sie überhaupt noch im Hotel? Erik stellte mal wieder fest, dass er ihren Dienstplan nicht im Kopf hatte. Genauso wenig wie Felix' Schulzeiten. Das musste anders werden. Wenn Carolin auch volljährig war und Felix sich erwachsen nannte, es waren doch seine Kinder, die sich immer noch in seiner Obhut befanden, also musste er mehr über sie wissen und ihren Tagesablauf kennen.

Ein Page kam mit Gepäck beladen durch eine Tür, die zu den Hotelzimmern führte. Das Gepäck eines Mannes, zu dieser Meinung kam Erik schnell. Kein Beautycase, aber ein Kleidersack, durch den das Revers eines Anzugs schimmerte.

Er blieb stehen und raunte Tilla zu: »Ob Pierre Thom abreist?«

Tilla hatte noch nicht geantwortet, da trat der neue Superstar an die Rezeption. Gravenaar erschien persönlich hinter der hohen Theke und buckelte Pierre Thom entgegen. Er wollte dafür sorgen, dass der prominente Gast nicht von Fotografen belästigt wurde, bedankte sich überschwänglich, dass er sich für das Hotel Horizont entschieden hatte, hoffte, dass er sich wohlgefühlt habe und man ihn bald wieder auf Sylt begrüßen dürfe. Und dann natürlich im Hotel Horizont.

Pierre Thom ließ das Geschwafel ungeduldig über sich ergehen. »Ist das Taxi schon da?«

Gravenaar gab einem Pagen einen Wink, der nachschauen sollte, ob der Wagen vorgefahren war, damit Pierre Thom zügig einsteigen und jeder Belästigung entgehen konnte.

Der Page stieß beinahe mit einer Frau zusammen, die in die Lobby wirbelte. Erik, der sich gerade dem Eingang des Restaurants zugewandt hatte, blieb erneut stehen. Ariane Malak hinterließ eine Spur aus Stalldung und frisch aufgeworfener Erde auf dem Boden der Lobby. Wütend stiefelte sie auf Pierre Thom zu. Der Latz ihrer Arbeitshose hing herab, der linke Träger war heruntergerutscht. Ob ihre Haare an diesem Tag schon Kamm und Bürste gesehen hatten, war schwer zu sagen. »Es stimmt also!« Sie stemmte die Fäuste in die Seiten, als sie vor Pierre Thom angekommen war. »Du reist ab?«

Pierre Thom nestelte nervös am Verschluss seiner Jacke herum und versuchte, über Ariane hinwegzusehen, als sei sie ein lästiger Groupie.

»Ohne dich von mir zu verabschieden?«, fuhr Ariane fort. »Ohne an das zu denken, was du mir versprochen hast?« Ihre Stimme wurde immer lauter. Dass einige Hotelgäste auf sie aufmerksam wurden, schien ihr egal zu sein. »Wenn dieser Fotograf mich nicht angerufen hätte, wäre ich ab morgen telefonisch nicht mehr zu dir durchgedrungen. Wetten?«

Nun ließ Pierre Thom sich doch auf einen Wortwechsel ein. »Was für ein Fotograf?«

»Maximilian Witt! Er hofft vermutlich, dass wir uns draußen, vor der Tür, so richtig in die Wolle kriegen. Hier lässt ihn ja niemand rein. Komm!« Sie nahm seinen Arm. »Lass uns rausgehen. Ich finde, einen fotogenen Krach zwischen uns hat er sich verdient.«

Pierre Thom machte sich heftig von Ariane frei. »Lass mich!«

»Jetzt bin ich dir also nicht mehr gut genug? Tagelang hast du dich bei mir versteckt und dir von mir helfen lassen. Und jetzt verdrückst du dich heimlich?« Sie ging so dicht an ihn heran, dass Pierre Thom an die Theke der Rezeption zurückwich und vermutlich Hals über Kopf geflüchtet wäre, wenn sie ihm nicht den Weg versperrt hätte. »Aber so lasse ich nicht mit mir umspringen. Anscheinend meint jeder, mit der blöden Ariane kann man machen, was man will. Erst Tante Brigitte und jetzt du. Aber ich kann auch anders. Wenn du denkst, ich setze mich in den Pferdestall, verdrücke ein paar Tränchen und mache dann weiter wie bisher, dann hast du dich getäuscht. Eine Karriere ohne mich wird es nicht mehr geben, mein Lieber!« Sie schloss jetzt mit einem verzerrten Lächeln ausdrücklich den Hotelbesitzer mit ein, der entgeistert ihrem Gespräch lauschte. »Ich werde gleich zum Polizeirevier Westerland fahren und dort zu Protokoll geben, dass der falsche Schafripper auf dem Titel des *Inselblatts* steht.« Sie stieß mit dem rechten Zeigefinger an seine Brust. »*Du* bist der Schafripper. *Du!*« Sie stieß ein hässliches Lachen aus. »Ich weiß doch, wie du früher reagiert hast. Immer mit Gewalt, wenn du nicht weiterwusstest. Als ich von dem Schafripper hörte, war mir gleich klar, dass du mal wieder mit Gewalt deine Probleme kompensieren willst. Jenna Brown hat es übrigens auch schnell kapiert.« Ihr Lächeln wurde jetzt überheblich und auf merkwürdige Weise starr und unbeweglich. »Ich bin dir gefolgt. Meinst du, ich hätte nicht gemerkt, dass du dich nachts weggeschlichen hast?« Sie klopfte an die Gesäßtasche ihrer hässlichen Arbeitshose. »Ich habe dich fotografiert, mein Lieber. Hier auf meinem Smartphone sind die Fotos, die dich in ganz Deutschland unmöglich machen werden. Maximilian Witt wird sie gleich bekommen. Zum Dank, weil er mich verständigt hat.«

Sie wollte sich umdrehen und das Hotel verlassen, aber Pierre Thom griff nach ihrem Arm und hielt sie fest. »Ariane ...«

Doch sie ließ ihn nicht zu Wort kommen und befreite sich von ihm. »Ab morgen wird dir keiner mehr zujubeln, Pieter Thomsen. Ab morgen werden die Leute kotzen, wenn sie dich sehen.«

87 Mamma Carlotta saß mit Sören und Felix an dem Tisch, der für die Familie Wolf reserviert worden war, ungeduldig und erwartungsvoll.

»Was ist los?«, fragte sie, kaum dass Erik endlich erschien und auf dem Weg zum Tisch sein Handy wegsteckte. »Und wo ist Tilla?«

Erik berichtete kurz von dem, was er gerade in der Lobby erlebt hatte, und wandte sich an Sören. »Dr. Mikkelsen hatte recht. Ich habe die Kollegen angerufen, die sich mit Tierschutz befassen. Und den Kurdirektor auch. Der weiß gar nicht, wie er damit umgehen soll.«

Mamma Carlotta war fassungslos, obwohl ihr die These nicht neu war. Aber sie wusste, dass sie jetzt fassungslos zu sein hatte, wenn niemand erfahren sollte, was sie belauscht hatte. »Pierre Thom ist der Schafripper? Che terribile!«

Felix behauptete, Pierre Thom wäre ihm von Anfang an komisch vorgekommen, dann fragte er: »Wo bleibt Caro?«

Erik sah auf die Uhr. »Sie weiß, dass wir hier sind. Sicherlich wird sie gleich kommen.«

Aber Felix war nicht so sicher. »Ich habe Maximilian draußen gesehen. Könnte sein, dass sie seine Gesellschaft vorzieht.«

Es versetzte Erik einen Stich, seinen Sohn so reden zu hören. »Immerhin versucht er nicht mehr, in die Lobby zu kommen, um Fotos zu machen«, sagte er und warf einen

Blick zur Eingangstür. »Tilla führt ein Gespräch mit Gravenaar. Der hat tagelang den Schafripper in seinem Hotel beherbergt, ohne es zu merken. Vielleicht kapiert er jetzt, wie schnell man etwas Falsches tun kann, ohne es zu wollen. Tilla meint, sie kann dafür sorgen, dass Gravenaar nicht mehr daran denkt, Caro zu kündigen.«

Auch hier war Felix bei Weitem nicht so optimistisch wie sein Vater, Sören wackelte auch mit dem Kopf, als glaubte er nicht daran.

Doch in diesem Fall lagen beide falsch. Es dauerte gar nicht lange, und Tilla erschien mit einem triumphierenden Lächeln auf dem Gesicht. Sie küsste Eriks Schläfe und zwinkerte Mamma Carlotta zu, als sie sich setzte. »Ich habe Gravenaars Zusage, dass Caro ihre Ausbildung fortsetzen kann.« Leise, nur für Erik bestimmt, fügte sie an: »Zum Glück ist Gravenaar nicht auf die Idee gekommen, dass Maximilian Witt einen Wink von Caro bekommen hat.«

Sören hatte ihre Worte gehört und wollte zu bedenken geben, dass Maximilian Witt auch auf anderen Wegen erfahren haben könnte, dass Pierre abreisen wollte. Aber Tilla ließ ihn gar nicht zu Wort kommen. »Natürlich weiß er es von Caro. Todsicher. Aber Gravenaar hat keine Ahnung, nur darauf kommt es an.«

Erik fiel ein Stein vom Herzen. »Dafür hast du dir Champagner als Aperitif verdient.«

Er winkte nach dem Kellner. Ehe er die Bestellung aufgeben konnte, fragte er in die Runde: »Ob ich für Caro auch schon ein Glas bestellen kann? Sie ist doch immer pünktlich ...«

In diesem Augenblick kam sie ins Restaurant. Sie trug noch ihre Dienstuniform und die Miene zur Schau, die sie sich für Gäste angeeignet hatte, die an allem etwas auszusetzen hatten.

Erik rückte ihren Stuhl zurecht. »Oder willst du dich erst umziehen?«

Carolin blieb stehen. »Gilt die Einladung auch für Maximilian?«

Ohne nachzudenken antwortete Erik: »Nein!«

Die Berührung von Tillas Hand, die Geste seiner Schwiegermutter, beides kam zu spät.

»Dann könnt ihr nicht mit mir rechnen.« Carolin wandte sich an Tilla, ehe Erik nach Luft geschnappt und eine Entgegnung gefunden hatte. »Danke, dass Sie sich für mich eingesetzt haben. Aber das war nicht nötig. Ich habe gekündigt. Ich will hier nicht mehr arbeiten.«

»Was?« Mehr brachte Erik nicht heraus, seiner Schwiegermutter verschlug es sogar gänzlich die Sprache. Und das wollte etwas heißen.

»Ich werde mit Maximilian nach Hamburg gehen. Muss nur noch meine Sachen packen. Maximilians Wohnung ist groß genug. Ich suche mir dann in Hamburg eine Ausbildungsstelle. Maximilian sagt, in seiner Nähe gibt es mehrere Hotels.«

Sie warf einen Blick in jedes Gesicht, in das fassungslose ihres Vaters, in das entsetzte ihrer Großmutter, in das verblüffte ihres Bruders und das vielsagende der Staatsanwältin. Dann drehte sie sich um und verließ das Restaurant. Hoch aufgerichtet, mit durchgedrücktem Kreuz.

88

Es war vorbei mit dem Spätsommer. Der nächste Morgen stand grau vor den Fenstern, der Wind schlich ums Haus, ein feiner Nieselregen versah die Insel mit einem dünnen Schleier. Die Menschen versteckten sich unter Kapuzen und Mützen, liefen geduckt, um sich zu schützen, und schnell, damit sie dem Herbstwetter nicht länger als nötig ausgesetzt waren. Nur an der Wasserkante wanderten einige Touristen entlang, die sich zu Hause vorgenommen hatten, Sylt zu genießen, wie es war, und sich vom Wetter nicht daran hindern zu lassen.

Tove schimpfte, weil seine Einnahmen schlagartig zurückgegangen waren. Die Touristen, die sich in den vergangenen Tagen auf dem Weg zum Strand bei ihm mit Getränken und Süßigkeiten eingedeckt hatten, blieben nun aus, und ihm wurde bewusst, dass die kargen Monate begannen, die Zeit der Wintergäste, die ihren heißen Tee gern in den eigenen Ferienwohnungen tranken. In jedem Jahr schimpfte er zu dieser Zeit heftig, als würde er Jahr für Jahr davon überrascht, dass das Wetter sich änderte, und als hätte er nicht damit rechnen können.

An diesem Morgen schimpfte er noch zorniger als sonst, noch lauter und, je hilfloser er wurde, immer unflätiger. »Hören Sie endlich auf zu flennen! Wenn Sie gute Laune haben, sind Sie ja schon unerträglich, aber so sind Sie gar nicht auszuhalten.«

Fietje war ebenso ratlos wie Tove. »Tja, wo die Liebe hinfällt ...« Mehr fiel ihm zu dem Thema nicht ein.

Tove holte die Rotweinflasche unter der Theke hervor. Zwar wusste er, dass Mamma Carlotta Alkohol zu dieser Tageszeit ablehnte, aber es fiel ihm einfach nichts Besseres ein als der Wein aus Montepulciano. Und dass Carlotta sich nicht wehrte, zeigte ihm, dass es mit ihrer Gemütsverfassung noch schlimmer war, als es den Anschein hatte.

»Sie kennt ihn doch gar nicht richtig«, schluchzte sie. »Was, wenn sie sich geirrt hat?«

»Dann kommt sie eben wieder zurück«, antwortete Tove.

»Aber ihren Job ist sie los«, erinnerte Fietje.

Woraufhin Mamma Carlotta erneut in Tränen ausbrach. Tove war froh, als sich die Tür öffnete und jemand hereinkam, der das Zeug hatte, die Schwiegermutter des Hauptkommissars auf andere Gedanken zu bringen.

Richard Gercke erschrak, als er das Weinglas vor Mamma

Carlotta stehen sah. »Moin! Was ist los?« Dann erschrak er noch einmal, als sie einen so kräftigen Schluck nahm, dass es, als sie es zurückstellte, nur noch halb voll war.

Eigentlich hatte er sich gefreut, sie in Käptens Kajüte vorzufinden, um mit ihr und Tove und Fietje über die Geiselnahme zu reden, die schließlich durch sein beherztes Eingreifen zu einem glimpflichen Ende gekommen war. Es war ihm anzusehen, dass er gern ein wenig Lob und Bewunderung geerntet hätte. Das erhielt er zum Glück von Frau Kemmertöns, die das Gassigehen mit einem Besuch in Käptens Kajüte verbunden hatte und nun zu hören bekam, was sie am Vortag verpasst hatte. Tove und Fietje waren von Richard bereits informiert worden, der nach der glücklich beendeten Geiselnahme bei ihnen vorbeigekommen war, um sich selbst zu feiern.

Blieb aber immer noch die überwältigende und höchst dramatische Neuigkeit, dass Carolin ihre Koffer gepackt hatte und mit Maximilian Witt nach Hamburg gezogen war. Tove war bereit, von dieser Ungeheuerlichkeit zu berichten, da Mamma Carlotta vor lauter Schluchzen und Naseputzen nicht mehr in der Lage war, mehrere verständliche Sätze an einem Stück herauszubringen.

Frau Kemmertöns war zutiefst erschüttert. Dass Pierre Thom der Schafripper war, das Georg Lang seine Tante umgebracht hatte, die sich als seine Mutter entpuppt hatte, das alles war für sie wesentlich leichter zu ertragen als dieses familiäre Drama. Bei den Männern war es genau andersherum. Dass ein junges Mädchen sich in den falschen Mann verguckte und aus dem Elternhaus auszog, hatte für sie einen weitaus geringeren Stellenwert als ein Schlagerstar, der zum Schafripper wurde, ein bis dahin unbescholtener Mann, der seine Mutter umbrachte, und ein anderer, der gern Gunter Sachs ähnlich gewesen wäre und vermutlich versucht hatte, einen Schuppen anzuzünden, in dem drei Menschen festsaßen, die er kurz vorher noch zum Champagner eingeladen hatte. Frau Kemmertöns fielen nun auch wieder die Hunderttausend Euro ein, die sie noch immer nicht verloren geben wollte. Und sie begann ebenfalls zu weinen, als Mamma Carlotta ihr ein weiteres Mal klarmachte, dass sie das viele Geld, wenn überhaupt, nur zurückbekommen konnte, wenn sie der Wahrheit die Ehre gab. Was für ein trostloser Tag!

Die Tür der Imbissstube öffnete sich, ein Mann trat ein, so laut, breitbrüstig und großspurig, dazu ausgesprochen attraktiv, dass niemand hätte ahnen können, dass er direkt aus einer Gefängniszelle kam.

»Da bin ich wieder!«, rief er, als wäre er sicher, dass sein Erscheinen Freude hervorrufen würde. »Ich brauche ein starkes Getränk. Wie wär's mit einem doppelten Espresso?«

Er griff nach Mamma Carlottas Hand, die vor lauter Entgeisterung kein Wort herausbrachte. »Was sehe ich da in Ihren Augen, Kummer und Sorgen? Haben Sie etwa geweint?«

Richard fand als Erster seine Sprache wieder. »Was wollen Sie hier? Uns immer noch weismachen, dass Sie Donald Schulze heißen? Oder uns erklären, warum Sie uns im Schuppen des Tierheims eingesperrt und dann dort ein Feuer gelegt haben?«

»Das ist nicht erwiesen«, antwortete Günter Sack und hatte nun Mühe, sein siegessicheres Grinsen zu erhalten. »Das sagt der Hauptkommissar auch. Mir konnte nichts nachgewiesen werden, also durfte ich gehen. Der Mörder von Brigitte Lichter ist auch ein anderer.«

Mamma Carlotta vergaß ihren Kummer um Carolin. »Jeder normale Mensch wäre zur Polizei gegangen, aber das heißt nicht, dass wir es nicht noch tun können.« Sie warf Frau Kemmertöns einen Blick zu. »Wenn meine Nachbarin sich entschließt, ihrem Mann doch noch von den Hunderttausend Euro zu erzählen ...«

In Frau Kemmertöns erwachten ungeahnte Kräfte. Sie rutschte von ihrem Hocker herunter und baute sich vor Günter Sack auf. »Sie haben mir mein Geld gestohlen. Wenn Sie es mir nicht zurückgeben, dann ...«

»Meinen Sie die Hunderttausend Euro, die die Polizei in meinem Haus gefunden hat?« Sein Lächeln bekam jetzt etwas Triumphierendes: »Deswegen bin ich hier.« Er nickte zufrieden, weil Tove ihm einen Espresso vorsetzte, und griff in die Innentasche seines Jacketts. »Selbstverständlich wollte ich Ihnen das Geld nicht stehlen. Ich wollte Ihnen nur ... sagen wir, einen kleinen Denkzettel verpassen.« Mit einem Grinsen, das Mamma Carlotta schmierig fand, zog er ein dickes Bündel Geldscheine heraus und blätterte sie Frau Kemmertöns hin. »Zufrieden?«

Nein, zufrieden war Frau Kemmertöns ganz und gar nicht. Wenn auch ihr großer Wunsch erfüllt wurde und sie ihren Lottogewinn zurückerhielt, hatte sie zunächst mal damit zu tun, dass ein Fremder der Meinung gewesen war, ihr müsse ein Denkzettel verpasst werden.

»Das glauben Sie doch selbst nicht«, fuhr sie Günter Sack an. »Sie haben mich bestohlen, nichts anderes! Vermutlich haben Sie sogar gedacht, dass ich das Geld ja nicht mehr brauchen würde, wenn ich mit der Signora und Herrn Gercke in dem Schuppen zu Tode gekommen bin.« Sie stieß Günter Sack die Fäuste gegen die Brust, sodass er zurücktaumelte und den heißen Espresso, von dem er gerade einen Schluck nehmen wollte, auf sein Hemd kleckerte. »Ein Lügner und Betrüger sind Sie!«

Frau Kemmertöns war nun derart außer sich, dass sogar Mamma Carlotta Angst vor ihr bekam. Einen solchen Temperamentsausbruch hatte sie der Nachbarin auf keinen Fall zugetraut. »Und der Vater eines Mörders!«

Mit einem Mal trat Stille ein. Günter Sack hörte auf, sich die braunen Flecken vom Hemd zu wischen, Mamma Carlottas Hand, die gerade zum Rotweinglas greifen wollte, blieb in der Luft schweben, Richard rutschte von seinem Hocker, als hätte er etwas vergessen, und Tove fiel das Glas ins Spülwasser, das er gerade abtrocknen wollte.

Nur Fietje reagierte. Ausgerechnet Fietje Tiensch, der selten etwas sagte, zu dem er nicht gezwungen wurde. »Ach, das wussten Sie noch gar nicht?«

Offenkundig hatte Günter Sack es nicht erfahren. Hatte Erik ihn schonen wollen? Oder war es der Wunsch von Georg Lang gewesen, die Abstammungsverhältnisse zu verschweigen?

Günter Sack war jedenfalls fassungslos. Er starrte Mamma Carlotta an, als erwartete er von ihr ein Dementi, dann blickte er um sich und schien sich zu fragen, warum er nach seiner Entlassung auf die Idee gekommen war, ausgerechnet Käptens Kajüte aufzusuchen, ausgerechnet dort auf Freunde zu hoffen.

Tove kam um die Theke herum, ging zur Eingangstür und öffnete sie weit. »Raus!«, sagte er. »Verschwinden Sie! Und lassen Sie sich hier nicht noch einmal blicken. Ihre Angebersprüche und ihre blöden Handküsse sind hier nicht erwünscht.« Als er sah, dass Günter Sack in seinen Taschen herumsuchte, ergänzte er: »Der Espresso geht aufs Haus.«

Mamma Carlotta wollte Günter Sack eigentlich nicht hinterhersehen, tat es dann aber doch. Ein Häufchen Elend verließ die Imbissstube, ein Mann, der alles verloren hatte, es sich aber nicht eingestehen wollte. Die Menschen, von denen er wohl geglaubt hatte, sie könnten seine Freunde werden, wenn er die Hunderttausend Euro zurückgab, hatten ihn nun auch verlassen.

Tove kam zu Carlotta, griff nach ihrer Hand und drückte ihr einen feuchten Kuss darauf, so unerwartet, dass sie es nicht schaffte, sich rechtzeitig zu entziehen.

»Wir Friesen können das auch. Für so was brauchen Sie sich keinen anderen Kerl anzulachen.«

Rezeptanhang

Olive fritte (gebratene Kräuteroliven)

Zutaten für 4 Personen: 250 g schwarze Oliven, ein Zweig frischer Oregano oder 1–2 TL getrocknete Oreganoblättchen, 3 Knoblauchzehen, 3 EL Olivenöl, 6 EL Weißweinessig, Pfeffer aus der Mühle

Die Knoblauchzehen in Scheiben schneiden und im Olivenöl in einer Pfanne erhitzen. Oliven einrühren, unter ständigem Rühren 3 Minuten sanft braten. Die Hälfte der Oreganoblättchen einstreuen. Den Essig und 2–3 EL Wasser angießen, kräftig aufkochen und Sud zur Hälfte eindampfen lassen. Restlichen Oregano untermischen, mit Pfeffer würzen. Oliven heiß aus der Pfanne servieren.

Polenta smalzada trentina (Polenta mit Sardellen)

Zutaten für 4 Personen: 80 g frisch geriebener Parmesan, 250 g Maisgrieß, 10 eingelegte Sardellenfilets, 100 g Butter, Salz

Den Maisgrieß in kochendes Salzwasser rieseln lassen, etwa 40 Min. köcheln lassen, dabei häufig umrühren. Backofen auf 225 °C vorheizen. 100 g Butter schmelzen lassen, eine feuerfeste Form mit Butter ausstreichen. Sobald der Maisbrei die richtige Konsistenz bekommen hat und sich vom Topfboden und den -wänden löst, in die gefettete Auflaufform umfüllen und glatt streichen. Die Sardellenfilets abspülen und trocknen, klein schneiden, über der Polenta verteilen. Mit der Hälfte der zerlassenen Butter beträufeln, die Hälfte vom Parmesan aufstreuen, 10 Minuten überbacken. Restliche zerlassene Butter und Parmesan dazu servieren.

Pollo alla Marengo
(Geflügelragout mit Tomaten und Rührei)

Zutaten für 4 Personen: 1 Brathühnchen (etwa 1,2 kg), Olivenöl, Salz, Pfeffer, 2 Knoblauchzehen, 2 geschälte Tomaten oder 1 EL Tomatenpüree, 100 ml herber Weißwein, 100 ml konzentrierte Hühnerbrühe, 150 g frische Pilze, 12 Perlzwiebelchen, 3 EL Butter, 2 Scheiben Toastbrot, 4 Eier, 1 Messerspitze Fleischextrakt, 1 EL gehackte Petersilie

Das Brathuhn in Teile schneiden, Olivenöl erhitzen. Die Teile darin ringsum anbraten und mit Salz und Pfeffer bestreuen. Die Flügel und die Bruststücke aus der Kasserolle nehmen. Die Schenkel halb zugedeckt bei kleiner Hitze 5 Minuten weiterbraten. Die Schenkel aus der Kasserolle nehmen, etwas Öl abgießen und die klein geschnittenen Tomaten oder das Tomatenpüree und den zerdrückten Knoblauch hineingeben. Einige Minuten ziehen lassen. Mit Weißwein ablöschen, kurz einkochen, dann die Hühnerbrühe zufügen. Unterdessen die geputzten Pilze vierteln. Mit den geschälten Perlzwiebeln in einem zweiten Topf in einem EL Butter weich dünsten. Das Fleisch wieder zu den Tomaten geben. Zugedeckt 15 Minuten schmoren. Die Toastscheiben diagonal halbieren und in der verbliebenen Butter goldgelb rösten.

Das restliche Olivenöl erhitzen. Die Eier in einer Tasse aufschlagen, mit Salz und Pfeffer würzen und in das heiße Öl gießen. Mit einem Löffel rasch das Eiweiß auf das Eigelb zurückschlagen und mehrmals mit heißem Öl begießen. Sobald das Eiweiß fest wird, die Eier warm stellen. Die Fleischstücke aus der Kasserolle nehmen und ebenfalls warm stellen. Die Soße etwas einkochen lassen und mit Salz, viel Pfeffer aus der Mühle und Fleischextrakt abschmecken. Soße, Perlzwiebeln und Pilze auf den Fleischstücken anrichten und das Gericht mit den frittierten

Eiern und mit gehackter Petersilie bestreuen. Man kann noch Buttercroûtons machen und darüberstreuen, das schmeckt auch sehr gut.

Zabaione con bacche (Weinschaum mit Beeren)

Zutaten für 4 Personen: 200 g gemischte Beeren, ½ unbehandelte Zitrone, 4 Eigelb, 4 EL trockener Marsalawein, 4 EL Zucker

Beeren waschen und von den Stielen zupfen, Erdbeeren evtl. halbieren. In einer Schüssel mischen, mit dem Saft von ½ Zitrone beträufeln und kühl stellen.

Einen großen Topf mit Wasser füllen und erhitzen. Eine kleinere Edelstahlschüssel ins Wasserbad setzen. 4 Eigelb mit 4 EL Zucker und der abgeriebenen Schale von ½ Zitrone hineingeben, mit dem Schneebesen gründlich verquirlen. 4 EL Marsalawein nach und nach einträufeln. Bei milder Hitze zu einer schaumigen Creme aufschlagen. Vom Herd nehmen, auf vier Teller verteilen und mit den Beeren garnieren.

Fagioli con cotechino (Bohnen mit Wurst)

Zutaten für 4 Personen: 200 g Kochwurst, 100 g getrocknete weiße Bohnen, 2 kleine Zwiebeln, ½ TL frischer oder ¼ TL getrockneter Majoran, 30 g Butter, 2 EL Olivenöl, 1–2 EL Rotweinessig, Salz, schwarzer Pfeffer aus der Mühle

100 g getrocknete Bohnen über Nacht in Wasser einweichen, am nächsten Tag im Einweichwasser garen (etwa eine halbe Stunde). Inzwischen die Zwiebeln pellen und achteln. 30 g Butter in einer Pfanne aufschäumen lassen. Zwiebeln einrühren und glasig dünsten. Majoran einstreuen, salzen und pfeffern.

Wurst in dünne Scheiben schneiden, unter die Zwiebeln mischen, kurz mitbraten. Fertig gegarte Bohnen abgießen, abtropfen lassen und unterheben. Mit 2 EL Öl und etwas Rotweinessig beträufeln, nochmals mit Salz und Pfeffer abschmecken.

Frischkäse-Dessert mit Kirschen und Krokant

Zutaten für 4 Personen: 75 g Zucker, 1 gehäufter TL Butter, 75 g gehackte Mandeln, 600 g entkernte Süßkirschen, 200 g Frischkäse, 200 g Schlagsahne, 30 g Puderzucker, 1 Päckchen Vanillezucker, ½ Päckchen Sahnesteif, 1 Spritzer Zitrone

Für den Krokant den Zucker in eine beschichtete Pfanne geben und bei mittlerer Hitze schmelzen lassen. Wenn er flüssig ist, die Butter hinzugeben und hellbraun karamellisieren. Dann die gehackten Mandeln in die Pfanne geben, kurz umrühren, bis alles vom Karamell umhüllt ist. Jetzt die Masse auf Backpapier stürzen, mit einem Teelöffel glatt streichen, ein weiteres Backpapier auf die Masse legen und mit einem Nudelholz plan walzen. Wenn das Krokant abgekühlt ist, in kleine Stücke brechen.

Die Kirschen waschen und entkernen. Für die Creme den Frischkäse mit 100 ml Sahne, Puderzucker, Vanillezucker und dem Spritzer Zitrone glatt rühren. Die restliche Sahne schlagen (mit Sahnesteif) und unterheben. Alles in eine Schüssel schichten: mit einer Lage Kirschen beginnen, dann kommen die Krokantstücke, obendrauf die Creme und wieder von vorne. Mit einer Schicht Creme abschließen und für ca. 2 Stunden kühl stellen.

Anguilla in umido (Aal in Tomatensoße)

Zutaten für 4 Personen: 800 g küchenfertig vorbereiteter Aal, 1 Bund glatte Petersilie, 1 EL frischer oder 1 TL getrockneter Rosmarin, 800 g geschälte Tomaten aus der Dose, ⅛ l Weißweinessig, ⅛ l Weißwein, 1 Zwiebel, 3 Knoblauchzehen, 4 EL Olivenöl, Salz, Pfeffer aus der Mühle

Aal in 5 cm lange Stücke schneiden. Zwiebel und Knoblauchzehen fein hacken. In einem Topf 4 EL Olivenöl erhitzen, Zwiebel und Knoblauch andünsten. Tomaten aus der Dose abtropfen lassen, Saft auffangen, Tomaten grob zerkleinern, Rosmarin fein hacken. Aalstücke in den Topf geben und rundum gut anbraten. Mit Salz, Pfeffer und Rosmarin bestreuen. 3 EL Weißweinessig angießen, verdampfen lassen. ⅛ l Weißwein und die Tomaten untermischen. Den Aal etwa 30 Minuten im offenen Topf sanft köcheln lassen. Nach und nach den aufgefangenen Tomatensaft angießen. Petersilie grob hacken. Sobald der Fisch gar ist, Tomatensoße kräftig mit Salz und Pfeffer abschmecken. Petersilie aufstreuen und den Aal servieren.

Mozzarella in carrozza (ausgebackene Käsebrote)

Zutaten für 4 Personen: 150 g Mozzarella, 8 Scheiben Kastenweißbrot, 1 EL frischer oder ½ EL getrockneter Oregano, 2 Eier, 2 EL Milch, 2 EL Mehl, Salz, Pfeffer aus der Mühle, Olivenöl zum Ausbacken

Mozzarella in 8 dünne Scheiben schneiden. Weißbrotscheiben entrinden. Jeweils 2 Käsescheiben auf eine Brotscheibe legen, die Ränder dabei frei lassen. Mit Salz, reichlich Pfeffer und Oregano würzen. Belegte Brote mit den restlichen 4 Brotscheiben abdecken, Ränder kurz in kaltes Wasser tauchen und festdrücken. 2 Eier mit 2 EL Milch, Salz und Pfeffer verquirlen. Brote von beiden Seiten dünn mit 2 EL Mehl bestäuben und auf eine tiefe Platte legen. Mit der Eiermilch begießen und stehen lassen, bis alle Flüssigkeit aufgesogen ist. Brote zwischendurch einmal wenden. In einer Pfanne reichlich Olivenöl erhitzen. Brote hineinlegen und von beiden Seiten knusprig ausbacken. Auf Küchenkrepp gut abtropfen lassen, sofort servieren.

Ginestrata (Eiercremesuppe)

4 Eigelb, ½ l abgekühlte Geflügelbrühe, 2 cl Marsalawein oder Vin Santo, 50 g Butter, ¼ TL Zimt, 1 Prise Zucker, Muskatnuss, Salz

4 Eigelb in eine Schüssel geben, nach und nach ½ l Geflügelbrühe und 2 cl Marsala einrühren, kräftig verquirlen. Mit ¼ TL Zimt und einer Prise Salz würzen. Durch ein Sieb in einen Topf umgießen und nun am besten im Wasserbad weiterarbeiten. Die Mischung unter ständigem Rühren langsam erhitzen. 50 g Butter in kleinen Flöckchen hinzugeben und kräftig einrühren. Auf keinen Fall kochen lassen, damit die Eiercreme nicht gerinnt. Wenn die Suppe heiß und schön cremig geworden ist, mit einer Prise Zucker und Muskatnuss abschmecken.

Pollo alla cacciatora (Huhn mit Kapern und Oliven)

Zutaten für 4 Personen: 1 Brathähnchen (etwa 1 kg), 1 unbehandelte Zitrone (Saft und Schale), 1 Bund glatte Petersilie, 1 TL frischer oder ½ TL getrockneter Rosmarin, 2 eingelegte Sardellenfilets, 50 g schwarze Oliven ohne Stein, 2 EL Kapern, 2 EL Tomatenmark, ⅛ l trockener Weißwein, 2 Knoblauchzehen, 6 EL Olivenöl, 6 Pfefferkörner, Salz, Pfeffer aus der Mühle

Brathähnchen in 6 Teile zerlegen. In einem Mörser Rosmarin, Knoblauchzehen und Pfefferkörner zerstoßen. 2 EL Olivenöl, Salz und abgeriebene Schale einer Zitrone untermischen. Die Hähnchenteile damit einreiben, abgedeckt 30 Minuten durchziehen lassen. In einer großen Pfanne 4 EL Olivenöl erhitzen. Hähnchenstücke rundum knusprig braten. 3 EL Zitronensaft mit dem Tomatenmark und dem Weißwein verrühren, angießen. 15–20 Minuten schmoren. Die Sardellenfilets abspülen und fein hacken. Oliven halbieren. Alles zusammen mit den Kapern in die Soße rühren, noch 5 Minuten mitgaren. Petersilie fein hacken. Die Soße mit Salz und Pfeffer würzen, Petersilie aufstreuen.

Budino di ricotta (Ricottapudding)

Zutaten für 6 Personen: 400 g Ricotta, 1 unbehandelte Zitrone, 200 ml Milch, 4 Eier, 2 EL Sultaninen, 2 cl Rum, je 30 g Zitronat und Orangeat, 3 EL Grieß, 4 EL Puderzucker und Puderzucker zum Bestäuben, ¼ TL Zimt, evtl. kandierte Früchte zum Garnieren

Die Sultaninen in dem Rum einweichen, Zitronat und Orangeat sehr fein hacken. Die Milch erhitzen, den Grieß einstreuen, gut durchrühren und kurz quellen lassen. Vom Herd nehmen. Grieß auf einen kalt abgespülten Teller geben, abkühlen lassen. Backofen auf 175 °C vorheizen. Inzwischen Ricotta mit dem Puderzucker, einem ganzen Ei, drei Eigelb, zerkleinertem Zitronat und Orangeat, marinierten Sultaninen, Zimt und der Schale von einer Zitrone gründlich mischen. Restliche drei Eiweiß zu steifem Schnee schlagen. Grieß unter die Ricottamasse rühren, dann den Eischnee unterziehen. Puddingform gut fetten, mit Mehl ausstreuen. Masse einfüllen, glatt streichen. Pudding im warmen Wasserbad im Backofen etwa eine Stunde garen. Aus der Form stürzen, mit Puderzucker bestäuben und evtl. mit kandierten Früchten garnieren.

Zucchini-Carpaccio mit Basilikum-Ricotta-Nocken

Zutaten für 4 Personen: 2 kleine grüne Zucchini, 1 kleine gelbe Zucchini, 3 EL Olivenöl, Salz, Pfeffer, 30 g eingelegte getrocknete Tomaten, 30 g grüne Oliven ohne Stein, ½ Bund Basilikum, 175 g Ricotta, 1 getrocknete Chilischote, 20 g Pinienkerne, 20 g Rucola

Zucchini waschen und die Enden abschneiden, längs in 5 mm dünne Scheiben schneiden. Die Scheiben auf ein Backblech geben, mit etwas Öl bestreichen und mit Salz und Pfeffer würzen. Im vorgeheizten Backofen bei 200 °C auf der mittleren Schiene 8 Minuten backen. Herausnehmen und abkühlen lassen. Getrocknete Tomaten abtropfen lassen. Oliven fein hacken. Basilikum waschen, trocken schütteln und fein schneiden. Abgetropfte Tomaten sehr fein hacken. Tomaten, Oliven und Basilikum mit Ricotta verrühren, mit Salz, Pfeffer und etwas zerbröselter Chilischote würzen. Pinienkerne in einer Pfanne ohne Fett rösten. Rucola putzen, waschen und trocken schleudern. Zucchinischeiben auf Teller geben. Mit zwei angefeuchteten Esslöffeln aus der Ricottamasse Nocken abstechen und zu den Zucchini auf die Teller geben. Mit Pinienkernen und Rucola garnieren.

Bigoli in Salsa

Zutaten für 4 Personen: 400 g Zwiebeln, 400 g Bigoli oder Vollkornspaghetti, 80 g Sardellenfilets in Öl, Pfeffer, 4 EL Olivenöl, Salz, ½ Bund Petersilie

Die Zwiebeln schälen und fein würfeln. Das Öl in einem Topf erhitzen und die Zwiebeln offen bei schwacher Hitze ca. 20 Minuten dünsten, bis sie weich sind, braun sollen sie aber nicht werden. Zwiebeln häufig durchrühren. Reichlich Wasser zum Kochen bringen und salzen. Nudeln darin nach Packungsaufschrift al dente kochen. Die Sardellenfilets abtropfen lassen und sehr fein schneiden. Die Petersilie waschen und trocken schütteln, die Blättchen abzupfen und fein schneiden. Die Sardellen zu den Zwiebeln geben und unter Rühren noch ca. eine Minute mitdünsten. Alles mit Salz und Pfeffer abschmecken und ca. 3 EL Nudelkochwasser unterrühren. Die Nudeln abgießen und mit der Petersilie zu den Zwiebeln geben. Alles gut mischen und in vorgewärmten Teller servieren.

Spinat-Ricotta-Malfatti mit Butter und Salbei

*1 kg Spinat (frisch oder TK), 1 gewürfelte Zwiebel, 250 g Ricotta,
100 g Butter, 3 Eier, 2 Eigelb, 230 g Mehl, 1 Zitrone,
100 g geriebener Parmesan, 40 g Pinienkerne, 100 g Butter,
12 Salbeiblätter, Parmesan zum Bestreuen, Muskat, Salz, Pfeffer*

Die Zwiebeln in etwas Butter glasig angehen lassen und den Spinat kurz anschwitzen. Etwas abkühlen, in einem Sieb abtropfen lassen und grob hacken. Die restliche Butter im Topf schmelzen und die Eigelbe mit dem Ricotta, dem Abrieb der Zitrone und dem Parmesan darin zu einer glatten Masse verrühren. Das Mehl darübersieben. Die Spinat-Zwiebeln unterheben, salzen, pfeffern, mit ein wenig Muskat würzen. Den Teig vierteln und auf einer mit Mehl bestäubten Fläche mit reichlich Mehl zu 4 langen Rollen formen. Sie sollten einen Durchmesser von 3–4 cm haben und etwa 2 cm dick sein. Mit zwei feuchten Dessert- oder Esslöffeln schöne, glatte Nocken formen und in siedendes Salzwasser geben. Wenn sie an der Oberfläche schwimmen, sind sie fertig, das dauert etwa 5 Minuten. Sobald sie oben schwimmen, mit einer Schaumkelle herausheben. In der Zwischenzeit die Butter erhitzen und die Salbeiblätter hineingeben. Dabei sollte die Butter nicht zu heiß werden, damit sie nicht verbrennt. Sobald der

Salbei knusprig wird, Pinienkerne hinzugeben, kurz mit anrösten und beiseitestellen. Sobald die Malfatti angerichtet sind, die Salbeibutter über die Nocken verteilen und Parmesan darübergeben. Sofort servieren.

Affogato al caffè

Pro Person eine Kugel Vanilleeis in ein Glas geben. Einen doppelten Espresso aufbrühen und über das Eis gießen. Mit einem kleinen Löffel servieren. Fertig!

Man kann natürlich auch andere Eissorten nehmen oder das Dolce mit Schokoladensoße und/oder Sahne verfeinern.

Von Gisa Pauly liegen im Piper Verlag vor:
Mamma-Carlotta-Reihe:
Band 1: Die Tote am Watt
Band 2: Gestrandet
Band 3: Tod im Dünengras
Band 4: Flammen im Sand
Band 5: Inselzirkus
Band 6: Küstennebel
Band 7: Kurschatten
Band 8: Strandläufer
Band 9: Sonnendeck
Band 10: Gegenwind
Band 11: Vogelkoje
Band 12: Wellenbrecher
Band 13: Sturmflut
Band 14: Zugvögel
Band 15: Lachmöwe
Band 16: Schwarze Schafe

Siena-Reihe:
Band 1: Jeder lügt, so gut er kann
Band 2: Es wär schon eine Lüge wert
Band 3: Lügen haben lange Ohren

Dio Mio! Mamma Carlottas himmlische Rezepte
Der Mann ist das Problem
Venezianische Liebe